LES CONJURÉS DE LA PIERRE

Dans Le Livre de Poche :

LA FRATERNITÉ DE LA ROSE.
LE JEU DES OMBRES.
LA CINQUIÈME PROFESSION.
LES CONJURÉS DE LA FLAMME.

DAVID MORRELL

Les Conjurés de la pierre

ROMAN

TRADUIT DE L'AMÉRICAIN
PAR JACQUES POLANIS

LAFFONT

Titre original :

THE FRATERNITY OF THE STONE

Avec amour
à ma mère, Béatrice

A certains égards, la profession du renseignement ressemble à la vie monastique, avec des disciplines et des sacrifices personnels évocateurs des ordres médiévaux.

Commission religieuse du Sénat des Etats-Unis. Rapport sur les activités du renseignement, 1976.

PROLOGUE

GUERRIERS DE DIEU

LES PÈRES DU DÉSERT

Égypte, 381.

L'Empire romain, dangereusement fragmenté, faisait une tentative désespérée pour retrouver son unité en adoptant le christianisme comme seule religion officielle. Quelques fanatiques chrétiens, désenchantés par cette contamination politique de leur religion, se retirèrent de la société et s'aventurèrent dans le désert d'Égypte, où ils vécurent dans des grottes en quête d'une union mystique avec leur Dieu. A mesure que se propagèrent les rumeurs concernant ces ermites spirituels, d'autres chrétiens désabusés se joignirent à eux, établissant une austère communauté religieuse fondée sur le jeûne, la prière et la mortification corporelle. Vers 529, les traditions sévères de ceux que certains appelaient les « fous sacrés » avaient commencé à essaimer vers le nord à travers l'Europe.

Le monachisme chrétien était né.

LE VIEIL HOMME DE LA MONTAGNE

Perse, 1090.

Hassan ibn al-Sabbah, chef d'une secte de musulmans fanatiques, adopta le meurtre en tant que devoir sacré dans la lutte qu'il menait pour arracher son pays à la domination des envahisseurs turcs et de leur allié, le calife du Caire. Son organisation secrète de tueurs religieux s'étendit bientôt vers l'ouest jusqu'en Syrie, où ses successeurs gardèrent chacun le titre de « « Vieil homme de la montagne ». En 1096, les croisés européens envahirent le Moyen-Orient, se lançant avec la bénédiction du pape dans une guerre sainte contre les musulmans afin de reconquérir le saint sépulcre. Ces intrus attirèrent naturellement l'attention du « Vieil homme » et de ses disciples, qui étaient connus sous le nom de *haschischins* à cause de la coutume qu'on leur prêtait de consommer du haschisch pour accéder à l'extase religieuse et provoquer la frénésie avec laquelle ils se préparaient à affronter un éventuel martyre.

Mais la prononciation de *haschischin* fut déformée par les croisés.

Ils rapportèrent en Europe un nom différent : assassins.

TERREUR SAINTE

Palestine, 1192.

Bien que le soleil eût commencé à se coucher, le sable du désert n'avait pas encore rendu sa chaleur. Entourée de gardes, la vaste tente taillée dans une lourde toile à voile ondoyait légèrement dans la brise desséchante. Des chevaliers approchaient depuis deux camps opposés, montés sur des chevaux épuisés et luisants de transpiration qui soulevaient des nuages de poussière. Des porte-étendard précédaient chaque colonne, leurs bannières respectives représentant trois lions d'or superposés sur champ de gueules – les Anglais – et un lis d'or sur champ d'azur – les Français. Bien qu'unis pour une sainte cause, ils n'étaient pas moins en profond désaccord sur les positions politiques de leurs deux pays, les Français contestant la possession par les Anglais de certaines parties de leur territoire. En raison de ces relations tendues, aucune des deux colonnes ne consentirait à arriver la première et souffrir ainsi l'indignité de devoir attendre l'autre. Des éclaireurs postés sur les dunes proches avaient donc signalé la progression de chaque groupe, s'assurant que les deux délégations convergeraient simultanément sur la tente.

Les colonnes se rencontrèrent : quatre émissaires dans chacune, accompagnés de leur suite. Ils contemplèrent, au loin, la montagne aride où grouillaient des hommes d'armes parmi les ruines fumantes d'un château à minaret. Le siège, brutal et coûteux en vies humaines, avait duré près de trois mois; mais à Acre, enfin, les musulmans avaient été vaincus.

L'espace d'un instant, les différends politiques entre Français et Anglais furent oubliés. Las mais résolus, ils se louèrent mutuellement de leur valeur et se congratulèrent de leur victoire. Les gardes du corps furent les premiers à mettre pied à terre, suivis des écuyers qui secondaient leurs seigneurs. Contrairement à l'orgueil qui avait interdit à chaque groupe d'attendre l'arrivée de l'autre, la courtoisie exigeait maintenant qu'ils offrissent à leurs rivaux le privilège d'être les premiers à entrer dans la tente, ce qui résolut pratiquement le dilemme. Le seigneur le plus proche accepta de laisser ses serviteurs en arrière et s'avança.

A l'intérieur, une fois le rabat de la tente assuré, les chevaliers se défirent de leurs armes, de leurs casques et de leurs cottes de mailles. L'air était étouffant. Après le flamboiement du soleil sur le désert, leurs yeux s'adaptaient lentement à la pénombre. Les ombres projetées par les gardes postés à l'extérieur obscurcissaient les parois de la tente.

Les chevaliers se jaugèrent. Pour cette troisième croisade en Terre sainte, les leçons tirées des premières expéditions leur avaient appris à porter de longues robes afin de conserver l'humidité de leurs corps et d'empêcher le soleil meurtrier de leur brûler la peau. Les robes, pâles, absorbaient moins la chaleur que les couleurs éclatantes auxquelles ils accordaient leur préférence sur leurs terres. La seule concession à la couleur était la grande croix rouge qui ornait le devant de leurs robes – ainsi que les taches cuivrées de sang païen desséché.

Les hommes portaient la barbe, ce qui ne suffisait pas à dissimuler l'aspect hâve et déshydraté de leurs joues. Relevant leur capuchon pour couvrir leurs cheveux emmêlés, ils buvaient du vin dans les coupes qu'on leur avait préparées. Étant donné l'objet de la réunion, de l'eau eût été préférable. Il leur fallait, après tout, garder les idées claires. Mais la logistique de la croisade et l'immensité des territoires à franchir avaient rendu peu sûres leurs lignes d'approvisionnement; le vin, qu'ils avaient mis de côté pour quelque célébration, était le seul liquide disponible. Bien qu'altérés, ils buvaient modérément. Pour le moment.

L'homme le plus grand et le plus musclé, un seigneur anglais connu pour son adresse à manier la hache d'armes, prit la parole dans la langue utilisée traditionnellement pour les échanges diplomatiques, le français. Il s'appelait Roger de Sussex.

– Je suggère que nous réglions d'abord nos affaires avant...

D'un geste, il montra le pain, les olives et les viandes séchées aux épices qui avaient été disposés à leur intention.

– D'accord, dit le chef de la délégation française, Jacques de Wisant. Votre roi Richard ne va-t-il pas se joindre à nous?

– Nous avons jugé prudent de ne pas l'informer de cette réunion. Et votre roi Philippe?

– Il vaut mieux discuter de certaines affaires en privé. Si nécessaire, il sera avisé de ce que nous avons décidé.

Chacun savait ce qu'entendait son interlocuteur. Bien qu'ils eussent des gardes, ils étaient des gardes eux-mêmes, d'un ordre plus élevé. Leurs fonctions consistaient à assurer la protection de leurs rois respectifs, et cette protection exigeait un réseau d'informateurs qui rapportaient jusqu'aux plus vagues rumeurs concernant des complots subversifs. Mais ces rumeurs parvenaient rarement jusqu'à Richard ou Philippe. Ce qu'un roi ignorait ne risquait pas de l'alarmer, ni de lui faire suspecter que son service de sécurité n'était pas à la hauteur de sa tâche. Le congédiement pouvait prendre la forme d'une hache sur le cou.

– Très bien, donc, dit un Anglais, William de Gloucester. Je propose que nous commencions.

La nature de la réunion changea brusquement. Alors que les chevaliers avaient été jusque-là conscients de leur allégeance à la France ou à l'Angleterre, leurs rivalités nationales disparurent soudain. Ils partageaient un attachement commun, un code exclusif, compagnons dans la fraternité du dieu grec Harpocrate.

Silence. Discrétion.

L'Anglais, Roger de Sussex, tenait une bible que les moines de son domaine avaient recopiée pour lui, reliée de cuir et frappée d'or. Il l'ouvrit.

– Le Livre de Daniel, expliqua-t-il. Le passage où Daniel garde les lèvres scellées malgré la menace d'être dévoré par les lions. Il me semble approprié.

Le rituel commença. Les huit chevaliers formèrent un cercle. Du même geste, ils placèrent solennellement la main droite sur la Bible et firent serment de garder le secret.

A l'instar de leurs ennemis, et en raison de la difficulté de transporter des meubles, ils s'assirent sur un tapis chamarré récupéré par leurs armées dans le château musulman pris d'assaut. Ils s'adossèrent à leurs coussins, faisant tourner le vin dans leurs coupes tout en écoutant Pierre de l'Étang.

– En tant que responsable de l'organisation de cette réunion, je vous rappelle que les gardes se tiennent à bonne distance des parois de cette tente. A condition de parler d'une voix normale, vous ne serez pas entendus.

– C'est ce que m'ont confirmé mes aides, observa un Anglais, Baldwin de Kent.

Le Français lui rendit honneur d'un hochement de tête.

– Oui, mes propres aides m'ont informé qu'ils étaient surveillés.

Baldwin lui retourna son inclination du chef.

– Mais *mes* aides m'ont informé d'autre chose. Votre roi a l'intention de retirer son armée de la croisade de Richard.

– Vraiment?

Les yeux de Baldwin se plissèrent.

– Vraiment.

– En tant que Français, nous n'avions pas conscience que cette croisade appartenait à Richard.

– Elle lui appartiendra si Philippe regagne la France.

– Ah, oui, je dois le reconnaître, dit Pierre en sirotant une gorgée de vin. Vos aides ont d'excellentes sources de renseignements. Et vous ont-ils dit quand notre roi entend reconduire son armée au pays?

– Dans moins de quinze jours. Philippe a l'intention de profiter de l'absence de Richard à la cour d'Angleterre. En échange du territoire que notre pays possède en France, votre roi a promis de soutenir le frère de Richard dans sa tentative pour s'emparer du trône.

Le Français haussa les épaules.

– Et comment vous proposez-vous d'utiliser

cette information, en présumant qu'elle soit fondée ?

Baldwin ne répondit pas.

– Je respecte votre tact, dit Pierre en reposant sa coupe. Il semble en effet que les relations entre nos deux pays vont bientôt se détériorer. Mais considérez ceci, néanmoins : sans rivalité, nos talents ne seraient d'aucune utilité.

– Et la vie serait sans intérêt, intervint Jacques de Wisant. Ce qui nous ramène aux raisons de cette réunion.

L'Anglais redressa le buste.

– En présumant que vos sources soient exactes, si nous nous retirons effectivement de la croisade dans moins de deux semaines, nous aurons aussi le regret de laisser sans solution un problème fascinant. Avant de partir, en gage de la fraternité que nous partageons, nous aimerions vous aider à trouver la réponse.

Baldwin l'observa avec attention.

– Vous faites allusion, évidemment...

– Au récent meurtre de votre compatriote, Conrad de Montferrat.

– Pardonnez-moi de me montrer surpris que la mort d'un Anglais, aussi révoltante soit-elle, puisse vous chagriner.

– Presque autant que le meurtre antérieur, tout aussi révoltant, de notre compatriote Raymond de Châtillon.

Aucune autre explication n'était nécessaire. Six ans plus tôt, une trêve entre les croisés et les forces de Saladin avait été rompue lorsque Raymond de Châtillon avait attaqué la caravane de la sœur de Saladin. Aucune réparation pacifique ne pouvant effacer cette violation, les musulmans avaient engagé la contre-croisade, le *Djihâd*. Un an plus tard, durant le siège de Jérusalem, la tête de

Raymond avait été trouvée sur l'autel de la chapelle du saint sépulcre. Un couteau incurvé reposait à son côté.

Depuis lors, les douzaines de meurtres perpétrés de façon identique avaient atteint leur objectif : inculquer la peur de la nuit aux seigneurs croisés. La veille, après la chute du château musulman d'Acre, la tête de Conrad de Montferrat avait été trouvée sur l'autel dressé pour la messe de la victoire. Un couteau incurvé reposait à son côté, un couteau que les croisés avaient appris à identifier avec le Vieil Homme de la Montagne et son culte fanatique.

– Les assassins, dit Roger, grimaçant comme s'il allait recracher son vin. Des lâches. Des voleurs qui prennent la vie dans l'ombre. Un seigneur se doit de mourir en plein jour, dans la bataille, en rivalisant bravement d'adresse avec son ennemi, même si cet ennemi est un païen. Ces pleutres n'ont aucune considération pour l'honneur, pour la dignité, pour la fierté du guerrier. Ils sont méprisables.

– Mais ils n'en existent pas moins, fit observer Pierre de l'Étang. Et le plus important, c'est qu'ils sont efficaces. J'ai l'intuition morbide, je dois l'avouer, que ma tête pourrait bien être la prochaine à reposer sur l'autel.

Les autres branlèrent du chef, reconnaissant leurs propres craintes.

– Il n'y a pourtant rien que nous puissions faire, à part rassembler un nombre accru de gardes du corps autour de nous pendant que nous dormons, dit William de Gloucester. Et malgré tout, ces assassins arrivent à franchir nos meilleures défenses. On dirait qu'ils ont le pouvoir de se rendre invisibles.

– Ne leur accordez pas le crédit du mystère, dit

Jacques. Ce sont des humains comme nous, mais puissamment entraînés.

– A des tactiques barbares. Il n'y a aucun moyen de les combattre, dit William.

– Je me le demande.

Tous les regards se tournèrent vers Jacques, pleins d'intensité.

– Vous avez une suggestion? demanda Roger.

– Peut-être.

– Et quelle est-elle?

– Combattre le feu par le feu.

– Je ne veux pas en entendre parler, grommela William. Utiliser contre eux leurs méthodes répugnantes? Devenir aussi lâches qu'ils le sont, ramper jusqu'à leurs chefs pendant leur sommeil? C'est indigne de toute conscience.

– Mais seulement parce que ça n'a jamais été fait.

– *Parce que c'est contraire au code du guerrier*, corrigea William d'un ton affligé.

– Mais ces pleutres sont des païens, dit Jacques. Ils ne sont pas civilisés. S'ils sont trop primitifs pour comprendre l'honneur et la dignité, rien ne nous oblige à les respecter en observant le code.

La remarque était pertinente. La tente devint silencieuse tandis que chacun envisageait les implications.

William hocha la tête.

– J'avoue que j'aimerais venger Conrad.

– Et Raymond, lui rappela un Français.

– Je percerais de ma lance un chien enragé, qu'il me fît face ou non, dit un autre Français en brandissant le poing.

– Mais nous ne pouvons pas appliquer cette tactique, intervint Baldwin. Les musulmans reconnaîtraient n'importe qui d'entre nous tenterait de s'infiltrer parmi eux. Même la nuit ne suffirait pas à cacher la pureté de notre peau.

– Et n'oubliez pas une chose, ajouta Roger. Même si nous nous foncions la peau avec des substances quelconques, nous ne connaissons pas leur langue ni leurs coutumes. Que l'un d'eux nous adresse la parole alors que nous nous trouvons parmi eux sous un déguisement, ou que nous fassions un geste déplacé...

– Je ne proposais pas que nous les infiltrions, dit Jacques.

– Et alors?

– Pas nous-mêmes. Nous pourrions y envoyer un des leurs.

– Impossible. Ils nous haïssent. Où pourrions-nous trouver un tel...?

– Quelqu'un qui a reconnu l'inanité de ces coutumes païennes, qui s'est converti au seul vrai Dieu, un musulman devenu chrétien.

Les Anglais parurent scandalisés.

– Voulez-vous dire que vous connaissez un tel homme? demanda Roger.

Jacques hocha la tête.

– Au monastère bénédictin de Monte Cassino, en Italie.

Le nom était évocateur. Monte Cassino, fondé en 529, était l'un des premiers monastères chrétiens apparus lorsque le zèle austère des pères du désert s'était propagé depuis l'Égypte vers le nord à travers l'Europe.

– J'ai accepté l'hospitalité de son ordre sur ma route vers la Terre sainte. On m'a autorisé à passer une heure avec lui, et il a reçu la permission de parler. Sa ferveur chrétienne est remarquable. Il ferait n'importe quoi pour le Seigneur.

– Un moine?

– En effet.

– C'est un blasphème, protesta William. Demander à un moine de tuer ?

– Pour une cause sacrée. La libération de la Terre Sainte du Christ. Rappelez-vous que le pape lui-même nous a absous de tout péché que nous pourrions commettre durant cette croisade d'inspiration divine. Je me suis renseigné auprès des prêtres qui nous ont accompagnés jusqu'ici. Ils sont certains que le moine auquel je pense recevrait une dispense papale. En devenant un guerrier de Dieu, en fait, il sauverait son âme. S'il est vrai que mes compatriotes et moi allons retourner en France avant deux semaines, je pourrais m'arranger pour m'arrêter de nouveau à Monte Cassino. Je suis sûr de pouvoir le convaincre. Rome – et l'encouragement papal – ne serait pas très loin.

Les chevaliers baissèrent les yeux vers leurs coupes de vin.

Baldwin redressa la tête.

– Mais il n'a aucun entraînement.

– Il a entendu des histoires sur les assassins, et les rumeurs qui courent à propos de leurs méthodes. Notez que j'ai quelques suggestions techniques personnelles.

– Combien de temps pour le préparer ?

– Pour ce que j'ai en tête ? Trois mois.

– Il m'a fallu toute une vie pour apprendre le métier des armes, dit William. Nous devons considérer qu'il aura de fortes chances d'être tué.

– Au cours de sa tentative, fit observer Jacques. Ne comprenez-vous pas ? C'est la tentative qui importe. Quand les païens auront compris que nous – et même quelqu'un qui était autrefois des leurs – sommes prêts à mourir pour le seul vrai Dieu...

– Leur sommeil sera aussi agité que le nôtre.

Baldwin plissa les yeux.
– Combattre la terreur par la terreur ?
– Avec une différence, dit Jacques. Car notre lutte est sacrée.

LIVRE UN

EXPIATION

LA MAISON DES MORTS

1

C'était au nord de Quentin, dans le Vermont. On la distinguait, à demi cachée par les sapins sur la crête d'une colline, à quatre cents mètres à droite de la route de campagne goudronnée. Au-delà se dessinait une colline plus élevée, couverte d'érables que l'automne avait brillamment parés d'orange, de jaune et de rouge vif. Une haute clôture de treillis métallique courait parallèlement à la route, puis s'enfonçait à angle droit dans la forêt. Il était difficile d'évaluer l'étendue de la propriété, car on ne voyait pas jusqu'où allaient les clôtures, mais il n'était pas exagéré de supposer qu'elle couvrait au moins quarante hectares. La construction la plus proche, à part celle de la colline, était une station-service aux fenêtres condamnées par des planches, loin de là en arrière, cachée à la vue de l'autre côté des lacets qui conduisaient à cette ligne droite. Quant à la fabrique de sirop d'érable, il fallait parcourir encore près de deux kilomètres avant d'y arriver.

Un endroit retiré. Isolé.

Paisible.

Un regard vers la colline hérissée de pins pouvait laisser supposer que la construction de bois verni partiellement cachée était une retraite de millionnaire, un refuge sylvestre où il était possible de soulager la pression des affaires par on ne sait quelles distractions.

A moins que le bâtiment ne fût une station de ski, fermée en attendant que tombe la neige. Ou bien...

Le simple fait de passer sur la route ne vous aurait évidemment pas permis de le savoir. Il n'y avait ni boîte aux lettres ni pancarte à la grille, que fermaient une grosse chaîne et une serrure plus grosse encore. De l'autre côté, l'allée était envahie de mauvaises herbes, enserrée entre les buissons et les pins aux branches tombantes. Si votre curiosité tenait jusque-là, bien sûr, vous pouviez toujours essayer de vous renseigner à la fabrique de sirop d'érable, mais vous n'en auriez été que plus frustré. Les ouvriers de la fabrique, en vrais indigènes de la Nouvelle-Angleterre, étaient prêts à parler aux étrangers du temps qu'il faisait mais jamais de leurs affaires ni de celles de leur voisin. Ça n'aurait rien changé, de toute façon. Ils ne le savaient pas non plus, bien qu'il y eût des rumeurs.

2

Depuis le ciel, la structure de la colline apparaissait plus grande que ne le laissait supposer la perspective qu'on en avait depuis la route. Une vue plongeante révélait en effet que le bâtiment n'était pas seul. Des constructions plus petites, totalement dissimulées par les pins, formaient trois côtés d'un carré dont le quatrième était constitué par le bâtiment principal. Une pelouse couvrait l'intérieur du carré, au milieu duquel se croisaient deux allées de pierre blanche bordées de parterres de fleurs, d'arbres et de buissons. Il en émanait une impression d'ordre et d'équilibre, de symétrie, de proportion. Une vision apaisante. Les bâtiments secondaires eux-mêmes, bien qu'accolés comme des rangées de maisons citadines, avaient chacun un petit toit pointu à l'imitation du toit plus grand du pavillon principal.

Malgré l'étendue du domaine, cependant, on y voyait fort peu de monde : la minuscule silhouette d'un gardien nettoyant la pelouse, deux ouvriers miniatures cueillant des pommes dans un verger, à l'extérieur de l'une des rangées de bâtiments. Un ruban de fumée s'élevait d'un feu d'herbes sèches dans un vaste potager qui flanquait la ligne d'habitations opposée. Une telle vocation à l'agriculture laissait supposer que le domaine hébergeait de nombreux résidents; pourtant, à part ces quelques signes de vie, l'endroit paraissait désert. S'il y avait des hôtes, il semblait peu naturel qu'aucun d'eux ne sortît savourer l'air vif de cette journée d'automne. Il fallait qu'ils eussent de sérieuses raisons pour rester enfermés.

En fait, l'isolement des habitants faisait partie du mystère qui entourait les lieux. Depuis 1951, quand des équipes de maçons étaient arrivées d'on ne sait où – pas de la ville voisine, encore que ceux qui avaient financé la construction aient eu la bonté d'y acheter une quantité décente de fournitures –, les habitants de Quentin s'étaient demandé ce qui se passait sur cette colline. Quand les ouvriers mirent la grille en place et repartirent, les curieux de la région établirent un parallèle fascinant. Ils se rappelaient les histoires qu'ils avaient lues récemment à propos de la mise au point de la bombe atomique au Nouveau-Mexique, à la fin de la guerre. On disait que le gouvernement y avait construit une petite ville dans le désert. Les collectivités locales en avaient naturellement escompté un accroissement de leurs affaires, mais tout le monde avait attendu en vain; chose étrange, des gens se rendaient à cette ville du désert, mais – comme pour le domaine de la colline – ils n'en ressortaient pas.

3

La cellule, identique aux dix-neuf autres de l'ensemble, était divisée en deux niveaux. En bas, un atelier abritait le matériel que l'occupant avait choisi d'utiliser pendant ses heures de loisir. Dans d'autres parties de l'ensemble, certains peignaient, sculptaient, tissaient, maniaient des outils de menuiserie ou d'ébénisterie. Chaque unité comportait à côté de l'atelier un petit jardin privé entouré d'un mur, où il était possible de pratiquer l'horticulture, de cultiver des roses, par exemple.

Dans le cas présent, l'occupant avait choisi l'exercice physique et la composition poétique. Il savait qu'il ne pouvait se concentrer si son corps n'était pas en condition. Durant la première partie de sa vie, il avait été un adepte fervent du zen, conscient que l'exercice physique lui-même est un acte spirituel. Chaque jour pendant une heure, il soulevait des poids, sautait à la corde, exécutait des mouvements de gymnastique et répétait les *katas,* pas de danse des arts martiaux de l'Orient. Il faisait tout cela avec humilité sans tirer aucune fierté de la perfection de son état physique, car il se rendait compte que son corps n'était qu'un instrument de son âme. En fait, ses exercices quotidiens avaient peu d'effets visibles. Son torse, maigre et ascétique, disposait de tout juste assez de protéines pour remplacer le tissu musculaire usé par son activité. Il ne mangeait pas de viande. Le vendredi, il n'absorbait que du pain et de l'eau. Certains jours, il ne mangeait rien. Mais sa discipline lui donnait de la force.

Ses compositions avaient un autre objectif. Durant les premiers mois qu'il avait passés en ces lieux, il avait été tenté d'écrire à propos des motivations qui l'avaient fait venir là, de se purger, de décharger son angoisse. Mais son besoin d'oubli était plus grand. Pour soulager la pression de cette soif de s'exprimer, il avait commencé par écrire des haïkus, choix compréhensible étant donné ses affinités pour le zen. Il avait choisi des sujets sans aucune relation avec ce qui le tracassait : le chant d'un oiseau, le souffle du vent. Mais la nature du haïku, sa tension complexe fondée sur la pureté et la brièveté le poussèrent à rechercher une concentration et un raffinement accrus, au point que l'absence totale d'énoncé lui parut être le parfait haïku et qu'il se mit à contempler par-delà son crayon le vide de la page blanche. Poussé par le besoin d'écrire, il était passé au sonnet, alternant entre les formes pétrarquienne et shakespearienne, chacune avec sa différente combinaison de rimes, chacune exigeant sa parfaite organisation de quatorze lignes. Les problèmes posés par ce casse-tête complexe suffisaient à l'occuper. Plus intéressé par la façon dont il écrivait que par ce qu'il écrivait, il traitait de sujets mineurs et put ainsi oublier ceux, plus importants, qui le tourmentaient. Il écrivait du mieux qu'il pouvait, non par orgueil, mais par respect pour le problème. Il savait néanmoins que l'éloquence le fuyait. Peut-être, dans une autre cellule de cet ensemble, un occupant s'était-il, comme lui, voué à la poésie. Peut-être celui-là avait-il tourné des sonnets d'une beauté si parfaite qu'ils pouvaient rivaliser avec ceux de Shakespeare et de Pétrarque eux-mêmes.

C'eût été sans importance. Rien de ce qu'aucun occupant produisait – peintures, statues, tapisseries, meubles – n'avait de valeur. Toutes ces choses étaient insignifiantes. Quand les hommes qui les avaient façonnées mouraient, et qu'on les plaçait sur une planche pour les enterrer dans une fosse anonyme, les objets qu'ils laissaient derrière eux, leurs vêtements, leurs quelques possessions, leurs sonnets, et même une corde à sauter étaient détruits. C'était comme s'ils n'avaient jamais existé.

4

Le psychiatre, comme il fallait s'y attendre, était un prêtre. Vêtu du costume noir et du col blanc traditionnels, le visage ridé d'un gris de plomb, il avait allumé une cigarette en posant les yeux sur Drew depuis l'autre côté de son bureau.

– Vous comprenez la gravité de votre requête ?

– Je l'ai soigneusement considérée.

– Vous avez pris votre décision... quand ?

– Il y a trois mois.

– Et vous avez attendu... ?

– Jusqu'à maintenant. Pour en analyser les implications. Il fallait que j'aie une certitude, naturellement.

Le prêtre aspira une bouffée, pensif, tout en observant attentivement Drew. Le père Hafer, c'était son nom, approchait de la cinquantaine, et ses cheveux courts étaient du même gris plombé que son visage. Rejetant la fumée, il fit un geste désinvolte de sa cigarette.

– L'autre aspect de la question, naturellement, c'est : comment peut-on en être sûr ? De votre engagement ? De votre résolution ?

– Vous ne le pouvez pas.
– Nous y voilà donc.
– Mais je le peux, et c'est ce qui importe. C'est ce dont j'ai besoin. Je me suis résigné.
– A quoi?
– Pas « à ».
– Je vous demande pardon?
– De, fit Drew avec un geste de la tête en direction du bruit qui montait de Boston Street, derrière la fenêtre du premier étage de ce bureau presbytéral.
– Tout? Le monde?
Drew ne répondit pas.
– C'est évidemment l'essence de la vie érémitique, reprit le père Hafer avec un haussement d'épaules. Mais une attitude négative ne suffit pas. Votre motivation doit avoir aussi un aspect positif. Chercher, et pas seulement fuir.
– Oh, je cherche, en effet.
Le prêtre haussa les sourcils.
– Vraiment? Et quoi?
– Le salut.
Le père Hafer l'observa en rejetant un nuage de fumée.
– Admirable réponse, dit-il en secouant la cendre de sa cigarette dans un cendrier métallique. Au bord des lèvres, prête à jaillir. Il y a longtemps que vous êtes venu à la religion?
– Depuis trois mois.
– Et avant?
Cette fois encore, Drew ne répondit pas.
– Vous êtes catholique?
– J'ai été baptisé dans cette religion. Mes parents étaient assez pieux.
Se rappelant soudain comment ils étaient morts, Drew sentit sa gorge se serrer.
– Nous allions souvent à l'église. La messe. Le

chemin de Croix. J'ai reçu les sacrements jusqu'à la confirmation, et vous savez ce qu'on dit de la confirmation. Elle a fait de moi un soldat du Christ. Oh, j'étais croyant! ajouta-t-il avec un sourire amer.

– Et après cela?

– Le terme est « déchu ».

– Avez-vous fait vos Pâques?

– Pas depuis treize ans.

– Vous comprenez ce que cela signifie?

– En n'allant ni me confesser ni communier pour Pâques, je renonce de fait à ma foi. J'ai été officieusement excommunié.

– Et vous avez mis votre âme en péril pour l'éternité.

– C'est pourquoi je suis venu à vous. Pour me sauver.

– Vous voulez parler de votre âme.

– Exactement. C'est ce que je voulais dire.

Ils s'observèrent. Le prêtre se pencha en avant, les coudes posés sur son bureau, les yeux soudain brillants d'un intérêt plus vif.

– Évidemment... Voyons les renseignements que vous avez fournis sur ce formulaire. Vous dites que vous vous appelez Andrew MacLane.

– On utilise généralement le diminutif « Drew ».

– Mais si nous décidons d'accepter votre candidature, ce nom vous sera retiré. Comme tout ce que vous possédez – voiture, par exemple, ou maison – il vous faudra abandonner votre identité. En fait, vous ne serez plus personne. Vous en êtes conscient?

Drew haussa les épaules.

– Mais qu'y a-t-il dans un nom? dit-il en laissant reparaître le sourire amer. Une rose sous tout autre nom...

– Ou sans aucun nom aurait un parfum tout aussi doux, enchaîna le prêtre. Mais à l'odorat de Dieu...

– Nous n'avons pas exactement un parfum de rose. Pas moi, de toute façon. C'est pourquoi j'ai posé ma candidature. Pour me purifier.

– Vous avez trente et un ans?

– C'est exact.

Drew n'avait pas menti. Toutes les informations qu'il avait fournies sur le formulaire étaient vérifiables – ce que le prêtre, il s'en doutait, ne manquerait pas de faire. Ce qui importait était ce qu'il n'avait *pas* porté sur le formulaire.

– La fleur de l'âge, dit le père Hafer. Et même quelques années de moins si on considère que trente-trois ans est l'âge approprié pour réaliser sa destinée. Vous rejetez les possibilités qui s'offrent sur votre route. Vous gaspillez votre potentiel, pour ainsi dire.

– Non, je n'y pense pas de cette façon.

– Alors...?

– J'ai déjà découvert mon potentiel.

– Et?

– Ça ne m'a pas plu.

– Je suppose que vous ne tenez pas à vous étendre sur ce sujet.

Drew baissa les yeux vers le sol.

– Il faudra que vous y veniez, poursuivit le père Hafer, l'air soucieux. Mais peu importe. Pour l'instant, nous avons d'autres sujets à aborder. Quand nos candidats présentent leur demande, ils ont habituellement passé la maturité, pour employer un terme délicat. Il haussa les épaules. Évidemment, ils sont peu à se présenter, et moins encore...

– ... à être élus. Moins de cinq cents dans le

monde entier. Et ici, aux États-Unis, seulement une vingtaine, je crois.

– Bien, je vois que vous avez pioché la question. Le fait est – pour employer un terme moins délicat – que la plupart de ces hommes sont vieux, précisa le père Hafer en écrasant sa cigarette pour l'éteindre. Ils ont poursuivi leurs ambitions. Ils ont atteint, ou n'ont pas atteint, leurs objectifs terrestres, et ils sont prêts à passer leurs années de déclin dans l'isolement. Leur décision, bien qu'extrême, peut être considérée comme naturelle. Mais vous... si jeune, si robuste. Les femmes vous trouvent certainement séduisant. Avez-vous considéré ce qu'implique le fait de renoncer à toute compagnie féminine ?

Avec un pincement de nostalgie, Drew se rappela Arlene.

– Vous y avez bien renoncé.

– J'ai renoncé aux relations sexuelles, répondit le père Hafer en se redressant sur sa chaise. Pas à la compagnie des femmes. J'en rencontre à tout moment de la journée. Une serveuse au restaurant. Une employée de la bibliothèque médicale. Une secrétaire d'un de mes collègues laïques. Tout en parfaite innocence. La vue des femmes, plutôt que de me tenter, me fait paraître moins sévère mon vœu de chasteté. Mais si nous accédons à votre requête, vous ne verrez jamais plus une femme. Vous ne verrez que très peu d'hommes, et encore rarement. J'insiste là-dessus. Ce que vous demandez, c'est d'être un ermite pour le reste de votre vie.

5

L'étage de la cellule, auquel on accédait par un escalier de pin grossier, était divisé en trois parties. D'abord l'oratoire, encore appelé « pièce de l'Ave Maria », où un prie-Dieu en bois à l'agenouilloir non rembourré faisait face à un autel austère surmonté d'un crucifix fixé au mur. Au-delà se trouvait le cabinet de travail, textes sacrés, une table et une chaise, puis la chambre à coucher, un poêle à bois mais pas de lit, seulement une paillasse de chanvre tressé d'un pouce d'épaisseur.

La paillasse avait deux mètres de long sur un de large. Il aurait pu facilement la rouler pour la ranger au rez-de-chaussée dans un coin de l'atelier, et l'étaler quand il avait besoin de se reposer. Mais il était important de séparer les diverses activités. Pour aller de son atelier à sa chambre, ou pour en redescendre, il devait traverser l'oratoire, et le règlement exigeait qu'il s'y arrêtât chaque fois pour prier.

6

– Si c'est simplement une vie de dévotion qui vous attire, dit le père Hafer, envisagez un ordre moins strict. Les pères missionnaires, par exemple ?

Drew secoua la tête.

– Ou peut-être la congrégation des résurrectionnistes. Ils font du bon travail, l'enseignement, par exemple.

– Non, répondit Drew.

– Alors que pensez-vous d'une autre suggestion ? Tout à l'heure, vous avez mentionné que le sacrement de la confirmation avait fait de vous un soldat du Christ. Vous savez certainement que les jésuites ont étendu ce concept. Ils sont beaucoup plus rigoureux que les résurrectionnistes. Leur formation dure quinze ans, ce qui justifie largement leur surnom : les commandos de l'Église.

– Ce n'est pas ce que j'avais à l'esprit.

– Parce qu'ils affrontent le monde? insista le père Hafer. Mais pendant une grande partie de la période de formation, vous seriez cloîtré. Ce n'est que vers la fin qu'on vous pousse hors du nid; et à ce point, il se peut que vous soyez reconnaissant de la bourrade. Même plus tôt, à divers stades, vous auriez la possibilité de reconsidérer vos priorités, de changer de direction si vous le vouliez.

– Je ne le pense pas.

Le père Hafer parut encore plus désolé.

– Il y a même une autre possibilité. Les cisterciens. Le deuxième ordre de l'Église pour ses exigences. Vous vivez dans un monastère coupé du monde. Vos journées sont occupées par un travail exténuant, l'agriculture par exemple, quelque chose qui contribue à la vie de l'ordre. Vous ne parlez jamais. Mais du moins vous travaillez et priez en groupe. Et si vous trouvez la vie trop difficile, vous pouvez en partir et demander votre réinsertion plus tard, mais pas après trente-six ans. L'avantage est qu'il y existe un système de contrôles et de bilans qui vous permet de changer d'avis.

Drew attendait.

– Bonté divine, mon vieux, pourquoi une telle détermination? demanda le prêtre en allumant une autre cigarette à son briquet à gaz. J'essaie de vous faire comprendre. En pleine jeunesse, vous demandez à être admis dans la forme de culte la plus sévère de l'Église. Les chartreux. Il n'y a rien de plus extrême. C'est le déni total de l'être humain en tant qu'animal social. La voie érémitique. Pour le reste de votre vie, vous vivriez seul dans une cellule. A part une heure de loisir, vous ne feriez rien d'autre que de prier. C'est la privation totale. La solitude.

7

Il portait une haire destinée à lui irriter la peau. A certains moments, la sensation exaspérante devenait un plaisir car c'était au moins une expérience, quelque chose d'intense. Quand cette tentation le prenait, il luttait pour s'en distraire, priant plus fort, se flagellant parfois de sa corde à sauter tout en étouffant ses gémissements.

Tu n'es pas ici pour t'amuser. Tu es venu pour faire pénitence. Pour être seul.

Par-dessus la chemise de poil, il portait une robe blanche, puis un scapulaire blanc en forme de bavette, et enfin une capuche blanche. Lors des rares occasions où il était obligé de supporter les rites communs tels que le chœur, exigences perverses destinées à éprouver sa force d'âme, il portait un capuce retombant qui lui cachait le visage et lui permettait de se sentir invisible.

8

– Nous n'avons pas besoin de nous montrer aussi concentrés, dit le père Hafer avec un sourire forcé. Pourquoi ne pas nous détendre un moment ? La discussion contradictoire est peut-être bonne pour l'esprit, mais pas pour la constitution. Puis-je vous offrir un rafraîchissement ?

Ecrasant sa cigarette dans le cendrier, il s'approcha d'une armoire, l'ouvrit et en sortit une carafe qui contenait un liquide émeraude miroitant.

– Un verre de chartreuse, peut-être ?

– Non, merci.

– Le goût ne vous plaît pas ?

– Je n'y ai jamais...

– A présent, vous en avez l'occasion.

– Non, je ne bois pas.

Le père Hafer plissa les yeux.

– Vraiment ? Une faiblesse dont vous vous gardez ?

– Je ne m'y suis jamais adonné. Dans ma partie, je ne pouvais me permettre aucune erreur de jugement.

– Et en quoi consistait-elle, votre partie ?

Drew ne répondit pas. Le père Hafer l'observait, faisant tournoyer le liquide émeraude.

– Encore un sujet de discussion future. Je me demande si vous avez conscience de l'à-propos de cette substance.

– La chartreuse, dit Drew en écartant les mains. La liqueur réputée la plus fine. Sa saveur distinctive – quelque chose que je ne connais pas – est due à la racine d'angélique. Et, bien sûr, à cent quinze herbes différentes. C'est la principale source de revenus des chartreux. Elle est fabriquée à la maison mère de la Grande-Chartreuse, dans les Alpes françaises. Le nom de la liqueur vient de l'endroit où elle est fabriquée. Chartreuse. La variété verte que vous avez là titre cinquante-cinq degrés d'alcool, la jaune quarante-trois. Sa recette a été élaborée au début du XVIIe siècle, je crois, par un laïc qui a fait le don de la formule aux chartreux. Un siècle plus tard, un chimiste de génie qui appartenait à l'ordre l'a perfectionnée. Une fausse version est apparue sur le marché, mais les gens doués de discernement savent quelle étiquette demander.

Le père Hafer cligna des yeux.

– Remarquable.

– Sous plus d'un rapport. Un ordre d'ermites maintient son indépendance grâce à des revenus fournis par un liquide conçu pour engendrer la jovialité dans les rapports sociaux. Évidemment, la liqueur est fabriquée par une confrérie laïque. Mais peu importe la contradiction.

9

Les frères non-ermites qui pourvoyaient à ses besoins logeaient dans le grand pavillon, lequel abritait également la chapelle, le réfectoire, la cuisine et une chambre d'hôte. Ses repas frugaux lui étaient servis par un panneau aménagé près de la porte de son atelier. Le dimanche et le jour des fêtes principales, cependant, le règlement exigeait qu'il quittât sa cellule, qui n'était jamais verrouillée, pour aller manger en compagnie des autres ermites dans le réfectoire du pavillon. En ces occasions, il leur était permis de converser à voix basse, mais il ne s'y autorisait jamais. Il était également tenu de quitter sa cellule et de se joindre aux autres moines dans la chapelle du pavillon, à minuit pour les matines, à huit heures du matin pour la messe, et à six heures de soir pour les vêpres. Il détestait ces interruptions, préférant faire ses dévotions dans l'isolement de sa cellule.

Sa seule distraction était la souris.

– *Les vœux*, dit le père Hafer d'un ton affligé, avez-vous jamais réfléchi à leur gravité ? Pas seulement ceux de pauvreté, de chasteté et d'obéissance, déjà assez ardus en eux-mêmes. Mais ajoutez le serment de fidélité aux principes des chartreux. Je suis obligé de faire preuve d'une franchise brutale. Quand la commission se réunit pour juger les candidats, nous rejetons généralement par principe les hommes jeunes. Leur manque de maturité nous fait douter de leur aptitude à maintenir leur vœu de solitude. Les conséquences de la désobéissance sont inconcevables.

– Si je rompais mes vœux, je me damnerais.

– Exactement. Et même la confession ne pourrait ramener votre âme à l'état de grâce. Votre seule possibilité serait de demander une dispense. Une requête aussi grave demande des mois pour être prise en considération. Si vous mouriez entretemps...

– Ce serait sans importance.

– Je ne...

– Je suis déjà damné.

Le père Hafer tressaillit et haussa la voix.

– Parce que vous n'avez pas fait vos Pâques depuis treize ans ? Comparé à la violation de vœux sacrés, c'est un péché mineur. Je pourrais vous réintégrer en écoutant votre confession et en vous donnant la communion. Mais même la confession ne pourrait rendre votre âme à l'état de grâce si vous n'aviez pas de dispense et que vous continuiez de violer les vœux. Vous comprenez certainement pourquoi la commission rejetterait votre demande d'admission. Si nous l'acceptions tout en doutant de votre aptitude à supporter le mode de vie des chartreux, nous ferions nous-mêmes peu de cas des vœux que vous prononceriez. Dans une large mesure, nous vous aiderions à vous damner vous-même, ce qui nous rendrait coupables. Nous mettrions en péril le salut de nos propres âmes.

– Mais si...

– Oui? Continuez.

– Si vous ne m'acceptez pas, vous serez coupables de toute façon.

– De quoi?

– De ce que je serais conduit à faire. J'ai dit que je me sentais damné. Je n'ai pas dit que c'était pour ne pas avoir fait mes Pâques.

– Pourquoi, alors?

– Je veux me tuer.

11

Au cours de sa cinquième année passée au monastère, après que les premiers froids de l'automne eurent coloré les érables, il perçut un mouvement sur sa droite alors qu'il s'agenouillait sur le plancher en bois dur de son atelier afin de prier pour son âme. Le mouvement était infime, un flou subtil qui pouvait résulter d'une fatigue visuelle, la conséquence de sa concentration tourmentée. La sueur perlait à son front. Honteux de s'être laissé distraire, il médita avec une ferveur accrue, s'efforçant désespérément de chasser de son esprit les horribles images du passé.

Mais le mouvement continuait, à peine perceptible et pourtant présent. Il se demanda un instant s'il avait atteint le stade des hallucinations – on disait que d'autres moines, après d'intenses dévotions, avaient été témoins d'apparitions –, mais le scepticisme autant que l'humilité lui firent rejeter cette idée, d'autant plus que le mouvement se produisait sur le sol, au pied du mur. Quelle sorte de vision religieuse se manifesterait en un tel endroit ?

Concluant que sa force d'âme était mise à l'épreuve, il résolut de ne pas regarder. Mais le flou du mouvement glissa de nouveau à la lisière de son champ de vision; dans un instant de faiblesse qui devait par la suite lui sauver la vie, il tourna la tête vers la droite, vers le pied du mur, où il découvrit une petite souris grise.

L'animal se pétrifia.

Drew resta saisi de surprise.

Il en allait de même, apparemment, pour la souris. Chacun observa l'autre pendant un long moment. Comme si elle perdait patience, la souris agita ses moustaches. Inconsciemment, Drew se gratta l'aile du nez. Alarmée, la souris se précipita avec une soudaineté étonnante vers un trou dans le mur.

Drew se surprit au bord du rire. Tandis que la souris disparaissait, néanmoins, il fronça les sourcils en réfléchissant à ce que laissait supposer cette présence. Il n'y avait pas eu de trou dans le mur de son atelier quand il s'était rendu aux vêpres la veille au soir. Il contempla le bois fraîchement rongé et se demanda quoi faire. Ce soir, quand il s'absenterait de nouveau pour les vêpres, il pourrait demander à un frère gardien de se procurer un piège ou du poison. Après avoir glissé l'un ou l'autre dans le trou, le frère pourrait se servir de ses outils de menuiserie pour le reboucher.

Mais pourquoi ? se demanda Drew. Dans le froid de l'automne, la souris était venue au monastère chercher refuge, comme il l'avait fait lui-même. En un sens, ils étaient tous deux dans la même situation.

L'idée lui parut comique. Bien sûr, la souris et moi. Il envisagea les dangers possibles : les fils électriques rongés, les souris se reproduisant derrière le mur jusqu'à ce que le monastère en fût infesté. Le bon sens lui disait que tolérer la présence de cette souris ne serait pas réaliste.

Mais la souris l'intriguait. Il y avait quelque chose dans son audace. Et pourtant, sa...

Vulnérabilité, songea-t-il. Je pourrais la tuer facilement.

Mais plus maintenant. Pas même une souris.

Il décida de la laisser rester. En probation. Tant que tu ne fais pas de boucan. Tant que tu restes célibataire, s'autorisa-t-il à plaisanter.

12

Le père Hafer pâlit.

– Vous reconnaissez...?

– Je crois réellement que me retirer du monde est ma seule chance d'être sauvé, dit Drew. Sinon...

– Si je rejetais votre candidature, je serais responsable de votre suicide? De votre impardonnable péché de désespoir? De votre condamnation à l'enfer? Absurde.

– C'est la logique que vous avez employée il y a un instant. Vous avez dit que vous seriez coupable si vous m'acceptiez malgré vos doutes et que je me damne par la suite en violant mes vœux.

– Alors maintenant, je serais coupable si je ne vous acceptais pas et que vous vous damniez par la suite en vous suicidant? Ridicule. Que se passe-t-il? A qui croyez-vous avoir affaire? Je suis un homme de Dieu. J'ai essayé de traiter votre ultime requête avec respect, et vous voulez maintenant me rendre responsable de... Je ne sais pas ce qui me retient de vous dire de prendre la porte.

– Mais vous êtes un homme de Dieu. Alors vous ne me tournerez pas le dos.

Le père Hafer parut ne pas avoir entendu.

– Et cette demande, dit-il avec un geste irrité vers son bureau. Je me doutais que quelque chose n'était pas clair. Vous prétendez que vos parents sont morts quand vous aviez dix ans.

– C'est vrai.

Drew sentit sa gorge enfler au point de s'obturer.

– Mais il n'y a à peu près rien sur ce qui vous est arrivé depuis. Vous dites bien que vous avez fait des études dans une école technique du Colorado, mais vous avez eu manifestement une formation plus générale : logique, histoire, littérature. A la rubrique « profession », vous dites que vous êtes sans emploi. Dans quelle branche? La réaction naturelle est d'indiquer votre profession, que vous ayez un emploi ou non. Je vous l'ai demandé tout à l'heure, mais vous n'avez pas voulu me répondre. Célibataire. Jamais marié. Pas d'enfants. Trente et un ans, et vous êtes une ombre, conclut le prêtre en frappant le formulaire posé sur son bureau.

Drew eut un sourire amer.

– Alors il devrait m'être plus facile d'effacer toute trace de ma vie antérieure.

– *Qui semble d'ailleurs avoir été déjà effacée,* dit le père Hafer avec un regard furibond. Vous avez des problèmes avec la loi, c'est cela votre motivation? Vous pensez qu'un couvent de chartreux ferait une bonne cachette? Pervertir l'Église pour en faire...

– Non. En fait, ce que je faisais était encouragé par la loi. Au plus haut niveau.

– C'en est assez. J'ai perdu patience. Considérez cet entretien comme terminé si vous ne...

– En confession.

– Quoi ?

– Je vous le dirai en confession.

13

La souris se révéla aussi recluse que lui. Il ne la vit plus pendant quelques jours et se dit qu'elle était repartie. Mais par un après-midi froid et bruineux, alors que les nuages étaient bas et que les feuilles d'érable détrempées tombaient tristement vers le sol, il perçut de nouveau le flou d'un mouvement tandis qu'il était agenouillé pour méditer. Regardant à l'autre bout de l'atelier, il vit un nez et quelques poils de moustache dépasser du trou.

Aussi immobile et silencieux que possible, il attendit. La souris tendit la tête hors de l'orifice, les narines frémissantes, flairant le danger. Résolu à ne pas l'effaroucher, curieux de voir ce qu'elle avait l'intention de faire, Drew s'efforça de ne même pas cligner des yeux.

La souris fit un pas hésitant, et ses épaules apparurent. Un autre pas, et Drew vit son flanc, sa minuscule poitrine haletante, ses yeux qui dardaient leur regard dans toutes les directions. Un pas de plus, et elle avait quitté le trou.

Mais Drew eut l'impression que ce n'était pas la même. Bien que toujours grise, sa fourrure semblait plus terne, son corps plus mince, et il se demanda si ce n'était pas une autre souris. Sa première inquiétude d'avoir affaire non pas à une seule souris, mais à tout un nid, lui fit remettre en question son refus d'appeler un frère gardien pour résoudre le problème. Son amusement face à la souris avait maintenant fait place à de l'embarras.

La souris avançait tout doucement le long de la plinthe en reniflant. Mais elle semblait déséquilibrée, penchée sur le côté comme si elle avait une patte blessée ou était étourdie. *Ou malade*? se demanda Drew. Impossible de savoir quelle maladie elle pouvait transporter, ni si elle était contagieuse pour les humains. Peut-être avait-elle même la rage, se dit-il avec un sursaut d'appréhension.

Il faillit se lever pour effrayer la souris et lui faire regagner son trou. Mais comme elle atteignait un angle et virait d'une plinthe à l'autre tout en continuant à renifler, il devina ce qu'elle devait faire : elle cherchait de la nourriture, ce qui pourrait expliquer son vertige apparent. Peut-être tremblait-elle de faim.

Mais n'y avait-il pas de nourriture en abondance dans les parages? se demanda-t-il, avant de se rendre compte que la pluie avait presque tourné à la neige. La souris aurait dû risquer de mourir de froid et surmonter des obstacles difficiles pour franchir la distance considérable qui la séparait de quelques pommes non recueillies du verger ou des restes de légumes du potager extérieur au cloître. Il y avait évidemment de la nourriture dans la cuisine et dans la cave du monastère, mais la souris avait commis l'erreur de choisir cette cellule dans une aile éloignée du pavillon principal. Elle n'avait apparemment pas trouvé l'emplacement de la cuisine, car c'est là qu'elle se serait nichée.

Tu es vraiment tordue, souris. Ton instinct de survie fait peine à voir.

Alors que la souris atteignait un autre angle, boitillant le long de la plinthe suivante, elle se trouva face à Drew. Ses yeux s'agrandirent tout à coup, son nez se redressa, puis elle s'élança soudain à travers l'atelier et disparut dans son trou.

Drew laissa échapper son souffle – presque un rire. Il observa le trou un moment et se retourna en entendant le bruit d'un loquet qu'on soulevait. Dans le couloir extérieur, des mains invisibles ouvrirent le panneau du passe-plat contigu à la porte. Avec un raclement et un coup sourd, son repas du soir fut déposé sur l'étagère, puis le panneau se referma.

Il se leva et alla prendre la tasse et le bol de l'étagère. Il n'avait ni montre ni calendrier. Ses seuls moyens de mesurer le temps étaient la cloche du monastère, le passage des saisons, et le genre de repas qu'on lui servait. Aujourd'hui devait être vendredi, conclut-il en regardant le contenu de sa tasse et de son bol; c'était le jour où il ne recevait que du pain et de l'eau.

Posant le repas frugal sur son établi, il contempla la pluie monotone, de l'autre côté de sa fenêtre. A cause peut-être du froid et de l'humidité, il se sentait aujourd'hui anormalement tenté par la nourriture. En conséquence, par surcroît de discipline, il se força à ne pas manger tout le pain.

Il se demanda plus tard s'il n'y avait pas eu dès le début un autre motif à ce jeûne partiel. Il fut néanmoins surpris quand, d'un geste impulsif, il déposa un petit morceau de pain devant le trou de la souris au moment où la cloche de la chapelle lui enjoignait de quitter sa cellule pour se rendre aux vêpres.

Quand il revint, le pain avait disparu. Et il se permit un sourire.

14

– Mésuser du sacrement ? fit le père Hafer d'un ton choqué. Si vous tenez à vous assurer mon silence, il n'est pas besoin de confession. N'oubliez pas que je suis aussi psychiatre. Mon éthique professionnelle m'oblige à garder cette conversation strictement confidentielle. Jamais je n'en ferai état devant un tribunal ou auprès de la police.

– Mais je préfère dépendre de votre éthique en tant que prêtre. Vous avez beaucoup insisté sur les vœux sacrés. Vous vous damneriez si vous révéliez ce que vous avez entendu en confession.

– Je vous ai dit que je ne mésuserai pas du sacrement ! Je ne sais pas quel tour vous essayez de jouer, mais...

– *Pour l'amour de Dieu, je vous en supplie !*

Le prêtre cligna des paupières, alarmé.

Drew déglutit et dit d'une voix accablée :

– Vous comprendrez pourquoi il faut m'autoriser à entrer dans les ordres.

15

Cela devint un rite. Chaque soir, il laissait devant le trou une portion de son repas – un morceau de carotte, une feuille de laitue, une tranche de pomme. Son offrande ne fut jamais refusée. Mais comme si elle avait des soupçons quant à la générosité de Drew, la souris restait dans son trou.

Évidemment, se dit Drew, pourquoi prendre la peine de sortir de son trou quand on reçoit ses repas à domicile ?

Les motivations qu'il attribuait à la souris l'amusaient, bien qu'il ne laissât pas son amusement interférer avec sa résolution. Sa raison d'être était la dévotion, ses jours étaient occupés par la prière et la pénitence, pour l'honneur et la gloire de Dieu, et l'expiation de ses péchés atroces.

Lors de son cinquième hiver au monastère, les rafales de neige accumulèrent d'énormes congères devant sa fenêtre. Il persistait, se purgeant de ses terrifiantes émotions, maîtrisant la culpabilité qui torturait son âme. Mais parfois, durant ses prières, la souris s'aventurait maintenant hors de son trou. Elle semblait plus grasse, ses yeux étaient plus vifs. Elle ne s'aventurait pas à plus d'un mètre de son refuge, mais sa démarche était assurée. Son poil lustré respirait la santé.

Quand le printemps revint, l'assurance de la souris était telle qu'elle se montrait pendant que Drew faisait ses exercices. Elle s'asseyait devant son trou, les pattes de devant dressées, observant ce qu'elle devait considérer comme un étrange comportement.

Les jours s'adoucissant, Drew s'attendait que la souris partît. Il est temps que tu ailles jouer, songea-t-il. Goûter la douceur des nouveaux bourgeons, rencontrer des compagnons. Je te dispense même de chasteté. Vas-y, petit. Élève une famille. Le monde a aussi besoin de souris des champs.

Mais la souris apparaissait de plus en plus souvent, s'aventurant chaque fois plus loin de son trou.

Quand la saison fut devenue si chaude que la sueur perlait sur la poitrine de Drew sous sa haire et sa lourde robe, il sentit un jour un minuscule mouvement contre sa jambe alors qu'il mangeait, assis devant son établi. Abaissant les yeux, il vit la souris flairer sa robe et se rendit compte que l'animal s'était définitivement installé.

Un confrère ermite. Il ne connaissait pas son sexe mais, étant donné les circonstances, il préférait penser que c'était un mâle. Se rappelant une souris dont il avait lu l'histoire il y avait longtemps dans un livre de E.B. White, il lui donna un nom.

Stuart Little.

Quand j'étais innocent, songea-t-il.

16

– Je n'ai pas mes ornements sacerdotaux avec moi.

– Où sont-ils? demanda Drew.

– Dans ma chambre, ici au presbytère.

– Alors je vais les chercher avec vous. Il va falloir que nous sortions de toute façon, pour aller au confessionnal de l'église de l'autre côté de la rue.

– Ce n'est pas nécessaire, dit le père Hafer. Les règles ont été assouplies. Je peux vous entendre en confession ici même dans mon bureau, face à face. C'est ce qu'on appelle la « confession publique ».

Drew secoua la tête.

– Qu'est-ce qui ne va pas?

– Disons que je suis vieux jeu.

Ils traversèrent la rue encombrée pour gagner l'église. Là, dans la haute nef où régnait une fraîche pénombre, chacun se dirigea d'un pas résonnant vers l'un des austères compartiments d'un confessionnal. Drew s'agenouilla dans l'obscurité imprégnée d'une odeur de moisissure. Derrière la cloison, le prêtre fit glisser un panneau. Drew chuchota à l'intention de l'ombre qui se tenait derrière la grille :

– Bénissez-moi, mon père, parce que j'ai péché.

Je me suis confessé pour la dernière fois il y a treize ans. Voici mes péchés.

Et il raconta, ne s'arrêtant même pas quand il décrivit les photographies qu'il avait dans sa poche et que le prêtre commença à avoir le souffle coupé.

17

C'était de nouveau l'automne, octobre, sa sixième année au monastère. La lueur rougeoyante du soleil couchant colorait les érables chatoyants de la colline. Il entendit le claquement du passe-plat, puis le raclement et le coup familiers de la tasse et du bol qu'on posait sur l'étagère à côté de sa porte.

Il abaissa sa hache, dont il utilisait la partie contondante pour frapper un coin de métal au moyen duquel il fendait les bûches destinées à son poêle à bois. Puis il regarda en direction du trou minuscule, au pied du mur de l'atelier, où Stuart Little venait d'apparaître. La souris s'assit sur son derrière, levant les pattes de devant pour se brosser les moustaches.

Tout ce qui te manque, c'est un couteau, une fourchette et un bavoir, plaisanta Drew intérieurement, amusé de voir comment le bruit du passe-plat était devenu pour Stuart Little la cloche du dîner.

La souris s'approcha en trottinant tandis que Drew apportait le repas à son établi. Pain et eau : un autre jour de jeûne. L'estomac grondant, il émit un soupir de feinte exaspération en voyant Stuart essayer de grimper à sa robe, puis rompit un morceau de pain qu'il jeta à la souris. Il s'assit devant l'établi et inclina la tête, les mains jointes, pour prier.

Tu sais, Stuart, dit-il intérieurement quand il eut terminé sa prière, tu deviens gourmand. Je devrais te faire attendre d'avoir dit mon bénédicité. Un peu de religion ne te ferait pas de mal. Qu'en dirais-tu, hein ?

Il abaissa les yeux vers la souris.

Et fronça les sourcils. La souris était étendue sur le côté, immobile.

Il écarquilla les yeux de surprise, pétrifié. Sa poitrine se serra. Atterré, il retint son souffle, puis cligna des paupières et, inspirant lentement, se pencha pour toucher le flanc de Stuart.

La souris demeura inerte.

Drew la pressa légèrement, palpant la fourrure lisse et douce, mais n'obtint aucune réaction. Il avait l'impression d'avoir la gorge tapissée de sable. Déglutissant péniblement, il ramassa Stuart. L'animal reposait immobile au creux de sa main. Il ne pesait presque rien, mais c'était un poids mort.

Drew sentit son estomac se contracter. Il secoua la tête de consternation, désorienté. Une minute plus tôt, c'était tout juste si la souris ne dansait pas à la perspective de son dîner.

Était-ce la vieillesse ? se demanda-t-il. Une crise cardiaque ou une attaque d'apoplexie ? Il ne connaissait pas grand-chose aux souris, mais il se rappelait vaguement avoir lu quelque part qu'elles ne vivaient pas longtemps. Un ou deux ans.

Mais cela était valable dans la nature, quand elles étaient exposées aux prédateurs, aux maladies et au froid. Et ici, dans la cellule ? Il fit un effort de réflexion, se disant que même avec la chaleur et de bons soins, Stuart Little était condamné à mourir. Il n'y avait aucun moyen de savoir quel âge il avait quand il était apparu l'automne précédent, mais en termes humains il avait peut-être maintenant près de quatre-vingt-dix ans.

Je ne devrais pas être surpris. En le nourrissant, je n'ai fait que repousser... S'il n'était pas mort aujourd'hui...

Demain.

Se mordant la lèvre, il reposa avec tristesse le petit corps sur le sol, et se sentit coupable du chagrin qu'il éprouvait. Un chartreux était censé écarter toute distraction terrestre. Dieu seul importait. La souris avait été une tentation à laquelle il aurait dû résister. Maintenant, Dieu le punissait en lui apprenant pourquoi il ne devait pas s'enticher de créatures éphémères.

La mort.

Drew frissonna. Non. Je n'y changerais rien. La compagnie de cette souris était amusante. Je suis content de m'en être occupé.

Ses yeux le piquaient, le faisant cligner tandis qu'il contemplait son ami inerte étendu sur le sol. De terribles pensées lui vinrent. Que devait-il faire du corps? Il n'allait certainement pas demander à un frère gardien de l'en débarrasser, de le jeter peut-être avec les ordures. La souris méritait mieux. La dignité d'une inhumation.

Mais où? Son regard embué se porta sur la fenêtre de l'atelier. Le soleil couchant avait fait place au crépuscule, noyant d'ombre le mur de son jardin.

Un cèdre en buisson poussait dans l'angle du mur. Oui, se dit Drew. Il allait enterrer Stuart Little sous le buisson. C'était un arbre à feuilles persistantes, qui vivait toute l'année. Même en hiver, sa couleur serait un appel.

Il avait l'impression que sa gorge était enflée et lui faisait mal chaque fois qu'il déglutissait. Altéré, il tendit la main pour prendre sa tasse d'eau qu'il éleva jusqu'à ses lèvres, regardant par-delà le récipient l'épaisse tranche de pain posée dans son bol.

Et s'immobilisa.

Un fourmillement se mit à lui picoter la moelle épinière.

Il abaissa les yeux vers le sol, vers le morceau de pain qu'il avait jeté à Stuart Little, puis il regarda fixement l'eau de la tasse qu'il tenait à la main. Lentement, précautionneusement, s'assurant que pas une goutte de liquide ne passait par-dessus bord, il reposa le récipient sur la table. D'un mouvement réflexe, il s'essuya les mains sur le devant de sa robe.

Non, se dit-il. C'est impossible.

Mais si ce n'est pas ton imagination ?

Sa suspicion l'emplissait de honte. A sa sixième année de pénitence rigoureuse, avait-il gardé l'habitude de penser comme il l'avait fait durant sa vie passée ? Son entraînement l'avait-il marqué de manière aussi indélébile ? Ses instincts résistaient-ils tant au changement ?

Mais, simple supposition. Voyons, juste pour le raisonnement. De quel genre peut-il être ? Tue-t-il par simple contact ?

Soudain tendu, il regarda ses mains. Non. Il avait touché la souris, et le pain, il y avait tout juste une minute. Mais la souris était morte rapidement. Le temps qu'il avait fallu à Drew pour fermer les yeux et dire le bénédicité. Si c'est un poison et qu'il tue par contact, je devrais être mort aussi, malgré ma taille.

Il inspira.

Très bien donc, il faut qu'il soit absorbé. (Tu dois cesser de penser de cette façon.)

Et il est puissant. Presque instantané.

En présumant que ce soit du poison.

Ce n'est qu'une supposition, bien sûr. Après tout, il est fort possible que Stuart Little soit mort de causes naturelles.

(Mais qu'aurais-tu pensé il y a six ans ?)

Il s'efforça de réprimer ses terrifiants souvenirs. Non. Dieu me met de nouveau à l'épreuve. Il se sert de cette mort pour savoir si je me suis vraiment purifié. Un homme détaché ne penserait jamais de cette façon.

(Mais dans le temps...

Oui ?

Tu pensais toujours de cette façon.)

Il étrécit son champ de vision jusqu'à ne plus voir que la souris immobile sur le sol. Lentement, fronçant les sourcils si fort qu'il ressentit un début de céphalée, il leva les yeux vers le passe-plat, près de sa porte.

Le panneau était fermé. Mais de l'autre côté il y avait un couloir.

(Non. Ça n'a pas de sens. Pas *ici*, pas *maintenant !* Qui ? Pourquoi ?)

D'ailleurs, il ne faisait que conjecturer. La seule façon de savoir avec certitude si le pain avait été empoisonné était de...

Le goûter ? Certainement pas.

Le faire analyser ? Ce serait trop long.

Mais il y avait un autre moyen. Il pouvait aller visiter le monastère. Il se raidit, pris de doute. L'idée le rebutait.

Mais étant donné les circonstances...

Il regarda fixement la porte. Ses années de discipline lui disaient d'attendre encore un peu jusqu'à l'heure où il se rendait normalement aux vêpres. Oui. La décision le calma. Évitant les extrêmes, il en appela à son bon sens.

Le crépuscule se faisait plus profond, virant à

l'obscurité. Une bruine vaporeuse emperlait la fenêtre. Il frissonna, plein de chagrin, trop préoccupé pour se forcer à allumer sa lampe.

La cloche des vêpres demeura silencieuse mais, accordé comme il l'était au rythme circadien, il savait qu'elle aurait déjà dû sonner. Il se dit que la mort de la souris avait perturbé son jugement. Le temps s'écoulait avec une lenteur exagérée, c'était tout. Il n'avait pas d'horloge dans sa cellule, comment pouvait-il être certain du moment où les vêpres devaient avoir lieu ?

Il compta jusqu'à cent. Attendit. Recommença à compter. Et s'arrêta.

Avec un soupir douloureux, il réprima son inhibition ; rompant avec six années d'habitude, il ouvrit la porte.

18

Une lampe brillait au plafond. Le couloir était nu, sans tableaux, sans tapis. Silencieux, désert.

Cela n'avait rien d'inhabituel. Quand la cloche sonnait, il est vrai, il lui arrivait de rencontrer d'autres moines quittant leur cellule pour se rendre à la chapelle. Mais tout aussi souvent, il sortait plus tôt ou plus tard que les autres et suivait seul le couloir.

C'est ce qu'il fit. Toujours résolu à observer le rituel, il atteignit l'extrémité du couloir, tourna sur la gauche, et passa sous une autre lampe avant de pénétrer dans le pavillon. La porte de la chapelle découpait son ombre à cinquante pas de lui, sur la droite.

Ses doutes s'intensifièrent, mis en branle par son instinct. Au lieu de continuer vers la chapelle, il prit une brusque décision et vira sur la droite pour descendre l'escalier qui menait au réfectoire. Comme il s'y attendait, et comme de coutume à cette heure de la soirée, celui-ci était désert. Mais, pensant au pain qu'on lui avait donné, Drew porta son regard sur une lumière à l'autre bout de la salle, là où se trouvait la cuisine. Dépassant les tables vides aux plateaux nus, il prit une profonde inspiration, franchit la porte battante et examina le poêle massif, la porte du congélateur qui évoquait celle d'une chambre forte, les larges comptoirs et les placards. Et les deux corps étendus sur le sol.

C'étaient des frères gardiens, pas des ermites, mais ils n'en portaient pas moins la robe blanche, le scapulaire et le capuchon des vrais chartreux. La poitrine de chaque robe était tachée de sang, chaque capuchon teinté de rouge à hauteur de la tempe.

Drew se surprit. Peut-être parce qu'il s'était inconsciemment attendu à quelque chose de la sorte, ou parce que ses instincts n'avaient pas été aussi bien neutralisés qu'il l'avait espéré, son cœur demeura parfaitement calme.

Mais il eut l'impression que son estomac le brûlait.

Les coups de feu avaient dû être tirés par une arme à silencieux afin de ne pas donner l'alerte au monastère. Deux assassins au moins. Chacun des frères était tombé à peu près dans la même position, ce qui laissait supposer qu'ils avaient été pris par surprise. Aucun signe de panique, ni de tentative de fuite de leur part, ce qui signifiait que les balles qui leur avaient perforé la poitrine avaient été tirées simultanément. Drew hocha la tête. Oui, deux assassins au moins.

Et expérimentés. Une blessure à la poitrine n'était pas toujours mortelle. Le protocole exigeait une assurance – à tout hasard, et pour réduire la souffrance au minimum. Le coup de grâce rituel. Une balle dans chaque tempe. Professionnel, assurément.

Drew maîtrisa la tension qui montait en lui, fit demi-tour et sortit de la cuisine. Hors du réfectoire, il hocha la tête d'un air accablé, sachant ce qu'il devait faire maintenant, ce qu'il avait envisagé de faire en quittant sa cellule. Il en avait repoussé la décision aussi longtemps que possible, jusqu'à ce qu'il n'eût plus le choix. Ce serait une violation absolue de la règle des chartreux. Aussi grave que de quitter sa cellule à un autre moment que ceux des rites obligatoires.

L'idée lui répugnait, mais il devait la mettre à exécution.

Gravissant l'escalier, il refit le chemin en sens inverse, atteignit l'extrémité du couloir du pavillon et tourna sur la droite pour entrer dans l'aile qui abritait sa cellule. Il s'arrêta à la première porte qu'il rencontra, en contempla la poignée.

Et poussa le battant. Une lampe brillait au plafond de l'atelier. Le moine qui l'occupait avait dû l'allumer quand la nuit était tombée. Il était étendu sur le sol, près d'une chaise renversée. Sa main serrait un morceau de pain. Une flaque d'urine suintait de sa robe.

Drew serra les mâchoires et referma la porte. Refoulant la bile qui lui montait à la bouche, il alla à la porte suivante et l'ouvrit. Là, la lampe de l'atelier n'avait pas été allumée, mais la lueur projetée depuis le couloir était suffisante pour que Drew pût distinguer le moine affalé sur sa table, le bol de pain coincé sous un bras.

Il continua ainsi, ouvrant et refermant chaque porte, allant à la suivante, puis à une autre. Une lampe était parfois allumée, parfois non. Le corps était parfois sur la table, parfois sur le sol. Dans certains cas, le moine, en mourant, avait bousculé sa tasse d'eau qui s'était renversée, de sorte que l'eau et l'urine étaient indiscernables l'une de l'autre.

Tous – les dix-neuf moines qui s'étaient retirés dans ce refuge – avaient été empoisonnés par le pain. Ou par l'eau, se dit Drew. L'eau devait logiquement avoir été empoisonnée de la même façon. Il eût été absurde de ne pas se montrer minutieux. Professionnel.

Trop de questions se posaient. Mais la question primordiale était : pourquoi?

Il comprenait maintenant ce qui l'avait retenu d'allumer la lumière quand le crépuscule s'était assombri. Il avait présumé que le chagrin causé par la mort de Stuart Little lui avait ôté jusqu'à la détermination nécessaire pour traverser son atelier et actionner l'interrupteur. Mais il se rendait compte à présent que son subconscient l'avait mis en garde. Quiconque avait empoisonné la nourriture aurait posté quelqu'un à l'extérieur, sans doute dans la cour, pour guetter tout signe de vie dans le monastère. Une lumière s'allumant à ce moment aurait attiré les assassins à sa cellule.

D'autres questions. Pourquoi employer le poison? Pourquoi ne pas abattre chaque moine de la même façon que le personnel de la cuisine? Pourquoi attendre si longtemps avant de venir vérifier que tout le monde était mort?

Pourquoi tuer tout le monde? Et où était l'équipe de tueurs?

A chaque porte qu'il ouvrait, à chaque cadavre qu'il trouvait, il recouvrait de plus en plus son ancien état d'esprit. Six ans plus tôt, quand il fuyait Scalpel, il aurait naturellement présumé qu'il était la cible. Mais il avait été prudent. Scalpel ne savait pas qu'il était entré au monastère. Scalpel le croyait mort.

Alors qui d'autre pourrait le traquer? Peut-être n'était-il pas la cible. Peut-être était-ce l'un des autres moines. Mais pourquoi? Non, c'était peu vraisemblable. Et pourquoi *tous* les moines avaient-ils été tués? La tactique ne semblait avoir aucun sens.

Un instant plus tard, elle en avait un, cependant, et Drew sentit sa nuque se glacer. Le commando d'exécution ne pouvait savoir qui occupait quelle cellule. Les moines étaient tous anonymes, les portes dépourvues de signes distinctifs. Il n'y avait aucun moyen de savoir qui s'isolait dans quel bloc. Le commando aurait pu difficilement vérifier chaque cellule; une opération aussi compliquée aurait été trop risquée, aurait laissé trop de possibilités d'erreur. C'était une chose que d'affronter le personnel de la cuisine au sous-sol, où personne ne risquait d'entendre une éventuelle agitation. Le risque était acceptable. Mais au rez-de-chaussée, où les moines vivaient les uns près des autres – c'était une tout autre affaire. En pénétrant dans chaque cellule, même avec des silencieux pour étouffer les coups de feu, l'équipe eût été à la merci du hurlement imprévisible d'un moine surpris, hurlement qui aurait pu alerter les autres moines et – si je ne me trompe pas, songea Drew – un moine en particulier, l'homme pour lequel était venu le commando.

Moi.

Le tourment lui nouait le front. A cause de mes péchés? Est-ce la raison pour laquelle tout le monde devait mourir? Mon Dieu, qu'ai-je fait en venant ici!

La logique de l'emploi du poison lui apparaissait maintenant clairement : un moyen d'exécuter le monastère tout entier d'un seul coup (à l'exception du personnel de la cuisine, déjà abattu). Tout aussi important, c'était une mort à distance. Téléguidée.

Parce que les hommes du commando respectaient l'habileté de l'homme qu'ils étaient venus assassiner, parce qu'ils ne savaient pas si ses six années de retraite avaient suffi à émousser ses talents, ils avaient choisi de ne pas l'attaquer directement. Une précaution supplémentaire. Une assurance de plus.

Mais tous les autres avaient été condamnés à mourir.

Un terrible hoquet lui noua la gorge.

Il se rendit compte soudain que les assassins, où qu'ils fussent tapis, allaient bientôt sortir de leur cachette. Quand ils se sentiraient en confiance, après un temps suffisant, ils viendraient inspecter le monastère. Ils fouilleraient chaque cellule. Ils voudraient vérifier la mise à mort, *s'assurer qu'un homme en particulier avait bien été tué.*

Les épaules contractées, Drew scruta le couloir dans les deux sens.

La cloche des vêpres se mit à sonner.

19

Dans le silence de mort, le son qui se répercutait au long du couloir et à travers la cour semblait déplacé. Il avait quelque chose de lugubre, comme s'il annonçait des funérailles.

Drew sentit ses tendons se contracter. Il se ramassa sous la force de l'habitude, comprenant ce que devait ressentir un papillon de nuit attiré par une flamme. Chaque jour depuis six ans, cette cloche l'avait appelé. Elle faisait tellement partie de son emploi du temps quotidien que, même à présent qu'il en connaissait la menace, il se sentait contraint d'obéir à son appel. Comme le ferait tout moine survivant qui, par la grâce d'un surcroît de discipline, aurait décidé de se refuser jusqu'à ce repas minimal de pain et d'eau. Irrésistiblement attiré à la chapelle pour les vêpres, le moine ouvrirait sa porte.

Et serait abattu par le pistolet à silencieux chargé d'accomplir ce que le poison aurait manqué de faire. Pas de témoins, pas d'interruption. Raffinement sur raffinement.

Drew en frémit de rage.

Mais c'était évident. Quand la cloche aurait suffisamment sonné, quand le commando aurait conclu qu'aucun moine jeûnant n'avait pu résister à son appel, la perquisition commencerait. Il devait se cacher.

Mais où? Il ne pouvait se risquer à quitter le monastère. Il devait présumer que tout le périmètre en était surveillé. Très bien, donc, il devrait rester à l'intérieur.

Mais encore une fois, où? Quand le commando constaterait l'absence de son cadavre, il fouillerait la moindre pièce et le moindre recoin du cloître. Même si Drew n'était pas la cible particulière, l'intention des assassins avait été manifestement de tuer tout le monde. Il fallait supposer qu'ils ne seraient satisfaits que quand ils auraient leur compte de cadavres. Il est vrai qu'il avait l'avantage de connaître mieux qu'eux la disposition des lieux, mais ils seraient méthodiques, résolus. Les chances étaient contre lui.

A moins... Le désespoir stimula ses pensées. S'il parvenait à les convaincre que...

Chaque battement de la cloche semblait plus sonore, plus fort. Il se hâta de regagner sa cellule.

Par habitude, il avait refermé sa porte en quittant l'atelier pour se rendre aux vêpres. Il se dit que c'était une erreur, et la laissa ouverte après être rentré. La souris morte à côté du morceau de pain, sur le sol, révélerait au commando qu'il s'était méfié du poison.

L'absence de son corps, le fait que sa porte – et seulement la sienne – était ouverte laisseraient supposer qu'il s'était enfui. Ils concentreraient leurs recherches sur d'autres parties du monastère, vraisemblablement à l'extérieur, et préviendraient les gardes postés à la périphérie qu'il essayait de s'échapper à travers bois. Ils seraient pris d'un sentiment d'urgence, impatients.

Drew l'espérait. Gravissant sans bruit l'escalier obscur, il atteignit son oratoire où, pour la première fois depuis six ans, il ne s'arrêta pas pour prier. Il le traversa comme une flèche jusqu'aux ténèbres de son cabinet de travail et entra dans sa chambre, où il vira vers la petite salle d'eau plongée dans l'ombre.

Au plafond, au-dessus de l'évier, une trappe permettait d'accéder à l'espace d'isolation aménagé sous le toit. Il ôta ses sandales de façon à ne pas laisser de marques sur la porcelaine et, les tenant à la main, grimpa sur l'évier qui grinça sous son poids. Il tâtonna au-dessus de lui, relâcha son souffle quand il sentit le bord de la trappe, poussa le panneau et se hissa dans le réduit obscur. En dépit du froid qui y régnait, il sentit qu'il se mettait à transpirer. Après avoir remis le panneau en place, il rampa sur la laine de verre irritante jusqu'à l'angle opposé où il s'aplatit autant qu'il le put, se dissimulant derrière les poutres et les étais verticaux. Il essaya d'imposer le silence à son esprit, mais n'y parvint pas.

Respirant la poussière, il se mit à penser aux moines, ses compagnons.

Et à Stuart Little.

20

La cloche cessa de sonner, faisant place à un silence surnaturel. Il se pétrifia, l'oreille tendue, sachant que ses poursuivants allaient maintenant quitter la chapelle. La bruine qui emperlait plus tôt les vitres de sa fenêtre s'était transformée en une pluie régulière qui tambourinait au-dessus de lui sur le toit incliné. Frissonnant de froid et d'humidité, il se pressa plus fort contre le matériau isolant. Malgré l'épaisseur de ce dernier, il sentait les arêtes vives des solives qui formaient l'ossature du plafond. Il attendit.

Attendit.

De temps à autre, il crut entendre des sons étouffés et lointains. Pas de voix, évidemment – le commando devait suivre un processus préétabli et communiquer par gestes. Mais d'autres bruits étaient inévitables, l'ouverture des portes, les pas sur le sol dur et nu. L'oreille posée sur la laine de verre, il lui parut que certains grincements indistincts, au-dessous de lui, étaient causés par quelqu'un qui se glissait dans son oratoire, dans son cabinet de travail et dans sa chambre. Ces bruits auraient pu être le fruit de son imagination, mais il concentra néanmoins son attention sur la trappe invisible, à l'autre bout du comble obscur, guettant avec appréhension le raclement qu'elle émettrait si quelqu'un la soulevait. Il humecta ses lèvres desséchées.

Et attendit.

La nuit passa lentement. Malgré sa tension, l'air

étouffant l'engourdissait. Il cilla dans l'ombre, les paupières lourdes, s'éveilla en sursaut et fit un effort pour ne pas s'assoupir de nouveau. Quand il se réveilla un peu plus tard, désorienté, aussitôt en alerte, il remarqua un soupçon de lumière à travers les fentes de la bouche d'aération qui permettait à la chaleur accumulée en été de s'évacuer. C'était le matin, et il n'entendait plus le tambourinement de la pluie sur le toit. En fait, à part le sifflement contrôlé de sa respiration, il n'entendait rien.

Il attendit néanmoins. Dans sa vie passée, il lui était arrivé une fois d'être traqué cinq jours durant à travers la jungle. Il n'avait presque rien mangé, à part des feuilles non toxiques qui fournissaient à son cerveau le potassium et le lithium dont il avait besoin pour demeurer vigilant. Incapable de se fier à l'eau infectée de bactéries, il s'en était remis à la pluie pour lui procurer l'humidité nécessaire. Comparé à la jungle, ce comble présentait peu de problèmes. Il était sédentaire, après tout, et accoutumé à jeûner. Si cela s'était passé en août, au lieu d'octobre, la chaleur humide eût été insupportable malgré les bouches d'aération. Mais en cette saison, où le froid n'était pas dangereusement glacial, il pouvait passer là trois jours entiers. C'était la limite en ce qui concernait la privation d'eau. Peut-être pourrait-il tenir plus longtemps, mais il se mettrait à délirer.

Il rumina ses pensées toute la matinée, conscient de la mort qui régnait au-dessous de lui. Les cadavres avaient maintenant dû dépasser l'état de *rigor mortis* pour entrer dans celui de *livor mortis,* et commencer à enfler sous la pression des gaz, à s'empuantir. Il devait en être de même pour Stuart Little.

Il avait mal au front à force de froncer les

sourcils. En 1979, il s'en souvenait, il était si désespéré qu'il avait voulu se tuer. Le monastère lui avait procuré la seule autre issue, un moyen de se punir et d'essayer de sauver son âme.

Alors pourquoi, maintenant, était-il si acharné à esquiver ceux qui le pourchassaient ? Pourquoi se sentait-il obligé de les empêcher de faire ce qu'il avait failli s'imposer à lui-même ? Si les assassins le tuaient, après tout, ce ne serait pas un suicide. Il ne se damnerait pas.

Parce que être victime d'un martyre était une chose, et qu'inviter le martyre était tout autre chose. La présomption était un péché aussi mortel que le désespoir. Il ne pouvait oser compter sur Dieu pour le sauver simplement parce qu'il risquait d'être tué pour ses péchés. Il devait lutter pour son salut. Il devait faire appel à tous les moyens qui étaient en son pouvoir, à tous les artifices qu'il pouvait imaginer, pour échapper à ses exécuteurs.

Je veux être puni. Oui. Pour ma vie passée. Pour les moines qui sont morts à cause de moi.

Mais...

Oui ?

J'ai aussi une obligation.

De faire quoi ?

De punir les autres, ceux qui les ont tués.

Mais tu ne connaissais même pas ces moines. C'étaient des ermites, comme toi. En tant que personnes, ils ne signifiaient rien pour toi.

Peu importe. C'étaient des êtres humains, et ils ont été lésés. Ils méritaient une chance de poursuivre leur quête de la sainteté.

Peut-être sont-ils au paradis, maintenant.

Rien ne permet de l'affirmer. C'est encore une présomption.

Alors, au lieu de cela, tu préfères la vengeance ?

Est-ce un sentiment bien digne d'un chartreux? Œil pour œil, au lieu de tendre l'autre joue?

Il n'avait pas de réponse. Des émotions troublantes et peu familières, assoupies depuis six ans, montaient en lui. Le monde avait fait intrusion dans sa solitude, l'avait corrompu.

21

Tard dans la nuit suivante, l'orage éclata. Des éclairs fusaient, vaguement visibles à travers les fentes des bouches d'aération. Le tonnerre faisait frémir le toit. Drew décida de mettre les éléments à profit et rampa jusqu'à la trappe, se déplaçant aussi silencieusement que possible pour se laisser descendre dans l'obscurité qui dissimulait l'évier. Tandis que la tempête faisait rage, il se glissa dans l'ombre et s'immobilisa, tous les sens en alerte. Il aurait fallu qu'un assassin fût terriblement résolu et patient pour attendre là deux nuits de suite dans le cas improbable où Drew se serait caché dans le comble. Il était plus vraisemblable que le commando aurait envoyé quelqu'un le déloger, ou aurait au moins usé de gaz lacrymogène pour le forcer à en descendre. En outre, s'ils avaient pensé que Drew était sorti du bâtiment, ils avaient dû se sentir en péril, craindre qu'il n'avertît la police s'il s'était échappé. Après l'échec de leur perquisition, ils avaient été forcés de se retirer.

C'est du moins ce que Drew espérait. Rien n'était certain. Mais ici dans la nuit, il avait un avantage. L'un de ses principaux talents, résultat d'un entraînement intensif particulier, était le combat au corps à corps dans l'obscurité totale. Même après six ans d'inaction, il n'en avait rien oublié. L'espace d'un instant, il se sentit transporté de nouveau dans les ténèbres de cette pièce étouffante d'un hangar d'aviation abandonné du Colorado. Immobile, le souffle lent, l'oreille tendue, il ne sentit ni n'entendit aucun assaillant tapi dans l'ombre.

Le crépitement de la pluie, bien sûr, étoufferait les autres sons. A un certain point, il lui fallait agir en confiance, traverser la chambre en guettant un bruissement d'étoffe, un soudain élan dans sa direction. Rien ne se produisit. Il jeta un coup d'œil en arrière. A travers les vitres fouettées par la pluie, un éclair illumina la pièce, lui permettant brièvement de s'assurer que personne ne s'y trouvait.

L'obscurité revint tandis que le tonnerre grondait, et il se rendit compte qu'il avait eu tort de regarder en direction de l'éclair. Ses pupilles s'étaient contractées pour se protéger de l'éclat soudain, replongées dans le noir, elles étaient lentes à se dilater de nouveau. Sa vision nocturne en avait été altérée. Il dut attendre, indécis, temporairement aveugle. Avec une lenteur insupportable, il commença à distinguer des contours flous dans l'obscurité et se mordit la lèvre. Très bien, il avait commis une erreur. Il l'admettait. Mais l'erreur lui avait été utile. Il en avait appris quelque chose. Le métier revenait. Déjà, il calculait comment tirer avantage des éclairs.

Le dos tourné à la fenêtre, il sortit de sa chambre. Puis il franchit l'ombre plus profonde du cabinet de travail et de l'oratoire, où il ressentit et réprima de nouveau l'attraction née de l'habitude qui lui commandait de s'y arrêter pour prier. Dans l'escalier qui descendait à l'atelier, il vit sa porte ouverte, la lumière qui se déversait depuis le couloir. Il sentit une puanteur écœurante et par trop familière. Quand il atteignit la dernière marche, il scruta prudemment la pièce. Sa tasse et son bol étaient restés sur l'établi. Stuart Little était toujours dans la même position, sur le sol. Mais, comme il l'avait escompté, la souris était maintenant boursouflée, remplie de gaz.

Drew déglutit, non par dégoût, mais par pitié. Parce qu'il avait besoin du corps, il la prit tendrement par la queue et l'enveloppa avec douceur dans un mouchoir qu'il avait laissé sur sa pile de bois. Il attacha le mouchoir à sa corde à sauter et noua la corde autour de sa taille, par-dessus son habit.

D'un tiroir de son établi, il sortit quatre photographies, les seuls objets qu'il eût gardés de sa vie passée. Six ans plus tôt, il les avait montrées au père Hafer après que le prêtre, le souffle coupé, eut entendu sa confession. Les photographies avaient confirmé ce qu'avait dit Drew, persuadant le prêtre de se laisser fléchir, de recommander qu'il fût accepté parmi les chartreux. Elles montraient un homme et une femme consumés par les flammes, un jeune garçon hurlant d'horreur. Au monastère, Drew avait chaque jour contemplé ces images, se remémorant ce qu'il avait été, son besoin de pénitence. Il ne pouvait se résoudre maintenant à partir sans elles.

Il les glissa dans sa poche et regarda autour de lui. Quoi d'autre? Il avait besoin d'une arme. La hache, près du tas de bois.

L'orage redoublait de fureur. Bien qu'il eût le dos tourné à la fenêtre, il vit un autre flamboiement emplir la pièce. S'approchant de la porte ouverte, il scruta des deux côtés le couloir vide, lança derrière lui un regard de nostalgie à ce lieu qui avait été son refuge depuis six ans, puis il souleva sa hache et se glissa dans le couloir vers l'arrière du monastère.

Il fit une seule halte, pour regarder dans une autre cellule. La puanteur agressive et nauséeuse qui en jaillit quand il entrouvrit la porte lui dit tout ce qu'il avait besoin de savoir. Il poussa néanmoins la porte plus loin et contempla le corps grotesquement déformé du moine.

Les assassins avaient donc laissé le monastère dans l'état où ils l'avaient trouvé, refermant chaque porte sur son ultime secret sans se soucier d'enterrer les morts – pas de temps pour cela – mais du moins perversement respectueux de leurs victimes.

Cela aussi importait peu. Quelle que fût leur éthique particulière – Drew avait lui-même obéi dans le passé à une éthique similaire –, ils devraient payer.

22

A l'arrière du monastère, il atteignit la sortie qui donnait sur le potager. Le tonnerre faisait trembler la lourde porte de bois.

Il reconsidéra ses décisions. La manière la plus simple de quitter le monastère était de sortir par l'avant du pavillon, puis de suivre le chemin de terre à travers la forêt jusqu'à la route goudronnée qui passait au bas de la colline. Il est vrai qu'il n'avait vu les abords du monastère qu'une seule fois, très brièvement, quand on l'avait amené en voiture six ans plus tôt. Il se souvenait cependant de cette route de campagne et de la ville – comment s'appelait-elle? Quentin? – à une quinzaine de kilomètres vers le sud. Mais si le comportement le plus plausible consistait à sortir par-devant et suivre le chemin qui menait à la route, il devait, précisément pour cette raison, emprunter une autre voie. Bien que les tueurs eussent apparemment quitté les parages, il y avait une chance – très forte – pour qu'un homme eût été posté afin de surveiller le monastère de loin, au cas où Drew serait encore sur les lieux. Leur raisonnement serait que Drew s'était échappé et avait prévenu la police. Mais si la police n'arrivait pas ? Ils devraient en déduire que Drew ne s'était pas échappé. Ils se risqueraient à une seconde perquisition. Raison de plus pour Drew de quitter les lieux.

Mais pas par-devant, pas par une voie sur laquelle un guetteur concentrerait son attention. Par-derrière, donc. Néanmoins, étant donné le comportement professionnel du commando, il devait s'arrêter à d'autres conjectures.

D'abord, le guetteur ne négligerait pas les autres issues du cloître. Il se tiendrait à une distance prudente, choisissant une position qui lui assurerait une vue d'ensemble des bâtiments. Un seul emplacement offrait un tel point de vue : derrière le cloître, sur la colline boisée qui s'élevait plus haut que celle du monastère.

Deuxième supposition : le guetteur serait équipé pour la surveillance de nuit, soit d'une lunette à infrarouges, avec projection d'un faisceau invisible, soit d'une lunette Starlite, qui amplifiait la moindre lueur. L'orage occultant les étoiles, une lunette à infrarouges était le meilleur choix.

Drew examina sa robe. Ordinairement blanche, elle était maintenant teintée d'un gris terne par les toiles d'araignées, la poussière et la laine de verre du grenier. Mais même si elle était encroûtée de poussière de charbon, il savait qu'elle serait encore visible pour une lunette à infrarouges. *A moins...* se dit-il en se rappelant l'éclair.

Il leva les yeux vers l'ampoule qui brillait au plafond du couloir. A l'instant où il ouvrirait la porte, l'attention du guetteur serait attirée par la lumière. Comme il n'y avait aucun interrupteur dans le couloir – l'interrupteur devait se trouver sur un tableau de commande dans une salle de garde qu'on ne lui avait jamais montrée – il tendit le bras, sa taille lui permettant de draper son scapulaire autour de l'ampoule et de la dévisser. Par surcroît de précaution, il alla un peu plus loin et dévissa deux autres ampoules, ce qui le plongea dans une obscurité totale. Le couloir n'ayant pas de fenêtres, un guetteur ne pourrait voir ce qui s'était passé.

Il revint à la porte, prit une longue inspiration, souffla, et tourna la poignée. Il tira la porte lentement afin de ne provoquer aucun changement visible dans cette partie du cloître, tout en se tenant hors de vue derrière le panneau.

Quand la porte fut grande ouverte, il attendit, faisant jouer les muscles de ses épaules. Le minutage était maintenant primordial, car les lunettes Starlite ou à infrarouges avaient une faiblesse commune : toute illumination soudaine aveuglait l'observateur. La cécité temporaire dont il avait souffert dans sa chambre quand il avait profité de l'éclair pour scruter la pièce serait considérablement intensifiée par une lunette à vision nocturne. L'instinct ordinaire aurait poussé Drew à s'élancer durant les intervalles d'obscurité entre chaque flamboiement de la foudre. Mais il se rendait compte que sa seule chance de sortir sans être vu était de faire l'inverse – de se préparer, tous les réflexes en alerte, à foncer vers le couvert dès qu'un nouvel éclair zébrerait le ciel.

Dans l'obscurité, il s'écarta du panneau de la porte pour scruter le jardin. Retenant son souffle, il sonda la nuit voilée de pluie, ferma les yeux et les détourna quand un éclair frappa un arbre au-delà du jardin. Une branche s'abattit, et la nuit revint brusquement. Mais il savait maintenant où aller. Tonnerre. Les zébrures des éclairs se rapprochaient. Drew imaginait le supplice que devait endurer un éventuel guetteur.

Alors, qu'attends-tu? se demanda-t-il. Tu veux traîner encore un peu, aller à la messe?

A l'instant où jaillit l'éclair suivant, il fonça par la porte ouverte et la pluie lui fouetta aussitôt le visage. Maintenant, sa hache écartée de lui, il plongea dans la boue gorgée d'eau derrière un cèdre taillé en buisson. Presque simultanément, le tonnerre fit trembler la terre détrempée derrière lui. La pluie imprégnait sa robe, le glaçant jusqu'aux os. Malgré cette attaque de tous ses sens, une partie de sa conscience enregistrait la douceur peu familière de l'air, la vigueur oubliée du vent – des sensations autrefois banales, maintenant chargées d'une puissante sensualité après son long isolement. Mais il n'avait pas le temps de les savourer ni de se rendre compte à quel point elles lui avaient manqué. Il essuya ses yeux éclaboussés de boue pour déterminer son objectif suivant. Quand un autre éclair déchira la nuit, il avait déjà bandé ses muscles, prêt à franchir à toute vitesse les flaques glissantes avant de se laisser tomber derrière un tas de compost. L'odeur fétide lui donna un haut-le-cœur, mais elle aussi, d'une façon inattendue, était la bienvenue.

Malgré le froid de la pluie, il commençait à transpirer. Où, à présent? Sa destination finale était l'ombre de la forêt qui se dressait au-delà du jardin, mais il ne pouvait l'atteindre qu'en zigzag – d'abord une étroite resserre à outils, puis un sillon inondé entre des rangs de maïs déjà moissonnés dont le chaume fané contribuerait à le dissimuler. Son cœur battait à se rompre, mais il ne pouvait franchir plus de trois mètres à chaque embrasement. Il n'osait pas demeurer en mouvement quand le guetteur était de nouveau capable de voir dans sa lunette. Un autre éclair. Il s'élança hors des rangées de maïs pour aller s'étaler dans la boue derrière une butte couverte de paille où on avait fait pousser des pommes de terre. Il ferma ses yeux de toutes ses forces alors qu'un autre éclair embrasait le ciel. Quand le tonnerre rugit, il les rouvrit. L'intervalle qui séparait la lumière du bruit diminuait; plus que deux secondes les séparait, le cœur de l'orage se rapprochait. Bien. Il aurait besoin de toute la distraction que les éclairs pourraient infliger au guetteur.

Il scruta l'obscurité. Clignant des yeux sous les gouttes glaciales de la pluie battante, il choisit son abri suivant : une rangée de framboisiers hauts d'un mètre environ. Il bondit quand jaillit l'éclair, mais il glissa dans la boue, perdit l'équilibre et atterrit sur le visage, de l'eau plein la bouche et les narines. Il toussa, incapable de respirer, roulant vers les framboisiers. Les ténèbres l'enveloppèrent. Il renifla, essayant désespérément de se dégager le nez et la bouche.

Avait-il atteint les buissons à temps? Le guetteur l'avait-il vu? L'adrénaline se déversait dans son sang, et ses poumons se soulevaient rythmiquement. Il tremblait, épuisé comme s'il avait sprinté sur plusieurs kilomètres. Le visage tourné vers le ciel, il laissa la pluie lui laver les yeux, le nez, les lèvres. Il garda l'eau qu'il avait dans la bouche, la recracha, puis laissa la pluie entrer de nouveau et l'avala, savourant sa douceur, jouissant du soulagement qu'elle apportait à sa gorge enflée.

Il devait continuer à avancer! D'abord jusqu'à une rangée de vignes, le long d'un châssis en bois.

Et après cela...

Il finit par déboucher dans les sous-bois et gagner la protection de la forêt. Des plaques de boue souillaient sa tête, son visage, sa robe, glissaient le long de ses bras pour venir s'accumuler sur ses doigts avant de tomber avec un bruit mou sur les feuilles mortes qui jonchaient le sol.

Mais il avait réussi. Il n'avait pas été repéré par le guetteur.

Par définition. Si le guetteur l'avait vu, il serait déjà mort.

Il s'efforça de retrouver son souffle. *Je suis sorti. Je suis libre.* Il ne lui restait plus maintenant qu'à s'enfoncer dans la forêt, mettre sa couverture à profit pour s'éloigner.

Pour aller où ? L'espace d'un instant, la question l'abasourdit. Jadis, il aurait automatiquement cherché refuge auprès de son réseau Scalpel. Mais Scalpel avait fini par devenir son ennemi. Pour survivre, il avait fait croire à Scalpel qu'il était mort.

Alors vers qui pouvait-il se tourner ? Un soudain élan d'affection depuis longtemps réprimée lui dit d'aller voir Arlene. Elle l'aiderait, il le savait. Ils avaient été amants. Malgré le passage des années, il était prêt à parier qu'il pouvait compter sur elle, pour ce qu'ils avaient partagé. Et en la contactant, il pourrait aussi retrouver Jake, le frère d'Arlene. Jake, son ami.

A contrecœur, il dut en rejeter l'idée. Si, dans le temps, son devoir eût été de contacter son réseau, ce devoir existait toujours, mais pas envers Scalpel; envers son réseau actuel, l'Église catholique. Il devait prévenir l'Eglise de l'attaque du monastère. Il devait laisser l'Église régler la situation. L'Église le protégerait.

Avec cet objectif à l'esprit, pourtant, il ne mit

pas aussitôt à profit le couvert de la forêt pour s'éloigner. Au contraire, il se tourna vers la colline qui se dressait derrière le monastère, et dont un éclair dessina le contour boisé. Comme l'obscurité l'enveloppait de nouveau, il ne comprit pas son hésitation. Le chemin de la fuite était devant lui – ses chances de sortir de là et de prévenir l'Église. Alors pourquoi se sentait-il obligé... ?

Il fixa son regard sur la colline avec une intensité accrue, comprenant ce qu'il avait à faire, quelle était cette priorité opiniâtre et insistante. Le guetteur. Oui, il fallait qu'il lui mît la main dessus, qu'il le fît parler. L'homme aurait logiquement choisi une position élevée où les arbres ne lui gêneraient pas la vue, ce qui lui laissait supposer qu'il se cacherait en haut d'une clairière. Après avoir vécu des années dans son ombre, Drew connaissait bien la physionomie de la colline. Même dans l'orage et l'obscurité, il pouvait situer exactement les trois principales clairières qui marquaient le sommet du versant, les trois postes d'observation les plus plausibles.

S'il y avait effectivement un guetteur. Il n'en avait aucune preuve; il ne faisait toujours que supposer.

Il y avait un seul moyen de s'en assurer.

Et un seul moyen de savoir pourquoi le commando de tueurs avait été envoyé là – de découvrir qui en portait la responsabilité.

23

L'orage redoublait de violence. Sans se soucier de l'impact étourdissant de la pluie, Drew avançait à grands pas à travers la forêt, contournant les souches et les enchevêtrements d'arbres morts en direction de la masse plus sombre de la colline.

Il étreignait sa hache si fort que ses jointures lui faisaient mal. Quand il atteignit le pied de la colline, il décrivit un demi-cercle autour de sa base avant de la gravir par le versant opposé. Les branches, courbées par le vent, le fouettaient au passage. Il s'agrippait aux baliveaux, aux ramures, aux buissons, à tout ce qui lui permettait de progresser dans ce bourbier.

Parvenu au sommet, il ne se soucia pas d'étouffer ses pas; le fracas de l'orage aurait couvert n'importe quel bruit qu'il pût faire, y compris un hurlement de fureur. Il poursuivit son chemin courbé en deux, s'abritant derrière les buissons et les grosses branches pendantes.

D'un point d'observation prudemment choisi, il vérifia que les arbres situés à l'arrière de la première clairière n'abritaient personne, puis il rentra sous le couvert et s'approcha de la deuxième clairière. En bas de la colline, malgré le voile de pluie, on distinguait de petites taches de lumière dans le monastère. Celui-ci devait avoir le même aspect qu'en n'importe quelle autre nuit, sauf que ce n'était plus un monastère. Quelqu'un en avait fait une maison de mort.

Ayant scruté la végétation qui bordait le haut de la deuxième clairière et conclu qu'il n'y avait personne là non plus, il se détournait pour gagner la troisième quand une ondulation insolite, entre les arbres, attira son attention. Ses terminaisons nerveuses s'électrisèrent. Fermant à moitié les yeux sous l'impact d'un éclair, il vit une feuille de nylon sombre suspendue à hauteur d'homme en guise de tente improvisée, l'arrière et les côtés inclinés vers le sol jusqu'à mi-hauteur pour empêcher la pluie de s'y engouffrer. Les quatre coins en étaient fixés au pied des arbres à l'aide de cordes sur lesquelles le vent tirait rageusement. Un long bâton vertical en soutenait le centre, qui battait dans les rafales. Évidemment. Un guetteur ne se serait pas donné la peine d'apporter une tente, aussi petite fût-elle. Mais en cas de mauvais temps, une feuille de nylon suffisait, sans encombrer son sac à dos. Ce n'était pas aussi confortable qu'une tente, mais il n'était pas question de confort.

Il dut attendre l'éclair suivant. Il avait l'impression d'entrevoir des images sporadiques saisies par un projecteur stroboscopique. Sous la feuille de nylon, dans l'espace compris entre les rebords plongeants et le sol, il distingua les jambes d'un homme jusqu'à la taille – des bottes de marche, des jeans, un couteau dans une gaine accrochée à la ceinture.

Obscurité. Drew s'accroupit pour voir plus haut sous l'arrière de la feuille.

A la faveur d'un éclair, il distingua le torse et les épaules du guetteur. Grand et musclé, l'homme portait un bonnet tricoté, un gilet de nylon matelassé et une épaisse chemise de montagne, le tout de couleurs ternes pour se confondre avec la forêt. Il surveillait le monastère à l'aide d'une lunette à infrarouges – aisément reconnaissable à sa longue silhouette épaisse – montée sur un fusil de précision à culasse mobile, lui-même fixé sur un tripode à rotule. A l'éclair suivant, il se détourna de la lunette, se frotta les yeux et but à une Thermos qu'il avait posée près d'un sac à dos dans la fourche d'un arbre.

Drew recula, le visage ruisselant de pluie. Il jeta un regard à la hache qu'il tenait à la main et se dit qu'il ne pouvait pas attaquer en se glissant sous le pan arrière de la feuille de nylon. La position serait trop incommode. Il y avait trop de risques qu'il glissât dans la boue ou qu'il accrochât le nylon et mît son adversaire sur ses gardes.

Non, il devait y avoir un meilleur moyen.

Il observa la feuille de nylon ballottée par le vent, puis il hocha la tête et se glissa sur la droite, vers la corde qui retenait un coin de la feuille au pied d'un arbre. Il palpa le nœud et en reconnut la forme. Un nœud coulant. Solide et fiable, il pouvait néanmoins se défaire instantanément en tirant sur l'extrémité libre de la cordelette.

C'est ce qu'il fit. Son plan consistait à emprisonner l'homme dans la feuille et à l'assommer du plat de la hache. Mais au lieu de se rabattre, le plastique pris par le vent se releva, exposant le guetteur à la pluie d'orage. En même temps que la foudre fracassait un arbre proche, l'homme pivota sur lui-même, surpris, et remarqua la présence de Drew.

La hache était désormais inutile. Trop lourde, trop lente. Drew la laissa tomber et se fendit; l'effet de surprise jouait encore en sa faveur, car si l'homme semblait ahuri de voir la feuille de plastique se relever soudain, il l'était autant par ce qui lui faisait face : un moine aux yeux flamboyants d'une juste fureur, dont le visage ascétique était un masque d'épouvante et dont la robe dégoulinait de boue au point qu'il évoquait un cauchemar jailli de la terre.

L'attaque du monastère avait prouvé que le commando était composé de professionnels. Pourtant, le guetteur laissa échapper un cri instinctif, en même temps que Drew poussait le hurlement zen traditionnel destiné à distraire son adversaire tout en l'aidant lui-même à concentrer la force qu'il libérait avec l'air de ses poumons. Il y avait des années qu'il n'avait lutté au corps à corps; mais ses exercices quotidiens, parmi lesquels les pas de danse des arts martiaux, avaient maintenu l'harmonie de ses réflexes. Il avait pratiqué les pas de danse pour des raisons spirituelles, mais certaines choses ne peuvent apparemment jamais s'oublier. Ses anciens instincts revinrent avec une précision effrayante.

Pour un observateur non entraîné, ce qui se passa ensuite n'aurait même pas paru occuper les treize secondes que dura l'action. Les mouvements rendus flous par leur rapidité auraient semblé confus, presque impossibles à distinguer les uns des autres.

Mais pour Drew, et sans doute pour son adversaire, le temps se ralentit d'étonnante façon. Comme un champion de tennis voit paradoxalement la balle approcher par-dessus le filet avec le volume et la léthargie d'un ballon de plage, ces hommes s'affrontaient comme s'ils étaient des géants se mouvant au ralenti.

Drew frappa du talon de la paume la poitrine de son adversaire, juste au-dessus du cœur. Le coup aurait dû briser la cage thoracique, enfonçant des esquilles dans le cœur et dans les poumons.

Il n'en fut rien. A travers la paume de sa main, Drew sentit aussitôt que son coup n'avait pas pleinement porté. Le gilet de nylon matelassé était si bourré de duvet, ou plus vraisemblablement d'isolant synthétique à séchage rapide, qu'il avait absorbé l'impact. Le grognement que poussa l'homme indiqua qu'il avait été blessé, mais pas assez pour le mettre hors de combat.

Il s'était déjà mis en position de défense, les genoux fléchis, le dos appuyé contre un arbre. Drew dut frapper de la paume de l'autre main, cette fois en direction de la gorge. Mais son adversaire réagit. Aveuglé par un éclair (de même, sans doute, que son adversaire), Drew s'efforça de détourner à tâtons le coup qu'il savait dirigé vers son cœur.

Il avait commencé par utiliser sa main droite, de sorte qu'il lançait maintenant sa paume gauche vers le haut en l'inclinant légèrement vers l'intérieur, prévoyant que son adversaire, après avoir été frappé au cœur, devrait répondre de la partie opposée de son corps.

La main gauche de Drew frappa le bras droit que l'homme lançait vers lui à la hauteur du coude, disloquant ce dernier. La force de l'impact les déséquilibra et les fit rouler tous deux dans la boue. Drew entendit le gémissement de son adversaire, qui glissa et vint se coller contre lui, empêtrant son bras disloqué dans le scapulaire de sa robe couverte de boue. Vu sa taille, le scapulaire aurait pu servir d'écharpe.

Dans l'obscurité revenue, ils se trouvèrent enlacés, poitrine contre poitrine. Drew sentit l'odeur du saucisson à l'ail qu'avait mangé l'homme. Le relent de viande, auquel il n'était pas habitué, lui donnait la nausée.

Il poussa, puis banda tous ses muscles, l'autre poussant à son tour. Ils basculèrent d'un côté, puis de l'autre, glissant dans la boue, la respiration sifflante.

Drew sentit son adversaire tendre la main en arrière et tâtonner le long de sa hanche.

Il se souvint.

Le couteau dans la gaine suspendue à la ceinture.

Prêt à empoigner la main qui tiendrait le couteau, Drew changea précipitamment d'avis. Il devait frapper le premier. Il lui fallait une arme.

L'arme était à portée de sa main. Oublieux de ce que l'objet symbolisait, il saisit le crucifix pendu à une chaîne autour de son cou. Serrant dans son poing la tête du Christ, il enfonça la longue et fine branche inférieure du crucifix dans la narine droite dilatée de son adversaire.

L'orage se déchaîna dans toute sa fureur. Comme pour condamner le geste de Drew, les ténèbres s'embrasèrent de si nombreux éclairs zigzagants que les cieux eux-mêmes semblaient se fracturer.

L'homme n'était pas mort, Drew n'y avait pas compté. Mais une telle blessure ne pouvait manquer de provoquer un traumatisme. Il se raidit effectivement de douleur, gémissant et se mettant à trembler, mais, chose surprenante, ses mécanismes de survie continuaient à agir ; sa main libre, armée du couteau, se projetait en avant.

Toujours coincé contre le corps frémissant, Drew détourna le couteau dont la lame déchira la manche de sa robe, puis il projeta d'un coup sec contre la gorge de l'homme la palmure située entre le pouce et l'index de sa main droite. Il entendit la trachée craquer.

La foudre frappa à son côté, désintégrant l'arbre le plus proche. Le flamboiement rugissant l'étourdit et le souleva du sol. Frappé de coups de lance par les éclats de bois, il fut projeté avec l'homme hors de la forêt. Ils culbutèrent dans la clairière, roulant sur la pente, basculant l'un par-dessus l'autre, Drew tantôt dessus, tantôt dessous, et finirent par s'arrêter brutalement contre un rocher. Le souffle coupé par le choc, Drew s'efforça de dégager de sa robe le bras de son adversaire. Abaissant les yeux vers le visage noyé d'ombre, il toucha la jugulaire et se rendit compte que l'homme était mort.

Il eut un haut-le-cœur. Le craquement de la foudre se répercutait encore dans ses oreilles. Étourdi, il secoua la tête et plissa les yeux pour regarder vers le haut de la colline, qu'il voyait double, vers la fumée rougeoyante qui s'élevait de la base fracassée d'un arbre à trois mètres de la feuille de nylon maintenant déchiquetée. Une puissante odeur d'ozone l'enveloppait. Un éclair forma un rictus dans le ciel.

Il frissonna, abaissant de nouveau les yeux vers l'homme qu'il venait de tuer. Quand il était entré au monastère, il avait juré que c'en était fini du meurtre. Et maintenant ?

Il aurait pu se justifier d'avoir tué un homme par colère – à cause des moines, si ce n'était pour Stuart Little. La colère était un travers humain naturel, une faiblesse innée. L'héritage de Caïn. Mais il n'avait pas tué sous l'empire de la colère. Il était passé bien au-delà de la colère, descendu au niveau d'une motivation encore plus fondamentale, la survie. Et les années n'y avaient rien changé. Il avait toujours l'instinct, et son entraînement avait été si efficace que, maintenant encore, il était capable de provoquer la mort automatiquement – comme un genou se redresse d'un coup sec quand il est frappé par le marteau.

Si je l'avais tué par accident, peu m'importerait. Mais je l'ai fait par réflexe. Parce que j'étais meilleur que lui.

Oh, Jésus. Il pria, se rappelant avec horreur ce qu'il avait fait du crucifix. Aie pitié de ce pécheur. Je n'ai pas voulu devenir ce que je suis. On me l'a imposé. Mais j'aurais dû me maîtriser.

Tandis que la pluie ruisselait sur son visage, se mêlant à ses larmes, il inclina la tête vers l'homme qu'il avait tué et se frappa la poitrine. C'est ma faute. C'est ma très grande faute.

Il avait envie de vomir.

Mais il n'avait pas le choix. Il devait garder le contrôle de soi. Amèrement, il se leva et enleva sa robe ainsi que sa haire, son corps nu frissonnant sous la pluie glaciale. Il déshabilla le mort pour enfiler ses vêtements. S'il était obligé de retourner dans le monde, il ne pourrait compter survivre en attirant l'attention par son habit. Il devrait prendre des précautions. Cet homme n'était pas venu seul; d'autres étaient là-bas, quelque part, qui attendaient pour le tuer. Pourquoi? Il ne le savait pas. Mais il avait acquis un nouveau discernement. Ses motivations avaient dépassé le besoin de venger les autres moines, ses compagnons, une vile émotion qu'il ne pouvait que rejeter. Car maintenant qu'il avait tué de nouveau, il avait mis son âme immortelle en péril, et quiconque en était responsable ferait bien d'avoir une sacrée bonne raison.

24

Les vêtements de son adversaire lui allaient mal. Tout était trop grand. Il dut enfiler ses propres chaussettes par-dessus celles du mort pour caler ses pieds dans les chaussures de marche, et il flottait dans les jeans comme s'il avait été à la diète, ce qui était en fait le cas. S'il n'avait enfilé le gilet matelassé par-dessus la chemise de laine, il aurait eu l'air d'avoir la poitrine enfoncée. Il mit le mouchoir qui contenait Stuart Little dans une poche du gilet et attacha la corde à sauter autour de sa taille, puis il récupéra les photographies, qu'il glissa dans l'autre poche. Cela fait, il remonta la pente à grands pas, vers le tripode, le fusil, et la lunette à infrarouges.

Trempé par la pluie, il jeta autour de lui un regard circulaire qui s'arrêta sur le sac à dos que son adversaire avait coincé dans l'enfourchure d'un arbre. Il l'ouvrit...

Un pistolet Mauser. Il le vérifia, s'assurant qu'il était chargé avant de le glisser derrière sa veste, sous la ceinture, à la base de sa colonne vertébrale.

Deux chargeurs pleins de munitions. Il les mit dans la poche qui contenait Stuart Little.

Un grand sac en plastique qui contenait des barres de chocolat, des cacahuètes et des fruits déshydratés. Il commença par les cacahuètes, dont le sel lui manquait, et les mâcha lentement, voracement.

Pas le temps. Que pouvait-il récupérer d'autre avant de partir? Il se força à réfléchir. De quoi d'autre avait-il besoin pour affronter le monde? Quelles étaient les choses qui lui avaient anciennement paru aller de soi, et dont il avait appris à se passer?

Une chose lui vint à l'esprit, et il tendit la main vers la poche revolver des jeans qu'il portait, d'où il sortit le portefeuille du mort. Il l'ouvrit, plissant les yeux pour se protéger d'un éclair, et vit plusieurs billets de cinq et de vingt dollars. Très bien, il avait l'équivalent d'une autre arme. Dans un compartiment du portefeuille, il sentit plusieurs cartes de plastique qu'il présuma être un permis de conduire et des cartes de crédit. Toutes les indications portées sur les documents devaient être fausses, évidemment. Jamais un professionnel ne partirait en opération sous son identité véritable, les documents ne servant qu'à détourner toute suspicion si l'homme se trouvait par mégarde impliqué dans un accident de la circulation ou obligé de passer la nuit dans un motel. Mais la fausse identité résisterait à un examen superficiel, et Drew pouvait en faire provisoirement usage.

Quoi d'autre? Alors qu'il regardait autour de lui en réfléchissant, il entendit soudain une voix derrière son dos et s'accroupit tout en pivotant sur lui-même, les paumes levées pour se défendre. Malgré le sifflement du vent, il entendit de nouveau la voix – devant lui, sur sa gauche, étrangement étouffée, forte mais pourtant lointaine.

– George ?

Drew fronça les sourcils, suspicieux, scrutant la forêt.

– George, où es-tu ?

La voix semblait amplifiée, vaguement métallique. Des parasites crachotèrent.

– George, qu'est-ce que tu fabriques, tu es allé pisser ? Tu es censé prendre contact.

D'autres parasites. Drew se détendit, les muscles libérés de la tension du qui-vive. Il se rapprocha du son de la voix. Le talkie-walkie, pendu à l'arbre près du sac à dos sous l'abri de la feuille de nylon, était maintenant exposé à la pluie.

– Bon Dieu, George, réponds !

Drew faillit presser la touche d'émission, terriblement tenté de répondre – mais pas pour se faire passer pour George, car il ignorait totalement si George avait eu la voix grave ou aiguë, s'il avait eu un accent particulier, ou même un code. Il était peu vraisemblable que son interlocuteur se laissât abuser. Mais Drew n'en avait pas moins envie de répondre, d'imaginer le choc que l'homme éprouverait si une voix inconnue sortait soudain du talkie-walkie pour annoncer :

– Je suis désolé. George ne peut pas venir au téléphone pour l'instant. Il est mort. Mais puis-je prendre un message ?

Contrôle-toi, se dit Drew. Quand on commence à imaginer des plaisanteries comme celle-là, c'est qu'on est sur le point de craquer.

Il réprima son impulsion, mais il en savait déjà plus qu'il n'en avait su une minute plus tôt. Le guetteur n'était pas seul. Quelque part, non loin, il y avait un coéquipier.

Il évalua les possibilités. Cette colline qui dominait le monastère était le meilleur endroit d'où surveiller toutes les issues du corps de bâtiment. Mais était-il pratique d'y poster deux hommes? N'était-il pas plus judicieux de prendre des tours de garde de façon que chacun ait l'occasion de se mettre à l'abri du froid et de dormir?

Dormir où? L'équipe de surveillance disposait-elle d'un véhicule dans les parages? Si Drew voulait des réponses, il avait aussi besoin d'un moyen de transport, mais il n'avait pas beaucoup de temps pour en chercher un.

– George, que diable se passe-t-il? demanda la voix crachotante du talkie-walkie. Cesse de faire l'imbécile! Tout va bien?

Drew devait trouver l'autre homme avant qu'il s'inquiétât au point de se lancer à la recherche de son compagnon ou de quitter le secteur. Et si son raisonnement était bon, il avait des chances de le trouver en cherchant le long de la route.

Il quitta l'abri des arbres, poussé par la pluie, et descendit la pente obscure. En arrivant à hauteur du mort, il s'arrêta brusquement. Il s'était demandé de quoi il aurait encore besoin pour survivre dans le monde. Un objet sur le corps nu, la seule chose qu'il n'eût pas pensé à lui enlever, attira son attention. Tout à fait artificiel, totalement inutile depuis six ans, il semblait tout à coup indispensable.

Drew s'agenouilla sous la pluie et retira le bracelet-montre du cadavre.

L'ayant fixé à son poignet, il sentit un changement s'opérer en lui. Oui, songea-t-il avec un immense chagrin, ses larmes se mêlant de nouveau à la pluie, j'ai rejoint le monde, désormais.

Le temps avait repris ses droits.

25

Au bas de la pente, Drew tourna à droite et franchit rapidement une autre étendue boisée avant d'atteindre la clôture de treillis métallique qui entourait le monastère. L'orage, toujours aussi bruyant, noya le cliquetis que fit la clôture quand il l'escalada. En se recevant dans la boue de l'autre côté de la barrière, il s'accroupit instinctivement en position de défense. Il venait de franchir un autre seuil. Comme la montre qu'il portait au poignet, la clôture était un autre pas depuis la paix du monastère vers le tumulte du monde.

Mais il ne pouvait se laisser troubler par ses regrets. Il devait joindre l'Église, en la personne du père Hafer, son contact, son protecteur. Il devait accepter la situation qui lui avait été imposée, aller où la nécessité l'envoyait. Les réponses, les moines morts dans le monastère, c'était ce qui importait. Pas de réticence.

Sous l'orage, il descendit la pente boisée jusqu'à la route. La lueur d'un éclair lui confirma qu'elle était goudronnée, comme il s'en était souvenu. Elle miroitait sous la pluie. Après le terrain difficile dans lequel il venait de se frayer un passage, la surface lisse et sans obstacle était une invite. Mais il ne voulait pas se risquer à découvert; il lui faudrait ramper dans la broussaille, sur le bas-côté.

Il s'arrêta un instant pour se repérer. Le monastère était maintenant sur sa gauche. Plus loin dans cette direction, après plusieurs kilomètres de lacets, se trouvait la ville la plus proche, Quentin. Il essaya d'imaginer la stratégie du commando. S'il était l'un des deux hommes qu'on avait laissés sur place pour surveiller le monastère – au cas où leur proie serait restée dans les parages – il n'aurait pas envie de camper dans les bois. Trop humides et trop froids. Il lui faudrait un endroit chaud et sec où dormir, changer de vêtements et manger pendant que son coéquipier prendrait son quart en haut de la colline. Mais il aurait aussi besoin de mobilité, de la possibilité de quitter les lieux en toute hâte s'il le fallait. Cet ensemble d'exigences l'aurait amené à choisir un véhicule assez grand pour contenir l'équipement et un lit : un minibus de camping, par exemple, ou une fourgonnette. Et il ne le garerait certainement pas dans un endroit où la police risquait de passer. Au lieu de la portion de route qui conduisait à Quentin, il se dissimulerait plutôt de l'autre côté du monastère, sur sa droite, là où la route menait à la fabrique de sirop d'érable avant de devenir purement touristique.

Il découvrit la fourgonnette un quart d'heure plus tard sur l'accotement opposé de la route, juste avant un virage qui aurait empêché l'occupant de voir l'entrée de l'allée menant au monastère. Drew se dit que la position était logique. La seule preuve certaine de son évasion serait l'arrivée d'un grand nombre de véhicules au monastère – des ambulances, la police, le coroner. Qui d'autre aurait pu alerter les autorités, sinon un survivant de la tuerie? Dès que le commando aurait acquis l'assurance que leur gibier n'était plus dans les parages, l'équipe de surveillance lèverait le siège. Inversement, plus les autorités tarderaient à se montrer, plus les guetteurs seraient persuadés qu'il ne s'était pas enfui.

Mais il devait s'assurer que la fourgonnette n'était pas garée là simplement à cause d'une panne ou parce que son conducteur avait sommeil.

Il poursuivit sa progression sous les broussailles jusqu'à faire face à l'arrière du véhicule. Pas de vitres sur les côtés, mais un bulbe transparent à l'arrière. Se baissant pour éviter d'être repéré par cette ouverture, il traversa la chaussée en courant et alla s'accroupir près de la roue arrière droite. La fenêtre concave avait peut-être été conçue pour réfléchir la chaleur du soleil, mais peut-être aussi pour empêcher un étranger d'avoir une vue non déformée de l'intérieur. Peut-être ne permettait-elle de voir que vers l'extérieur, à moins qu'elle ne fût munie d'un store à rouleau. Le verre pourrait même être à l'épreuve des balles, la carrosserie renforcée contre l'éventualité d'une attaque. Ces possibilités étaient évidemment hypothétiques, invérifiables à moins de donner l'assaut au véhicule.

Il y avait néanmoins un moyen facile de vérifier si un véhicule d'apparence ordinaire avait été modifié pour un éventuel combat. Il suffisait à Drew de se coucher sur le pavé et de regarder sous le châssis. Dans l'obscurité, il dut attendre que la lueur d'un éclair se réfléchît sur l'asphalte, mais la brève illumination suffit à lui apprendre ce qu'il voulait savoir. La fourgonnette n'avait pas de réservoir d'essence visible. La conclusion était évidente. Monté à l'intérieur du compartiment, il serait aussi protégé que les occupants du véhicule. Il n'y avait plus de doute, il devait présumer que la fourgonnette était blindée. Pour y pénétrer, il lui faudrait une arme beaucoup plus puissante que le Mauser.

Mais Goliath lui-même avait été vaincu. Un véhicule blindé était conçu pour résister à une attaque alors qu'il était en mouvement. Arrêté, il devenait plus vulnérable, surtout si l'ennemi pouvait s'en approcher. Il s'agenouilla pour palper le pneu arrière droit, et conclut sans surprise de son examen que le caoutchouc était d'une épaisseur inhabituelle, sans doute blindé de métal. Une balle de Mauser lui causerait peu de dommage, pas assez pour empêcher le chauffeur de s'enfuir à pleine vitesse.

La ruse consisterait à faire croire à l'occupant – déjà inquiet de ne pouvoir joindre son compère à l'aide du talkie-walkie – qu'il avait un autre problème plus immédiat : l'effet à long terme de la pluie sur l'accotement gravillonné de la route. Même un pneu à l'épreuve des balles devait être gonflé. En utilisant cette logique à rebours, cela signifiait qu'il pouvait aussi être dégonflé. Il est vrai qu'en vidant le pneu de son air, Drew immobilisait la fourgonnette qu'il voulait emprunter, mais un véhicule si bien équipé disposait certainement d'une roue de secours.

Tâtonnant sur le bas-côté gravillonné, il trouva ce qu'il lui fallait. Ceux qui avaient aménagé la fourgonnette n'avaient pas prévu qu'un attaquant pourrait s'en approcher d'aussi près. Les bouchons de valve n'avaient pas de verrouillage. Drew dévissa vivement celui du pneu arrière droit et coinça une brindille de bois dans la valve. Il entendit aussitôt le sifflement de l'air qui s'échappait.

La fourgonnette commença à s'incliner dans sa direction, la jante descendant jusqu'au contact de l'accotement détrempé. Il sortit le Mauser de sa ceinture et courut prendre position de façon à avoir une bonne vue de la porte arrière et des deux portières avant. Il présumait que l'occupant du véhicule, quand il sentirait celui-ci pencher, en conclurait que la pluie avait déstabilisé l'accotement de la route au point que la fourgonnette s'enfonçait dans la boue.

Sortirait-il pour s'en assurer ?

Une portière s'ouvrit bruyamment.

Drew se laissa rouler dans le fossé, où il attendit dans l'eau boueuse et glaciale que le conducteur sortît vérifier ce qui se passait.

Mais ce dernier fit tout autre chose. Déjà inquiet de n'avoir pu contacter son coéquipier, il décampa. Au bruit des pas qui traversaient précipitamment la chaussée en direction de la forêt, de l'autre côté de la fourgonnette, Drew se hissa vivement au bord du fossé. Appuyé sur l'estomac, incapable de rejoindre l'homme, il fit feu dans l'espace qui séparait le véhicule du bas-côté opposé, groupant ses balles en direction du bruit de pas.

Il entendit un gémissement, un corps qui tombait sur l'asphalte. Se remettant sur pied, il contourna la fourgonnette du côté de la route. Il n'avait pas tiré pour tuer, mais avait visé aux jambes ; il voulait réduire l'homme à l'impuissance pour en tirer quelques réponses. Qui avait ordonné l'opération ? Pourquoi avaient-ils essayé de le tuer ?

L'homme rampait maladroitement devant lui.

La détonation d'un pistolet, accompagné d'un éclair, le fit bondir sur la gauche. Un seconde balle le manqua d'encore plus loin. L'homme cessa de tirer, pivota de nouveau et s'éloigna vers les arbres qui bordaient la route. Il atteignit le bord de la chaussée. Dans un instant, il serait dans le fossé et gagnerait le couvert des buissons d'où il pourrait se défendre. Drew devait l'arrêter immédiatement.

En quelques enjambées, il rattrapa l'homme sur son flanc. Sans autre choix, il le frappa d'un coup de pied au front et écrasa la main qui tenait l'arme. L'homme poussa un cri plaintif et s'affala sur le bas-côté, où son front déjà meurtri buta lourdement contre le gravillon. Drew lui arracha le pistolet et lui lança un nouveau coup de pied. L'homme gémit, roulant sur sa jambe invalide où un liquide plus sombre que la pluie imprégnait le bas de ses jeans. Le hurlement qu'il poussa alors domina celui du vent, puis se brisa, perdant de son ampleur, se transformant en gémissement avant de s'éteindre tout à fait.

L'homme demeura immobile. Autant que Drew put en juger, il s'était évanoui sous l'effet du choc traumatique et de la douleur. La phase suivante n'en était pas moins risquée, car il devait maintenant se pencher sur lui. Si l'homme feignait l'inconscience, s'il avait un couteau...

Drew lui ligota les bras à l'aide de la corde qu'il portait autour de la taille, puis il le fouilla sans découvrir aucune autre arme. Il l'empoigna alors par le col et le tira à travers la chaussée en direction de la fourgonnette, l'inclinant légèrement afin que la jambe blessée supportât la plus grande partie de son poids. Il devait le faire souffrir pour s'assurer qu'il demeurât inconscient. Il s'arrêta à la portière avant gauche que le vent avait refermée (était-ce le vent ?), et scruta l'obscurité qui régnait de l'autre côté de la vitre. S'il s'était trompé ? Il avait fondé ses calculs sur la supposition que deux hommes – et deux seulement – avait été laissés pour la surveillance du monastère par le commando. Après tout, moins l'équipe de surveillance était nombreuse, moins elle avait de chances d'attirer l'attention d'éventuels représentants de la loi, et deux personnes pouvaient suffire à assurer la tâche. Mais s'il y avait un troisième homme, resté à l'intérieur, prêt à tirer dès que Drew ouvrirait la portière ?

Se tenant hors de la ligne de feu, appuyé contre le flanc de la fourgonnette, Drew pointa son Mauser et ouvrit lentement la portière du côté chauffeur. Comme il s'y était attendu, l'éclairage intérieur ne s'alluma pas. Autrefois, lui-même avait toujours dévissé l'ampoule de l'éclairage intérieur des voitures qu'il conduisait, en prévision de la nuit où il ne voudrait pas qu'on l'en vît sortir. Mais le corollaire de cette précaution était qu'il avait toujours laissé une lampe de poche sous le siège, là où il pourrait s'en saisir rapidement en cas de besoin. Un grand nombre d'habitudes de son ancienne profession (ancienne? se demanda-t-il; qu'es-tu donc en train de faire en ce moment?) étaient d'une pratique courante pour tous ceux qui en faisaient partie. C'était l'un des avantages qu'il y avait à traiter avec des experts. On travaillait dans le cadre de certaines règles. L'angoisse de l'imprévisible ne survenait que quand on avait affaire à des amateurs.

La lampe de poche se trouvait sous le siège là où il l'aurait lui-même placée : un modèle long et puissant à quatre piles, gainé de caoutchouc. Il pressa l'interrupteur et braqua le faisceau vers l'arrière de la fourgonnette.

Personne.

L'intérieur sentait le renfermé. Il vit deux sacs de couchage étalés chacun sur un matelas. L'une des parois était garnie d'un émetteur-récepteur perfectionné. Contre l'autre paroi reposaient deux sacs à dos d'où sortaient des vêtements, un pack entamé de boîtes de Coca-Cola, un réchaud à méthane, plusieurs boîtes de chili Hormel, de spaghetti et de boulettes de viande Heinz, et de corned-beef émincé Armor. Drew en eut un goût de rance dans la bouche. Ces types ne mangeaient-ils rien qui ne contînt pas de viande? Sous le bord d'un sac de couchage dépassaient les canons de deux fusils. Rien de tel que de se retrouver chez soi.

Se penchant en arrière, il jeta un coup d'œil à travers la pluie vers l'homme étendu à ses pieds. Le léger coup de pied qu'il donna à la jambe blessée ne provoqua aucune réaction, confirmant que l'autre était toujours inconscient. Ce n'est qu'après s'en être assuré qu'il se pencha, le prit par derrière sous les aisselles et le souleva pour le faire basculer à l'arrière de la fourgonnette.

Il se pétrifia en voyant des phares apparaître au loin, deux points qui grossissaient, approchant de la direction de Quentin, dépassant l'allée du monastère et continuant à venir vers lui.

Pas de panique, se dit-il. Les phares n'étaient peut-être pas synonymes de danger. Il pouvait s'agir d'un automobiliste attardé qui s'efforçait de poursuivre sa route malgré l'orage.

Mais que penserait le conducteur quand il verrait au passage un homme en train de pousser un corps inerte à l'intérieur de la fourgonnette?

Drew éteignit la lampe de poche. Le souffle court, il bascula le siège du conducteur vers l'avant et glissa le corps dans l'espace libre entre le dossier et l'ouverture de la portière. Dès que l'homme fut étendu à l'arrière, il le recouvrit d'un sac de couchage, tête comprise, puis se pencha pour tirer les sacs à dos par-dessus afin d'accroître l'impression de fouillis, de dissimuler la présence du corps.

Il se retourna alors vers la route. Les phares grandissaient, de plus en plus brillants, de plus en plus proches. Il n'avait plus le temps de monter à bord sans paraître furtif et éveiller les soupçons. Il ne voulait pas que l'automobiliste s'arrêtât ou, pire, s'inquiétât suffisamment pour s'arrêter à la ville suivante et appeler la police.

Et si la voiture appartenait aux gens qui le poursuivaient ? S'il montait dans la fourgonnette, il serait pris au piège. Il ne pourrait même pas s'enfuir au volant, puisqu'il n'avait pas changé la roue dégonflée et qu'il ne savait pas encore où se trouvait la clef.

Tu ferais bien de te contrôler. Ce n'est qu'une voiture. Six ans d'inactivité t'ont rendu paranoïaque. Qu'importe, se rappela-t-il, dans le temps je respectais les petits détails.

Ayant besoin d'une raison plausible de se trouver planté là sur la route, il referma la porte de la fourgonnette et contourna le capot pour s'approcher du fossé, puis il ouvrit la fermeture de sa braguette. Le regard fixé sur les phares qui maintenant l'aveuglaient, si grands qu'on aurait dit des projecteurs, il se tourna en feignant l'indifférence vers la forêt et fit semblant d'uriner. Si la voiture appartenait au commando, il avait une chance d'atteindre les arbres à temps.

La lumière de ses phares miroitant sur l'asphalte, la voiture commençait à réduire sa vitesse. Atterré, Drew la regarda approcher. Elle ralentit encore. Il plissa les yeux sous la pluie et frissonna quand il vit une galerie sur le toit de la voiture. Elle supportait deux feux tournants.

Oh, chouette, songea-t-il. Merveilleux.

La police. Ce n'était pas à proprement parler un sursis. Drew ne pouvait pas se risquer à leur dire ce qui s'était passé au monastère. La première chose que ferait un policier serait de l'emmener au poste, après quoi la bande de fréquence de la police serait surchargée de conversations. Encore une chose à présumer : le commando devait être à l'écoute de toutes les transmissions du secteur. Ils apprendraient où il se trouvait, le traqueraient, et tôt ou tard arriveraient jusqu'à lui malgré la police.

La voiture de patrouille s'arrêta à hauteur de la fourgonnette. Un projecteur s'alluma, dirigé sur Drew.

D'accord, songea Drew. Je viens de passer six ans dans l'ordre le plus strict de l'Eglise catholique. Je viens de survivre à un assassinat multiple. J'ai traqué un homme et je l'ai tué. J'en ai blessé un autre. Je l'ai ligoté et j'ai réussi à le jeter à l'arrière de cette fourgonnette avant l'arrivée de la police. Maintenant, voyons si je peux faire quelque chose de vraiment difficile.

Comme d'uriner.

Accroissant la pression sur sa vessie, il regarda de côté par-dessus son épaule en direction du projecteur et parvint à déchiffrer les lettres peintes sur la portière de la voiture : POLICE D'ÉTAT – VERMONT. Il contracta ses muscles et laissa échapper un soupir de soulagement quand le liquide se mit à couler.

– Ça ne pouvait pas attendre? fit une voix mâle bourrue, derrière le projecteur.

Drew se secoua et remonta sa fermeture Éclair. Se retournant, il grimaça un sourire faussement embarrassé à l'intention de la présence invisible derrière la lumière.

Il ouvrit la bouche pour parler, mais aucun son ne sortit. A part le chœur obligatoire et les réponses de la messe quotidienne, il n'avait pas parlé à un être humain depuis six ans. Sa seule conversation, unilatérale, avait eu une souris pour interlocutrice.

– Je vous ai demandé si ça ne pouvait pas attendre? répéta le policier d'un ton impatient.

Drew continua de sourire en feignant l'embarras. Des mots se formèrent dans son esprit, mais ses cordes vocales résistaient. Allons, tu sais que tu peux parler. Fais comme si tu répondais à la messe. Il avait l'impression d'avoir les lèvres et la langue démesurément épaisses.

– Ben, oui... je... heu, quand il faut y aller, faut y aller.

Amen. Sa voix sonnait rauque et râpeuse.

– Z'avez mal à la gorge?

Drew secoua la tête, mais fit semblant de tousser.

– Ce n'est qu'un rhume.

Les mots étaient venus plus facilement.

– A vous entendre, vous feriez bien d'aller voir un médecin. Où allez-vous, Quentin?

Drew prit un air ahuri.

– Où?

– La prochaine ville. Vingt kilomètres au sud. La direction d'où je suis venu.

– Si j'avais su qu'il y avait une ville aussi près, j'aurais essayé d'attendre pour m'arrêter. Ce n'est pas particulièrement confortable.

Drew tendit la main, paume ouverte sous la pluie.

– On peut dire qu'il fait humide, acquiesça le policier, qui demeura un moment silencieux, toujours invisible derrière le projecteur. Vous feriez bien de monter.

Drew toussa de nouveau.

– Vous avez raison.

Mais en se tournant vers la portière de la fourgonnette, il se demanda soudain si le policier ne lui avait pas ordonné de monter dans la voiture de patrouille. Il tendit la main vers la poignée.

– Vous ne m'avez pas dit où vous alliez.

– Massachusetts, je descends jusqu'à Boston, répondit Drew d'une voix tendue.

– Vous conduisez tard.

Il avait apparemment répondu de façon satisfaisante.

– On m'attend au bureau. J'ai pris des vacances d'automne pour aller chasser au Canada.

– Z'avez attrapé quelque chose ?

– Ouais. Ce rhume.

Le policier se mit à rire.

– Bien, la prochaine fois, ne vous arrêtez pas tous feux éteints. Avec cet orage, quelqu'un pourrait déboucher du virage derrière vous et...

– Me rentrer dedans. C'est vrai. Je n'ai pas réfléchi.

Drew s'interrompit pour tousser.

– Je suppose que je ne voulais pas me mettre en vedette pour ce que j'allais faire.

Le policier éteignit le projecteur, et Drew sentit ses yeux se relaxer. A la lueur de l'éclairage du tableau de bord, il distingua les traits de l'homme – plus jeunes, plus fins que ne l'avait laissé supposer la voix rauque.

– Ne vous endormez pas, hein ? Gardez les yeux sur la route.

– Ne craignez rien.

Levant le pouce, le policier démarra. Drew regarda les points rouges disparaître dans le virage puis il souffla, appuyé contre la fourgonnette. Si l'homme attaché à l'arrière s'était réveillé et avait commencé à faire du bruit...

Mais s'il s'était réveillé, en effet, qu'il en ait profité pour se défaire de ses liens et qu'il soit en train de m'attendre ? Drew ouvrit la porte d'un coup sec. Allumant la torche, il vit que la forme recouverte par les sacs de couchage ne bougeait pas. *Mort ? S'est-il étouffé ?*

Drew monta vivement à l'intérieur, écarta les duvets, et se détendit en entendant une faible respiration. Mais du sang s'écoulait en abondance de la jambe blessée. Le sac de couchage en était imbibé. Il devait faire vite. Après s'être assuré que la corde enserrait toujours les bras de son prisonnier, il lui prit sa ceinture pour lui faire un garrot au mollet, au-dessus de la blessure. L'écoulement du sang se ralentit.

Drew le tira alors vers l'avant et le glissa dans le siège du passager, où il l'installa dans une position d'apparence confortable avant de l'immobiliser à l'aide de la ceinture de sécurité. Il ne voulait pas laisser un ennemi derrière son dos, hors de vue. Et de cette façon, pour un observateur fortuit, l'homme aurait l'air d'un passager endormi.

Drew le fouilla, trouva un trousseau de clefs, et ressortit sous la pluie pour ouvrir l'arrière de la fourgonnette. Dans un compartiment aménagé sous le plancher, il découvrit une roue de secours et, mieux encore, une pompe à pied munie d'un manomètre. Cinq minutes plus tard, il eut regonflé le pneu. Installé derrière le volant, il essaya plusieurs clefs avant de trouver celle qui s'adaptait à la serrure de contact. Quand il la tourna, le moteur démarra en douceur. Mais il fronça les sourcils à la vue du tableau de bord peu familier, des leviers et des boutons déroutants sur la colonne de direction, beaucoup plus nombreux qu'il n'en avait eu l'habitude. La dernière fois qu'il avait conduit remontait à 1979. Il n'avait aucun moyen de savoir quels changements de conception étaient survenus depuis cette époque. La technologie avait-elle évolué au point qu'il risquait de ne pas pouvoir conduire la fourgonnette ?

Du moins la transmission était-elle automatique ; il ne devrait pas avoir de difficulté s'il pouvait se contenter de presser l'accélérateur et de tourner le volant. Mais comme il poussait le levier en prise, il se rendit compte qu'il ne voyait rien à travers la pluie qui ruisselait sur le pare-brise, et il lui fallut trente secondes pour découvrir que l'un des boutons du levier d'indicateur de direction actionnait les essuie-glaces. Un bouton fixé sur un autre levier commandait les phares. Bouge-toi, se dit-il. Ce flic pourrait revenir. Il devait prendre la direction de Quentin, mais il n'y tenait pas; il y avait toujours le risque que d'autres membres du commando y soient à sa recherche. Pourtant, il ne pouvait pas se permettre d'aller dans la direction opposée, où il risquait de retomber sur la voiture de patrouille.

Du moins Quentin se trouvait-il au sud, et c'était par là qu'il devait aller pour rejoindre Boston, pour contacter son nouveau réseau, son confesseur, le père Hafer. L'Église le protégerait.

Mais tout en reprenant la route sous l'orage, soucieux de respecter la limitation de vitesse – était-ce toujours quatre-vingt-dix ? – il ressassait ses pressentiments. Il jeta un regard sur sa gauche, vers la grille obscure et l'étroite allée qui montait en serpentant sous le couvert de la forêt jusqu'au monastère. Il imaginait le toit pointu du pavillon se dressant au-dessus des sapins au sommet de la colline. Il imaginait le silence des morts dans leurs cellules. Les muscles de ses mâchoires se durcirent.

Quand il eut dépassé l'allée, il jeta un regard dans le rétroviseur et n'y vit que l'obscurité. Son cœur se serra, lourd de chagrin à l'idée de quitter ces lieux.

Quel étrange nouveau monde l'attendait? Quelles réponses? Depuis six ans, il avait vécu en dehors du temps. Mais le monde avait poursuivi sa ronde. Sur le point d'affronter ce qui était pour lui un avenir étranger, il savait qu'il serait aussi confronté à son passé, car les réponses se trouvaient quelque part derrière lui. Qui avait attaqué le monastère? Pourquoi? Était-ce Scalpel, son ancien réseau? Mais Scalpel le croyait mort. Il pensa de nouveau à Arlene, son ancienne maîtresse, et au frère de cette dernière, Jake, son ami. La seule personne, à part le père Hafer, qui savait que Drew n'était pas mort. Très bien, donc. Je parle d'abord au père Hafer; puis je vais voir Jake. En dépit de sa confusion, il était au moins sûr de cela. Dans le passé, il s'était fait de nombreux ennemis, pas seulement Scalpel. En traquant les péchés de son passé, il se traquerait aussi lui-même.

LIVRE DEUX

PÈLERINAGE

ÉTRANGE NOUVEAU MONDE

1

Drew distingua bientôt devant lui la lueur des réverbères estompée par la pluie. Dès qu'il fut entré dans les faubourgs de Quentin, il quitta la route pour prendre des rues parallèles afin d'éviter l'axe principal de la ville où l'on risquait de guetter son éventuel passage. A la sortie de Quentin, il revint sur la route et continua vers le sud.

La montre du tableau de bord était différente de celles qui équipaient habituellement les voitures avant 1979. Au lieu du cadran circulaire et des aiguilles, celle-ci affichait une rangée de lettres et de chiffres verts qui lui donnaient l'impression de se trouver dans le cockpit d'un avion. Encore un changement auquel il devrait s'habituer. 5.09, disaient les chiffres. L'aube n'était plus très loin. Il était pressé de s'éloigner de Quentin avant qu'il fît jour.

L'homme immobilisé sur le siège du passager se mit à gémir. Drew lui lança un regard inquiet, peu disposé à le voir se réveiller déjà. Puis il comprit la raison du gémissement : il y avait trop longtemps que le garrot était posé. Il dut s'arrêter au bord de la route et desserrer la ceinture pour permettre à la circulation de se rétablir dans la jambe. Du sang s'écoula aussitôt de la blessure et goutta sur le sol. La fourgonnette était emplie d'une odeur cuivreuse, douceâtre et écœurante.

Il ouvrit sa vitre et conduisit une dizaine de minutes, le regard fixé sur la route à travers le rideau de pluie qui voilait le pare-brise, puis il s'arrêta de nouveau pour resserrer le garrot et repartit. Il lui vint à l'esprit que le commando risquait tout autant de guetter son passage sur cette route que dans la traversée de Quentin; par surcroît de précaution, il tourna à gauche à l'intersection suivante. Une route plus étroite l'entraîna par une succession de vallées montagneuses, serpentant au pied de cimes qui se perdaient dans les nuages, montant, descendant. Il traversa quelques petites villes dont le pittoresque suranné typique de la Nouvelle-Angleterre, autrefois familier à ses yeux, le frappait maintenant comme s'il était un étranger. Une église au clocher blanc lui rappela les grands prédicateurs de la Nouvelle-Angleterre, Cotton Mather, Edward Taylor, Jonathan Edwards, bien qu'ils n'eussent évidemment pas acquis leur renommée dans le Vermont. Edward lui rappela le célèbre sermon « Pécheurs aux mains d'un Dieu courroucé », et il s'aperçut qu'il s'était mis à prier à haute voix.

– Pardonnez-nous nos offenses comme nous pardonnons à ceux qui nous ont offensés et ne nous laissez pas succomber à la tentation, mais délivrez-nous du mal.

Le pardon, cependant, n'était pas ce qui le préoccupait en cet instant. C'était la survie. C'était l'expiation. La tentation? Oui. Et le mal.

A l'aube, comme la route qu'il suivait en croisait une autre, il vira à droite, repartant de nouveau vers le sud, vers Boston et le père Hafer. Alors que l'orage se calmait pour faire place à la brume, un panneau indicateur lui apprit qu'il venait de traverser une rivière et qu'il était entré dans le New Hampshire. Très bien. Pour aller à Boston, il était de toute façon plus rapide de couper par le sud du New Hampshire. Mais dans les villes qu'il traversait maintenant, il lui arrivait de croiser d'autres voitures, quelques passants, le monde qui s'éveillait pour vaquer à ses occupations. Il lui faudrait faire ses courses avant que d'autres témoins eussent le loisir de le dévisager. Bien qu'il n'eût pas dormi depuis la nuit précédente, le bombardement sensoriel auquel il était soumis par son retour dans le monde le maintenait pleinement éveillé. Le soleil fut bientôt assez haut pour dissiper la brume qui demeurait de l'orage, et un panneau lui indiqua qu'il trouverait un peu plus loin une aire de stationnement. A cette heure – la montre disait 8.14 – l'endroit serait désert. Il devait s'arrêter pour desserrer le garrot de son prisonnier.

L'aire de stationnement était petite mais agréable. Une rangée d'arbres denses la masquait de la route, et cinq tables taillées dans des troncs de séquoia étaient dispersées dans un bosquet de châtaigniers aux feuilles brunies par l'automne. Une allée de pierre blanche conduisait à un étroit pont de rondins jeté sur un petit cours d'eau, de l'autre côté duquel étaient installés un tape-cul et une balançoire.

Il s'arrêta près de la première table et admira le ruisseau miroitant – sans aucun doute tout à fait ordinaire pour des yeux blasés, mais merveilleux pour les siens – puis il se mit au travail. Cette fois, il perçut un changement chez son prisonnier.

Ses instincts de défense prirent la relève. Il braqua le Mauser, le regard fixé sur le visage de l'homme dont les paupières s'ouvrirent; pas complètement, et d'une manière quelque peu apathique, mais elles s'ouvrirent.

– Ne bougez pas, dit Drew. Je ne sais pas à quel point vous êtes éveillé, mais au cas où vous vous sentiriez en veine, sachez que nous sommes seuls. Je tirerai si vous m'y obligez.

L'avertissement ne suscita aucune réaction.

– Vous m'entendez ?

Pas de réponse.

– Vous comprenez ?

Toujours rien.

Il y avait un moyen de savoir à quel point l'homme était réellement inconscient. Drew agita sa main libre devant le visage de son prisonnier, puis il lui posa brusquement l'index sur le bout du nez. C'était une technique utilisée par les arbitres dans les matches de boxe. Si un boxeur était pleinement conscient, ses yeux suivaient automatiquement le mouvement du doigt.

C'est ce qui se passa.

– Vous êtes parfaitement réveillé, dit Drew, qui avait de moins en moins de mal à parler. Écoutez-moi bien. Il faut que je desserre la ceinture que vous avez autour de la jambe. Il est dans votre intérêt de ne pas essayer de me donner un coup de pied pendant que je le ferai. Je n'aurais qu'à frapper sur votre blessure pour vous calmer.

Le prisonnier le dévisagea d'un air dur.

– Allez-y, desserrez la ceinture.

Ce que fit Drew.

Le prisonnier plissa les yeux pour regarder par la vitre en direction des tables de pique-nique.

– Où sommes-nous ? Toujours dans le Vermont ?

– New Hampshire.

– Ah, fit l'homme en humectant ses lèvres gercées.

– Qu'est-ce qui ne va pas ?

– Si nous sommes passés dans le New Hampshire, je suppose que je ne peux pas compter...

– Que vos amis vous retrouvent? Non, je n'y compterais pas.

L'homme abaissa les yeux vers sa jambe.

– C'est grave?

Drew haussa les épaules.

– La balle a traversé. Elle a manqué l'os.

– C'est une chose dont je dois vous être reconnaissant, non? J'ai une trousse de première urgence à l'arrière. Si vous n'y voyez pas d'inconvénient...

Drew réfléchit une seconde.

– Bien sûr. Pourquoi pas?

L'homme parut surpris.

– Et la perte de sang a dû vous donner soif. Je vais ouvrir un de ces Coca-Cola. Dommage qu'ils ne soient pas frais.

Drew nettoya la blessure, la désinfecta et la banda. Il enleva le sang séché que l'homme avait au front, puis il ouvrit une boîte de Coca-Cola et la lui inclina contre les lèvres.

– N'avalez pas trop vite. Je ne veux pas que vous soyez malade.

L'homme cligna des yeux, incrédule.

Altéré, Drew ouvrit une boîte pour lui-même. Après six ans d'eau, de lait et de jus de fruits, il trouva la boisson carbonatée d'une douceur fade.

– Vous avez très mal?

– J'ai connu pire.

– Sans aucun doute.

– Si besoin est, dit l'homme d'un ton indigné, croyez-moi, je peux en supporter plus.

– Bien sûr, mais quand même...

Drew ouvrit deux petits paquets d'aspirine scellés pris dans la trousse à pharmacie et lui glissa quatre cachets entre les lèvres.

– Pourquoi toute cette sollicitude?
– Disons que je suis un bon Samaritain.
– A d'autres. Vous ne m'auriez pas amené avec vous si vous ne vouliez pas me questionner. Vous pensez avoir inventé une nouvelle technique? Je suis censé craquer devant tant de bonté?

Drew poussa un soupir.

– D'accord, puisque vous insistez, venons-en au fait. Vous vous dites que tant que j'ai besoin de renseignements, je vous garderai vivant, alors vous mettez votre vie en balance avec la douleur que je vous infligerai pour vous faire parler. Dans ces conditions, vous êtes prêt à souffrir le maximum. A moins que vous n'ayez l'intention de me servir n'importe quels mensonges que vous me croirez assez stupide pour avaler. Mais là encore, peut-être les mensonges ne sont-ils pas une si bonne idée. Après tout, si je les croyais et que je décide que je n'ai plus besoin de vous, je pourrais vous liquider. Vous me suivez?

L'homme demeura silencieux.

Drew écarta les mains.

– Si j'avais quelques produits chimiques, de l'amobarbital de sodium, par exemple, je pourrais vous faire dire tout ce que j'ai besoin de savoir. Mais quand on en vient à la torture, votre survie dépend de votre silence. Alors voilà ce qu'il en est. Je n'ai pas l'intention de vous torturer, et je n'ai pas l'intention de vous tuer.

– Quelle sorte de...

– Autant que je sache, vous êtes un employé. Vous ne faisiez que votre travail. C'est la personne qui vous a embauché qui est responsable, pas vous.

– Je ne vois pas ce que diable...

– Très bien, je vais simplifier. Quand vous avez

attaqué le monastère, saviez-vous qui j'étais? Vous a-t-on parlé de mes antécédents?

– Je comprends, fit l'homme en fronçant les sourcils. Tout ce micmac n'est qu'un piège pour que je dise qui...

Drew secoua la tête.

– J'ai fait de mon mieux pour vous expliquer. Alors contentez-vous de ceci : au cas où vous ne l'auriez pas deviné, je ne suis pas seulement un moine. Je ne suis pas un amateur. Quoi que je fasse de vous, je veux que vous sachiez que ce sera du travail de professionnel. Et je compte sur vous pour faire de même. Pas de panique, pas de gestes stupides, pas de sentimentalité. D'accord?

L'homme paraissait déconcerté.

– Par exemple, je vais resserrer le garrot, puis je vais vous envelopper dans le sac de couchage jusqu'aux épaules. Vous ferez semblant de dormir. Nous allons rouler jusqu'à une station-service. Je ne sortirai pas de la fourgonnette. Je parlerai avec le pompiste par la vitre. J'ai besoin de lui acheter quelque chose. Et vous continuerez à faire semblant de dormir. Sinon, si vous essayez d'attirer l'attention, en toute bonne conscience je serai obligé de vous en empêcher.

– A part ça? Vous avez dit : pas de meurtre, pas de torture.

– Vous avez ma parole.

– Mais vous croyez quand même pouvoir me faire parler?

– Exactement.

– Je voudrais voir ça.

Drew sourit.

En quittant l'aire de stationnement, il se sentit assailli par le bruit et le mouvement de la circulation, maintenant beaucoup plus denses. Les voitures semblaient encore plus petites que dans son souvenir, héritage de la crise du pétrole des années 70. Mais quand il vit passer deux énormes cars de camping, il se rappela les prédictions de 1979 affirmant que les véhicules gaspilleurs d'essence étaient une chose du passé.

Ce n'était apparemment pas le cas. Les camping-cars étaient suivis d'une limousine de luxe dont il ne put reconnaître le nom ni le style, puis d'une grosse décapotable (la crise pétrolière était-elle terminée? Avait-on mis au point un carburant abondant et bon marché?). Il ne comprenait pas; la fabrication des décapotables avait été interrompue avant son entrée au monastère. Qu'est-ce qui avait causé ce revirement?

Il atteignit alors une série de drive-in à service rapide. Bien qu'il les eût trouvés repoussants dans les années 70, il s'y était néanmoins accoutumé, l'habitude finissant par les lui rendre invisibles. Mais à présent, à ses yeux non familiarisés, leur laideur était accablante. Un panneau annonçait une offre spéciale pour une chose appelée taco pizza. Et que diable pouvait bien être un poulet McNuggets?

Il trouva une station-service. L'essence coûtait un dollar vingt le gallon, cinquante *cents* de plus que le prix astronomique qu'il avait connu en 1979, ce qui n'empêchait pas la circulation d'être toujours aussi intense.

– J'ai l'impression de venir de Mars.

– Quoi? fit l'homme, à son côté.

A moins que ceci ne fût Mars.

Drew arrêta la fourgonnette près des pompes de la station-service.

– Fermez les yeux et restez tranquille. Quelqu'un vient.

Drew acheta une durit de radiateur à un jeune pompiste, et paya avec les billets trouvés dans le portefeuille qu'il avait pris au guetteur de la colline. Dépassant les pompes pour revenir sur la route, il jeta la durit sur les genoux du prisonnier.

– Tenez. Un cadeau pour vous.

Malgré les ceintures de sécurité qui l'immobilisaient, l'homme faillit faire un bond.

– Que diable voulez-vous faire avec ça?

– Pourquoi vous mettre dans tous vos états? Vous n'aimez pas les surprises?

– Je vous ai demandé pourquoi c'était?

– Devinez.

– On s'en sert pour frapper quelqu'un sans laisser de marques! Mais vous avez dit que vous ne...

– C'est vrai. Pas de coups. Mauvaise réponse. Mais continuez à chercher, ça vous aidera à passer le temps.

– Mais nous retournons d'où nous venons?

– A l'aire de stationnement.

– Je comprends, maintenant.

– Vous comprenez quoi?

L'homme se trémoussa sur son siège.

– Sacré nom de Dieu, vous êtes dingue!

Drew le regarda fixement.

– J'aimerais que vous n'invoquiez pas le nom du Seigneur en vain.

2

Ils atteignirent bientôt l'aire déserte. Caché de la circulation par l'écran végétal qui bordait la route, Drew fit reculer la fourgonnette jusqu'à un châtaignier. Il arrêta le moteur et descendit en souriant.

– Je reviens tout de suite, promit-il en agitant gaiement la durit.

Il en emboîta une extrémité sur le tuyau d'échappement, ouvrit la porte arrière, et recourba le tube souple de façon que son autre extrémité fût à l'intérieur de la fourgonnette. Après avoir remis le moteur en marche, il recula tout contre le châtaignier pour bloquer la porte arrière contre la durit. Le moteur tournant toujours, la fourgonnette commença à s'emplir d'une fumée bleue, dense et âcre.

L'homme devint hystérique.

– Bon Dieu, j'avais raison! Vous êtes vraiment dingue, complètement cinglé!

– Si vous vous énervez trop, vous n'allez pas pouvoir retenir votre respiration, observa Drew d'un ton glacial.

Les yeux de l'homme s'agrandirent. Enveloppé de brume, il se mit à tousser.

Drew se servit des sacs de couchage pour colmater les vides autour de la porte arrière, et s'assura que les vitres avant étaient remontées à fond. Avant de sortir de la fourgonnette, il alluma la radio.

– Vous voulez un peu de musique?

Il s'était attendu à quelque chose de plus strident que du rock *heavy metal,* mais il entendit un présentateur annoncer : « Linda Ronstadt et le Nelson Riddle Orchestra ».

Sur un arrangement chargé d'enjolivures typiques des enregistrements Capitol de Frank Sinatra dans les années 50, Ronstadt (dont Drew se rappelait avec netteté les versions rauques de *When will I be loved?* et *Back in the U.S.A.*) entonna une rengaine des années 40. Drew sentit sa raison basculer.

La toux de son prisonnier le rappela à la réalité. Les gaz d'échappement s'épaississaient à l'intérieur de la fourgonnette.

– Je ne peux pas respirer, dit l'homme. Ne...

Drew referma la portière, puis s'éloigna de la fourgonnette en suivant l'allée de pierre blanche jusqu'au pont de rondins qui enjambait le ruisseau, où il lança quelques cailloux dans l'eau. L'air avait un parfum doux et frais.

Feignant l'indifférence, il regarda en direction de la fourgonnette. L'intérieur en était obscurci par les gaz, mais il voyait l'homme se trémousser sur son siège. Plus important, l'homme pouvait le voir. Drew étendit les bras et s'adossa à la rambarde du pont. Des cris lui parvinrent de la fourgonnette.

Peu après, dès que les cris commencèrent à baisser, il quitta le pont pour revenir d'un pas nonchalant par l'allée empierrée. Il ouvrit la portière côté chauffeur et coupa le contact.

– Comment allez-vous ?

Le visage de l'homme avait une teinte bleuâtre, et ses paupières étaient presque entièrement fermées. Pendant que la brise contribuait à chasser les gaz d'échappement de la fourgonnette, Drew lui tapota doucement les joues.

– Ne vous endormez pas quand je vous parle, vous allez me faire penser que je vous ennuie. Je vous ai demandé comment vous alliez ?

L'homme eut un haut-le-cœur, comme s'il faisait un effort pour vomir.

– Espèce de fils de pute.

– Pas si mal, hein ?

L'homme toussa de nouveau, essayant désespérément de se dégager les poumons.

– Espèce de salaud, vous m'aviez donné votre parole.

– A quel sujet ?

– Vous m'aviez promis. Pas de meurtre, pas de torture.

– Je tiens ma promesse. Vous ne pouvez vous en

prendre qu'à vous si c'est de la torture. On dit que l'asphyxie est une expérience paisible. Comme de s'endormir. Détendez-vous et laissez-vous aller avec le courant. Ne vous compliquez pas les choses.

L'homme avait la respiration sifflante, les yeux rouges et larmoyants.

– Et c'est ce que vous appelez ne pas essayer de me tuer ?

Drew prit un air offensé.

– J'ai dit vrai. Je n'ai pas la moindre intention de vous laisser mourir.

L'homme plissa les yeux.

– Et alors ?

– J'ai des questions à vous poser. Si vous n'y répondez pas, je vous donnerai une autre dose de gaz d'échappement. Et encore une autre si j'y suis obligé. L'oxyde de carbone finira bien par faire de l'effet. Vous êtes le seul à pouvoir juger de son étendue, encore que vous risquiez d'avoir l'esprit trop diminué pour vous rendre compte que vous ne devriez pas garder le silence plus longtemps.

– Vous croyez que j'ai peur de mourir ?

– Je n'arrête pas de vous le répéter, il n'est pas question de mort. Vous survivrez.

– Alors pourquoi diable devrais-je parler ?

– Parce que vous êtes confronté à quelque chose de pire que la mort. Ce que vous vous réservez pour l'avenir, si vous ne parlez pas, c'est une lésion cérébrale. Irréversible, ajouta Drew en frottant sa barbe de trois jours.

L'homme pâlit.

– Vous serez un légume.

– Ils auraient dû me prévenir.

– De quoi ?

– Que vous étiez un expert. Depuis que je me suis réveillé, vous n'avez pas cessé de me bourrer le mou. Vous avez joué une demi-douzaine de personnalités différentes. Vous m'avez constamment maintenu en déséquilibre. Dingue ? Bon sang, vous êtes aussi sain d'esprit qu'on peut l'être.

Drew démarra de nouveau le moteur et referma la portière.

3

Après la troisième séance, l'homme commença à répondre aux questions. Il lui fallut du temps. Il n'était plus qu'à demi cohérent, et ses paroles étaient fréquemment incompréhensibles. Bien qu'il dût s'armer de patience, Drew avait au moins la conviction que l'homme disait la vérité; l'oxyde de carbone l'avait sonné au point de détruire ses inhibitions, agissant sous ce rapport à la manière de l'amobarbital. Deux heures plus tard, Drew avait appris à peu près tout ce qu'il avait compté savoir.

Mais ça n'avait rien d'encourageant. Le coup avait été commandité d'une manière tout aussi professionnelle qu'il avait été exécuté. Pour des raisons évidentes, il était de règle que le client ne fût jamais impliqué directement dans l'opération. Si quelque chose tournait mal, si un membre de l'équipe était capturé ou tentait de faire chanter son employeur, il n'existait aucune piste directe permettant de remonter jusqu'à celui qui avait payé la facture. Le client s'adressait à un courtier, qui contactait lui-même un sous-traitant, lequel engageait les experts nécessaires et s'assurait de l'exécution du travail. A part le commando lui-même, aucun des commanditaires ne rencontrait aucun des autres face à face. Les arrangements entre le client, le courtier et le sous-traitant étaient effectués par des intermédiaires qui se servaient de téléphones neutres. Rien n'était jamais transmis par écrit. Les honoraires étaient transférés entre des comptes anonymes, suisses ou bahamiens.

Autant que Drew pût en juger d'après ce que lui avait dit son prisonnier, c'était la méthode qui avait été employée dans le cas présent. L'homme convainquit Drew qu'il avait été engagé par quelqu'un qui était en quelque sorte son agent, et dont il n'avait jamais su le nom. L'agent savait où contacter son expert, bien que ce dernier ne sût pas où le contacter et, bien sûr, il n'avait pas révélé à l'expert qui finançait le coup de main ni pourquoi. Une opération était une opération. Un peu étrange dans ce cas, il fallait le reconnaître, mais le paiement comptant avait été généreux.

Drew avait dû sortir à maintes reprises l'homme de sa torpeur, en se servant des sels pris dans la trousse à pharmacie. Quand il eut terminé, il le laissa glisser dans le sommeil après s'être assuré qu'il avait assez d'air.

Il rumina ses pensées, découragé. Il avait espéré ardemment obtenir des réponses faciles, mais Dieu en avait décidé autrement. Il était dit que son épreuve devait se prolonger. Encore une autre pénitence.

Très bien, il avait essayé et il avait échoué. Ce n'était pas sa faute, cependant, et il eût été stupide de ne pas essayer. Mais il y avait maintenant trop longtemps qu'il était là. Il devait repartir. Boston. Son contact, le père Hafer. Il devait révéler à son parrain ce qui s'était passé. Prévenir l'Église et recevoir asile.

Il retira la durit du tuyau d'échappement, enleva les sacs de couchage qui colmataient la porte arrière et la referma. Tandis que son prisonnier dormait d'un sommeil maladif à son côté, il sortit la fourgonnette de l'aire de repos et repartit à travers le New Hampshire en direction du sud-est cette fois, vers le Massachusetts.

4

Le crépuscule était tombé quand il atteignit Boston. Il prit le portefeuille de son passager, puis laissa ce dernier toujours inconscient dans la fourgonnette à l'étage supérieur presque vide d'un parking de l'aéroport de Logan. Il lui fallait bien se débarrasser de son prisonnier, après tout, et il lui avait fait une promesse. Mais cela ne voulait pas dire qu'il ne devait créer d'ennuis à personne.

Le crépuscule avait fait place à l'obscurité quand il entra dans une cabine téléphonique près d'un arrêt d'autobus voisin pour appeler les services de sécurité de l'aéroport et leur indiquer où était parquée la fourgonnette (il avait pris soin d'effacer ses empreintes), ainsi que ce qu'ils trouveraient à l'intérieur.

– C'est un terroriste. Il est tordu, je vous dis, complètement malade. Demandez-lui. Il a une tapée d'armes et, bon sang, il se vantait de pouvoir détourner un avion transatlantique vers la Floride pour le faire s'écraser sur Disneyworld. Malade, je vous dis. Alors qu'est-ce que je pouvais faire? Mettez-vous à ma place. J'ai été obligé de lui tirer dessus.

Drew raccrocha. Souriant intérieurement, il monta dans un autobus à destination du centre ville, paya le chauffeur, et alla s'asseoir à l'arrière. Les autres passagers lorgnaient d'un air réprobateur ses joues mal rasées et ses vêtements crasseux. Il se dit qu'ils se souviendraient de lui, et imagina la fièvre qui allait régner à Logan.

L'équipement du service de sécurité à l'aéroport était assez sophistiqué pour qu'on pût retrouver l'origine de son appel, même si celui-ci n'avait duré que vingt secondes. Un dispositif de blocage maintiendrait la ligne branchée comme s'il n'avait pas raccroché. A cette heure, une équipe aurait découvert la fourgonnette, et une autre devait foncer vers la cabine téléphonique. Ils allaient interroger les gens qui se trouvaient dans les parages. Quelqu'un ne manquerait pas de se rappeler l'homme ébouriffé et crasseux vêtu de jeans et d'un gilet matelassé qui était sorti de la cabine téléphonique – et sans doute aussi que ce même homme était monté dans un autobus.

Il laissait une piste. S'il comptait disparaître, il lui faudrait quitter le bus et s'occuper de son apparence, la modifier et l'améliorer le plus tôt possible. Ce n'est qu'ensuite qu'il pourrait contacter le père Hafer.

Il se retourna vers l'arrière du véhicule pour regarder la circulation nocturne de Boston. Aucun feu tournant de voitures de patrouille lancées à sa poursuite. Du moins pas encore. Mais combien de temps... ?

Les magasins étaient fermés; il devrait attendre le matin pour trouver des vêtements discrets. Et en attendant ? Évaluant les possibilités qui s'offraient à lui, il rejeta l'hôtel, même le plus sordide. Incompatible avec son aspect présent. Tous les réceptionnistes avaient de la mémoire. Dans l'immédiat, il lui fallait un camouflage.

Il s'amusa à imaginer les questions auxquelles devrait répondre son prisonnier quand les services de sécurité l'auraient retrouvé. Quelle sorte d'histoire pourrait-il inventer pour expliquer la fourgonnette blindée, les armes, l'équipement radio ? Quelle que fût l'histoire, il y avait une chose à laquelle l'homme n'oserait certes pas faire allusion : le monastère.

Drew se rappela l'impression grisante qu'il avait ressentie en lui parlant, puis en s'adressant aux services de sécurité de l'aéroport. Après six ans de silence presque total, parler lui avait procuré un sentiment étrangement agréable. Son état d'âme changea brusquement quand il se demanda pourquoi il avait pris la peine de laisser son prisonnier dans la fourgonnette.

J'aurais pu difficilement l'emmener avec moi.

Oui, bien sûr. Mais...

J'avais une autre possibilité.

Oui, mais tu ne l'as pas choisie.

Dans le temps...

C'est vrai. Quand tu as lutté pour ta vie sur la colline, tu as tué ton adversaire. *(Mea culpa.)* Mais dans le cas présent, tu avais le choix.

Il fut soudain frappé par ce que cela impliquait. Dans le temps, il n'aurait pas laissé l'homme en vie.

5

Malgré les changements survenus dans le monde pendant son absence, un de ses aspects au moins était demeuré le même. Peut-être même avait-il empiré. La « zone de combat » de Boston.

Après être descendu de l'autobus, Drew s'était dirigé à pied vers le centre dans le halo des réverbères qui jalonnaient les rues obscures aux angles insolites (héritage d'un XVIIe siècle insoucieux de géométrie et cauchemar d'urbaniste). Des bâtiments de chrome et de verre alternaient avec des façades historiques de brique et de bois dont l'intérieur avait sans doute été dépouillé et verni, puis orné de plantes suspendues et de tapis orientaux.

Mais à mesure qu'il s'enfonçait dans le labyrinthe de la ville, les bâtiments devenaient plus pesants. L'ostentation faisait place à la négligence. Il arrivait dans la jungle des prédateurs, des charognards. La « zone de combat ».

Des prostituées, à cinq mètres les unes des autres, s'alignaient des deux côtés des rues. Malgré le froid de cette soirée d'octobre, certaines portaient des jupes serrées, souvent en cuir, relevées au-dessus des genoux, ou encore de longues robes fendues qui dégageaient la cuisse jusqu'à la fesse.

Elles plissaient les yeux à son passage, le jaugeant.

– Hé, minet!

– T'aimerais pas qu'on tire sur ta ficelle, chéri?

Drew les toisait comme elles le toisaient, scrutant leur visage, cherchant l'indice qui lui dirait que telle ou telle femme pourrait lui servir.

Une voiture d'un jaune criard s'arrêta à côté de lui dans un grincement de pneus. Drew pivota, en garde, la main crispée sur le Mauser sous son gilet matelassé. Il cligna des yeux, surpris, en voyant une femme assise à côté du chauffeur exposer ses seins aux mamelons cerclés de rouge à lèvres et hausser les sourcils d'un air interrogateur.

Envahi d'un picotement peu familier au basventre, il secoua la tête avec véhémence. La femme éclata de rire et se tourna vers l'homme assis au volant, qui porta une boîte de bière à ses lèvres et enfonça l'accélérateur, arrachant la voiture dans un rugissement de moteur.

Drew s'efforça de maîtriser la turgescence perverse. Ses pulsions sexuelles s'étaient éteintes sans effort au monastère; maintenant, quelques heures après son retour dans le monde, elles étaient revenues. Il se força à poursuivre sa quête, mais le visage d'Arlene était intensément présent à son esprit.

Une jeune Noire attira son attention. Ses épais cheveux bruns étaient coupés court, comme ceux d'un garçon. Ses seins gonflaient un sweatshirt *Celtics*, par-dessus lequel elle portait un manteau de plastique ouvert. Ce qui séduisit Drew fut qu'elle pinçait continuellement d'un air chagrin ce qui semblait être une maille filée au mollet de son collant. Le geste suscita sa compassion.

Comme il approchait, elle battit des paupières et se redressa, faisant saillir ses seins.

– Tu as une chambre ? demanda Drew.

– Pour quoi faire ?

– Il faut qu'il y ait un lit.

– *Pour quoi faire ?*

Drew fronça les sourcils. Il ne pouvait imaginer s'être trompé sur son compte.

– Sois précis, ajouta-t-elle. Qu'est-ce que tu me demandes ?

Il comprit.

– Tu as peur d'un piège, que je sois un flic ?

Elle fit battre ses longs cils.

– Et pourquoi un flic voudrait m'embêter ?

– Il y a si longtemps que j'ai oublié. Je suis censé demander combien tu prends. Si c'est moi qui propose de l'argent, on ne peut pas t'accuser de racolage.

– Combien pour quoi ?

– Pour passer la nuit.

– Et qu'est-ce que tu veux faire pendant la nuit ?

Il se dit qu'elle ne croirait jamais la vérité, alors il lui fit une proposition. Elle se détendit.

– Oh ! C'est tout ? Je t'ai pris un instant pour un

vicelard. Tout ce que je peux dire, c'est que tu as une haute opinion de toi si tu crois pouvoir faire ça toute la nuit. Cinquante dollars.

Même six ans plus tôt, c'eût été bon marché.

– Pour toute la nuit ?

– Hon, une chose à la fois. Peut-être, on verra. Mais il va falloir faire quelque chose pour cette toile émeri, ajouta-t-elle en tapotant doucement sa joue piquante.

– Ça fait partie de mon plan.

Les yeux de la fille retrouvèrent leur éclat.

– Alors suis-moi.

6

Elle l'emmena cent mètres plus loin, dans un immeuble minable aux murs crasseux et aux vitres poussiéreuses. Les marches de ciment qui menaient à l'entrée étaient constellées de fientes d'oiseau.

Elle s'arrêta un instant devant la porte.

– Maintenant, chéri, il faut que je te dise que mon petit ami habite l'appartement voisin du mien. Alors au cas où tu serais du genre violent...

– Il viendrait nous rendre visite avec deux copains armés de battes de base-ball.

– Exactement. Je savais que tu comprendrais.

Ils entrèrent dans un vestibule qui sentait le moisi et gravirent deux volées de marches grinçantes en s'appuyant à une rampe branlante. La fille ouvrit la porte d'un petit appartement et tendit le bras en signe de bienvenue.

– Où le cœur aime, là est le foyer. L'antre de la perdition.

Notant le jeu de mots, Drew se rendit compte

soudain qu'elle était non seulement futée, mais intelligente.

– Tu as été à l'université?

– Oui, à l'école des coups durs. Mais si c'est l'amour qui t'intéresse, je t'apprendrai cette nuit.

Elle sourit et referma la porte. La pièce était petite, mais accueillante.

– Tu remarqueras que je ne ferme pas à clef, au cas où mon petit ami devrait nous rendre visite. Il y a de l'alcool dans l'armoire à liqueurs. Scotch, whisky, bourbon. De la bière dans le frigo. Tout ça en supplément. Je peux même faire monter des sandwiches, mais c'est aussi en supplément.

– Je m'en doute. Pas d'alcool, mais je meurs de faim. N'importe quoi qui ne contienne pas de viande. Des sandwiches tomate et laitue. Trois, non, vas-y pour quatre. Et du lait. L'estomac gargouillant, Drew parcourut la pièce des yeux. Un petit poste de télévision Zenith, une chaîne stéréo Sony, un canapé, un fauteuil de direction.

– C'est la chambre? demanda-t-il en montrant une porte du doigt.

Elle rit.

– Tu te crois au Ritz? C'est la penderie. Là-bas, c'est les chiottes. Pardonne l'expression. C'est le canapé qui sert de lit. Tu n'as qu'à enlever les coussins et le déplier.

Ce qu'il fit. Il entendit aussitôt un bruissement de tissu derrière lui. Alarmé, il se retourna. Trop tard. Avec une efficacité consommée, elle avait laissé tomber son imperméable en plastique, enlevé son sweatshirt, et faisait maintenant glisser sa jupe de cuir.

Il leva la main.

– Non. Ce que je t'ai dit que je voulais faire... je t'ai menti.

Elle se pétrifia, accroupie dans une position

disgracieuse, la jupe autour des genoux, vêtue seulement de son collant à travers lequel se dessinait le triangle plus sombre du pubis. Ses yeux lancèrent un éclair. Penchée comme elle l'était, ses seins pendants lui donnaient une apparence vulnérable.

– Quoi ? fit-elle en se redressant, furieuse. *Quoi ?*

Des vergetures plus pâles se dessinaient sur sa peau chocolat autour des hanches et des seins, signe qu'elle avait eu un enfant.

– Ce n'est pas ce que j'avais en tête. Je voulais te l'expliquer dans la rue, mais j'ai pensé que tu ne...

– Eh, je t'ai prévenu. La moindre violence, le moindre truc vicelard, et...

Elle leva un poing pour frapper contre le mur.

– Non, arrête !

Drew leva les bras. Il savait que les murs étaient si fins que les cris risquaient d'être aussi désastreux que les coups frappés au mur. Il s'efforça de parler avec douceur.

– S'il te plaît, n'en fais rien. Écoute, je recule. Je suis loin de toi. Tu n'as rien à craindre.

– Que diable... ?

– C'est exactement ce que je t'ai dit en t'abordant dans la rue. Je voudrais passer la nuit. C'est tout. Prendre un bain. Me servir de ton rasoir et me rendre présentable. Et me coucher, pour dormir.

Elle arqua les sourcils.

– C'est les bains qui te plaisent ? Tu veux que je te lave, c'est ça ?

– Pas du tout.

Bien qu'il s'efforçât de ne pas regarder les poils de son pubis, son corps le trahissait. Après tout, il n'avait pas vu de femme, et moins encore de femme nue, depuis 1979, et il ne pouvait s'empêcher de se sentir attiré par cette fille. Mais il devait résister. Il fit un effort pour se concentrer sur son visage de garçon à la peau sombre sans prêter attention à ses seins.

– S'il te plaît, j'aimerais que tu remettes des vêtements.

– Alors ça, si ce n'est pas du vice!

Mais il n'y avait plus de colère dans sa voix et elle prit une pose suggestive, l'œil amusé, en faisant saillir une hanche.

– Tu veux dire que tu n'aimes pas ce que tu vois?

– Si ça peut t'aider à comprendre, je suis... enfin j'étais presque... prêtre.

Elle plissa les yeux.

– Et alors? J'ai une amie, elle se fait deux prêtres par semaine. Je crois à l'égalité des chances pour tous. Je ne fais pas de discrimination.

Drew éclata de rire.

– Voilà, c'est ça. Dégèle-toi un peu, hein?

– Vraiment, combien pour la nuit? Mais pas de sexe.

– Tu parles sérieusement?

Il hocha la tête.

– Il faudra que je m'en aille?

Il fit un signe de dénégation.

– En fait, je préférerais que tu restes.

– Quel drôle d'oiseau tu fais, conclut-elle, s'interrompant pour calculer. D'accord, deux cents dollars.

Le mouvement furtif de ses yeux laissait entendre qu'elle s'attendait à un marchandage.

– C'est à peu près tout ce que j'ai.

Drew sortit les portefeuilles qu'il avait pris à l'homme de la colline et à celui de la fourgonnette, puis il jeta l'argent sur le lit pliant.

– On ne t'a jamais dit qu'il existait des hôtels?

Il montra d'un geste ses vêtements sales.

– Dans cet état? On se souviendrait de moi.

– Et tu ne veux pas qu'on se souvienne de toi?

– Disons que je suis timide.

Le sourire de la fille s'estompa, et elle le jaugea de nouveau d'un air grave.

– Et tu as aussi la tête froide, chéri. OK. J'ai saisi, maintenant. Pas besoin de t'inquiéter. Ici, tu es en sécurité. Va prendre ton bain.

– Mais si ça ne te dérange pas... commença Drew.

Elle ouvrit la penderie, d'où elle sortit un peignoir.

– ... je préférerais que...

Elle se tourna vers lui, enfilant le vêtement.

– ... tu sois dans la salle de bains avec moi.

– Oh?

– Oui, je voudrais te poser quelques questions.

7

Sans ajouter qu'il ne voulait pas la perdre de vue.

Dans la salle de bains, il ôta son gilet crasseux. Elle s'assit sur une chaise dans un angle et alluma un joint.

– Tu es sûr que tu ne veux pas une taffe? demanda-t-elle.

– C'est contre ma religion.

– Quoi, te détendre?

– M'émousser les sens.

Elle glousa.

– Ce serait trop dommage.

L'eau chaude cascadait du robinet dans la baignoire, dégageant de la vapeur qui embuait le miroir fixé au mur au-dessus de l'évier.

Drew posa ses vêtements sur l'étagère, derrière lui, et glissa discrètement le Mauser sous le gilet matelassé. Il n'éprouvait aucune gêne à se dévêtir devant la fille. La pudeur n'avait jamais fait partie de ses complexes.

– Pas mal, dit-elle, évaluant son physique.

Elle tira une profonde bouffée et garda la fumée.

– Un peu décharné des hanches, ajouta-t-elle avec un geste du joint. Un peu maigrelet du prose. Si j'avais ton arrière-boutique, je pourrais me mettre au chômage. Mais dans l'ensemble, c'est pas mal.

– Je dois tout ça au régime et à l'exercice, dit Drew en riant.

– L'exercice? Bon sang, tu as l'air de ces types qui passent leur temps à courir.

Drew sentit une chaleur lui envahir la poitrine; il avait été un coureur passionné.

– Ouais, dit-il en souriant. James Fixx, Bill Rodgers.

– Seigneur, j'espère que non. Fixx est mort.

Drew éprouva un choc.

– Tu plaisantes?

Elle tira sur son joint et secoua la tête.

– Du tout. Il est parti heureux. Mort en plein jogging. D'où sors-tu? demanda-t-elle en le regardant fixement. Si tu es dans le coup, tu devrais savoir que Fixx est mort. Il avait une maladie de cœur héréditaire. Tout ce jogging, et...

Drew s'efforçait de surmonter le choc.

– Je suppose qu'il n'y a aucune garantie, dit-il en se retournant pour entrer dans la baignoire.

Brusquement, la fille se leva à demi de sa chaise.

– Ça alors!

Drew pivota sur lui-même, prêt à saisir le pistolet sous sa pile de vêtements.

– Qu'est-ce qu'il y a?

– Ce qu'il y a? Bon Dieu, ton dos! Que t'est-il arrivé?

– Pas si fort.

– Désolée, j'avais oublié. Mon copain.

– Qu'est-ce qu'il a mon dos?

– Les cicatrices.

– Les quoi?

– On dirait qu'on t'a fouetté.

Drew se sentit glacé. Il ne s'en était jamais rendu compte – les années de pénitence qu'il s'était infligées, la corde à sauter avec laquelle il s'était flagellé.

– Ouais, j'ai été au Viêt-nam. On m'a torturé.

– Ça devait être horrible.

– Je n'aime pas en parler. Je ne veux plus y penser.

Maintenant son dos tourné de l'autre côté, Drew enjamba le rebord de la baignoire. Il ferma le robinet et s'enfonça lentement dans l'eau, qu'il sentit monter jusqu'à son bas-ventre, puis au-dessus de sa taille, la chaleur décontractant peu à peu ses muscles endoloris. Il n'avait pas pris de bain chaud depuis son entrée au monastère, et ce luxe inhabituel lui procura un vague sentiment de culpabilité. Il aspira le parfum lilas du savon. Comme s'il n'en avait jamais vu une, il examina l'énorme éponge que la fille lui avait donnée en guise de gant de toilette, puis il l'imbiba et en fit couler l'eau savonneuse sur sa tête.

Elle avait aspiré une autre bouffée de son joint et exhalait maintenant la fumée qu'elle avait retenue aussi longtemps que possible dans ses poumons.

– Eh bien, je me trompais. Tu n'es pas si timide que ça.

– Ce n'est qu'un corps.

– Ouais, j'ai appris ça il y a longtemps. Le shampooing est sur l'étagère en plastique, à côté de ta tête. Tu parles d'une crasse. Regarde-moi cette eau. Il va falloir que tu vides la baignoire et que tu recommences. Qu'est-ce que tu as fait, tu t'es roulé dans la boue ?

Drew trouva l'ironie de la situation amusante.

– Tu ne sais pas à quel point tu dis vrai, répondit-il en frottant sa barbe. Nous étions convenus que j'avais besoin de me raser.

– Le rasoir est à côté du shampooing, sur l'étagère.

Comme elle n'avait pas de crème à raser, il dut se contenter de la savonnette.

– Je suis sûr que ça va te paraître bizarre, dit-il, mais qui est Président ?

Elle s'étrangla avec la fumée qu'elle venait d'avaler.

– Tu me fais marcher ?

– J'aimerais bien.

– Mais c'est la deuxième fois que tu... Quand j'ai parlé de Fixx. Tu ne regardes pas la télé, tu ne lis pas les journaux ?

– Pas où j'étais.

– Même en prison, il y a la télé et des journaux.

– Alors ça devrait t'éclairer.

– Tu n'étais pas en prison ? Mais j'avais l'impression...

– Crois-moi, ne pose pas de questions. Moins je t'en dirai...

– Mieux je me porterai. D'accord, tu prétends être prêtre.

– Presque. Ce qu'on appelle un frère.

– Si c'est ton histoire, je ferai semblant de croire que tu étais dans un monastère. C'est Reagan qui est Président.

Surpris, Drew interrompit un instant son rasage.

– Alors Carter n'a pas été réélu.

– Pas après la façon dont les Iraniens nous ont tournés en ridicule.

– Les Iraniens?

– L'affaire des otages. Mais tu n'es donc au courant de rien?

– Je pense que ça devient évident. Raconte-moi.

Drew suivit son cours, et ce qu'il apprit l'atterra. Elle lui raconta l'assaut des Iraniens contre l'ambassade américaine à Téhéran en 1979. Elle lui raconta comment les Soviétiques, en 1980, arguant de la violence qui se déchaînait en Iran, avaient envahi l'Afghanistan pour faire du pays un bouclier de protection. Il se rendit compte avec un frisson que ces deux événements critiques s'étaient produits à cause de lui, à cause de ce qu'il avait fait – ou plus exactement de ce qu'il n'avait pas fait. Répercussions. Causes et conséquences. S'il avait accompli sa dernière mission, s'il avait tué l'homme que son réseau lui avait désigné, cette chaîne d'événements n'aurait probablement jamais commencé. Mais il était entré au monastère, et sa cible avait accédé au pouvoir en Iran.

Me suis-je trompé? se demanda-t-il. Combien de gens ont-ils souffert à cause de moi? Mais comment peut-on avoir tort en décidant de ne pas tuer?

La fille continuait. A cause de l'invasion de l'Afghanistan, le président Carter avait interdit aux athlètes américains de participer aux Jeux olympiques de 1980 à Moscou. Les Soviétiques à leur tour avaient refusé d'envoyer leurs athlètes aux Jeux de Los Angeles en 1984.

– Les Russes ont prétendu qu'ils n'avaient pas participé aux Jeux olympiques parce qu'ils craignaient des actions terroristes, mais tout le monde savait qu'ils ne faisaient que rendre la pareille aux Américains pour ce qu'avait fait Carter.

Les terroristes. Drew gémit intérieurement. Il avait espéré ne jamais plus entendre ce mot.

Mais il y avait plus, beaucoup plus. A mesure que la fille, qui avait allumé un autre joint, laissait s'enchaîner librement ses souvenirs des six dernières années, Drew sentait son malaise intérieur s'intensifier. Il apprit que Reagan avait failli être assassiné par un détraqué rendu fou d'amour, essayant d'attirer l'attention d'une star de cinéma adolescente qui venait de commencer ses cours à Yale. Le pape avait été blessé au cours d'une procession sur la place Saint-Pierre par un fanatique religieux turc travaillant apparemment pour le compte de la police secrète bulgare. Un avion de ligne sud-coréen chargé de passagers, dont certains américains, avait pénétré dans l'espace aérien soviétique et avait été abattu sans qu'il demeurât un seul survivant, mais rien n'avait réellement été fait à ce sujet.

– Pourquoi? commenta-t-elle d'un ton indigné. Qu'est-ce qui fait qu'on se laisse bousculer de cette façon?

Drew ne put se résoudre à lui dire que rien, dans ce genre d'affaire, n'était jamais ce qu'en laissaient présumer les apparences, que les avions de ligne commerciaux ne s'égaraient pas par hasard dans des espaces aériens hostiles.

L'essentiel était clair. Pour elle, ces désastres semblaient monnaie courante; mais après ses six années de paix passées au monastère, Drew se sentit accablé par cette liste d'événements. Il s'efforça d'éviter de conclure que l'inacceptable était devenu l'ordinaire, que le monde avait perdu la raison.

– Et la détente? demanda-t-il.

– Qu'est-ce que c'est?

– Le contrôle des armements. Les traités nucléaires.

– Oh, ils continuent d'essayer. Mais sais-tu ce que prétendent certains trous-du-cul qui se font appeler experts? Que nous pouvons en fait gagner une guerre nucléaire, et y *survivre.* Ils disent que c'est prédit dans la Bible. Que les chrétiens vaincront les communistes.

Drew émit un gémissement.

– Ne m'en dis pas plus.

Il se leva, dégoulinant, pour sortir de la baignoire. Elle lui jeta une serviette.

– Tu ferais mieux de te couvrir, chéri. Sans ça, ajouta-t-elle en haussant un sourcil, on ne sait jamais. Je pourrais commencer à me sentir intéressée.

Il se dit qu'il avait bien choisi. Elle lui faisait du bien; elle le faisait rire. Il drapa la serviette autour de ses reins, puis jeta un regard à ses vêtements.

– Je crois que je ferais bien de les laver.

– Autant que je fasse quelque chose pour ce que tu me paies. Laisse-moi faire.

Il ne put l'arrêter à temps. Avec un air dégoûté, elle s'empara de ses vêtements crasseux et contempla fixement le Mauser caché sous la pile. Elle resta pétrifiée.

– Tu es plein de surprises.

Il posa sur elle un regard intense.

– Qu'est-ce qu'on fait, dans ce cas?

– Je hurle. Et mon petit ami arrive en courant.

– J'espère que non.

Elle sonda ses yeux.

Il ne voulait pas lui faire de mal. Que ferait-il si elle se mettait à hurler?

– Très bien, je ne dirai rien.

Il laissa échapper son souffle.

– La moitié des gens que je connais se trimbale avec des armes, mais ils n'ont pas tes manières. C'est une chose que je dois te reconnaître. On peut dire que pour deux cents dollars, on ne s'ennuie pas avec toi.

Tenant toujours les vêtements, elle plissa le nez.

– Mais qu'est-ce que c'est que ce paquet, dans la poche? On dirait qu'il sent mauvais.

– Je te l'ai dit, tu ferais mieux de ne pas poser de questions.

Il prit le gilet et le posa sur l'étagère. Puis il vida la baignoire et lava les chaussettes, les sous-vêtements, les jeans et la chemise de laine dans l'eau propre, après quoi il lui demanda un sac en plastique. Tandis qu'elle téléphonait pour s'informer de ce qui retardait leurs sandwiches, il mit le corps boursouflé de Stuart Little dans le sac en plastique, dont il noua l'extrémité pour le rendre étanche. Il glissa ensuite le sac et le Mauser sous une serviette, avec les photographies qu'il avait emportées en quittant le monastère, et entreprit finalement de laver le gilet.

Plus tard, quand elle lui donna un peignoir de velours côtelé marron pour se couvrir, il attendit qu'elle fût occupée ailleurs pour transférer la souris, les photographies et le pistolet dans ses poches. Elle remarqua les bosses, mais elle avait appris sa leçon.

– Je sais, dit-elle. Pas de questions.

8

Le coup frappé à l'entrée le fit sursauter. Serrant le pistolet dans la poche du peignoir, il alla se poster derrière le battant de la porte tandis que la fille demandait :

– Qui est-ce?

– Plats à emporter Speedy, Gina. C'est Al.

Elle adressa un hochement de tête à Drew et entrouvrit la porte, juste ce qu'il fallait pour payer avec l'argent qu'il lui avait donné et prendre la nourriture. Elle referma aussitôt.

– Gina? C'est ton nom?

– En quelque sorte. Ma mère m'appelait Regina, il a fallu que je le raccourcisse. Dans mon boulot, je n'avais pas besoin qu'on me chine pour un nom de reine.

Il sourit.

– Si ça ne te dérange pas, Gina, est-ce qu'on pourrait fermer la porte à clef?

– Mon petit ami veut pouvoir entrer ici à toute allure si besoin est.

– Mais nous savons tous les deux qu'il n'aura pas besoin de le faire.

Elle l'observa attentivement.

– Je me demande pourquoi je prends ces risques avec toi.

Mais elle fit ce qu'il lui avait demandé, et il se sentit aussitôt plus tranquille. Affamé, il s'assit à la table et dévora ses sandwiches. Le pain était rassis, la laitue et les tomates ramollies, mais après son récent régime de cacahuètes, de chocolat et de fruits lyophilisés, il s'en moquait. Même le lait tiède lui parut délicieux.

Il ressentit aussitôt l'effet de la nourriture, l'impression de fatigue provoquée par le sucre. Il n'avait pas dormi depuis trente-six heures, et il avait les yeux irrités d'avoir conduit toute la journée. Il lança un regard vers le lit.

– Je suis désolé, mais il faut que je te demande encore une faveur.

Elle trempait une frite dans le ketchup.

– Je ne t'ai encore rien refusé.

– J'aimerais aller dormir tout de suite.

Elle mâcha sa frite, essuyant du bout de la langue une goutte de ketchup attardée sur sa lèvre.

– Et alors? Tu n'as qu'à aller te coucher.

– Mais je voudrais que tu viennes avec moi.

– Quoi? fit-elle, un éclair dans les yeux. J'aimerais que tu te décides. Tu commences par faire toute une histoire en me donnant une nuit de repos, et maintenant...

– A côté de moi dans le lit, c'est tout. Rien d'autre.

Elle fronça les sourcils.

– Juste rester allongée là? Allons, tu dois vouloir que je fasse quelque chose.

– Dormir, comme moi.

Elle parut déconcertée.

Il ne savait pas trop comment lui expliquer qu'il ne pourrait pas dormir s'il ne savait pas où elle était et ce qu'elle faisait. S'il lui disait la vérité – qu'il ne pouvait pas remettre sa vie entre ses mains pendant qu'il dormirait – elle risquait de ne pas coopérer. Il se trémoussa, feignant l'embarras.

– C'est difficile de... Écoute... Disons que je...

Elle tambourinait sur la table du bout des ongles, qu'elle portait longs.

– ... que j'ai besoin de tenir quelqu'un contre moi.

Le visage rigide de Gina se détendit.

– Ça doit bien être la chose la plus triste que j'aie jamais...

Elle lui prit la main.

Il alla avec elle jusqu'au canapé-lit, où il l'aida à mettre un drap et à recouvrir deux oreillers qu'elle avait sortis d'un placard.

– Il fait froid, ce soir, dit-elle en frissonnant.

Elle étala deux couvertures sur le lit mais, malgré sa remarque à propos du froid, commença à enlever son peignoir.

– Non, chuchota Drew.

– La force de l'habitude. Désolée.

Elle sourit et referma son vêtement, puis éteignit les lumières.

Il se glissa sous les couvertures avec elle. Dans l'obscurité, serré contre elle, conscient de la douceur de son corps, il réprima la tentation qu'offraient ses seins, son mont de Vénus, ses hanches. Il n'avait pas couché avec une femme depuis six ans, et le souvenir d'Arlene éveilla de nouveau ses sens. Son ancienne profession ne lui avait pas permis de se lier avec beaucoup de femmes, car il ne pouvait se risquer à aucun engagement. Seule Arlene avait eu de l'importance pour lui; membre de son ancien réseau, elle était la seule femme qu'il se fût permis d'aimer. Il avait la gorge douloureuse. Gina se tortilla contre lui, cherchant une position confortable, et il dut se distraire par une préoccupation d'ordre pratique en s'assurant que le Mauser se trouvait sous sa jambe, là où elle ne pourrait le prendre sans le réveiller.

Il se blottit contre le matelas, le premier sur lequel il se fût étendu depuis son entrée au monastère, et s'efforça de se détendre.

– Fais de beaux rêves, murmura-t-elle contre son oreille.

Il l'espérait. Et, étonnamment, ce fut le cas.

Ou plutôt, il n'eut pas de rêves. Chose horrible, il dormit comme un mort.

Un papillotement de lumière le réveilla. Il se rendit compte que Gina n'était plus à son côté. Alarmé, il s'assit dans l'obscurité, sur ses gardes, et se rendit compte que la lumière venait du poste de télévision. A la vue des images, il crut qu'il dormait encore et qu'il faisait un cauchemar. Il voyait de jeunes hommes aux yeux fous, le visage aussi terreux que des cadavres, vêtus d'uniformes des sections d'assaut nazies et portant – il devait avoir des hallucinations – des cheveux violets coupés à la Mohawk et des anneaux aux oreilles. Des femmes vêtues de blousons de motocyclistes en cuir noir braquaient des lances à incendie sur des panneaux représentant des champignons d'explosions thermonucléaires.

Une ombre bougea devant la télévision.

Il tâtonna à la recherche de son Mauser, mais interrompit son geste.

L'ombre était Gina. Elle se retourna et sortit quelque chose de son oreille. Les images démentes continuaient à se dérouler en silence.

– Excuse-moi, dit-elle. Je ne pensais pas que la télévision te réveillerait. Je me suis dit qu'en me servant de l'écouteur...

Il fit un geste en direction de l'écran.

– Qu'est-ce que c'est que ça?

– MTV. Ça veut dire *Music Television*. Ce sont des punks.

– Quoi?

– Hé, je t'ai dit que j'étais désolée. Je sais que tu voulais que je dorme, mais tu dois comprendre que mes heures ne sont pas les mêmes que les tiennes. Je suis habituée au service de nuit, et pour l'instant je suis complètement réveillée. Tant qu'il n'est pas huit heures du matin, et que je n'ai pas pris un beignet et du café avec des amis au...

– Quelle heure est-il ?

Elle plissa les yeux pour regarder sa montre.

– Presque cinq heures et demie.

– Si tard ?

Au monastère, à cette heure, il aurait été éveillé et prêt pour la messe. Il rejeta les couvertures et sortit du lit, assailli par le froid malgré le peignoir de Gina. Après avoir usé de la salle de bains, il tâta les vêtements qu'il avait lavés, suspendus aux porte-serviettes. Ils étaient encore humides.

– Tu as un séchoir à cheveux ?

Elle éclata de rire.

– Maintenant, je sais que tu n'étais pas dans un monastère.

– C'est pour mes vêtements.

Elle rit de nouveau.

– Prends garde que ça les fasse rétrécir.

Ils ne rétrécirent pas. Pendant le petit déjeuner – « Des fruits, avait-il dit, n'importe quels fruits si tu en as » – il se surprit en se penchant pour l'embrasser sur la joue.

Elle aussi fut surprise.

– C'était pour quoi ?

– Juste pour dire merci.

– Tu veux dire un demi-merci.

Il ne résista pas quand elle lui retourna son baiser. Ni long ni sensuel, mais intime. Sur les lèvres.

Dans une autre vie, songea-t-il, les narines emplies de la douceur de son parfum. Il pensa de nouveau à Arlene. Mais cette autre vie lui était déniée.

A cause de mes péchés.

9

A neuf heures et demie, il entra dans la cabine téléphonique d'un drugstore, à cent mètres à l'ouest du parc communal de Boston. Malgré ses vêtements de plein air loqueteux, il était propre et rasé et ne parut pas attirer l'attention du pharmacien qui dactylographiait une ordonnance au comptoir voisin de la cabine.

– Bonjour. Paroisse de la Sainte-Eucharistie, répondit un vieil homme à la voix fragile, aussi voilée que le meilleur xérès qu'on utilisait parfois comme vin de messe.

– Oui. Je voudrais parler au père Hafer, s'il vous plaît.

– Je suis terriblement désolé, mais le père Hafer n'est pas disponible ce matin.

Il eut un coup au cœur. De l'aéroport, la veille au soir, puis de chez Gina à plusieurs reprises, il avait appelé le presbytère mais personne n'avait répondu; plus exactement, c'était une machine qui avait répondu, cette même voix frêle et voilée, enregistrée, expliquant qu'aucun prêtre ne se trouvait actuellement à portée de téléphone et priant l'appeleur de laisser son nom et un message. Dans le cas de Drew, il n'en était pas question. Pas pour le message qu'il apportait.

Dieu tout-puissant. Étreignant le combiné, il délibéra en son for intérieur.

– Allô? demanda la voix frêle d'un ton hésitant. Etes-vous toujours...?

Drew déglutit.

– Oui, je suis là. Savez-vous...? Attendez. Vous avez dit qu'on ne pouvait pas le joindre ce matin? Cela veut-il dire qu'il sera là cet après-midi?

– Ce n'est pas certain. Peut-être. Mais il n'est

pas sûr qu'il veuille répondre au téléphone aussitôt après son traitement.

– Traitement ?

La main de Drew se resserra sur le combiné.

– Si vous avez besoin d'un prêtre, je peux vous aider. Moi ou l'un de ceux qui sont ici. Est-ce urgent ? Vous semblez angoissé.

– C'est personnel. Il faut absolument que je lui parle. Je ne comprends pas. Quel traitement ?

– Désolé, je ne me sens pas le droit d'en parler. Mais puisque vous le connaissez, il acceptera certainement de vous l'expliquer. Pourquoi ne me laissez-vous votre nom et votre numéro de téléphone ?

– Je rappellerai.

Drew raccrocha, ouvrit la porte, et sortit de la cabine. Le pharmacien jeta un regard dans sa direction. S'efforçant de ne pas laisser paraître sa détresse, Drew consulta sa montre, puis longea les étagères et les comptoirs pour ressortir dans la rue bruyante.

Cet après-midi ? Et ce n'était même pas sûr ?

Il fallait que quelqu'un sache. A l'appartement de Gina, il avait parcouru le *Boston Globe* de la veille et n'y avait trouvé aucune mention de ce qui s'était passé au monastère. A moins que les autorités n'aient maintenu le secret, cela signifiait que les corps n'avaient pas encore été découverts. Mais il était difficile de croire qu'une telle histoire pût être étouffée. Tout en avançant sur le trottoir grouillant de monde en direction du parc communal, il imaginait les corps boursouflés, affalés sur la table ou sur le sol des cellules. Morts. Tous morts.

Une fois encore, avec réticence, il pensa à la police. Peut-être que s'il les appelait, tout simplement... mais jamais ils ne le croiraient. Ils lui demanderaient de s'identifier, de se présenter, et il n'accepterait de le faire que s'il était assuré de sa sécurité. En attendant, s'il parvenait à les convaincre qu'il n'était pas un détraqué, ils préviendraient les autorités du Vermont, qui enverraient quelqu'un au monastère. Quand les corps seraient découverts, il deviendrait évident que l'un des moines s'était échappé. La police de Boston établirait un rapport avec l'homme qui les avait appelés. Qui d'autre pourrait connaître la présence des cadavres, sinon un survivant ou l'un de ceux qui avaient tué ?

Drew secoua la tête. Au pire, la police le soupçonnerait d'être impliqué dans les meurtres. Au mieux, même si on le croyait innocent, un avis serait diffusé à toutes les polices à son sujet, aidant par là le commando à restreindre le champ de ses recherches. Et il n'avait même pas envisagé ce qui se passerait quand la police fouillerait dans son passé, d'abord intriguée, puis effarée par l'écran de fumée qu'elle y découvrirait. Si leurs questions les entraînaient dans cette direction, ce serait un désastre.

Non. La voie qu'il avait choisie au départ demeurait la meilleure, la plus sûre. Le père Hafer. Son confesseur. Mettez-moi en sûreté le plus vite possible. Et aidez-moi à découvrir qui sont mes ennemis !

Étranger dans la ville, il erra au hasard dans le labyrinthe des rues de Boston. Il traîna dans les centres commerciaux, découvrit le raffut clinquant des galeries de jeux vidéo, l'incroyable technologie qui apprenait aux adolescents à acquérir les réflexes meurtriers des pilotes de chasse. Dans tous les jeux qu'il regarda, l'objectif était d'attaquer et de détruire. Le gagnant annihilait l'ennemi. Et parfois, des champignons atomiques annonçaient la survie ou la défaite.

Des jeunes gens arpentaient les centres commerciaux, vêtus des treillis de combat léopard à la dernière mode, tandis que des hommes mûrs, soucieux d'être dans le ton, arboraient des blousons de cuir imités de ceux que portaient les pilotes de bombardiers durant la Seconde Guerre mondiale.

Démence. Dieu tout-puissant, qu'était-il arrivé pendant ses six années de retraite ?

Il s'efforça de réprimer son angoisse. Il y avait quelque chose de plus important : le salut. Si le monde était résolu à se détruire, très bien. Mais il avait besoin de paix et de solitude. Mourir était inévitable. Mourir en priant rendait la mort acceptable.

Il téléphona plusieurs fois au presbytère dans l'après-midi, de plus en plus perdu et impatient quand on lui répondait que le père Hafer n'était pas encore rentré. Le temps se transformait en torture. La dernière édition du *Boston Globe* ne contenait toujours rien à propos du monastère, bien que ce ne fût pas en soi significatif. Il y avait plusieurs explications possibles à ce silence. Mais il ne pouvait supporter l'idée que les corps n'avaient pas encore été découverts; c'était un secret blasphématoire. Un peu avant quatre heures et demie, alors qu'il traversait un autre centre commercial, il hésita soudain, battant des paupières devant le spectacle qui s'offrait à ses yeux. Une foule de gens avançaient lentement vers lui, les yeux rouges, essuyant leurs larmes.

Il se dit que quelque horrible événement venait de se produire. Il se rappela 1963, la réaction de l'Amérique à l'assassinat du président Kennedy, et se prépara au pire.

Alarmé par cette manifestation de chagrin, il s'approcha d'un groupe.

– Que s'est-il passé? Pourquoi pleurez-vous?
Une femme forte, entre deux âges, renifla dans son mouchoir en secouant la tête.
– C'est si triste.
– Quoi?
– Je l'ai vu huit fois. Ça me fait toujours pleurer. Elle a l'air si belle, et elle meurt d'un cancer.
– Un cancer?
– Debra Winger.
– Qui?
La femme parut choquée.
– *Tendres passions*. D'où sortez-vous?
Elle pointa un doigt au-delà de la foule, derrière elle. Un cinéma. La séance venait de se terminer, le public sortait.
Drew s'éloigna, confus, vers une rangée de cabines téléphoniques qui jouxtaient un magasin de lingerie Lady Godiva dont la devanture regorgeait de petites culottes de dentelle. Il croisa un homme qui portait des boucles d'oreilles, puis une femme dont la main était ornée d'un cœur tatoué. Glissant ses pièces dans l'appareil, il composa fébrilement le numéro qu'il avait gravé dans sa mémoire.
– Paroisse de la Sainte-Eucharistie.
– S'il vous plaît, le père Hafer est-il rentré?
– Ah, c'est encore vous. Je lui ai fait part de vos appels. Un instant. Je vais voir si on peut le déranger.
Drew s'appuya lourdement contre le mur et attendit. Il entendit enfin le bruit du combiné qu'on prenait à l'autre bout du fil, mais ne reconnut pas la voix tendue, essoufflée.
– Allô, oui. Père Hafer à l'appareil.
Drew fronça les sourcils. Il n'avait pas parlé au père Hafer depuis six ans. Comment être sûr?
– Il faut que je vous voie, père. Immédiatement. Croyez-moi, c'est urgent.

– Comment ? Qui êtes-vous ?

Drew contempla fixement le combiné, soupçonneux. A supposer que le commando, dans ses recherches, ait deviné qui était l'homme auprès duquel Drew irait logiquement chercher refuge ? A supposer que cette voix, qui semblait trop rauque et essoufflée pour être celle du père Hafer, appartînt à l'un des hommes qui le traquaient ? Non, il n'avait pas le choix. Il devait observer les précautions de son ancien métier. Il ne pouvait pas se permettre d'imprudence.

– Je vous ai demandé qui vous étiez ? insista la voix rauque.

Drew se mit à réfléchir à toute vitesse. Malgré ses doutes, il continuait à espérer. Il avait besoin de croire. Un code de reconnaissance, une information qu'ils étaient les seuls à partager.

– Il y a six ans, nous nous sommes rencontrés dans votre bureau. Nous avons eu une discussion tendue. Mais nous sommes allés à l'église de l'autre côté de la rue et vous avez écouté ma confession.

– J'ai entendu bien des... Il y a six ans ? Je ne vois qu'une confession dont quelqu'un pourrait être certain que je me souvienne.

– Nous avons discuté d'une liqueur.

– Dieu tout-puissant, ce n'est pas possible ! *Vous ?*

– Non, écoutez. La liqueur. Vous rappelez-vous son nom ?

– Bien sûr.

Drew fronça les sourcils.

– Il vous vient à l'esprit si rapidement ?

– Ce sont les chartreux qui la fabriquent. Je l'avais choisie intentionnellement. Elle porte le nom de la maison mère. La Grande-Chartreuse.

Drew se détendit. Bien. Ou, du moins, devait-il s'en contenter.

– Mais au nom du ciel, poursuivait le père Hafer, que signifie tout ce mystère ? Où donc êtes-vous ? Pourquoi m'appelez-vous ?

Le prêtre semblait de plus en plus essoufflé.

– Vous n'êtes manifestement pas à...

– Non, il est arrivé des choses graves. J'ai dû partir. Il faut que nous parlions.

– Graves ? Quel genre ?

– Je ne peux pas en parler au téléphone. Il faut que je vous voie. *Immédiatement.*

– Pourquoi êtes-vous si évasif ? Où voulez-vous que nous nous voyions ? Et pourquoi ne pouvez-vous m'en parler au téléphone ?

La voix s'interrompit brusquement.

– Vous ne voulez quand même pas dire... ?

– Il se peut qu'on nous écoute.

– Mais c'est absurde.

– L'absurdité est ici, père. Je vous dis que je n'ai pas le temps. C'est urgent. S'il vous plaît, écoutez-moi.

Le téléphone demeurait silencieux. Il n'entendit que la respiration oppressée du prêtre.

– Père ?

– Oui, très bien. Nous pouvons nous rencontrer.

Drew promena un regard circulaire sur le centre commercial, parlant d'une voix basse mais pressante.

– Prenez un carnet et un crayon. Je vais vous expliquer comment faire. Il faut que vous m'aidiez, père. Il faut que vous me sortiez de là.

10

C'était une opération d'interception classique. Une variante de la boîte aux lettres morte. Théoriquement. Mais cette fois, Drew devait prendre en compte plus d'une variable.

Sa première crainte, tout compte fait, était que le commando eût prévu à qui il devait s'adresser pour demander de l'aide. Pas à la police, par définition, pas avec son passé et la nécessité évidente de ne pas être détenu.

Le seul autre choix logique ? Le prêtre qui avait parrainé sa candidature pour le faire entrer chez les chartreux. Après tout, qui d'autre pourrait le comprendre ? Mais, par cette même logique, le commando risquait de surveiller le prêtre. Et quand le père Hafer quitterait soudain la cure à l'heure du dîner, l'alerte serait donnée. Il serait suivi.

Le facteur supplémentaire ? A supposer que la police s'en mêlât, soit parce que les corps avaient été découverts, soit parce que le père Hafer avait été troublé par l'appel de Drew au point d'appeler les autorités pour demander leur protection ? Il était possible que le prêtre fût suivi non seulement par le commando ou par la police, mais par les deux à la fois. Cette complication d'une opération normalement classique équivalait à passer de l'algèbre au calcul infinitésimal. Aussi sophistiqué que devînt son plan, il devait commencer par les principes fondamentaux.

Plusieurs fois dans la journée, il avait traversé le parc communal, l'explorant sous tous les angles, étudiant ses avantages. Grand espace vert plein d'arbres, d'allées, de jardins, de pièces d'eau et de jeux de plein air pour les enfants, il était flanqué de chaque côté par des alignements de bâtiments contigus, commerciaux et résidentiels. Il avait choisi son poste d'observation et, à sept heures ce soir-là, s'était installé sur le toit d'un immeuble d'habitation. Accroupi derrière une cheminée pour qu'on ne pût distinguer sa silhouette, il surveillait le terrain communal. A cette heure, à la mi-octobre, le soleil était déjà couché; le parc était plongé dans l'ombre, à l'exception des réverbères qui le bordaient et des lampes qui jalonnaient les allées.

L'avantage de cette position était qu'il pouvait surveiller trois des quatre rues qui flanquaient le parc. Le côté opposé était masqué par l'entrelacs obscur des branches d'arbres dépouillées de leurs feuilles. Mais le côté opposé lui importait peu; il était trop éloigné pour que le commando ou la police pussent intervenir sans se montrer et lui donner le temps de leur échapper. Et c'était du côté où il se trouvait que Drew avait l'intention de contacter le père Hafer.

Mais pas en personne.

Il avait soigneusement étudié ce qu'il avait dit au prêtre. S'il s'était contenté de lui demander de venir au parc et d'attendre les événements, il aurait risqué d'être découvert sur son toit par le commando ou par la police, qui n'auraient pas manqué d'explorer les bâtiments tout autour de la place. Ces réflexions présumaient que le téléphone du presbytère était sur table d'écoute, ou que le prêtre collaborait avec les autorités. Mais la survie de Drew dépendait de présomptions. Maintenant encore, après tant d'années, il se rappelait comme si c'était hier le collège technique des Rocheuses, dans le Colorado, Hank Dalton et ses leçons : « C'est la paranoïa qui vous sauvera la vie. Dans votre monde, les gars, il faut être fou pour ne pas être paranoïaque. Présumez que ces salauds sont après vous. Tout le temps. Partout. »

Les instructions que Drew avait données au père Hafer étaient si compliquées qu'il lui avait demandé de les coucher par écrit. Aucun commando, aucune escouade policière, n'aurait pu avoir assez d'hommes pour couvrir l'itinéraire complet en quelques heures seulement. Ils n'auraient pu en déduire aucun objectif précis. De leur point de vue, le contact aurait pu s'établir n'importe où.

Mais comme il avait besoin d'une marge supplémentaire de sécurité, Drew avait décidé de ne pas établir le contact en personne. Parcourant des yeux les trois rues ténébreuses mais bien visibles – au-dessous de lui, à sa droite et à sa gauche –, il ne vit aucun signe de surveillance, aucun flâneur, aucun véhicule s'arrêtant sans que personne en descendît. Les rues paraissaient normalement occupées, innocentes, ordinaires.

Il saurait bientôt à quoi s'en tenir. A 7 h 10, il vit le prêtre. Le père Hafer portait un long manteau sombre, dont les boutons supérieurs étaient ouverts comme il le lui avait demandé pour laisser apparaître le col blanc, clairement visible dans la nuit partiellement éclairée. Mais il fronça les sourcils en voyant sa démarche. Le prêtre traînait les pieds, légèrement courbé, manifestement fatigué. Il était venu de l'angle situé sur la droite de Drew et se dirigeait vers le parc. Quelque chose n'allait pas. Drew scruta la rue que le prêtre venait de quitter. Personne ne semblait le suivre.

Quand il ramena son regard sur le prêtre, son inquiétude s'accrut soudain. Non parce qu'il avait découvert un piège, mais à cause d'un fait beaucoup plus inattendu, bien qu'à la réflexion il eût disposé de toutes les données. Il aurait dû le deviner. Le père Hafer était plié en deux, toussant si fort que Drew l'entendait à cinquante mètres. Il semblait souffrir, et il était plus mince que dans le souvenir qu'il en avait gardé. Même dans la nuit, sa pâleur était évidente.

Le prêtre était mourant.

« Traitement, avait dit la voix embuée de xérès au téléphone de la cure. Il ne voudra peut-être pas répondre au téléphone après son traitement. »

Chimiothérapie. Rayons. Le père Hafer se mourait d'un cancer. L'enrouement, le manque de souffle, comment les expliquer autrement ? Le cancer avait attaqué la gorge, ou plus vraisemblablement les poumons. Avec une profonde tristesse, Drew se rappela les cigarettes que le père Hafer fumait à la chaîne six ans plus tôt durant leur entretien. Le prêtre se plia encore une fois pour tousser, en proie à une douleur évidente. Il s'essuya la bouche à l'aide d'un mouchoir et se redressa lentement, puis reprit péniblement sa route vers le parc. Drew concentra son attention sur le troisième banc situé dans l'allée qu'il avait demandé au prêtre d'emprunter.

Le premier. Le second.

Comme le père Hafer atteignait le troisième banc, une ombre jaillit des buissons, se précipitant vers lui.

Maintenant, songea Drew. S'il est surveillé, ce sera *maintenant*. Au lieu de suivre des yeux la mince silhouette de prédateur qui semblait attaquer le prêtre, il observa attentivement les rues avoisinantes.

Mais rien ne se passa. Pas de cris, pas de sirènes, pas de jaillissement soudain d'ombres ni de coups de feu. Rien. Rien ne vint troubler le mystère de la nuit dans sa tranquillité ni, hormis la circulation ambiante, dans son silence.

Drew reporta son attention sur le troisième banc de l'allée. Les instructions qu'il avait données à l'ombre mouvante avaient été précises; tenant compte de la disposition des lumières dans le parc, elles lui permettaient de suivre l'action sans qu'aucun obstacle s'interposât. Si on avait donné au prêtre un microphone et une pile d'alimentation pour qu'il les dissimulât sous ses vêtements, la fouille superficielle de l'ombre en révélerait l'existence. La silhouette lèverait la main droite pour prévenir Drew qu'il devait prendre la fuite.

L'ombre, bien sûr, avait eu besoin d'un encouragement pour exécuter cette vérification. Un peu plus tôt dans la journée, Drew avait cherché dans la Zone de Combat un junkie manifeste, mais en état de mener à bien ce genre d'opération. Il lui avait donné une petite dose d'héroïne, et lui en avait promis plus en lui montrant le sac brillant qu'il avait passé une partie de l'après-midi à soutirer à un pourvoyeur de deuxième ordre. Il avait suffi de soudoyer le junkie pour le motiver mais ce n'était pas assez pour modérer son besoin ni pour qu'il pût se poser des questions sur les intentions de Drew, ou sur un éventuel danger.

Drew observa donc la silhouette fugitive entrer en collision avec le prêtre, le palper sans qu'il s'en rendît compte, et lui glisser un billet dans la main avant de replonger aussitôt dans la zone d'ombre qui séparait deux réverbères. La silhouette reparut plus loin, traversant selon les instructions le terrain de jeux illuminé vers l'angle du parc qui se trouvait à la gauche de Drew.

Tiens, tiens, songea ce dernier, qui s'en serait douté? Pas mal. Vraiment pas trop minable. Voilà qui prouve qu'en cas de besoin, il ne faut pas sous-estimer un junkie à condition qu'il soit convenablement motivé. Drew fut enchanté, non seulement de la façon dont sa recrue avait accompli sa mission, mais du fait qu'elle y avait survécu. Le junkie n'avait pas été tué.

Conclusion : si des membres du commando étaient dans les parages, ils s'étaient rendu compte que l'ombre n'était pas Drew mais un simple courrier. Ils consacreraient autant d'attention au courrier qu'au prêtre, dans l'espoir qu'il les conduirait à Drew ou, du moins, pourrait leur donner des informations sur le contenu du billet. Le courrier les conduirait effectivement dans une ruelle en cul-de-sac à cent cinquante mètres de là, où Drew avait promis au junkie qu'il lui donnerait en paiement le reste du sac d'héroïne.

Drew, qui avait laissé le sac sur le rebord d'une fenêtre, regarda le junkie disparaître sans avoir été intercepté et commença à se dire que ni le commando ni la police n'avaient suivi le père Hafer. Mais il n'en était pas encore certain. Il avait prévu une autre diversion : c'était la raison d'être du billet que le prêtre tenait maintenant à la main.

Il reporta son attention sur le parc où le père Hafer se tenait près du troisième banc de l'allée, une main pressée contre la poitrine comme pour maîtriser le martèlement de son cœur provoqué par la surprise. Ayant recouvré son sang-froid, le prêtre abaissa les yeux vers la note qu'il tenait dans l'autre main. Avant d'avoir pu la lire, cependant, il fut pris soudain d'une nouvelle quinte de toux et sortit son mouchoir, dans lequel il cracha à coups de haut-le-cœur.

Que Dieu ait pitié, se dit Drew.

Le prêtre s'approcha d'un air las de la lampe la plus proche et courba les épaules dans l'effort qu'il fit pour lire le billet. Drew en connaissait les termes par cœur.

Mes excuses pour la surprise. Je devais m'assurer que vous n'étiez pas suivi. S'il y avait eu un autre moyen... Mais nous y sommes presque. Repartez par où vous êtes venu. Retournez au presbytère.

Le prêtre redressa la tête d'un geste brusque, regardant autour de lui avec une expression qui, même à cette distance, trahissait visiblement la contrariété. Il glissa le message dans la poche de son manteau, et se pencha de nouveau en avant pour tousser péniblement dans son mouchoir. Avec une énergie née de l'impatience, il fit demi-tour et ressortit du parc d'un pas traînant, l'air irrité, dans la direction d'où il était venu.

Si j'avais su que vous étiez malade, je me serais débrouillé autrement, songea Drew. J'aurais choisi une route moins longue, moins difficile. Pardonnez-moi, père, pour la souffrance que je vous ai causée. Je n'avais pas le choix. Il fallait que je rende mon ennemi aussi impatient que vous l'êtes.

Le prêtre s'éloigna d'une démarche laborieuse et disparut dans la rue qui se trouvait à droite de Drew. Celui-ci ne vit aucun signe de surveillance hâtivement réorganisée. Aucune voiture ne fit demi-tour pour prendre la nouvelle direction suivie par le père Hafer. Aucune silhouette ne pivota brusquement pour éviter de le perdre de vue.

Drew attendit encore vingt secondes. Ne voyant toujours rien d'inhabituel, il fut aussi convaincu qu'il pourrait jamais l'être que ni la police ni le commando n'étaient à l'œuvre.

Depuis sa position sur le toit, cependant, il ne pouvait voir la rue que le prêtre venait d'emprunter. A moins de quitter son poste en vitesse pour aller jeter un coup d'œil derrière l'angle du bâtiment, il ne pouvait s'assurer que la rue était sûre. Y aborder le prêtre pouvait être risqué.

Il y avait une autre possibilité. S'il ne pouvait aller au prêtre, le prêtre pouvait venir à lui.

11

Depuis l'obscurité des buissons, contre l'église, Drew surveillait le presbytère situé de l'autre côté de la rue. Au-dessus de lui, l'éclairage intérieur de l'église jetait une lueur à travers les vitraux colorés qui représentaient les stations du chemin de croix. Bien que les fenêtres fussent fermées, il entendait les prières d'une messe du soir, la voix assourdie d'un prêtre qui entonnait : « Agneau de Dieu, qui enlève le péché du monde, prends pitié de nous. Agneau de Dieu... »

L'assemblée des fidèles reprit en chœur : « Donne-nous la paix. »

Dans le billet remis au père Hafer, Drew avait demandé à ce dernier de retracer les méandres suivis à l'aller pour revenir au presbytère. Mais il avait lui-même emprunté un chemin plus direct afin d'arriver avant lui. Il avait besoin d'étudier les meilleurs points d'observation de la cure, de s'assurer que personne ne la surveillait. C'était une ultime précaution. Après tout, si une équipe avait suivi le père Hafer, l'un de ses membres avait pu rester en faction, ultime précaution de l'adversaire. Il attendait d'être certain que le presbytère ne présentait aucun danger avant de passer à la dernière partie de son plan.

Mais après six ans passés au monastère, il avait oublié que l'Église, au cours des années 70, avait assoupli les règles concernant l'assistance à la messe du dimanche – la messe du samedi soir pouvait la remplacer.

Et on était samedi soir. Avec la messe qui était

en train de se célébrer, avec les voitures des paroissiens garées dans la rue de ce quartier cossu et celles qui venaient s'arrêter devant le presbytère, moteur tournant, dans l'attente de la sortie des fidèles, Drew se trouvait confronté à trop de pièges éventuels. Une allumette jeta une lueur à l'intérieur d'une voiture parquée un peu plus loin – quelqu'un qui allumait une cigarette. Un professionnel révélerait-il sa position d'une manière aussi flagrante? Peut-être, s'il voulait passer pour un chauffeur ordinaire attendant un passager.

Et cette femme qui se tenait sur les marches du parvis? Elle serrait contre elle un petit enfant coiffé d'un bonnet rose en tricot et enveloppé dans une couverture moelleuse, lui tapotant le dos tout en faisant les cent pas. Avait-elle quitté la messe en avance parce que l'enfant s'était mis à pleurer et dérangeait les autres fidèles? Attendait-elle son mari? Pourquoi l'enfant ne pleurait-il plus? Et avec le froid dont témoignait la buée qui se formait devant sa bouche, pourquoi la femme n'attendait-elle pas dans le vestibule de l'église, où elle et l'enfant pourraient se tenir au chaud?

Trop de choses à prendre en compte.

Pis, il savait que ses suspicions ne feraient que croître quand la messe s'achèverait et que les fidèles commenceraient à sortir. Dans ce grouillement d'activité, jamais il ne parviendrait à déterminer si les parages étaient sans danger. Son plan supposait qu'il pût atteindre le presbytère avant le retour du père Hafer. Ce dernier allait arriver d'un instant à l'autre, et Drew ne pouvait se risquer à traverser la rue.

A moins que. La messe, se dit-il. Au lieu de contrecarrer son plan, c'était peut-être une bénédiction. Il fit demi-tour et se glissa à travers les buissons vers la porte latérale de l'église, qui se découpait dans l'ombre à une dizaine de mètres de la façade arrière, adjacente à un trottoir permettant l'accès depuis la rue transversale. Il fit tourner le loquet de fer, puis tira sur la lourde porte de chêne.

Elle résista. Un instant, le cœur battant, il craignit qu'elle ne fût verrouillée. Il tira plus fort, et elle s'ouvrit avec un grincement.

Les épaules rigides, il scruta l'intérieur. Devant lui s'étendait un palier de béton dont les murs de plâtre lisse étaient peints d'un blanc éclatant. A sa gauche, sept marches montaient jusqu'à une porte derrière laquelle se déroulait le service – le corps principal de l'église. Droit devant, d'autres marches descendaient vers le sous-sol obscur. Sur sa droite, un troisième escalier montait vers une autre porte.

Il gravit les marches de droite, et tourna doucement la poignée de la porte. Elle n'était pas verrouillée; il n'avait d'ailleurs pas compté qu'elle le serait. Le prêtre qui était passé par là peu de temps auparavant afin de se préparer pour la messe n'envisageait certainement pas qu'un étranger pût s'y introduire pendant qu'il serait à l'autel avec ses servants. Malgré tout, Drew devait garder le silence.

Derrière lui, le traînement de pieds qui lui parvenait depuis l'intérieur de l'église lui laissa supposer que les fidèles allaient communier et s'approchaient de l'autel pour recevoir l'hostie. Il entendit alors le pincement étouffé de guitares tandis qu'une voix de soprano entonnait l'air de John Lennon et Yoko Ono, *Give peace a chance* (Donnez une chance à la paix), où elle substituait parfois « God » (Dieu) à « peace » (paix). Se rappelant les hymnes liturgiques qu'il chantait avec les autres moines durant la messe quotidienne,

Drew ne put s'empêcher de sourciller à l'idée du contraste. Mais du moins l'assemblée était-elle occupée encore que, à la réflexion, il y eût toujours quelques fidèles impatients qui quittaient la messe avant même la fin de la communion. A tout instant, quelqu'un risquait de franchir cette autre porte de l'église et de le voir se glisser dans la pièce. Il devait se dépêcher.

Il franchit la porte, la referma derrière lui, et scruta la salle qui s'incurvait derrière le mur situé à l'arrière de l'autel. C'était la sacristie, où le prêtre revêtait les ornements sacerdotaux – l'aube et la ceinture, la chasuble et l'étole – avant de dire la messe. Des armoires, des placards et des étagères recelaient d'autres ornements, des nappes d'autel, des cierges, des serviettes de toile, de l'encens, des bouteilles de vin de messe et tous les objets nécessaires aux nombreux rites catholiques.

Il avait craint que l'un des assistants du prêtre ne fût revenu chercher quelque objet oublié, mais la sacristie était vide. Sur sa gauche, il vit le passage voûté qui conduisait à l'autel, les cierges tremblotants qui flanquaient le tabernacle doré dans lequel serait enfermé le calice contenant les hosties consacrées non utilisées. Il n'y avait personne devant l'autel, le prêtre et ses assistants continuant à donner la communion aux fidèles agenouillés derrière la balustrade du chœur. Les joueurs de guitare grattaient toujours. La chanteuse soprano devait être obsédée par les Beatles – elle avait enchaîné sur les couplets de George Harrison, *Here comes the sun* (Voici venir le soleil), mais elle changeait « sun », le soleil, pour « Son », le Fils, et parfois pour « Lord », le Seigneur.

La sacristie était disposée de façon que les fidèles ne pussent en voir l'intérieur par le passage voûté. Assuré de ne pas être observé, Drew ouvrit plusieurs placards et découvrit enfin ce dont il avait besoin : une soutane noire qui descendait jusqu'aux chevilles. Il la revêtit vivement et en ferma les innombrables boutons. Puis il choisit un surplis de toile blanche qu'il enfila par-dessus la soutane, couvrant cette dernière jusqu'aux hanches. Cette combinaison de vêtements sacerdotaux était fréquemment utilisée par les prêtres qui remplaçaient les enfants de chœur pour assister l'officiant.

Sur un comptoir, près de l'évier, il trouva une barrette – toque noire carrée munie de trois cornes symétriques sur le dessus avec un pompon au milieu. Sous le coup de l'inspiration, il prit aussi un bréviaire dans une pile posée près d'un encensoir. Le parfum de l'encens, bien que non allumé, lui envahit les narines.

Entendant des pas étouffés sur le tapis qui menait à l'autel, il lança un regard vers le passage voûté. Il était temps de sortir de là. En retournant vers la porte, la poitrine serrée, il entrevit le prêtre et les servants qui revenaient à l'autel après la fin de la communion. Les guitares et la voix de soprano s'étaient miséricordieusement tues.

Refermant la porte derrière lui, il remit doucement le loquet en place et se retourna pour descendre les quelques marches qui menaient au palier. Il se pétrifia en voyant s'ouvrir la porte qui donnait sur l'intérieur de l'église.

Un homme aux cheveux roux et une femme au visage couvert de taches de rousseur sortaient à reculons, les yeux fixés sur l'autel, tout en trempant les doigts de la main droite dans l'eau bénite d'un bassin en marbre avant de faire le signe de la croix. Ils étaient trop absorbés par leur sortie furtive pour remarquer sa présence mais, à l'instant où ils se retournèrent pour descendre les marches après avoir fermé la porte, ils se trémoussèrent d'embarras à la vue de ses vêtements.

Drew ôta sa barrette, tenant le bréviaire contre la poitrine de son surplis.

– Oh, heu... bonsoir mon père, chuchota l'homme.

Drew hocha gravement la tête.

– Eh bien, mon fils, dit-il à voix basse. On s'échappe avant la bénédiction?

– Heu, oui, c'est-à-dire, mon père, vous voyez, nous...

– Ce n'est rien. Vous n'avez pas besoin de m'expliquer.

L'homme et la femme s'entre-regardèrent, soulagés.

– Mais vous pourriez l'expliquer au Seigneur. Je suis sûr que vous connaissez la parabole des invités qui avaient quitté le banquet avant l'heure.

Ils rougirent au point que les taches de rousseur de la femme disparurent et que le visage de l'homme fut de la même couleur que ses cheveux.

– Je suis désolé, père, dit l'homme en inclinant la tête.

De l'autre côté de la porte, Drew entendit le prêtre annoncer :

– La messe est finie. Allez en paix.

Il adressa un sourire paternel au couple qui se tenait devant lui.

– Mais je suis certain que vous pensiez avoir une raison valable. Du moins êtes-vous venus à la messe en premier lieu.

– Aussi souvent que nous le pouvons, mon père.

La porte qui donnait sur l'intérieur de l'église s'ouvrit. Les fidèles sortaient.

Drew leva la main en un geste de bénédiction.

– Le Seigneur soit avec vous, dit-il à l'homme et à la femme.

Puis il ouvrit la porte extérieure du palier et leur fit signe de passer devant.

Sur le trottoir obscur qui longeait l'église, il exhala un nuage de buée dans l'air froid de la nuit et remit sa barrette. Il s'apprêtait à saluer ses compagnons mais, voyant qu'ils se dirigeaient vers la façade de l'église et non vers la rue transversale, il les accompagna. Derrière lui, d'autres paroissiens sortaient, dont beaucoup prenaient la même direction. C'était parfait. Plus la foule serait dense, mieux ce serait. Il les entendait parler du sermon, du temps, de Michael Jackson (il n'avait aucune idée de qui cela pouvait être).

– Vous devez être nouveau dans la paroisse, mon père, dit la femme. Je ne vous ai jamais vu.

– Je ne suis ici que pour quelques jours, en visite.

Ils atteignirent le portail de l'église, par où s'écoulait la plus grande partie des fidèles qui se dispersaient ensuite des deux côtés de la rue. Plusieurs voitures démarrèrent, et la chaussée fut bientôt embouteillée. Des gens bavardaient par petits groupes. Parfait, songea Drew. Si quelqu'un surveillait le presbytère, tout ce mouvement serait une distraction ; et qui mieux qu'un prêtre pouvait se fondre dans le décor ?

– Bonne nuit, mon père, dit l'homme. J'espère vous revoir à l'église.

A en juger par son air, il croyait avoir fait une bonne plaisanterie.

Quand l'homme prit la main de la femme, Drew affecta l'air altier d'un prêtre qui vient d'avoir la satisfaction de converser avec un couple de bons pratiquants.

Il ne changea pas d'expression quand il aperçut,

au-delà de la foule et de la procession des voitures qui s'éloignaient, le père Hafer approchant du presbytère par le côté opposé. Le prêtre toussait, un mouchoir pressé contre la bouche. Au milieu de toute cette activité, Drew ne pouvait savoir s'il était suivi mais, en un sens, ça n'avait plus d'importance. Il avait fait tout ce qu'il avait pu, avait pris autant de précautions qu'il était possible d'en inventer. Désormais, rien n'était plus sous son contrôle, tout était aux mains de Dieu.

Non, se morigéna-t-il, tu ne peux pas oser penser de la sorte. Tu ne peux pas présumer dépendre de Dieu. Le Seigneur aide ceux qui s'aident.

Il traversa la rue vers le presbytère, et regretta un instant avec désespoir l'impulsion qui lui avait fait enfiler le surplis blanc par-dessus la soutane. Sous la lampe qui surplombait la porte du presbytère, il faisait une cible parfaite. Un picotement lui parcourut la moelle épinière. Il saisit la poignée de la porte, la tourna, poussa le battant et entra.

Mais il n'était pas dans le presbytère. Étant déjà venu en ces lieux, il se souvenait qu'il y avait un vestibule, un couloir étroit et court qui menait à une autre porte dont la partie supérieure, en verre dépoli, laissait entrevoir de l'autre côté les contours de meubles massifs que soulignait une lumière pâle. Juste au-dessous des vitres opaques, un petit levier faisait saillie au milieu de la porte. De sa visite précédente, Drew se souvint que le fait de tourner le levier actionnait une cloche à l'intérieur, et qu'une gouvernante viendrait lui ouvrir. S'il en décidait autrement, il pouvait simplement ouvrir la porte et entrer, présumant qu'elle n'était pas fermée à clef.

Mais il ne fit ni l'un ni l'autre. Il se retourna, l'œil fixé sur la porte extérieure, et attendit. En hiver, le vestibule empêchait le vent de pénétrer à l'intérieur du presbytère; Drew ne put s'empêcher de penser que ce courant d'air serait insignifiant en comparaison des hivers à geler les os qu'il avait passés au monastère, où la seule source de chaleur était les bûches que les frères gardiens apportaient à sa cellule pour le poêle à bois. Les frères gardiens. Les ermites. Morts! Tous morts! Un gémissement lui échappa. Il eut soudain conscience que le père Hafer tardait trop, que le prêtre qui avait célébré la messe allait bientôt rentrer de l'église et le découvrir là, qu'il ameuterait la cure quand il verrait cet étranger déguisé en ecclésiastique et reconnaîtrait les vêtements volés à la sacristie.

Son pouls s'accéléra quand il entendit bouger la poignée de la porte extérieure. Il se glissa précipitamment derrière le battant quand ce dernier s'ouvrit. Une ombre apparut. Aplati contre le mur, il sentit la porte presser contre sa poitrine. L'ombre entra. Quand le père Hafer referma la porte en toussant, il se trouva face à face avec Drew.

12

– Mon père, je peux vous expliquer.

Les yeux du père Hafer s'agrandirent, sombres mais brillants de colère.

– Vous.

Drew leva les mains.

– Je suis désolé. Honnêtement. Si j'avais su que vous étiez malade, je n'aurais pas... j'aurais trouvé un autre moyen...

– *Vous!*

– Nous n'avons pas le temps. Il faut partir. Il est dangereux de parler ici.

Drew parlait d'une voix pressante, essayant de calmer le prêtre, de prévenir un éclat d'indignation qui risquait d'attirer l'attention dans le presbytère.

– Croyez-moi, je regrette de vous avoir fait marcher si...

– Pas le temps? Il faut partir? C'est dangereux? fit le père Hafer, l'œil furieux. Au nom de Dieu, de quoi parlez-vous? Vous avez quitté le monastère. Vous m'avez forcé à jouer toute cette charade avec le billet. Regardez la façon dont vous êtes habillé. Avez-vous perdu la...

Il s'interrompit soudain, sa fonction de psychiatre prenant le pas sur celle du prêtre. Il sembla reconnaître l'erreur qu'il avait commise.

– Non, père, pas la raison. Mon âme, peut-être.

Drew fit un geste en direction des bruits de voitures, à l'extérieur.

– Et si je ne suis pas prudent, ma vie. Le monastère a été attaqué. Tous les moines sont morts. Je suis traqué.

Le visage gris du père Hafer devint d'une pâleur effrayante. Il recula, indigné par les paroles de Drew, ou effrayé de se trouver à portée de ce dernier.

– Morts? Mais c'est impossible! Vous rendez-vous compte de ce que vous dites?

– Je vous ai dit que nous n'avions pas le temps. Nous sommes tous les deux en danger. Ceux qui ont tué les autres risquent de venir ici. Ils sont peut-être déjà là.

Le père Hafer jeta un regard vers la porte.

– Mais c'est de la folie. Je ne...

– Plus tard. Je vous expliquerai. Mais il faut d'abord que nous partions. Connaissez-vous un endroit où nous pouvons parler? Un endroit sûr?

A un bruit soudain, Drew pivota vers la porte intérieure du presbytère. Elle s'ouvrit sur un prêtre grand et mince qui les regarda en plissant les yeux d'un air inquiet.

– Oui, il me semblait bien avoir entendu des voix.

Le prêtre les toisa, s'attardant sur le surplis et la soutane de Drew, fronçant les sourcils en prenant conscience de l'émotion que trahissaient leurs expressions.

– Père Hafer? Tout va bien?

Drew sentit son cœur battre à grands coups. Il ne quittait pas des yeux le père Hafer.

Ce dernier, paraissant retenir son souffle, lui retourna son regard avec un air d'intense réflexion, puis se tourna vers le prêtre qui se tenait dans l'embrasure de la porte.

– Bien? Non, pas du tout. Je viens de recevoir de mauvaises nouvelles de quelqu'un dont je m'occupais. Je crains d'être obligé de ressortir.

Drew sentit les muscles de son estomac se dénouer.

L'autre prêtre réfléchit sur ces paroles.

– S'il le faut. Mais rappelez-vous, père, que vous êtes censé vous reposer.

– En temps utile. Mais ceci ne peut pas attendre.

Le prêtre reporta son attention sur Drew.

– Vous avez dû venir en toute hâte, que vous n'ayez pas eu le temps de vous changer après la messe. De quelle paroisse êtes...

Le père Hafer l'interrompit.

– Non, il est préférable qu'il ne viole pas une confidence. Inutile de vous charger d'informations embarrassantes.

– Oui, c'est vrai. Je comprends.

– Mais peut-être pourriez-vous retirer ces vêtements, maintenant, dit le père Hafer en se tournant vers Drew d'un air épuisé.

Ils se dévisagèrent intensément.

LIVRE TROIS

GARDIEN

MAISON DE RETRAITE

1

– Non. Ce n'est pas possible. Tous?

La voix du père Hafer se brisa.

Assis en face de lui, Drew essayait de le jauger. Le prêtre semblait croire ses paroles tout en luttant contre leur signification, comme si, ayant d'abord soupçonné Drew d'avoir perdu la raison, il s'efforçait maintenant désespérément de protéger la sienne en contestant l'inacceptable, l'insupportable.

– Aucun – Dieu nous vienne en aide – aucun n'a survécu?

– Je n'ai pas vérifié toutes les cellules. Je n'avais pas le temps, c'était dangereux. Mais dans celles que j'ai vérifiées... et dans les cuisines, où j'ai trouvé les deux frères gardiens qui avaient été tués par balles. Voyez-vous, à l'heure des vêpres, la cloche n'a pas sonné. Et puis j'ai fini par l'entendre, mais beaucoup plus tard qu'elle n'aurait dû. C'est ce qui me dit que les autres sont morts.

– Je ne sais pas si je...

– L'habitude. Si l'un quelconque des moines avait survécu, il n'aurait pas pu savoir que les autres étaient morts. A l'appel de la cloche, il serait allé automatiquement à la chapelle.

– Et?

Le père Hafer semblait vouloir ajouter : « se serait enfui ? »

– Aurait été exécuté. Je n'ai pas entendu de coups de feu, mais les armes auraient de toute façon été équipées de silencieux. Il faut présumer aussi que le commando avait des garrots.

Le père Hafer posa sur Drew un regard fixe, comme si le mot « garrot » appartenait à une langue inintelligible. Quand il comprit soudain, ses traits se contractèrent. Il se pencha en avant, s'enfouit le visage dans les mains et gémit.

– Puisse Dieu avoir pitié de leurs âmes.

2

Ils étaient dans un appartement au quinzième étage d'un bâtiment de verre et d'acier. Le père Hafer avait garé le break du presbytère dans le garage souterrain, puis il avait conduit Drew par un ascenseur jusqu'à l'entrée privée de ce logement.

Mais après que le prêtre eut verrouillé la porte et allumé l'éclairage, Drew avait regardé autour de lui d'un air déconcerté. La salle de séjour, bien agencée mais étrangement impersonnelle, évoquait une luxueuse suite d'hôtel.

– Où sommes-nous ? Etes-vous sûr que cet endroit est... ?

– « Sûr », c'est le mot que vous avez utilisé tout à l'heure. Vous n'avez pas à vous inquiéter. Personne, ou presque, n'en a connaissance.

Drew trouvait l'appartement inquiétant. Il semblait inhabité.

– Mais pourquoi ? A quoi sert-il ?

Le père Hafer semblait peu disposé à répondre.

– Pour des raisons de discrétion. Mes fonctions de psychiatre ne se limitent pas à conseiller les chartreux. Je suis souvent appelé à conseiller des prêtres d'ordres divers qui ont, disons, des problèmes particuliers. Une remise en question de leur foi. Une attirance exagérée pour une jeune femme de la chorale paroissiale. Un penchant pour l'alcool, les drogues, ou même pour un autre homme. Je ne pense pas vous choquer en disant cela.

– La tentation est la clef de la nature humaine. Dans mon ancien métier, je tenais pour acquis que tout le monde avait une faiblesse. Il me suffisait de chercher jusqu'à l'avoir trouvée. Si l'être humain n'était pas un pécheur, tous les réseaux de renseignement seraient au chômage.

Le père Hafer hocha la tête d'un air triste.

– La menace de la honte, du scandale. A cet égard, peut-être nos mondes ne sont-ils pas très éloignés l'un de l'autre. Un prêtre qui se trouve en conflit moral avec ses vœux sacrés peut en arriver à une telle angoisse qu'il...

– Craque?

– Je préfère utiliser le terme de dépression nerveuse. À moins qu'il ne se mette à boire tant qu'il compromette la réputation de l'Église.

– Alors vous utilisez cet endroit pour les calmer ou les désintoxiquer.

– Pour le repos et le conseil. En cas d'urgence, on peut en faire un cloître provisoire en attendant que des mesures soient prises pour les envoyer à la maison de repos de leur ordre. Il y a aussi le fait que la séparation de l'Église et de l'État n'est pas toujours aussi claire que l'exigerait la constitution. Des politiciens disposés à aider l'Église en échange des votes catholiques préfèrent souvent organiser les rencontres ici plutôt que d'être vus arrivant au bureau de l'évêque ou du cardinal.

– En d'autres termes, une retraite sûre pour les prêtres, conclut Drew d'un ton lugubre. Non, père, nos mondes ne sont pas très différents.

3

Puisse Dieu avoir pitié de leurs âmes.

Drew ne savait pas trop à quelles âmes le père Hafer faisait allusion – celles des moines qui avaient été tués, ou celles des hommes qui les avaient assassinés.

Le gémissement provoqua une autre quinte de toux.

Drew l'observa, impuissant. Aussi malade que le prêtre lui eût paru quand il l'avait vu pour la première fois depuis les toits dans le parc communal de Boston, son aspect lui semblait encore pire vu de près. Sa peau, qui avait toujours été grise, était encore plus sombre, comme s'il était atteint de saturnisme.

Ou d'une autre forme d'empoisonnement. Chimiothérapie. Ses joues et son menton s'étaient flétris, faisant ressortir les os de son visage. En même temps, la chair paraissait désolidarisée de ces os, prête à s'en détacher. Ses yeux semblaient saillants. Ses cheveux, autrefois poivre et sel, étaient maintenant d'une blancheur sans éclat, fins et cassants, clairsemés.

Son corps lui aussi avait commencé à se ratatiner : il flottait dans son costume noir et son col blanc comme s'il les avait empruntés à un homme plus grand. Drew ne put s'empêcher de comparer la façon dont les jeans, la chemise et la veste qu'il avait lui-même empruntés étaient légèrement trop grands pour lui. Mais il y avait une différence. Le corps maigre et souple de Drew avait l'éclat sain de l'ascétisme, alors que celui du prêtre semblait absorber la lumière au lieu de la diffuser – un trou noir en cours d'effondrement.

Le tourbillon de la mort.

– Des *garrots*? fit le père Hafer en déglutissant péniblement. Mais vous ne le savez pas avec certitude. Autant que vous puissiez l'affirmer, seuls les deux frères gardiens de la cuisine ont été abattus par balles. Vous n'avez vu aucun cas de strangulation.

– C'est vrai. A part le personnel de la cuisine, tous les cadavres que j'ai vus avaient été empoisonnés.

– Alors, Dieu leur vienne en aide, il y a des chances pour qu'ils n'aient pas souffert.

– Oh, de fortes chances. Ils n'ont jamais su ce qui leur arrivait.

– Comment pouvez-vous en être sûr?

– A cause de la souris.

Le prêtre écarquilla les yeux d'un air de totale incompréhension.

– C'est une chose dont je voulais vous parler, expliqua Drew avec un soupir en montrant le sac en plastique qui contenait le corps de Stuart Little. Le poison l'a tuée instantanément. Si je ne lui avais pas jeté un morceau de pain avant de dire mon bénédicité, je serais mort moi aussi.

Le père Hafer eut un sursaut d'horreur.

– Vous avez gardé cette chose avec vous depuis tout ce temps?

– Il le fallait.

– *Pourquoi?*

– Quand je suis redescendu des combles, je ne savais pas si les corps avaient été enlevés. Plus tard, j'ai constaté qu'ils étaient encore dans les cellules. Mais en admettant que le commando soit revenu après ma fuite pour s'en débarrasser, il fallait que j'emporte le corps de la souris avec moi pour découvrir quel poison on avait utilisé. Certains spécialistes ont des marques de fabrication, des préférences pour des types de poison particulier. J'espère qu'une autopsie me dira...

– Des spécialistes? Des marques de fabrication? L'autopsie d'une souris? Et vous l'avez transportée dans votre poche? J'avais tort. Puisse Dieu avoir pitié d'eux! Non, pas d'eux. Puisse Dieu avoir pitié de nous tous.

Le père Hafer se leva d'un air furieux.

– Vous dites que le monastère a été attaqué il y a quatre nuits?

– Exactement.

– Et vous vous êtes échappé deux nuits plus tard? insista le prêtre, dont la voix devenait stridente.

– Oui.

– *Mais au lieu d'avertir la police, vous avez perdu tout ce temps à venir me trouver.*

– Je ne pouvais pas courir le risque d'être jeté en prison. J'aurais été une cible parfaite.

– Mais, pour l'amour du ciel, n'auriez-vous pu au moins leur téléphoner? Maintenant, la piste s'est refroidie. Il leur sera plus difficile d'enquêter.

– Non. Il y a une autre raison pour laquelle je ne les ai pas appelés, je ne le pouvais pas.

– Je n'imagine pas ce que ça peut être.

– Ce n'était pas à moi de décider. Les autorités ecclésiastiques devaient être prévenues d'abord. C'était à elles de décider de ce qu'il convenait de faire.

– Décider? Vous pensez honnêtement qu'elles auraient eu le choix de ne pas appeler la police?

– Elles l'auraient sans doute appelée, mais pas tout de suite.

– Ce que vous dites n'a pas de sens.

– Un sens parfait. Rappelez-vous qui je suis. Qui j'étais. Où j'étais.

Soudain frappé par les implications, le père Hafer laissa échapper un nouveau gémissement et pâlit.

– Comme j'aimerais que vous ne soyez jamais venu dans mon bureau. Vous dites que nos mondes ne sont pas différents? C'est certainement la façon dont les ennemis de l'Église interpréteront la situation. A cause de vous. Et de moi. A cause de la faiblesse qui m'a fait croire que vous cherchiez le salut malgré vos crimes révoltants.

– Mais c'est ce que je veux!

Le père Hafer enfonça ses ongles dans la paume de ses mains.

– Parce que j'ai recommandé que les chartreux vous acceptent. Parce que vos crimes vous ont rattrapé et que ces saints moines ont souffert la punition qui vous était destinée – il toussa – j'ai compromis non seulement la réputation des chartreux, mais celle de notre Sainte Mère l'Église elle-même. Je vois déjà les gros titres. L'Église catholique protège un assassin, donne asile à un tueur international.

– Mais j'étais du côté de...

– Du bien? C'est ce que vous voulez dire? Le bien? En tuant?

– Je l'ai fait pour mon pays. Je croyais avoir raison.

– Et puis vous vous êtes dit que vous aviez tort? continua le père Hafer d'un ton chargé de mépris. Et vous vouliez être pardonné? Ah! Maintenant, ces moines sont morts. *Et vous avez mis l'Église en danger.*

– Vous devriez vous contrôler.

– *Contrôler?*

Le prêtre alla jusqu'au canapé, saisit le téléphone qui se trouvait sur la table voisine et pressa une série de touches.

– Attendez une seconde. Qui appelez-vous? Si c'est la police... fit Drew en tendant la main vers le téléphone.

Avec une force inattendue, le père Hafer l'écarta.

– Ici le père Hafer. Il est là? Bien, réveillez-le. J'ai dit, réveillez-le. C'est une urgence.

L'oreille collée à l'écouteur, le père Hafer posa la main en coupe sur le microphone.

– Je serai mort avant la fin de l'année, dit-il, levant la main pour prévenir une interruption. Quel rapport avec ceci? Vous vous souvenez de notre entretien, il y a six ans?

– Bien sûr.

– Nous avions parlé de vœux. J'ai dit que je craignais, en recommandant l'admission d'un homme aussi jeune que vous aux rigueurs de l'ordre des chartreux, d'être responsable de votre âme si vous trouviez trop durs les vœux sacrés de l'ordre et que vous les violiez.

– Je m'en souviens.

– Et de votre réaction? Vous avez dit que je serais responsable de toute façon, d'une manière différente, si je refusais votre candidature. Parce que vous éprouviez un tel désespoir que vous étiez tenté de vous suicider. Si je vous renvoyais, je serais responsable de votre damnation.

– Oui.

– C'était un raisonnement spécieux. Un homme est responsable de son âme. Votre suicide aurait été une damnation volontaire. Mais j'ai écouté votre confession. Je me suis demandé quel espoir de salut pouvait avoir un homme avec votre passé?

Quelle pénitence aurait pu racheter vos atroces péchés ?

– Alors vous avez recommandé à l'ordre de m'accepter.

– Et maintenant, si je n'étais pas intervenu, ces moines continueraient à s'efforcer de sauver leur âme. A cause de moi, ils sont morts. Ce n'est pas seulement un scandale. Ce n'est pas seulement une controverse à propos de l'asile fourni par l'Église à un assassin. Dieu vous damne ! Vous êtes responsable. Envers eux, envers moi. Et moi envers eux. A cause de vous, j'ai compromis mon âme. Je vous ai dit que j'allais mourir. Avant Noël. *Je pense que vous m'avez condamné à l'enfer.*

Drew, le regard fixe, encaissa l'accusation, et ce fut son tour de se pencher en avant pour s'enfouir le visage dans les mains. Il leva soudain les yeux en entendant le père Hafer parler au téléphone.

– Votre Excellence ? Je regrette profondément de vous déranger si tard, mais il s'est passé quelque chose d'affreux. Catastrophique. Il est impératif que je vous voie immédiatement.

4

L'évêque, Son Excellence le très révérend Peter B. Hanrahan, avait un visage maigre et rectangulaire. Il allait sur la cinquantaine et, bien qu'il eût été réveillé moins d'une heure plus tôt, ses cheveux courts d'un blond roux qui semblaient fraîchement lavés et séchés à l'air chaud étaient impeccablement coiffés. Ses yeux verts évoquaient la porcelaine, mais Drew nota qu'ils avaient un reflet d'acier.

L'évêque était assis derrière une grande table de travail en chêne dans un bureau lambrissé décoré de plaques testimoniales remises par diverses organisations charitables – protestantes et juives autant que catholiques – ainsi que de photographies encadrées où on le voyait, souriant, serrer la main à divers maires de Boston, gouverneurs du Massachusetts, et présidents des États-Unis. Mais les clichés qui le montraient en compagnie de plusieurs papes occupaient la place d'honneur derrière son fauteuil.

Ayant peut-être pressenti que l'entretien serait à la fois long et peu réjouissant, il portait en arrivant à son bureau des vêtements d'un aspect nettement plus confortables que sa robe d'évêque ou que son costume ecclésiastique noir à col blanc. Il avait choisi des mocassins gris, un pantalon sport en velours côtelé bleu marine et une chemise bleu clair à col boutonné par-dessus laquelle il avait passé un sweater bordeaux dont les manches, légèrement remontées, laissaient apparaître une montre Rolex. En acier, cependant, pas en or.

Drew lui trouvait plutôt l'air d'un politicien que d'un ecclésiastique, ce en quoi il ne se trompait pas car, à ce niveau, un dignitaire de l'Église se devait d'être un politicien. La douceur de sa voix, le choix efficace de ses paroles soigneusement pesées devaient sans doute moins aux sermons du dimanche qu'aux négociations menées avec les hommes d'affaires catholiques de la région pour les dons destinés aux projets de construction du diocèse.

Son Excellence était assise derrière son bureau, son fauteuil légèrement incliné en arrière, le regard ferme et concentré, tandis que Drew et le père Hafer lui fournissaient les premières explications.

Quatre fois, l'évêque demanda à Drew des éclaircissements. Il considéra la souris dans son sac en plastique, hocha la tête et fit signe à Drew de continuer.

Drew conclut enfin ce qu'il considérait instinctivement comme un compte rendu oral de mission, le second de la nuit. Il jeta un coup d'œil à sa montre : une heure sept. A travers les épaisses tentures beiges qui masquaient les fenêtres leur parvint le rugissement étouffé d'une voiture qui passait à toute allure. A part cela, la pièce était silencieuse.

Le regard impassible de l'évêque alla de Drew au père Hafer, puis revint à Drew. Hormis un clignement d'yeux, il demeura immobile et laissa le silence se prolonger un moment, puis il se pencha en avant en faisant grincer son fauteuil et posa les coudes sur son bureau. Une lueur pénétrante animait ses yeux.

– Vous avez assurément vécu une série d'événements des plus remarquables... et bien sûr des plus fâcheux.

Il avait parlé d'une voix toujours aussi onctueuse et profonde. Il parut réfléchir, puis pressa une touche sur son interphone.

– Paul?

Une voix mâle tout aussi onctueuse répondit.

– Votre Excellence?

– Ah, bien, vous n'avez pas regagné votre chambre?

– J'ai pensé que vous pourriez avoir besoin de moi.

– Je ne sais pas ce que je ferais sans vous. Vous souvenez-vous de Pat Kelley?

– Vaguement. Mais je peux vérifier son dossier.

– Inutile. Il possède une affaire de matériel de construction. L'été dernier, il a fait un voyage à Rome avec sa femme. Il m'avait demandé si je pouvais faire en sorte que Sa Sainteté leur donne sa bénédiction.

– Ah, oui. Je m'en souviens à présent, fit la voix avec un gloussement. Il a fait encadrer le certificat de bénédiction et l'a accroché au mur de son bureau.

– Si j'ai bon souvenir, sa compagnie possède un hélicoptère. Il prétend que c'est pour hisser du matériel lourd sur les gratte-ciel, mais j'ai toujours eu l'impression que ce n'était qu'un jouet qu'il peut déduire de ses impôts sur le revenu. Voulez-vous lui téléphoner, je vous prie ? Dites-lui que son Église a besoin de ses services, le prêt de son hélicoptère en l'occurrence. Dites-lui que je le contacterai pour le remercier dès que je le pourrai.

– Certainement, Votre Excellence. Je l'appellerai chez lui avant qu'il parte pour son bureau.

– Non, tout de suite.

– Vous voulez dire, le réveiller ?

– Je veux que l'hélicoptère soit prêt à l'aube. S'il hésite, laissez-lui entendre que les Chevaliers de Colomb pourraient offrir un banquet en son honneur. Interrogez ensuite l'ordinateur pour savoir ce que nous avons dans le diocèse comme prêtres ayant une expérience des hôpitaux ou des champs de bataille. Trois suffiront, mais il en faut un qui puisse piloter l'hélicoptère.

– Très bien, Votre Excellence. Autre chose ?

– Oui, apportez-nous du café, et peut-être quelques beignets. Je vais être occupé pendant un bon moment.

L'évêque Hanrahan retira son doigt de l'interphone et parut organiser ses pensées.

– Permettez-moi de vous poser une question, frère MacLane. Je veux m'assurer que je comprends la situation. Après votre fuite, votre unique souci – à part celui de vous mettre en sûreté – a été le bien de l'Eglise ? C'est la raison pour laquelle, au lieu de prévenir les autorités, vous êtes venu trouver votre confesseur, qui vous a amené ici ?

– Exactement.

– Alors je peux présumer que vous avez des suggestions pratiques à émettre sur la manière dont je devrais traiter cette information ?

Drew hocha la tête.

– Quoi, précisément ?

– Il y a trois possibilités, répondit Drew en posant ses deux index l'un contre l'autre. D'abord, en tant que chartreux, ces moines se sont retirés du monde. Ils ont vendu tout ce qu'ils possédaient, clos leurs comptes bancaires, abandonné leur profession. Ils ont fait leurs derniers adieux à leurs amis et parents, et ont clairement laissé entendre qu'aucune de leurs anciennes relations ne pourrait jamais plus les contacter. Pas de visites, pas d'appels téléphoniques, pas de lettres. Ils ont même prévenu le gouvernement qu'ils cesseraient de remplir leurs déclarations de revenus.

– Je sais tout cela. Veuillez émettre votre suggestion.

– En ce qui concerne le monde extérieur, ces hommes auraient tout aussi bien pu être déjà morts. Ils se sont rendus invisibles et, dans le cours normal des événements, ils seraient demeurés tout aussi invisibles à l'heure de leur mort. Comme vous le savez certainement, les chartreux n'utilisent pas de cercueil. Le corps entièrement habillé est placé sur une planche, le visage couvert d'un capuchon. La robe est clouée à la planche, puis le corps est enterré dans un cimetière privé, avec une croix blanche pour tout repère. Pour mettre l'accent sur l'humilité, il n'y est porté aucune inscription.

– Je sais cela également. A quoi exactement voulez-vous en venir ?

– Suivre la même ligne.
– Hein?
– Les enterrer, sans plus.
– *Et ne rien dire à personne?*
– Qui le saurait, sans cela? S'ils étaient morts d'une épidémie ou d'un empoisonnement accidentel, l'Église l'aurait-elle ébruité? L'Église les aurait simplement accompagnés dans leur dernière demeure. Ils seraient demeurés invisibles, le secret de l'Église.
– En d'autres termes, vous proposez que l'Église couvre une tuerie?
– C'est une possibilité.
L'évêque Hanrahan dévisagea Drew d'un regard inquisiteur.
– Mais si les autorités ne peuvent enquêter, si elles ne peuvent traquer les responsables, puis-je vous demander qui est censé punir...?
– Dieu.
L'évêque rejeta la tête en arrière.
– J'ai apparemment oublié que vous étiez vous aussi un chartreux. Votre foi est remarquable.
– Non, je vous en prie, ne dites pas cela. Ma foi? Je crois en l'enfer.
– En effet, dit l'évêque en fronçant les sourcils. Alors pour protéger la réputation de l'Église, nous renvoyons les meurtriers à leur jugement dernier et agissons en attendant comme s'il ne s'était rien passé :
– J'ai dit que c'était une possibilité. Elle doit être prise en considération.
– Mais la mettriez-vous en application?
– Non.
– Pourquoi pas?
– Parce qu'il y a trop de risques pour que l'histoire s'ébruite. Ce genre d'opération – le nettoyage, l'enterrement – exige un personnel nom-

breux, ce qui entraîne la probabilité de bavardages. Si c'était une mission de renseignement, menée par des professionnels, je ne m'inquiéterais pas. Mais ce sont des prêtres qui devraient faire le travail, et ce à quoi ils seront confrontés est si révoltant qu'ils risquent de ne pas pouvoir garder le secret.

L'évêque réfléchit.

– Peut-être. Mais n'oubliez pas que les prêtres sont habitués à respecter le vœu du secret. Je pourrais leur faire jurer de garder le silence.

– Malgré cela, pourquoi compliquer les choses? Pourquoi impliquer un grand nombre de gens? Le problème n'est pas que ces moines aient été tués. Le problème est...

– Vous, dit le père Hafer, intervenant pour la première fois depuis un long moment.

Drew hocha la tête d'un air sombre.

– Moi.

– Et vous aussi, dit l'évêque en s'adressant au père Hafer. Sans vous, il n'y aurait pas eu de tuerie.

– J'en suis bien conscient, Votre Excellence. *Mea culpa.* Il faudra bientôt que je plaide pour mon âme, ajouta le prêtre, essayant vainement de réprimer une quinte de toux.

Le regard de l'évêque s'adoucit.

– Pardonnez-moi. Je ne devrais pas parler aussi durement. Quelle est votre deuxième suggestion? demanda-t-il en se tournant vers Drew.

– Ne pas supprimer la preuve des meurtres, seulement celle de ma présence au monastère. Enlever tout ce qu'il y a dans ma cellule. Donner l'impression qu'elle était inoccupée. Retirer mon dossier des fichiers de l'ordre. Puis prévenir les autorités, et quand on posera des questions à propos de la cellule vide, expliquer que l'ordre avait des difficultés de recrutement, que l'effectif du monastère n'était pas au complet. Si la police n'a aucun moyen de découvrir qu'un ancien assassin avait trouvé refuge là, l'Église évite le scandale.

– Recommandez-vous cette seconde option ?

– Elle a le mérite d'être simple. La police peut enquêter. Il n'y a pour ainsi dire aucune chance que quelqu'un parle. Nous sommes les trois seuls à le savoir, avec celui qui videra ma cellule.

Après un silence, Drew ajouta :

– Il y a une troisième possibilité, évidemment.

– Alors ?

– La plus simple.

– Qui est ?

– Dire la vérité à la police.

L'évêque plissa les yeux. Comme l'interphone sonnait, il en pressa une touche.

– Oui ?

– Votre Excellence, j'ai tout arrangé pour l'hélicoptère.

– Et l'équipage ?

– Des jésuites. Avant d'entrer dans l'ordre, ils ont servi au Viêt-nam. L'un d'eux a piloté un hélicoptère de combat.

– Voilà qui est à propos. Les commandos de l'Église. Encore quelques petites choses. J'aimerais que vous preniez rendez-vous pour moi avec le cardinal dès que possible dans la matinée.

– Voulez-vous que je le réveille ?

– Bonté divine, non. Attendez sept heures, avant qu'il dise sa messe quotidienne. Et, Paul, je ne sais pas exactement qui a juridiction sur les chartreux, dans le Vermont. Trouvez-moi ça.

– Tout de suite, Votre Excellence.

L'évêque relâcha le bouton de l'interphone et se radossa.

– Vous devez vous demander ce que je fais.

– Pas du tout, répondit Drew. Vous comptez envoyer ces jésuites au monastère, pour vous assurer que je dis la vérité.

L'évêque battit des paupières.

– Et vous avez l'intention de voir le cardinal à temps pour envoyer un message afin de les arrêter s'il n'est pas d'accord avec vous. A votre avis, c'est peu probable. Il y a des chances pour qu'il vous approuve d'avoir agi si rapidement. Mais la partie difficile, la décision finale, vous la lui laisserez.

– Vous devez admettre que votre histoire peut me laisser sceptique. Un monastère plein de cadavres? Vraiment, je serais stupide de prendre des décisions avant de connaître tous les faits avec certitude.

– Mais pourquoi mentirais-je?

– Il ne s'agit pas forcément de mensonge. Mais après six ans de vie d'ermite, il se peut que vous vous soyez trompé. Que vous ayez l'esprit confus.

– Dérangé? fit Drew, réprimant son irritation.

– Bien sûr que non. *Confus.* A ce point, qui pourrait le dire? Tout ce que je sais, c'est que vous transportez une souris morte dans votre poche depuis plusieurs jours. A ma place, cela vous inspirerait-il confiance?

L'évêque jeta un regard au sac en plastique posé sur son bureau. Avec un détachement exagéré, il tendit la main pour le prendre.

D'un geste vif, Drew l'en empêcha. L'évêque eut un mouvement de recul, et Drew remit le sac dans sa poche.

– Vous êtes attaché à votre petit ami?

– Disons que je suis sentimental.

L'expression de l'évêque se durcit.

– Très bien. Si Son Eminence le Cardinal est

d'accord, l'hélicoptère devrait arriver au monastère vers midi. Et si ce que vous dites est vrai, nous déciderons laquelle de vos propositions est la plus sage.

– Et en attendant ?

– Il va falloir vous trouver un logement. Quoi que vous ayez enduré en réalité, vous êtes visiblement épuisé. Et j'ajouterai qu'un changement de vêtements serait indiqué.

Drew considéra avec une certaine gêne sa tenue de trappeur dépenaillée.

– Où allez-vous m'envoyer ?

– Je ne sais pas encore exactement. Il faut que je consulte Paul.

Le père Hafer toussa.

– Et moi ? Dois-je me préparer à aller avec lui ?

L'évêque pinça les lèvres.

– Je ne le pense pas. Inutile d'attirer l'attention sur nous. En attendant de savoir exactement où en est la situation, il vaut mieux que nous vaquions normalement à nos occupations. Il y a une chose que je puis vous suggérer, cependant. Avez-vous écouté cet homme en confession ?

– Bien sûr. Avant de recommander son acceptation chez les chartreux. Sa vie d'ermite était sa pénitence.

– Non, je veux dire récemment. Ce soir.

– Heu, non. C'est-à-dire... fit le père Hafer en fronçant les sourcils. Je n'avais jamais pensé...

– Parce qu'il affirme avoir tué un homme il y a deux jours. Si c'est vrai, son âme est en danger. Il faut qu'il reçoive l'absolution.

Se rappelant le crucifix qu'il avait utilisé en guise d'arme, Drew se demanda si l'absolution était possible.

5

– Réveillez-vous. Nous sommes arrivés, dit la voix.

Drew était étendu sur le siège arrière de la Cadillac noire que l'évêque avait envoyé chercher. Le chauffeur – un homme jeune d'allure sportive aux yeux bleus et cheveux en brosse, vêtu de chaussures de tennis, de jeans et d'un sweatshirt marqué *U. of Mass.* – lui avait été présenté comme le père Logan. « Mais vous pouvez m'appeler Hal », avait dit le prêtre, qui semblait sorti tout droit d'une équipe d'athlétisme universitaire. Il fallut à Drew un moment pour comprendre la double signification de « Mass » sur son sweatshirt.

Ils avaient quitté la résidence de l'évêque un peu avant l'aube. Tandis que la Cadillac se dirigeait vers l'ouest sur la fédérale 90 parmi les rares lumières de la banlieue de Boston, Hal lui avait dit :

– Nous allons rouler un moment. Vous feriez bien de dormir un peu.

Mais Drew ne s'était pas senti fatigué, et il avait trop à penser. Après un arrêt pour le petit déjeuner, cependant, il s'était endormi dès son retour dans la voiture. Il se demanda par la suite si on l'avait drogué. Hal ne s'était pourtant jamais trouvé près de sa nourriture, sauf, songea-t-il, quand il s'était rendu aux toilettes. Mais pourquoi l'évêque l'aurait-il fait mettre sous sédation ?

Il réfléchissait à la question, allongé à l'arrière de la Cadillac feignant de s'éveiller lentement aux paroles de Hal. Il s'assit en se frottant les yeux et contempla, les paupières plissées, l'éclat matinal du soleil sur les teintes fastueuses des érables qui couvraient les collines de chaque côté de la route. Il se rendit compte soudain que, drogué ou pas, le résultat était le même. Il ne savait pas où il était.

– Nous avons quitté la fédérale?

– Il y a un moment. Vous avez bien dormi?

– Comme un nouveau-né.

Drew remarqua le sourire de Hal.

Ils roulaient sur une route asphaltée à deux voies encadrée de montagnes. Drew ne vit aucune circulation, aucun bâtiment. La montre digitale du tableau de bord indiquait 10.31.

– Nous sommes encore dans le Massachusetts?

– Ouais.

– Dans quel coin?

– Tout à fait à l'Ouest.

– Mais où exactement?

– C'est une route compliquée. Ce serait trop long à expliquer.

– Et vous m'avez dit que nous étions arrivés – encore que je ne sache pas où vous m'emmenez.

– Ce n'est plus très loin. Je voulais que vous ayez le temps de vous réveiller avant d'arriver là-bas.

Contrarié, Drew étudia le terrain, se demandant toujours où il était. Après avoir débouché dans une vallée boisée aux pentes douces, ils tournèrent sur une autre route. Cinq cents mètres plus loin, ils atteignirent un haut mur de pierre qui longeait le côté droit de la route, et franchirent une barrière métallique ouverte. A une certaine distance, Drew aperçut un crucifix blanc, nimbé de soleil, qui surplombait un grand bâtiment rectangulaire flanqué de constructions plus petites. Le domaine était vaste. La pelouse, bien que brunie par l'automne, semblait avoir été récemment tondue. Des arbustes bordaient les jardins, dont les fleurs étaient mortes.

Comme ils approchaient, Drew remarqua un terrain de basket-ball désert.

– Qu'est-ce que c'est que cet endroit?

L'apparente tranquillité des lieux ne le rassurait pas. Il se demanda si ce n'était pas un sanatorium.

– Plusieurs choses, répondit Hal. C'était d'abord un séminaire. Mais depuis quelques années, on ne peut pas dire que les candidats à la prêtrise se bousculent aux portes. Alors l'Église a décidé qu'il fallait utiliser toutes ces salles vides. Ce bâtiment, à droite, c'est le dortoir. Une fois par mois, le temps d'un week-end, des clubs catholiques masculins viennent ici faire retraite.

D'un hochement de tête, Drew manifesta son approbation. L'Église estimait que ses fidèles avaient besoin de temps à autre d'échapper aux contraintes du monde. Durant quarante-huit heures, habituellement du vendredi au dimanche soir, des paroissiens avaient ainsi l'occasion, pour une redevance symbolique, d'aller dans une « maison de retraite », la plupart du temps un séminaire, où ils pouvaient s'immerger dans les rites catholiques. Un maître de retraite, généralement un prêtre éminent, donnait des conférences traitant des dogmes et de la spiritualité. En dehors des débats de groupe, toute conversation était interdite. Une abondante littérature religieuse était disponible dans chaque dortoir pour aider à la méditation.

– Mais ce n'est qu'une fois par mois, poursuivit Hal. C'est ce bâtiment, à gauche, qui est le plus utilisé. C'est une maison de repos. Chez l'évêque, je vous ai vu parler au père Hafer. Je suppose que vous savez qu'il est psychiatre. Pour rien au monde je ne voudrais faire ce genre de travail. Il doit conseiller des prêtres qui ont du mal à supporter les contraintes de leurs vœux.

– Bah, il arrive que les gens aient des faiblesses.

– J'en sais quelque chose. C'est triste. Vous seriez surpris de savoir combien de cas de dépression j'ai conduits ici. D'après ce qu'on m'a dit, il y a trois ou quatre autres endroits comme celui-ci dans le pays. Mais c'est le seul que j'aie vu. Ils dorment dans ce bâtiment, à gauche du séminaire. Ils n'ont aucun devoir à remplir, à part leur messe quotidienne, bien sûr. Le reste du temps, ils sont pris en charge par le personnel pour la médication et la psychothérapie.

– Combien de temps restent-ils?

– Un mois ou deux, pour la plupart. Jusqu'à ce qu'ils soient désintoxiqués ou qu'ils se rendent compte que même les saints ne sont pas obligés de travailler vingt-cinq heures par jour. Mais il y en a quelques-uns... j'ai amené un vieux pasteur, il y a quatre ans, qui continue à jurer que la Vierge Marie chante pour lui toutes les nuits.

6

Ils s'arrêtèrent devant le grand bâtiment central, celui qui était surmonté du crucifix. L'angle du soleil était tel que l'ombre de la croix tombait sur la Cadillac. En sortant, Drew remarqua que l'air était d'une fraîcheur piquante, malgré le ciel clair et lumineux.

Il se tourna vers le bâtiment, dont il scruta les fenêtres. Les briques semblaient ternes. Les marches de ciment étaient craquelées.

– Ça paraît désert.

Hal haussa les épaules.

– Il est presque onze heures. Les séminaristes doivent être en classe.

Comme pour lui donner la réplique, des voix d'hommes jeunes leur parvinrent des entrailles du bâtiment.

– Seigneur aie pitié de nous. Ô Christ aie pitié de nous. Seigneur aie pitié de nous. Gloire à Dieu au plus haut...

– On dirait le Kyrie et le Gloria, dit Hal. Ils doivent être en classe de liturgie.

Drew secoua la tête.

– Des cours le dimanche ? Ça m'étonnerait. Et la messe aurait dû être célébrée beaucoup plus tôt ce matin. Non, il y a quelque chose qui ne colle pas.

Il commença à gravir les marches de ciment, mais Hal l'arrêta.

– Sans doute, mais c'est un dimanche spécial. La messe a été retardée jusqu'à maintenant.

Drew se tourna vers lui, perplexe.

– Nous sommes censés nous tenir à l'écart des séminaristes. L'évêque a prévenu le directeur de votre arrivée, mais il est entendu que vous ne devez pas attirer l'attention. Vous dormirez là-bas, précisa Hal en montrant le bâtiment de droite. Là où se tiennent les retraites.

Drew se sentait déconcerté.

– Mais s'il y a des gens qui font retraite, quelle différence y a-t-il à ce qu'ils me voient, plutôt que les séminaristes ?

– Il n'y a pas de retraite ce week-end. Nous avons le bâtiment tout à nous.

Qu'a-t-on dit à Hal sur mon compte ? se demanda Drew. Pourquoi ai-je l'impression d'avoir déjà rencontré ce type de personnage ? La manière dont il se tient au garde-à-vous, sa façon de surveiller sans arrêt le rétroviseur de la Cadillac.

Dans une autre branche d'activité.

– Oui, dit Hal, ce sera tranquille et agréable. Reposant.

Une légère brise caressa le visage de Drew. Troublé, il redescendit les marches et traversa la pelouse avec Hal en direction du bâtiment de droite. Quelque chose d'autre le tracassait.

– Si nous sommes censés ne pas nous faire remarquer, ne pensez-vous pas qu'il vaudrait mieux déplacer la voiture ?

– Je vais le faire. Il faut que je revienne, de toute façon.

– Ah ?

– Pour vous chercher des vêtements. Il n'y a pas grand choix. Ces séminaristes ne se préoccupent pas beaucoup de la mode. Chaussures noires, chaussettes noires, pantalons noirs. Déprimant. Mais ils aiment faire du sport, alors je pense que je pourrai vous trouver un sweatshirt, et sans doute une chemise de travail. Peut-être même un anorak léger. Vous avez faim ?

– Des légumes frais. En quantité.

Hal éclata de rire.

– Ah, des carottes, hein ? Qu'est-ce qui se passe, Doc ? Vous voulez de la lecture ?

Drew secoua la tête.

– Je me suis dit que j'allais faire de l'exercice.

– Fantastique ! Vous aimez le basket ? Que diriez-vous d'une petite partie, un contre un ? Non, une minute, ça ne va pas. Le terrain est dehors. Vous n'êtes pas censé vous montrer.

Drew s'immobilisa brusquement.

– Il y a quelque chose qui ne va pas ?

– Une question. Je brûle de vous la poser.

– Je vous en prie.

– Etes-vous réellement prêtre ?

– Est-ce que le pape déteste les histoires polonaises? Jean était-il un baptiste? Vous feriez mieux de croire que je suis prêtre.

– Quoi d'autre?

– Je vous demande pardon!

– Qu'êtes-vous... qu'étiez-vous d'autre? Vous sentez le service de renseignement militaire à plein nez.

Drew observait son compagnon d'un air grave.

– D'accord. Oui, j'étais dans les renseignements militaires. La marine. Comme *Magnum*.

Drew ne saisit pas la référence.

– Qu'est-ce qui vous a fait devenir prêtre?

Hal se remit en route.

– Vous avez le choix pour votre chambre. Laquelle voulez-vous?

– N'importe, du moment que c'est près de l'escalier au premier étage, répondit vivement Drew, qui ne voulait pas changer de sujet.

– Oui, c'est aussi ce que je choisirais. Pas de risque que quelqu'un entre par votre fenêtre. Et une position élevée est plus facile à défendre. Mais ce n'est pas comme le deuxième étage, où il faut trop longtemps pour sortir.

– Je vous ai demandé pourquoi vous étiez devenu prêtre?

– Et vous pouvez continuer à demander.

– Alors permettez-moi de vous demander une chose.

Hal s'arrêta, impatient.

– Je suis habitué à une certaine routine. Il y a cinq jours, j'ai été obligé d'y renoncer. Et aujourd'hui c'est dimanche.

– Et alors?

– Chez l'évêque, le père Hafer m'a entendu en confession. Cinq jours, c'est trop long. Je veux communier.

– Hé, voilà qui est mieux. Tant pis pour le

basket. Je n'ai pas encore dit ma messe aujourd'hui, mais je n'ai pas de servant.

– Maintenant, vous en avez un. Montrez-moi le chemin d'un autel.

– Il y a une chapelle dans la maison de retraite.

– Je remplirai les burettes de vin et d'eau pour vous. Je vais vous servir la meilleure messe que vous ayez jamais dite.

– Marché conclu. Qu'est-ce qui vous fait rire ?

– On dirait deux gamins qui s'apprêtent à jouer.

7

Une planche grinça. Drew priait, agenouillé au premier banc de la chapelle. Il redressa la tête pour scruter l'ombre par-dessus son épaule.

Personne. Il se retourna vers l'autel et reprit ses prières.

Il était plus de minuit. Bien que la messe qu'il avait servie pour Hal remontât à près de douze heures, il se rappelait encore le contact de l'hostie, fine et rigide, sur sa langue. Il s'était senti transporté.

Le reste de la journée l'avait déprimé. Il avait essayé de se maintenir occupé – il s'était lavé et rasé, avait mis les vêtements que lui avait apportés Hal. Il avait arpenté sa chambre, fait des pompes et des tractions, répété les pas de danse des arts martiaux, et se demandait où était passé Hal.

Au milieu de l'après-midi, il avait su que l'hélicoptère devait avoir atteint le monastère depuis longtemps. Les jésuites auraient trouvé les cadavres et prévenu l'évêque. L'évêque aurait parlé au cardinal, lequel aurait appelé Rome. Alors pourquoi personne ne lui disait-il rien? Quelles décisions prenait-on? Que se passait-il?

L'ironie de son ennui et de son impatience lui sautait aux yeux. Pendant six ans, vivant dans la solitude, il n'avait jamais ressenti le poids du temps. Et maintenant, cinq jours après avoir quitté le monastère, il ne pouvait s'empêcher de consulter sa montre, une montre prise sur le corps d'un homme qu'il avait tué. Dans un gémissement, il était tombé à genoux en implorant que ce fardeau lui fût ôté. Je sais que rien n'arrive sans raison. Je ne suis qu'un instrument. Mais je vous en prie, mon Dieu, écartez cette coupe de mes lèvres. Tout ce que je veux, c'est la paix.

Tout? Il avait touché la bosse de sa poche de veste, se rappelant le besoin qu'il avait éprouvé de venger les moines. Il avait palpé les photographies dans une autre poche – l'homme et la femme dans les flammes, le jeune garçon qui hurlait – et prié pour son âme.

Vers six heures, Hal était entré dans sa chambre.

– Je vous ai apporté du lait et des légumes. Vous avez dit que vous vouliez du chou-fleur cru? Je ne le supporte même pas cuit.

– Combien de temps suis-je censé rester ici?

– Jusqu'au contrordre, je suppose. Eh, si vous vous ennuyez, il n'y a qu'un poste de télévision, et il est dans le bâtiment du séminaire. Mais je peux vous apporter un poste de radio.

– Et un téléphone?

– Pourquoi ne vous détendez-vous pas? Respirez l'air de la campagne.

– Enfermé?

– Vous avez raison. Mais ne vous inquiétez pas. On s'occupe de tout.

– Ah?

– La température va descendre au-dessous de zéro, cette nuit. Mais j'ai trouvé comment allumer le chauffage du bâtiment.

Hal était reparti.

Drew avait jeté de nouveau un regard impatient à sa montre. La petite aiguille était exactement sur le six – le moment où, depuis des années, sonnait la cloche des vêpres.

Il aspirait ardemment à retrouver la satisfaction qu'il avait éprouvée plus tôt durant la messe. Il voulait rétablir le rythme serein du monastère. Six heures. Comme s'il avait entendu sonner la cloche des vêpres, il avait obéi à son appel et quitté sa chambre.

8

La maison de retraite était silencieuse. Une lumière brillait faiblement au bout du couloir, l'appelait vers la cage d'escalier. La main posée sur la rampe de métal corrodée, il descendit, atteignit le rez-de-chaussée, dédaigna le vestibule à demi éclairé et continua vers le sous-sol. Il palpa de la main le plâtre humide d'un mur et se dirigea dans l'obscurité vers une porte qui se trouvait à sa droite. La chapelle où il avait servi la messe plus tôt dans la journée, où devait se tenir le service des vêpres.

Il poussa la porte et entra, accueilli par l'obscurité. Se souvenant qu'il y avait un interrupteur sur sa gauche, il le chercha à tâtons et le manœuvra. Le sous-sol ne devait pas être alimenté par le même circuit que le premier étage, car l'obscurité demeura. Dans la matinée, la lumière du soleil filtrant par les fenêtres haut placées sur l'un des murs avait suffi pour qu'il pût servir la messe. Mais maintenant...

Il imaginait l'aiguille de sa montre dépassant six heures. Son impatience croissait.

Alors qu'il tâtonnait contre le mur, à sa gauche, il buta contre une chaise. Puis il atteignit un autre mur et dépassa à tâtons le corps massif d'un confessionnal. L'odeur de moisissure lui dilatait les narines. Mais sous cette odeur persistait le parfum de l'encens laissé par des années de service. Quand sa hanche heurta le chancel, il sut qu'il était presque arrivé au but.

Si seulement il avait eu des allumettes. Il se rappelait les rangées de cierges votifs qui flanquaient l'intérieur de la balustrade, à droite et à gauche de l'autel. Il ne s'était pas trompé; quand il enjamba le chancel et s'avança, il sentit des allumettes dans une coupe de métal, en frotta une contre le récipient, et sourit à la lueur qui en jaillit. Son sourire persista tandis qu'il allumait les cierges un par un, illuminant le chœur de la chapelle d'un éclat tremblotant. Il s'agenouilla devant le premier banc, et se mit à réciter silencieusement les prières des vêpres.

A minuit, toujours sans nouvelles de l'évêque, il se sentit de nouveau appelé par le rituel et revint réciter les prières de matines.

Et il entendit un craquement derrière lui.

9

La première fois qu'il le perçut, il se dit que ce n'était que le bois qui se contractait sous l'effet du froid.

La deuxième fois, il se dit que le vieux bâtiment fatigué se tassait.

La troisième fois, il tira son Mauser de sous sa veste et se jeta sur le sol.

– O.K., vieux, du calme, dit une voix depuis le fond de la chapelle. Je ne voulais pas vous faire peur.

C'était Hal.

Drew resta hors de vue sur le plancher, derrière le banc.

– Allons, dit Hal, invisible dans l'obscurité. Je sais où vous êtes. Je vous ai vu vous baisser, mais j'ai eu le temps de vous voir sortir un pistolet de votre veste. Alors restons calmes, d'accord ? Je suis censé vous garder à l'œil, pas vous servir de cible pour des exercices de tir.

Drew n'entendait prendre aucun risque. Il lança un regard devant lui, vers une porte située sur sa gauche au-delà du chancel; en servant la messe, à midi, il avait noté qu'elle menait à la sacristie, derrière l'autel. A l'autre bout de la sacristie, une seconde porte donnait sur un escalier. S'il le faut, je peux sauter par-dessus la balustrade et me sauver par là.

Un autre grincement, plus près.

Malgré le froid glacial qui régnait dans la chapelle, son front était moite de sueur.

– Détendez-vous donc pendant que je vous explique, dit Hal. Vous voyez, je sais que vous êtes venu ici à six heures. Je me suis dit que vous suiviez l'emploi du temps que vous aviez au monastère. L'office des vêpres. L'office suivant est matines, à minuit. Alors je suis arrivé en avance. Je pensais vous surveiller en restant hors de vue pour ne pas vous déranger dans vos prières. Je ne fais que mon travail. Comment pouvais-je savoir que le plancher allait craquer chaque fois que je respire ?

Drew délibérait. Hal disait peut-être la vérité. Mais pourquoi ne m'a-t-il pas tout simplement accompagné ? Ça ne m'aurait pas dérangé qu'il soit dans la chapelle avec moi pendant que je priais. Non, il y a quelque chose qui ne colle pas.

Un grincement, plus près encore.

Drew s'écarta du banc et commença à ramper vers le chancel. Le contact du sol lui gelait la poitrine.

– Nous sommes dans une impasse, dit Hal, un peu plus proche de lui. Vous ne voulez pas vous montrer tant que je n'en ferai pas autant. Mais je ne veux pas le faire le premier, pas avec le pistolet que vous avez à la main. J'ai commis une erreur en ne vous prévenant pas que j'étais là. Je le reconnais. Mais il faut en terminer avec ce face à face. Je suis de votre côté.

Un autre grincement.

Drew, en se contorsionnant, se rapprocha du chancel d'une vingtaine de centimètres. La lueur des cierges trémulait.

– Réfléchissez, dit Hal. Si j'avais voulu faire quoi que ce soit contre vous, j'aurais pu le faire pendant que vous dormiez dans la voiture.

Bon argument.

– Ou j'aurais pu...

Craquement. Drew se rapprocha encore un peu de la balustrade.

– ... vous tirer dessus pendant que vous étiez en train de prier, il y a deux minutes.

Encore un bon argument.

– Alors faisons la paix. Je suis victime des circonstances.

D'accord, songea Drew, j'aime penser que j'ai l'esprit ouvert. Au lieu de franchir en rampant la distance qui le séparait encore du chancel, il roula dans la direction opposée, vers les bancs alignés sur la droite de la chapelle.

Il visa et, pour la première fois, prit la parole.

– Alors tout ce que vous avez à faire, c'est de me dire pourquoi vous êtes devenu prêtre.

Au son de sa voix, la porte de la chapelle s'ouvrit brutalement. Un homme en habit ecclésiastique noir à col blanc se précipita à l'intérieur, braquant un M-16.

– Non! cria Hal.

Ce dernier se dressa, beaucoup plus près que Drew ne s'y était attendu, le bras tendu. Il était difficile d'en juger dans l'ombre, mais il semblait tenir un pistolet.

Le prêtre pivota vers lui en pressant la détente du M-16. Les lueurs de départ dissipèrent les ombres du fond de la chapelle tandis que l'arme automatique crépitait, éjectant des douilles vides qui tombèrent en cliquetant sur le sol. La force de la rafale souleva Hal et le projeta contre le mur, qui s'éclaboussa de sang. Hal rebondit, agité de frémissements, avant de s'effondrer sur le plancher.

Alors que Drew se redressait à genoux, le Mauser braqué, un second prêtre apparut dans l'embrasure à côté du premier. Il avait un Uzi à la main et mitrailla à son tour l'intérieur de la chapelle. Le bruit amplifié par la résonance des murs assourdit Drew, dont les oreilles se mirent à tinter.

Il se blottit de nouveau derrière le banc. *Des prêtres? Des tueurs?* Sa raison vacillait. *Religion? Violence?* Il était choqué par la contradiction.

Là où ils étaient, les prêtres assassins avaient l'avantage de l'obscurité. Il n'osait pas se montrer à la lueur des cierges pour viser et tirer. Un Mauser contre un M-16 et un Uzi? Il avait peu de chances de son côté. Dans l'odeur âcre de la cordite qui flottait vers lui, il se retourna et, d'une brusque détente, bondit en prenant appui de la main pardessus la balustrade du chœur. Le corps arqué, il se reçut durement sur le tapis, laissant échapper un hoquet de douleur au contact brutal du sol contre son épaule, et plongea vers la porte de la sacristie. Derrière lui, les balles déchiquetèrent l'autel.

Le staccato d'un pistolet interrompit soudain le crépitement des mitraillettes – le fracas aisément reconnaissable d'un 45 automatique. Encore, et encore.

Drew saisit la poignée de la porte de la sacristie, la tourna, et poussa le battant en se jetant à terre pour se dérober à la vue des tireurs. Lançant un regard derrière lui, il entrevit fugitivement quelqu'un d'autre, debout dans la chapelle. C'était assez pour qu'il s'immobilisât là où il se tenait accroupi.

Un autre prêtre. Celui-là était plus âgé. Le début de la cinquantaine, de taille moyenne mais large de poitrine. Des épaules musclées. Des cheveux bruns, des traits slaves, une moustache.

Dans l'obscurité de la sacristie, Drew se força à regarder. Il se rendit compte avec un frémissement que le prêtre était sorti du confessionnal situé à droite dans la chapelle.

Était-il là depuis le début ? Quand je tâtonnais dans le noir et que j'ai buté contre ce confessionnal ?

Il était sorti en tirant quand Hal avait été tué. Drew braquait toujours son pistolet vers les deux autres prêtres, mais cette précaution était inutile. Les hommes gisaient immobiles dans l'allée, au milieu d'une mare de sang.

Le prêtre tenait son pistolet de la main gauche. D'où il était, Drew distinguait parfaitement le dos de cette main. Une réflexion de la lueur projetée par les cierges attira son attention. Sur le médium.

Une bague. Même à cette distance, elle avait quelque chose de fascinant, de surnaturel. Elle semblait luire de sa propre lumière.

Une bague ornée d'une grosse pierre rouge et brillante.

Le pistolet toujours brandi, le prêtre pivota vers la porte ouverte de la sacristie. Bien qu'il n'eût aucune possibilité de voir Drew dans l'obscurité qui baignait la pièce, ce dernier eut la terrible impression que leurs regards se croisèrent. La mâchoire serrée d'un air sinistre, le prêtre s'approcha à pas comptés de la balustrade. Le doigt de Drew se crispa sur la détente du Mauser. Il ne savait pas s'il devait abattre l'homme ou lui poser des questions. Après tout, il lui avait sauvé la vie.

Vraiment ? Deux prêtres viennent d'essayer de me tuer. Hal est mort. Et ce type a une tête à vous donner un coup de pied dans les gencives comme pénitence s'il n'a pas aimé ce que vous lui avez dit en confession. Pourquoi se cachait-il dans la chapelle ? Que diable se passe-t-il ?

Le prêtre plongea hors de vue, s'abritant derrière la balustrade du chœur.

Drew retint sa respiration.

La voix qui lui parvint alors était une voix de gorge enrouée, teintée d'un accent slave.

– Je sais que vous êtes dans la sacristie. Écoutez ce que j'ai à vous dire. Yanus.

Avec difficulté, Drew contrôla son souffle.

– Yanus, répéta la voix slave. Il faut que nous parlions de Yanus.

L'équilibre délicat des choix qui s'offraient à Drew bascula soudain. Entendant un bruit de pas précipités qui se rapprochaient dans le couloir, il décampa.

10

Il ne fut pas le seul. Comme des voix faisaient irruption dans la chapelle, le prêtre bondit par-dessus le chancel et se précipita vers la sacristie.

Drew atteignit la porte qui donnait sur un autre couloir et la tira vers lui d'un coup sec. A midi, quand il avait aidé Hal à préparer la messe, il avait jeté un coup d'œil derrière cette porte, repérant un escalier qui montait vers le rez-de-chaussée. Mais maintenant, de nuit, sans la lumière du jour tombant de la fenêtre, il ne pouvait le distinguer.

C'était sans importance, car il n'avait pas l'intention de l'emprunter. Il s'élança droit devant lui, vers l'entrée d'un tunnel. Il ne savait pas où menait le tunnel, mais il était certain d'une chose : les deux prêtres qui avaient essayé de le tuer avaient agi avec un tel détachement professionnel qu'ils avaient certainement observé d'autres règles et n'étaient pas venus seuls. Pour le cas où Drew serait parvenu à leur échapper, d'autres assassins devaient surveiller l'escalier qui montait du sous-sol. Dès qu'ils l'entendraient approcher, ils se prépareraient à l'abattre. S'il avait eu le temps, il aurait pu essayer de gravir les marches sans faire de bruit. Mais, derrière lui, les pas du prêtre qui s'était caché dans le confessionnal l'obligèrent à emprunter la voie qu'il espérait la moins prévisible. Avec un peu de chance, l'équipe de tueurs en ignorait peut-être même l'existence, ce qui ne lui laisserait plus à affronter que le prêtre qui le poursuivait.

Les pas se rapprochaient.

Plus loin en arrière, d'autres pas chargeaient dans la chapelle.

Alors qu'il se hâtait dans l'obscurité, Drew buta

contre une table. Plus que la douleur de l'impact contre ses cuisses, ce qui le fit sourciller fut le bruit des pieds de la table raclant le sol cimenté.

Il se retourna. Impossible de voir quoi que ce fût, mais il entendit l'infime crissement de semelles posées sur le sol avec précaution, un bruissement de pas furtifs qui venaient vers lui. Il réprima son envie de tirer. La lueur de départ du Mauser révélerait sa position, et ce serait de toute façon inutile s'il ne voyait pas sa cible. Il pouvait, il est vrai, essayer d'estimer la position de son adversaire d'après les bruits que faisait ce dernier. Mais à supposer qu'il provoquât délibérément des bruits trompeurs pour le piéger ? Si Drew tirait, la lueur du coup de feu le trahirait. Il pouvait évidemment rester où il était, accroupi de côté. Après tout, l'obscurité était sa spécialité. Le corps à corps dans un état de totale cécité. Mais ce genre de combat exigeait de la minutie et du temps. Pour s'y livrer comme il convenait, c'est-à-dire pour survivre, il fallait la méticulosité d'un spécialiste désamorçant une bombe.

Drew n'avait pas le temps de se montrer méticuleux. Il lui fallait sortir de là. Des voix se répercutaient depuis la sacristie. Songeant à la présence possible d'autres assassins postés dans la maison de retraite, il écouta le bruit de pas solitaire qui se déplaçait dans sa direction.

– Vous ne comprenez pas, chuchota la voix slave. Je ne vous veux pas de mal. Yanus. Il faut que nous parlions de Yanus. Je suis ici pour vous protéger.

Déconcerté, Drew ne pouvait se permettre aucune confiance. Il reprit sa progression rapide. Son poursuivant en fit autant. Quand Drew s'arrêta, l'autre s'arrêta.

– Il faut que vous me laissiez vous expliquer, siffla la voix.

Pas question, songea Drew, s'élançant de nouveau en avant. Je ne sais pas qui vous êtes, ni même si vous êtes vraiment prêtre. Je ne sais pas qui diable a essayé de me tuer dans la chapelle, ni pourquoi. Mais il y a une chose que je sais. J'ai essayé d'agir selon les règles. Je suis allé trouver mon confesseur, mon contact. J'ai fait confiance à mes supérieurs au sein de l'Église (Drew avait failli penser « du réseau »). Mais quelqu'un n'observe pas les règles. Il y a eu un informateur. Une fuite. Quelqu'un leur a dit où j'étais.

Alors maintenant, je vais suivre mes propres règles. Je vais régler ceci à ma manière.

Il fonça à travers des toiles d'araignée qui se collèrent à son visage. De l'eau gouttait, et il se dégageait de l'obscurité une odeur fétide de moisissure. Derrière lui, les pas continuaient à le suivre. Alors qu'il pataugeait dans une flaque d'eau qui trempa ses chaussures et le bas de son pantalon, il entendit un écho de voix résonner à l'entrée du tunnel. Le groupe qui était entré dans la chapelle venait maintenant de ce côté. Il pressa l'allure. Trop près de lui, l'homme qui le suivait fit clapoter l'eau à son tour. Les voix semblaient plus fortes. Se retournant pour écouter, Drew se cogna la tempe contre un tuyau qui traversait le tunnel d'une paroi à l'autre. Il recula en titubant, un voile pourpre devant les yeux, et pressa une main sur la bosse qui enflait déjà. Quand il sentit l'humidité qui imprégnait ses cheveux, il ramena ses doigts à sa bouche, soulagé de goûter le sel de la sueur et non la saveur cuivrée du sang. Il reprit sa course en avant.

A quoi servait ce tunnel? Où allait-il? Il courait penché, pour éviter de se cogner la tête à d'autres tuyaux. Mais en frôlant une rangée de conduites isolantes, contre le mur de gauche, il devina qu'il devait s'agir d'un tunnel d'entretien. Bien sûr. Les circuits d'eau et de chauffage devaient passer par là, ce qui facilitait le travail du personnel en cas de réparations. Dans ce cas, le tunnel devait conduire au bâtiment du séminaire. Ayant enfin un objectif à l'esprit, il se sentit mieux. Mais quelque chose clochait. Derrière lui, les bruits s'étaient tus.

Pourquoi ?

Il se cogna soudain contre un mur, et se fit mal au nez.

Il s'était trompé, le tunnel était un piège ! Et maintenant, son poursuivant l'attendait, un peu plus loin en arrière.

Il étreignit le Mauser et se retourna, plissant inutilement les yeux pour tenter de distinguer le boyau d'un noir d'encre qu'il lui fallait reprendre en sens inverse. Progressant à tâtons le long du mur de gauche, il revint sur ses pas centimètre par centimètre. Mais au moment où ses pieds entraient en contact avec un morceau de ciment tombé sur le sol, le bruit de ses pas changea. Il s'arrêta, les sourcils froncés. Reprenant sa marche précautionneuse, il entendit le raclement de ses chaussures retrouver la sonorité plus aiguë à laquelle il s'était habitué. Il fit un essai, recula de trois pas, et l'écho reprit un son plus grave.

Comprenant alors, il tendit la main vers le mur opposé et, comme il s'y attendait, ne rencontra que le vide. Mais son pied touchait du béton. Il le leva. Comme sa main, il s'enfonça dans le vide, puis rencontra de nouveau du béton un peu plus loin, plus haut. Un escalier ! Il le gravit quatre à quatre.

L'escalier, qui décrivait une courbe, aboutissait à une porte en bois. Il tourna la poignée et tira. Rien ne se passa. Pris d'une soudaine intuition, il poussa au lieu de tirer, et relâcha son souffle quand la porte s'ouvrit. Au cas où quelqu'un aurait été caché derrière le battant, il repoussa celui-ci contre le mur extérieur, puis scruta le couloir faiblement éclairé qui lui faisait face. Le tunnel l'avait conduit au bâtiment du séminaire.

Ne voyant personne, il s'élança vers la gauche jusqu'à une grande salle : canapés, fauteuils, tables, un poste de télévision. Par les fenêtres, il distinguait la pelouse éclairée par la lune. Au-delà de la pelouse s'étendaient la forêt et les montagnes. La sécurité.

Il lui fallait sortir avant d'être découvert par un séminariste ou intercepté par ses poursuivants. Traversant la salle, il aboutit dans un vestibule où il vit une porte qui donnait sur l'extérieur, à sa gauche. Mais comme il s'en approchait, il entendit derrière lui un bruissement de tissu. Faisant volte-face, il braqua le Mauser et se pétrifia.

– Oh, Jésus, merci.

Drew ressentit un picotement dans le cuir chevelu.

– Je savais que vous viendriez.

La voix jaillie de l'ombre était vieille et fragile, chargée d'un accent de désespoir.

– Délivrez-moi. Vous savez combien j'ai souffert.

La voix se mit à sangloter.

– Ils ne veulent pas croire que votre mère chante pour moi toutes les nuits.

D'un angle obscur émergea une apparition. Un vieil homme voûté, à barbe et cheveux blancs, qui portait une chemise de nuit blanche.

Drew sentit son estomac se glacer. Le vieil homme tenait un bâton. Il était pieds nus et ses yeux étaient animés d'une lueur démente.

Mon Dieu, se dit Drew, je ne suis pas dans le bâtiment du séminaire. J'ai dépassé cet escalier-là et je suis allé plus loin. Je suis dans la maison de repos. Ce type est le vieux prêtre dont Hal m'avait parlé. C'est ici qu'ils gardent...

Le vieil homme s'agenouilla, pressant ses mains l'une contre l'autre, son regard extatique tourné vers le ciel.

– Mais merci, Jésus, dit-il en pleurant. Vous leur ferez comprendre. Vous leur direz que je ne mentais pas en parlant de votre sainte mère. J'ai attendu si longtemps que vous veniez me délivrer.

Drew recula en trébuchant, horrifié. Le vieil homme aspira brutalement, et Drew crut qu'il allait avoir une crise cardiaque. Mais il ne faisait que prendre son souffle pour chanter.

– Non, je vous en prie, dit Drew.

La voix fragile se brisait dans son délire.

– Di-eu très saint, nous lou-ons Ton nom. Seigneur tou-out-puissant, nous Te vé-énérons, nous T'a-adorons.

Drew se précipita vers la porte qui menait audehors.

A l'étage supérieur, une voix gronda sur un ton de réprimande :

– Père Lawrence, vous êtes encore sorti de votre chambre? Vous savez que vous ne devez pas chanter la nuit. Vous allez réveiller...

– Un miracle! cria le vieil homme. Un miracle!

Il se remit à chanter.

– L'in-fi-ini, Ton-on va-aaa-ste do-maine.

11

Drew s'élança à l'extérieur, saisi par l'air froid qui lui piquait les narines. Il dévala les marches de ciment, puis fonça dans l'obscurité à travers la pelouse dont l'herbe durcie par le gel crissait sous ses semelles.

Il vit que le séminaire, à sa gauche, était illuminé. Les séminaristes étaient rassemblés devant la façade du bâtiment, les yeux fixés sur la maison de retraite, plus loin à gauche. Certains couraient dans cette direction; d'autres l'avaient déjà atteinte et se précipitaient à l'intérieur.

Jusque-là plongée dans l'obscurité, la maison de retraite s'illumina soudain à son tour. D'abord le rez-de-chaussée, puis le premier et le deuxième étage, les fenêtres s'éclairant l'une après l'autre en une rapide succession.

Pourquoi? se demanda Drew tout en courant. Pensent-ils que je suis toujours dans le bâtiment, ou cherchent-ils quelqu'un d'autre? Le prêtre qui me suivait, le reste du commando d'assassins?

Des cris emplirent la nuit. Il sprinta plus fort tandis que d'autres lumières s'allumaient juste derrière lui, dans la maison de repos. Leur éclat soudain portait si loin qu'il distingua son ombre projetée devant lui et les épais nuages de buée qui s'échappaient de sa bouche.

Quelqu'un poussa un cri, si près que Drew se retourna. Un homme grand, vêtu d'un peignoir de bain, se tenait sur le pas de la porte de la maison de repos, un doigt pointé vers Drew. L'homme commença à dévaler l'escalier d'une démarche maladroite, perdit une pantoufle, trébucha et tomba.

Mais ses cris avaient attiré l'attention. Un groupe de séminaristes courut vers l'homme tombé devant la maison de repos. Un autre groupe se lança à la poursuite de Drew.

Ce dernier crut avoir des hallucinations. Une motte d'herbe fit éruption devant lui sans qu'il eût entendu de coup de feu. Peut-être la détonation avait-elle été étouffée par le bruit rauque de sa respiration haletante et les cris frénétiques qui le poursuivaient. A moins que l'arme ne fût munie d'un silencieux. La seule chose certaine, alors qu'il atteignait la limite du champ lumineux de la maison de repos, fut qu'une autre motte explosa un peu plus loin en avant. Il obliqua et se mit à zigzaguer.

Il n'entendit pas le coup de feu suivant, mais un bruit étouffé au moment où la balle souleva une plaque d'herbe. L'angle était tel que le tireur devait se trouver devant lui, sur la pente boisée.

Et je suis au milieu, songea Drew, qui entendait les séminaristes lancés à sa poursuite. Savaient-ils qu'il y avait un tireur? S'arrêteraient-ils quand ils s'en rendraient compte?

Mais le canardeur cessa de tirer. Dans un dernier élan, Drew s'enfonça dans les buissons et gagna l'obscurité plus profonde de la forêt.

La poitrine oppressée, courbé en deux, il fonça entre les arbres, à travers les broussailles, pardessus un tronc abattu. Avec une impression déconcertante de déjà vu, il se rappela sa fuite du monastère. Mais la comparaison n'était pas tout à fait exacte. Six nuits plus tôt, le tireur embusqué sur la colline ne savait pas qu'il était sorti du monastère pour le traquer. Et personne ne le poursuivait. Dans le cas présent, il ne pouvait pas prendre le temps de traquer le tireur sans se faire rattraper par ses poursuivants; et s'il ne songeait qu'à échapper à ces derniers, il risquait de se jeter dans la ligne de mire du tireur.

– Cette nuit, la température va descendre au-dessous de zéro, avait dit Hal.

Drew n'était pas habillé pour le froid. Le pantalon noir léger, le sweatshirt de coton et la veste non doublée que Hal lui avait apportés ne suffisaient pas à le protéger. Malgré la sensation de brûlure qui lui déchirait les poumons, il frissonnait déjà, glacé par sa sueur qui absorbait le froid de la forêt. Il aurait aisément tenu le coup dans la robe de laine dont il était vêtu au monastère, mais ce qu'il portait maintenant retenait le froid au lieu de l'en protéger. S'il passait toute la nuit dans les bois, il risquait d'être terrassé par l'hypothermie. Et trois heures suffisaient pour en mourir.

Le métal glacial du Mauser lui engourdissait la main. Il longea un enchevêtrement d'arbres morts, se glissant plus loin dans la forêt. Derrière lui, des hommes chargeaient à travers les buissons. Des branches se brisaient avec des craquements secs.

Le tireur allait-il se dire que le contrôle de la situation lui échappait et qu'il valait mieux se retirer ? Même s'il s'en va, les séminaristes ne me lâcheront pas, songea Drew.

Ce qu'il me faut, c'est une voiture.

La Cadillac à bord de laquelle Hal l'avait amené était garée quelque part. Depuis sa fenêtre du premier étage, dans la maison de retraite, Drew avait regardé le prêtre conduire la voiture de l'autre côté du séminaire. Il devait y avoir un garage à l'arrière du bâtiment. Hal n'avait-il pas dit qu'il valait mieux la soustraire à la vue des séminaristes ?

Esquivant les périls qui le guettaient en avant et en arrière, Drew vira sur la droite. Il avait déjà obliqué dans cette direction, mais dans l'intention de s'enfoncer plus loin dans les bois. Il ne lui était pas encore venu à l'esprit de décrire un demi-cercle pour revenir vers le séminaire. Après tout, à quoi cela lui aurait-il servi ? Il se serait de nouveau exposé en traversant la pelouse à découvert. Et où aurait-il pu aller ? Il voulait quitter cet endroit, non se cacher comme il l'avait fait au monastère. Mais à présent ?

12

Il sortit de la forêt en suivant la lisière de la pelouse tandis que ses poursuivants, derrière lui, continuaient à s'enfoncer bruyamment dans les bois. Devant lui, les lumières brillaient toujours dans les trois bâtiments. Des silhouettes s'agitaient encore devant leurs façades.

S'il traversait la pelouse depuis l'endroit où il se trouvait, ces gens ne manqueraient pas de le voir. Il décida donc de suivre l'orée de la forêt. L'herbe étouffait ses pas, et la toile de fond obscure de la végétation absorbait sa silhouette. Il gagna la zone qui se trouvait de l'autre côté des bâtiments, puis se risqua à découvert et fonça vers l'arrière du séminaire.

Personne ne donna l'alarme.

Ses suppositions étaient justes. Derrière, où l'éclairage était beaucoup moins violent, il découvrit une construction de parpaings dans laquelle se découpaient cinq portes de garage. Les deux premières étaient verrouillées. La troisième céda quand il tira sur la poignée.

Il la souleva doucement en s'efforçant de faire le moins de bruit possible. A la lueur de la lune, il reconnut la Cadillac noire de l'évêque, et présuma que Hal n'avait pas fermé la porte à clef pour le cas où il aurait dû partir précipitamment. Quand il ouvrit la portière du côté chauffeur, l'éclairage intérieur s'alluma. En temps normal, il l'aurait éteint aussitôt de crainte de se transformer en cible facile, mais il en avait besoin. Maintenant la portière ouverte, il se coucha sur le dos à l'intérieur de la voiture pour scruter le dessous du tableau de bord. Quand il eut trouvé les fils dont il avait besoin, il les pressa l'un contre l'autre de façon à shunter la clef de contact pour faire démarrer le moteur.

Celui-ci se mit aussitôt à ronronner. Drew s'assit vivement derrière le volant, puis claqua la portière. Cette fois encore, comme dans la fourgonnette qu'il avait conduite depuis le Vermont, il se trouva dérouté par le tableau de bord. Il ne savait pas trop comment allumer les phares. C'était d'ailleurs sans importance, car il n'avait pas l'intention de les utiliser pour l'instant. Pressant l'accélérateur, il sortit en trombe du garage.

La voiture prit de la vitesse si rapidement qu'il quitta l'allée avant d'avoir pu tourner et rebondit sur la bordure d'un trottoir en béton. La tête ballottée par le choc, il braqua le volant à fond et dérapa sur l'herbe. Le fracas métallique qu'il entendit à l'arrière lui fit supposer que l'impact avait délogé un enjoliveur de roue. Continuant de virer sur la gauche, il sentit les pneus de la Cadillac creuser des sillons dans la pelouse. Il redressa alors, quitta l'herbe et redescendit du trottoir dans l'allée, qu'il suivit vers le flanc du séminaire. L'allée devait tourner sur la gauche devant le séminaire, passer devant la maison de retraite, et tourner enfin sur la droite pour s'enfoncer dans les bois au-delà de la pelouse, vers le portail métallique qui donnait sur la route.

Mais il n'avait pas l'intention de passer entre les gens agglutinés devant les bâtiments. Dépassant le flanc du séminaire, il continua tout droit après avoir heurté un autre trottoir, et chassa sur l'herbe jusqu'à ce que les pneus finissent par mordre et trouver prise en arrachant encore un peu de gazon.

Il pressa l'accélérateur. Par sa vitre ouverte, il entendit des cris. Des silhouettes s'élançaient vers lui depuis les bâtiments. Devant lui, c'était le noir absolu. Sans les phares, il ne savait où virer pour regagner l'allée, et se demanda s'il n'allait pas s'écraser contre les arbres. Il posa le pied sur la pédale de frein, mais se dit aussitôt que les stops allaient s'allumer; même sans les phares, il deviendrait une cible.

Pas question de le faire, mais il n'était pas question non plus de ne pas le faire.

Alors pourquoi pas?

Il tâtonna parmi les boutons et les leviers. De justesse, les phares s'allumèrent au moment où le mur noir de la forêt se dessinait devant lui. Braquant à fond vers la gauche, il frôla un arbre et entendit grincer le garbe-boue arrière droit. Puis il aperçut la route et se dirigea vers le tunnel qu'elle formait entre les arbres. L'espace d'un instant, il se sentit soulagé, mais son cuir chevelu se hérissa soudain. Devant lui se dressait le prêtre de la chapelle, l'homme aux cheveux bruns, à la moustache et aux traits slaves. Celui qui avait un pistolet 45 automatique.

Le prêtre se tenait debout au milieu de la route, les jambes écartées, face à la voiture qui fonçait vers lui. Les phares de la Cadillac miroitèrent sur son col blanc et firent jaillir un reflet de la bague insolite qu'il portait à la main gauche, la main qui levait le pistolet.

L'estomac pressé contre la colonne vertébrale, Drew enfonça l'accélérateur, dirigeant la Cadillac droit sur le prêtre. Les arbres défilaient de chaque côté, tout près.

Au lieu de tirer, le prêtre agitait frénétiquement les bras, lui faisant signe de s'arrêter.

Pas question, se dit Drew, qui étreignit le volant et enfonça de plus belle l'accélérateur.

Le prêtre continuait à agiter les bras d'un geste insistant. Son corps grandissait derrière le pare-brise.

Deux secondes de plus, il eût été trop tard.

Le prêtre pivota brusquement vers la gauche tout en braquant son pistolet, Drew fut assourdi par la déflagration du 45. Mais le prêtre n'avait pas tiré sur la Cadillac. Il avait tiré au-dessus du pavillon.

Le crépitement impétueux d'un fusil automatique répondit depuis la forêt, sur la droite. Des balles s'écrasèrent sur la carrosserie et des vitres explosèrent, arrosant Drew d'éclats de verre.

S'efforçant désespérément de maintenir sa trajectoire tout en se protégeant les yeux, il devina au passage la silhouette du prêtre qui s'enfonçait sous le couvert. La route s'incurvait et devenait plus étroite. Des arbres éraflèrent la voiture. Un soudain soubresaut, à l'arrière, lui fit supposer que le pare-chocs avait accroché quelque chose. Alors que la Cadillac reprenait de la vitesse dans la ligne droite inclinée, les phares éclairèrent de hauts murs de pierre de chaque côté de l'allée. La grille métallique se dressait droit devant lui.

Mais elle était fermée. Une autre arme automatique crépita vers l'arrière. Drew affermit sa prise sur le volant.

Dix mètres.

Cinq.

Trois.

13

L'impact le projeta contre le volant. Tandis qu'un bêlement aigu jaillissait de l'avertisseur, il rebondit contre le siège et la douleur qui lui vrilla les côtes lui arracha un gémissement.

L'avant de la Cadillac se tordit. Un phare vola en éclats, et un morceau de verre décrivit un arc étincelant dans la lumière de l'autre phare. Le cercle chromé fendit l'air à la manière d'un frisbee. Un morceau de métal étoila le pare-brise. Drew se débattait avec le volant brisé pour garder le contrôle de sa trajectoire, tandis que la grille métallique s'ouvrait devant lui. Les battants distordus allèrent frapper les murs de pierre, de chaque côté de l'allée.

Bien qu'il eût écrasé la pédale de frein, la Cadillac franchit la route comme un boulet de canon et bondit par-dessus le fossé qui en bordait le côté opposé. Elle atterrit sur une surface herbeuse, glissa en dérapant de côté et s'immobilisa avec un soubresaut. Drew écarquilla les yeux. Trois mètres de plus, et la voiture aurait abouti dans un enchevêtrement d'arbres et de rocs. Sa poitrine douloureuse le faisait grimacer chaque fois qu'il respirait.

Il secoua la tête pour s'éclaircir les idées. Il lui fallait sortir de là. Le phare gauche éclairait toujours, bien que la force de l'impact eût dévié le faisceau vers la droite. De la vapeur s'échappait en sifflant du radiateur. Le moteur tournait encore mais il ne ronronnait plus, il ferraillait.

Il essaya l'accélérateur. La voiture répondit paresseusement et traversa l'étendue d'herbe. La suspension détruite le secouait brutalement chaque fois qu'il franchissait une bosse. Il atteignit un cours d'eau, tourna sur la gauche pour l'éviter, et finit par trouver un endroit où le fossé n'était pas trop profond. Avec un peu d'encouragement, la Cadillac descendit, puis remonta sur la route. Drew accéléra.

La roue avant droite avait du shimmy. Le compteur de vitesse – digital comme la montre – indiquait zéro. Le moteur émettait un bruit rauque et le radiateur sifflait. Drew ne savait à quelle vitesse ni à quelle distance il pourrait aller. Si le moteur chauffait, il risquait de le griller irrémédiablement.

Il fut frappé par le comique de sa réflexion. Grillé, le moteur? La Cadillac de l'évêque n'était déjà plus qu'une épave bonne pour la ferraille. Il ne pourrait lui causer beaucoup plus de dommage.

Mais la voiture était étonnante. Elle marchait toujours, et cela aussi lui parut drôle.

Il jeta un regard vers le rétroviseur pour voir si des phares le suivaient, mais il ne put trouver le rétroviseur. En abaissant les yeux, il le distingua sur le plancher de la voiture.

Après cela, plus rien ne lui parut drôle.

Il vira à gauche à la première intersection, puis à droite à la seconde, dix kilomètres plus loin, s'efforçant de semer d'éventuels poursuivants dans un dédale de routes de montagne.

Sa poitrine oppressée le pinçait, et le volant brisé était malaisé à tenir. Quand il tourna à droite la fois suivante, devinant les montagnes qui se dressaient tout autour de lui, il distingua un panneau indiquant qu'une ville appelée Lenox se trouvait à vingt kilomètres dans la direction opposée.

Lenox? Le nom évoqua un souvenir. La petite maison rouge. Il n'y était jamais allé, mais il savait que la ville et cette maison étaient célèbres.

Hawthorne y avait vécu autrefois. Hal n'avait pas menti en lui disant qu'ils se trouvaient dans l'ouest du Massachusetts. Il était dans les montagnes de Berkshire Hills.

Et il ne devait pas être loin de Pittsfield, où avait vécu Melville. Melville, qui était si souvent descendu rendre visite à Hawthorne, dont il désirait tant faire son ami qu'il écrivit pour lui *Moby Dick*.

Drew était entouré de fantômes, mais sa rêverie prit fin quand la douleur de sa poitrine le fit tousser. Le moteur chauffait, il l'entendait peiner. Et le radiateur ne sifflait plus.

Parce qu'il était vide.

La voiture commença à ralentir. Un morceau de calandre tomba en ferraillant sur la route. Il dépassa poussivement une épicerie de campagne obscure, atteignit en cahotant une bourgade endormie et, comme le moteur agonisant toussait une dernière fois, vint s'arrêter en roue libre devant une maison défraîchie dont la pelouse avait grand besoin d'être tondue.

Bien que la maison elle-même fût plongée dans l'obscurité, un lampadaire de la rue éclairait des motos appuyées contre le porche incliné de guingois. Sortant de la Cadillac, Drew eut tôt fait de constater qu'aucune des motos n'était enchaînée à quoi que ce fût.

Quelle confiance. Les propriétaires devaient penser que personne n'oserait toucher leurs engins. Mais Drew était d'humeur à le faire.

Il choisit la plus grosse Harley-Davidson, qu'il poussa le long de la rue en pente avant de s'arrêter dans un bosquet, où il vida les sacoches qui contenaient des outils et un vieux blouson de cuir. Ayant dénudé une partie du circuit électrique, il court-circuita l'allumage comme il l'avait fait pour la Cadillac, puis il enjamba la moto et enfonça le kick. Le moteur gronda aussitôt.

Il n'avait pas conduit de moto depuis près de dix ans, époque où il en avait utilisé une pour une opération qui exigeait de...

Non. Il secoua la tête. Il ne voulait pas se souvenir.

L'air froid d'octobre lui cingla le visage dès qu'il tourna la poignée des gaz et que le rugissement du moteur le propulsa dans la nuit. Il se demanda comment réagiraient les motocyclistes au matin. Seraient-ils si furieux du vol de la moto qu'ils démonteraient ce qu'il restait de la Cadillac et en vendraient les pièces pour se venger ? Il essuya les larmes que le vent faisait ruisseler sur son visage. La Cadillac de l'évêque. Quatre roues et un châssis. Il savait qu'il n'aurait pas dû trouver cela drôle, mais il ne pouvait s'en empêcher, tout comme il se sentait vivifié par le puissant grondement de la Harley qui le ramenait vers Boston.

Et vers quelques réponses.

14

– Le père Hafer, je vous prie.

Il était un peu plus de huit heures du matin. Debout dans une cabine téléphonique à côté d'une station-service, Drew parlait d'une voix égale en s'efforçant de dissimuler sa colère. Ses mains étaient engourdies et il frissonnait, gelé par le vent glacial qu'il avait affronté toute la nuit. Le soleil matinal, apportant un soupçon d'été indien, réchauffait miséricordieusement la cabine.

La voix d'homme qui avait répondu au téléphone de la cure de la Sainte-Eucharistie demeura silencieuse.

– Allô, vous m'entendez ?

Malgré ses efforts, Drew ne parvenait pas à empêcher la fureur de percer dans sa voix. Il voulait des explications. Qui avait parlé ? Pourquoi avait-il été attaqué au séminaire ? Et par des prêtres !

– J'ai dit que je voulais parler au père Hafer.

Il jeta un regard irrité à travers le verre poussiéreux de la cabine en direction de la route, guettant le moindre motocycliste ou policier, quiconque aurait paru s'intéresser à lui. Il avait eu l'intention d'aller tout droit jusqu'à Boston, mais le froid l'avait forcé à s'arrêter à Concord, à trente kilomètres à l'ouest de sa destination.

La voix ne répondait toujours pas.

Il gagne du temps, se dit Drew. Essayait-on de situer l'appel ?

– Une seconde, dit l'homme, brusquement.

Drew entendit le choc sourd du combiné qu'on posait. Des voix murmuraient à l'arrière-plan.

Je lui donne encore trente secondes et je raccroche, songea Drew.

– Allô ? fit une autre voix d'homme. Avez-vous dit que vous vouliez parler au...

– *Au père Hafer.* Il y a un problème ?

– De la part de qui, je vous prie ?

– D'un ami, répondit Drew, soudain méfiant.

– Vous n'êtes donc pas au courant.

– Au courant de quoi ?

– Je suis désolé de devoir vous l'annoncer de cette façon. C'est si impersonnel, au téléphone. Je le regrette, mais il est mort.

La cabine parut vaciller autour de Drew.

– Mais c'est... Le mot « impossible » se bloqua dans sa gorge. Je l'ai vu hier matin de bonne heure.

– C'est arrivé hier soir.

– *Mais comment?* fit Drew d'une voix enrouée par le choc. Il était mourant, mais il m'a dit que les médecins lui avaient donné jusqu'à la fin de l'année.

– Oui, mais ce n'est pas sa maladie qui l'a tué...

15

Abasourdi, Drew raccrocha. Il se força à bouger, sachant qu'il lui fallait quitter Concord le plus vite possible – au cas où son appel aurait été effectivement localisé. Il avait besoin d'un endroit où il se sentirait en sécurité.

Pour se permettre le luxe de s'abandonner à sa douleur.

Pour essayer de comprendre.

Le trajet vers l'est jusqu'à Lexington, à dix-huit kilomètres de Boston, ne lui laissa aucun souvenir. Les yeux – et la conscience – embrumés par la douleur, il ne s'en rappela rien. Il laissa la moto dans une rue transversale tranquille, doutant que la police de Lexington eût déjà reçu notification du vol.

Sous un soleil éclatant qui raillait sa tristesse, il erra dans le parc de la ville, feignant de s'intéresser au lieu où avait commencé la guerre de l'Indépendance américaine.

Les poings serrés, il remarquait à peine les arbres dorés par l'automne, l'odeur de feu de bois, le bruissement des feuilles mortes sous ses pas. Ses pensées étaient trop chargées de chagrin et de rage.

La veille au soir, le père Hafer avait reçu un appel téléphonique au presbytère. Après avoir prévenu les autres prêtres qu'il devait sortir, il avait traversé la rue en direction de l'Église, où une voiture l'avait accroché sur le trottoir. La force de l'impact l'avait projeté jusqu'en haut des marches, contre le portail de l'église.

– Il n'a pas dû souffrir.

– Mais... comment pouvez-vous le savoir ?

– Il y avait tant de sang. Le chauffeur ne s'est pas arrêté. Il devait être ivre, pour perdre le contrôle de sa voiture de cette façon et quitter la chaussée. La police ne l'a pas encore retrouvé, mais quand il sera arrêté... La loi n'est pas assez sévère. Le pauvre homme avait si peu de temps à vivre. Qu'il en ait été stupidement privé par un ivrogne irresponsable !

Drew serra les poings plus fort, inconscient du crissement des feuilles.

Un appel téléphonique ? Accroché par une voiture alors qu'il se tenait sur le trottoir ? Le principal maillon entre mon existence passée et le monastère, tué par un chauffard ?

A d'autres.

Drew palpa la bosse dans la poche du blouson. Le sac en plastique. Le corps de Stuart Little. Il pensa aux moines assassinés. Maintenant, quelqu'un avait une dette de plus à payer.

16

– Passez-moi l'évêque, je vous prie, demanda Drew d'une voix enrouée.

Depuis la cabine téléphonique, il regarda la moto garée dans la rue transversale, puis les touristes, sur la place.

– Je suis navré...

Drew reconnut la voix sonore. C'était celle de

Paul, l'homme à qui l'évêque avait parlé par l'interphone de son bureau deux nuits plus tôt.

– ... mais Son Excellence est occupée. Si vous voulez bien laisser votre nom et votre numéro de téléphone.

– Ce n'est pas la peine. Il acceptera de me parler.

– Et qui dois-je... ?

– Dites-lui seulement que c'est l'homme à la souris.

– Oui, c'est exact. Il veut vous parler.

Drew entendit un soudain déclic. Il jeta un coup d'œil à sa montre et se fit un pari : quinze secondes. Mais l'évêque ne mit pas si longtemps à répondre. Douze secondes.

– Où êtes-vous? J'attendais votre appel. Que s'est-il passé au...

– Au séminaire? C'est drôle, j'espérais que vous pourriez me le dire.

– Expliquez-vous. Mon téléphone n'arrête pas de sonner depuis cinq heures du matin à propos de cette histoire. Je vous ai demandé ce qui...

– Deux prêtres ont essayé de me tuer, voilà ce qui s'est passé! répondit Drew, qui avait envie d'enfoncer son poing à travers la paroi de verre de la cabine. Ils ont tué Hal. Et quelqu'un d'autre, un autre prêtre, était caché dans le confessionnal!

– Etes-vous devenu fou?

Drew se pétrifia.

– Deux prêtres ont essayé de vous tuer? Que me racontez-vous là? Hal est mort? Je viens de recevoir une note de lui. Ce que je veux savoir, c'est pourquoi vous avez tiré sur ces séminaristes. Pourquoi vous êtes-vous introduit dans la maison de repos, pourquoi avez-vous terrorisé ces prêtres et volé ma voiture?

Drew eut l'impression qu'un étau de glace lui serrait le cœur.

– Et autre chose... ces fantasmes délirants.

– *Fantasmes?*

– A propos du monastère. Dieu merci, j'avais pris la précaution d'envoyer des jésuites se rendre compte. Si le cardinal et moi avions décidé d'alerter la police, ç'aurait été un désastre. Il n'y a aucun cadavre dans ce monastère.

– *Quoi?*

– Il n'y a aucun moine. L'endroit est déserté. Je ne vois pas où ils peuvent être allés, mais en attendant d'en savoir beaucoup plus sur la situation, je n'entends pas ridiculiser l'Eglise.

– Alors vous avez choisi la première solution, dit Drew d'une voix qui frémissait de rage. Tout étouffer. Et vous me laissez seul dans la nature.

– Je n'ai pas l'intention de vous laisser dans la nature, croyez-moi. Je veux des explications. Écoutez-moi bien. Il n'est pas prudent que vous veniez à mon bureau. Je vais vous dire où vous présenter.

– N'y pensez pas.

– Ne me parlez pas sur ce ton. Vous allez vous présenter à l'adresse que je vais vous donner.

– Non.

– Je vous préviens, n'aggravez pas votre situation. Vous avez fait vœu d'obéissance. Votre évêque vous donne un ordre.

– Je n'y obéirai pas. J'ai essayé de faire les choses à votre manière. Ça n'a pas marché.

– Je suis très contrarié de votre attitude.

– Attendez donc de voir votre voiture, fit Drew avant de plaquer violemment le combiné sur son support.

17

Il enfourcha la moto d'un mouvement impatient. Sa poitrine, déjà endolorie par le choc contre le volant de la Cadillac, était oppressée de chagrin et de rage. Il enfonça le kick. Le moteur gronda, et il saisit la poignée des gaz.

Mais où pouvait-il aller? Que devait-il faire?

L'Église, c'était désormais évident, ne pouvait plus être considérée comme un refuge. Quelqu'un, quelque part dans la hiérarchie, n'était pas sûr. L'évêque, peut-être, mais pas forcément – il pouvait très bien être parfaitement sincère, aussi déconcerté que l'était Drew lui-même.

Et Paul, l'assistant de l'évêque? Mais ce dernier l'avait traité comme s'il lui accordait toute sa confiance.

Alors qui? Et plus important, pourquoi?

Et ce prêtre slave, avec son étrange bague rouge et son 45, caché dans le confessionnal de la chapelle?

Très bien. Drew se mordit la lèvre. L'Église n'importait plus. Dieu importait. Sa propre survie. Sauver son âme.

Il devait oublier qu'il était entré au monastère. Il devait oublier cette retraite de son ancienne vie.

Agir comme si tu appartenais toujours au réseau, se dit-il. Qu'aurais-tu fait si tu ne pouvais t'y fier, si tu craignais la présence d'un ennemi au sein de son organisation?

La réponse était évidente, instinctive. Mais entachée d'orgueil, ce pour quoi il implora la clémence de Dieu. Il était autrefois le meilleur. Il pouvait encore l'être. Six ans ne signifiaient rien.

Oui. Il tourna la poignée des gaz et s'éloigna dans un rugissement de moteur, animé d'une résolution farouche. Mais il n'allait plus vers Boston. Il n'allait plus vers l'est, mais vers le sud.

New York. Les seules personnes à qui il pouvait se fier. Son ancienne amante et son ancien ami. Arlene et Jake.

LIVRE QUATRE

RÉSURRECTION

LA CORNE DU DIABLE

1

Drew avait bien connu, aux jours anciens, la bâtisse aristocratique en pierre brune de la 12ᵉ Rue, près de Washington Square. Craignant qu'un étranger n'ait pu y avoir emménagé entre-temps, il prit la précaution, avant de commencer sa surveillance, de chercher une cabine téléphonique dont l'annuaire aurait miraculeusement échappé aux vandales. Le cœur battant, il feuilleta les pages jusqu'à la lettre H, fit courir son index sur la liste des noms, et poussa un soupir en trouvant Hardesty, Arlene et Jake.

La même adresse.

Cela ne signifiait pas forcément qu'Arlene et Jake fussent en ville, et il n'allait pas s'imposer la corvée de surveiller la maison à moins d'être sûr qu'elle était occupée. Le problème était qu'il ne pouvait pas appeler pour s'en assurer – le téléphone risquait d'être surveillé, et il ne voulait pas avertir ses ennemis de sa présence dans les parages. Ils avaient pu se douter qu'il essaierait de contacter Arlene et Jake.

Il enchaîna la moto à une clôture métallique près de Washington Square et déambula dans le grand parc carré sans prêter attention aux junkies ni aux petits fourgueurs affalés sur les bancs. Il dépassa le terrain de jeux pour enfants, se rapprochant nonchalamment de l'énorme arche couverte de graffiti qui marquait l'entrée de la Cinquième Avenue, grande artère majestueuse dont l'extrémité se perdait vers le nord au-delà de son champ de vision. Malgré le ciel gris, la température clémente atteignait quinze degrés. La petite foule habituelle des musiciens était rassemblée sous l'arche, jouant des airs mélancoliques comme si le ciel lugubre les avertissait qu'ils ne pourraient plus utiliser le parc bien longtemps.

– Tu veux gagner cinq dollars ?

Le jeune homme qu'il avait choisi était assis contre le flanc de l'arche, sous un arbre dénudé, et remplaçait une corde cassée sur sa guitare. Longs cheveux blonds, barbe, veste marquée des initiales CCNY, une déchirure au genou de ses jeans et un orteil émergeant d'un de ses mocassins, le jeune homme leva les yeux et répondit d'une voix étonnamment gutturale :

– Allez vous faire foutre.

– Tu te trompes. Il ne s'agit pas d'une proposition obscène. Et ça n'a rien d'illégal. Tout ce que tu as à faire, c'est d'appeler quelqu'un au téléphone à ma place. Je vais te dire, j'irai même jusqu'à dix dollars.

– Juste pour appeler quelqu'un au téléphone ?

– Je me sens d'humeur généreuse.

– Ça n'a rien d'obscène ni d'illégal ?

– Je te le garantis.

– Vingt dollars.

– D'accord. Je suis pressé.

Il aurait pu payer plus. La nuit précédente, il était parti en chasse, parcourant les rues obscures en s'offrant à la convoitise des prédateurs. Trois fois, il avait attiré l'attention et s'était trouvé successivement confronté à un pistolet, un couteau et une matraque. Il avait laissé chacun de ses agresseurs avec les coudes et les rotules brisés (« Comme pénitence. Va en paix et ne pèche plus. ») et leur avait subtilisé l'argent qu'ils avaient sur eux. L'attaque à main armée était une activité lucrative. Son butin avait été de deux cent vingt-trois dollars, assez pour acheter ce matin un manteau matelassé de couleur terne et des gants de laine. Mais bien qu'il pût se permettre de se montrer généreux avec ce qui lui restait, il ne voulait pas donner à ce garçon une somme telle que le bon sens lui laisserait pressentir la gravité de la situation.

En tout état de cause, le jeune homme semblait avoir du mal à croire en sa bonne étoile. Il se leva, soupçonneux.

– Et où est l'argent ?

– La moitié maintenant, la moitié après. Voici ce que tu vas faire. Nous allons dans une cabine téléphonique et je compose le numéro avant de te donner l'appareil. Si c'est un homme qui répond, demande si c'est Jake. Dis-lui que tu habites un peu plus loin dans la rue et que tu as été dérangé par le bruit de la réception qu'il a donnée hier soir. Que ça t'a empêché de dormir.

– Il a donné une réception ?

– J'en doute. Qui sait ? Mais tiens t'en à ton histoire, et raccroche brutalement. Si c'est une femme, raconte la même chose, mais demande si c'est Arlene.

– Qu'est-ce que c'est censé prouver ?

– Ce n'est pas évident ? Que soit Jake, soit Arlene, est à la maison.

Cinq minutes plus tard, le jeune homme ressortit de la cabine téléphonique.

– Une femme, dit-il. Arlene.

2

Comme de coutume, Drew commença à trois rues de son objectif. Il déambula d'un air désœuvré au long de la 12e Rue, indifférent en apparence à ce qui l'entourait, mais secrètement attentif à tous les détails de la perspective qui s'offrait à lui. De même que tant d'autres talents qu'il avait remis en service, son instinct d'observation n'avait pas été émoussé par ses années d'inactivité, pas plus que le plaisir qu'il en avait toujours tiré. Il laissa ses pensées se griser du souvenir de son premier apprentissage.

Hong Kong, 1962. Il avait douze ans. Son « oncle » Ray était contrarié parce qu'il séchait les cours de l'école privée à laquelle la plupart des membres de l'ambassade envoyaient leurs enfants. La contrariété de Ray s'était encore accrue quand il avait appris à quoi Drew occupait son temps – traîner avec les petits Chinois des rues, dans les quartiers pauvres et sur les quais.

– Mais pourquoi? avait demandé Ray. Un petit Américain, seul dans certains quartiers de la ville – ces quartiers-là – risque de se faire tuer. Un matin, la police retrouvera ton cadavre dans le port.

– Mais je ne suis pas seul.

– Tu parles de ces gamins avec qui tu traînes? Ils sont habitués à survivre dans la rue. Et ils sont chinois, ils sont dans leur milieu.

– C'est ce que je veux apprendre. A m'adapter aux rues d'ici, même si je suis américain.

– C'est un miracle que ces gamins ne te rossent pas au lieu de t'accepter parmi eux.

– Non. Tu sais, je leur donne mon argent de poche, je leur apporte à manger de la maison, je leur passe les vêtements qui sont devenus trop petits pour moi.

– Bon Dieu, pourquoi est-ce si important ? avait demandé Ray, dont le visage habituellement coloré était devenu blême. A cause de tes parents ? A cause de ce qui leur est arrivé ? Même au bout de deux ans ?

Les yeux de Drew, torturés, avaient répondu à sa place.

La fois suivante, quand Drew eut de nouveau fait l'école buissonnière et traîné dans les rues avec la bande de petits Chinois, Ray lui offrit un compromis.

– Tu ne peux pas continuer comme ça, Drew, je ne ris pas. C'est trop dangereux. Ce que tu crois apprendre n'en vaut pas le risque. Comprends-moi bien. La façon dont tu ressens ce qui est arrivé à tes parents, c'est ton affaire. De quel droit pourrais-je te donner tort ? Mais au moins, fais les choses comme il faut.

Drew plissa les yeux, intrigué.

– Pour commencer, ne te contente pas de professeurs de cinquième ordre. Et pour l'amour du ciel, ne néglige pas les choses que tu peux apprendre à l'école. Elles sont tout aussi importantes. Crois-moi, quelqu'un qui ne connaît rien à l'histoire, la logique, les mathématiques et les arts est aussi désarmé que quelqu'un qui ne connaît rien à la vie des rues.

L'expression de Drew se fit perplexe.

– Oh, je ne compte pas que tu comprennes d'un seul coup ce que je veux dire. Mais je pense que tu me respectes assez pour savoir que je ne suis pas un imbécile.

– Des professeurs de cinquième ordre ?

– Promets-moi que tu ne manqueras plus l'école

et que tu n'auras pas de notes inférieures à la moyenne. En échange...

Ray parut débattre en son for intérieur.

– En échange ?

– Je m'arrangerai pour que tu aies un bon professeur. Quelqu'un qui connaît vraiment les rues, qui peut t'enseigner une discipline que n'ont pas tes petits copains de la bande.

– Qui ?

– Rappelle-toi notre marché.

– Mais qui ?

Ainsi commença l'une des périodes les plus exaltantes de la vie de Drew. Le lendemain, après l'école, Ray l'emmena dans un restaurant du centre de Hong Kong où la nourriture, bien qu'orientale, n'était pas chinoise. Il lui présenta le propriétaire, Tommy Limbu, un homme étonnamment petit au visage rond toujours souriant ; malgré son âge avancé, il avait des cheveux noirs et brillants.

– Tommy est un Gurkha, expliqua Ray. Aujourd'hui, il est à la retraite, bien sûr.

– Gurkha ? Qu'est-ce que...

Tommy et Ray éclatèrent de rire.

– Tu vois, tu apprends déjà quelque chose. Un Gurkha, dit Ray, se tournant avec déférence vers Tommy et s'inclinant presque, est le meilleur mercenaire qui soit au monde. Les Gurkhas viennent de la ville du même nom, au Népal, un pays montagneux situé au nord de l'Inde. La principale ressource du pays est l'exportation. L'exportation de soldats, la plupart pour les armées anglaise et indienne. Quand une tâche est trop dure pour n'importe quel autre soldat, on envoie les Gurkhas. Et ils font le travail. Tu vois ce poignard incurvé, dans la gaine accrochée au mur derrière le bar ?

Drew hocha la tête.

– On l'appelle un *kukri.* C'est le signe distinctif

des Gurkhas. A sa vue, même les hommes les plus coriaces ont peur.

Le regard sceptique de Drew se posa sur le petit Népalais souriant à l'aspect inoffensif, puis revint au poignard.

– Je peux le tenir? Je peux toucher la lame?

– Tu n'aimerais sans doute pas les conséquences. Les Gurkhas ont une règle. Quand on tire le poignard de sa gaine, on doit faire couler le sang, celui de son ennemi, ou le sien.

Drew resta bouche bée.

Tommy rit de nouveau, les yeux brillants. Quand il prit la parole, Drew fut surpris non seulement de la distinction de son anglais, mais aussi de son accent britannique.

– Mon Dieu, mon Dieu, il ne faut pas effrayer ce garçon. Il va me prendre pour une terreur redoutable.

– Tommy habite Hong Kong parce qu'il y a de nombreux Gurkhas en garnison à la caserne britannique, expliqua Ray. Quand ils ne sont pas de service, ils viennent manger ici de temps en temps. Et, bien sûr, ils se souviennent de l'époque où il faisait partie du régiment.

– Vous allez être mon professeur? demanda Drew, toujours plein de scepticisme à l'égard de cet homme jovial et prévenant.

– Mon Dieu, mon Dieu, non, répondit Tommy d'une voix melliflue et chantante. Pauvre de moi, mes os sont trop vieux. Jamais je n'aurai assez d'énergie pour me montrer à la hauteur d'un derviche tel que vous. Et je dois m'occuper de mon restaurant.

– Alors?

– Un autre garçon, bien sûr.

Avec une fierté jubilante, Tommy se tourna vers un enfant qui, sans que Drew l'eût remarqué, s'était glissé silencieusement près de lui. C'était une reproduction miniature de Tommy. Bien que le garçon fût plus petit que lui, Drew apprit par la suite qu'il avait quatorze ans.

– Ah, te voilà ? Mon petit-fils, dit Tommy avec un gloussement en se tournant vers Drew. Son père appartient au bataillon local, et il préfère que son fils vive avec moi plutôt qu'au Népal. Ils y vont quand il est en congé, ce qui est assez rare, il faut le dire. En ce moment, il participe à la liquidation d'une querelle désagréable, mais d'une importance certainement mineure, en Afrique du Sud.

Comme l'apprit Drew plus tard, Tommy Two devait la dernière partie de son nom à une tentative faite par les Anglais pour débrouiller la confusion que provoquait la similitude des patronymes chez les gens qui se faisaient appeler du nom de leur tribu – telle la deuxième partie du nom de Tommy l'aîné : Limbu. La bureaucratie ne parvenant pas à distinguer un Tommy Limbu d'un autre, du moins sur le papier, on avait choisi Two plutôt que Junior.

Mais Tommy Two était profondément différent de son grand-père. Il ne souriait pas, et ne salua même pas. Percevant son absence d'intérêt, Drew, plein de doute, ne put s'empêcher de se demander comment ils parviendraient jamais à s'entendre, ni ce que ce garçon renfrogné pourrait bien lui apprendre.

Ses doutes s'effacèrent en moins d'une demi-heure. Laissés à eux-mêmes par les adultes, ils sortirent dans la petite rue étroite et affairée, où Tommy Two l'informa dans un anglais parfait qu'il allait lui apprendre à voler à la tire.

Drew ne put dissimuler sa surprise.

– Mais oncle Ray m'a amené ici parce que la

bande que je fréquentais faisait ce genre de chose. Il ne veut pas que je...

– Non, dit Tommy Two en levant un doigt à la manière d'un prestidigitateur. Pas dans n'importe quelle poche. Dans la mienne.

La surprise de Drew s'accrut.

– Mais d'abord, ajouta Tommy Two en faisant bouger son doigt d'avant en arrière, il faut que tu apprennes ce qu'on ressent quand on est la victime.

La vue de ce petit gamin prenant la direction des opérations avait quelque chose de fascinant.

– Et c'est toi qui vas le faire? demanda Drew en haussant les sourcils d'un air incrédule.

Tommy Two, sans répondre, lui fit signe de le suivre. Ils tournèrent à l'angle de la rue et s'éloignèrent hors de vue du restaurant. Déjà moins sûr de lui, Drew se trouva devant une rue encore plus étroite, encombrée de gens qui faisaient leurs courses, de cyclistes, de marchands ambulants équipés de charrettes à bras et d'étals abrités sous des auvents. Le bruit des bavardages et le mélange des odeurs, pour la plupart rances, étaient terrifiants.

– Compte jusqu'à dix, dit alors Tommy Two, et suis cette rue. Au bout de trois pâtés de maisons (il pointa un doigt vers la poche revolver de Drew), j'aurai ton portefeuille.

La confusion de Drew se changea en fascination.

– Trois pâtés de maisons, hein? dit-il en contemplant la rue chaotique.

Pris d'une inspiration soudaine, il retira le portefeuille de sa poche revolver et le glissa dans une poche de devant, plus serrée.

– D'accord, ajouta-t-il en réprimant un sourire condescendant, on y va. Mais ça ne me paraît pas équitable. Tu es sûr que tu ne veux pas que je ferme les yeux pendant que je compterai ? Pour te laisser une chance de te cacher ?

– Pas la peine.

Aussi renfrogné que jamais, Tommy Two s'éloigna dans la rue.

Drew commença à compter mentalement. Un, deux... il vit Tommy passer entre un cyclomoteur et un pousse-pousse. Trois, quatre, cinq...

Tout à coup, il fronça les sourcils. Tommy Two avait disparu. Drew se redressa, écarquillant les yeux. Comment avait-il fait ? Pareil à une pierre tombant dans l'eau, Tommy Two s'était laissé absorber par la foule tourbillonnante. Le temps que Drew fût revenu de son étonnement, il s'aperçut qu'il avait oublié de finir de compter et que le temps convenu était largement écoulé.

Un tour de passe-passe ? Drew se dit que ce devait être ça : un truc quelconque. Carrant les épaules et rassemblant sa confiance en lui, il s'engagea lui aussi dans la rue. Mais comme il se noyait à son tour dans la foule, il se rendit compte que le jeu était plus compliqué qu'il ne l'avait paru. Il y avait trop de choix possibles. D'une part, devait-il marcher vite ou lentement, être circonspect ou se hâter ? D'autre part, devait-il regarder autour de lui, en garde contre Tommy Two, ou devait-il regarder droit devant lui de façon à éviter...

Un cycliste pressé le frôla de si près qu'il dut faire un saut de côté, bousculant une vieille Chinoise qui portait un panier plein de linge. Elle l'invectiva en chinois, mais il ne comprit pas ses paroles apparemment peu amènes. Tous les gamins de la bande qu'il fréquentait parlaient beaucoup mieux sa langue qu'il ne parlait la leur. Peut-être oncle Ray avait-il raison quand il évoquait les avantages de l'école. Un cri, derrière lui, le fit se retourner brusquement, mais il ne put en trouver la source. Il trébucha sur une inégalité de la rue pavée et se cogna contre une charrette à bras chargée de fruits. Le coude de sa chemise en fut poissé de jus sucré. Comme le vendeur l'accablait de cris perçants, il faillit s'arrêter pour le payer, mais se rappela alors que s'il sortait son portefeuille...

Tommy Two. Drew pivota sur lui-même, suspicieux. L'estomac palpitant, il fendit plus rapidement la foule. Le vendeur criait toujours, mais ses cris se perdirent bientôt parmi les appels d'invite des camelots dont les éventaires flanquaient la chaussée.. Les odeurs empiraient : huile de friture rancie, viande calcinée, légumes pourris. Drew commençait à se sentir nauséeux.

Il pressa néanmoins le pas, s'efforçant de rester attentif à son portefeuille. La main pressée contre la bosse rassurante que faisait la poche de son pantalon, il atteignit le second pâté de maisons. Il remarquait maintenant l'attention que provoquait son visage de Blanc parmi cette cohue d'Orientaux. Dardant son regard en tous sens à la recherche d'une trace de Tommy Two, il atteignit le dernier bloc.

Il marchait toujours d'un pas rapide, et se sentit soulagé en voyant apparaître un peu plus loin l'extrémité du boyau grouillant. Une enseigne en surplomb y annonçait : HARRY'S HONG KONG BAR AND GRILL. Il s'y dirigea comme vers une balise, esquiva un cul-de-jatte qui se propulsait sur un chariot équipé de roulements à billes, et se sentit transporté de jubilation en voyant Tommy Two appuyé nonchalamment contre le mur du coin, sous l'enseigne. Avec un sourire, il traversa le carrefour encombré et s'arrêta.

– Alors, qu'est-ce que ça a de si difficile?

demanda-t-il en haussant les épaules d'un air dédaigneux. J'aurais dû parier que je pourrais le faire.

– Comment aurais-tu payé ?

Pris d'inquiétude, Drew tendit la main vers sa poche.

– Avec ça, évidemment.

Mais dès que ses doigts se posèrent sur le portefeuille, il comprit que quelque chose n'allait pas. Il le sortit de sa poche, le feu aux joues. C'était un portefeuille en toile crasseux, alors que le sien était tout neuf, de cuir poli. Et quand il regarda à l'intérieur de celui qu'il tenait, il constata qu'il était vide. Il ouvrit la bouche, mais aucun son n'en sortit.

– Ce ne serait pas ça que tu cherches ?

Tommy Two sortit une main de derrière son dos et brandit le trophée.

– Je suis d'accord avec toi. Nous aurions dû faire un pari.

Mais le garçon au visage rond et aux cheveux noirs brillants, de dix centimètres plus petit que Drew bien qu'il fût plus âgé, ne manifestait ni satisfaction ni triomphe – pas de sourire narquois, pas d'air avantageux ni de raillerie.

– Comment as-tu fait ?

– La clef, c'est toujours la distraction. Je suis resté à ta hauteur, caché dans la foule. Quand tu as écrasé les fruits du marchand, tu étais trop troublé pour t'apercevoir que j'avais fait l'échange des portefeuilles. Tout ce qui t'importait, c'était de sentir qu'il y avait quelque chose dans ta poche.

Drew se renfrogna, furieux de s'être laissé ridiculiser.

– Alors c'est tout ? C'est facile. Maintenant que je sais comment ça se passe, je ne me ferai jamais reprendre de cette façon.

Tommy Two haussa les épaules.

– On verra. Il nous reste une demi-heure avant la fin de la leçon. Tu veux essayer encore?

Drew fut déconcerté. Encore une demi-heure de leçon? Il avait pensé qu'ils jouaient ensemble, mais il se rendit compte que Tommy Two lui enseignait tout cela pour de l'argent.

– Essayer encore? demanda-t-il, blessé dans son amour-propre mais prêt à relever de nouveau le défi. Bon sang, tu as raison.

– Et cette fois, tu veux faire un pari?

Drew faillit répondre par l'affirmative, mais un doute tempéra son assurance.

– Pas encore.

– Comme tu veux, dit Tommy Two en se redressant. Je propose d'utiliser la même rue, mais dans l'autre sens, en retournant à notre point de départ.

Drew avait les mains moites. Tout en remettant son portefeuille dans sa poche, il regarda Tommy Two disparaître de nouveau comme par magie dans la foule.

Et deux pâtés de maisons plus loin, quand il glissa la main dans sa poche pour s'assurer de la présence de son portefeuille, il sut immédiatement que celui-ci n'était pas le sien. Il jura.

Comme la fois précédente, Tommy Two, adossé contre un mur à l'autre bout du troisième pâté de maisons, exhiba le portefeuille de Drew.

Le lendemain après-midi, après l'école, Drew fit un nouvel essai. Le résultat fut le même.

Et l'après-midi suivant. Puis un autre.

Mais en chaque occasion, Tommy Two donnait à Drew un nouveau conseil.

– Pour éviter toute attaque, tu ne dois pas la provoquer. Tu dois te rendre invisible.

– Pour toi, c'est facile à dire. Tu es un Oriental, tu cadres dans le paysage.

– Ce n'est pas vrai. Pour vous, Américains, tous les Orientaux se ressemblent. Mais pour un Chinois, je suis un Népalais et j'attire autant l'attention que toi. Du moins je le devrais.

– Tu le devrais? fit Drew, ahuri. Tu veux dire que tu peux l'éviter?

– Je me déplace au rythme de la rue. Je ne regarde jamais les gens dans les yeux. Je ne reste jamais au même endroit assez longtemps pour qu'on me remarque. Et je me replie sur moi-même.

– Comme ça?

Drew essaya de réduire le volume de son corps, adoptant une position si grotesque que Tommy Two se laissa aller à un éclat de rire.

– Non. Bonté divine. Pas du tout. Quelles drôles d'idées tu as. Je veux dire que je rentre mes pensées en moi. Mentalement, je me rends...

Il chercha ses mots.

– ... absent.

Drew secoua la tête.

– Avec le temps, tu apprendras. Mais il y a autre chose. Tu ne dois jamais, jamais, te laisser distraire. Ne laisse rien te dérouter ou perturber ta concentration. Pas seulement ici pendant que tu t'entraînes, mais tout le temps, partout.

Quatorze ans, ce garçon? songea Drew. Impossible. A cause de sa petite taille, il croit pouvoir mentir sur son âge. Il doit avoir au moins vingt ans. Fais-toi invisible. Déplace-toi avec la foule. Ne laisse rien te distraire. Drew essaya encore.

Et encore. Jusqu'à ce qu'un après-midi, après l'école, alors qu'il venait une fois de plus de passer par les baguettes, il s'approchât de Tommy Two appuyé comme de coutume contre un mur et plongeât dans sa poche, dégoûté à l'idée d'un autre échec. Il battit des paupières en regardant le portefeuille qu'il venait d'en tirer. Le sien.

– Tu m'as laissé gagner.

Tommy Two secoua la tête d'un air grave.

– Je ne laisse jamais personne gagner. Tu as fait ce que je t'ai appris. Tu n'as pas réagi au mendiant qui te demandait de l'argent. Tu n'as pas regardé les perroquets, à l'échoppe du coin. Et surtout, tu n'as manifesté aucun intérêt pour la charrette de légumes qui s'est renversée; tu t'es contenté de la contourner sans même regarder les poivrons qui étaient sous tes pieds. Tu m'as mis dans l'impossibilité de te piéger.

Un élan de fierté fit battre plus vite le cœur de Drew.

– Alors, je...

– Tu as réussi une fois. Mais une fois n'est pas tout. Es-tu prêt à essayer de nouveau?

Cette fois encore, Drew avait conservé son portefeuille.

Mais Tommy Two ne lui adressa aucune félicitation. Le petit Népalais, jeune et pourtant si vieux, semblait considérer que la réussite comportait en elle-même sa propre récompense.

– Maintenant, nous allons commencer la partie difficile.

Drew sentit son exaltation retomber.

– Difficile?

– Tu as prouvé que je ne pouvais pas te voler ton portefeuille. Est-ce que tu peux me voler le mien?

Drew se déplaça d'un pied sur l'autre.

– Faisons un essai.

Se faufilant dans la foule, Drew arriva parderrière, vit une occasion et s'élança le bras tendu. Tommy lui saisit la main.

– J'ai su où tu étais à chaque seconde. Tu ne t'es pas fait invisible. Essaie encore.

Et « Laisse-toi absorber par la foule. »

Et « Prévois ce qui risque de me distraire. »

– Rien ne te distrait jamais.

– Alors c'est un problème que tu dois essayer de résoudre.

Trois jours plus tard, Drew était adossé au mur, à l'extrémité de la rue. Quand Tommy Two vit sa posture, un éclair d'entendement passa dans ses yeux. Plongeant la main dans sa poche, il en sortit le mauvais portefeuille.

– Quand l'orange m'a frappé à l'épaule? demanda-t-il.

– J'ai payé un gamin pour qu'il te la jette.

– Je me suis stupidement tourné de ce côté-là. J'étais persuadé que c'était toi qui l'avais lancée.

– Mais j'étais derrière toi.

– Excellent! dit Tommy Two en riant. Bonté divine, quelle farce!

– Mais n'oublies-tu pas quelque chose?

Tommy Two parut interloqué. Puis il comprit, et haussa les épaules.

– Bien sûr.

Sans trahir le moindre désappointement, il donna à Drew un dollar américain.

Parce que, cette fois, Drew avait décidé de parier.

3

Alors qu'il suivait la 12e Rue, commençant sa surveillance de l'immeuble brun trois pâtés de maisons avant, Drew prit soudain conscience qu'il s'était mis à penser à Tommy Two. Il ne l'avait jamais revu après la fin des leçons, mais il en avait conservé un souvenir vivace. Il savait que Tommy aurait un air plus renfrogné que d'habitude – et se montrerait plus sévère dans ses reproches – s'il se trouvait là et qu'il sût que Drew s'était laissé distraire, ne fût-ce qu'un instant.

Fonds-toi dans le mouvement de la rue. Réduis ton esprit. Rends-toi invisible. Concentre-toi. Drew obéit à la voix silencieuse, avec son accent britannique distingué, sachant que tout se passerait bien. Tranquillement, il traversa le carrefour bruyant qui le séparait du second pâté de maisons.

Mais il n'avait pas l'intention de dépasser la moitié du deuxième bloc. La tactique qu'il employait exigeait de la patience. Il devait contourner les abords de l'immeuble, l'approcher de plusieurs directions en réduisant chaque fois la zone intérieure. Certain de ne pas attirer l'attention, il traversa la rue à mi-distance du carrefour suivant et revint en arrière. Parvenu à l'intersection qu'il venait de traverser, il tourna vers le sud jusqu'à la 10e Rue, qu'il suivit parallèlement à l'immeuble brun avant de repartir vers le nord pour retomber dans la 12e Rue. Il se trouvait de nouveau à trois blocs de son objectif, mais il venait cette fois de la direction opposée. Comme avant, il reprit sa reconnaissance, s'accordant aux rythmes de la rue, étudiant le moindre détail qui se présentait à lui. Quand il atteignit la moitié du deuxième pâté de maisons, il traversa et revint en arrière.

Très bien, songea-t-il, j'ai réduit le périmètre. Jusqu'à présent, tout a l'air d'aller, par définition – puisque je n'ai pas été attaqué. Si la maison est surveillée, les guetteurs sont à moins d'un bloc et demi de chaque côté.

Il savait exactement ce qu'il cherchait. D'abord, une voiture. Il fallait toujours prévoir que la personne surveillée, si elle quittait la zone de surveillance, risquait de prendre un taxi. Les suiveurs devaient donc disposer d'une voiture. Mais le problème du stationnement dans la ville était tel qu'il valait mieux ne pas quitter sa place une fois qu'on en avait trouvé une. Qui plus est, le guetteur devait rester à proximité de la voiture pour le cas où l'objet de la surveillance partirait hâtivement. Deux hommes dans une voiture en stationnement auraient attiré l'attention. Habituellement, l'un restait dans le véhicule tandis que l'autre choisissait un poste d'observation dans un immeuble voisin.

Cette tactique offrait plusieurs variantes, et Drew avait prêté attention à toutes les possibilités : la voiture au capot relevé que quelqu'un était en train de réparer, la fourgonnette aux antennes trop nombreuses, le vendeur installant un éventaire au coin de la rue.

Mais il savait déjà à quoi s'en tenir. A l'extrémité ouest du bloc où se trouvait le bâtiment brun, un homme assis dans une voiture bleu foncé (il était de règle de ne jamais utiliser de couleurs vives) s'intéressait plus à l'immeuble qu'à la blonde platinée en costume de cuir ajusté qui passait devant lui, tenant en laisse un chien de traîneau d'Alaska.

Fonds-toi dans le rythme de la rue, vieux, se dit Drew. Si les circonstances l'exigent, prends un air distrait, même si tu ne l'es pas vraiment.

Drew ne savait pas exactement où se trouvait l'autre guetteur. Il présumait en fait qu'il devait y en avoir deux autres dans les parages, l'un près de l'immeuble, le troisième prêt à sauter dans la voiture avec le chauffeur pour être lâché sur les pas du gibier quand il atteindrait sa destination.

Mais leur véritable objectif n'était pas de surveiller les Hardesty. L'immeuble brun n'était qu'un appât, Drew ne l'oubliait pas. C'est pour moi que les guetteurs sont ici; ils ne suivront Arlene ou Jake que pour le cas où j'essaierais de les contacter ailleurs que chez eux.

Parfait, songea-t-il. Pas de problème. Ayant déterminé la distance minimale de sécurité qui le séparait de l'immeuble, il retourna à la moto qu'il avait laissée près de Washington Square, déverrouilla la chaîne qui la retenait à une clôture métallique, puis il enfonça le kick et reprit la direction de la 12e Rue. Une fois garé entre deux voitures, à trois quarts de bloc du guetteur qu'il avait repéré, il abaissa la béquille latérale, s'appuya contre le siège capitonné et entreprit d'attendre, dissimulé par la voiture qui le précédait.

4

Trois heures.

Un peu après quatre heures de l'après-midi, alors qu'il commençait à brouillasser, il vit une femme sortir de l'immeuble brun, à deux blocs de lui. Même à cette distance, il reconnut sa silhouette, si petite qu'il avait l'impression de regarder par le gros bout d'une lorgnette.

Arlene. Sa gorge se congestionna au point qu'il en eut du mal à respirer. Il avait cru être en mesure d'absorber le choc que lui causerait son apparition, mais il se trouva assailli par toutes ses émotions, refoulées depuis six ans. Son amour pour elle rejaillit en un éclair. L'athlétisme qu'elle avait pratiqué, plus particulièrement l'escalade, lui avait donné une démarche sensuelle caractéristique, énergique mais sans gaspillage de mouvements, un pas élastique mais fermement posé. Une grâce disciplinée. Se rappelant le contact de son corps et le son de sa voix, il éprouva un profond désir de la toucher et de l'entendre de nouveau.

Les vêtements qu'elle portait trahissaient ses activités. Elle s'habillait rarement de façon classique, préférant les chaussures de jogging ou de marche, les gros chandails, les vestes et les jeans. Au lieu d'un sac à main, elle portait un petit sac à dos en plastique jeté sur une épaule et suivait la rue dans la direction opposée, indifférente à la bruine qui tombait sur ses cheveux auburn.

La gorge nouée, les yeux soudain pleins de larmes, Drew fit démarrer la moto mais ne se dégagea pas des voitures qui le camouflaient. Quand Arlene eut presque atteint l'extrémité opposée de son pâté de maisons, un pochard se leva de l'escalier qui descendait à une porte de sous-sol en face de l'immeuble brun. Contournant un garde-fou métallique, il obliqua en direction de Drew et traversa la rue jusqu'à la voiture de guet, dont il ouvrit la portière arrière. Il n'avait pas fini de refermer la portière que le chauffeur s'écartait du trottoir et fonçait vers le carrefour où Arlene venait de tourner à droite.

Drew grimaça un sourire. Ses prévisions se révélaient justes. Quelque part dans ce pâté de maisons, un autre guetteur devait être resté à son poste. Dans l'intervalle, la voiture atteindrait l'intersection à temps pour voir si Arlene poursuivait son chemin dans l'avenue, entrait dans un magasin ou hélait un taxi.

Drew démarra, mais il ne pouvait descendre la 12ᵉ Rue, où le troisième guetteur risquait de le repérer. Il vira donc à droite au carrefour précédent et se dirigea vers le nord, parallèlement à la route d'Arlene. Puis il tourna à gauche dans la 13ᵉ Rue et fonça vers l'endroit où celle-ci rejoignait l'avenue qu'avait empruntée Arlene, espérant la rattraper.

Il ne la vit pas, mais il repéra la conduite intérieure bleu foncé qui dépassait l'intersection. Les deux hommes qui l'occupaient scrutaient la perspective de l'avenue. Pour qui travaillaient-ils? Scalpel?

Quand il atteignit l'avenue, Drew jeta un regard des deux côtés. Pas d'Arlene. Il dut réprimer son impatience le temps de laisser passer quelques voitures avant de s'engager dans le flot de la circulation pour suivre la voiture bleue, où le chauffeur ne devait pas avoir perdu Arlene de vue.

Il se dit qu'elle avait dû prendre un taxi en arrivant sur l'avenue, ce qui l'étonnait car elle se déplaçait presque toujours à pied, même quand sa destination était éloignée.

Du moins pouvait-il suivre la voiture de surveillance, ce qui revenait au même. Les véhicules qui l'en séparaient laissaient peu de possibilités aux guetteurs de le remarquer si l'un d'eux se retournait. La bruine, qui s'était maintenant transformée en une pluie véritable, lui fournissait un écran supplémentaire, mais il avait du mal à ne pas cligner des yeux sous l'impact glacial des gouttes.

Pour contrôler le battement de ses paupières, il fit appel à une discipline apprise durant les cours d'escrime à l'École technique des montagnes Rocheuses. Les leçons avaient eu pour objet de s'habituer si bien à la projection de la pointe meurtrière d'une rapière au ras de ses yeux non protégés qu'on devrait parvenir à réprimer le mouvement réflexe de ses paupières. Certains des étudiants n'avaient jamais maîtrisé cette discipline; leur séjour à l'école s'en était trouvé écourté.

Sous la pluie de plus en plus forte qui avait

maintenant imbibé ses gants de laine et glissait sous le col de son manteau, il poursuivit sa filature. La voiture bleue entrait dans le centre de Manhattan et tournait dans la 50e Rue.

Elle ralentit alors, et il en fit autant. Il comprit bientôt pourquoi. Un peu plus loin, assez près pour qu'il pût distinguer le chatoiement de ses cheveux auburn et l'éclat de son teint florissant, il vit Arlene descendre d'un taxi arrêté près du trottoir.

Il sentit son pouls s'accélérer. Elle n'avait jamais eu besoin de maquillage; le soleil et le vent lui avaient toujours donné suffisamment de couleurs. Elle avait un front, des pommettes et un menton parfaitement proportionnés, des traits raffinés. Mais elle n'avait rien d'une poupée de porcelaine. Bien que les courbes de ses hanches, de sa taille et de ses seins n'eussent rien à envier à celles de n'importe quelle vedette de cinéma, elle était musclée et il n'y avait en elle aucune mollesse.

La voiture bleue s'arrêta complètement, et le pseudo-pochard aux vêtements crasseux se glissa derrière le volant tandis que le chauffeur bien vêtu descendait pour suivre Arlene. Pressé par les coups d'avertisseur impatients, le nouveau conducteur repartit. Drew le plaignit; où allait-il trouver un endroit pour se garer en plein centre de Manhattan? A moins de stationner en double file et de risquer l'intervention d'un agent de police, il lui faudrait faire sans arrêt le tour du pâté de maisons jusqu'à la réapparition de son partenaire. Drew s'aperçut que l'homme qui avait pris Arlene en filature s'était mis une paire de petits écouteurs sur les oreilles. Le fil qui en descendait rejoignait une poche intérieure de sa veste.

A Boston, quand il avait flâné dans le centre commercial, Drew avait été surpris de voir des adolescents, et même des adultes, porter ce genre d'écouteurs, d'où filtraient parfois des effluves de musique. Il était entré dans un magasin de hi-fi, où il avait appris que les écouteurs s'adaptaient à des appareils de radio et des magnétophones compacts appelés Walkmans. L'homme bien vêtu n'utilisait cependant pas un Walkman, mais il en donnait l'impression et n'attirait pas l'attention. En fait, il restait ainsi en contact avec le chauffeur de la voiture de surveillance au moyen d'un petit émetteur-récepteur dissimulé dans sa poche. Le faux pochard pourrait continuer à tourner autour du pâté de maisons tout l'après-midi en sachant exactement où prendre son compagnon en cas de besoin.

Bien qu'il ne fût que quatre heures et demie, on se serait cru au crépuscule. Drew se rapprocha du trottoir et resta assis sur la moto, décidant de risquer une contravention. Personne, dans les véhicules qui passaient, ne lui prêtait attention. Sans se soucier de la pluie glaciale, il gardait les yeux fixés par-delà l'homme aux écouteurs sur Arlene qui, à une cinquantaine de mètres de là, s'apprêtait à entrer dans un magasin.

Il avait déjà deviné où elle allait quand il l'avait vue descendre du taxi. La devanture du magasin dans lequel elle était entrée exposait toutes sortes d'équipements sportifs, la plupart destinés aux alpinistes. Rouleaux de cinquante mètres de corde légère en nylon torsadé capable, il le savait, de supporter une traction de deux tonnes, mousquetons, pitons et marteaux-piolets, élingues en nylon, sacs de montagne, piolets à glace, chaussures d'escalade...

On y vendait aussi des fournitures sportives ordinaires mais, en raison de sa spécialisation, tous les alpinistes du nord-est connaissaient cette boutique. Drew lui-même y était venu plusieurs fois en compagnie d'Arlene et de Jake.

La porte de verre pivotante se referma sur Arlene, tandis que l'homme aux écouteurs poursuivait nonchalamment son chemin en rasant les immeubles puis, profitant d'une circulation plus fluide, traversait la rue pour aller se poster sous un auvent d'où il pourrait l'observer à travers les vitres du magasin sans se faire remarquer.

Mais s'il regarde de mon côté, songea Drew, il risque de me repérer.

La voiture bleue allait bientôt revenir à l'autre angle du pâté de maisons. Drew fit monter la moto sur le trottoir, revint en la poussant jusqu'au carrefour, traversa l'avenue et alla s'arrêter assez loin sur le trottoir pour que le chauffeur de la voiture bleue ne pût le voir quand il repasserait. Malgré la pluie et la distance, il voyait toujours le guetteur posté en face du magasin, et pourrait voir Arlene quand elle en sortirait.

Vingt minutes plus tard, il la vit apparaître, portant trois paquets.

Avec une chance insensée, elle héla un taxi qui s'arrêta aussitôt. Mais l'équipe de surveillance était tout aussi chanceuse – la voiture bleu foncé apparut à l'angle de la rue juste au moment où le taxi démarrait. Tandis que l'homme bien vêtu montait précipitamment à l'arrière, le chauffeur reprit aussitôt la filature.

Drew eut moins de chance.

Traversant le trottoir, il poussa la moto jusque sur la chaussée, pressa sur le kick, tourna la poignée des gaz, et se trouva bloqué par le flot de la circulation qu'immobilisait un feu rouge. Le temps que le feu passe au vert, les autres étaient hors de vue.

5

L'homme qui se tenait derrière le comptoir avait un air helvétique : grand, robuste, blond aux yeux bleus. Entamant la trentaine, jugea Drew, et une forme excellente, le dos large, les bras et la poitrine musclés. Il laissa les rouleaux de corde qu'il était en train de ranger sur une étagère et se retourna avec un sourire rayonnant d'énergie quand il entendit le chuintement de la porte de verre qui se refermait sur Drew.

Son accent s'apparentait plus à celui du Bronx qu'au parler suisse.

– Fichu temps, hein? Je suis content de ne pas être sur les pentes par une journée pareille, dit-il avec un geste en direction de la pluie qui tambourinait sur le trottoir. Vous voulez une tasse de café? Votre manteau est trempé, vous allez attraper un refroidissement.

Drew lui retourna son sourire.

– Un café? Ça me tente, mais ça me donne toujours l'impression d'être sous amphétamines.

– Un déca?

Drew se demanda de quoi il pouvait bien parler. Déca? Décaféiné, du café? Qu'est-ce que ça pouvait bien être?

– Non merci. J'étais dans un magasin de l'autre côté de la rue, et j'ai aperçu par hasard une femme qui entrait ici. Bien faite, du genre athlétique, cheveux auburn, elle portait un sac à dos au lieu d'un sac à main. Elle ressemblait à une amie à moi, Arlene Hardesty.

– C'était bien elle. Elle et son frère nous achètent pas mal de matériel.

– Ce bon vieux Jake. Je me suis dit que j'allais venir lui dire bonjour, mais une chose en a entraîné une autre, et je vois que je l'ai manquée.

– Elle est sortie il y a une dizaine de minutes.

Drew feignit d'être désappointé.

– C'est comme ça que le piton pète, je suppose. Il y a si longtemps que je ne l'ai pas vue, je devrais l'appeler.

– Le piton? fit l'homme, l'œil brillant. Vous faites de la varappe?

– En ce moment, je n'ai pas beaucoup de temps, mais j'en faisais assez souvent. Avec Jake et Arlene, en fait. Je devrais leur demander s'ils aimeraient faire une sortie un de ces jours.

– Plus tôt que vous ne pensez. Vous devriez contacter Arlene sans attendre. C'est pour ça qu'elle était ici, pour remplacer du matériel fatigué. Elle a l'intention d'aller varapper demain. En vérité, vous lui rendriez service si vous lui proposiez de l'accompagner.

– Pourquoi un service?

– Parce qu'elle m'a dit qu'elle y allait seule. Je ne sais pas si vous êtes à cheval sur les règles, mais nous n'encourageons pas les gens à varapper seuls, même s'ils sont experts. Ce n'est pas recommandé. Oh, elle sait ce qu'elle fait, bien sûr, mais si jamais elle avait un accident? Et le rocher qu'elle va escalader n'a rien d'une pente d'entraînement.

– Où ça?

– La Corne du Diable. En Pennsylvanie.

– Les Poconos.

– Vous connaissez?

– J'y suis allé avec Jake et Arlene une ou deux fois. Arlene avait coutume de dire que la Corne du Diable était un meilleur remède que l'aspirine contre la migraine. Dès que quelque chose n'allait pas, elle allait l'escalader pour se soigner.

– Je l'ai escaladé aussi, et croyez-moi, il m'a

plutôt donné la migraine. Si vous y êtes allé, vous devez savoir que ce n'est pas un truc à faire seul. Ce maudit schiste argileux! Chaque fois que j'assurais une prise sur une saillie, je me mettais à croire en Dieu tellement j'avais peur que le roc ne se détache sous ma main.

Drew sourit.

– En Dieu? Je connais cette impression.

– Alors dissuadez-la, d'accord? Sinon invitez-vous à être de la partie.

– Je ne voudrais pas qu'il lui arrive quelque chose, fit Drew, feignant de réfléchir. Bon sang, je travaille trop, ces derniers temps. D'accord, vous m'avez convaincu. Mais si je dois varapper demain, je ferais bien de me procurer un équipement. Le mien est resté à ma maison de campagne.

Les yeux du vendeur se firent encore plus brillants. Si près de la fermeture, il n'avait pas compté sur un client de dernière heure.

– Commençons par les chaussures.

6

Environné par la brume matinale, Drew descendait la pente boisée sur un matelas spongieux de terre et de feuilles saturées d'humidité. Après avoir contourné deux gros rochers arrondis, il atteignit le cours d'eau. Le soleil se levait au-dessus de la crête, derrière lui, dissipant une partie de la brume et lui donnant une meilleure vue des branches et des troncs abattus qui jonchaient le sol. Il choisit un tronc long de trois mètres, épais de vingt-cinq centimètres et un peu moins pourri que les autres, qu'il porta jusqu'au ruisseau où il le laissa tomber à cheval sur le courant. Son rouleau de corde et son élingue de nylon passés autour de l'épaule, les bras étendus de chaque côté pour maintenir son équilibre, il s'engagea sur le tronc qui gémit sous son poids.

Arrivé de l'autre côté, il gravit la pente, les narines dilatées par l'odeur âcre et musquée du terreau, et s'arrêta au sommet. Il lui avait fallu une demi-heure pour franchir cinq cents mètres de forêt dense. Sa moto était dissimulée dans des fourrés à l'écart de la route à deux voies qui menait au parking gravillonné où randonneurs et varappeurs prenaient habituellement le départ de leurs expéditions. A New York, il avait dormi dans un asile, après avoir proposé au prêtre responsable de faire la vaisselle en échange d'un repas et d'un lit de camp pour la nuit. Machinalement, après deux heures de route, il savourait l'exercice, le soulagement de ses muscles raidis, le calme et le silence qui contrastaient avec le rugissement trépidant de la moto.

Droit devant, à travers le sous-bois rabougri et la brume qui disparaissait à mesure que le soleil s'élevait, il distingua son objectif et leva les yeux vers le cône de roche grise qu'on appelait la Corne du Diable. Sur sa face opposée, le roc n'était distant que d'une dizaine de mètres de la falaise voisine, à laquelle il avait été autrefois relié par un pont naturel qui s'était écroulé dans les années 50. Le fait que la Corne s'était séparée de la falaise prouvait à quel point la roche était friable. Et à en juger par l'entassement de fragments qui entourait sa base circulaire, Drew savait qu'elle s'écroulerait un jour comme l'avait fait le pont.

Pour l'instant, cependant, elle dressait sa masse imposante – attirante ? – protégée tout au moins de l'érosion éolienne par les à-pics du bassin semi-circulaire.

Drew s'enfonça à travers les broussailles, traversa une étendue de fougères brunes mortes, et d'herbes qui lui arrivaient aux genoux; les épis de ces dernières avaient craché leurs graines et leur humidité lui glaçait la peau à travers les jambes de son pantalon. Il posait prudemment ses chaussures sur les morceaux de roche qui s'inclinaient vers la Corne, veillant à ne pas se tordre une cheville au cas où l'un d'eux se serait déplacé sous ses pas.

Le silence du bassin avait quelque chose de surnaturel; les à-pics qui entouraient Drew amplifiaient, accentuaient le crissement intempestif de ses pas. Alors qu'il avançait ainsi avec précaution, il entendit soudain un raclement de branches derrière lui.

Alarmé, il pivota sur lui-même, le Mauser brandi en un éclair, prêt à tirer... Où? Les grincements de branches continuaient, se rapprochaient.

La couverture la plus proche était à trente mètres de là dans la forêt, et comment savoir si les buissons qu'il choisirait ne seraient pas déjà occupés?

Sur sa droite.

Là. Des branches s'écartaient. Des buissons s'agitèrent.

Il cligna des yeux.

Trois cerfs de Virginie, deux biches et un mâle, débouchèrent sur l'étendue d'herbes et de fougères. Les andouillers du mâle avaient le même aspect que les branches dépouillées qui se dressaient derrière lui. Drew lut la terreur dans leurs yeux, un choc qui les pétrifia un instant, les laissa figés comme sur une photographie.

L'instant se désagrégea. Les cerfs se remirent soudain en mouvement et firent demi-tour pour s'enfoncer de nouveau dans la forêt, leurs queues blanches dressées. Le bruit de leurs sabots gronda comme une avalanche de pierres, puis diminua peu à peu.

Le silence redescendit sur le bassin.

Drew prit une profonde inspiration, remit le Mauser dans sa poche et reprit sa prudente ascension parmi les fragments de roche.

7

Arrivé au pied de la Corne, il leva les yeux une seule fois. La règle était : ne pas regarder vers le haut, ne pas regarder vers le bas, examiner seulement la surface à proximité immédiate. Mais il ne put s'empêcher de contempler un instant la magnificence de cette formation insolite.

Assurant le rouleau de corde et l'élingue de nylon autour de son épaule, il étudia la tâche dont l'aspect aisé était trompeur. La surface de la paroi, presque verticale et inclinée vers l'intérieur à proximité du sommet, était si rugueuse qu'elle offrait quantité de prises pour les mains et pour les pieds.

C'était du moins l'impression qu'elle donnait jusqu'à ce qu'on entreprît de l'escalader. On s'apercevait alors que le roc pouvait se briser aussi aisément qu'une biscotte. Aucune prise ne pouvait être tenue pour acquise. Chaque fois qu'on reposait son poids sur une corniche ou qu'on crispait les doigts autour d'une saillie, il fallait l'éprouver... et l'éprouver encore en ajoutant lentement un peu plus de pression, jamais certain qu'elle tiendrait. Seuls les plus expérimentés, les plus assurés et les plus audacieux des grimpeurs pouvaient prétendre tenter l'escalade de la Corne. Eux seuls envisageraient de le faire. Soixante mètres jusqu'au sommet, pas plus. Mais l'ascension pouvait durer deux heures. Cent vingt minutes durant lesquelles les nerfs étaient tendus à se rompre. Des milliers de décisions qui faisaient perler la sueur au front et se contracter l'estomac. Il comprenait pourquoi Arlene aimait escalader la Corne quand elle avait besoin de s'éclaircir les idées. On ne pouvait penser à rien d'autre qu'à la Corne, quand on l'escaladait.

Mais qu'est-ce qui la tracassait tant qu'elle eût besoin de la thérapie que lui offrait cette falaise?

Il écarta cette pensée. La Corne était une tâche d'existentialiste. Aucune préoccupation. Seulement des choix faits d'instant en instant. Rien avant et rien après.

Contrairement à ce qu'aurait pensé un amateur, on ne s'aplatissait pas contre la paroi. On ne s'y blottissait pas à la recherche d'un soutien, d'un réconfort. La manière correcte de grimper, de survivre, était de se tenir écarté de la face rocheuse. Cette position offrait une meilleure vue des prises suivantes. Elle permettait également d'étirer les bras et les jambes, et de les détendre. Tout en commençant à s'élever, choisissant ses points d'appui avec un soin circonspect, Drew se rappela la clef de l'escalade que lui avait enseignée Arlene. La clef d'un tas de choses, maintenant qu'il y réfléchissait. Se laisser flotter.

La nervosité lui taraudait l'estomac. Il se sentait à la fois exalté et effrayé. Bientôt, il allait la revoir.

8

La Corne était couronnée d'arbrisseaux rabougris, présentement dépouillés de leurs feuilles mais assez denses et enchevêtrés pour que Drew pût s'y dissimuler. Après s'être hissé en se contorsionnant par-dessus le rebord de la falaise, il se força à franchir en rampant les deux mètres de roc découvert qui le séparaient du gros des fourrés avant de s'autoriser à souffler. Le soleil brillait au-dessus de lui dans un ciel parfaitement bleu, mais il lui procurait peu de chaleur. Sa sueur, chaude tant qu'il avait exercé des efforts, commençait à se refroidir. Il frissonna, et plongea la main dans sa poche pour y prendre des graines de tournesol, des fruits secs et une barre de Granola.

Mâchant lentement, il décrocha la gourde qu'il portait à la ceinture, sous son blouson, et but une gorgée d'eau tiède. Il eut bientôt recouvré ses forces. Le sommet broussailleux de la Corne avait une douzaine de mètres de diamètre, ce qui lui laissait largement assez de place pour manœuvrer en cas de besoin. Il plia et déplia ses mains irritées par le contact de la roche pour en soulager l'endolorissement, toute son attention concentrée sur le seul accès au bassin : la zone boisée par laquelle il était venu. Loin au-dessus de la cime des arbres, la vue plongeante lui donnait un sentiment de petitesse. Il dit une prière de remerciements pour la munificence de Dieu.

Étendu à plat ventre, s'efforçant de se détendre, il attendit. Avec du recul, les décisions qu'il avait prises lui semblaient logiques. S'il était resté à New York, il lui aurait peut-être fallu des jours avant de pouvoir faire parvenir un message à Arlene sans attirer l'attention de l'équipe de surveillance. Et plus il aurait suivi les guetteurs qui suivaient à leur tour Arlene, plus il aurait risqué de se faire repérer.

Mais de cette façon, connaissant sa destination et s'y trouvant avant elle, il se sentait en sécurité. Ils la suivraient certainement jusqu'à la Corne, mais ils n'oseraient pas se montrer en faisant l'ascension à leur tour pour découvrir ce qu'elle allait faire au sommet. Ils pourraient bien sûr être tentés de monter en haut d'un à-pic voisin d'où ils pourraient observer le sommet de la Corne, mais il y avait des chances pour qu'ils ne connaissent pas le terrain et ne soient pas des varappeurs expérimentés. De plus, et surtout, il leur faudrait trop longtemps pour monter et redescendre; Arlene, entre-temps, aurait une chance de leur échapper.

Drew se conforta donc dans ses décisions, assuré que, pour un moment du moins, il aurait l'occasion de lui parler seul à seul sans être vu de personne. A plat ventre sur le sol rocheux, il la vit émerger de la forêt. Une veine se mit à battre à son front, et il s'efforça de réprimer le martèlement de son cœur. Silhouette minuscule à ses yeux, elle s'arrêta pour examiner la Corne puis se redressa, satisfaite, et s'approcha à travers la broussaille.

Elle avait, comme lui, un rouleau de corde pendu à l'épaule, mais il distingua aussi un sac à dos volumineux. Elle portait des vêtements lâches, un pantalon et une chemise de grosse laine, tous les deux bleus, et une veste kaki ouverte munie d'une abondance de poches. Malgré l'austère uniformité de cette tenue, cependant, elle était indiscutablement femme. Ses cheveux auburn ramassés sous un bonnet de tricot gris dégageaient l'angle sensuel de son cou et, malgré les robustes bottes d'escalade, sa démarche conservait une grâce athlétique. Des images de son corps emplirent l'esprit de Drew, qui ferma les yeux pour les chasser.

9

Une main apparut d'abord. Égratignée comme la sienne par le roc, elle s'agrippa au rebord de la falaise. Puis une autre main. Il vit alors apparaître le bonnet gris, et enfin son visage tendu par l'effort, emperlé de sueur, tandis qu'elle inspirait profondément pour rassembler ses forces en un dernier élan.

Invisible dans les buissons, Drew observait intensément ses traits. Elle se hissa jusqu'à mi-corps, leva un genou par-dessus le rebord de la falaise, et se glissa en ondulant sur la plate-forme rocheuse avant de rouler sur le dos, haletante.

Elle contempla un moment le ciel sans nuage, déglutit, puis elle prit la gourde accrochée à sa ceinture. Comme Drew s'y attendait, elle but à brèves gorgées mesurées, prenant garde de ne pas se faire vomir. Quand son pouls eut retrouvé son rythme normal, elle s'essuya le front d'un revers de manche et se redressa en position assise, le dos tourné vers Drew, les yeux fixés sur le paysage automnal qui s'étendait au-dessous d'eux.

Elle enleva son bonnet et secoua la tête pour libérer ses cheveux, dans lesquels elle fit courir ses doigts de chaque côté des tempes. Son dos était aussi droit que celui d'un mannequin de mode.

Drew scruta l'épaisseur de la forêt, mais ne put y déceler aucun signe de surveillance. Il espérait qu'Arlene allait se lever pour se détendre les jambes en faisant quelques pas parmi les buissons, ce qui la rapprocherait de lui. Mais elle restait assise, le regard toujours tourné vers le bas.

Il ne pouvait plus attendre. Comptant sur sa maîtrise de soi, il prit un risque.

– Arlene, c'est Drew.

Il avait chuchoté mais, pour elle, ce devait être comme un cri.

– Non. Ne te retourne pas.

Un frémissement de tension et de surprise parcourut les épaules d'Arlene. Mais comme il l'avait escompté, son entraînement prit le dessus. Accoutumée à s'adapter à des changements instantanés de situation, elle ne manifesta aucune autre réaction, le regard fermement fixé sur la forêt. Une veine battait à son cou.

– Ne dis rien, poursuivit-il. Je t'expliquerai pourquoi je suis ici, mais pas à découvert. Tu es suivie. Ils t'observent depuis le bas de la falaise.

Elle but une autre gorgée à sa gourde.

Oui, tu es bien la meilleure, songea Drew, fasciné.

– Quand ça te paraîtra naturel, lève-toi, étire-toi, libère-toi de tes crampes. Fais quelques pas. Puisque tu es là, il est normal que tu explores les lieux. Entre dans les fourrés. Mais une fois que tu seras hors de vue, assieds-toi pour que nous puissions parler.

Elle avala encore un peu d'eau et reboucha la gourde.

– J'ai besoin de ton aide, ajouta Drew. Je suis dans le pétrin.

Une minute plus tard, elle se leva, glissa les mains dans les poches de sa veste, se tourna pour observer les à-pics qui bordaient le bassin du côté de la Corne, et entra dans les fourrés d'un air détaché.

De tout son cœur, il aurait voulu la tenir de nouveau contre lui, sentir ses mains, embrasser ses lèvres entrouvertes. Pour l'amour de Dieu, songea-t-il, torturé, que t'arrive-t-il? Tu as prononcé des vœux sacrés!

Arlene se laissa tomber sous les buissons à son

côté, la main enfouie dans sa poche de veste. Ses yeux l'inquiétaient. Ils ne manifestaient ni curiosité, ni plaisir de le revoir. Ils reflétaient un calme terrifiant, et son sourire était figé.

Drew sentit son pouls s'accélérer. Tout en s'agenouillant, elle sortit sa main de sa poche.

Et la détendit vers sa tempe, armée d'un marteau-piolet.

L'une des extrémités du piolet était recourbée, sa partie inférieure dentelée. En entendant la pointe fendre l'air avec un sifflement, Drew se laissa tomber en arrière, l'évitant de justesse. Une tache floue passa devant ses yeux.

– Non, fit-il d'une voix tendue, rauque.

Elle frappa de nouveau, et il roula dans la direction opposée. La peur lui embrasait l'estomac. Elle était assez forte, et le piolet assez lourd, pour lui avoir au moins brisé la mâchoire si elle avait pu l'atteindre.

Il roula de nouveau sur lui-même, essayant de prendre l'avantage, de surmonter le choc.

– Arlene, *pourquoi?*

L'air siffla, le piolet le frôla.

– Pour l'amour de Dieu!

Cette fois, le piolet, mal ajusté, entailla l'épaule de son blouson.

Au moment où elle allait le frapper entre les deux yeux, il para d'un coup de pied. Sa botte la cueillit au poignet, déviant la pointe métallique. Elle laissa échapper un gémissement. Il se redressa vivement, lui saisissant le bras au poignet et au biceps, et la jeta sur le dos. Son corps pressé contre le sien, ses mains immobilisant les deux siennes, il avait conscience du contact de sa poitrine contre lui. A moins de trente centimètres de son visage, les yeux d'Arlene étincelaient de fureur.

Leurs souffles, rauques et haletants, étaient

indiscernables l'un de l'autre. Il sentait son haleine.

– Espèce de salopard, dit-elle.

Il sourcilla.

Elle se contorsionna, le regard haineux.

– Où est Jake ?

Drew se sentit soudain vidé de son énergie. Toutes sortes de sous-entendus lui vinrent à l'esprit.

– Jake ?

– Tu m'as bien entendu, enfant de salaud. Où est-il ? Dieu te maudisse si tu l'as tué.

Battant des jambes, elle essaya de le frapper d'un coup de genou au bas-ventre.

Il lui cloua la jambe au sol, son regard plongé dans ses yeux étincelants de colère. Puis il secoua la tête en un geste de frustration et se laissa rouler sur le dos à son côté, le regard morne tourné vers le ciel à travers les buissons.

C'était le seul geste auquel il pût penser pour l'apaiser. Montrer son innocence. Vulnérabilité totale – capitulation.

Elle se redressa, l'œil farouche, le piolet brandi. Il ne fit aucun effort pour repousser l'attaque.

Avec un hoquet, elle enfonça la pointe du piolet dans le sol, juste derrière son cou. L'arête incurvée épousait le profil de sa gorge, et le fil intérieur dentelé lui piquait la peau.

Ils ne bougèrent ni l'un ni l'autre, se défiant du regard. Sur un escarpement, derrière eux, un oiseau s'envola dans un bruissement d'ailes.

La poitrine d'Arlene se souleva, en quête d'oxygène.

– Espèce de...

– Salopard, je sais. J'ai compris. Et Dieu va me damner parce que je suis un enfant de salaud, j'ai compris ça aussi. Ce que j'aimerais savoir, c'est pourquoi.

Elle hésita. Aspirant une goulée d'air, elle se laissa lentement tomber sur le sol à côté de lui.

– J'ai failli...

– Décider de ne pas manquer mon cou? Oui, je m'en suis douté. Mais je me suis dit aussi qu'il fallait que je prenne le risque.

– Pour que je te croie inoffensif? Je ne suis toujours pas convaincue.

– Mais tu sais au moins que j'aurais pu te tuer quand j'étais allongé sur toi.

– Et c'est pour ça que je n'ai pas...

Elle regarda avec un froncement de sourcils le piolet fiché dans le sol contre la gorge de Drew.

– Toujours le même. Tu n'as même pas sourcillé.

Drew retira le piolet avec un haussement d'épaules puis s'assit, le soupesa, et le lui tendit.

– Tu as des regrets? Tu veux faire un nouvel essai?

Elle secoua la tête, frustrée.

– Alors qu'est-ce que c'est que toute cette histoire?

Les yeux d'Arlene flamboyèrent.

– Je pourrais te poser la même question. Que fais-tu ici? Comment as-tu su que j'allais venir?

– Tu es suivie.

– Je sais.

Drew haussa les sourcils.

– Tu le sais?

– Ils sont trois. Un dans une voiture bleu foncé, en bas de ma rue. Un autre affalé dans un escalier de sous-sol, en face, qui se fait passer pour un pochard. Le troisième vend des parapluies sur un éventaire transportable, au carrefour. Quand il fait beau, il vend des saucisses et de la choucroute. Ils sont là depuis cinq jours, ajouta-t-elle avec une grimace.

Drew se tendit.

– Depuis samedi ?

– Oui, samedi matin, répondit-elle en scrutant son visage. Pourquoi ? C'est important ?

Drew se passa une main sur les lèvres. Vendredi soir, il était arrivé à Boston. Il avait laissé son prisonnier dans la fourgonnette sur la rampe d'un parking à l'aéroport de Logan. Quelques heures plus tard, le commando – et quiconque avait ordonné l'attaque du monastère – aurait appris qu'il avait quitté le Vermont.

Jake ? Arlene lui avait demandé où était son frère. Elle présumait qu'il avait quelque chose à voir dans la disparition de Jake, et c'est pourquoi elle avait failli le tuer.

– Ça en dit long.

Drew avait toujours envie de la prendre dans ses bras ; il avait du mal à parler d'une voix assurée.

– Et Jake ? Tu m'as dit qu'il avait disparu. Avant mardi de la semaine dernière ?

Arlene étreignit le piolet au point que ses jointures blanchirent.

– Tu sais quelque chose ?

– Pas du tout. Allons, nous étions proches l'un de l'autre, tu l'as oublié ? Calme-toi. J'ai parlé de mardi parce que c'est le jour où mes ennuis ont commencé. Je commence à penser que ce qui a pu arriver à Jake a un rapport avec moi. Quand exactement a-t-il disparu ?

– Vendredi, avant ce mardi-là.

– Et pourquoi l'as-tu mis sur mon compte ?

– A cause de Janus.

– *Quoi ?*

– Toi et Janus.

– Une femme qui s'appelle Janice ?

– Non. Le dieu de la mythologie romaine. J-A-N-U-S, épela-t-elle. On dirait que tu n'en as jamais entendu parler. C'est ton nouveau cryptonyme, n'est-ce pas?

Janus? Drew se rappela soudain la voix du prêtre slave : « Yanus! Il faut que je vous parle de Yanus! » Le nom avait-il été déformé par l'accent?

Drew sentit des élancements dans la tête. La douleur s'enfla, lui comprimant l'intérieur du crâne. Janus? Le dieu romain qui regardait à la fois en avant et en arrière. Le dieu à deux faces.

C'était de la démence.

– Je ne sais pas de quoi tu parles.

– Mais le cryptonyme, c'est le *tien*. Les articles dans les journaux. Les photographies.

Malgré tout son désir de la tenir dans ses bras, Drew avait l'impression que la démence s'ajoutait à la démence. Rien n'avait de sens. Il avait peur que sa raison ne craque.

– De moi? Mais il ne *peut pas* y avoir de photographies. C'est impossible.

Elle lui jeta un regard noir.

– Qu'y a-t-il?

– Il ne peut pas y avoir de photographies... C'est impossible... C'est ce que Jake ne cessait de répéter.

– Ça ne m'étonne pas. Il est bien placé pour le savoir.

Arlene abattit le piolet sur le sol.

– Bon sang, arrête de jouer ce jeu avec moi!

– Janus. Qui est-il? Pourquoi est-ce si important?

– Si tu es Janus, tu dois le savoir.

– Explique-moi.

– Un tueur à gages. Un assassin international.

Un solitaire. Il a exécuté vingt personnes depuis deux ans.

Drew sentit le sang se retirer de son visage.

– Et je suis censé être ce Janus?

Le regard d'Arlene se fit indécis.

– Plus Jake entendait parler de toi, plus il avait l'air préoccupé. Il a refusé de me dire pourquoi. Il y a deux semaines et demie, il a fini par dire qu'il ne pouvait pas attendre plus longtemps. Il voulait découvrir ce qui se passait.

– Et c'est à ce moment-là qu'il a...?

– Disparu. L'équipe de surveillance est apparue samedi dernier. Je n'ai pu aller nulle part sans eux. Ils ont éventé toutes les tactiques que j'ai essayées. C'est pour ça que je suis ici, pour essayer de me débarrasser d'eux. J'avais l'intention de rester jusqu'à la nuit, puis de descendre en rappel, d'escalader un à-pic derrière la Corne et de les semer.

Drew sourit à son ingéniosité, la poitrine douloureusement gonflée d'affection.

– Pas mal. Alors tu as l'intention de découvrir ce qui est arrivé à Jake?

– Tu peux me croire!

– Tu as un partenaire, dit-il d'une voix tendue. Je veux des réponses, tout autant que toi. *A un tas de questions.* Écoute, je suis désolé de ne pas t'avoir dit ce qui m'était arrivé, ajouta-t-il en scrutant son visage, la touchant presque. Mais tu te trompes sur les intentions de l'équipe de surveillance. Ce n'est pas toi qu'ils surveillent, et ils ne cherchent pas à t'empêcher de retrouver Jake.

– Alors?

– C'est moi.

Les sourcils d'Arlene se rapprochèrent.

– Ils te surveillent au cas où... Ils sont après moi. Tu demandais pourquoi Jake était persuadé que je ne pouvais pas être Janus? Pourquoi les journaux devaient se tromper? Pourquoi il ne pouvait pas y avoir de photos?

Elle attendait, respirant profondément.

– Parce que depuis six ans, j'étais dans un monastère. *Parce qu'il y a six ans, Jake m'a tué.*

10

– Tué?

Le visage d'Arlene avait perdu toute couleur. Elle rejeta la tête en arrière comme si elle avait été frappée.

– Un monastère? De quoi parles-tu? Jake t'a tué?

– Je n'ai pas le temps de t'expliquer. Pas maintenant. Tu aurais d'autres questions à me poser, et encore d'autres après.

– Mais...

– Non, insista-t-il. Les hommes qui sont en bas vont commencer à soupçonner quelque chose. Ils vont vouloir savoir ce que tu fais. Il y a déjà trop longtemps qu'ils t'ont perdue de vue.

Arlene parut débattre en son for intérieur.

– Plus tard, je te le promets.

Avec un soudain hochement de tête, elle jeta un regard vers le buisson qui la dissimulait aux yeux des guetteurs, puis elle déboucla sa ceinture, défit le bouton de son pantalon et ouvrit sa fermeture Éclair.

– Que fais-tu? demanda Drew, choqué.

– Tu l'as dit toi-même... ils vont vouloir savoir ce que je faisais.

La perplexité de Drew se mua en compréhension, puis en admiration.

– Futé.

– Mais tu es dans le coup avec moi ? Tu m'aideras à retrouver Jake ?

– Il faut que je le retrouve. D'après ce que tu viens de me dire, je suis certain qu'il sait qui est après moi. Nous attendrons jusqu'à la nuit, et nous descendrons ensemble. Dès que nous serons dans un endroit sûr, je répondrai à tes questions. Entre ce que tu sais et ce que je sais, nous arriverons peut-être à nous faire une idée de l'endroit où il peut se trouver.

Elle l'observa attentivement, un sourire sur les lèvres, les yeux pleins d'amour.

– Il y a si longtemps... Je me suis toujours demandé ce qui t'était arrivé. Je suis désolée, pour le piolet, dit-elle en lui prenant la main.

– N'y pense plus, répondit Drew, tremblant d'émotion. Je me suis dit que si tu avais vraiment voulu me tuer, tu l'aurais fait.

Elle lui pressa la main.

– J'ai pensé la même chose. Tu aurais pu me tuer. Je ne peux pas te dire combien je suis heureuse de te revoir, combien tu m'as manqué.

– Tu m'as manqué aussi.

Drew avait parlé d'une voix pâteuse. Il se sentait déchiré, son amour pour elle le tirant d'un côté, son vœu de célibat de l'autre. Son trouble s'accrut quand elle se pencha vers lui et l'embrassa sur les lèvres. Il sentit son souffle sur sa peau. Il brûlait de lui retourner son baiser, de la serrer, de sentir le réconfort de sa chair. Mais sa crise de conscience était passée. Ce qu'il éprouvait maintenant n'était plus de la concupiscence. Il n'avait pas envie de son corps. Il voulait lui montrer son affection. Comment cela pouvait-il être mal ? Il la serra contre lui.

– Ces hommes, en bas, dit-il.

Elle sourit.

– Je sais. Il ne faut pas se laisser distraire.

Reprenant un air sérieux, elle se releva et s'écarta des buissons tout en remontant la fermeture Éclair de son pantalon.

Drew ressentait encore le contact de ses lèvres contre les siennes. S'efforçant de maîtriser sa confusion, il la regarda, invisible, à travers une brèche du fourré, inquiet pour elle. Elle boutonna son pantalon, boucla sa ceinture, et s'assit sur l'étroite bande de roc au bord de l'à-pic. Il trouvait ses gestes convaincants. L'équipe de surveillance aurait l'impression qu'elle s'était éclipsée pour aller se soulager. A la place des guetteurs, il dut reconnaître qu'il aurait accepté l'explication.

Il la vit manger quelques aliments de randonnée, puis elle but encore un peu d'eau et s'étendit sur le dos, comme pour se reposer avant la descente. A travers les buissons, il constata qu'elle avait fermé les yeux. Au bout d'un moment, elle ne fut plus animée d'autre mouvement que celui de sa poitrine qui se soulevait au rythme de sa respiration. Qu'elle se fût ou non endormie, c'était ce que penseraient les guetteurs.

Drew scruta la forêt, sans voir aucun signe de ces derniers. Ou bien ils étaient vraiment doués, ou ils n'étaient pas là. Quelle blague ce serait, songea-t-il. Prendre toutes ces précautions si ce n'était pas nécessaire.

11

Après le crépuscule, Drew choisit le meilleur support qu'il pût trouver à l'arrière de la Corne – un gros rocher arrondi qu'il ne parvint pas à faire bouger en y appliquant toutes ses forces.

Arlene le rejoignit à travers les buissons, son sac et sa corde à la main, et s'agenouilla à côté de lui.

– Tu as trouvé un ancrage?

– Ici, dit-il en lui prenant la main pour la poser sur le rocher à peine visible.

– Tu l'as vérifié?

– Il tiendra, avec un peu de chance.

– De la chance? Oh, Seigneur!

Mais elle semblait avoir compris qu'il plaisantait.

– Nous ferions bien d'y aller, ajouta-t-elle en sortant une élingue de nylon de son sac à dos.

– Je vais avoir besoin de tes réserves de matériel, je n'ai qu'une corde et une élingue.

– Ça ne te ressemble pas de ne pas être parfaitement équipé.

Maintenant, c'était elle qui plaisantait.

– Ben, j'ai eu un petit problème. Un manque de fonds passager.

Tandis qu'ils échangeaient ces paroles à voix basse, Drew savourait le plaisir de travailler de concert avec Arlene. Il fixa son élingue en nylon autour du rocher, et Arlene y accrocha un mousqueton métallique, s'assurant que la patte articulée était correctement verrouillée. Puis elle noua ensemble les extrémités de sa corde, et la boucla en son milieu sur le mousqueton. Drew savait qu'il aurait été plus simple de passer la corde directement sur l'élingue, mais toutes deux étaient faites de nylon, matériau dont la résistance à la friction est dangereusement faible. Si la corde et l'élingue frottaient l'une contre l'autre, le poids du varappeur risquait de les surchauffer et de provoquer leur rupture. De cette façon, le mousqueton servait de tampon thermique et réduisait l'accumulation de chaleur.

Ils étaient presque prêts. Arlene passa une autre élingue autour de ses cuisses et de sa taille à la manière d'une couche de nouveau-né, et y accrocha un mousqueton à l'entrejambe. Drew fit de même, empruntant l'équipement qu'elle avait dans son sac. Malgré la nuit qui les enveloppait peu à peu, il distinguait sa silhouette plus obscure, d'une souplesse athlétique. L'amour qu'il éprouvait pour elle s'intensifia.

Elle passa dans le mousqueton la corde doublée, qu'elle boucla ensuite autour de son épaule gauche et par son dos jusqu'au côté de sa ceinture. Le mousqueton absorberait ainsi la plus grande partie de la tension. Son épaule et son dos amortiraient le reste et, si besoin était, elle pourrait se servir de sa main droite pour presser la corde contre sa taille et se freiner.

– Je prends le sac et je descends la première, chuchota-t-elle. Il y a une saillie, une vingtaine de mètres plus bas. J'y fixerai un point d'ancrage, et un autre encore plus loin. Il faudra trois rappels pour arriver en bas.

– Je sais.

– Alors tu te rappelles comment faire?

Drew devina son sourire dans l'ombre.

– J'ai eu un bon professeur.

– De la flatterie, maintenant. Tiens, tiens.

Elle disparut, reculant par-dessus le bord de la falaise après avoir saisi la corde au-dessus du mousqueton, l'autre section pressée contre sa taille. Drew imaginait l'aisance gracieuse avec laquelle elle se laissait tomber. Elle avait toujours aimé la chute libre. Un morceau de tissu noué près de l'extrémité de la corde l'avertirait qu'elle arrivait en bout de course, et elle se freinerait alors pour installer un autre ancrage.

C'était la partie dangereuse : chercher un point

solide sur la face friable de l'à-pic. Il ne lui resterait plus ensuite qu'à s'équilibrer sur la saillie, libérer la corde du mousqueton de son élingue et en dénouer l'extrémité pour la tirer jusqu'à elle en la faisant glisser dans le mousqueton d'ancrage installé en haut de la falaise. Elle assurerait alors la corde sur le nouvel ancrage et poursuivrait sa descente.

Inquiet pour la sécurité d'Arlene, sentiment aggravé par l'affection qu'il éprouvait pour elle, Drew, accroupi, toucha doucement la corde. Il la sentit glisser, et se détendit momentanément. Elle allait fixer un autre ancrage, puis se laisserait descendre plus bas pour en installer un troisième. Quand il jugerait qu'elle aurait eu le temps d'atteindre le pied de la falaise et de s'en écarter pour être à l'abri des pierres qu'il risquait de déloger en descendant, il se lancerait dans le vide à son tour.

Cinq minutes, c'était tout le temps dont il aurait besoin. Il se demanda ce que faisait l'équipe de surveillance. Les guetteurs devaient commencer à soupçonner quelque chose. En professionnels qu'ils étaient, ils disposaient certainement d'une lunette à infrarouges qui leur avait permis de constater la disparition d'Arlene. Ils allaient s'approcher pour vérifier ce qu'elle faisait. Si je ne descends pas bientôt...

Il cessa de compter, assura sa corde, tourna le dos à la falaise et se laissa tomber, avec l'impression soudaine que son estomac remontait vers sa gorge.

12

Il posa le pied sur un fragment de roche instable, qui bascula. Titubant de côté, s'efforçant de regagner son équilibre, il entendit la pierre tomber en rebondissant dans l'obscurité. Il se figea.

Il avait atteint le pied de la falaise. A l'arrière de la Corne, la paroi de l'à-pic opposé, tout proche, créait une zone d'ombre plus profonde. Il se sentait étouffé par cet enserrement rocheux, désorienté, sans défenses. Où était Arlene ?

Un claquement de doigts lui indiqua sa position. Sur sa gauche, en face, au pied de l'autre falaise. Aussi silencieusement que possible, il s'avança dans sa direction.

L'idée lui vint que n'importe qui pouvait avoir émis ce bruit. Dans l'obscurité, l'équipe de surveillance avait pu s'approcher du pied de la Corne, présumant qu'Arlene allait descendre par l'arrière, et contourné le rocher pour l'y attendre.

Et m'attendre aussi, songea-t-il. Alors qu'il s'efforçait de distinguer une silhouette dans la nuit, il entendit de nouveau le claquement de doigts. Il sortit son Mauser, les muscles tendus, et continua d'avancer à pas comptés.

Un cri déchira soudain le silence, effrayant. Il était venu d'en haut. Drew sentit un souffle d'air – toujours d'en haut – et se recula frénétiquement tandis qu'une masse en chute libre s'abattait lourdement sur les rochers. Bien que l'objet eût paru solide, il produisit un bruit écœurant au contact du sol, pareil à celui d'une pastèque lâchée d'un pont sur une autoroute. Un liquide chaud éclaboussa le visage de Drew, qui porta vivement une main à sa joue.

Sa surprise se mua en saisissement. Puis son saisissement fit place à un sentiment d'urgence qui le domina. Bien qu'il sût ce qui était tombé, il lui fallait savoir si c'était Arlene. L'angoisse lui faisait remonter la bile à la bouche.

Mais il sentit soudain la présence d'Arlene à son

côté, si près qu'il reconnut sa forme, son odeur. Alors qui...? Il se pencha en avant, accroupi, le Mauser dans une main, tâtonnant de l'autre. Ses doigts touchèrent des cheveux ensanglantés, un crâne fracassé, chaud et poisseux. Il fit courir ses doigts sur le torse. Un homme. Les vêtements étaient crasseux, déchirés; des boutons manquaient et il portait une corde en guise de ceinture. Les vêtements miteux d'un clochard. Ou de quelqu'un déguisé en clochard... l'un des hommes qui avaient suivi Arlene depuis l'immeuble de pierre brune.

Que s'était-il donc passé?

Tandis qu'Arlene s'agenouillait à côté de lui, Drew s'efforçait de résoudre la question. Les guetteurs avaient dû s'impatienter. Soupçonnant qu'Arlene essaierait de descendre furtivement de la Corne dans l'obscurité, ils s'étaient séparés. Le pochard avait dû essayer d'atteindre le haut de l'escarpement qui se dressait à l'arrière de la Corne, tandis que son compagnon, l'homme élégant aux écouteurs, était resté sur place pour le cas où Arlene déciderait d'emprunter la sortie la plus facile à travers les arbres de l'entrée du bassin.

Jusque-là, ça se tenait. Le pochard, tapi dans l'obscurité en haut de la falaise, avait dû entendre le raclement de leurs bottes sur les rochers quand ils avaient atteint le pied de la Corne. S'il s'était penché trop près du bord, il avait pu perdre l'équilibre et tomber, ce qui n'avait rien de très surprenant dans le noir.

Mais Drew ne trouvait pas l'explication satisfaisante. Ce n'était pas le genre d'erreur qu'on pouvait attendre d'un professionnel. A côté de lui, Arlene s'écarta du corps et se releva lentement. Il savait qu'elle aussi devait essayer de reconstituer la séquence d'événements. Ils n'avaient pas besoin de discuter de ce qui s'était passé, et n'auraient pas osé le faire. L'autre membre de l'équipe était toujours dans les parages, peut-être même en haut de l'escarpement. Il était possible que les deux hommes fussent venus là, se disant que la falaise qui se dressait derrière la Corne était l'endroit que choisirait logiquement Arlene si elle essayait de leur échapper.

Trop de variables. Trop d'incertitude.

Mais il était sûr d'une chose : le cri poussé par le pseudo-pochard dans sa chute aurait alerté son compagnon. Si ce dernier se tenait dans les bois à l'entrée du bassin, il pourrait décider de venir voir ce qui se passait. D'un autre côté, un professionnel n'était pas censé faire qu'un cri, même celui d'un partenaire, l'attire dans ce qui pouvait être un guet-apens.

Arlene lui toucha l'épaule, exprimant le même besoin impératif de s'éloigner que celui qu'il éprouvait. Ils traversèrent l'étroit précipice obscur et s'arrêtèrent au pied de l'escarpement qui se dressait à l'arrière de la Corne. Derrière eux, le cadavre émit un gargouillis – les gaz et le sang refoulés hors du thorax par la pression interne.

Drew se força à ignorer le bruit pour se concentrer sur leur problème immédiat. Bien qu'une escalade de nuit fût toujours une entreprise difficile, la falaise qu'ils avaient devant eux offrait une compensation. Elle était beaucoup moins abrupte que la Corne, et elle présentait un plus grand nombre de saillies. La silhouette imprécise d'Arlene tendit un bras vers le haut, choisit une prise, l'essaya, puis leva un pied pour le poser dans une fissure. Drew ruminait ses pensées. Si l'homme élégant est monté avec le pochard en haut de l'escarpement, nous n'arriverons jamais au terme de l'ascension. Il nous enverra rejoindre son copain.

Non, il y avait dans tout cela quelque chose qui clochait. Il tira sur la veste d'Arlene alors qu'elle commençait à se hisser sur la face rocheuse. Elle se raidit et résista à la traction. Il tira de nouveau. Elle redescendit, et son visage indistinct se tourna vers lui. Lui saisissant la main, il la pointa vers la partie opposée de la falaise, par-delà la Corne, en direction de l'entrée du bassin. Puis il en toucha sa poitrine, celle d'Arlene, et pointa de nouveau par-delà la Corne. Le message, il l'espérait, était suffisamment clair. Il serait sans doute préférable que nous allions *par là*. Elle parut réfléchir un instant. Deux tapes sur l'épaule de Drew. D'accord.

Ils sortirent du précipice qui séparait la Corne de la falaise. Si l'homme bien vêtu se dissimulait dans l'ombre de la forêt et les observait à la lunette à infrarouges, ils constituaient des cibles parfaites en terrain découvert. Mais Drew avait l'intuition, le sentiment instinctif, que la situation était encore plus confuse qu'il ne l'imaginait, qu'aucune balle n'allait lui percer la poitrine, qu'ils avaient toutes les chances de s'en sortir.

Ils obliquèrent sur la droite, laissant la falaise sur leur flanc pour descendre la pente de régolite et franchir l'étroite entrée du bassin. La forêt était froide et silencieuse, mais l'enchevêtrement des broussailles avait quelque chose de rassurant.

Comme à l'entraînement, ils restaient à cinq ou six mètres l'un de l'autre, Drew en avant, contournant les gros rochers et les fourrés trop touffus. Ainsi séparés, ils étaient moins vulnérables; si un guetteur tirait sur l'un d'eux, l'autre aurait une chance de voir la lueur de départ et de retourner le feu. Drew s'était senti rassuré en voyant Arlene sortir un pistolet de son sac à dos.

Cette fois, quand il atteignit le ruisseau, il ne perdit pas de temps à chercher un tronc pour le traverser. Il se contenta de marcher dans l'eau, inquiet du clapotement qu'il risquait de provoquer par inadvertance.

Le ruisseau franchi, il entendit Arlene qui le suivait et s'enfonça plus avant parmi les arbres et les buissons, posant ses bottes avec précaution sur les feuilles qui, par chance, étaient tellement saturées par la pluie tombée la veille qu'elles ne craquaient pas sous les pas. Se guidant d'après les étoiles, il se dirigea vers l'est, en direction de la petite route et de la moto qu'il avait cachée à proximité.

Sa tension diminua quand il arriva en vue de la route asphaltée qui luisait sous la lune, maintenant levée. A sa droite, la silhouette squelettique d'un pylône électrique se découpait sur le ciel étoilé. Quand il était arrivé, le matin, il avait choisi le pylône comme amer pour repérer l'endroit où il avait caché la moto. S'enfonçant dans les buissons qui bordaient la route, il retrouva la Harley, qu'il vérifia pour s'assurer que personne n'y avait touché.

Ne voulant pas attirer l'attention en la faisant démarrer sur place, il la poussa jusqu'à la route, cette fois vers la gauche du pylône, et rejoignit Arlene qui l'attendait.

Dans le clair de lune, il la vit faire un geste en direction d'un sentier mangé d'herbe qui s'enfonçait dans le couvert. Les buissons et les baliveaux y étaient inclinés comme si une voiture était passée par là. Elle lui faisait signe de le suivre. A une trentaine de mètres de la route, ils découvrirent la voiture bleue, presque indiscernable de la forêt.

Elle était occupée.

L'homme bien vêtu était assis, immobile, derrière le volant. Une mince entaille marquait l'avant de son cou. C'était une entaille profonde, manifestement provoquée par un garrot affilé comme un rasoir et appliqué d'une poigne robuste. La lueur de la lune qui filtrait à travers les arbres éclairait le manteau du mort, imprégné de sang.

Drew fit volte-face vers l'obscurité de la forêt. Le faux pochard n'était pas tombé de la falaise ! Il avait été poussé ! Il y avait quelqu'un d'autre dans la forêt !

Le silence n'importait plus. Quiconque se trouvait dans les parages avait suivi leurs moindres mouvements.

Drew enfourcha la moto et pressa sur le kick. Le rugissement du moteur déchira la paix de la forêt.

– Fichons le camp d'ici.

13

Il démarra, conscient des seins d'Arlene pressés contre son dos, de ses bras passés autour de sa poitrine. Il fonça jusqu'au parking gravillonné où elle avait laissé sa voiture – une Firebird, disait un écusson, bien qu'il fût incapable d'en reconnaître la ligne.

Ils l'examinèrent rapidement, comme Drew l'avait fait pour la moto, mais personne n'y avait touché. Elle démarra au premier tour de clef, et les pneus soulevèrent des gerbes de gravier quand Arlene enfonça l'accélérateur pour sortir en trombe de l'aire de stationnement. Drew se précipita derrière elle.

Dix kilomètres plus loin, juste après un virage en épingle à cheveux, il laissa les feux rouges disparaître et se dissimula dans un buisson en bordure de la route, guettant un éventuel suiveur. Il attendit dix minutes.

Personne ne vint. Ça n'avait pas de sens. Quiconque avait tué ces hommes devait les avoir vus partir. Pourquoi n'étaient-ils pas filés? Les sourcils froncés, il quitta sa cachette et rejoignit Arlene à une quinzaine de kilomètres de là.

– Il doit y avoir quelqu'un, dit-elle.

Drew jeta un regard sur la route obscure.

– Je sais. Je n'aurais jamais pensé que je m'inquiéterais un jour parce que je n'étais pas suivi.

– Essayons encore une fois. Après le prochain virage serré, sors de la route et attends.

Aucune voiture ne les suivait. Il pressa l'allure pour rejoindre Arlene, intrigué.

– Il faut se faire une raison, dit-elle. Mettons quelques kilomètres derrière nous. Ne te laisse pas distancer, je vais prendre des routes de traverse.

– Pour aller où?

– Tu l'as dit toi-même. Il faut que nous trouvions un endroit sûr où tu pourras répondre à mes questions, dit-elle d'une voix épuisée. Et me dire ce que tout ça a à voir avec Jake.

Perplexes, ils jetèrent tous deux un regard derrière eux. *Que s'était-il passé dans cette forêt?*

– Il *faut* que nous retrouvions Jake, dit Arlene d'un ton pressant.

14

Traversant la Pennsylvanie vers le sud, ils s'arrêtèrent à Bethlehem, sur la Lehigh River. Le motel qu'ils choisirent, situé dans une rue transversale, consistait en une rangée de blocs contigus, avec une place de parking devant chaque porte. Ils se firent enregistrer par le réceptionniste ensommeillé sous le nom de M. et Mme Robert Davis, demandèrent la chambre la plus éloignée de la route (« Pour ne pas être réveillés par le bruit de la circulation à l'aube »), et constatèrent qu'à trois heures du matin, tous les restaurants du coin étaient fermés. Ils durent se contenter du reste de leurs provisions de route, accompagné de fromage rance et de craquelins que leur délivra un distributeur automatique dans le vestibule du motel.

Ils rangèrent la Firebird devant le bloc, mais laissèrent la moto sur le côté, hors de vue de la route, verrouillèrent la porte derrière eux et tirèrent les rideaux avant d'allumer la lumière.

Arlene se laissa aussitôt tomber sur le lit, les bras en croix. Étendue ainsi sur le dessus-de-lit blanc, on aurait dit qu'elle jouait aux anges dans la neige. Elle ferma les yeux avec un petit rire.

– Comme au bon vieux temps, hein? Ça me rappelle la fois où nous nous sommes terrés à Mexico. Toi, moi, et...

Elle ouvrit les yeux, plus du tout détendue.

– Et Jake, acheva Drew.

Elle fronça les sourcils.

– Il est temps.

Drew ne répondit pas.

– Tu m'as promis.

– Bien sûr. C'est seulement que...

– Jake. Tu m'as dit que tu étais dans un monastère. Tu as dit qu'il y a six ans, Jake t'avait tué. Qu'est-ce que ça signifie?

Sa voix se durcit.

– Dis-le-moi.

Drew savait que ce moment viendrait. Durant le trajet, plein de perplexité (avec toujours la terrible question : *Que s'était-il passé dans la forêt? Pourquoi n'étaient-ils pas suivis?*), il avait essayé de s'y préparer. Mais il n'était pas encore prêt.

– J'ai peur que ça ne prenne un moment.

– Alors ne perdons pas de temps. Commence.

Elle se leva, enleva sa veste kaki et commença à déboutonner sa chemise de grosse laine.

Le geste intime surprit Drew, bien qu'elle n'y eût visiblement pas réfléchi à deux fois, se comportant toujours avec lui comme s'ils étaient amants. De nouveau, il sentit un élan d'amour pour elle, une nostalgie douce-amère pour la vie de jadis.

– Et pendant que tu t'y mets, ajouta-t-elle en ouvrant la porte de la salle de bains, je prends mon tour sous la douche.

Elle se retourna vers lui d'un air impatient, inconsciente de la pointe de sein que laissait apparaître sa chemise entrouverte.

– Allons, Drew, parle-moi.

Drew se débattait dans un chaos de pensées, son subconscient luttant pour retenir les cauchemars qu'il y avait enfouis. Il baissa les yeux vers le sol.

Quand il les releva, Arlene avait disparu. Il entendit glisser les agrafes du rideau de la douche, puis le crépitement de l'eau dans la baignoire.

Le rideau crissa de nouveau, et il entra. L'ombre d'Arlene se mouvait derrière la barrière translucide à fleurs jaunes. Ses vêtements d'escalade poussiéreux étaient empilés sous le lavabo. La buée envahissait la pièce.

– Drew?

– Je suis là. J'essaie de trouver par où commencer.

Il se mordit la lèvre, rabattit le couvercle de la cuvette des toilettes et s'y assit.

– Mais tu as dit que c'était il y a six ans.

– Non. Ça remonte beaucoup plus loin. Si tu ne sais pas ce qui s'est passé avant, le reste n'aura pas de sens.

Il contemplait la buée qui emplissait la salle de

bains. Malgré leur intimité, il ne lui avait jamais parlé de tout cela. C'étaient des souvenirs trop déprimants.

– Le Japon, murmura-t-il.

– Hein ? Je ne t'entends pas. Le bruit de la douche.

– Le Japon, répéta-t-il, plus fort.

La brume s'épaississait. Un instant saisi de vertige, il eut l'impression de s'y engloutir.

LIVRE CINQ

VISITATION

LES PÉCHÉS DU PASSÉ

1

Japon, 1960.

Le 10 juin, peu avant la date prévue pour une visite du président Dwight D. Eisenhower, une foule furieuse estimée à une dizaine de milliers de personnes manifesta contre les États-Unis, prenant d'assaut l'aéroport de Tokyo pour protester contre un nouveau traité de défense nippo-américain qui prévoyait le maintien des bases militaires américaines et, pis – eu égard aux bombes A lâchées par les Américains sur Hiroshima et Nagasaki –, l'implantation d'armes nucléaires sur le sol japonais. Les cibles immédiates de la fureur des manifestants furent l'ambassadeur des États-Unis au Japon ainsi que plusieurs membres du personnel de la Maison-Blanche. Laissant augurer des émeutes plus graves si le Président américain venait effectivement au Japon, les manifestants cernèrent la limousine à bord de laquelle la délégation comptait se rendre à l'ambassade, se montrant si menaçants qu'un hélicoptère de la marine américaine dut se poser d'urgence au milieu de la foule pour dégager les hauts fonctionnaires et les emmener en lieu sûr.

Six jours plus tard, le gouvernement japonais demanda le report de la visite d'Eisenhower, mais les manifestations ne perdirent rien de leur ampleur.

2

Tokyo, une semaine plus tard. Les « troubles » récents – Drew avait fréquemment entendu son père employer l'expression, ces derniers temps – les « troubles » étaient responsables de l'annulation de la fête prévue pour son anniversaire. Il ne savait pas ce qu'étaient ces troubles (quelque chose à voir avec l'endroit mystérieux appelé ambassade, où son père travaillait), mais il savait que l'an passé, quand il avait eu neuf ans, il y avait eu une vingtaine d'enfants pour fêter son anniversaire. Cette année, demain, il n'y en aurait aucun.

– Avec ces troubles, il n'est pas prudent pour les Américains de se retrouver en groupe, avait dit son père. L'arrivée de toutes ces voitures et de tous ces parents attirerait trop l'attention. Nous ne pouvons pas nous permettre de provoquer d'autres incidents. Je suis certain que tu le comprendras, Drew. L'an prochain, je te le promets, nous organiserons une fête plus belle que celle que nous avions prévue cette année.

Mais Drew ne comprenait pas, pas plus qu'il ne comprenait pourquoi son père avait dit à sa mère durant le dîner, la veille au soir, qu'ils devraient peut-être quitter leur maison pour aller s'installer à l'ambassade.

– Temporairement (son père utilisait parfois des mots si longs que Drew n'en saisissait pas le sens), en attendant que la situation se soit stabilisée.

Quel que fût le sens de « stabilisée ». La seule chose insolite qu'eût constatée Drew, c'était que, durant ces dernières semaines, la plupart de leurs serviteurs japonais avaient démissionné. Et maintenant que Drew y réfléchissait, il y avait eu autre chose. Son meilleur ami du voisinage, un jeune garçon japonais, ne venait plus jouer avec lui. Drew lui téléphonait souvent, mais les parents de son ami lui répondaient chaque fois qu'il n'était pas là.

– Ne t'en fais pas pour la fête, fiston, avait dit le père de Drew en lui ébouriffant les cheveux. N'aie pas l'air si renfrogné. Tu auras quand même tes cadeaux. Tout un tas. Et un gros gâteau au chocolat, celui que tu préfères. Je vais même prendre un jour de congé pour t'aider à fêter ça.

– Tu veux dire que tu n'iras pas travailler? demanda la mère de Drew, radieuse à cette idée. Ils n'auront pas besoin de toi à l'ambassade?

– Avec toutes les heures supplémentaires que j'ai faites, j'ai dit à l'ambassadeur que mon fils était plus important que n'importe quelle fichue crise.

– Et il ne s'est pas fâché?

– Il s'est contenté de rire et de me dire : « Souhaitez un bon anniversaire à votre fils de ma part. »

3

Le lendemain après-midi, à deux heures, une longue voiture noire s'arrêta devant la maison. Drew regardait, plein d'excitation, depuis la fenêtre de sa chambre. La voiture était ornée d'un petit drapeau américain monté sur un support métallique près du rétroviseur, du côté du volant. Les plaques d'immatriculation étaient du même type que celles de son père – les plaques de l'ambassade. Un Américain en uniforme en descendit, prit un gros paquet rouge, blanc et bleu posé sur le siège à côté de lui, en arrangea la boucle et s'engagea dans l'allée incurvée qui menait à l'entrée par-delà un jardin japonais ornementé.

Il frappa à la porte puis attendit, ajustant sa casquette et se retournant au chant d'un oiseau invisible dissimulé dans un cerisier en fleur. Une vieille Japonaise, parmi les quelques serviteurs locaux qui n'avaient pas abandonné leur emploi chez eux, sortit et s'inclina gracieusement dans son kimono orange vif.

Le chauffeur s'inclina à son tour puis, sacrifiant à l'habitude américaine, effleura sa casquette.

– Veuillez transmettre à M. MacLane les compliments de l'ambassadeur, dit-il avec un sourire. Ou plus exactement à son fils. Et remettez-lui ce cadeau d'anniversaire. L'ambassadeur espère que cela compensera l'annulation de la fête.

Le chauffeur tendit le paquet à la servante, s'inclina de nouveau, et regagna la limousine.

4

Malgré son impatience grandissante, Drew se montra obéissant et resta dans sa chambre en attendant que son père et sa mère se fussent assurés que tout était convenablement arrangé.

– Il n'y a que nous trois, avait dit sa mère, mais nous nous amuserons comme vingt.

Il feuilletait avidement les bandes dessinées américaines – Superman et Davy Crockett étaient ses favoris – que son père avait fait venir spécialement des États-Unis.

– Par la valise diplomatique, avait-il dit, bien que Drew sût qu'il plaisantait. Rien n'est trop beau pour mon fils.

Il était allongé sur son lit, les yeux impatiemment fixés au plafond, quand il entendit sa mère l'appeler depuis le jardin à l'arrière de la maison.

– Ça y est, Drew. Tu peux venir, maintenant.

Il sauta de son lit et sortit vivement de sa chambre. Pour gagner le jardin, le plus rapide était de traverser le cabinet de travail de son père. Alors qu'il passait devant le bureau, il vit par la porte coulissante ouverte son père et sa mère assis devant la table ronde sur laquelle s'entassaient des cadeaux de tailles et de couleurs variées. Le soleil miroitait sur le haut verre givré que tenait sa mère.

– Dis donc, même l'ambassadeur t'a envoyé un cadeau, dit-elle, s'animant à sa vue et portant son verre à ses lèvres.

– Il n'y était pas obligé, il pense à tout. Je me demande ce qu'il y a dedans, dit le père de Drew en secouant la boîte.

Drew débouchait dans le jardin.

Une terrifiante explosion l'étourdit, le projetant en arrière par la porte ouverte du cabinet de travail où il heurta brutalement le bureau de son père. Il avait dû perdre conscience un instant, car il ne se rappela pas être retombé du bureau sur le sol. Quand il reprit ses sens, il était en train de se relever en chancelant. Le rugissement qui lui résonnait encore dans les oreilles lui donnait la nausée, et sa vision était floue. Comme il s'avançait en vacillant vers les débris informes de la porte du cabinet de travail, il s'aperçut avec embarras que ses vêtements étaient humides; quand il les regarda, s'efforçant frénétiquement de se dessiller les yeux, il se rendit compte qu'il était couvert de sang. La vue du sang à elle seule aurait dû le faire hurler, mais il n'en fit rien. Pas plus que lorsqu'il paniqua à l'idée des blessures qu'il pouvait avoir, ni quand il se rendit compte que le sang n'était pas le sien. Non!

Il s'élança par la porte fracassée, vit les corps déchiquetés de son père et de sa mère dont les fragments jonchaient la pelouse, l'herbe rougie par leur sang. Le gâteau d'anniversaire, les assiettes et les tasses, les cadeaux enveloppés de couleurs joyeuses qui couvraient la table un instant plus tôt, tout cela n'existait plus. La table elle-même s'était désintégrée. La fumée âcre de l'explosion s'élevait autour de lui en volutes épaisses qui le suffoquaient. Un buisson voisin était en flammes.

Mais il ne cria toujours pas.

Pas avant de poser les yeux sur la tête de sa mère, presque séparée de son corps. La force de l'explosion lui avait enfoncé dans la bouche le verre auquel elle buvait, et la base circulaire de ce dernier lui maintenait les lèvres écartées. A l'intérieur de la bouche, le reste du verre s'était fracassé. Tels des pétales de fleur, des tessons dégoulinants de sang saillaient de ses joues lacérées.

Alors il se mit à hurler.

5

La buée commençait à s'éclaircir. L'ombre d'Arlene était immobile derrière le rideau et la salle de bains était silencieuse. Drew ne s'était pas rendu compte qu'elle avait arrêté la douche.

Le silence fut rompu par le raclement des crochets métalliques du rideau. Arlene apparut dans l'ouverture, les traits empreints de compassion.

– Je ne savais pas.

– Tu ne pouvais pas savoir. C'est quelque chose dont je n'aime pas beaucoup parler. Même maintenant, c'est trop douloureux.

Sauf une fois, songea-t-il. Dans un moment de faiblesse, il en avait parlé à Jake. Il essuya ce qui était peut-être de la buée au coin de ses yeux.

– Je suis désolée, profondément.

– Ouais, fit-il d'une voix neutre.

– Le cadeau de l'ambassade...

– Avec le papier rouge-blanc-bleu.

– Il était piégé ?

Drew hocha la tête.

– Mais il ne venait pas de l'ambassade, et la limousine noire n'était pas une voiture officielle, et les plaques d'immatriculation du corps diplomatique étaient fausses, poursuivit-elle.

– Evidemment. Et le chauffeur... personne ne savait rien de lui. Le personnel du service de sécurité de l'ambassade m'a fait regarder des photographies. Rien.

– Classique.

– Oui, dit Drew en fermant les yeux. N'est-ce pas ?

6

L'esprit vide, le corps engourdi de chagrin, il se tenait face à l'ambassadeur dans le grand bureau oppressant. Vu du haut de ses dix ans, le plafond le déconcertait ; il était trop élevé et lui donnait un sentiment d'insécurité, comme si lui-même avait soudain rapetissé. Les meubles massifs, recouverts de cuir, paraissaient inconfortables. Les murs étaient lambrissés de bois sombre, avec de lourdes étagères garnies de livres rébarbatifs et d'inquiétantes photographies d'hommes à l'aspect important. La moquette était si épaisse qu'il ne savait pas s'il était autorisé à y poser la semelle de ses chaussures.

– Ce sera tout, sir? demanda le garde de l'ambassade (les yeux de Drew s'étaient écarquillés à la vue du pistolet glissé dans l'étui de son ceinturon) au vieil homme à cheveux blancs assis derrière un bureau à l'autre bout de l'immense pièce.

Drew reconnut l'homme, qu'il avait déjà vu plusieurs fois quand ses parents l'avaient amené à l'ambassade pour les réceptions de Noël et de la fête de la Déclaration de l'Indépendance. Il portait un costume trois-pièces gris à rayures blanches. Sa moustache taillée court était aussi blanche que ses cheveux, et son visage maigre et ridé paraissait fatigué.

– Oui, merci, répondit-il au garde. Dites à ma secrétaire de suspendre pendant un quart d'heure tous mes appels et tous mes rendez-vous.

Très bien, sir.

Le garde recula hors du bureau et referma la porte derrière lui.

– Bonjour. Tu t'appelles Andrew, n'est-ce pas? Approche-toi donc, viens t'asseoir.

L'ambassadeur, tout en l'observant attentivement, semblait choisir ses mots. Drew obéit, confus. La chaise tapissée de cuir grinça quand il s'installa, les pieds suspendus au-dessus du sol.

– Je suis heureux que tu sois sorti de l'hôpital. On t'a bien traité?

Désorienté, Drew ne put que soupirer. A l'hôpital, il y avait eu des soldats armés de fusils qui l'effrayaient, et aucun autre enfant dans le service. Abruti par la piqûre qu'on lui avait faite pour le faire dormir, il n'avait pas compris pourquoi on appelait les infirmiers des lieutenants.

– Le médecin qui s'est occupé de toi m'a dit qu'à part quelques entailles et quelques meurtrissures, et la brûlure de tes sourcils, tu n'as rien eu. C'est vraiment un miracle. Au fait, il a dit que tu ne devais pas t'inquiéter, tes sourcils repousseront.

Drew le regarda en plissant le front, désorienté. Ses sourcils? Qu'importaient ses sourcils? Ses parents – les tessons de verre saillant des joues déchiquetées et sanglantes de sa mère – c'était ça qui importait.

Le chagrin lui étreignit l'estomac, glaçant son cœur douloureux.

L'ambassadeur se pencha vers lui d'un air empreint de sollicitude.

– Tu vas bien, fiston?

Drew avait envie de sangloter, mais il réprima l'impulsion et déglutit avec difficulté en hochant la tête.

L'ambassadeur attendit, s'efforçant de sourire.

– Et la chambre qu'on t'a donnée ici, à l'ambassade? Je suis certain que ta maison te manque, mais étant donné les circonstances on ne pouvait pas te laisser là-bas, même avec des gardes. Tu le comprends. Je pense, pour le moins, que tu es confortablement installé.

La chambre qu'on avait donnée à Drew lui rappelait la chambre d'hôtel (s'il avait eu du vocabulaire, il l'aurait qualifiée d'impersonnelle) qu'il avait partagée avec ses parents lors d'un voyage de vacances à Hawaii. Il se força de nouveau à hocher la tête.

– Je sais que notre personnel t'a bien traité, dit l'ambassadeur. D'ailleurs, j'ai donné l'ordre à la cuisine de t'autoriser à manger autant de glaces que tu le voudras. Pendant quelques jours, tout au moins. C'est la fraise que tu préfères, je crois.

La pensée d'une glace à la fraise, sa couleur et sa consistance, rappelèrent à Drew les joues ensanglantées de sa mère.

– Y a-t-il autre chose que nous puissions te

procurer ? Quelque chose de chez toi qui te manque, peut-être ?

Mon père et ma mère, aurait voulu hurler Drew. Il souffrit en silence.

– Rien du tout ?

Conscient de la tension, Drew s'efforça de trouver quelque chose à dire, *n'importe quoi.* Il murmura les premiers mots qui lui vinrent à l'esprit.

L'ambassadeur se redressa.

– Excuse-moi, fiston, je n'ai pas bien entendu.

Ne m'appelez pas fiston, ragea Drew intérieurement. *Je ne suis pas votre fils. Je ne suis le fils de personne. Plus maintenant.*

Tout ce qu'il put articuler, sans se soucier de ce qu'il disait, fut :

– Mes illustrés.

L'ambassadeur parut soulagé.

– Bien sûr. Tout ce que tu voudras. Je vais envoyer quelqu'un les chercher cet après-midi. Tu as une préférence, quelque chose que tu aimes particulièrement ?

– Superman. Davy Crockett, répondit Drew.

Tout cela lui était indifférent. Il voulait désespérément sortir de ce bureau.

– Je t'en ferai venir une pleine caisse. Et maintenant... ajouta l'ambassadeur en pinçant les lèvres.

Il se leva et contourna son bureau, contre lequel il s'appuya en se penchant en avant pour amener son regard à la hauteur des yeux de Drew.

– Il y a certaines choses dont nous devons parler. Ce n'est pas facile, mais il faut le faire. Les obsèques de tes parents...

Drew sourcilla. Bien qu'il n'eût que dix ans, l'horreur de la veille lui avait apporté une soudaine compréhension de la mort. Après avoir vu les corps déchiquetés de ses parents, il savait certes, sans doute possible, que rien ne pourrait leur rendre la vie.

– ... auront lieu demain matin. J'en ai discuté à plusieurs reprises avec mes collaborateurs. Nous savons combien c'est douloureux pour toi, mais nous pensons tous que tu dois y assister. Il faut mettre tes cauchemars en sommeil, pour ainsi dire, et faire de toi un symbole...

Drew ne comprit pas le mot.

– ... de ce que peut faire la haine. De ce qu'on ne doit plus laisser se reproduire. Je sais que tout cela doit te paraître terriblement déconcertant, mais il faut parfois faire en sorte que le bien puisse jaillir du mal. Nous aimerions que tu sois assis au premier rang pendant les obsèques. Des tas de photographes prendront des photos de toi. Des tas de gens – le monde entier, en fait – regarderont. Je suis désolé que tu doives grandir si vite. Si cela peut te convaincre, je suis certain que ton père et ta mère auraient aimé que tu sois là.

Drew se mit enfin à pleurer. Quelque effort qu'il fît, il ne pouvait plus s'en empêcher.

L'ambassadeur le serra contre lui en lui tapotant le dos.

– C'est bien. Défoule-toi. Laisse-toi aller. Crois-moi, il n'y a rien de mal à pleurer.

Drew n'avait pas besoin d'encouragement. Il continua de sangloter, secoué de telles convulsions qu'il avait la certitude que son cœur allait se briser. Les spasmes finirent par s'apaiser. S'essuyant les yeux, les joues irritées par les larmes, il regarda l'ambassadeur en fronçant les sourcils d'un air douloureux.

– Pourquoi ?

Sa gorge était si enflée que le mot s'était transformé en croassement.

– Excuse-moi Andrew. Je ne suis pas sûr d'avoir bien compris. Pourquoi quoi ?

– Qui les a tués ? *Pourquoi ?*

L'ambassadeur soupira.

– J'aimerais le savoir. J'ai peur que l'Amérique ne soit pas très populaire, ces temps-ci.

Il énuméra plusieurs pays, certains dont Drew n'avait jamais entendu parler : Cuba, le Cameroun, l'Algérie, le Congo.

– Ce n'est pas seulement ici au Japon qu'il y a des émeutes contre nous. Tout est en train de changer. Le monde n'est plus le même.

– Mais il n'y a pas quelqu'un que vous pouvez punir ?

– Je suis désolé. Nous n'en savons pas assez. Mais je te promets que nous ferons tout ce que nous pourrons pour le découvrir.

Drew cligna des yeux à travers ses larmes.

– Je regrette de devoir te dire tout cela à la fois. Il y a autre chose dont nous devons parler. Je t'ai dit tout à l'heure que j'avais ordonné aux cuisines de te donner toutes les glaces que tu voudrais pendant les prochains jours. La raison de cette limite dans le temps, c'est qu'après les obsèques, quand tu auras eu le temps de te reposer, tu rentreras aux États-Unis en avion. Il faut que quelqu'un s'occupe de toi. J'ai parlé à ton oncle, et nous avons tout arrangé pour que tu habites chez lui. Tu vas pouvoir lui parler au téléphone (l'ambassadeur consulta sa montre) dans vingt minutes.

Drew, interdit, essaya de se rappeler à quoi ressemblait son oncle, mais tout ce qu'il put faire apparaître dans sa vision intérieure fut le visage de son père, ou plus exactement une image indistincte du visage de son père. Il fut alarmé de ne pouvoir évoquer son père avec plus de précision, à part les débris humains disséminés sur la pelouse rougie de sang.

7

– Mais qui a tué tes parents?

Arlene était assise à côté de Drew sur le lit, une couverture serrée autour d'elle.

– Je ne l'ai jamais su. A l'ambassade, j'ai entendu toutes sortes de commentaires. L'Américain déguisé en chauffeur qui avait apporté la bombe était paraît-il un franc-tireur, un mercenaire. C'était la première fois que j'entendais ce mot. On présumait qu'il avait été engagé par des fanatiques japonais, mais un membre du personnel de sécurité de l'ambassade, un type qui vivait au Japon depuis la fin de la guerre, affirmait qu'une bombe n'était pas dans le style des Japonais. Il parlait de samouraï, de *bushido,* et d'un tas d'autres choses que je ne comprenais pas. Le code du guerrier. Il disait qu'un Japonais digne de ce nom était tenu par l'honneur de tuer son ennemi à découvert, face à face. Pas avec une bombe, ni même avec une arme à feu, mais avec un sabre. Trois mois plus tard, d'ailleurs, c'est ce qu'a fait un protestataire japonais. Il s'est frayé un chemin dans la foule pour embrocher un politicien japonais qui était en faveur du nouveau traité avec l'Amérique. Et le garde du service de sécurité disait aussi qu'un vrai Japonais n'aurait pas essayé de tuer la femme et l'enfant de son ennemi. Seulement le mari, le père.

– Mais si ce garde mettait les Japonais hors de cause, qui était coupable, à son avis?

– Les Russes. A l'époque, la plupart de ces choses ne signifiaient rien pour moi, évidemment, mais j'ai compris par la suite ce qu'il voulait dire. L'objectif du nouveau traité de défense était que l'Amérique puisse aider le Japon à se protéger d'une attaque soviétique. Avec nos bases au Japon, nous contrôlions le Sud-Est asiatique et pouvions essayer d'enrayer l'expansion du communisme. La théorie du garde était que si les Soviétiques parvenaient à faire croire que les Japonais avaient fait sauter un diplomate américain et sa famille...

– Ces morts seraient si choquantes qu'elles creuseraient le fossé entre l'Amérique et le Japon. Le traité serait menacé, acheva Arlene.

– C'était l'avis du garde. Mais si c'était le cas, la tactique a échoué. Le meurtre de mes parents a montré à tout le monde à quel point la situation avait échappé à tout contrôle. Les Japonais, embarrassés par l'accusation qui pesait sur eux, ont cessé peu à peu de manifester. La crise était passée.

Arlene lui prit la main.

– Mais pas tes cauchemars.

Il la regarda avec une expression angoissée.

– *Je voulais trouver un coupable.*

8

Drew était souvent allé à la messe avec ses parents, mais il n'avait jamais pris conscience, avant leurs obsèques, de la quantité d'images de mort qui l'entouraient dans une église. Le Christ sur la croix, les clous enfoncés dans Ses mains et dans Ses pieds, Son dos lacéré par les coups de fouet, Sa tête couronnée d'épines, Son flanc percé d'un coup de lance. Dans un livre de prières, il trouva une description colorée de la tombe d'où le Christ était ressuscité. Ses disciples se tenaient devant la pierre circulaire déplacée, le visage levé en signe de glorification.

Mais rien ne pouvait ramener ses parents à la vie, il le savait. Il avait vu les lambeaux sanglants de leurs corps.

La musique tonnante de l'orgue avait quelque chose d'effrayant, le latin de la messe était aussi dépourvu de signification que l'anglais utilisé par le prêtre pour décrire « cette terrible tragédie ». Assis au banc du premier rang, Drew sentait tous les regards posés sur lui. Les photographes le mitraillaient continuellement. Il avait envie de hurler.

L'ambassadeur avait expliqué que les corps seraient transportés par avion à un endroit appelé Andrews Air Force Base, où son oncle et « même le ministre des Affaires étrangères » viendraient les accueillir. Quel que fût ce ministre des Affaires étrangères. Peu importait. Il y aurait un autre service funèbre à la concession de la famille de son père, à Boston. Mais pour Drew, cela n'avait pas non plus d'importance, bien que cette première cérémonie fût apparemment plus importante, un symbole – l'ambassadeur avait de nouveau employé le mot – de la nécessité des liens amicaux entre l'Amérique et le Japon.

Drew remarqua de nombreux hommes au visage dur, la veste ouverte, la main serrée sur ce qu'il devinait être un pistolet fixé à leur ceinture.

Et quand l'office fut terminé, l'ambassadeur prit les drapeaux américains – il y en avait un sur chaque cercueil– les plia et les présenta à Drew pour qu'il les touchât.

Il pressa son visage contre le tissu, l'imprégnant de ses larmes.

9

– Et c'est pourquoi je ne pourrais pas être ce tueur à gages dont tu m'as parlé, ce terroriste mercenaire, dit Drew d'un ton plein de dégoût. Janus. Parce que c'est un homme comme Janus qui a tué mes parents. Et il n'était pas seul. L'ambassadeur m'a dit qu'il existait de nombreux autres mercenaires comme celui qui s'était déguisé en chauffeur.

Drew s'emporta.

– Sans l'honneur d'un Japonais. Des lâches. Des voleurs furtifs qui n'avaient pas la dignité d'affronter leurs ennemis en face. Mères, pères, enfants, peu leur importait qui ils frappaient, quel chagrin et quelle douleur ils causaient. Tous les soirs, quand je pleurais jusqu'à m'endormir, je me répétais le vœu que je m'étais fait.

Il serra les dents.

– Si je n'avais jamais la satisfaction de voir l'homme qui avait assassiné mes parents recevoir le châtiment qu'il méritait, je punirais ceux qui étaient comme lui. Je m'assignerais pour tâche de leur faire payer, tous.

– Tu avais quel âge ? Dix ans, tu as dit ? observa Arlene d'un air étonné. Et tu as pris cette décision ? Et tu t'y es tenu ?

– Ça n'a rien de surprenant, dit Drew, déglutissant avec amertume. J'aimais mes parents, vois-tu. Aujourd'hui encore ils me manquent. J'avais coutume d'aller sur leur tombe. Souvent.

Sa voix se brisa.

– A dix ans, je croyais pouvoir venger les miens. Je ne savais pas comment. Mais plus tard, adolescent, j'ai appris que d'autres éprouvaient le même sentiment. J'ai commencé à travailler pour...

– Scalpel, murmura Arlene.

L'aigre sonnerie du téléphone les interrompit brusquement.

10

Drew, surpris, pivota vers la table de chevet, puis lança un regard pénétrant à Arlene. Les yeux écarquillés, elle semblait aussi alarmée que lui. Il se retourna vers la table, où le téléphone sonna pour la seconde fois.

– Une erreur de numéro ? fit Arlene, n'y croyant visiblement pas.

Drew ne prit même pas la peine de secouer la tête. Le téléphone sonnait une troisième fois.

– Le réceptionniste qui aurait oublié de nous dire quelque chose ?

– Quoi, par exemple ?

Arlene n'en avait aucune idée. Le téléphone sonna de nouveau.

– Nous parlons peut-être trop fort, dit Drew. Nous avons peut-être réveillé quelqu'un qui dormait dans la chambre voisine. Il y a un moyen de s'en assurer.

Il se pencha hors du lit pour prendre le combiné. Malgré sa tension, il répondit d'une voix calme.

– Allô ?

– Oui. Je ne veux pas vous alarmer (la voix était masculine, rauque, avec un accent prononcé), mais je n'ai pas d'autre solution que de vous appeler.

Malgré cette assurance, Drew se sentit inquiet, gagné par le terrible soupçon qu'il avait déjà entendu cette voix bien qu'il ne pût l'identifier. Arlene se leva pour approcher sa tête de celle de

Drew, qui écarta légèrement l'appareil de son oreille pour lui permettre d'écouter.

La voix poursuivait :

– C'est malheureux, mais même avec mon meilleur équipement je n'arrive pas à entendre tout ce que vous dites dans votre chambre. La douche, en particulier, a posé un problème. Et vous en arrivez à la partie qui m'intéresse.

Drew frissonna, pris d'une sensation glaciale entre les omoplates en se rappelant, avec une clarté effrayante, où il avait déjà entendu cette voix. Elle appartenait au prêtre qui avait soudain jailli du confessionnal quand il avait été attaqué dans la chapelle de la maison de retraite de Berkshire Hills. Le prêtre à la bague rouge miroitante et à l'accent slave, armé d'un 45. Le prêtre qui avait abattu ses deux assaillants et l'avait poursuivi dans le tunnel.

– Je comprends que vous ayez besoin d'un moment pour vous faire à mon intrusion, dit la voix. Je vous ai certainement surpris. Mais n'hésitez pas plus longtemps, je vous en prie. Comme on dit, le temps presse.

Drew étreignit son Mauser.

– Où êtes-vous ?

– Dans la chambre contiguë à la vôtre. Remarquez ma franchise. Je me mets entre vos mains.

Drew regarda le mur opposé en fronçant les sourcils.

– Comment nous avez-vous trouvés ?

– Chaque chose en son temps. Je voudrais que vous m'autorisiez à entrer dans votre chambre, mais je préférerais ne pas sortir du bâtiment. Il y a entre nos deux chambres une porte de communication verrouillée. Si vous tirez le verrou de votre côté, je ferai de même du mien et nous pourrons enfin nous rencontrer.

Drew regarda Arlene en haussant les sourcils d'un air interrogateur. Elle hocha la tête, pointant un doigt vers elle-même, puis vers le lit. D'un geste, elle lui fit signe ensuite d'aller jusqu'au mur à côté de la porte de communication.

Drew se pencha vers le téléphone.

– Si vous êtes armé...

– Je vous en prie, dit la voix. Je connais les règles. J'ai pris un risque en vous téléphonant. Respectez ma franchise. Déverrouillez la porte.

Arlene hocha de nouveau la tête avec vigueur.

– Très bien, dit Drew.

Il reposa le combiné sur son support. Arlene s'installa sur le lit, le dos appuyé contre les oreillers. Drew s'approcha de la porte, le pistolet braqué.

D'un geste assez sec pour qu'on l'entendît clairement, il tourna le verrou de la serrure, puis recula vers le mur de façon à être hors de vue quand la porte s'ouvrirait. Par surcroît de précaution, il s'éloigna vers l'angle de la pièce pour le cas où une balle traverserait le mur.

On tourna le verrou de l'autre côté de la porte, qui grinça en s'ouvrant vers l'intérieur de leur chambre.

Sur le lit, Arlene – en face de la porte ouverte – écarta les replis de la couverture qu'elle tenait serrée autour d'elle, révélant des seins aux lignes aguichantes dont les mamelons se durcissaient sous l'effet du froid soudain, les poils de son pubis...

Drew profita de la distraction. Une fraction de seconde lui suffisait. D'un geste brusque, il ouvrit complètement la porte, qui alla claquer contre le mur. Enfonçant le canon du Mauser dans les reins du visiteur, il le palpa rapidement d'une main experte.

Le prêtre laissa échapper un gémissement au contact brutal du pistolet, et se courba sous l'effet de la douleur.

– Ce n'est pas la peine. J'ai laissé mon arme dans la chambre, dit-il en se redressant. Je vous l'ai dit, je connais les règles. Je ne suis pas une menace pour vous.

Drew termina sa fouille, allant jusqu'à passer sa main dans l'entrejambe du pantalon noir pour palper le voisinage des testicules.

– Et, s'il vous plaît, ajouta le prêtre à l'intention d'Arlene, veuillez avoir la bonté de vous renvelopper dans cette couverture. Je suis prêtre, mais je ne suis pas inaccessible aux tentations de la chair.

Arlene rabattit la couverture sur elle.

– Merci.

Il portait un costume noir, un plastron noir et un col blanc. Trapu et musclé, de taille moyenne, il arborait une épaisse moustache sombre parsemée de poils gris et des touches d'argent nuançaient sa dense chevelure noire. Son visage était carré, anguleux, avec une ossature robuste et des traits rudes typiquement européens. Il semblait avoir tout juste une cinquantaine d'années, mais il y avait dans ses yeux une profondeur songeuse soulignée de rides farouches fortement accusées, et beaucoup plus sombre que ses vêtements, sa moustache ou ses cheveux, qui laissait supposer que son expérience l'avait rendu infiniment plus âgé.

Drew recula prudemment.

– Comment nous avez-vous trouvés?

– A la maison de retraite, on vous a donné des vêtements propres, et une paire de chaussures.

Le prêtre attendit que Drew tirât lui-même les conclusions, et ce dernier esquissa une grimace de dégoût, dépité de n'avoir rien soupçonné.

– Une pastille émettrice?

– Dans le talon de l'une des chaussures. Après votre fuite du séminaire, j'ai suivi son signal. J'ai trouvé l'endroit où vous aviez laissé la voiture de l'évêque – dans un état abominable, pourrais-je ajouter.

Le prêtre se permit un gloussement, et leva la main comme Drew s'apprêtait à prendre la parole.

– Laissez-moi terminer. J'ai découvert que vous aviez échangé l'épave de la Cadillac pour une moto. Vous ne manquez pas de ressource. Je vous ai suivi à Concord et Lexington. Vous avez donné des coups de téléphone. De là, je vous ai suivi à Greenwich Village, dans New York, et j'ai suivi vos efforts pour contacter cette jeune dame. Vous m'avez donné du souci quand vous avez changé les chaussures munies de l'émetteur pour ces chaussures de montagne à la Corne du Diable. Mais j'ai fixé une pastille émettrice à votre moto. Et à votre voiture, ajouta-t-il avec un regard vers Arlene.

Pour la première fois depuis que le prêtre était entré dans la pièce, cette dernière intervint.

– Et entre-temps? dit-elle en fronçant les sourcils. Vous avez tué les hommes qui...

– Vous suivaient? C'était indispensable, je le crains. Je ne pouvais pas les laisser vous en faire autant. Il y avait des impératifs prioritaires. Vous voyez à quel point je suis franc avec vous?

– Vous avez poussé le faux clochard du haut de la falaise?

Le prêtre hocha légèrement la tête.

– Et vous avez tranché la gorge de l'autre avec un garrot?

– C'était nécessaire. Sinon, vous ne seriez pas vivante pour tenir cette conversation.

– Un prêtre qui tue ? fit Drew avec un regard horrifié.

– Je pourrais vous poser la même question, bien que vous ne soyez pas vraiment un prêtre, mais seulement un frère. Quoi qu'il en soit, tuer ne vous est pas étranger, si je ne me trompe ?

Ils s'entre-regardèrent. Arlene rompit le silence.

– Ce qu'il dit est plausible. En suivant une balise radio, il aurait pu rester assez loin derrière nous pour que tu ne puisses pas voir sa voiture quand tu as attendu au bord de la route.

– Exactement, dit le prêtre. J'ai gardé mes distances. Mais nous avons fini par nous retrouver.

Drew secoua de nouveau la tête.

– Pourquoi ?

– N'est-ce pas évident ? L'attaque du monastère.

– L'évêque prétend qu'elle n'a pas eu lieu.

– C'est ce qu'on lui a dit de déclarer. Après que nous avons éliminé les preuves.

– *Nous ?*

– Chaque chose en son temps.

– L'évêque prétend aussi que Hal n'a pas été tué à la maison de retraite. Que je n'ai pas été attaqué.

– Encore des instructions auxquelles il a obéi. Je suis resté brièvement au séminaire pour arranger le nettoyage. Les séminaristes savent seulement qu'un pensionnaire a eu une dépression nerveuse. Rien n'a été compromis.

Drew frappa du poing contre le mur.

– Et je ne peux pas attendre plus longtemps ! Je veux des réponses !

– Bien sûr. Mais, s'il vous plaît, il n'est pas besoin de gestes dramatiques. Je suis votre gardien.

Drew se pétrifia.

– Mon *quoi?*

– A l'instant où vous vous êtes présenté devant l'évêque avec le père Hafer, on m'a envoyé chercher. Je n'ai jamais été loin. Deux fois, à la chapelle et à la Corne du Diable, je vous ai sauvé la vie.

Drew sentit un picotement lui démanger le cuir chevelu.

– Sauvé la vie? *Pourquoi?* Et pourquoi ne m'avez-vous pas fait savoir dès le début ce que vous faisiez?

– Je ne vous ai rien dit à la maison de retraite parce que je ne voulais pas me montrer. Je voulais voir ce qui se passerait si vous paraissiez être seul, avec la seule compagnie de Hal. Comme je m'en doutais, votre apparente vulnérabilité a incité une attaque.

– Vous m'avez utilisé comme appât? fit Drew, tremblant d'indignation.

– Ça me semblait un moyen pratique d'attirer vos ennemis.

– Vous auriez dû m'avertir!

– Je ne le pense pas. Même un professionnel comme vous...

– Un ancien professionnel.

– Précisément. Je ne savais pas trop comment vous vous adapteriez à votre retour dans le monde. Extrêmement bien, comme j'ai pu le constater par la suite. Mais à ce moment-là, je me demandais si ces six années de retraite n'avaient pas émoussé vos talents. Supposez que je vous aie prévenu que je voulais vous utiliser comme appât pour provoquer une attaque? Que serait-il arrivé si vous n'étiez plus capable de vous comporter avec naturel dans une situation délicate? Il aurait suffi que vous jetiez un regard dans ma direction pour mettre vos assaillants en garde contre la possibilité d'un piège. Les deux hommes qui ont fait irruption dans la chapelle n'étaient pas des prêtres, au fait. Ils s'étaient déguisés pour ne pas attirer l'attention dans le séminaire. J'aimerais souligner qu'ils n'appartiennent pas à l'Église.

– Qui étaient-ils ?

– Nous ne sommes pas parvenus à le savoir. Ils n'avaient rien sur eux qui permît de les identifier, évidemment. Nous les avons photographiés et nous avons pris leurs empreintes digitales. Nos contacts essaient de mettre un nom sur les cadavres, mais tout ce qu'on découvrira, à mon avis, c'est que c'étaient des mercenaires et qu'il n'y a aucun moyen de remonter à ceux qui les ont engagés. Après l'attaque à la maison de retraite, j'ai essayé de vous expliquer qui j'étais et pourquoi j'étais là, mais vous vous êtes enfui. C'est maintenant la première occasion que j'ai de vous parler sans danger. Je devrais me présenter, je suis le père Stanislas, conclut-il en tendant la main.

Drew considéra la main tendue, indécis.

– Stanislas ?

– C'est un nom polonais. Je suis né en Pologne, et j'ai trouvé amusant de prendre le nom du saint patron du pays de mes ancêtres.

Avec réticence, Drew serra la main.

L'étreinte du prêtre était ferme. Drew lui saisit alors l'autre main, la gauche. Celle qui portait la bague au majeur.

Le père Stanislas n'offrit aucune résistance.

La bague était constituée d'un épais anneau d'or et d'une monture. La pierre était grosse, d'une forme particulière et d'un rouge miroitant – un rubis blasonné d'un symbole. Une épée en travers d'une croix de Malte.

– Je ne crois pas avoir jamais vu ce symbole. Quel ordre représente-t-il ?

– Un ordre? fit le père Stanislas en secouant la tête. Ce n'est pas exactement un ordre, bien que son existence remonte plus loin que la plupart des ordres. A l'époque des croisades, en fait. Mais nous l'appelons une confrérie.

Drew attendit.

– La confrérie de la pierre. Nous y viendrons en temps utile. Mais d'abord, nous avons du rattrapage à faire. Si vous me permettez...

Le prêtre alla dans sa chambre, d'où il revint avec un porte-documents. Il en sortit une chemise, qu'il tendit à Drew.

Intrigué, Drew l'ouvrit et découvrit un dossier le concernant, des détails sur sa jeunesse.

– Une minute, dit-il en relevant la tête. Où avez-vous appris tout ceci?

– C'est sans importance. Ce qui en a, c'est que vous appreniez à me faire confiance. Je vous montre ce dossier pour vous prouver que je connais déjà beaucoup de choses sur votre compte. En conséquence, j'espère que vous me direz des choses que je ne connais pas. Considérez cela comme une confession. Une confidence. Les bases d'une compréhension mutuelle. Peut-être cela vous sauvera-t-il la vie. Et, plus important, votre âme.

Arlene se pencha en avant. Retenant d'une main la couverture autour d'elle, elle prit impatiemment la chemise des mains de Drew, la posa sur ses genoux et en feuilleta rapidement le contenu.

– Qu'est-ce que c'est que ça?

– Ce qui m'est arrivé après la mort de mes parents, répondit Drew d'une voix étouffée.

– Mais qu'est-ce que ç'a à voir avec Jake? Mon frère est en danger. Pour ce que j'en sais, il est même peut-être mort!

– Avec Jake? répéta Drew. A moins de tout savoir, tu ne peux pas comprendre.

11

– Nous y sommes, Drew.

Son oncle immobilisa la Mercury rouge devant une pelouse qui montait jusqu'à son ranch, comme il l'appelait.

– Nous l'avons fait construire à l'automne passé. Il n'y en a pas encore beaucoup comme ça à Boston. Le dernier cri. J'espère que tu y seras heureux. Tu es chez toi.

Drew contempla la construction avec le sentiment d'être étranger. La maison de brique était longue et basse, avec une cheminée, un jardin d'agrément surchargé, quelques arbres de petite taille. Elle n'avait certes rien d'un ranch, et il ne pouvait s'empêcher de la comparer à la maison japonaise traditionnelle, construite en bois avec un haut toit incliné, dans laquelle il avait vécu à Tokyo la moitié de sa vie. Des briques? se dit-il. Qu'arriverait-il en cas de tremblement de terre?

Et pourquoi le jardin était-il si surchargé?

« Chez toi », avait dit son oncle, mais ces mots l'avaient irrité. Non, ce n'était pas chez lui. Chez lui, c'était au Japon, où il avait vécu avec ses parents.

Une femme et un jeune garçon sortirent de la maison. Sa tante et son cousin. Il ne les avait pas vus depuis qu'il avait quitté l'Amérique avec ses parents quand il avait cinq ans, et il ne se souvenait pas d'eux. Mais une chose était claire. Tous deux, et son oncle quand il fit les présentations, étaient gauches, mal à l'aise. Sa tante ne cessait de se tordre les mains, et son cousin avait un air renfrogné. Et son oncle répétait que tout irait bien, leur assurait qu'ils s'entendraient à la perfection.

– Tu seras heureux, ici.

Drew se le demandait. Il avait la terrible intuition qu'il ne serait plus jamais heureux.

Le lendemain, il se rendit aux secondes obsèques de ses parents.

12

Il passa l'été seul à regarder la télévision ou, si quelqu'un venait dans le salon, à lire des bandes dessinées derrière la porte close de ce que tout le monde continuait à appeler la « chambre d'amis ». Chaque fois que sa tante disait à son oncle qu'il n'était pas naturel pour un garçon de son âge de rester enfermé dans la maison en été, son oncle répondait :

– Donne-lui le temps de s'adapter. N'oublie pas ce qu'il a enduré. Que fait donc Billy ? Dis à Billy de jouer avec lui.

– Billy dit qu'il a essayé.

En fait, Billy n'avait pas essayé, et Drew en connaissait la raison : sa jalousie à l'égard du nouveau venu dans la maison.

– Billy le trouve bizarre, dit sa tante. Cette façon de ne jamais rien dire, et...

– Tu n'aurais pas l'air bizarre, à sa place ?

– Tu es à ton travail toute la journée, tu ne sais pas comment il est. Il va et vient à pas de loup. J'étais en train de repasser et je ne l'avais même pas entendu. D'un seul coup, il était là juste à côté de moi, les yeux fixes. On dirait...

– Quoi ? Vas-y, dis-le.

– Je ne sais pas trop. Un fantôme. Il me met mal à l'aise.

– Ce n'est facile pour aucun de nous. Mais il faudra que nous nous y fassions. Après tout, c'est le fils de mon frère.

– Et Billy est ton propre fils. Je ne vois pas pourquoi nous devrions être plus prévenants avec...

– Alors où ce gamin est-il censé aller, hein? Dis-le-moi. Il n'a demandé à personne d'assassiner ses parents. Que diable veux-tu que je fasse?

– Cesse de crier. Les voisins vont t'entendre.

– Et le gamin, quand tu parles de lui? Ça n'a pas l'air de te tracasser!

– Je ne te permets pas de me parler sur ce ton. Je...

– Peu importe. Je n'ai pas envie de dîner, vu? Laisse-moi quelque chose dans le frigo. Je vais faire un tour.

Drew, qui avait tout entendu depuis le couloir, regagna sans être vu la chambre d'amis, où il ferma la porte pour lire un autre illustré.

Batman, cette fois.

13

Septembre fut pire. Le premier jour où Drew revint de l'école primaire, il avait du chewing-gum collé dans les cheveux.

– Comment as-tu bien pu faire ça? lui demanda sa tante.

Il ne répondit pas.

Elle essaya d'enlever la pâte à mâcher, tirant sur ses cheveux jusqu'à ce qu'il en eût les larmes aux yeux. Elle dut finalement la couper aux ciseaux, lui laissant au sommet du crâne une plaque chauve qui ressemblait à la coupe de cheveux d'une nouvelle recrue ou à la tonsure d'un moine.

Le lendemain, Drew rentra de l'école avec des piqûres noires tout au long du bras gauche.

– Ma parole, qu'est-ce que tu t'es fait là?

Pinçant les lèvres, sa tante examina les piqûres, alla chercher une pince à épiler, et lui extirpa de la peau la pointe d'une mine de crayon.

– Comment diable cela t'est-il arrivé ?

Le jour suivant, un genou de son pantalon neuf était déchiré et imprégné de sang ; sa peau était arrachée.

– Tu sais qu'un pantalon comme ça coûte cher ?

Le quatrième jour, la tante de Drew appela d'urgence son mari à son agence immobilière.

Elle pouvait à peine parler. Mais à travers ses sanglots, son mari parvint à saisir l'essentiel. Stupéfait, il convint de la retrouver à l'école primaire à la sortie des classes.

14

– Je ne nierai pas que votre neveu a été provoqué, dit le directeur, dont le double menton tremblotait. Le gamin des Whetman est connu pour sa brutalité. Je présume que vous connaissez ses parents ? Son père dirige l'agence Cadillac, dans Palmer Road.

L'oncle et la tante de Drew ne reconnaissaient pas le nom « Whetman », mais ils reconnurent assurément le nom « Cadillac ».

– Voici quelle est la situation, poursuivit le directeur en s'épongeant le front à l'aide d'un mouchoir. Le jeune Whetman a douze ans. Il est grand pour son âge, et il aime bien faire l'important. Le fait est... je vous dis cela confidentiellement, j'espère que vous ne le répéterez pas... ce garçon tient de son père – un arrogant. Mais le père verse pas mal d'argent à notre caisse d'athlétisme. Quoi qu'il en soit, le gamin tient à faire savoir à tout le monde qui est le patron. Alors votre neveu... enfin, il a refusé de plier, c'est le mot. Il faut reconnaître que c'est un petit dur à cuire. Tous les autres s'inclinent. Je ne sais pas pourquoi votre neveu ne l'a pas fait. A la rentrée des classes, je suppose que le gamin des Whetman a fait le tour des nouveaux et a décidé de prendre Andrew comme exemple. A ce que j'ai entendu, il lui a mis du chewing-gum dans les cheveux. Puis il lui a enfoncé des pointes de crayon dans le bras, et enfin il l'a poussé dans le gravier pendant la récréation, ce qui lui a déchiré son pantalon.

– Pourquoi n'a-t-on rien fait pour arrêter cela? demanda l'oncle de Drew.

– Ce ne sont que des rumeurs, des choses que j'entends dire par les enfants. Si je devais croire tout ce qu'ils me disent...

– Continuez.

– Eh bien, en fin de compte... répondit le directeur en soupirant, aujourd'hui le gamin des Whetman a flanqué un coup à Andrew. Il n'y a pas été de main morte, il lui a ouvert la lèvre.

L'oncle de Drew plissa les yeux d'un air irrité.

– Et?

– Andrew n'a pas pleuré. Encore une chose à son honneur. C'est vraiment un petit dur à cuire. Mais ce qu'il y a, c'est qu'il aurait dû se plaindre auprès d'un professeur dans la cour de récréation.

– Ça aurait changé quelque chose?

Le directeur fronça les sourcils.

– Excusez-moi. Je ne comprends pas.

– Peu importe. Continuez.

– Au lieu de ça, Andrew s'est laissé emporter.

– Je me demande bien pourquoi.

– Il a frappé le gamin des Whetman d'un coup de batte de base-ball sur la bouche.

L'oncle de Drew pâlit.

– Oh, merde.

– Il lui a ébranlé les dents de devant, voilà ce qu'il a fait. Le gamin méritait une leçon, assurément, je ne le nierai pas. Mais une batte de base-ball ? Une réaction disproportionnée, vous ne pensez pas ? Et M. Whetman est venu ici il y a un moment. Il est contrarié, inutile de vous le dire. Il veut savoir quel genre d'école je dirige. Il a menacé de s'adresser au ministère de l'Education et à la police. Dieu merci, j'ai réussi à l'en dissuader, mais en attendant que ce problème soit réglé... enfin, je vous ai demandé de venir pour vous dire que votre neveu est temporairement renvoyé. Je voudrais que vous le gardiez chez vous.

15

– C'est une sacrée chance que vous avez, dit M. Whetman ce soir-là à l'oncle et à la tante de Drew dans leur salle de séjour. Si mon fils avait perdu ses dents, je vous aurais flanqué un procès sur le dos si vite...

– Monsieur Whetman, s'il vous plaît, je sais que vous avez toutes les raisons d'être en colère, dit l'oncle de Drew en levant les mains. Croyez-moi, nous en sommes nous-mêmes profondément contrariés. Il va de soi que je paierai tous les soins médicaux ou dentaires. Votre fils n'est pas défiguré, j'espère ?

– Ce n'est pas grâce à votre neveu, répondit Whetman d'un ton rageur. Le médecin dit que les points de suture ne laisseront pas de cicatrice, mais mon fils a les lèvres grosses comme des saucisses. Je serai direct. Le directeur m'a parlé de l'enfance de votre neveu, de ce qui était arrivé à ses parents.

C'est terrible. C'est la seule excuse que je puisse trouver à son comportement. Votre neveu est manifestement perturbé. J'ai décidé de ne pas aller trouver la police, à une condition : que ce garçon bénéficie d'une assistance professionnelle.

– Je ne comprends pas ce que vous entendez par là.

– Un psychiatre, monsieur MacLane. Le plus tôt sera le mieux. Ah, oui, encore une chose.

L'oncle de Drew attendit.

– Je ne veux pas ce garçon auprès de mon fils. Changez-le d'école.

Drew écoutait derrière la porte entrouverte de sa chambre. Ses yeux le piquaient douloureusement, mais il s'était fait une promesse et il la tint. Il ne pleura pas.

16

Le troisième jour après le changement d'école, la tante de Drew entendit le téléphone sonner alors qu'elle rapportait ses provisions à la cuisine.

Elle s'empressa de poser ses sacs pour aller répondre.

– Mme MacLane?

Le ton officiel de la voix l'inquiéta.

– Elle-même.

– Désolé de vous déranger. Je suis le directeur de l'école primaire d'Emerson.

Elle se tendit.

– Je suis sûr que ce n'est qu'un petit malentendu. Vous avez sans doute, heu, oublié.

Elle se cramponna au placard.

– Mais comme nous n'avons reçu aucun mot ce matin, j'ai pensé que je ferais mieux de vous appeler pour savoir si votre neveu était malade.

C'était elle qui se sentait malade.

– Non, dit-elle, ravalant une salive amère. Pas que je sache. Il avait l'air d'aller parfaitement bien quand il a pris le bus ce matin. Pourquoi ? S'est-il plaint de maux d'estomac ?

– C'est le problème, madame MacLane. Personne ici ne l'a vu pour le lui demander.

Elle laissa échapper un gémissement intérieur.

– J'ai présumé que vous l'aviez gardé chez vous et que vous aviez oublié de prévenir le bureau des absences. Cela se produit souvent. Mais comme je connais la situation de votre neveu, j'ai pensé que je ferais bien de vous le demander. Juste en cas, vous comprenez ?

– En cas ?

– Eh bien, je ne pense pas qu'il lui soit arrivé quoi que ce soit, encore qu'on ne sache jamais. Mais il était absent hier aussi.

17

Debout à côté de l'agent de police devant la maison de son oncle et de sa tante, Drew gardait les yeux baissés vers le trottoir.

La porte moustiquaire s'ouvrit brutalement. Andrew leva les yeux vers son oncle qui en sortait comme un ouragan.

– L'heure de dîner est passée, Andrew. Nous nous sommes inquiétés. Où diable étais-tu donc ?

– Au cimetière, répondit l'agent de police.

– *Quoi ?*

– Pleasant View. C'est à quinze kilomètres d'ici vers le nord.

– Oui, je connais l'endroit.

– On y a constaté des actes de vandalisme, ces jours-ci. Des adolescents qui sont entrés en cachette pour retourner des pierres tombales, ce genre de choses. Je ne vois pas ce qu'ils trouvent de drôle à faire ça. Comme le directeur du cimetière nous a demandé de surveiller les abords, j'y passe quand je fais ma tournée. Hier matin, j'ai vu ce gamin en train de regarder des tombes. Je ne me suis pas posé de questions, surtout qu'un appel à propos d'un cambriolage en cours m'a obligé à foncer vers un magasin de spiritueux. Mais ce matin, quand je traversais le cimetière une fois de plus, je l'ai revu. Alors je me suis demandé ce qu'il faisait là et je me suis arrêté. Il n'est pas très bavard, n'est-ce pas?

– C'est le moins qu'on puisse dire, lança la tante de Drew.

– Même quand je me suis approché de lui, il ne m'a prêté aucune attention. Il continuait à regarder fixement les tombes. Alors je suis venu derrière son dos et j'ai vu que les noms de famille étaient les mêmes sur les deux tombes.

– MacLane, dit l'oncle de Drew.

– C'est ça. Un homme et une femme.

– Robert et Susan.

– Exactement. Alors je lui ai demandé ce qu'il faisait. Tout ce qu'il m'a répondu, c'est : « Je parle à mon papa et à ma maman. »

– Mon Dieu!

– Et puis il s'est essuyé les yeux, mais ce qu'il y a de drôle, c'est qu'il n'y avait aucune larme. Je me suis dit qu'il devait y avoir quelqu'un avec lui, mais je n'ai vu personne. Et la plupart des enfants sont impressionnés par cet uniforme, vous savez. Mais pas lui. Il gardait les yeux fixés sur ces tombes. Il a refusé de me dire son nom et où il habitait. Tout seul. Pourquoi n'était-il pas à l'école? Qu'est-ce que je pouvais faire? Je l'ai emmené au commissariat.

– Vous avez bien fait, dit l'oncle de Drew.

– Je lui ai même acheté une barre de chocolat, mais il n'a toujours pas voulu me parler. Comme il n'avait pas de papiers d'identité dans son portefeuille, j'ai entrepris d'appeler tous les MacLane de l'annuaire. Vous dites que vous êtes ses tuteurs?

– Il vous a dit la vérité. Ses parents sont enterrés là-bas.

– Je suis navré pour lui.

– Oui, c'est une longue et triste histoire. Tenez, permettez-moi de vous rembourser le chocolat que vous lui avez acheté.

– Je vous en prie, c'est un cadeau. D'ailleurs c'est un petit coriace. Il n'a pas voulu le manger.

– C'est vrai, dit l'oncle de Drew. Un petit coriace.

18

Mme Cavendish posa la baguette qu'elle venait de pointer vers une liste de multiplications écrites au tableau noir.

– Andrew, je vous ai posé une question.

Les enfants gloussèrent.

– Andrew?

Mme Cavendish descendit d'un pas raide entre les rangées de tables jusqu'à l'un des bancs du fond. Drew était affalé sur son pupitre, la tête posée sur les bras, endormi. Elle se pencha au-dessus de lui d'un air furieux.

– Andrew? répéta-t-elle d'une voix forte.

Il murmura dans son sommeil.

Elle lui donna une bourrade dans l'épaule, puis une autre.

– Andrew! aboya-t-elle.

Il se redressa brusquement, clignant des yeux.

– Je vous ai posé une question.

– Excusez-moi, madame, dit Drew en secouant la tête pour s'éclaircir les idées. Je crois que je n'écoutais pas.

– Évidemment. Comment pourriez-vous écouter, *alors que vous dormiez?*

Les enfants s'étaient retournés pour observer la scène. Mme Cavendish leur ayant jeté un regard courroucé, ils tournèrent la tête vers le tableau noir. Seule la rougeur de leurs nuques trahissait le rire qu'ils s'efforçaient de contenir.

– Ce n'est pas la première fois. Suis-je ennuyeuse au point de vous endormir?

– Non, madame.

– Alors ce sont les mathématiques qui vous donnent sommeil?

– Non, madame.

– Qu'est-ce que c'est, alors?

Drew ne répondit pas.

– Bien, jeune homme, vous pouvez dormir pendant les cours de quelqu'un d'autre. A partir de maintenant, vous vous assoirez au premier rang, juste devant moi. Levez-vous.

Elle l'emmena à l'avant de la classe et le fit changer de place avec un autre élève.

– Et maintenant, jeune homme, la prochaine fois que vous serez tenté de vous endormir pour me montrer à quel point je suis ennuyeuse, je n'aurai pas à aller bien loin pour vous réveiller.

Ce disant, elle prit sa baguette et en assena un coup sonore sur le devant du pupitre.

De tous les enfants, Drew fut le seul à ne pas tressaillir.

19

Quatre heures du matin. Un vent d'octobre glacial mordait les joues de Drew, qui se tenait avec l'agent de police devant la maison de son oncle.

– Je suis désolé de vous réveiller à cette heure-ci, dit l'agent de police, mais je pensais que vous seriez dévorés d'inquiétude.

La lumière se déversait par la porte d'entrée ouverte. La tante de Drew serrait contre elle le devant de sa robe de chambre. A son côté, se dessinant à contre-jour dans l'embrasure, l'oncle de Drew jeta un regard inquiet aux maisons obscures de la rue comme s'il craignait qu'un voisin ne remarquât la voiture de police arrêtée devant chez eux.

– Vous feriez mieux d'entrer.

– Je comprends, dit l'agent, suivant Drew et refermant la porte derrière lui. Je suis sûr que vous n'attendiez pas de visite. Nous pouvons rester ici dans le vestibule.

– Mais où l'avez-vous trouvé?

L'agent hésita.

– Au cimetière.

L'oncle de Drew battit des paupières.

– Nous ne savions même pas qu'il était sorti.

La tante de Drew porta une main tremblante à son filet à cheveux.

– Je l'ai mis au lit tout de suite après le dîner, et je suis passée le voir avant d'aller me coucher.

– Il s'est apparemment éclipsé un peu plus tard, dit l'agent. J'ai sa bicyclette dans le coffre de la voiture.

– Il a fait quinze kilomètres à bicyclette? s'exclama l'oncle de Drew en s'affalant contre le mur. Dans la nuit, avec ce froid? Il doit être...

– Épuisé, acheva la tante de Drew, qui se tourna vers son mari. Seigneur, penses-tu que...?

Elle frissonna et regarda Drew fixement.

– C'est ce que tu fais tout le temps? C'est pour ça que tu es si fatigué à l'école?

– Cette fois-ci, je suis arrivé à le faire parler, dit l'agent. Pas beaucoup, mais assez pour me faire une idée. A ce que j'ai compris, il va là-bas la nuit à bicyclette et... il est peut-être préférable qu'il vous le dise lui-même. Allons, Drew. Pourquoi vas-tu là-bas à bicyclette? Ce n'est pas seulement pour rendre visite à tes parents. Tu peux le faire dans la journée. Pourquoi la nuit?

Le regard de Drew alla du policier à son oncle et à sa tante, puis se fixa sur le sol.

– Allons, Drew, répéta l'agent en s'accroupissant. Dis-leur ce que tu m'as dit.

L'oncle et la tante de Drew attendaient avec un visage sévère.

– Les vandales, dit Drew.

Son oncle et sa tante parurent atterrés.

– Les vandales?

Drew hocha la tête.

– Le chat lui a repris sa langue, dit l'agent, alors je vais compléter pour vous. La première fois que je l'ai ramené chez vous, il m'a entendu parler d'adolescents qui s'étaient livrés à des actes de vandalisme dans le cimetière.

– Je m'en souviens, dit l'oncle de Drew.

– Apparemment, ça l'a fait réfléchir. Pour commencer, il ne savait pas ce que signifiait le mot « vandalisme », alors il dit qu'il a cherché dans le dictionnaire. Je ne sais pas ce qu'il y a trouvé, mais ça l'a manifestement bouleversé.

– Ça n'explique toujours pas pourquoi il se

sauve la nuit pour aller au cimetière, observa la tante de Drew.

– Ça l'explique si vous y réfléchissez. S'il y est allé…

Drew, embarrassé, se trémoussait sur place sous leurs regards insistants.

– … c'était pour protéger les tombes de ses parents.

20

Un samedi matin, froid et lumineux. Tandis qu'un groupe d'enfants du voisinage jouaient au football à une certaine distance, Drew demeurait seul à l'autre bout du terrain, assis sur une balançoire.

Une ombre arrivée par-derrière se profila devant lui.

Il se retourna. Le soleil dans les yeux, il ne put tout d'abord distinguer le visage de l'homme grand vêtu d'un manteau.

Puis sa vision s'adapta, et il s'élança soudain vers l'homme avec un sourire exalté.

– Oncle Ray !

L'homme n'avait en réalité aucun lien parental avec Drew, mais Drew avait toujours eu l'habitude de l'appeler ainsi.

– Oncle Ray !

Drew jeta les bras autour de la taille de l'homme, éprouvant la douceur du tissu brun de son manteau.

L'homme rit, souleva Drew du sol, et le fit tourner autour de lui.

– Content de te voir, mon pote. Comment vas-tu ?

Drew était trop ravi pour prêter attention à la

question. Comme l'homme continuait à rire, il riait aussi, savourant le merveilleux étourdissement de la ronde.

L'homme le reposa sur le sol et s'accroupit face à lui, souriant.

– Surpris ?

– Vous pouvez le dire !

– Je me trouvais par hasard à Boston pour mon travail, et je me suis dit : « Sapristi, tant que je suis ici, je pourrais bien aller rendre visite à mon ami Drew. »

Oncle Ray ébouriffa les cheveux de Drew.

– C'était une bonne idée, non ? Quand je t'ai vu sur cette balançoire, tu n'avais pas l'air très joyeux.

Drew haussa les épaules, se rappelant comment il se sentait quelques minutes plus tôt et retournant à son humeur sombre.

– Tu as des problèmes, mon pote ?

– Ouais, je suppose.

– Il y en a dont tu peux me parler ?

Drew frotta ses chaussures de jogging sur l'herbe jaunie.

– Juste des trucs.

– Il y en a quelques-uns que je connais peut-être déjà. Je suis passé par chez toi. Ta tante m'a dit où tu étais.

Ray marqua une pause.

– Elle m'a dit aussi ce qui s'était passé. Tes problèmes à l'école – il se mordit la lèvre – et les autres choses. Et j'ai cru comprendre que tu ne t'entendais pas avec ton cousin.

– Il ne m'aime pas.

– Oh, tu en es sûr ?

– Il est furieux que j'habite ici. Il n'arrête pas de me jouer des tours, de cacher mes cahiers de devoirs, ou de m'accuser de choses que je n'ai pas faites.

– Je vois comment ce genre de choses peut arriver. Alors tu l'as envoyé au tapis, hein ?

Drew sourit, brandissant sa main droite.

– Je me suis fait mal aux jointures.

– C'est peut-être un échange équitable. A la maison, j'ai vu son œil au beurre noir.

L'homme était aussi âgé que son père. Pour une raison quelconque, le souvenir de Drew s'en tenait à « trente-cinq ans ». Il avait des cheveux blond roux soigneusement coupés, des yeux bleus expressifs, et un visage étroit aux traits agréables, avec une mâchoire fortement dessinée. Drew aimait l'odeur douceâtre de son after-shave.

– Oui, tout un remue-ménage, ajouta Ray. La question est de savoir ce qu'on peut y faire. Tu as envie de faire un tour, mon pote ?

21

Intrigué, le cœur battant, Drew écoutait, caché dans le couloir, les adultes qui parlaient de lui dans la salle de séjour.

– Comme vous le savez, j'étais très lié avec le père de Drew, disait Ray, dont la voix douce portait jusqu'à l'autre bout du couloir. Je le connaissais depuis des années. Nous étions ensemble à Yale. Nous avons reçu ensemble la formation du ministère des Affaires étrangères. Nous étions tous les deux en poste au Japon.

– Alors vous étiez à l'ambassade quand ses parents ont été tués ? demanda l'oncle de Drew.

– Non. A l'époque où les manifestations ont commencé, j'avais déjà été transféré à Hong Kong. Quand j'ai appris ce qui s'était passé, je... je n'arrivais pas à croire que quelqu'un ait pu faire une chose aussi horrible. J'étais pris par des problèmes diplomatiques urgents, à ce moment-là, et je n'ai même pas pu quitter Hong Kong pour aller aux obsèques. En fait, ma mission a été tellement prenante que je n'ai pu me libérer que la semaine dernière. Vous comprendrez, j'en suis certain, que je ne puisse vous en dire plus sur ce que je faisais. Mais dès que je l'ai pu, je voulais venir à Boston – pour leur rendre hommage, voir au moins leurs tombes. C'est difficile à exprimer par des mots. C'était votre frère, bien sûr, monsieur MacLane, alors j'espère que vous ne le prendrez pas à mal si je vous dis que je me sentais... heu, comme un frère pour lui. Comme je vous l'ai dit, nous étions très proches.

– Je comprends, dit l'oncle de Drew. Le fait est que vous le connaissiez probablement mieux que moi. Je ne l'avais pas vu depuis cinq ans; et même avant, nous ne nous voyions pas beaucoup.

– Et le garçon?

– Je ne crois pas l'avoir vu plus de trois ou quatre fois en tout et pour tout. Mon frère et moi étions les seuls enfants de la famille. Nos parents sont morts il y a quelques années. Alors naturellement, quand mon frère m'a téléphoné pour me dire qu'il rédigeait un nouveau testament et me demander si j'accepterais d'être le tuteur de Drew au cas où il arriverait quoi que ce soit à Susan et à lui-même...

– Oui, vous avez accepté, naturellement.

– Il n'avait personne d'autre à qui demander, voyez-vous. Mais je n'aurais jamais pensé que je devrais un jour tenir ma promesse.

– Voilà ce dont je voulais vous parler. J'ai toujours beaucoup aimé Andrew. Je suppose que je me sens un peu comme son oncle. Encore une fois, n'y voyez aucune offense. Je ne veux pas me montrer présomptueux. Mais ma femme et moi n'avons pas d'enfants. Il semble que nous ne puissions pas en avoir. De toute façon, étant donné les difficultés que vous avez avec lui...

– Difficultés, c'est un euphémisme.

– Je me demandais si vous accepteriez que nous ayons la garde de Drew.

– La garde! Etes-vous sérieux?

– Ça pourrait être la réponse à plusieurs problèmes. Le chagrin que j'éprouve pour la perte de mon ami. Mon affection pour ce garçon. Ma femme et moi avions déjà envisagé de nous adresser à un organisme d'adoption. Ajoutez-y les problèmes que vous avez avec lui.

– Qu'est-ce qui vous donne à penser que vous pourriez mieux faire avec lui? demanda l'oncle de Drew d'un ton soupçonneux.

– Je ne suis pas certain de le pouvoir, mais j'aimerais essayer.

– Et si ça ne marche pas?

– Je ne le ramènerai pas à votre porte, si c'est ce que vous voulez dire. Je respecterai notre accord. Mais si vous hésitez, si vous pensez souhaiter qu'il revienne, nous pourrions arranger un compromis. Peut-être pourrait-il passer un mois avec nous, après quoi nous pourrions en reparler tous ensemble. De cette façon, vous auriez l'occasion de retrouver l'atmosphère normale de votre foyer.

– Je ne sais pas. Où l'emmèneriez-vous?

– A Hong Kong. Il a passé la moitié de sa vie en Asie. Hong Kong n'est pas le Japon, bien sûr, mais peut-être se sentirait-il plus chez lui s'il retournait en Extrême-Orient.

L'oncle de Drew soupira.

– C'est difficile à... Votre offre est assurément tentante. J'avoue que je ne sais plus quoi faire.

Mais il pourrait y avoir un problème. Supposez que le gamin ne veuille pas s'en aller?

– On peut toujours le lui demander.

Caché dans le couloir, le cœur gonflé d'espoir, Drew cria silencieusement : *Oui!*

22

Le vent glacial lui tirait des larmes des yeux; encore que, penché sur les tombes de ses parents, il pût pleurer pour une tout autre raison.

L'oncle Ray releva le col de son manteau et glissa ses mains gantées dans ses poches.

– Ils me manquent à moi aussi, vieux.

Le vent ébouriffait ses cheveux blond roux.

– Peut-être que...

– Oui? Continue, dit Ray en passant un bras autour des épaules de Drew.

– ... j'aurais quand même dû apporter les fleurs.

– Avec un temps pareil? Elles n'auraient pas duré longtemps. Non, il vaut mieux les laisser vivre un peu plus longtemps chez le fleuriste.

Drew comprenait. Il n'y avait aucune raison de faire mourir les fleurs aussi. Seuls les gens qui avaient tué ses parents méritaient de mourir.

– Alors qu'en dis-tu? demanda Ray. Je sais que tu voudrais rester, mais il y a presque une heure que nous sommes ici. Il faut que nous prenions cet avion à cinq heures. Ce n'est pas pour toujours, tu sais. Un jour, tu reviendras.

– Oui. C'est seulement...

– Difficile de les quitter? Je te crois. Mais nous avons des photos. Tu pourras toujours te souvenir d'eux quand tu seras loin. Je veux dire, on ne peut pas camper dans ce cimetière, tu ne crois pas?

Drew sentait ses yeux le piquer et s'embuer, mais cette fois le vent n'était pas en cause. Il avait du mal à respirer.

– Non. Je suppose que non.

23

En lisant le résumé objectif du dossier, Drew se rappelait – et revivait – les émotions de sa jeunesse. Comme s'il était redevenu enfant, il s'éloignait avec Ray vers la voiture qui devait les emmener à l'aéroport. Dans son douloureux souvenir, il jeta un regard en arrière, la gorge serrée, vers les tombes de ses parents.

Il savait que l'intention du prêtre était de l'amener à parler de cette époque, et il le fit librement, sans se soucier de donner à ce dernier ce qu'il voulait. Il avait besoin de se décharger de sa tristesse.

– Plus tard, chaque fois que je suis passé par Boston, je suis retourné à ce cimetière. J'y suis allé avant d'entrer chez les chartreux. Mais la semaine dernière, je n'ai pas eu l'occasion de leur rendre visite.

– C'était plus prudent pour vous, dit le père Stanislas. Ceux qui veulent votre mort auraient posté une équipe de surveillance près de ces tombes, tout comme ils ont surveillé Arlene pour le cas où vous vous montreriez.

Le prêtre reprit le dossier.

– Encore quelques points. A Hong Kong, vous avez commencé à traîner avec une bande de jeunes voyous chinois. L'homme que vous appelez oncle Ray a compris ce que vous recherchiez : acquérir les talents dont vous pensiez avoir besoin pour traquer l'assassin de vos parents. Pour assurer votre sécurité, il a chargé le petit-fils d'un Gurkha de vous enseigner le sens des choses de la rue. Ce garçon s'appelait Tommy Limbuk.

– Limbu. Surnommé Tommy Two.

Le père Stanislas inscrivit une correction dans son dossier.

– Par la suite, où que soit nommé l'oncle Ray – France, Grèce, Corée – il a fait en sorte que vous appreniez les arts martiaux de la population locale. Savate, lutte, judo, karaté. Quand vous avez atteint dix-sept ans, votre besoin de vengeance ne s'était pas apaisé. Durant vos séjours dans divers pays, vous avez appris un nombre impressionnant de langues – et acquis une remarquable éducation artistique, dois-je ajouter. L'oncle Ray, conscient de l'ambition de toute votre vie et sachant qu'on ne pourrait vous en dissuader, vous a fait une proposition. Les États-Unis, inquiets du sentiment anti-américain qui se développait dans le monde, avaient décidé de former une unité antiterroriste destinée à affronter les ennemis mêmes que vous vous étiez choisis. Vous avez donc accepté et vous êtes entré à l'École technique des montagnes Rocheuses, dans le Colorado. Une couverture pour un centre d'entraînement des renseignements militaires, beaucoup plus secret que la ferme de Virginie utilisée par la CIA pour ses agents.

– Scalpel, dit Arlene.

Le père Stanislas lui lança un regard surpris.

– Vous connaissez ?

– J'y appartenais. Et Jake aussi. C'est là que nous avons connu Drew.

Le prêtre se laissa aller contre le dossier de sa chaise.

– Dieu soit loué. Je commençais à penser que vous ne me faisiez toujours pas confiance. Je me demandais si vous finiriez par accepter de me donner le moindre renseignement.

– Vous n'avez pas posé les questions qu'il fallait, répondit Arlene. Je vous dirai tout ce que je peux si ça doit m'aider à retrouver Jake.

– Alors parlez-moi de Scalpel.

24

– 1966 : l'année où le terrorisme international s'est organisé. Dans le dessein d'unifier la lutte des groupes communistes en Afrique, en Asie et en Amérique latine, Fidel Castro avait invité des révolutionnaires de quatre-vingt-deux pays à venir à Cuba participer à un stage d'entraînement baptisé Conférence tricontinentale. Cette initiative a abouti à la création d'une école de guérilla urbaine où ont été entraînés des membres de presque tous les groupes terroristes qui ont acquis par la suite leurs lettres d'infamie. L'IRA, les Brigades rouges, la bande Baader-Meinhof. Les principes du terrorisme établis à cette école sont devenus la bible du diable. Kadhafi a suivi l'exemple de Castro et organisé ses propres écoles d'entraînement en Libye. Grâce à l'énorme fortune pétrolière de son pays, Kadhafi a pu accomplir plus que Castro; non content d'instruire les terroristes, il a également financé leurs opérations. Assassinats aveugles, prises d'ambassades, massacre des athlètes israéliens aux Jeux olympiques de Munich en 1972, kidnapping des ministres de l'OPEP à Vienne en 1975, avions commerciaux détruits par des bombes, explosions dans les bus de transport d'enfants, et ainsi de suite. La liste des horreurs s'est allongée d'année en année, mais tout remonte à 1966, Castro et Cuba. Même les sectes musulmanes fanatiques du temps des croisades n'étaient pas aussi barbares.

A la mention des croisades, le père Stanislas toucha la bague au rubis qu'il portait à la main gauche, traçant du doigt le symbole de l'épée et de la croix de Malte. Arlene poursuivit :

– En 1968, le ministère des Affaires étrangères, informé par les services de renseignement de l'existence de l'école de terrorisme fondée par Castro, a décidé de financer une école de contre-terrorisme. Le ministère des Affaires étrangères aurait évidemment pu s'adresser à la CIA pour ce genre de service, mais étant donné la notoriété acquise par la CIA après l'affaire de la baie des Cochons, il a été décidé que le ministère patronnerait son unité clandestine particulière. Une unité *véritablement* clandestine, à laquelle serait épargnée la une du *New York times* et du *Washington Post*. Seuls quelques initiés étaient au courant.

Comme Arlene marquait une pause, le père Stanislas hocha la tête.

– Scalpel, dit-il avec un regard vers Drew. L'unité dans laquelle vous a recruté votre oncle Ray.

– Une seconde, dit Drew. Il ne m'a recruté dans rien du tout.

– Alors disons qu'il vous l'a discrètement suggéré. Nous pouvons jouer sur les mots autant que vous le voudrez, seul compte le résultat final. Il vous en a parlé, et vous y êtes entré. Pourquoi a-t-on choisi Scalpel comme nom de code de cette unité ?

Drew s'efforça de faire taire sa colère.

– Ablation chirurgicale précise.

– Ah, oui, bien sûr. Les terroristes étaient pareils à un cancer. En conséquence, leur excision était moralement permise. Le choix du nom était ingénieux, il symbolisait sa justification.

– Vous trouvez le concept injustifié? demanda Arlene.

Le père Stanislas avait toujours les yeux fixés sur Drew.

– Vous y avez manifestement trouvé quelque chose qui clochait, ou vous n'auriez pas abandonné.

– Rien ne clochait dans le concept. C'était moi.

– Ah! Dans ce cas, nous aurions sans doute dû nous rencontrer plus tôt.

– Pourquoi?

– Pour vous rappeler saint Augustin. Le concept selon lequel tuer est nécessaire si une guerre est juste.

– Une guerre?

– Pas un pays contre un autre pays, pas une guerre conventionnelle, mais néanmoins une guerre. La plus ancienne, la plus fondamentale : le bien contre le mal. Les terroristes, par définition, tournent le dos à toutes les normes de la civilisation. Leur arme est l'agression monstrueuse – perturber la vie des citoyens ordinaires au point que ces citoyens se rebellent contre leur gouvernement. Mais aucune fin ne peut justifier des moyens aussi atroces.

– Vous y croyez? demanda Drew avec un regard farouche.

– Pas vous, apparemment.

– Il y a eu une époque où j'aurais pu.

– Mais? demanda le père Stanislas.

Drew ne répondit pas.

– Nous y arrivons enfin. *La partie que je ne connais pas,* reprit le père Stanislas en soupirant. Après avoir terminé votre stage à l'École technique des montagnes Rocheuses – un établissement remarquable, m'a-t-on dit –, vous avez travaillé pour Scalpel. De 1969 au début de 1979, vous avez exercé des mesures de représailles contre tous les terroristes qui s'étaient attiré le courroux de votre directeur. Il arrivait parfois que le coup ne soit pas porté après, mais *avant* le fait. Préventif. Rendu nécessaire par des rapports dignes de foi des services de renseignement. Les activités terroristes étaient avortées dans l'œuf, pour ainsi dire. Votre désir de venger vos parents aurait dû vous rendre d'autant plus zélé. *Que s'est-il passé?* Pourquoi êtes-vous tout à coup entré au monastère?

Drew baissa les yeux.

– Non, réponds, intervint Arlene. Je veux le savoir autant que lui.

Elle lui fit tourner la tête, le forçant à la regarder.

– Et Jake? *Il y est pour quelque chose?*

Drew vit l'angoisse qu'exprimaient ses yeux. Il haïssait ce qu'il devait lui dire.

– En fin de compte, oui.

LIVRE SIX

CHARTREUSE

IMAGE AU MIROIR
DOUBLE EXPOSITION

1

– La mission était compliquée.

– Quand ? demanda le père Stanislas. Soyez explicite.

– En janvier 1979. En fait, je me rappelle m'être senti perplexe – on ne m'avait jamais confié une mission comme celle-là auparavant.

– Qu'est-ce qui la rendait si inhabituelle ? Les risques ?

– Non. Le minutage. On ne m'avait pas donné une tâche à exécuter, mais deux, et il fallait qu'elles soient accomplies dans les quarante-huit heures. Toutes deux se situaient en France, ce qui ne posait pas de problèmes pour aller d'un endroit à l'autre dans les délais. La difficulté résidait dans la méthode que je devais utiliser, la même dans les deux cas. Et dans le premier, la topographie compliquait les choses.

Drew s'interrompit, troublé, triant les faits, essayant de les organiser. Arlene et le père Stanislas l'observaient d'un regard intense. Il reprit enfin :

– L'autre détail qui rendait cette mission insolite, c'est qu'on ne m'avait donné aucune information sur mes cibles. D'habitude, on me donnait les raisons pour lesquelles un criminel devait être puni, combien d'innocents il avait tués, pour quel dingue il travaillait. J'apprenais tout de ses habitudes, de ses vices. Tout cela rendait la tâche plus aisée : il n'est pas difficile de tuer une vermine.

Drew marqua une nouvelle pause, puis reprit :

– On me laissait parfois le choix de la méthode d'exécution. Tir à longue distance, voiture piégée à l'imitation de celles que les terroristes prenaient tant de plaisir à faire sauter, poison, virus mortels. La méthode était généralement adaptée au crime. Mais dans ce cas, la mission devait être exécutée d'une certaine façon. Et comme je l'ai dit, il y avait en fait *deux* missions, avec une heure limite. Tout à fait inhabituel.

– Ça ne t'a pas tracassé ?

– Au Colorado, on m'avait appris à ne pas discuter les ordres. Et après avoir tué autant de fois que je l'avais fait, quand on pense que c'est justifié on ne se tracasse de rien. Sauf...

Arlene se pencha en avant.

– Dis-lui tout. Comment tu recevais tes ordres.

– J'avais besoin d'une couverture qui me permette de disparaître n'importe quand pendant huit jours sans attirer l'attention. Un emploi était hors de question : trop contraignant, trop de gens à prendre en compte. Mais il fallait que je fasse *quelque chose.* Alors je me suis installé dans une ville universitaire et je suis devenu étudiant. La couverture était facile, j'ai toujours été bon à l'école. J'ai toujours aimé suivre des cours, les arts libéraux, surtout la littérature. J'ai obtenu une licence dans une université, puis je suis allé ailleurs et j'en ai décroché une autre. Après cela, comme j'étais trop vieux pour préparer une licence, je suis allé dans une troisième université et j'ai passé une maîtrise. En fait, j'en ai deux, et je préparais la troisième quand...

– Je ne vois toujours pas l'avantage de cette couverture, dit le père Stanislas.

– Il est facile pour un étudiant de rester anonyme, mais il faut choisir une université importante. Les « Dix Grandes » étaient mes préférées. Une ville universitaire, de celles où les étudiants sont plus nombreux que la population locale. Les étudiants y sont de passage. Si j'arrivais dans la ville et y restais un an ou deux avant d'aller dans une autre, puis dans une troisième, ça n'avait rien d'inhabituel; des tas d'étudiants en font autant. Je ne choisissais que les cours suivis par une assistance importante, et je ne m'asseyais jamais au même endroit. Si le professeur ne tenait pas de registre de présence – et je m'assurais qu'il ne soit pas de ceux qui le faisaient –, je ne risquais pas d'attirer l'attention en disparaissant un jour ou deux. Comme j'ai toujours été solitaire, je n'avais pas de mal à éviter de me faire des amis parmi les étudiants. Les amis que j'avais, des professionnels comme Jake et Arlene (Drew lui adressa un sourire), me suffisaient. Entre deux semestres, ou pendant les congés trimestriels, je leur rendais visite. A la fac, j'étais invisible. Le seul risque pour mon anonymat était le gymnase local où j'allais tous les matins pour être sûr de rester en forme et pouvoir mener mes missions à bien, et le fait que je me rendais à un restaurant bondé tous les jours à une heure, à une librairie à quatre heures, et à une épicerie du quartier à sept heures.

– Pourquoi prendre ce risque? Pourquoi ces heures et ces lieux particuliers?

– Il le fallait. Les heures étaient choisies arbitrairement, et les endroits eux-mêmes importaient peu. J'aurais pu remplacer la librairie par un cinéma, et l'épicerie par une certaine table de la bibliothèque. Ce qui importait, c'était la routine, pour qu'un courrier puisse avoir plusieurs occasions de me contacter facilement et, plus important, de le faire avec discrétion. Dans le restaurant, quelqu'un pouvait s'asseoir à côté de moi et laisser une pièce canadienne de vingt-cinq *cents* en guise de pourboire pour la serveuse. A l'épicerie, une femme pouvait demander de la bière mexicaine. C'était un signal indiquant que je devais me rendre à mon appartement dès que possible. Si un torchon à vaisselle était posé sur l'évier, je savais que je devais regarder sous mon lit et que je trouverais dans ma valise tout ce dont j'aurais besoin pour me rendre à ma destination : billets d'avion, passeport, papiers d'identité sous un autre nom, devises diverses, adresse dans une ville étrangère.

– Des armes? demanda le père Stanislas.

– Non, répondit Drew d'un ton catégorique. Jamais d'armes. Elles étaient toujours mises à ma disposition par mon contact à l'adresse étrangère. Pendant mon absence, un sosie prenait ma place et vaquait à mes occupations. Le remplacement n'était pas difficile. Personne ne me connaissait vraiment. On me voyait, bien sûr, mais surtout à distance. Je faisais simplement partie du paysage. Ni les étudiants ni les citadins ne me connaissaient vraiment. De cette façon, avec quelqu'un qui me doublait dans mon rôle de tache floue à la lisière de la foule, j'avais un alibi au cas où quelque chose aurait mal tourné.

Le père Stanislas eut un hoquet de surprise.

– Qu'y a-t-il? demanda Drew.

– Continuez. Vous m'en dites plus que vous ne pensez.

Drew regarda Arlene.

– Que veut-il dire?

– Les pièces s'assemblent, dit-elle d'une voix basse. Je suis d'accord avec lui. Continue. Cette mission ?

Drew inspira profondément.

– J'avais reçu pour instructions de me rendre en France, mais de le faire indirectement, en passant par Londres, où mon double prendrait ma place. Il allait visiter les hauts lieux de la littérature : Stratford, Canterbury, tout ce qu'un étudiant licencié en anglais pourrait trouver intéressant. J'avais déjà visité tous ces endroits, de sorte que je pourrais facilement décrire mon séjour en Angleterre en cas de nécessité. Pendant que mon alibi se forgeait, j'avais pris l'avion pour Paris, sous un autre nom, et reçu mes dernières instructions. Au-dessus de Grenoble, il y avait un monastère.

– Bien sûr! s'exclama le prêtre. Le principal monastère des chartreux. La Grande-Chartreuse.

– J'appris qu'un homme devait s'y rendre. On m'avait décrit sa voiture, et même donné son numéro d'immatriculation. Je devais le tuer.

Drew se mordit la lèvre.

– Etes-vous jamais allé à la Grande-Chartreuse ?

Le père Stanislas secoua la tête.

– C'est un lieu extrêmement retiré. Les moines qui l'ont fondée au Moyen Age avaient soigneusement choisi la situation. Ils pensaient que le monde allait à sa perte, ce qui semble perpétuellement le cas. Comme ils voulaient s'éloigner de la corruption de la société, ils ont quitté les plaines de France et sont montés dans les Alpes, où ils ont bâti un monastère primitif. Le pape les désapprouvait. Après tout, au Moyen Age, quel sens y avait-il à être prêtre si c'était pour vivre dans le dénuement ?

« Dieu a paru se mettre du côté du pape en

envoyant sur le monastère une avalanche qui l'a détruit. Mais il faut rendre hommage à la persévérance des moines. Ils ont simplement reconstruit le monastère un peu plus bas, dans un endroit protégé des avalanches mais toujours aussi isolé du monde. Au fil des siècles, c'est devenu un cloître magnifique. Il me rappelle un château moyenâgeux, une forteresse de Dieu inexpugnable.

« Quand l'ordre s'est propagé jusqu'en Angleterre, les moines ont été martyrisés par Henri VIII. Comme le pape avait refusé de lui accorder le divorce, Henri avait fondé sa propre Église dont il s'était proclamé le chef, et décrété que le divorce qu'il réclamait avait reçu l'approbation divine. Quand les moines chartreux d'Angleterre ont protesté, Henri les a mis à mort de la manière la plus cruelle qu'il ait pu imaginer. Ils ont été pendus, délivrés à l'approche de la mort, éviscérés mais maintenus assez conscients pour voir les chiens dévorer leurs entrailles, puis du métal fondu a été déversé dans leurs orifices corporels. Leurs cadavres ont été écartelés, bouillis, et enfin jetés dans les fossés.

– Votre description est impressionnante, dit le père Stanislas d'une voix calme. Que s'est-il passé à la Grande-Chartreuse ?

Drew se mit à transpirer, incapable de réprimer son émotion.

– Je devais poser des explosifs sur le côté d'une route en lacet qui montait vers le monastère. L'endroit avait été soigneusement choisi. Une paroi rocheuse verticale de l'autre côté de la route, un précipice abrupt de mon côté, où j'étais posté sur la pente opposée. Après avoir placé les explosifs pendant la nuit, il m'a fallu la moitié de la journée suivante pour escalader des gorges sans me faire voir jusqu'à l'à-pic opposé. Les montagnes étaient couvertes de neige. A quelques kilomètres d'un côté ou de l'autre, j'aurais pu faire du ski. Si seulement je l'avais fait...

Drew secoua la tête.

– Mais j'étais accroupi derrière des buissons, les bottes dans la neige, avec une parka pas vraiment assez chaude pour la température, et je surveillais la route en lacet à travers la buée de ma respiration. La voiture que j'attendais a fini par apparaître. L'occupant faisait du tourisme, vous comprenez, il allait visiter les curiosités locales. Il n'aurait jamais pu entrer dans le cloître proprement dit, évidemment, et il n'aurait jamais pu voir les moines ermites. Mais il pouvait visiter la périphérie, et peut-être obtenir un échantillon de la fameuse liqueur en échange d'un don généreux.

En cet instant même, Drew ressentait le froid; il entendait la neige crisser sous ses bottes et se rappelait le silence de ces terribles montagnes claustrophobiques.

Clignant des yeux, il revint à la chambre du motel, à Arlene et au prêtre.

– J'avais posé les explosifs de l'autre côté de la route, au pied de la paroi rocheuse. Le souffle de l'explosion devait projeter la voiture vers moi, vers le ravin qui me faisait face. Et la voiture, en flammes, tomberait dans le précipice. Mais la partie la plus ingénieuse, sur quoi des gens de Scalpel s'étaient longuement penchés, c'est qu'on m'avait donné un appareil photo. Grâce au téléobjectif, je devais surveiller la courbe de la route qui serpentait dans la montagne. Et quand la voiture que j'attendais apparaîtrait dans le virage, quand je m'en serais assuré en vérifiant le numéro de la plaque d'immatriculation, je devais commencer à prendre des photos.

– C'est tout? Juste prendre des photos?

Le père Stanislas s'était levé et arpentait la pièce.

– Pas tout à fait. Voyez-vous, le déclencheur de l'appareil était aussi le détonateur des explosifs. L'appareil était muni d'un obturateur motorisé conçu pour prendre des clichés en succession rapide tant que je gardais le bouton enfoncé. Clic, clic, clic. La bombe a explosé. La voiture a fait une embardée vers moi et son réservoir d'essence s'est enflammé. Et n'oubliez pas que l'obturateur continuait à cliqueter. Je voyais une image rapprochée de tout ce qui se passait. Au moment où la voiture commençait à basculer dans le vide, une portière arrière s'est ouverte...

– Et? demanda Arlene, le regard intense.

La voix de Drew monta d'un ton.

– Dieu m'a envoyé un signe. Il m'a adressé un message.

– *Quoi?* rugit le père Stanislas. Vous ne parlez pas sérieusement.

– Mais Il l'a fait, répliqua Drew, d'une voix soudain calmée. Vous croyez à l'éclair qui a renversé Saül de son cheval sur le chemin de Damas, n'est-ce pas? Saül, le pécheur, qui a compris aussitôt que Dieu lui disait quelque chose, qui a changé de vie dès cet instant pour suivre la voie du Seigneur. Eh bien, c'était mon éclair. Mon signe envoyé par Dieu. Je pourrais le qualifier de miracle, sauf qu'un miracle est censé vous donner un sentiment de béatitude, alors que ça... Un enfant a été éjecté. Un jeune garçon. J'ai souvent regardé les photographies. Le garçon était...

– Quoi? demanda de nouveau Arlene.

– ... identique à moi.

Elle le regarda fixement.

– Tu veux dire que tu as remarqué une ressemblance. Les mêmes couleurs, peut-être, et la taille.

Les garçons du même âge ont tendance à se ressembler.

– Non, c'était plus que ça. La ressemblance était troublante. En grandissant, il aurait pu devenir mon double à l'université. Me remplacer pendant que je m'en allais tuer.

– Exécuter. Punir. Les empêcher de recommencer, fit le père Stanislas d'un ton cassant. Parlez avec précision, n'exagérez pas. Vous étiez sous tension. Vous devez prendre en considération...

– Les circonstances? L'instant? Écoutez, l'instant est la seule chose à laquelle je pense. Ce gamin... *moi*... éjecté de la voiture. L'horreur dans ses yeux.

Drew fouilla dans sa poche et en sortit les quatre photos froissées qu'il avait emportées avec lui du monastère. Il les tendit d'un geste brusque au père Stanislas. Arlene se pencha vivement vers le prêtre pour les regarder.

Une expression tourmentée était apparue sur le visage de Drew.

– C'est tout ce que j'ai gardé de mon ancienne vie. Avant d'entrer chez les chartreux, je suis allé dans tous les endroits où j'avais caché de l'argent, des passeports, des armes. Je m'en suis débarrassé. J'ai anéanti tout ce qui concernait ma vie passée, je me suis effacé, au point de faire croire que j'étais mort.

Avec un frisson, Drew regarda les photographies. Il connaissait les images par cœur.

– Celle du dessus, c'est moi, au Japon, en 1960. Elle a été prise dans le jardin derrière la maison de mes parents. Trois jours avant qu'ils soient assassinés.

Le père Stanislas la mit de côté.

– La suivante, ce sont mes parents. Au même endroit, trois jours avant d'être tués. Les autres, je les ai prises en 1979 au-dessous de la Grande-Chartreuse, après que j'ai fait sauter les explosifs et que le garçon est tombé de la voiture. J'ai fait agrandir une partie de la photo pour voir son visage. L'image est un peu grenée, évidemment. La fumée de l'explosion montait devant lui, et la neige s'était mise à tomber. Mais je pense que vous voyez ce que je veux dire.

Le prêtre leva les yeux de la photo, et son regard se posa sur Drew. Ses mains tremblaient.

– J'ai d'abord cru que cette troisième photo était une mauvaise reproduction de la première. J'ai cru que c'était...

– Moi. Mais ça ne l'est pas. Si vous regardez de près, vraiment attentivement, vous verrez que ce n'est pas moi. J'ai essayé de me dire que la ressemblance n'était qu'une coïncidence. Comme le dit Arlene, les enfants ont tendance à se ressembler. Mais c'est plus qu'une vague similarité. C'est...

– Déconcertant.

– Ce n'est que le commencement. Regardez la dernière photo. Je l'ai prise après que la voiture a basculé dans le ravin. Elle n'est pas tombée au fond de la gorge. Elle est restée accrochée sur une saillie, le capot avant incliné vers le bas. A ce moment-là, les flammes du réservoir léchaient la neige. Les deux portières avant se sont ouvertes, et deux adultes en sont sortis d'un bond. Mes instructions étaient précises : prendre autant de photos que je le pourrais. Malgré le choc que j'avais éprouvé en voyant le jeune garçon, j'ai gardé l'œil dans le viseur et dirigé le téléobjectif vers eux tout en continuant à presser le déclencheur. Et je me suis rendu compte que Dieu continuait de m'envoyer des signes.

Sa voix se brisa.

– L'homme et la femme ressemblaient à mes parents. *C'étaient* mes parents.

– Mais ils sont en flammes, dit le père Stanislas.

– Regardez de près ! insista Drew.

– C'est ce que je fais !

– Ce *sont* mes parents. Je sais que ce ne sont pas eux, mais ils le *sont*. Je n'ai pas pu régler la profondeur de champ sur leurs visages quand ils ont sauté de la voiture, mais avant qu'ils prennent feu, j'ai pu les distinguer parfaitement. Sur cet à-pic glacial, j'étais sûr que c'étaient mon père et ma mère.

La pièce devint silencieuse.

– N'y voyez pas d'offense, dit le père Stanislas, mais nous n'avons aucun moyen de vérifier la comparaison. J'admets que le garçon éjecté de la voiture, même avec la distorsion causée par la fumée et les flocons de neige, pourrait être votre sosie. A première vue, en fait, j'ai cru que c'était vous. Mais en tenant compte de la coïncidence, n'est-il pas possible que vous vous soyez laissé emporter par votre imagination ? Ne se peut-il pas que vous ayez établi instinctivement une relation logique du garçon qui vous ressemblait à l'homme et à la femme que, heu, vous *imaginiez* ressembler à vos parents ?

– Je sais ce que j'ai vu, dit Drew d'une voix rauque. En fin de compte, je n'ai pas pu garder le doigt appuyé sur le bouton de l'obturateur. J'ai baissé l'appareil. De l'autre côté du ravin, les flammes atteignaient leurs visages. Le réservoir d'essence a explosé. Mon père et ma mère se sont désintégrés. Exactement comme en 1960. Seulement cette fois, j'étais l'homme qui les avait tués.

– Les circonstances étaient différentes.

– *Vraiment?* Ce que nous appelons un mercenaire de leur côté est un agent secret du nôtre. J'étais pareil à l'homme que j'avais traqué. J'étais mon ennemi. Leurs corps déchiquetés culbutaient au fond de la gorge, leurs vêtements et leur chair en flammes. Je sentais leur odeur. Et en haut de la falaise, sur fond de neige, je voyais le visage horrifié du garçon. Je ne regardais plus à travers le téléobjectif, mais j'avais l'impression de voir ses larmes en gros plan. Mes larmes. Après dix-neuf ans, mon besoin de vengeance m'avait rattrapé. Et rien n'importait plus. Sauf d'implorer le pardon de Dieu, de sauver mon âme.

Arlene lui posa la main sur l'épaule. Il eut un mouvement de recul, puis accepta avec gratitude le réconfort qu'elle lui offrait.

– Sauver votre âme? dit le père Stanislas, haussant la voix sous le coup de l'étonnement. Tout le temps que vous étiez agent secret, vous aviez un sentiment religieux?

– J'avais ma propre religion. La justice du Dieu courroucé de l'Ancien Testament. Mais Dieu en avait une idée différente. Je suis plus honoré que Saül sur le chemin de Damas, jeté à bas de son cheval par un trait de lumière. Dieu ne m'a pas envoyé un signe, mais deux. Il est certes généreux. Tout ce que j'ai décrit a dû se passer en dix secondes, bien que ça m'ait paru une éternité. Le bruit de l'explosion se répercutait dans la montagne, et quand l'écho s'est estompé j'ai entendu autre chose – le hurlement de l'enfant venu de l'autre côté de la gorge. Il levait les mains vers son visage pour effacer ce qu'il venait de voir, ses parents en flammes. Il hurlait à travers ses doigts. Et après? Le troisième signe envoyé par Dieu. Ce n'était pas assez que je me sois reconnu, que j'aie fermé la boucle et que j'aie tué les parents que j'avais entrepris de venger. Quand le grondement de l'explosion s'est tu, que les hurlements du garçon se sont étouffés et que le silence est revenu, j'ai entendu un chant.

« Par la suite, j'ai compris ce que c'était. On était le 6 janvier, la fête de l'Épiphanie – quand les rois mages ont vu le Christ et lui ont sauvé la vie. Parce que ces hommes sages, après avoir vu l'enfant Jésus, après avoir vu leur propre lumière, ont refusé de tenir la promesse qu'ils avaient faite à Hérode de venir lui révéler l'endroit où se trouvait le Christ. C'est *là,* me semble-t-il, la raison pour laquelle l'Eglise a décidé de faire de l'Épiphanie une fête majeure. Non parce que les mages ont vu l'enfant Jésus, mais parce que en un sens ils étaient des agents doubles, qui ont finalement choisi de quel côté mettre leur croyance. Tout comme je l'ai fait ce jour-là.

« Les moines avaient dû tenir une assemblée particulière en l'honneur des mages et de ce jour crucial pour la survie du Christ. J'entendais ce chant venu d'en haut, de la chapelle du monastère perdu dans la montagne, leur hymne en l'honneur de cet anniversaire. Il était porté jusqu'à moi à travers les gouffres, entre les pics. Il couvrait l'écho des explosions et les hurlements. L'hymne louait la volonté de Dieu, son infinie prévoyance, l'omniscience de Son dessein. Mais les mots étaient loin d'avoir la puissance des voix surnaturelles de ces ermites qui s'étaient détachés des faux-semblants du monde.

« Mes genoux ont fléchi d'eux-mêmes et je me suis retrouvé agenouillé, les yeux fixés sur le garçon debout de l'autre côté de la gorge. Il essayait de descendre le flanc de l'à-pic pour retrouver ses parents. J'avais envie de me lever derrière les buissons qui me cachaient pour lui crier de ne pas le faire, lui dire qu'il allait tomber et se tuer. Je voulais hurler : Grandis ! Pourchasse l'homme qui a tué tes parents ! Qui a tué les miens ! Traque-moi ! Et c'est à ce moment que je suis devenu religieux. C'était ça... ou me tuer.

Drew s'interrompit, épuisé.

Arlene scruta son visage angoissé. Avec tendresse, elle passa un bras autour de ses épaules.

– Et après cela ? demanda le père Stanislas.

– J'ai erré pendant trois jours dans ces montagnes. La durée a un sous-entendu religieux approprié, vous ne trouvez pas ? Je n'avais pas conscience de ce que je faisais, évidemment. Plus tard, j'ai été étonné de n'avoir pas lâché l'appareil photographique. Je ne sais pas comment j'ai survécu, où j'ai dormi ni ce que j'ai mangé.

« Il a neigé pendant mon errance. Je suis sûr que la police a dû ratisser la région, mais le mauvais temps effaçait mes empreintes. Était-ce une coïncidence heureuse, ou un autre signe de Dieu ? Je ne me rappelle pas où je suis allé, ni comment. La première image claire dont je me souvienne est celle d'un village, beaucoup plus bas dans la montagne, avec de la fumée qui sortait des cheminées, des enfants qui patinaient sur un étang gelé, des traîneaux tirés par des chevaux qui glissaient sur la route avec un bruit de grelots. Un paysage de carte postale. Et je me suis rendu compte par la suite que j'avais franchi une centaine de kilomètres, raison pour laquelle la police locale ne m'a jamais associé aux meurtres commis près de la Grande-Chartreuse. Je me suis écroulé devant un chalet. Une vieille femme m'a conduit à l'intérieur. Elle m'a donné de la soupe, du pain, et les gâteaux les plus sucrés que j'aie jamais goûtés.

– Trois jours? fit Arlene. Tu as erré tout ce temps dans la montagne? Mais...

Le père Stanislas poursuivait sa pensée.

– Votre mission comportait deux objectifs à exécuter en quarante-huit heures. L'heure limite était passée pour le second.

– Au début, je n'ai pas pensé aux conséquences. J'étais vivant, et cela en soi m'étonnait. Sans parler de la vision que j'avais eue. La vue de mes parents – de *moi-même* –, le cercle refermé, la vengeance qui conduisait à... Ce garçon, quand il grandirait, me pourchasserait. Quand j'ai eu suffisamment récupéré pour pouvoir voyager, je suis allé à Paris pour joindre mon contact. En chemin, j'ai cherché dans les journaux des jours passés qui avaient été mes victimes. J'ai découvert qu'il s'agissait d'un homme d'affaires américain, un gros bonnet du pétrole qui avait amené sa femme et son fils en France pour passer des vacances qu'il repoussait depuis longtemps. Les journaux qualifiaient l'assassinat d'absurde. C'était aussi mon avis. Ce qu'on lit dans les journaux n'est pas toujours la vérité, bien sûr, mais si...? J'avais le sentiment d'une terrible méprise. Quel rapport un pétrolier et sa famille pouvaient-ils avoir avec le terrorisme? Quelle raison pouvait justifier ces meurtres? Il me fallait des réponses. Je voulais me cacher, trouver un refuge, me reposer. Je suppose que les messages de Dieu n'avaient pas vraiment fait leur effet. J'étais encore attaché aux choses de ce monde, il me restait un brin d'égocentrisme. Ça n'allait pas durer.

Le père Stanislas pinça les lèvres.

– Parce que vous aviez saboté le travail. Vous étiez devenu suspect.

2

A Paris, Drew sortit de la gare en se mêlant à la foule, puis il gagna à pied l'arrondissement voisin pour s'assurer qu'il n'était pas suivi avant d'entrer dans une cabine téléphonique. La précaution était peut-être inutile mais, étant donné les circonstances, elle était avisée.

Il appela le numéro qu'on lui avait donné quand il était arrivé en France, une semaine plus tôt... toute une vie. Il laissa le téléphone sonner quatre fois, puis raccrocha et appela de nouveau. L'homme à la voix rauque qui lui répondit en français annonça le nom d'une boutique de couturier.

– Je m'appelle Johnson, répondit Drew, en français également. J'ai acheté deux robes pour ma femme il y a une semaine. L'une lui va bien, mais pas l'autre. Je voudrais un second rendez-vous.

Son interlocuteur devint volubile.

– Ah oui, nous nous sommes rendu compte après coup qu'il devait y avoir quelque chose qui n'allait pas pour la seconde. Nous avons essayé de vous contacter, mais il était impossible de vous joindre et nous ne pouvions qu'attendre votre appel. Nous apprécions beaucoup votre clientèle. Pouvez-vous venir nous voir dès que possible? Nous aimerions examiner la robe pour voir ce qui n'allait pas.

– Je suis libre cet après-midi.

– Comme vous vous en souvenez sans doute, nous sommes en cours de déménagement. Notre nouvelle adresse...

Drew enregistra mentalement l'adresse.

– Dans une heure, dit-il.

C'était une vieille maison de pierre couverte de

plantes grimpantes, avec un étage et une cheminée d'où sortaient des volutes de fumée. Un jardin potager en friche s'étendait sur la gauche, deux pommiers décharnés se dressaient sur la droite. Au-delà coulait la Seine. Malgré la glace qui recouvrait le fleuve, Drew distinguait le subtil chuintement du courant. Une odeur de poisson mort se mêlait à la fumée sulfureuse des usines situées en amont.

Comme s'il était un familier des lieux, il contourna la maison d'un air nonchalant et poussa la porte grinçante qui s'ouvrait à l'arrière. Il entra dans un étroit couloir qui sentait le pain français, frais et chaud. La salive à la bouche, il ouvrit une seconde porte qui donnait sur une cuisine obscure.

Alors qu'il regardait la vapeur s'élever d'une bouilloire posée sur un gros poêle en fonte, il sentit une main le tirer en avant tandis qu'une autre lui enfonçait le canon d'un pistolet dans les reins. Une troisième main lui empoigna les cheveux par-derrière et la pointe d'un couteau vint se poser contre sa pomme d'Adam.

– *Il vaut mieux que tu aies une sacrée bonne explication, mon gars.*

Il tenta de se dérober et de se retourner pour les voir, mais ils l'immobilisaient solidement. Il n'eut pas non plus le temps de parler, le souffle coupé quand ils le jetèrent brutalement sur la table de la cuisine pour le fouiller à gestes rudes.

Il n'avait pas d'arme. Il n'en avait pas eu besoin pour sa mission, et il n'avait pas eu l'occasion de se rendre à la cachette qu'il gardait à Paris. Ça n'aurait d'ailleurs rien changé.

– Pourquoi faites... ?

Il ne put terminer sa phrase. Ils le tirèrent de la table, le tinrent suspendu dans l'air, et le lâchèrent.

Son visage heurta le sol. Ils le remirent aussitôt sur ses pieds, le projetant par une porte ouverte dans une salle de séjour. Il bascula sur un canapé élimé et poussiéreux qui sentait le moisi.

La salle était mieux éclairée que la cuisine. Des bûches brûlaient dans la cheminée, des rideaux miteux étaient tirés devant les fenêtres et un tapis usé couvrait le sol au milieu de la pièce. Les seuls autres meubles étaient un fauteuil à bascule, une lampe sur pied sans abat-jour, une petite table basse marquée de taches d'eau circulaires, et une bibliothèque vide. Aux murs, des traces rectangulaires bordées de crasse et de poussière marquaient l'emplacement des tableaux autrefois accrochés là.

Il se redressa sur le canapé, face à ses assaillants. Son cœur battait la chamade.

– Vous ne comprenez pas. On m'a dit de venir ici. Je ne suis pas entré par effraction.

Le plus grand siffla entre ses dents. Il portait un pull de chasse et des bottes de marche, et faisait des gestes avec son couteau.

– Non, mon gars, c'est toi qui ne comprends pas. Nous savons que tu es censé être ici. Ce que nous ne savons pas, c'est pourquoi, bordel, tu n'as pas terminé ta mission.

Le second avait une moustache, des épaules massives, et portait une veste sport écossaise que ses muscles tendaient à se rompre. Il tenait un pistolet 22 Hi-Standard muni d'un silencieux – une arme d'exécuteur.

– Combien t'ont-ils payé pour ne pas le faire ?

– Comment vous ont-ils contacté ? demanda le troisième homme.

Contrairement aux autres, celui-là parlait avec distinction. Mince, vêtu d'un complet-veston, il ouvrit de ses mains délicates un cartable d'où il sortit une seringue et une fiole de liquide qu'il posa soigneusement sur la table basse.

Leurs questions se succédaient si vite que chaque fois que Drew ouvrait la bouche pour répondre au premier, il était interrompu par le second et par le troisième.

– Tu as compromis le réseau? demanda le premier homme.

– Combien d'agents sont en danger? Qu'est-ce que tu leur as craché? coupa le second.

– Craché à qui?

– Puisque vous insistez, fit le troisième homme en remplissant la seringue. Enlevez votre manteau. Relevez votre manche.

Il pressa le piston pour éliminer les bulles d'air.

Drew sentait son estomac le brûler.

– C'est absurde, dit-il en secouant la tête. Vous n'aviez qu'à demander. Vous n'avez pas besoin de tout ce...

– Il est vexé, dit le deuxième homme. Il veut que nous soyons polis. Il croit que nous sommes ici pour prendre le café et des croissants.

L'homme pressa l'interrupteur du lampadaire. La lumière crue mit soudain en relief l'expression de colère qui animait son visage.

– Juste au cas où tu ne comprendrais toujours pas, je veux que tu voies ça venir.

Son poing serré grandit tout à coup.

La tête de Drew rebondit contre le canapé. Son sang avait un goût cuivré. Étourdi, il porta les mains à sa bouche, toucha le liquide chaud et poisseux. Il sentait ses lèvres douloureuses enfler.

– C'est assez poli pour toi? Peut-être pas.

L'homme lui donna un coup de pied dans le tibia gauche. Avec un gémissement, Drew abaissa les mains pour se masser la jambe, et l'homme frappa de nouveau ses lèvres déchirées. Sa tête se renversa en arrière.

– On vous a posé des questions, dit le troisième homme d'une voix flûtée, s'approchant avec la seringue pleine. Je préférerais que nous ne perdions pas de temps à attendre que l'amytal fasse son effet. Veuillez m'épargner cette peine. Pourquoi n'avez-vous pas terminé votre mission ?

– Après que j'ai fait sauter la voiture, on m'a vu ! dit Drew d'une voix déformée par ses lèvres tuméfiées.

– L'enfant qui a survécu ?

– Il a été éjecté de la voiture avant qu'elle bascule dans le ravin. Personne ne pouvait prévoir ce genre de chose. Mais ce n'est pas lui qui m'a vu !

Drew avala son sang. Tirant parti de sa blessure, il prolongea sa quinte de toux pour se donner le temps de penser. Il était évident que s'il disait à ces hommes ce qui s'était réellement passé dans ces montagnes, ils penseraient qu'il avait perdu l'esprit. Ils en concluraient qu'il était encore moins digne de confiance qu'ils ne l'avaient supposé en premier lieu.

– C'était quelqu'un d'autre, dit-il avec un haut-le-cœur. Pendant que je courais vers le haut de la pente opposée, une voiture est arrivée dans le virage.

Il s'interrompit pour tousser.

– Elle descendait du monastère. Un homme en est sorti. Je me suis retourné, et il m'a vu. Il y avait une antenne de CB sur la voiture.

Sa respiration sifflait sur un ton aigu entre ses lèvres tuméfiées.

– Je savais que la police serait prévenue. Je n'ai pas osé retourner à la voiture de location que j'avais parquée dans un village en bas de la route, alors je suis parti dans l'autre direction, vers le haut, à travers la montagne. Une tempête de neige s'est levée, et je me suis perdu. J'ai failli mourir. Il m'a fallu tout ce temps pour rentrer à Paris.

Le premier homme secoua la tête.

– Tu dois nous croire passablement stupides. Tu es censé être un expert pour ce qui concerne la survie en montagne. C'est la raison pour laquelle tu as été choisi pour la mission. L'enfant que tu as vu – c'est pour ça que tu nous as vendus ? Parce que tu avais perdu ton sang-froid ?

– Je n'ai pas perdu mon sang-froid ! Je vous ai dit la vérité !

– Oh, bien sûr. Mais voyons si votre histoire sera la même quand l'amytal fera son effet. Pour votre gouverne, sachez que l'exécution était nécessaire. Les enjeux étaient énormes.

La bouche de Drew s'emplit de sang, qu'il cracha dans un mouchoir.

– Personne ne m'a rien expliqué.

– L'Iran, dit le deuxième homme.

(– Attendez, interrompit le père Stanislas. Vous ne voulez pas dire qu'ils vous ont révélé le but de la mission ?

– Tout.

– Mon Dieu !

– Oui, c'est ce que j'ai pensé. J'entendais des choses que je ne devais pas savoir.

– Ils n'avaient pas l'intention de vous laisser sortir vivant de cette maison.

– Ça m'en avait tout l'air. Jusqu'à ce moment-là, je pensais avoir une chance sur deux de m'en tirer, si j'arrivais à les bluffer suffisamment. Mais quand ils ont commencé à me donner des informations...)

– L'Iran, dit le deuxième homme. Les gens se révoltent. Le chah est sur le point d'être déposé.

La question est de savoir qui va prendre sa place. L'homme que tu as tué dans la montagne – et sa femme, et presque son fils, songea Drew – prétendait être en France en vacances. En fait, il était venu représenter les intérêts pétroliers américains, négocier la poursuite des affaires avec le futur maître de l'Iran. Tu sais de qui je parle.

Drew secoua la tête, interdit.

– Comment diable le saurais-je ?

– Laisse tomber. Bien sûr que tu le sais. *Puisque c'est lui qui t'a acheté.* L'ayatollah Khomeiny, un fanatique musulman en exil. Il vit ici, à côté de Paris, et il est pire que le chah. Pour le moins, le chah est pro-américain. L'ayatollah ne l'est pas. Alors que sommes-nous censés faire ? Laisser l'Iran, et tout ce pétrole, se tourner ailleurs ?

– Ton boulot était de tuer ce pétrolier, puis l'ayatollah. De les faire sauter avec des explosifs et de rapporter les photos. Parce qu'il fallait que les deux coups soient attribués aux mêmes vilains. Les photos auraient été envoyées à tous les grands journaux, avec une note de revendication du Mouvement populaire iranien.

– Je n'en ai jamais entendu parler.

– Évidemment, il n'existe pas. Nous l'avons inventé. Qu'est-ce que ça change ? Le message aurait expliqué que l'ayatollah, et le pétrolier américain avaient été exécutés parce qu'ils avaient convenu de remplacer le chah par le même type de gouvernement répressif. Et quand l'indignation iranienne aurait atteint son point culminant, le personnage suivant dans l'échelle de la popularité, un homme proche de l'ayatollah, aurait pris la relève. Mais il aurait fait ce que l'ayatollah aurait dû faire. Il aurait coopéré avec les compagnies pétrolières occidentales.

(Le père Stanislas hocha la tête.

– Et comme un Américain et sa famille avaient été tués, personne n'aurait soupçonné que les intérêts américains y étaient pour quelque chose. Ça aurait pu marcher.

– Si ce n'était...

– Effectivement, si ce n'était vous.

– Et à cause de moi, il y a eu les otages de l'ambassade de Téhéran, les Soviétiques ont envahi l'Afghanistan, Reagan a battu Carter...)

– Ça aurait pu marcher ! cria le premier homme, le visage déformé par la colère. Mais il n'y avait qu'un problème, mon gars. Tout dépendait du minutage. Quarante-huit heures pour les deux coups, *mais tu n'as pas respecté l'horaire !* Nous savions avec certitude que dans ces deux jours, tu pouvais avoir *à la fois* le pétrolier et l'ayatollah. Nous connaissions leurs itinéraires. Nous avions repéré les endroits où ils seraient le plus vulnérables !

Drew essaya de se décharger des responsabilités.

– Vous auriez dû faire la part des imprévus. Si le chronométrage était si important, pourquoi la seconde mission n'a-t-elle pas été confiée à un autre agent ?

– Parce que, espèce de stupide salopard, il fallait que les deux coups soient exécutés par le même homme ! *A cause de l'appareil photo !* Il fallait que les deux exécutions soient enregistrées sur la même bobine de film. Quand nous aurions envoyé les photos et les négatifs à la presse, nous voulions que les clichés soient dans la même séquence numérotée – pour prouver à l'Iran que c'étaient les mêmes personnes qui avaient tué le pétrolier et l'ayatollah. Il fallait que les Iraniens soient convaincus que l'un de leurs groupes était responsable des exécutions.

– Pourquoi rejeter le blâme sur moi? Vous avez l'appareil photo. Reprogrammez la seconde mission.

Le premier homme laissa échapper un soupir en regardant ses compagnons.

– Vous entendez ce qu'il dit? Avec quelle simplicité il pense que nous pouvons arranger les choses? Mon gars, nous ne *pouvons pas* reprogrammer! Il est bigrement trop tard! L'ayatollah a renforcé ses mesures de sécurité, nous ne pouvons plus l'approcher. Pas d'assez près pour pouvoir utiliser cet appareil photo. Ce premier coup est inutile, maintenant! Tu l'as fait pour rien!

Drew entendait les hurlements désespérés du jeune garçon.

– Mais pour le second coup, dit l'homme d'allure aristocratique, celui que vous n'avez pas exécuté, votre échec vous a rapporté quelque chose, n'est-ce pas? Combien l'ayatollah vous a-t-il payé pour vous perdre avec tant d'à-propos dans la montagne? Vous êtes allé le trouver, exact?

– Ce n'est pas vrai.

– Je t'ai dit de laisser tomber!

Le premier homme s'approcha derrière le canapé. Renversant d'un coup sec la tête de Drew en arrière, il appuya de nouveau le couteau contre sa gorge.

– Soyez raisonnable, poursuivit le troisième homme. Nous voulons une excuse qui soit vraisemblable. Après que je vous aurai administré l'amytal, si votre histoire est la même, nous saurons que vous ne mentez pas. Et si nous trouvons vos raisons valables, nous pourrons considérer que vous avez commis une erreur sans arrière-pensée. Nous vous laisserons aller. Il ne sera jamais plus question de louer vos services, évidemment, mais je ne pense pas que vous y voyiez d'objection.

La gorge de Drew était si tendue qu'il était incapable de parler. L'homme qui se tenait derrière lui parut s'en rendre compte; il retira le couteau.

Drew toussa et déglutit. Il ne pouvait plus rien inventer.

– Très bien, dit-il en se massant la gorge. J'ai menti.

– Voilà qui est mieux. Vous finissez par faire des progrès, observa le troisième homme.

– Mais je ne me suis pas fait acheter. Ce n'est pas ce que vous pensez. Il m'est arrivé quelque chose – je ne sais pas comment l'exprimer autrement – dans la montagne.

– Quoi? demanda le premier homme, contournant le canapé.

Drew leur raconta ce qui s'était passé. Il ne s'était pas trompé en prévoyant leur réaction : ils le regardèrent comme s'il était devenu fou.

– Mon gars, on fera bien de se passer de tes services. Il t'est effectivement arrivé quelque chose. Tu as perdu ton sang-froid.

– Il y a un moyen de le savoir, dit le troisième homme en faisant un geste avec la seringue pleine. Faites ce que je vous ai demandé, enlevez votre manteau et relevez votre manche.

Le regard de Drew se posa sur la seringue, la moelle épinière soudain glacée. Ils en avaient trop mis. Ses interrogateurs avaient assez d'amytal pour le tuer dès qu'ils se seraient assurés qu'il disait la vérité. Il était invité à participer à sa propre exécution.

– Sous amytal, je dirai la même chose, insista-t-il. Parce que c'est la vérité.

Il se leva pour enlever son manteau, qu'il jeta vers la gauche, couvrant le visage de l'homme au couteau. Il devait s'emparer du pistolet. Il plongea vers le deuxième homme et lui tordit le poignet, faisant pivoter le canon équipé d'un silencieux vers le visage de son adversaire. Il pressa la détente. Le pistolet émit un son pareil au bruit étouffé d'un poing contre un coussin. La balle traversa l'œil droit de l'homme, dans un jaillissement de sang et de matière cérébrale.

Drew projeta le corps inerte contre l'homme au couteau, qui s'était débarrassé du manteau. Tandis qu'il tombait en arrière sous l'impact, Drew pivota vers le troisième homme, arracha la seringue de ses doigts délicats et lui enfonça l'aiguille dans le côté du cou. Le sang pourpre jaillit comme d'un tuyau à haute pression tandis qu'il enfonçait le piston à bout de course. L'homme élégant s'affaissa.

Drew se tourna alors vers le lampadaire, l'empoignant comme un gourdin pour parer l'attaque du premier homme qui, libéré du manteau et du cadavre, plongeait sur lui. Le cordon de la lampe se rompit et l'ampoule s'éteignit. La lueur tremblotante de la cheminée silhouettait leurs mouvements. Drew bascula le pied du lampadaire vers l'épaule de l'assaillant, puis renversa son attaque et projeta l'extrémité munie de l'ampoule contre la main qui tenait le couteau. Il bondit en arrière, faisant appel aux techniques qu'on lui avait enseignées au Colorado, frappa son adversaire au bas-ventre avec la base du lampadaire et fit sauter le couteau de sa main avec l'autre extrémité.

S'emparant du couteau tombé à terre, il l'enfonça sous le menton de l'homme, à travers la langue et le palais, jusque dans le cerveau.

La main toujours serrée sur le manche, où le sang chaud cascadait depuis la lame jusque sur ses doigts, il maintint l'homme debout quelques instants et le sentit trembler, observant avec un froncement de sourcils la mort lui voiler les yeux.

Puis il relâcha son étreinte. L'homme tomba en arrière, et son crâne émit un craquement sec en heurtant les briques de la cheminée.

Drew l'empoigna par les pieds pour le tirer hors des flammes, incapable de supporter la puanteur des cheveux grillés. Il frissonna en regardant le sang, les corps étendus autour de lui. Une odeur d'urine et d'excréments emplissait la pièce.

Malgré la responsabilité qu'il avait de cette odeur, il avait envie de vomir. Non de peur, mais d'écœurement. La mort. Trop de morts, depuis trop d'années.

3

– Et ensuite ? demanda Arlene.

Elle lui avait pris la main tandis qu'il parlait, lui apportant un peu de réconfort.

– J'ai laissé le pistolet dans la maison. Pas le temps de le prendre, bien que j'aie pris la peine de ramasser l'appareil photo. Je suis sûr qu'un psychiatre trouverait le choix intéressant. Mais j'avais un revolver dans ma cachette de Paris, avec de l'argent et un passeport à un autre nom. J'ai loué une voiture et je suis descendu en Espagne. Je me suis débarrassé du revolver, évidemment, pour le cas où je serais fouillé à la frontière.

– Pourquoi l'Espagne ? demanda le père Stanislas.

– Pourquoi pas ? Je me suis dit qu'ils me rechercheraient partout.

Il haussa les épaules.

– En Espagne, au moins, il faisait plus chaud. J'ai laissé la voiture au bureau de la compagnie de location, et j'ai loué un avion privé pour aller au Portugal. A Lisbonne, j'avais un passeport sous un autre nom d'emprunt. Et ensuite, l'Irlande, puis l'Amérique. Trois fois, ils ont failli m'avoir. Une fois, dans une station-service, j'ai dû mettre le feu à une voiture; mais du moins je n'ai pas été obligé de tuer. Et finalement je suis rentré au pays, en Amérique. Je savais exactement où j'allais. Je n'avais cure des chahs, des ayatollahs, du pétrole ou des terroristes. Rien de tout cela n'avait d'importance. J'avais tué l'équivalent de mes parents. J'avais provoqué la souffrance d'un enfant pour le reste de sa vie comme je l'avais fait. Le monde était une maison de fous. En comparaison, ces moines chartreux vivaient au paradis. Leurs priorités étaient clairement établies. Leur regard se portait sur une vision à long terme, sur l'éternité. Depuis que j'avais dix ans, j'étais un vagabond. Mais après avoir fui de cette maison au bord de la Seine, confronté à la perspective de continuer à errer, j'avais enfin une direction. Je voyais un but. Je voulais la paix.

« Un prêtre, le père Hafer, m'a parrainé. Il a tout arrangé pour que je puisse entrer au monastère. Avant de devenir un chartreux, j'ai dû me débarrasser de toutes mes possessions. Sauf de ces photos, bien sûr. Mais quand j'ai cru en avoir terminé, quand je me suis demandé si je m'étais effacé, je me suis rendu compte qu'il me restait une dernière chose à faire. Une faiblesse sentimentale. Un dernier lien à rompre.

4

Drew s'accroupit dans l'obscurité derrière les buissons et bondit de toutes ses forces. Ses doigts s'agrippèrent au faîte du mur de béton contre lequel il s'était tapi. On était en mars. Dans un effort douloureux pour ses mains nues gonflées par le froid, il se hissa vers le haut en faisant racler les semelles de ses chaussures contre le ciment.

Il s'allongea à plat sur le faîte, le souffle court, puis se contorsionna pour redescendre de l'autre côté, suspendu par l'extrémité de ses doigts engourdis.

Il se reçut sur la terre gelée, les genoux fléchis, et se redressa aussitôt en position de défense, avec ses mains pour seules armes. Il aurait pu se munir d'un pistolet, bien sûr, mais il s'était promis de ne plus jamais tuer. Maîtriser un ennemi à mains nues, il pouvait le justifier. Mais tuer à nouveau? Son âme frémissait d'horreur à l'idée de cette possibilité. Si par contre il était tué ce soir, ce serait la volonté de Dieu. Mais personne ne s'interposa sur son chemin.

Il scruta l'obscurité. Après la lueur crue des lampadaires qui brillaient de l'autre côté du mur, ses yeux auraient eu normalement besoin d'une seconde ou deux pour s'adapter à l'ombre plus épaisse, mais il les avait fermés en se laissant tomber du haut du mur. Quand il les rouvrit, ses pupilles étaient déjà grandes ouvertes.

Il distingua des arbres et des buissons obscurs, quelques tuyaux verticaux d'un mètre de haut munis d'un robinet à leur extrémité et entourée d'arrosoirs, et des pierres tombales. Des rangées et des rangées, dont les ombres s'étiraient au loin jusqu'à se perdre dans les ténèbres.

Le cimetière de Pleasant View, à Boston.

Il se glissa parmi les ombres, contournant des arbres et des buissons, s'accroupissant près des tombes, courant plié en deux pour franchir les allées gravillonnées, soupirant de soulagement quand il atteignait l'herbe silencieuse. Le dos appuyé contre le mur d'un mausolée glacial, il scruta de nouveau l'obscurité. La nuit était étrangement silencieuse, troublée seulement par le vrombissement solitaire d'une lointaine voiture.

Se glissant un peu plus loin, il les vit enfin, n'ayant jamais douté un instant de l'endroit où elles se trouvaient.

Les tombes de ses parents.

Il s'en approcha indirectement en décrivant un cercle pour vérifier la moindre cachette possible, se rappelant les vandales contre lesquels il avait protégé ses parents tant d'années plus tôt.

Il arriva finalement devant elles, les yeux fixés sur la pierre là où étaient gravés leurs noms qu'il ne pouvait distinguer dans le noir.

Mais même dans l'obscurité, il savait que c'était là. Avec tendresse, il parcourut du doigt les lettres de leurs noms, les dates de leur naissance, de leur mort; puis il recula, ressassant leur souvenir pendant un instant qui devint une minute, puis deux, puis trois, et dit enfin :

– Si seulement vous n'étiez pas morts.

Une voix le fit se raidir.

– Drew.

Il pivota sur lui-même.

C'était une voix masculine. Elle venait de loin, étouffée.

– Pourquoi as-tu fait ça? demanda la voix fantomatique.

Drew écarquilla les yeux, mais il ne parvenait pas à percer les ténèbres... là-bas, sur sa droite.

Il ne se sentait pas menacé. Pas encore, du moins. Parce qu'il savait que l'homme aurait pu facilement l'abattre pendant qu'il se tenait devant les tombes de ses parents.

Ce qui signifiait que l'homme éprouvait le besoin de parler.

Il reconnaissait la voix.

Jake.

– Te rends-tu compte de la merde que tu as foutue? demanda Jake du fond de la nuit.

Drew faillit sourire. Un élan d'amitié le submergea.

– Sais-tu combien d'hommes ils ont lancés après toi? poursuivit Jake à voix basse.

– Et toi? demanda Drew. On t'a aussi ordonné de me traquer? Tu es bien loin de New York, et tu n'es pas ici parce que tu aimes visiter les cimetières à trois heures du matin. Tu vas me tuer?

– C'est ce que je suis censé faire.

La voix de Jake était maintenant sonore, chargée de tristesse.

Épuisé, vide, Drew renonça soudain à la lutte.

– Alors vas-y. Je suis déjà mort. Autant tomber et rester immobile.

– *Mais pourquoi?*

– Parce que tu as tes ordres.

– Non, ce n'est pas ce que je veux dire. Je veux savoir pourquoi tu as vendu le réseau.

– Je ne l'ai pas fait.

– Ils ont dit que tu l'avais fait.

– Et je peux dire que je suis le pape. Ça ne veut pas dire que ce soit vrai. D'ailleurs, tu ne les as pas crus, sans quoi tu ne m'aurais jamais laissé l'occasion de parler. Tu m'aurais descendu pendant que j'avais le dos tourné. Comment m'as-tu trouvé?

– Le désespoir.

– C'est ce que j'ai toujours aimé, chez toi. Ton chic pour les longues explications.

– Ils ont envoyé une équipe pour surveiller l'endroit où tu habitais, juste en cas, mais je savais que tu n'y retournerais pas. En fait, plus j'y ai réfléchi, plus j'ai été convaincu que tu ne retournerais à aucun des endroits que le réseau associait avec toi. Je me suis dit que tu avais dû te terrer quelque part dans la montagne. Tu en sais assez pour y survivre pendant des mois, même en hiver. J'en ai conclu que la course était terminée, que tu avais gagné.

– Ça n'explique pas...

– J'y viens. Il y a quelque chose qui continuait à me tracasser, tu vois. Un soupçon de souvenir. Il devait y avoir un endroit qui t'attirerait irrésistiblement. Même des gens comme nous sont humains. Mais où? Qu'est-ce qui faisait de toi ce que tu étais? Et je me suis rappelé alors ce que tu m'avais raconté un jour, quand une tempête de neige nous avait forcés à camper de nuit sur un pic. Le vent était si glacial que nous devions nous parler sans arrêt pour être sûrs de ne pas nous endormir et mourir. Tu te souviens?

Drew s'en souvenait, avec tendresse.

– Dans les Andes.

– C'est ça. Et quand tu as été à court d'idées, tu m'as raconté ce qui était arrivé à tes parents, comment tu avais vécu avec ton oncle et ta tante à Boston.

– Mon oncle est mort, maintenant.

– Oui, mais ta tante vit toujours. Note bien qu'avec la description que tu m'en avais faite, je savais que tu n'irais jamais la trouver pour lui demander de l'aide. Mais Boston m'a rappelé ton histoire à propos de la façon dont tu avais protégé les tombes de tes parents; comment tu te glissais dans le cimetière toutes les nuits et comment, même adulte, tu continuais à leur rendre visite chaque fois que tu le pouvais. Je n'ai pas eu de mal à savoir dans quel cimetière étaient enterrés tes parents, ni à trouver leurs tombes. Mais je me suis demandé si, avant de te couper du monde, avant de te terrer, tu viendrais faire tes derniers adieux, si tu obéirais encore à la vieille impulsion ou si tu l'avais déjà fait et si je t'avais manqué.

– Un pari risqué.

– Sûr. Mais c'était le seul que je pouvais faire.

Drew plissa les yeux pour sonder la nuit.

– Je suis en fuite depuis janvier. Tu as surveillé ces tombes toutes les nuits depuis ce moment-là?

– Je te l'ai dit. Le désespoir. Mais je m'étais donné jusqu'à la fin de ce mois-ci, précisa Jake en riant. Imagine ma surprise quand je t'ai vu sortir de l'ombre. Pendant un instant, j'ai cru que j'avais des visions.

– C'est un bon endroit pour les fantômes. Et pour les retrouvailles. Et aussi pour les exécutions. L'entrepreneur des pompes funèbres pourrait aussi bien s'épargner les obsèques et me planter là où je tomberai. Mais tu ne m'as pas encore descendu. Pourquoi?

Dans l'ombre, Jake soupira.

– Parce que je veux savoir ce qui s'est réellement passé.

Drew lui raconta.

Jake demeura un moment sans réaction.

– Ça fait une bonne histoire, dit-il enfin.

– C'est plus qu'une histoire!

– Mais ne vois-tu pas que ça importe peu? *C'est ce qu'ils croient, qui importe.* Ils sont venus me trouver pour me dire : « C'est votre ami. Vous connaissez ses habitudes. Vous savez ce qu'il va faire. Il est dangereux. Impossible de savoir à qui il risque de nous vendre la prochaine fois. »

– Je te l'ai déjà dit. Je ne les ai pas vendus!

– Ils m'ont dit aussi : « Nous vous donnerons cent mille dollars si vous le retrouvez... et si vous le tuez. »

Perdant patience, Drew s'avança en écartant les bras.

– Alors fais-le ! Qu'attends-tu ? Gagne la prime !

– Ne compte pas sur notre amitié, l'avertit Jake du fond de l'obscurité. Ne t'approche pas plus, et n'essaie pas de fuir.

– Fuir ? J'en ai assez de fuir. Tue-moi, ou laisse-moi partir.

– Si je te laisse partir, tu seras toujours en fuite.

– Non. Demain, je dois entrer dans un monastère.

– *Quoi ?*

– C'est vrai. Je vais devenir chartreux.

– Tu veux dire que tu as vraiment été touché par la religion ? Chartreux ? Attends une seconde, ce ne sont pas ceux qui vivent seuls dans une cellule et qui prient toute la journée ? C'est bigrement tordu. Ça revient à se glisser dans une tombe.

– Le contraire. C'est comme d'être ressuscité. Je suis déjà dans une tombe, et pas à cause du pistolet que tu braques sur moi. Pense ce que tu veux. De ton point de vue, en entrant chez les chartreux, c'est comme si j'étais déjà mort, n'est-ce pas ? Tu n'aurais pas besoin de me tuer.

– Tu as toujours été doué pour les mots.

– Je n'insulterai pas notre amitié en croyant que tu es tenté par les cent mille dollars qu'ils t'ont offerts pour me tuer. Je ne t'insulterai pas non plus en essayant de te tenter par une somme plus importante pour que tu me laisses partir. D'ailleurs, je n'ai plus ce genre de fortune. J'ai tout donné.

– De plus en plus curieux.

– Ce que je fais, c'est compter sur notre amitié.

Je t'ai sauvé la vie, un jour. Lors de cette même ascension dans les Andes. Tu te souviens ?

– Oh, parfaitement, oui.

– Personne ne sait que tu m'as retrouvé. Rends-moi la pareille. Sauve-moi la vie. Laisse-moi partir.

– Si seulement ça pouvait être aussi simple. Il y a autre chose que je ne t'ai pas dit, et il y a plus en jeu que les cent mille dollars. Ça, c'est seulement la carotte au bout du bâton. Mais le bâton a un autre bout, le bout pointu, et on me l'enfonce dans le dos. Tu les as vraiment fâchés, Drew. Une mission manquée, et de *première importance*. Sans parler des trois agents que tu as tués. Les responsables du réseau sont persuadés que tu es devenu un mercenaire, un solitaire.

– Ils se trompent !

– Mais c'est ce qu'ils pensent. Ils sont sûrs que tu les as vendus. Avec tout ce que tu sais, tu pourrais causer de sérieux dommages au réseau. Alors ils essaient de t'avoir à tout prix. Ils ne cesseront jamais de te chercher. Et plus ils seront furieux, plus ils s'en prendront à d'autres – comme moi. C'est parce que je te connais, parce que nous sommes amis, qu'ils estiment que je devrais pouvoir te retrouver. Et si je ne te retrouve pas, c'est que je dois être moi aussi un franc-tireur. Le mois prochain, je m'attends qu'ils me mettent sur le gril. Alors tu vois ce que je veux dire ? Je ne peux pas te laisser partir.

Drew sentit la tristesse qui perçait dans la voix de Jake.

– Mais veux-tu me tuer ?

– Seigneur, non ! Pourquoi crois-tu que je ne l'aie pas encore fait ?

– Alors il y a peut-être un meilleur moyen.

– S'il y en a un, je ne le connais pas.

– Retourne leur dire que tu m'as retrouvé et que tu m'as tué.

– A quoi diable cela me servirait-il? Ils ne me croiraient pas sur parole. Il faudrait que je leur en apporte la preuve!

– Et alors, où est le problème? Donne-leur cette preuve!

– Explique-toi.

– Dis-leur que tu as piégé ma voiture et que tu m'as fait sauter, dit Drew, se rappelant la méthode d'exécution qu'on lui avait ordonné d'utiliser dans les Alpes. Prends des photos. Ils aiment les photos.

– De quoi? Une voiture qui saute ne va pas...

– Non, de moi en train de monter dans la voiture et de démarrer. De la voiture en train d'exploser et de basculer dans une rivière. Étant donné les circonstances, si tu leur dis que tu ne pouvais pas m'avoir autrement qu'avec une bombe, quelle autre preuve pourraient-ils exiger? Mais je ne serai pas dans la voiture.

– Tu arrêteras la voiture et tu descendras avant qu'elle explose?

– Exactement. Demain, je suis censé me présenter au monastère. C'est dans le Vermont. Mais je peux attendre jusqu'au matin pour t'aider à prendre les clichés.

Drew s'avança vers la voix de Jake, toujours invisible dans l'ombre.

– *Reste où tu es, Drew.*

– Je ne peux pas attendre plus longtemps. Il faut que je sache. Il est temps de mettre notre amitié à l'épreuve. Descends-moi, ou aide-moi. Il n'y a pas d'autre solution.

Il écarta de nouveau les bras en signe de franchise.

– Je te préviens, Drew, dit Jake d'une voix

paniquée. Ne m'oblige pas à le faire. Ne t'approche pas.

– Désolé, vieux. Il y a trop longtemps que je cours. Je suis fatigué. Et je veux voir ton visage.

– Pour l'amour de Dieu !

– Oui, exactement !

Drew s'approcha à moins de trois mètres des fourrés où Jake était caché. Deux mètres. Il s'arrêta, scrutant l'obscurité.

– Alors que vas-tu choisir ? Veux-tu que je t'aide à prouver que tu m'as tué, pour qu'ils me laissent tranquille et que je puisse passer le reste de ma vie en paix ? Ou veux-tu me tuer pour de bon ?

Il attendit. Le silence s'appesantit.

Il y eut un bruissement dans les fourrés.

Drew se tendit, craignant d'avoir commis une erreur de jugement, imaginant Jake en train de lever son arme.

Une silhouette émergea de l'ombre.

Jake s'avança, les bras écartés comme l'étaient ceux de Drew.

– Que Dieu te protège, vieux.

Ils s'étreignirent.

5

– En 1979 ?

Arlene scrutait le visage de Drew, la voix aussi tendue par l'émotion que l'avait été celle de ce dernier.

– En mars, à Boston. La veille du jour où je suis entré au monastère.

Elle se laissa aller contre son dossier.

– Tu as raison. Il fallait que j'entende tout ça avant de pouvoir comprendre. C'est comme...

Drew la regardait s'efforcer de trouver ses mots.

– J'en suis venu à considérer tout cela comme une toile d'araignée, dit-il. Tout y est imbriqué, entrelacé, la boucle y est fermée. Pour un terrible dessein. Parce que l'ultime araignée attend.

Elle le considéra attentivement.

– Et Jake a fait ce que tu lui avais demandé ? Il t'a aidé ?

– Nous avons organisé la mise en scène pour les photographies. Je ne sais pas ce qu'il a raconté à Scalpel, mais ça devait être convaincant. D'après ce que tu m'as dit, il n'y a eu aucune répercussion. En fait, jusqu'à la quinzaine passée, tu n'avais rien remarqué d'anormal.

– C'est vrai, dit-elle d'un air songeur. Et puis il a commencé à paraître préoccupé.

– Et peu après sa disparition, le monastère a été attaqué, ajouta le père Stanislas.

La chambre parut se resserrer autour d'eux sous l'effet de la tension.

Le prêtre se tourna vers Drew.

– Les deux événements sont-ils liés ? Quelqu'un a-t-il pensé que Jake en savait plus qu'il ne voulait bien le dire ? A-t-il été forcé d'avouer que vous étiez encore vivant, de révéler l'endroit où vous vous trouviez ?

– Mais pourquoi après six ans ? demanda Drew. Si Scalpel doutait de son histoire, pourquoi ont-ils attendu si longtemps avant de l'interroger ?

– Scalpel ? fit Arlene d'un ton incrédule. Tu présumes que ce sont eux les responsables ? Que ce sont eux qui sont derrière la disparition de Jake et l'attaque du monastère ?

– J'y suis bien obligé. Tout pointe dans leur direction.

– Mais...

Arlene semblait de plus en plus troublée.

– Qu'est-ce qui ne colle pas? Je croyais que tu en étais persuadée, tout comme moi.

– Non, tu ne comprends pas. C'est impossible.

– Mais tout concorde.

– C'est impossible! Scalpel n'existe plus!

Drew éprouva une soudaine sensation de vide au creux de l'estomac.

– *Quoi?*

– Le réseau a été dissous en 1980, pendant que tu étais au monastère.

Drew sourcilla.

– Elle a raison, dit le père Stanislas. Mes sources sont catégoriques à ce sujet. Comme vous l'aviez découvert, le programme avait échappé à tout contrôle. L'organisation outrepassait de loin son mandat et ne se contentait plus de contre-attaquer les terroristes. Elle avait pris l'initiative catastrophique de s'ingérer dans les affaires de gouvernements étrangers et de comploter l'assassinat de chefs d'État. Si l'ayatollah avait appris que les Américains essayaient de le supprimer, il aurait pu faire exécuter les otages au lieu de se contenter d'exiger une rançon. En tout cas, il aurait utilisé la tentative d'assassinat pour prouver que tout ce qu'il disait contre l'Amérique et sa dégénérescence était vrai. C'est sans aucun doute la raison pour laquelle Scalpel voulait votre mort. Le fait que vous n'aviez pas procédé à l'exécution et, pis, la crainte que vous soyez devenu instable au point de dévoiler leurs secrets ont dû les terrifier.

– Mais après cela, ils ont cru que j'étais mort.

– Et c'est sans doute la première fois qu'ils ont dormi sur leurs deux oreilles depuis votre mission manquée, dit le père Stanislas. D'après mes sources, les responsables de Scalpel avaient le sentiment d'avoir frôlé le désastre de trop près. Certains pensent même que des membres de Scalpel se sont inquiétés suffisamment pour faire savoir au ministère des Affaires étrangères à quel point le programme était devenu politiquement dangereux. Vous vous rappelez ce qui est arrivé à la CIA quand la Commission religieuse du Sénat a dévoilé les complots d'assassinat de l'agence contre Castro, Lumumba, Sukarno, les frères Diem ?

– La CIA a failli être dissoute, dit Drew. A titre de compromis, ses pouvoirs ont été sévèrement limités, et sept cents membres de la branche des opérations secrètes ont été saqués.

– Scalpel voulait manifestement éviter le même genre de scandale. Pour protéger leurs carrières, ses administrateurs ont soigneusement et discrètement dissous le réseau antiterroriste. Le démantèlement a pris un an à partir de votre mission manquée contre l'ayatollah.

– Alors qui diable a essayé de me tuer ? Et pourquoi ?

– *Et qu'est-ce qui a inquiété Jake à ce point ?* demanda Arlene, les yeux fixés sur eux.

– Peut-être le poison nous donnera-t-il un indice, dit Drew. Si nous connaissons le type de poison utilisé dans l'attaque du monastère.

Le père Stanislas le dévisagea.

– Oui. L'évêque m'a dit que vous aviez conservé le corps de la souris qui vous avait sauvé la vie. Votre petit animal familier.

– Stuart Little, dit Drew, qui semblait avoir du mal à respirer. Je me suis dit que la dernière chose qu'elle pourrait faire pour moi serait de m'aider à trouver les réponses. Si une autopsie permettait de mettre en évidence un poison caractéristique, ce serait une information susceptible de nous révéler qui a ordonné l'attaque.

– Je me le demande. Vous permettez que je jette un coup d'œil ?

– Ça n'est pas beau à voir.

– Vous devez vous douter maintenant que je ne suis pas né de la dernière pluie.

Drew lança un regard à l'inquiétante bague rouge, à l'épée et à la croix de Malte superposées.

– J'en ai l'impression. La confrérie de la pierre ?

– Exactement.

– Il faudra que vous m'expliquiez.

– Quand le moment sera venu. Et en attendant ?

Drew alla fouiller dans son manteau. Détail remarquable, le minuscule cadavre qu'il sortit du sac en plastique semblait exceptionnellement bien conservé. Il était sec et ratatiné, pareil à une momie.

Le père Stanislas le prit avec respect.

– Des créatures les plus humbles... commença-t-il en levant les yeux vers Drew. Je vous ai dit que j'avais fait enlever les corps du monastère. Vous aviez raison quand vous avez parlé à l'évêque de la crainte du scandale. Si les autorités avaient été mises au courant de l'attaque, leur enquête leur aurait révélé qu'un moine avait survécu. Et en creusant un peu plus, ils auraient tout appris de votre passé. L'Église protégeant un assassin international ? C'était inacceptable. Après notre propre enquête, nous avons donc effacé toute trace. Les corps ont été enterrés selon la coutume des chartreux, avec respect mais humilité, sans pierre tombale pour les identifier. Nous avons maintenu l'anonymat que les moines avaient toujours recherché. Mais nous avons procédé à des autopsies. Le poison est bien particulier et, en l'occurrence, approprié.

Drew attendit.

– L'aconit, appelé aussi capuchon de moine.

Le jeu de mots était blasphématoire.

– Si jamais je mets la main sur...

– Patience, dit le père Stanislas, qui posa le sac en plastique sur la commode et porta la main à son col blanc d'ecclésiastique. J'aurais dû revêtir mes ornements sacerdotaux.

– Pourquoi ?

– Pour entendre votre confession, parce que c'en était une. Un problème ardu de droit canon. Je me demande si ma négligence invalide votre confession.

– Je ne le crois pas, dit Drew, dont la voix se brisa.

– Je ne le crois pas non plus. Dieu comprend. Est-ce terminé ? M'avez-vous dit tout ce que vous pensez se rapporter à la question ? Tout ce qui conduit à l'attaque du monastère ?

– Tout ce à quoi je puisse penser.

– Alors inclinez la tête et complétez le rite.

– Mon père, je regrette sincèrement ces péchés et les péchés de toute ma vie.

Le père Stanislas leva la main droite et fit le signe de la croix tout en priant en latin. Drew reconnut la prière implorant le pardon de Dieu.

Le prêtre marqua une pause, puis reprit :

– Tuer un être humain est l'un des crimes suprêmes. Seul le suicide le dépasse. Mais les circonstances tempèrent votre culpabilité, de même que l'épreuve de toute votre vie. Faites un bon acte de contrition.

Drew s'exécuta.

– Allez en paix, dit le père Stanislas avant

d'ajouter, d'une voix soudain cassante : Mais ne bougez pas d'où vous êtes.

Drew leva les yeux, surpris.

– Il est temps de parler de Yanus.

Drew fronça les sourcils.

– C'est ce que vous avez dit dans la chapelle de la maison de retraite. Il m'a fallu un moment pour comprendre, à cause de votre accent. Vous voulez parler de *Janus ?*

– L'assassin, intervint Arlene.

Le père Stanislas fit un signe de tête affirmatif.

– Le dieu aux deux visages, qui est censé être Drew.

LIVRE SEPT

JANUS

LES PÉCHÉS DU PRÉSENT

1

Dans la Rome antique, quand une armée impériale partait pour la guerre, un ensemble de rites complexes devaient être observés sous peine de voir la mauvaise fortune s'abattre sur l'entreprise. L'un des plus importants de ces rites consistait à faire passer l'armée sous une arcade cérémonielle tandis qu'on invoquait la faveur des dieux, et de l'un d'eux en particulier : le dieu des heureux commencements. Il existait plusieurs de ces arches à travers la ville, et la plupart n'étaient reliées à aucun mur ni bâtiment mais se dressaient isolément, comme si leur absence d'utilité pratique mettait l'accent sur leur fonction symbolique. Pareillement, de petits bâtiments étaient parfois construits sans autre objet que de procurer à un prêtre ou à un politicien un décor approprié pour faire son entrée et sa sortie.

La plus respectée de ces constructions était un temple situé au nord du Forum. Simple, rectangulaire, ses façades est et ouest étaient munies de doubles portes de bronze, face au soleil levant et au soleil couchant, pour rappeler que si on espérait voir une entreprise débuter sous d'heureux auspices, on espérait également qu'elle serait couronnée de succès. Comme les arches sous lesquelles défilaient les formidables armées de Rome en route pour le combat, ce temple était lui aussi associé à la guerre. En fait, les généraux de l'empire franchissaient si fréquemment les doubles portes est et ouest dans les deux sens que ces dernières étaient habituellement laissées ouvertes. On ne les fermait que lorsque la ville était en paix, ce qui était un événement rare. Durant les sept premiers siècles de la grandeur de Rome, du règne de Numa à celui d'Auguste, cela ne se produisit que trois fois.

Le dieu auquel ce temple était dédié n'était pas Mars comme on pourrait s'y attendre. La statue sur laquelle méditaient les prêtres, les politiciens et les généraux en passant d'une double porte à l'autre était celle d'une déité supérieure, Janus, dont il était facile de distinguer l'image de celles de tous les autres dieux car il avait deux visages, l'un tourné vers l'avant et l'autre vers l'arrière, face aux portes de l'est d'un côté et à celles de l'ouest de l'autre, face au commencement et à la fin.

Quand on implorait de lui le succès au début d'une journée, il recevait le nom de Matutinus d'où vient le mot matines, nom donné par l'Église catholique au premier office canonial de la journée qui se célèbre juste après minuit. Mais on invoquait également Janus au début de chaque semaine et de chaque mois et, plus particulièrement, au début de chaque année. Le premier mois de l'année a été appelé janvier en son honneur.

Janus, le dieu à deux faces dont le regard est éternellement tourné vers l'avant et vers l'arrière.

Vers le commencement. Et la fin.

2

– Au début, dit le père Stanislas, nous n'avions pour ainsi dire que des rumeurs. C'était il y a presque un an.

– Nous ? fit Drew en plissant les yeux. Qui est ce nous ?

Il fit un geste en direction de l'anneau du père Stanislas, du magnifique rubis orné de l'épée et de la croix superposées.

– La confrérie ?

– Est-il nécessaire d'être plus explicite ? Un homme de votre expérience... dit le père Stanislas en le dévisageant. Cela ne devrait pas vous surprendre. Avec ses sept cents millions de fidèles, l'Église constitue pratiquement une nation en elle-même. Avant le Moyen Age, sous le Saint-Empire romain, elle était en fait une nation qui comprenait la plus grande partie de l'Europe. Elle a besoin de veiller à ses intérêts. Tout comme les grands pays, elle a besoin d'un réseau de renseignements.

– Un réseau de renseignements ? fit Drew, dont la voix s'était durcie. Je commence à comprendre.

– Du moins vous le croyez. Mais procédons par étapes. Nos principales sources de renseignements sont divers membres d'un ordre religieux ambigu qui a pris de l'importance depuis votre entrée au monastère. Cet ordre s'appelle l'Opus Dei, la grande œuvre de Dieu. Je l'ai qualifié d'ambigu parce que ses membres – dont la plupart sont des gens des classes moyennes qui ont réussi dans leur profession : médecins, hommes de loi, hommes d'affaires – poursuivent leurs occupations laïques malgré leurs vœux de pauvreté, de chasteté et d'obéissance. Ils s'habillent selon les normes de la société, bien que nombre d'entre eux se retirent la nuit dans des cloîtres, et que tous lèguent leurs possessions à l'Église. Ils sont d'opinions conservatrices, et farouchement loyaux au pape. Leur appartenance à l'Opus Dei est maintenue strictement secrète.

– En d'autres termes, c'est un ordre invisible.

– Exactement. La théorie en est qu'ils peuvent étendre l'influence de l'Église en appliquant ses doctrines dans l'exercice quotidien de leurs activités professionnelles. Une sorte de cinquième colonne catholique, si vous préférez. Imaginez l'effet obtenu si des membres de l'Opus Dei étaient élus au Congrès, ou si l'un d'eux devenait membre de la Cour suprême des Etats-Unis. Mais on ne les trouve pas qu'aux États-Unis. L'Opus Dei existe en force dans plus de quatre-vingts pays. Cent mille professionnels qui appliquent leur ambition à acquérir autant de pouvoir séculier qu'ils le peuvent pour le mettre au service de l'Église catholique. Ils sont la base du réseau de renseignements de l'Église. Et c'est à partir des rumeurs qu'ils avaient commencé à recueillir que j'ai entendu parler pour la première fois...

3

Un mercenaire indépendant, apparemment surgi de nulle part sur la scène européenne et tenu pour responsable de cinq assassinats commis à intervalles rapprochés, tous sur la personne de prêtres catholiques. Dans chaque cas, il s'agissait de prêtres politiquement actifs, influents, et farouchement opposés aux factions communistes des gouvernements de leur pays. Tous étaient morts de ce qui semblait être à première vue un accident malheureux : accident de voiture, crise cardiaque, incendie.

Si elles avaient été plus espacées, les morts n'auraient pas attiré l'attention; mais leur succession rapide et le fait que la plupart s'étaient produites en Italie firent hausser les sourcils à l'Opus Dei. Certains membres haut placés de l'ordre usèrent de leur influence pour s'assurer que les enquêtes soient plus approfondies. Il apparut bientôt dans chaque mort divers facteurs suspects, sans qu'il se dégageât toutefois de preuves concluantes. Dans le cas de l'accident de voiture, les freins avaient lâché alors qu'ils avaient été récemment révisés. Dans le cas de la crise cardiaque, l'autopsie de la victime ne révéla aucune faiblesse du système cardiovasculaire. Dans le cas de l'incendie, personne n'avait souvenir que le prêtre, qui avait toujours été d'une propreté maniaque, eût jamais laissé des chiffons graisseux s'accumuler dans le sous-sol de la cure.

En même temps, à Genève, une jeune femme profondément amoureuse fit une inquiétante découverte. L'homme avec qui elle avait une liaison, un Américain talentueux en amour, avait récemment installé des rayonnages de bibliothèque dans son appartement. L'une des potences de soutien s'était arrachée du mur et les étagères penchaient dangereusement. Son amant, Thomas McIntyre, étant absent de la ville pour ses affaires (elle ne savait pas exactement en quoi consistaient ces dernières, quelque chose à voir avec l'import-export), elle téléphona à son frère pour lui demander de passer à son appartement lui donner un conseil à propos des étagères.

Quand ils regardèrent tous deux derrière les étagères, ils remarquèrent dans le mur un trou qui n'y était pas auparavant. Explorant plus avant, ils découvrirent une cavité emplie de plastic, de détonateurs, d'armes automatiques, de munitions, et d'une boîte métallique étanche dans laquelle ils trouvèrent l'équivalent de cent mille dollars en diverses devises européennes, ainsi que trois passeports au nom de Michael McQuane, Robert Malone, et Terence Mulligan. Malgré les différences de noms, les photographies des trois passeports étaient identiques. C'étaient celles de l'amant de la jeune femme, Thomas McIntyre.

Après une longue discussion, intense et violente, au cours de laquelle la jeune femme défendit son amant et menaça son frère de ne jamais plus lui adresser la parole s'il ne laissait pas à l'Américain une chance de s'expliquer, le frère téléphona aux autorités. Moins d'une heure plus tard, trois policiers se présentèrent. Ils examinèrent les objets dissimulés derrière les étagères et se rendirent aussitôt à l'appartement de l'amant. Il se trouva que celui-ci, rentré de son voyage d'affaires sans en avoir averti la jeune femme, recevait des amis. Après que les policiers eurent frappé à la porte et eurent été introduits avec réticence par l'un des invités, ils se trouvèrent face à un groupe de fêtards éméchés, parmi lesquels un homme qui ressemblait à la photographie des divers passeports accepta de répondre à leurs questions dans sa chambre. Une fois là, cependant, l'Américain sortit un pistolet, abattit les trois policiers et s'enfuit par l'échelle d'incendie.

L'un des policiers survécut pour raconter ce qui s'était passé. L'enquête révéla que la boîte métallique cachée dans le mur derrière les étagères recelait également un carnet– dans lequel étaient inscrites certaines adresses. Ces adresses, dans différentes villes de plusieurs pays, se trouvaient être celles des cinq prêtres qui étaient morts.

4

– Qu'en pensez-vous, à ce point? demanda le père Stanislas.

Troublé, Drew réfléchit.

– Si ce McIntyre est un assassin, il aurait besoin de quelques leçons pour lui apprendre le métier. Cette étagère bancale, sa panique à l'arrivée de la police. C'est un amateur, conclut-il en secouant la tête.

– C'est ce qu'il m'a semblé. A moins...

– Je ne comprends pas.

– A moins qu'il n'ait joué la comédie.

– Vous pensez qu'il voulait qu'on le découvre? demanda Arlene, intriguée.

– Mais pourquoi?

– Pour se faire connaître. Pour acquérir rapidement une certaine notoriété, expliqua le père Stanislas. Et une fois qu'il a été découvert, sans aucun doute par volonté délibérée de sa part, il est soudain devenu professionnel. Les autorités ont fait tout leur possible mais n'ont pas pu le retrouver, et trois autres prêtres politiquement engagés ont été tués à de brefs intervalles. Puis des membres de l'Opus Dei eux-mêmes ont commencé à être assassinés. Des cadres supérieurs, des éditeurs, mais surtout des politiciens. Et il était désormais clair que ce Thomas McIntyre, sous les divers noms de ses autres passeports, s'était engagé dans un terrorisme systématique contre...

– ... l'Eglise catholique, acheva Drew, indigné, qui se tourna vers Arlene. Tu m'as dit qu'il avait assassiné des politiciens, mais tu ne m'avais pas dit...

– ... qu'ils faisaient partie de l'Opus Dei? Comment aurais-je pu le savoir?

– Vous n'auriez pas pu, dit le père Stanislas. Comment quiconque n'appartenant pas au service de renseignements de l'Église aurait-il pu le savoir ? C'est là toute la question. L'appartenance à l'Opus Dei est un secret.

– Elle ne l'est plus, dit Drew.

– Et maintenant, venons-en à vous, dit le père Stanislas en s'asseyant à côté de Drew. Quand les autorités ont enquêté, à l'instigation de membres puissants de l'Opus Dei désireux de découvrir l'homme qui les traquait, d'autres rumeurs ont commencé à faire surface. Un homme portant le nom de code Janus achetait des armes et des explosifs au marché noir européen et engageait en même temps des enquêteurs indépendants pour se documenter sur tout scandale impliquant l'Église catholique. Ces scandales allaient des maîtresses entretenues par divers prélats, aux liaisons homosexuelles, en passant par les riches propriétés qu'aucun prêtre, étant donné ses vœux de pauvreté, n'aurait dû avoir les moyens de posséder. Alcoolisme. Drogues. Péchés mortels. Si un prêtre ou un membre de l'Opus Dei avait un vice quelconque, Janus voulait le savoir et en obtenir la preuve. Il se contentait parfois d'envoyer la documentation aux journaux, y compris des photographies. En d'autres occasions, il tuait le prêtre ou le membre de l'Opus Dei, *puis* envoyait les documents, apparemment pour justifier les assassinats.

– Janus, dit Drew.

– Le lien était évident. Thomas McIntyre, l'assassin animé par la même ambition ? Pouvait-il être Janus ? Effectivement, quand les autorités ont réussi à coincer l'un des contacts de Janus et à le faire parler, l'homme a identifié son employeur sur la photographie du passeport de Thomas McIntyre.

Drew se raidit.

– Identifié? Vous voulez dire que ce Janus, ce McIntyre, se montrait à ses contacts? Il n'avait même pas la prudence d'utiliser un téléphone sûr pour les contacter? Il y a quelque chose qui cloche. Ses méthodes sont si maladroites qu'on dirait presque...

– Que c'est intentionnel? suggéra le père Stanislas. Comme s'il voulait être pris? En effet. Le même comportement. Et pourtant, malgré les efforts des membres les plus importants de l'Opus Dei et leur influence considérable sur Interpol et sur le MI-6, personne n'a été capable de lui mettre la main dessus.

– Mais tu croyais que j'étais Janus, dit Drew à Arlene. Ou du moins tu le croyais jusqu'à ce que tu m'aies accordé le bénéfice du doute. Qu'est-ce qui t'a fait penser que c'était moi?

– A cause de la photo qui figurait dans tous ces passeports, répondit le père Stanislas à la place d'Arlene. Il a fallu du temps, mais les autorités américaines ont fini par retrouver le même visage dans leurs dossiers. La difficulté résidait en partie dans le fait que votre passeport légal avait expiré. Mais quand ils ont cherché dans les fichiers plus anciens... Plus jeune, plus mince, quoique pas aussi mince que vous l'êtes maintenant, mais il y avait une ressemblance évidente. Andrew McLane. La similitude entre votre nom patronymique et ceux qu'utilisait Janus a immédiatement attiré l'attention. McIntyre, McQuane, Malone Mulligan. Une curieuse mixture d'irlandais et d'écossais, je l'admets, mais on ne pouvait manquer d'établir un parallèle. Les autorités en ont conclu que vous deviez être Janus.

« Le choix de votre nom de code les a intrigués pendant un certain temps, mais les officiers des renseignements ont bientôt compris. Vous aviez travaillé pour un réseau antiterroriste américain, bien que ce que vous aviez fait pour ce réseau n'ait évidemment jamais été révélé. En 1979, vous vous étiez vendu à l'Iran. Vous aviez disparu de la circulation pendant plusieurs années, mais voilà que vous étiez de retour et que, foulant aux pieds votre loyalisme antérieur, vous travailliez pour qui vous payait le mieux. Janus. Le nom de code a paru alors parfaitement approprié. Le dieu romain qui regardait à la fois devant et derrière.

– Janus aux deux visages, fit Drew d'un ton amer.

– Quand l'affaire est devenue publique, Jake et moi en avons été abasourdis, dit Arlene. Comment pouvais-tu être devenu un assassin acharné à frapper l'Église catholique? Ça n'avait aucun sens. Mais les preuves étaient convaincantes, et Jake avait l'air de plus en plus bouleversé. Il a commencé à se comporter de façon étrange, et puis il a disparu.

Elle serra les poings.

– *Mais pourquoi ne m'a-t-il pas dit ce qui se passait?*

– Il ne le pouvait pas, dit Drew. Pas avant d'être sûr que c'était bien moi. Après tout, Jake savait que j'étais censé être mort. C'était lui qui avait affirmé m'avoir tué, et Scalpel avait accepté ses preuves. Mais, pour ce qu'il en savait, j'étais dans un monastère de chartreux dans le Vermont. Alors comment aurais-je pu être en train de tuer des prêtres et des politiciens en Europe?

– A moins que vous n'ayez quitté le monastère, observa le père Stanislas. Que vous vous soyez servi de lui. Alors vous pensez qu'il est allé au monastère pour le vérifier?

– Je ne l'y ai jamais vu, mais je suppose qu'il ne l'a pas fait.

– Alors?

– Regardons les choses sous cet angle. Quiconque est Janus a pris grand soin de faire croire aux autorités que....

– ... que lui et toi êtes la même personne, acheva Arlene.

Drew s'efforça de se concentrer.

– *Pourquoi* faire une chose pareille? Pourquoi tiendrait-il tant à me faire porter la responsabilité des meurtres? Si les autorités m'avaient retrouvé, j'aurais pu prouver que je ne l'avais pas fait.

– C'est vrai, reconnut le père Stanislas. Si vous étiez dans un monastère, votre alibi était parfait.

Drew sentit un picotement lui parcourir le cuir chevelu.

– Mais Janus ne pouvait pas savoir que j'étais dans ce monastère. Et pourtant il était certain que je ne pourrais jamais prouver que je n'étais pas Janus. Pourquoi?

Ce fut Arlene qui répondit, d'une voix sinistre :

– Parce qu'il pensait que tu étais mort.

Tous trois se dévisagèrent.

– Si les autorités recherchaient un homme mort, Janus n'avait pas à se tracasser. J'étais la diversion parfaite. Pendant qu'on pourchassait un fantôme, il pouvait...

– Etre invisible et faire ce qu'il voulait.

Arlene se leva, l'air bouleversé.

– Jake a-t-il donc essayé d'enquêter sur ses anciens supérieurs de Scalpel? demanda-t-elle d'une voix tremblante. Parce qu'il pensait que l'un d'eux se servait du fait que tu étais mort, ou *censé* être mort, pour fournir une couverture à Janus?

Drew hocha la tête.

– Et quiconque avait inventé Janus s'est rendu

compte de ce que faisait Jake? poursuivit Arlene avec un frisson. Je n'ose pas y penser, et moins encore le dire. Quelqu'un a-t-il tué Jake pour l'empêcher de découvrir qui se faisait passer pour toi?

– Arlene, nous n'en savons rien.

– Mais ce n'est pas ce que tu supposes?

Drew lui lança un regard douloureux.

– Je suis désolé.

Arlene blêmit, et son regard devint effrayant.

– Celui qui l'a fait sera encore plus désolé.

– Mais la chaîne des événements ne s'arrête pas là, dit Drew. Quiconque avait inventé Janus a dû obliger Jake à avouer les raisons de son enquête. S'ils ont appris que j'étais encore vivant, dans un monastère, il leur fallait me tuer aussi pour protéger la couverture de Janus. Et ça leur posait un problème. Comme les moines chartreux sont anonymes, ils étaient obligés d'anéantir tout le monastère pour s'assurer que cette fois je serais bien mort. Ensuite, je présume, mon corps aurait disparu.

Le père Stanislas serra les lèvres.

– Et l'Église, en enquêtant, se serait demandé pourquoi. Ce qui nous ramène à la crainte que vous aviez exprimée devant l'évêque. Personne ne devait savoir que l'Église avait par mégarde donné refuge à un assassin, même si les motivations de ce dernier pouvaient se justifier. La controverse aurait été intolérable, elle aurait miné l'autorité de l'Église.

– Comme une toile d'araignée, fit Drew d'une voix rendue gutturale par la fureur. Tout est interconnecté. Janus a dû trouver la chose amusante. Quand il me croyait mort, il s'est fait passer pour moi pour s'attaquer à l'Église. Et quand il s'est aperçu que j'étais vivant, il s'est dit qu'il pouvait me tuer sans que les autorités en sachent jamais rien parce que l'Église, pour se protéger, serait obligée de couvrir le massacre. Ce serait l'Église qui l'aiderait, en fait. Ingénieux au point d'en être génial. Et si on me laisse faire, je veillerai à ce qu'il souffre dans une région appropriée de l'enfer.

Après une pause, il ajouta soudain :

– *Mon double.*

La brutale prise de conscience le fit frémir.

Le père Stanislas plissa les yeux, frottant du doigt l'épée et la croix superposée sur sa bague étincelante.

– Il vous est donc aussi venu à l'esprit ?

Arlene hocha vigoureusement la tête.

– Quand tu en as parlé, tout à l'heure, j'ai commencé à me le demander.

Drew frémit de nouveau.

Un assassin renégat... revêtant l'identité de Drew, assez ressemblant à la photographie de son passeport pour convaincre ceux qu'il rencontrait qu'il était Drew.

– Seigneur, on dirait la doublure que j'utilisais quand je faisais partie de Scalpel. Mon alibi quand je partais en mission. Scalpel a été dissous, mais quelqu'un a dû contacter certains de ses anciens membres pour créer un autre réseau identique. Sous un autre nom, Scalpel existe toujours !

– Mais quel réseau ?

Le père Stanislas se tourna vers Arlene.

– Vous a-t-on contactés, vous et votre frère, pour vous recruter dans une autre unité de renseignements ?

Arlene fit un signe de tête négatif.

– En ce moment, je suis dans le civil. J'enseigne les techniques d'escalade et de survie en montagne.

– Et votre frère ?

– Il travaillait pour un autre réseau, je le sais. Mais il ne m'a jamais dit lequel, et j'ai observé le protocole en ne lui posant jamais la question. Il ne m'aurait pas répondu si je le lui avais demandé. Je n'aurais pas compté qu'il me le dise.

– Janus, fit Drew avec une mine de dégoût. Comme le capuchon de moine, le poison utilisé au monastère, Janus est un autre jeu de mots blasphématoire. Le dieu à deux visages. L'hypocrite. Bien sûr. Mais, *littéralement*, Janus est un homme qui a deux visages semblables. Et la seule personne susceptible de nous dire qui est derrière tout ça, à mon avis, c'est mon double.

– Savez-vous où le trouver? demanda le père Stanislas.

5

Les liens qui avaient uni Drew et ses compagnons de cours à l'école d'entraînement du Colorado étaient trop forts pour être dissous par leur dispersion quand leur formation s'était achevée. Arlene, Jake et lui, par exemple, étaient restés amis; et Arlene et Drew avaient fini par devenir amants.

Mais Scalpel avait interdit à Drew de rester en relation avec Mike, son double, de crainte que leur ressemblance frappante n'attirât l'attention et ne risquât de compromettre leurs missions. Drew n'avait eu aucun mal à accepter cette séparation. Parmi tous ses compagnons de l'école d'entraînement, le seul avec qui il ne s'était jamais entendu était Mike. Leur ressemblance avait engendré une rivalité, surtout de la part de Mike, qui les avait empêchés de jamais se sentir proches l'un de l'autre. Drew avait néanmoins conservé une certaine curiosité à l'égard de l'homme dont dépendait sa vie. Chaque fois qu'il en avait eu l'occasion, il avait demandé à leurs anciens camarades de classe ce que faisait son sosie. En 1978, il avait appris que Mike suivait des cours à l'université du Minnesota. Littérature américaine. Le même genre de programme de licence que Drew avait suivi à l'université de l'Iowa. C'était logique. Lui et son double ne se ressemblaient pas seulement physiquement; ils pensaient de la même façon. Ils avaient une préférence pour la même couverture en tant qu'étudiants en littérature dans les villes universitaires.

– L'une des rares différences entre nous était que j'aimais les auteurs américains classiques, alors qu'il préférait les modernes, dit Drew. Quand il a eu son certificat dans le Minnesota, j'ai entendu dire qu'il prévoyait d'aller à l'université de Virginie pour étudier Faulkner. Après Faulkner, il voulait devenir un expert de l'œuvre de Fitzgerald, puis d'Hemingway. Disons deux ans pour chaque thèse. Si la chronologie est correcte, il doit être en train d'étudier Hemingway, en ce moment.

– En admettant qu'il ait suivi ce programme, dit le père Stanislas. Et même s'il l'a fait, ça ne nous aidera pas à le retrouver. Toutes les universités du pays enseignent Hemingway.

– Non, les deux meilleurs spécialistes d'Hemingway sont Carlos Baker et Philip Young. Baker est à Princeton, Young à Penn State, l'université de Pennsylvanie. Leurs manières d'aborder son œuvre sont tellement différentes que tout étudiant décidé à devenir un expert en ce qui concerne Hemingway doit travailler avec l'un ou l'autre, ou même avec les deux. Croyez-moi, j'ai passé suffisamment de thèses pour savoir de quoi je parle.

Princeton ou Penn State? Comment en être

certain ? Comment, parmi des dizaines de milliers d'étudiants, trouver le gibier ? Les recherches devraient se concentrer sur les sections littéraires, de même que sur les gymnases. Le double de Drew devant se maintenir en forme pour ses missions, il lui fallait s'entraîner chaque jour. Mais pour ne pas se faire remarquer, il devait aller au gymnase le plus tôt possible, alors que celui-ci était encore à peu près désert. Drew le savait, il en était certain, parce qu'il avait lui-même suivi cet emploi du temps.

Le père Stanislas téléphona à ses contacts de l'Opus Dei. Sept heures plus tard, il reçut un appel de l'université de Pennsylvanie à propos d'un homme dont l'âge et la description correspondaient à ceux de Drew, qui suivait des cours de licence en littérature américaine, travaillait avec Philip Young sur Hemingway, et se rendait à un gymnase local tous les matins à six heures.

L'homme était un solitaire.

Une demi-heure plus tard, Drew, Arlene et le père Stanislas prenaient la route.

6

Les joues pincées par le vent glacial, Drew se tenait accroupi dans une attitude recueillie à la lisière d'une prairie, à mi-pente d'une colline où le dissimulaient des arbres épais dépouillés de leurs feuilles. Il avait voyagé avec Arlene et le père Stanislas dans l'Oldsmobile de ce dernier, après qu'ils eurent laissé la Firebird d'Arlene dans un parking affichant des tarifs spéciaux pour les stationnements prolongés, et payé plusieurs semaines d'avance. Drew avait conduit la moto jusqu'au bar le plus sordide qu'il pût trouver, s'assurant que personne ne le vît retirer les plaques minéralogiques avant de l'abandonner à l'arrière près des poubelles. La police finirait par la trouver mais, sans les plaques, il faudrait du temps pour établir un rapprochement avec la Harley volée dans le Massachusetts. Et comme il en avait effacé ses empreintes, personne ne pourrait remonter jusqu'à lui.

Il était assis à côté du père Stanislas tandis qu'Arlene dormait à l'arrière. Les narines encore imprégnées de la fumée âcre des aciéries de Bethlehem, il avait levé les yeux vers les pentes appalachiennes qui se dressaient devant eux.

– Je pense que cet endroit conviendra, avait-il dit avec un geste en direction d'une crête boisée qui se profilait un peu plus loin sur leur droite. Aussi bien qu'un autre.

– Vous serez long? avait demandé le père Stanislas.

– Nous avons un horaire à respecter. Je ne serai pas long. Laissez le moteur tourner.

Le père Stanislas s'était arrêté sur l'accotement gravillonné. Bien que le ciel fût clair et bleu, Drew avait senti le vent lui cingler le visage quand il était sorti de la voiture. Les yeux à demi fermés, il avait gravi la pente à l'herbe fanée. Les automobilistes qui passaient sur la route devaient penser qu'il se dirigeait vers les arbres pour se soulager.

Mais il avait franchi la ligne des arbres et ne s'était arrêté qu'à la lisière de la prairie qui se trouvait au-dessus. Il avait regardé autour de lui, reconnu des pistes laissées dans l'herbe par des animaux, humé les fragrances automnales qui lui rappelaient l'armoise. Oui, cet endroit conviendrait.

A l'aide d'une branche solide, il avait creusé un trou dans l'herbe, cinq centimètres de large sur vingt de profondeur. La terre à demi glacée résistait, et le bout de la branche s'était brisé, mais il avait fini par en venir à bout. Accroupi, il avait sorti de sa poche le sac en plastique qui contenait le corps de Stuart Little. Étrange, que la souris ne se fût pas putréfiée. Était-ce un signe? Il se l'était demandé. Un message d'approbation de Dieu? Il avait écarté cette pensée, incapable de s'autoriser à prétendre connaître l'humeur de Dieu.

Il avait ouvert le sac et fait doucement tomber le corps de Stuart au fond du trou, puis il s'était servi de ses mains pour remplir ce dernier de terre, qu'il avait recouvert d'une touffe d'herbe. Pour compléter le rite, il avait piétiné la terre avec précaution pour la niveler. La lisière de la prairie avait retrouvé son aspect original.

Il abaissa les yeux, se rappelant un instant avec tristesse les tombes de ses parents.

– Voilà, dit-il, tu m'as sauvé la vie. En fait, tu m'as ramené à la vie. Je t'en suis reconnaissant.

Il faillit se détourner avant de se rappeler autre chose.

– Et je te vengerai, vieux.

Il s'éloigna des arbres, redescendit d'un air sombre la pente herbeuse balayée par le vent, et remonta dans la voiture.

– Drew?

Arlene était éveillée, les sourcils froncés d'inquiétude.

Il haussa les épaules.

– Ça va? demanda-t-elle.

– Ça va.

– Tu es sûr?

– Vous êtes resté vingt minutes, dit le père Stanislas. Nous étions sur le point d'aller vous chercher.

– Eh bien, je suis de retour. J'ai fait une promesse, là-haut, alors mettons quelques kilomètres derrière nous. Je veux voir la fin de cette maudite affaire. Je veux faire en sorte de tenir ma promesse.

– L'expression de vos yeux, observa le père Stanislas. Dieu vienne en aide à ceux que nous recherchons.

– Non, vous vous trompez.

– Je ne vois pas ce que vous voulez dire.

– Dieu nous vienne en aide à tous.

7

Les chaînes de montagnes se succédaient, se fondant les unes dans les autres. Au milieu de l'après-midi, ils atteignirent les monts Alleghany, suivant des routes sinueuses qui les conduisaient par des villes moribondes entre les versants dénudés d'anciennes mines à ciel ouvert. De lourdes pompes à pétrole apparaissaient parfois entre les arbres squelettiques, leurs becs métalliques montant et descendant inlassablement avec un bruit sourd et oppressant que les vitres fermées de la voiture ne suffisaient pas à étouffer.

Par contraste avec la longue et intense discussion qu'ils avaient eue dans la chambre du motel, aucun d'eux ne parlait beaucoup à présent, chacun méditant à part soi.

Au terme d'une route zigzagante qui les amena au fond d'une vallée circulaire située presque au centre géographique exact de la Pennsylvanie, ils finirent par atteindre leur destination : le State College, l'université d'État.

C'était une de ces villes auxquelles Drew accordait sa préférence pour s'assurer une couverture. Le campus tentaculaire était immense, avec des bâtiments majestueux couverts de plantes grimpantes et des rangées d'arbres imposants. La ville n'ayant pas d'autre activité prépondérante, la population locale avait été forcée de s'adapter aux fantaisies de plus de vingt mille étudiants dont dépendaient ses moyens d'existence. Comme dans toutes les grandes villes universitaires, la moitié de la population était en flux constant; les étudiants allaient et venaient, s'inscrivant aux cours puis repartant avec leurs diplômes. Un agent désireux d'occuper le temps dont il disposait entre ses missions à lire et à suivre des cours pouvait trouver là une vie satisfaisante et, plus important, disposer d'une couverture qui n'éveillerait aucun soupçon. Tant qu'il n'éprouvait pas le besoin d'entretenir des relations sociales, il pouvait demeurer invisible et disparaître quand il le voulait.

8

Le père Stanislas se rendit à une cabine téléphonique dans un supermarché de la banlieue pour se faire indiquer l'église catholique locale. C'était une église de conception moderne, basse, longue, construite en béton, avec une statue de fer représentant le Christ devant la façade. Ils garèrent la voiture et entrèrent par la porte principale.

Un homme grand et chauve, vêtu d'un complet-veston, était assis sur une chaise dans le vestibule près de la vasque d'eau bénite et lisait un livre de prières. Il leva les yeux à leur entrée.

– Dieu soit avec vous, dit-il.

– Et avec votre esprit, répondit le père Stanislas.

– *Deo gratias.*

– Amen. Je dois dire qu'il est agréable d'entendre parler latin dans une église.

Drew se tenait en arrière avec Arlene, observant la scène avec intérêt.

– A-t-on suivi le suspect ? demanda le père Stanislas.

Avec un signe de tête affirmatif, l'homme posa son livre de prières et se leva.

– Il ne semble pas s'en douter. Comme vous l'avez suggéré, nous restons à distance prudente et le filons – c'est le mot correct ? – par équipes alternées.

Il se permit un sourire.

– C'est un peu comme de prendre des veilles de prière de quarante heures.

– Vous savez où il habite ?

L'homme hocha de nouveau la tête.

– Nous avons eu du mal à le découvrir. L'université lui adresse son courrier, ses notes et tout le reste, à une boîte postale. Mais notre contact de la compagnie téléphonique a découvert qu'il avait le téléphone, un numéro non inscrit dans l'annuaire. Le fichier de facturation informatique avait son adresse.

Il sortit de sa poche une feuille de papier pliée, qu'il tendit au père Stanislas.

– C'est dans un quartier de la ville où habitent la plupart des étudiants. Je l'ai marqué sur cette carte. Il y a des années, le propriétaire possédait un hôtel particulier décrépit qu'il a divisé en autant de studios qu'il a pu. Il a gagné tant d'argent qu'il n'a pas pu s'empêcher de faire des agrandissements, sur les côtés, devant, chacun avec des pièces minuscules. Au bout d'un moment, il est devenu impossible de discerner le bâtiment original au milieu de toutes ces additions. Toujours pas rassasié, il a commencé à acheter d'autres maisons du quartier. Il leur a construit aussi des dépendances, jusqu'à ce qu'elles se rejoignent toutes et qu'on ne puisse plus distinguer les maisons les unes des autres. On dirait que le pâté de maisons a implosé. Dieu seul sait combien d'appartements il peut y avoir là-dedans. C'est plein de couloirs et d'allées entrecroisées qui permettent aux étudiants d'arriver jusqu'aux appartements intérieurs. Un vrai labyrinthe. On peut s'y perdre.

Le père Stanislas jeta un regard à la feuille de papier.

– Numéro quatre-vingt-cinq ?

– Les numéros ne se suivent pas toujours de façon continue. Il faudra que vous vous débrouilliez pour demander votre chemin.

– Mais il n'est pas chez lui en ce moment ?

– Pas que je sache. Il y a un téléphone à pièces, dans le sous-sol. J'ai reçu un rapport toutes les heures. Aux dernières nouvelles, il venait de sortir d'un cours sur les romanciers de la Dépression et s'était rendu à la bibliothèque.

– Y a-t-il autre chose à savoir sur l'endroit où il habite ?

– Seulement que les étudiants n'aiment pas beaucoup les étrangers. Ils savent que l'endroit paraît un peu baroque, et ils en ont assez des badauds.

– Peut-être n'objecteront-ils pas à la présence d'un prêtre. Vous avez fait du bon travail, tous. Votre Église vous en est reconnaissante. Dites-le aux autres.

– C'est nous qui sommes reconnaissants. Du moment que c'était nécessaire pour la défense de la foi.

– Ça l'était, croyez-moi.

– Pour l'honneur et la gloire de Dieu.

– Et la protection de Son Église.

Le père Stanislas leva la main en un geste de bénédiction.

– Continuez à recevoir vos rapports, je vous prie. Je vous téléphonerai régulièrement pour le cas où il y aurait du nouveau du côté de notre gibier.

L'homme inclina la tête.

– Que la volonté de Dieu soit faite, mon père.

– Elle le sera effectivement. Et merci encore.

Le père Stanislas se tourna vers la sortie, invitant d'un geste Drew et Arlene à le suivre.

La lourde porte se referma sur eux avec un bruit sourd.

Dehors, l'air était vif, le ciel noir brillant d'étoiles. Une voiture passa, son tuyau d'échappement laissant un sillage de buée glacée.

– L'Opus Dei? demanda Drew.

Le père Stanislas ne répondit pas.

9

Drew se tenait dans l'ombre, sur le trottoir opposé à la résidence. Celle-ci occupait tout un pâté de maisons en haut d'une pente douce, sur un terrain plan bordé d'arbustes. La végétation et l'obscurité empêchaient pratiquement de savoir où finissait une maison et où commençait la suivante.

Mais une chose était certaine : elles étaient nombreuses. Vingt? se demanda Drew. Trente? Elles avaient été agrandies sans aucune considération d'unité de style ni de matériau. Une construction de parpaing jouxtait un chalet en bois ouvragé contigu à une tour moderne de brique et de verre, et tout cela faisait saillie sur une grande demeure victorienne à pignons et lucarnes. L'hôtel particulier à son tour jouxtait une cabane de rondins à étage, et quelque chose qui ressemblait à un château.

Ce fatras confus semblait l'œuvre d'un architecte qui avait perdu l'esprit face à d'infinies possibilités de choix. La vérité, plus prosaïque, était sans doute que le propriétaire avait simplement construit chacune de ces additions dans le style imposé sur le moment par les matériaux les moins chers qu'il pût trouver au fil des ans.

Drew scrutait les fenêtres éclairées du fouillis d'étages qui lui faisait face. Il se rencoigna dans l'ombre, observant des silhouettes disparaître parmi les constructions aux contrastes déments.

Inquiet, il se détourna de la lueur sinistre des lampadaires à gaz et regarda Arlene avec un froncement de sourcils.

– Le père Stanislas devrait être revenu.

Elle haussa les épaules.

– Il a peut-être du mal à trouver son chemin.

– A moins... Encore cinq minutes, et nous irons voir ce qui lui est arrivé.

– Nous?

– D'accord, fit Drew avec un sourire. Je veux dire, toi.

Elle lui retourna son sourire.

Tous deux se comprenaient. A cause de sa ressemblance avec l'homme qu'ils recherchaient, Drew ne pouvait s'aventurer dans la résidence au risque d'attirer l'attention.

Les cinq minutes s'étirèrent jusqu'à dix.

– Ça suffit, dit Arlene. Je commence moi aussi à m'inquiéter. Je vais aller voir. Il aurait dû...

Une ombre émergea de la pente touffue, de l'autre côté de la rue. Drew se détendit en reconnaissant le père Stanislas.

Le prêtre s'approcha d'eux, exhalant des nuages de buée.

– J'ai fini par trouver. Cet endroit est un vrai terrier. C'est étonnant, la facilité avec laquelle on peut s'y perdre.

– L'appartement ?

– Dans une allée étroite. Il y a une entrée extérieure, sans aucune porte sur les côtés, et il fait face à un mur de parpaing.

– De sorte que les voisins ne peuvent pas le voir entrer ni sortir. Et s'il disparaissait un jour ou deux, personne ne s'en apercevrait.

– Ou ne s'en soucierait probablement pas. Ces gens ne sont pas particulièrement aimables. J'ai dû demander deux fois mon chemin, sans citer directement son studio, évidemment ; un autre à côté. Ils m'ont traité comme si je leur demandais de me donner leur dernier-né. Au fait, l'appartement a une fenêtre en verre dépoli, avec un rideau tiré, mais j'ai pu voir que la lumière était allumée.

– Des minuteurs, sans doute, dit Arlene. Aux dernières nouvelles, il était encore en ville.

– C'était il y a une heure, leur rappela le père Stanislas. Soyez prudents.

– Comment dois-je faire pour y arriver ? demanda Drew.

– En haut de la pente, vous vous trouverez face à trois allées. Prenez celle du milieu. Vous arriverez devant un arbre sculpté en forme de mât totémique.

– De mât totémique ?

– Tournez à gauche jusqu'à une statue qui ressemble à des hélices d'avion tordues, puis tournez à droite.

Le père Stanislas émit un soupir.

– Je crois que je ferais mieux de vous dessiner un plan.

10

Un lampadaire à gaz sifflait, dissipant à peine l'obscurité. Quand Drew eut dépassé la statue, il dut se baisser pour franchir une voûte et se retrouva à l'intérieur de l'un des bâtiments. Sur sa droite, au long d'un couloir à relents de moisissure éclairé par des ampoules nues suspendues au plafond, il distingua des portes. Sur sa gauche, un escalier de bois branlant descendait jusqu'à un sol de terre battue. En bas, dans l'ombre, il vit d'autres portes. Le père Stanislas avait qualifié cet endroit de terrier à lapins. Drew avait plutôt l'impression d'être dans une fourmilière, sauf que les fourmis n'écoutaient pas de musique rock et ne faisaient pas cuire d'oignons.

Il sortit du bâtiment et passa dans une cour où un autre lampadaire à gaz éclairait un panneau de sens interdit qui faisait face à trois tunnels. La carte dessinée par le père Stanislas lui disait d'obliquer à gauche. Le tunnel le conduisit à travers un autre bâtiment jusqu'à une cour qui recelait un poulailler. Il entendit des gloussements de volaille. Dans une autre cour, un peu plus loin, il vit une chèvre dans un enclos. Abaissant les yeux, il s'aperçut que les longues dalles qu'il foulait étaient des pierres tombales. Dément. Plus il s'enfonçait dans le chaos des couloirs zigzagants, plus il en venait à accepter le caractère bizarre de l'endroit.

Son double avait bien choisi son logement. Dans cet environnement, un homme qui vivait isolé risquait peu de se faire remarquer. Tous les occupants de ces lieux semblaient en fait préserver leur solitude comme s'ils étaient convaincus que les autres locataires étaient dingues. Drew comprit pourquoi le prêtre avait éveillé la méfiance en frappant aux portes pour demander son chemin. Un prêtre n'était pas à sa place en un tel endroit.

A plusieurs reprises, des locataires lui lancèrent des regards soupçonneux, mais il ne leur laissa pas l'occasion de le dévisager. Le voyant s'avancer d'un pas assuré comme s'il était familier des lieux, ils se désintéressèrent de lui.

Dès qu'il fut hors de vue, il vérifia de nouveau sa carte et atteignit enfin sa destination. L'allée étroite. Le mur de parpaing sur la droite. L'unique porte sur la gauche, la fenêtre opaque garnie d'un rideau, la faible lueur qui filtrait de l'intérieur.

Il marqua une pause, les joues glacées. D'un appartement, quelque part derrière lui, lui parvinrent des voix étouffées discutant de Platon et d'Aristote.

Lisez saint Augustin, songea Drew en s'éloignant vers l'extrémité de l'allée. Il se tapit dans l'ombre à l'angle le plus reculé, se glissant derrière une pile de planches aussi haute que lui. Appuyé contre le renfoncement du mur, son blouson matelassé le protégeait du froid glacial des parpaings de ciment.

Il attendit.

11

Juste avant minuit, une ombre apparut à l'autre bout de l'allée. Une bonne heure. Drew avait souvent observé lui-même cet horaire. Ne pas rentrer chez soi avant que les voisins se soient installés pour la nuit. En attendant, aller au cinéma. Une de ces rétrospectives de Truffaut au syndicat des étudiants, par exemple, ou bien, histoire de rire, le dernier James Bond en ville. Dans une communauté universitaire, il ne manquait pas d'autres distractions : conférence par le critique littéraire en vogue de l'année, interprétation par une troupe itinérante de *Measure for Measure*, concert Mozart à la section musicale. Quand on voulait des distractions reposantes, surtout dans l'ancienne profession de Drew, une université était parfaite. La meilleure solution, à part entrer dans les ordres.

Néanmoins, l'ombre approchante n'était peut-être qu'un étudiant qui empruntait l'allée pour gagner un appartement situé un peu plus loin. Mais comme la silhouette se rapprochait de la porte qui lui faisait face, Drew cessa de douter. L'homme qui s'avançait vers lui était lui-même !

Il retint son souffle ; la silhouette s'arrêta. Elle avait les mêmes proportions que lui : même corpulence, même taille. La ressemblance faciale, si troublante, le fit frissonner. Je me demande si on lui a dit que je n'étais pas mort, songea Drew. Ou s'il sait ce qui s'est passé au monastère. Mais ne serait-il pas resté caché ?

L'ombre plongea la main dans sa poche pour en sortir une clef. Drew n'avait pas eu de plan précis, mais il décida de suivre son instinct et de jouer la décontraction. Le bon vieux temps des copains.

– Eh, Mike.

Sa voix se répercuta entre les parois de l'allée. L'ombre se retourna, en garde, vers l'angle obscur.

– Quoi ?

– Eh, pas de panique, fit Drew d'un ton chaleureux. C'est ton vieux copain de classe, Drew. Je t'ai attendu pour te parler. J'ai des ennuis, vieux. S'il te plaît, il faut que tu m'écoutes. J'ai besoin de ton aide.

Mike se raidit, scrutant l'obscurité.

– Drew ?

– Tu te rappelles ces gros lièvres du Colorado que Hank Dalton nous faisait prendre pour cibles aux exercices de tir, à l'école ? Comment son chien avait l'habitude de les manger ?

– Non. Ça ne peut pas être toi.

Il y avait de la peur dans la voix de Mike.

– Et ce cercueil dans lequel Hank remisait nos armes ?

– Bon Dieu, mais c'est vraiment toi !

– Content de te voir, vieux.

– Mais comment m'as-tu trouvé ?

– Je t'expliquerai plus tard. Pour l'instant, il faut que tu m'aides, que tu me trouves une planque sûre. Je suis dans la merde, vieux.

– Bien sûr, je t'aiderai. Ce qu'il y a... qui d'autre est avec toi ?

– Avec moi ? Pourquoi y aurait-il... ? Je viens de te le dire. Qui serait avec moi quand j'ai des ennuis ?

– Ouais ! fit l'ombre avec un regard circonspect alentour.

– Ça fait combien de temps ? Assez pour se demander où est passée notre jeunesse, hein ?

Drew prit un risque et s'avança hors de l'obscurité, la main tendue.

– Pour l'amour de Dieu, veux-tu m'aider ?

– Tu es sûr qu'il n'y a personne avec toi ?

Maintenant que Drew s'était rapproché, la ressemblance de Mike avec lui était encore plus déconcertante.

– Avec moi ? Pourquoi me demandes-tu ça sans arrêt ?

– Parce que, vieux, il y a si longtemps que...

Mike avait tendu la main à son tour avec un sourire.

– Oui ?

– ... j'ai entendu dire que tu étais mort.

Mike plongea en direction de Drew. Le cœur battant, ce dernier s'accroupit en position de défense quand un fracas de planches se fit entendre soudain derrière lui, au bout de l'allée où il s'était tapi. Surpris, craignant un piège, il pivota de côté, prêt à se défendre non seulement de Mike mais de ceux qui avaient dû monter la garde pour le cas où il se montrerait. Je suis tombé tout droit dans le panneau! songea-t-il avec angoisse.

Mais personne ne se précipita sur lui du fond de l'allée.

Mike, par contre, parut aussi surpris que lui. Se figeant au milieu de son attaque, il se tourna vers le tas de planches, l'air convaincu que Drew lui avait menti en lui disant être venu seul. Il fit un bond en arrière, en garde contre d'invisibles assaillants, puis il jura et fit brusquement volte-face, fonçant vers l'extrémité opposée de l'allée sans voir le setter irlandais surgi de l'obscurité pour flairer quelque chose derrière les planches qu'il venait de renverser.

12

Drew s'élança à sa poursuite, décidé à ne pas le perdre de vue. Ses poumons le brûlaient, mais il savait que dans ce labyrinthe d'allées, de cours et de tunnels, il suffirait à Mike de quelques secondes pour le semer. Mike connaissait tous les tours et les détours. Il avait certainement exploré tout le secteur et devait y avoir repéré des douzaines d'endroits où se cacher en cas d'urgence.

Mike vira à l'angle de l'allée. Circonspect, Drew sortit son Mauser. Mike avait pu continuer de courir – ou s'être arrêté brusquement pour le prendre par surprise quand il apparaîtrait au tournant. Il dut ralentir son allure pour aborder le virage et perdre de précieuses secondes. Il ne pensait pas que Mike eût un pistolet sur lui. Pourquoi courrait-il le risque de détruire sa couverture si quelqu'un se cognait par accident contre son arme dans la cohue des étudiants à la sortie d'un cours ?

Mais un couteau ? Il était facile d'en porter un. Un stylet dans la botte, ou un couteau de poche. Personne n'y trouverait à redire. D'ailleurs, Mike n'avait pas besoin d'autre arme que ses mains. Comme Drew, il pouvait tuer d'un coup sec à la poitrine ou au larynx.

Mais Drew contourna l'angle sans être attaqué. Il vit Mike qui poursuivait sa course au bout de l'allée et s'élança à sa suite, haletant. Même dans l'ombre, la cible était assez visible pour qu'il pût l'atteindre. Mais il n'osait pas tirer. Pas seulement à cause du bruit, de l'effervescence qui en résulterait, de la foule et de la police, mais parce qu'il risquait de tuer Mike au lieu de le blesser. Et Mike devait être vivant pour répondre à ses questions.

Mike prit un autre virage ; Drew suivit. Au-delà d'une cour où sifflait un lampadaire à gaz, il le vit tourner derrière une serre faite de contre-fenêtres de récupération, puis s'engouffrer dans une imitation de manoir anglais. Drew pouvait maintenant foncer sans ralentir. En entrant dans le bâtiment, il bouscula un homme qui sortait d'une porte sur sa gauche. L'homme retomba en arrière et s'affala lourdement sur le linoléum craquelé de son appartement.

– Bon Dieu, pouvez pas regarder où...

Drew n'entendit pas la suite. Il avait déjà franchi le couloir central de la maison et poussait la porte de sortie dans la foulée sans craindre d'embuscade; avant que la porte se fût refermée derrière Mike, il avait vu ce dernier s'élancer devant lui à travers une autre cour éclairée. Celle-là était occupée par un bac à sable et un portique à balançoires.

Le bâtiment suivant était une grange. Mais au lieu d'y entrer, Mike obliqua sur la droite, s'engagea dans une autre allée, bondit par-dessus une bicyclette, dépassa un puits à vœux et, après avoir jeté un regard furtif derrière lui, dévala un escalier de bois qui descendait au sous-sol d'une autre construction victorienne.

La porte grinça quand Drew entra dans le sous-sol. Il ne fut pas surpris de se retrouver face à un autre couloir. Le sol était de terre battue, comme celui qu'il avait vu un peu plus tôt. Des portes se succédaient dans le couloir, éclairé par des ampoules nues dont la moitié seulement fonctionnaient.

Au bout du couloir, Mike poussait une autre porte. Alors qu'il se ruait derrière lui, Drew entendit un crissement de verre cassé sous ses chaussures. Il fronça les sourcils. Le sol de terre aurait dû absorber son poids. Les fragments de verre auraient dû s'y être enfoncés au lieu de craquer maintenant.

Le détail était troublant, mais il ne pouvait se permettre aucune distraction. Il y avait trop d'autres choses auxquelles penser. Il gagnait du terrain sur Mike; dans l'allée qui succéderait à cette maison, ou dans la prochaine cour, il aurait une bonne chance de le rattraper. Il atteignit la porte que Mike venait de franchir.

Le Mauser pointé, il poussa la porte; un mur de brique lui faisait face. Un rapide coup d'œil sur la gauche lui révéla un autre mur, derrière la porte. Il s'élança vers la droite. La porte se referma derrière lui, et une obscurité totale l'enveloppa soudain.

Oh, seigneur, pria-t-il, le ventre contracté. Des araignées lui couraient dans l'estomac. Il était dans le noir absolu.

Paniqué, il s'appuya le dos au mur, s'efforçant de ne pas respirer malgré la douleur qui lui tenaillait les poumons après sa course effrénée. Le seul bruit de sa respiration risquait maintenant de causer sa mort. Oh, Jésus Marie. Il était prix au piège dans une salle obscure.

Il comprenait maintenant la présence du verre fraîchement brisé dans le couloir. Quand il l'avait franchi, plus de la moitié des ampoules nues pendues au plafond n'étaient pas allumées. Mike, tout en courant, les avait brisées, ce qui expliquait le crissement de verre sous ses pas.

Et les ampoules brisées se trouvaient à cette extrémité du couloir, du côté de la porte par laquelle il venait de pénétrer dans cette pièce obscure. Si tout le couloir avait été éclairé, il aurait pu voir dans la pièce où il se trouvait maintenant, repérer l'interrupteur et allumer la lumière pour savoir où se cachait Mike. A moins que ce dernier ne fût même pas là. Il avait pu s'esquiver par une porte maintenant invisible en laissant croire à Drew, qu'il était enfermé là avec un adversaire tout aussi invisible. Pendant que Drew essayait de savoir quel danger le guettait, Mike était peut-être en train de quitter la résidence.

Mais Drew devait présumer que Mike se trouvait là. A l'idée de ce que cela impliquait, son cœur se serra. Une pièce totalement obscure. Il connaissait bien la situation – depuis l'époque de la chambre noire aménagée dans un hangar d'aviation à l'École technique des montagnes Rocheuses. Combattre dans l'obscurité avait été la spécialité de leur chef instructeur. Et Hank Dalton avait impitoyablement entraîné ses élèves aux principes de cette forme de combat – déroutante. Mais Mike avait suivi un entraînement tout aussi rigoureux. Drew affrontait quelqu'un qui était aussi bon que lui. Il s'affrontait lui-même.

13

Dans le Colorado, Drew et d'autres étudiants, parmi lesquels Mike et Jake, s'étaient rendus ce jour-là comme de coutume au gymnase pour leur premier cours à huit heures du matin. Ils avaient surveillé la porte à double battant par laquelle Hank Dalton poussait habituellement le cercueil de cuivre poli étincelant. Malgré la fierté que leur donnait leur maturité de dix-huit ans, ils éprouvaient le plaisir anticipé d'enfants auxquels on allait donner des jouets. Hank ouvrirait bientôt le cercueil pour leur distribuer leurs armes, les incitant à concourir pour voir qui pouvait les mettre en pièces détachées et les remonter dans le temps le plus court. Jake était toujours rapide. Mais Drew et Mike l'étaient encore plus, rivaux en cela comme en tout le reste, comme si leurs similitudes physiques les poussaient à comparer leurs ressemblances en d'autres domaines.

Ce matin-là, ils attendaient que le cours commençât. Quinze minutes plus tard que d'habitude, Hank Dalton franchit la porte, mais sans le cercueil.

– Dehors, au pas de gymnastique !

Le ton cassant de sa voix leur donna à penser qu'il était en colère contre eux. Soucieux de ne pas l'irriter plus qu'il ne l'était et conditionnés à obéir, ils se mirent au garde-à-vous et franchirent la porte au pas de course, suivant le couloir jusqu'à l'extérieur. Les yeux à demi fermés sous le soleil matinal, ils poursuivirent leur course jusqu'à un bus anonyme garé devant le parcours du combattant. Le moteur tournait.

– Qu'est-ce qui vous fait bayer aux corneilles? aboya Hank. Z'avez jamais vu un bus?

Sur quoi il sourit en grattant sa joue tannée.

– Il est temps d'aller faire un tour sur le terrain. En voiture!

Soulagés que Hank ne fût pas en colère, ils montèrent dans le bus. Hank au volant, ils franchirent la clôture grillagée du domaine et s'engagèrent sur une route de terre battue qui serpentait dans la montagne.

Deux heures plus tard, après un trajet apparemment sans but et sans autre décor que des pins et de l'armoise, Hank franchit une autre clôture grillagée et s'arrêta devant un hangar d'aviation en tôle ondulée. Il n'y avait pas d'autres constructions alentour. Au loin, une courte piste d'atterrissage en terre battue coupait à travers les broussailles de la petite vallée.

Mais les étudiants n'eurent pas le loisir d'examiner les environs. Hank les pressa d'entrer dans le hangar, et ce fut la dernière fois qu'ils virent le soleil pour une période qui, ils l'apprirent ensuite, s'étendit sur vingt-cinq jours.

Il referma la porte et leur ordonna d'avancer. Ils se cognèrent les uns aux autres dans l'obscurité.

– Z'avez des problèmes de vision? demanda-t-il. Bien, nous allons arranger ça. Vous vous sentirez bientôt chez vous dans le noir.

Il émit un rire bon enfant.

Effectivement, à mesure que leurs yeux s'adaptaient à l'obscurité, les étudiants commencèrent à regarder autour d'eux avec intérêt. A la lueur des rais de lumière qui filtraient par les fentes des parois métalliques, ils remarquèrent une masse importante au milieu du hangar – si grande qu'on aurait dit une maison sans étage et sans fenêtres.

– Je me demande ce que c'est que ça, murmura quelqu'un.

– Chaque chose en son temps, répondit Hank tout en les conduisant vers une zone plus sombre, dans la partie droite du bâtiment.

Ils y découvrirent une rangée de lits superposés, chacun garni de deux draps sombres et d'une couverture sombre. Sur chaque couverture étaient posés un pantalon et une veste noirs.

– Des pyjamas ?

– Plus ou moins, répondit la voix de Hank, sortie de l'ombre. Déshabillez-vous et passez-les. Ce sera votre uniforme.

De plus en plus intrigués, les étudiants obéirent. Leurs yeux s'accoutumant peu à peu, ils s'aperçurent que Hank avait quitté sa tenue habituelle, bottes de cow-boy, jeans délavés, chemise de toile et chapeau cabossé à large bord, pour enfiler l'un de ces pyjamas noirs flottants.

– Et maintenant, vous feriez bien de vous reposer. Parce qu'à partir d'aujourd'hui, nous nous entraînerons la nuit.

Se reposer ? Au milieu de la journée ? Drew ne se sentait pas fatigué, et pourtant il bâilla dès qu'il s'étendit sur sa couchette.

Il fut réveillé brusquement par la voix résonnante de Hank que déversait un haut-parleur, quelque part dans le hangar.

– Debout les morts !

En pleine nuit ?

– On dirait Dieu qui parle, fit quelqu'un.

Le dîner – ou était-ce le petit déjeuner ? – fut constitué de riz et de poisson dans quelque chose qui avait goût de sauce à huîtres. Une tasse de thé suivit.

L'entraînement commença immédiatement. Hank les conduisit au fond du hangar où, à tâtons, ils découvrirent que des sacs de sable avaient été empilés contre le mur. Drew entendit Hank se pencher vers un point situé au-delà des sacs. Aussitôt, une pâle lumière jaune jaillit derrière eux à l'autre extrémité du hangar, filtrant à travers le noir absolu jusqu'aux sacs de sable.

Hank, à qui son pyjama noir donnait un air oriental, haussa les épaules.

– Même dans la nuit, il y a des étoiles, et la lune, bien que sa clarté soit variable. A moins qu'il n'y ait des nuages, et vous commencez à croire aux esprits.

Drew écarquillait les yeux pour absorber tout ce qu'il pouvait de la pâle lumière jaune provenant de l'autre côté du hangar. Il fut étonné de constater à quel point il commençait à mieux distinguer les sacs entassés contre le mur; son imagination apprit à ajouter les dimensions cachées dans l'ombre.

Hank leur apprit alors comment tenir un poignard de jet. Pendant des heures, il leur fit lancer les poignards contre les sacs de sable. Il leur fit aussi lancer des rasoirs coupe-choux, des étoiles de jet japonaises, et même des bâtons, des cendriers et des pierres.

L'exercice ne semblait pas être la répétition d'un acte meurtrier, bien que Drew eût souvent l'impression que son adversaire aurait été abattu par la force de l'impact de son poignard. Au rythme des claquements de mains de Hank, l'objectif semblait être plutôt la vitesse avec laquelle ils projetaient l'objet quand ils en recevaient l'ordre, et la précision de l'impact.

– Dans l'obscurité, vous ne pouvez pas savoir si votre adversaire est mort, aboya Hank. A l'instant où votre arme a frappé, vous devez donc présumer qu'il a été distrait et...

Mais le « et » serait apparemment pour le jour suivant – ou plusAgexactement la nuit, étant donné l'inversion de leurs horaires habituels – car Hank s'interrompit pour corriger la position de lancement d'un étudiant.

Il leur fit tourner le dos aux sacs de sable. Quand il claquait des mains, tout le groupe devait désormais se retourner pour lancer.

Il leur criait des ordres à propos de leur équilibre, de la nécessité de garder les pieds écartés – pas trop, juste la largeur des hanches –, de maintenir les jambes fléchies afin que leurs genoux, dans cette position flexible, leur permissent de pivoter plus aisément. Ils apprirent à se voûter légèrement en avant, de façon que leurs hanches puissent aider la torsion du corps.

Il arrivait souvent aux objets effilés qu'ils lançaient contre les sacs de sable de tomber bruyamment sur le sol de ciment.

Cela aussi avait son utilité, expliqua Hank.

– Vous ne pouvez pas vous permettre de prêter attention à un bruit qu'il vous est possible de prévoir. Avant la fin de votre séjour ici, j'ai l'intention de vous avoir familiarisés avec le bruit de n'importe quelle arme imaginable tombant sur n'importe quel sol. Pas seulement ce sol de béton, mais du sable, un tapis, de l'herbe, de l'argile.

Ce matin-là, Drew s'affala épuisé sur son lit tandis que le soleil levant filtrait par les fentes des parois métalliques du hangar.

Mais, alors que Hank éteignait la pâle lumière jaune et qu'il se glissait nu entre les draps sombres, sous la couverture sombre, il se dit que la différence de temps importait peu. L'important, c'était de dormir. Il rêva qu'il lançait des boîtes de Coca-Cola contre des sacs de sable.

La nuit suivante, Hank poursuivit les exercices de jet. Ceux-ci devinrent si répétitifs que Drew ne tressaillait plus au bruit des divers objets tombant sur le sol dans l'obscurité.

Au fil des nuits, Hank ajoutait raffinement sur raffinement. Les étudiants devaient maintenant plonger vers leur cible, tenant un stylo-feutre comme si c'était un couteau, attaquant le sac de sable dans l'ombre et le frappant en remontant vers le haut.

Après chaque assaut, Hank examinait le sac de sable à l'aide d'une lampe-crayon, puis commentait la précision du coup. Sa recommandation était toujours la même. Tirez parti du peu de lumière dont vous disposez, et apprenez à évaluer le reste de votre cible d'après ce que vous en voyez.

Ensuite, Hank leur fit se lancer mutuellement des objets fragiles dans l'obscurité presque totale, puis plonger armés de stylos-feutres pour empaler la poitrine matelassée de l'adversaire.

Après chaque échange, Hank se servait de sa lampe-crayon masquée pour évaluer les blessures théoriques.

Finalement, ils durent renoncer au coussin qui leur protégeait la poitrine. Si un feutre vous meurtrissait l'estomac, c'est que vous auriez dû faire plus attention. Imaginez que le coup ait été porté par un couteau.

Par ces exercices, et d'autres similaires, Hank apprit à ses étudiants à développer leurs réflexes dans le noir.

Il leur apprit à se mouvoir avec un couteau comme si celui-ci était une extension de leur main, puis à faire de la main une extension du bras, à mouvoir le bras en faisant suivre la main, et le couteau suivre le mouvement de la main. Fluidité.

Comment s'accroupir tout en se déplaçant de côté, sans jamais étendre les pieds au-delà de la largeur des hanches. Toujours lentement, *graduellement*, en déplaçant le poids d'un pied sur l'autre. Jamais en arrière, et jamais en avant. Silencieusement.

Ils apprirent à connaître les différentes parties du corps : la rate, l'épiglotte, les testicules, le sphénoïde, le maxillaire, la thyroïde, le sinus transverse, le septum, la carotide, l'humérus, l'orbite. Et ils continuèrent à plonger dans le noir contre des sacs de sable ou les uns contre les autres avec des stylos-feutres, et plus tard avec le plat de leurs mains ou la pointe de leurs coudes.

A mesure que leur entraînement se faisait plus intense, ils avaient l'impression que Hank les préparait à une ultime épreuve. Une nuit suivait l'autre – combien, il devenait impossible de le savoir. Ils ne pouvaient s'empêcher de lancer des regards de plus en plus fréquents vers la construction fermée qui les attendait au milieu de l'obscurité du hangar.

Enfin, après qu'ils eurent démontré avec succès leur habileté à traquer un adversaire dans l'obscurité sur diverses surfaces qui ressemblaient à une plage de sable, un tapis épais, un plancher ciré glissant, après qu'ils eurent appris à se déplacer silencieusement en contournant ou en enjambant des obstacles noyés d'ombre avec la même grâce qu'ils avaient acquise à l'école dans leurs cours de ballet, Hank leur dit :

– Très bien, c'est le moment. Vous êtes prêts à découvrir ce qu'il y a dans le compartiment.

Avec une curiosité impatiente, ils le suivirent dans l'ombre jusqu'à la porte de l'édifice. Hank l'ouvrit, mais ni Drew ni personne ne put voir ce qu'il y avait à l'intérieur.

Hank fit un geste en direction de Jake.

– Une fois que je serai entré et que j'aurai fermé la porte, laissez-moi quinze secondes. Ensuite, entrez et refermez derrière vous.

Jake hésita.

– Et?

– Vous n'avez jamais joué à cache-cache? Essayez de me trouver. Mais juste une chose. Je suis censé être votre ennemi. Si vous me laissez une chance, si vous commettez l'imprudence de me laisser vous entendre ou sentir votre présence, dans la vie réelle je pourrais vous tuer. Pour l'instant, jouons le jeu de la façon suivante : celui qui surprend l'autre le premier en le touchant a gagné. Vous avez compris?

– Sûr.

Hank entra. Quinze secondes plus tard, Jake suivit et referma la porte derrière lui. Au bout de trente secondes, la porte se rouvrit et Jake ressortit. Drew lut la frustration qui se peignait sur son visage.

– Que s'est-il passé là-dedans? demanda quelqu'un.

– Je ne suis pas censé en parler. Il veut que vous fassiez la queue et que vous entriez un par un.

Drew se sentait mal à l'aise. En attendant son tour, presque en bout de file, il regarda les autres entrer un à un. Aucun ne tint plus longtemps que Jake.

Mike prit son tour, et lui aussi ressortit presque aussitôt. Drew perçut son humiliation. Toujours animé de l'esprit de compétition, il parut défier Drew de faire mieux que lui.

Puis vint le tour de Drew.

Il ouvrit la porte, se concentrant pour intensifier

ses réflexes, entra et referma derrière lui avec appréhension. Il se sentit aussitôt suffoqué, comme si l'air y était plus épais et le pressait de toutes parts.

Et l'obscurité. Le hangar était sombre, mais il comprenait maintenant ce qu'était vraiment l'obscurité.

Là, elle était absolue et l'enserrait totalement. Le silence faisait siffler ses tympans ; il se demanda quoi faire. S'avançant à la recherche de Hank, il buta contre une table, dont les pieds raclèrent sur le sol de béton. Aussitôt, Hank le saisit par le coude droit.

– Vous venez d'être tué, chuchota Hank, si près que son souffle lui chatouilla l'oreille.

Quand il sortit de la chambre noire, s'efforçant de ne pas avoir l'air trop embarrassé, il remarqua l'expression satisfaite de Mike, son air réjoui de constater que Drew n'avait pas eu plus de succès que lui.

Hank les rassembla et leur demanda de porter un jugement sur ce qui s'était passé. Il leur fit répéter l'exercice, leur en fit faire un nouveau compte rendu, et leur instilla progressivement les principes de ce type d'affrontement.

– Vous avez tous essayé de me trouver trop rapidement. Vous ne vous êtes pas donné le temps de *sentir* le silence. Votre appréhension vous a trahis. Prenez votre temps. C'est peut-être le dernier que vous aurez, alors pourquoi ne pas le prolonger ? Percevez-le pleinement.

Hank leur enseigna des méthodes pour explorer la pièce, au lieu d'avancer simplement à l'aveuglette. Il les encouragea à appliquer les talents qu'ils avaient acquis en apprenant à attaquer les sacs de sable et à éviter les obstacles dans le hangar.

– Mais ce n'est pas la même chose, dit quelqu'un.

– Pourquoi ?

– Dans le hangar, nous avions toute la place voulue, et l'obscurité n'était pas totale. De plus, vous êtes entré le premier. Vous avez eu l'avantage de pouvoir vous cacher.

– Pensez donc. Et si vous vous trouvez confronté à un véritable ennemi, je suppose que vous irez le trouver pour vous plaindre qu'il ne joue pas franc jeu si lui aussi a un avantage. Dans ce jeu, vous devez vous créer votre propre avantage, en étant meilleur que votre adversaire. La chose la plus importante dont vous devez vous souvenir, à part la méthode que je vous ai dit de suivre une fois que vous êtes dans la pièce, c'est de vous déplacer si lentement que vous devez à peine bouger.

Ils répétèrent l'exercice, encore et encore, et parvinrent chaque fois à tenir un peu plus longtemps avant d'être touchés par Hank. Cinq secondes de plus, peut-être. Puis dix. Mais cette extension de leur endurance, aussi minime fût-elle, était comparativement un progrès important. Et la première fois que Drew parvint à survivre une minute, il se sentit épuisé, étourdi par l'impression d'avoir passé beaucoup plus de temps dans la pièce.

– Vous ne vous déplacez pas encore assez lentement, insista Hank. Vous ne sentez pas encore l'obscurité. Avez-vous jamais observé la façon dont un aveugle sait qu'il y a un obstacle devant lui, même s'il n'a pas sa canne ? C'est parce qu'il a tellement l'habitude de vivre dans l'obscurité qu'il peut sentir le rebond de l'air sur son environnement. Il perçoit les objets qui l'entourent comme s'ils émettaient des vibrations. Et c'est ce que vous devez apprendre à faire. Compenser votre absence de vision par une intensification de vos autres sens. Jake, vous vous êtes déplacé en silence, je dois le reconnaître. Mais vous êtes un fumeur. J'ai senti l'odeur de tabac refroidi que vous portez sur vous et je connaissais votre position exacte, même si je ne pouvais ni vous voir ni vous entendre. A partir de maintenant, aucun d'entre vous n'est autorisé à fumer. Et je ne parle pas seulement du temps que nous passerons ici. *Jamais.* Mike, vous vous servez de déodorant. Je vous ai aussi senti approcher. Debarrassez-vous-en.

– Mais on ne peut éviter d'émettre une odeur ou une autre, dit Mike. La sueur, par exemple. C'est naturel dans un état de tension.

– Non. Le genre de tension auquel nous avons affaire dessèche les glandes sudoripares. Elles cessent de fonctionner. Il y en a peut-être un ou deux parmi vous qui ne correspondent pas au type courant, et dont les glandes ne seront pas inhibées. Nous le saurons bientôt, et ils devront quitter l'école.

Bientôt, les étudiants parvinrent à résister à l'épreuve plus longtemps encore. De deux minutes, ils passèrent à cinq. Puis à dix.

Drew apprit graduellement la position des objets dans la pièce. Procédant lentement, méthodiquement, il découvrit que l'arrangement ressemblait à celui d'une salle de séjour : des fauteuils, un canapé, une table basse, un poste de télévision, une lampe, une bibliothèque. Mais, une nuit, il s'aperçut que les meubles avaient été déplacés, et qu'au lieu d'un sol de ciment il y avait maintenant un tapis. Une autre nuit, l'arrangement était devenu celui d'une chambre à coucher. Une autre encore, la pièce était emplie de caisses disposées au hasard, comme dans un entrepôt.

– Vous ne pouvez présumer de rien, les avertit Hank.

Finalement, chacun des membres de la classe fut capable de traquer Hank pendant une heure sans être touché. Hank changea alors l'exercice.

– A partir de maintenant, vous vous traquerez les uns les autres. L'un de vous entre, et un autre entre à sa suite. Ensuite, vous ferez l'inverse, le second ira le premier, de façon que le chasseur devienne le chassé. Et vous changerez de partenaires, pour que chacun ait l'occasion d'affronter tous les autres.

Drew jeta un coup d'œil à Mike qui lui retourna son regard, visiblement impatient d'avoir l'occasion de mesurer son talent contre le sien. Ils ne furent pas opposés dès le début. Ce ne fut qu'après avoir affronté quatre autres partenaires qu'ils se retrouvèrent dans la pièce ensemble. Drew, le chassé, gagna la première fois. Mais quand Mike devint le chassé, il gagna. Et par la suite, quand ils se retrouvèrent appariés, leur score fut de nouveau à égalité. La dernière fois, après qu'ils eurent passé trois heures dans la pièce sans que ni l'un ni l'autre eût gagné, Hank interrompit le jeu.

14

Maintenant, seize ans plus tard, ils se retrouvaient face à face. Mais leurs armes ne seraient pas des crayons-feutres, et Hank ne serait pas là pour interrompre l'exercice. Leur rivalité avait atteint son point ultime. Il n'y aurait pas de question quant à celui qui serait le meilleur. Et pas de seconde chance.

Drew ne *voulait* pas tuer. Il devait avoir Mike vivant, pour le faire parler de Janus. Mais sa réticence à tuer était un handicap, car Mike, de son côté, n'hésiterait certainement pas.

A l'instant où Drew prit conscience des terrifiantes implications de son entrée dans ce sous-sol noir comme un four où Mike l'avait attiré, il fléchit automatiquement les genoux, adoptant la position accroupie dont Hank avait fait pour lui une seconde nature. Il écarta les pieds à la largeur de ses hanches et tendit les bras devant lui, au même écartement, pour sonder l'obscurité avec ses mains. Il écarta les bras un peu plus, tâtant le vide à sa droite et à sa gauche. Puis il se déplaça vers la gauche, pas loin, juste à une épaisseur de corps, et s'immobilisa.

Cette tactique initiale n'avait qu'un objet : quitter l'endroit où il s'était trouvé en entrant dans la pièce pour éviter que Mike pût tirer parti des bruits involontaires qu'il faisait et l'attaquer alors qu'il n'était pas encore prêt. A présent, Drew ne faisait qu'un avec l'obscurité, tout comme Mike. La traque allait commencer.

Drew était plus sûr encore que Mike ne portait pas de pistolet; il avait eu trop d'occasions de s'en servir. Quand Drew était entré dans cette pièce, un instant avant que la porte se fût refermée et l'eût plongé dans le noir total, Mike aurait eu une cible de choix.

Mais Mike pouvait avoir un couteau. Drew considéra ce risque et se dit que Mike l'aurait lancé quand il était entré. A l'instant où il aurait entendu le couteau frapper Drew, il aurait attaqué, tirant parti de la distraction causée par l'impact pour le tuer à mains nues si le couteau n'avait pas rempli cet office. L'entraînement de Hank Dalton leur avait inculqué cette tactique comme une seconde nature.

Il y avait donc une raison pour que Mike attendît. La seule explication à laquelle Drew pût penser était que Mike n'avait pas d'arme, qu'il dépendait de son habileté au corps à corps. Ce qui signifiait qu'il attendrait que Drew s'approchât de lui pour le prendre par surprise.

Drew avait une arme, le Mauser qu'il étreignait, mais elle était inutile dans le noir. C'était même un handicap, parce qu'elle limitait la liberté de sa main droite. Dans les circonstances présentes, il aurait préféré avoir la main libre, de façon à mieux sentir le silence immobile, les subtiles vibrations de l'obscurité. Mais il n'osait pas courir le risque de faire du bruit en glissant le pistolet dans sa poche.

Il attendit cinq minutes, accroupi, en garde, écoutant intensément. Cette pièce était apparemment enfouie si profond dans le sol, et ses murs si épais, qu'aucun son extérieur n'y parvenait. Il tendit l'oreille pour deviner un bruit subtil de respiration, ou le frôlement d'un pied sur le sol. Mais il n'entendit rien à part la pulsation de son sang derrière ses oreilles.

Inspirant lentement, il évalua les odeurs de la pièce, les séparant et les identifiant une par une. Une odeur de térébenthine. De la peinture. Quelque chose comme du vernis. Une vague bouffée d'essence.

Une remise ? se demanda-t-il. Plus il reconnaissait les odeurs, plus sa conclusion lui semblait juste. Des produits d'entretien. Peut-être même une tondeuse à gazon. Peut-être des outils.

Il le découvrirait bientôt. Car il devait commencer la chasse, tout comme, il le présumait, Mike devait avoir commencé la sienne.

« N'avancez jamais directement dans la pièce, leur avait répété Hank. Évitez le centre. Vérifiez d'abord le périmètre, ce qui veut dire que vous avez deux possibilités : la droite ou la gauche. Gardez le dos au mur. L'aménagement de la pièce, ses obstacles détermineront quelle direction semble la meilleure. »

Dans le cas présent, ni l'une ni l'autre ne semblait présenter d'avantage. Il est vrai qu'il s'était déplacé vers la gauche quand il était entré et avait compris dans quel piège il était tombé. Mike présumerait sans doute qu'il continuerait vers la gauche. La meilleure façon de l'abuser serait donc de suivre la direction que Mike n'escompterait pas, vers la droite.

Mais les conjectures, au premier, second et troisième degré, faisaient partie de la traque. Mike pouvait prévoir la logique de Drew. Il pouvait présumer que Drew, ayant commencé par se diriger vers la gauche, changerait de direction pour le feinter. En fin de compte, quelle que fût la logique appliquée par l'un des adversaires, il n'y avait aucun moyen pour l'autre de prévoir dans quelle direction la chasse allait commencer. Y réfléchir trop longtemps conduisait à la paralysie.

Arbitrairement, Drew décida de poursuivre vers la gauche. Avec une lenteur déchirante, il mut ses bras, ses mains, sondant les ténèbres avant de déplacer doucement ses pieds.

Le sol, comme celui du couloir qu'il avait suivi jusque-là, était de terre battue. Mais celle-ci, bien tassée, absorba son poids quand il reposa lentement son pied. Aucun crissement ne révéla sa position.

Il marqua une nouvelle pause, écouta, sentit, perçut. Sondant de nouveau l'obscurité avec ses mains, il progressa de quelques centimètres supplémentaires vers la gauche.

Alors qu'il déplaçait son pied avec précaution, il se pétrifia en sentant sa chaussure gauche toucher un objet. Une pression presque imperceptible contre sa jambe et sa hanche gauche lui indiqua que l'objet était gros, mais il ne sentit rien quand il avança la main gauche dans cette direction. Quel que fût l'objet, il ne s'élevait pas plus haut que sa ceinture. Quand il abaissa la main à ce niveau, il sentit une surface de bois entaillée et bossuée, d'un grain épais, légèrement huileuse.

Un établi. L'explorant silencieusement de la main, il sentit un étau d'acier fixé au bord du plateau. Une paire de pinces grêlée. Une burette à huile graveleuse, avec un bec.

A partir de là, les complications se multiplièrent. Pour ce qu'il en savait, Mike l'attendait peut-être de l'autre côté de l'établi, prêt à attaquer dès qu'il s'avancerait autour du meuble pour revenir vers le mur. A moins que Mike ne fût directement en face de lui, contre le mur opposé, et que dès qu'il sentirait que son attention était pleinement absorbée par le problème consistant à contourner l'établi...

Conjecture au second degré, vérification au troisième degré. Tout en commençant à contourner la table, Drew imaginait les pensées de Mike.

Eh, Drew, c'est tout comme au Colorado, quand nous étions rivaux. Nous nous ressemblions tellement que tout le monde se demandait lequel de nous deux était le meilleur, tu te souviens? Mais nous n'avons jamais tranché la question. Pas à ma satisfaction. Évidemment, les supérieurs avaient de leur côté l'idée stupide que tu étais meilleur que moi. Sans ça, ils t'auraient choisi pour me servir de paravent au lieu de faire l'inverse. Tu étais la vedette, j'étais la doublure. Merde. Mais j'ai tenu plus longtemps que toi. Tu es censé être mort, et j'ai pris ta place. Je suis *devenu* toi, et ça me plaît comme ça. Je ne vais pas changer de place avec toi. Je ne vais pas redevenir le second rôle. Cette fois, je vais m'assurer que tu *restes* bien mort.

Les muscles rendus douloureux par la tension, Drew avança centimètre par centimètre autour de l'établi. Mais pour vérifier l'angle situé entre l'établi et le mur, il devrait s'exposer partiellement à une attaque venue de l'autre côté de la pièce. Il aiguisa ses sens, en garde contre le moindre son ou le moindre mouvement de l'air dense et immobile.

Légèrement, silencieusement, il agita sa main gauche devant lui, vers la continuation du mur. Son intention était de créer un léger flux d'air qui pouvait faire croire à Mike qu'il était plus près qu'il ne l'était en réalité, incitant ce dernier à attaquer prématurément s'il était tapi entre l'établi et le mur.

Mais aucune attaque ne se produisit. Quand Drew eut atteint l'autre extrémité de l'établi, il se rapprocha du mur en braquant le Mauser. Si Mike se cachait effectivement là, et s'il attaquait, il tirerait dès qu'il sentirait son corps contre lui.

Mais rien ne se passa. Avec un soupir intérieur de soulagement, Drew revint contre le mur et s'y adossa. Il attendit dans l'obscurité, rassemblant son énergie, se concentrant.

« De la discipline, leur avait dit Hank. De la patience. Ce sont les secrets de la victoire à ce jeu. Un mouvement irréfléchi, un geste imprudent, c'est tout ce qu'il faut, et vous êtes mort. Vous devez oublier le futur. Vous ne pouvez pas vous laisser aller à imaginer combien il serait agréable d'avoir gagné et de quitter la pièce enfin détendu. Parce que c'est le *présent* qui compte, et si votre ennemi se concentre sur le présent pendant que vous êtes dans le futur, vieux, vous ne verrez jamais le futur. Vous appartiendrez à l'histoire. »

Drew poursuivit sa progression contre le mur, vers la gauche. Comme avant, il se servait de ses pieds, du côté de sa jambe et de sa hanche pour déceler les obstacles. Braquant le Mauser de la main droite, il tendait la gauche devant lui, caressant presque l'obscurité. Son pied silencieux toucha un objet sur sa gauche; en fait, il avait senti sa présence avant même que sa chaussure le touchât. L'objet, en bois, saillait de vingt à vingt-cinq centimètres dans la pièce. Quand il le palpa de la main gauche, il se rendit compte qu'il s'élevait jusqu'au plafond. Puis, glissant ses doigts sur le côté, il toucha un cylindre de métal froid. Le papier qui l'enveloppait était partiellement décollé. Ici, l'odeur de térébenthine était plus forte. Une boîte de peinture? Sans doute, conclut-il. Des étagères couvrant le mur du sol au plafond, garnies de boîtes de peinture. Le dos contre les étagères comme si elles étaient le mur, il continua d'avancer vers la gauche.

Il n'avait pas progressé de plus de trois ou quatre mètres, et il devait être là depuis quarante minutes, peut-être plus. C'était difficile à dire. Dans une chambre noire, le temps est faussé par la torturante lenteur du mouvement. Chaque seconde semblait éternelle. Terriblement pleine.

Retenant son souffle, il parvint à l'extrémité des étagères et tendit la main de l'autre côté, vers le mur. Mais il toucha un autre mur, qui s'éloignait vers la gauche. Il explora l'angle.

Avec une soudaineté effrayante, quelque chose frappa les étagères sur sa droite. L'objet tomba avec fracas et atterrit sur le sol avec un bruit sourd.

Drew tressaillit. Il n'avait pu s'en empêcher. Le cœur dilaté comme s'il était prêt à exploser, il s'efforça de réprimer un hoquet de surprise. En fait, il n'émit aucun son. Conditionné par son entraînement, il s'accroupit d'instinct, si bas que ses hanches touchaient ses mollets. Le dos calé dans l'angle de la pièce, il leva les mains, le Mauser braqué.

Sa réaction avait été si instantanée qu'il était prêt avant même que l'objet eût fini de heurter le sol.

Mike risquait d'attaquer. C'était l'une des tactiques de Hank Dalton. Déconcertez votre adversaire. Lancez quelque chose. Au moment où l'objet tombe avec fracas, prenez l'avantage. Foncez sur lui.

Mais le silence retomba dans la pièce et l'immobilité se gélifia de nouveau sans que Drew ressentît le moindre impact. Aucun corps ne se rua sur lui. Il attendit, l'estomac contracté, les nerfs tendus.

Rien ne se passa.

Il essaya de calculer la direction d'où l'objet avait été lancé, mais n'y parvint pas. Il savait du moins que Mike était là, que son sosie ne s'était pas éclipsé par une invisible sortie avant qu'il fût entré dans la pièce.

Plus aucun doute, maintenant; ce serait une lutte à mort.

Mais autre chose le tracassait. Pourquoi Mike n'avait-il pas attaqué? Drew réfléchit, tendu, s'efforçant de prendre une décision.

Parce que Mike ne sait pas exactement où je suis. Dans le noir, s'il plonge vers moi en ayant mal jugé ma position, il sait que je peux le tuer. Il a lancé quelque chose vers l'endroit où il pensait que je risquais de me trouver en espérant que je perdrais mon sang-froid, que je ferais du bruit. Mais comme il m'a manqué, il va lancer autre chose. S'il me frappe, dès qu'il entendra l'impact contre mon corps, il présumera que j'ai été distrait et attaquera.

Une autre stratégie de Hank Dalton.

Alors que Drew était accroupi, le dos dans l'angle du mur face à l'obscurité de la pièce, un second objet frappa les étagères sur sa droite. Le fracas, plus proche, fit se propager une vibration contre son épaule.

Mais cette fois, il s'était attendu au bruit. Il tira parti de la chute de l'objet pour glisser plus loin vers la gauche le long du nouveau mur.

Mike a manifestement conclu que je me déplaçais dans cette direction. Il essaie de m'acculer. Au moment où il m'atteindra, il foncera.

Un troisième objet percuta l'angle dans lequel Drew se tenait accroupi un instant plus tôt. Il mit de nouveau le bruit à profit pour avancer un peu plus loin le long du mur.

Il avait maintenant plus d'informations. L'angle de déflection des divers projectiles, la direction de leur impact sur le sol de terre battue lui indiquaient que Mike se trouvait de l'autre côté de la pièce, sans doute dans l'angle opposé à celui où il s'était accroupi.

Du moins y avait-il peut-être été un instant plus tôt. Autant que Drew pût le savoir, son double avait pu lui aussi profiter du vacarme pour changer de position.

Mais dans quelle direction Mike se serait-il déplacé? Vers le mur que suivait Drew – pour le rencontrer de face? Ou vers le mur qu'il avait commencé par longer – pour lui tomber dessus par derrière?

Drew se demanda s'il devait revenir en arrière. Pile ou face. Une chance sur deux. Ils pouvaient continuer ainsi à conjecturer aux deuxième et troisième degrés, toute la nuit. Il pouvait s'imaginer tournant éternellement avec Mike autour de la pièce.

Un quatrième impact se fit entendre. Mais cette fois, l'objet rebondit sur le mur qu'avait suivi Drew tout d'abord.

Mike pense-t-il que je suis revenu sur mes pas ? Ou essaie-t-il de me faire croire que c'est ce qu'il pense ?

Comme l'avait maintes fois souligné Hank Dalton, c'était l'objet de l'exercice. Déconcerter son adversaire jusqu'à ce que son esprit soit fatigué, déséquilibré.

Et à ce moment-là, essayer de le tuer.

« Les règles. Faites-leur confiance. Remettez-vous-en à elles, avait insisté Hank. Il m'a fallu près de vingt-cinq ans pour les découvrir. Et c'est une des raisons pour lesquelles je suis encore vivant. »

Mais, comme Hank l'avait fait observer, peu d'autres combattants connaissaient ces règles. Dans un affrontement véritable, un élève de Hank n'aurait pas besoin de s'épuiser à traquer son adversaire, car son système de combat ne faisait nulle part ailleurs partie de l'entraînement courant.

« Rappelez-vous, disait-il, que vous avez l'avantage. Ne soyez pas trop sûrs de vous, mais ne vous sentez pas dépassés. Parce que si vous suivez ces règles, vous avez plus d'une chance sur deux de l'emporter. »

Bien sûr, songea Drew. Il suffit de suivre les règles. Mais dites-moi, Hank, que faites-vous quand votre adversaire connaît lui aussi les règles ? Au temps du Colorado, j'ai fait pas mal de matches nuls, avec lui. Non seulement il me ressemble, mais il a suivi le même entraînement que moi. Qu'est-ce qui peut empêcher un autre match nul ? Sauf que, cette fois, il faudra départager. Et l'épuisement s'en chargera sans doute. Depuis le monastère, il y a trop longtemps que je fuis. Si l'endurance est le facteur décisif, je perdrai probablement.

Il ne paniqua pas. Au contraire, avec un picotement dans la moelle épinière lui vint une soudaine inspiration. Que faire quand on est confronté à quelqu'un qui connaît aussi les règles?

Faire quelque chose de totalement inattendu. Rompre avec les règles. Reprendre le comportement de cette première entrée dans la chambre noire du hangar, au Colorado. Tourner autour de la pièce en suivant les murs, comme le répétait Hank? Non. Traverser tout droit. S'accroupir au milieu et attendre que Mike lançât autre chose.

Et à ce moment-là, quand tu sauras exactement où il est, foncer sur lui.

Les chaussures de Drew semblèrent à peine toucher le sol de terre quand il se glissa silencieusement vers le milieu de la pièce. Il maintenait une allure lente et prudente, déplaçant sa main gauche devant lui tout en braquant le Mauser de la main droite, sondant l'obscurité.

Et quand il estima avoir atteint le centre de la pièce, il s'accroupit, adoptant une position aussi confortable que possible pour attendre l'initiative suivante de Mike.

Il sentit le souffle de l'air que produisit l'objet en passant au-dessus de lui, à quelques centimètres seulement de sa tête, avant de percuter le mur qu'il avait suivi. Là, dans l'angle opposé. Il se rapprocha légèrement.

Un autre objet fouetta l'air au-dessus de sa tête et frappa le mur derrière lui.

Il se rapprocha encore.

La chose se passa avec une soudaineté surprenante. Il perçut brusquement un obstacle, juste devant lui. Il ne le toucha pas. Comme Hank Dalton l'avait si souvent répété, il n'avait pas besoin de le toucher. S'il était assez vigilant, il devait percevoir les vibrations qui en émanaient.

L'obstacle était un homme.

Mike, qui ressemblait à Drew, qui avait été entraîné comme lui, pensait aussi comme lui. Comme lui, il avait réfléchi à la manière de traquer un adversaire qui disposait du même avantage d'avoir été entraîné par Hank Dalton, qui pouvait prévoir.

A cause des règles. Rompre avec les règles, donc.

Avec une soudaineté inattendue, Drew se trouva empoigné face à face, poitrine contre poitrine, avec son double.

Le choc lui souleva le cœur. Ils trébuchèrent d'un côté, puis de l'autre, sans plus de souci pour le bruit. Le souffle rauque, à court d'oxygène, Drew poussait et tirait l'homme qu'il tenait et qui le tenait.

Il poussa un gémissement quand un coup de genou l'atteignit à la cuisse, manquant de justesse ses testicules.

Il tomba en arrière et sourcilla en se cognant les reins contre l'angle vif de l'établi.

– Mike...

Il projeta le talon de sa main gauche contre le plexus solaire de son adversaire.

Mike gémit.

– Pour l'amour de Dieu, écoute...

Un coup violent sur le côté du cou lui arracha un hoquet.

– Il faut que je te parle!

Mais quand la pointe émoussée d'un tournevis lui déchira l'épaule gauche, heureusement amortie par son manteau, il comprit que Mike était résolu à gagner.

Quel choix avait-il ?

Il repoussa Mike et pressa la détente du Mauser.

Un coup.

Un autre.

Il vida le chargeur, assourdi par les explosions répétées, ébloui par la succession des lueurs de départ.

Malgré les blessures qu'il avait reçues, il plaça soigneusement ses balles. Et quand il en entendit une frapper la cible, il réduisit son champ de tir, les narines dilatées par la puanteur âcre de la cordite, du tissu et de la chair brûlés.

Il expédia son sosie en enfer.

Tandis que le sang gouttait sur le sol de terre battue et lui éclaboussait les lèvres, chaud et salé, il sentit Mike se projeter une dernière fois contre lui, résolu à poursuivre la lutte. Mais un frisson d'agonie secoua son adversaire et ils se retrouvèrent enlacés, presque comme des amants.

Mike s'effondra lentement vers le sol, sa mâchoire inerte glissant sur la poitrine de Drew, sur son estomac, son ventre, ses genoux.

– Pourquoi ne m'as-tu pas écouté ? chuchota Drew.

Il avait envie de hurler. Sa maudite discipline lui permit de se maîtriser.

– *Tu aurais dû m'écouter.* Tout ce que tu avais à faire, c'était de me dire pour qui tu travaillais. Espèce d'imbécile... Tu serais encore vivant. Nous aurions peut-être pu finir par être amis, au lieu d'être...

Rivaux ? Doubles ?

Janus. Il avait tué Janus, mais l'homme qui se tenait derrière Janus était toujours vivant !

Rageant à l'inutilité de cette mort, Drew avait envie de donner des coups de pied au corps de Mike, de lui briser les dents, de lui écraser le nez.

Espèce d'imbécile...

Au lieu de quoi il s'agenouilla dans le noir.

Les joues ruisselantes de larmes, il pria pour l'âme de Mike.

Et pour la sienne.

15

La distorsion du temps dans la pièce obscure avait été telle que Drew cligna des yeux, surpris, quand il sortit du bâtiment. La nuit avait passé et un soleil d'octobre frileux se levait. Tous les lampadaires à gaz étaient éteints et les appartements silencieux; on n'entendait que le gloussement insolite de poulets, quelque part. Les gens qui vivaient là n'avaient apparemment pas entendu les coups de feu, ou refusaient délibérément d'y prêter attention pour ne pas se trouver impliqués. Il suivit les couloirs zigzagants, les passages et les tunnels pour regagner l'étroite allée au mur de parpaing, où il était sorti une éternité plus tôt de derrière une pile de planches pour affronter son double.

Il s'était servi d'un mouchoir pour essuyer le sang de Mike de son visage et de ses mains. Il avait utilisé ce même mouchoir pour étancher le sang qui coulait de son épaule, là où Mike l'avait frappé à l'aide d'un tournevis. Puis il avait enlevé son manteau, qu'il portait plié sur l'épaule pour cacher à la fois la blessure et les taches de sang. La précaution était inutile. A cette heure matinale, il ne rencontra personne.

Glacé, l'épaule en proie à une douleur lancinante, profondément écœuré, il introduisit dans la serrure la clef qu'il avait trouvée en fouillant le corps de Mike, et déverrouilla la porte du studio. Il ne redoutait ni piège ni signal d'alarme. Un peu plus tôt, Mike n'avait pris aucune précaution particulière en sortant cette même clef de sa poche pour l'approcher de la serrure. Drew présumait donc que l'appartement n'était pas protégé. Et s'il se trompait?

Il était si épuisé qu'il s'en souciait peu. Il avait tué encore une fois, et rien d'autre n'importait.

Rien. Sauf la poursuite de sa quête. Le besoin de venger les moines du monastère, de découvrir pour qui avait travaillé Mike.

Il tourna la poignée et poussa la porte, fronçant les sourcils quand il s'aperçut que la pièce n'était pas éclairée. Tous ses instincts furent aussitôt en alerte. La nuit passée, une lueur filtrait à travers les rideaux et la vitre dépolie. Qui était entré pour éteindre la lumière? La poitrine oppressée, il examina la pièce. Même sans lumière, l'obscurité n'y était pas totale. Le soleil levant qui se déversait par la porte ouverte dissipait les ombres.

Malgré son malaise, il fit deux suppositions. La première était qu'il n'y avait personne dans la pièce. Après tout, quiconque aurait été caché là avait déjà eu tout le temps de l'attaquer.

La seconde découlait de la première. La lumière était éteinte parce que, comme l'avait avancé Arlene la veille au soir, elle était commandée par un minuteur.

S'avançant un peu plus loin, il vit des étagères faites de briques et de planches, un bureau sur lequel reposait une machine à écrire, un canapé-lit, une tablette de coin-repas, un poste de télévision et une chaîne stéréo.

Rien de luxueux. L'ameublement qu'aurait pu

avoir tout étudiant diplômé. Celui qu'il avait eu lui-même autrefois bien que, comme Mike, il eût pu se permettre beaucoup mieux.

L'appartement ne comportait qu'une seule pièce; une cuisinière et un réfrigérateur étaient isolés par un comptoir.

Quelque chose bougea près du canapé. Drew fléchit les genoux, les mains levées, prêt à se défendre. Puis son froncement de sourcils se transforma en un sourire, qui s'élargit quand il se rappela Stuart Little. L'ennemi qu'il s'apprêtait à affronter était un chat.

Celui-ci miaula en s'approchant. Ce n'était pas un chaton, mais il n'était pas non plus tout à fait adulte. Roux avec des taches blanches. Un autre chat sortit de sous le bureau, et un autre encore de derrière le comptoir. L'un était totalement noir, l'autre était un siamois dont il distingua, malgré l'obscurité, les yeux bleus caractéristiques.

Il faillit éclater de rire, mais la douleur de son épaule l'en retint et il se rappela une fois de plus le parallèle qui existait entre Mike et lui.

Dans le temps, avant le monastère, Drew avait aimé la compagnie des chats. En avoir près de lui avait été son luxe, sa vie sociale. Et plus tard, quand une souris, au lieu de chat, était entrée dans sa cellule du monastère, il s'était de nouveau senti vivre. Parce que, en dépit de l'insistance de la règle des chartreux sur la nécessité de s'effacer du monde, la chose qui lui avait le plus manqué était l'occasion de partager son existence avec une autre créature.

– Eh, chats, je suppose que vous vous demandez pourquoi personne n'est rentré hier soir.

Frappé par une soudaine vision de Mike, étendu mort dans la pièce obscure, il frissonna et s'efforça d'étouffer la terrible émotion qui s'emparait de lui. Sa voix devint rauque.

– Je parie que vous mourez de faim.

Il referma la porte derrière lui, la verrouilla, et pressa l'interrupteur qui se détachait faiblement dans l'ombre.

Deux lampes s'allumèrent, l'une près du canapé, l'autre sur le bureau. Il eut un mouvement de recul et trébucha. Une porte s'ouvrit sur sa gauche. Devant lui, une silhouette se levait derrière le comptoir. Il banda tous ses muscles.

Le père Stanislas apparut par la porte ouverte, au-delà de laquelle il distingua un petit réduit. Il pivota vers le comptoir, derrière lequel Arlene se dressait maintenant de toute sa hauteur.

Elle vint à lui. Il avait éperdument envie de la serrer dans ses bras.

– Dieu merci, tu es vivant, dit-elle en l'étreignant tendrement. Comme tu ne revenais pas à la voiture...

Il sentit ses bras autour de lui, ses seins pressés contre sa poitrine. Par réflexe, il se pencha pour l'embrasser.

Le père Stanislas se racla la gorge.

– Si je peux vous interrompre...

Drew lui jeta un regard confus.

– Nous avons attendu jusqu'à la fin de la nuit, précisa le prêtre.

Arlene recula légèrement, les bras toujours passés autour de Drew, mais ce dernier sentait encore contre sa poitrine le contact de ses seins. Il se rappela comment il l'avait si souvent tenue amoureusement contre lui dans le passé. Comment ils avaient campé et varappé ensemble. Et comment il l'avait étreinte, comme elle l'étreignait, dans le sac de couchage qu'ils partageaient.

– A l'aube, nous ne savions plus quoi faire,

ajouta Arlene. Il *fallait* que nous venions à ta recherche.

– Vu de l'extérieur, l'appartement paraissait tranquille, dit le père Stanislas en s'approchant. Tout semblait paisible. Mais nous nous sommes dit que s'il avait eu des problèmes, votre double se serait enfui plutôt que de rester dans les parages. Le risque semblait acceptable. Nous avons même frappé à la porte avant...

– Vous avez crocheté la serrure? demanda Drew.

Les bras d'Arlene toujours passés autour de sa poitrine, il se tourna vers le prêtre. Comme ce dernier répondait d'un signe affirmatif, il secoua la tête.

– Vous me surprendrez toujours.

– Bah, fit le père Stanislas en haussant les épaules, le Seigneur est avec moi.

– Et avec vos rossignols.

Le prêtre sourit.

– Quand tu as franchi cette porte, dit Arlene, j'ai presque cru que tu étais...

– Ma doublure?

– Tu portais ton manteau sur l'épaule au lieu de l'avoir sur toi. Un instant, j'ai pensé qu'il te l'avait pris.

Drew déglutit péniblement.

– Non. Il est mort.

Il fit glisser le manteau de son épaule, révélant sa chemise tachée de sang et la bosse que faisait le mouchoir pressé contre sa blessure.

– Drew!

– Il m'a frappé avec un tournevis. Mon manteau a amorti le coup.

Avant qu'il pût discuter, Arlene avait déboutonné sa chemise. L'intimité du geste lui donna un sentiment de faiblesse. Elle retira doucement le mouchoir ensanglanté pour examiner la blessure sous le tissu déchiré.

– Ça aurait pu être pire. Tout au moins, ça ne saigne plus. Je ne crois pas que j'aurai besoin de points de suture.

– Mais tu as besoin d'être désinfecté. Enlève ta chemise. Je vais chercher un gant de toilette et du savon.

– Ça peut attendre.

Cette fois encore, il n'eut pas le temps de discuter.

– Non, tout de suite. Ne bouge pas.

Il éprouvait un étrange bien-être d'accepter ses ordres. Tandis qu'elle nettoyait la blessure en se servant d'une trousse médicale trouvée dans la salle de bains, il leur raconta ce qui s'était passé.

Le père Stanislas leva la main droite pour lui donner l'absolution.

– Je suis certain que vous êtes pardonné. Vous étiez obligé de vous défendre.

– Mais c'est une mort tellement inutile.

Drew sentit sa gorge se contracter, et ce n'était qu'en partie à cause de l'enflure provoquée par le coup de poing de Mike.

– A quoi a-t-elle servi?

– Elle t'a sauvé la vie, insista Arlene.

– Insignifiant. Les réponses, c'était ça qui importait.

– Nous les avons cherchées, dit Arlene.

Drew dressa l'oreille.

– Nous avons fouillé ses papiers. Les reçus, les chèques annulés, les factures.

– Qu'avez-vous trouvé?

– Exactement ce qu'on pouvait escompter, dit le père Stanislas. C'était un professionnel. Rien.

– Rien? fit Drew, réfléchissant. Peut-être. C'est du moins ce qu'il en paraît.

– Je ne comprends pas.

– D'après ce que vous venez de dire, vous avez bien vu, mais vous ne saviez pas ce que vous voyiez. Vous ne saviez pas quoi chercher.

– Je ne comprends toujours pas ce que vous voulez dire.

– Vous avez parlé de reçus? De chèques annulés, de factures?

– C'est exact.

Drew regarda tendrement Arlene.

– Tu n'aurais pas pu comprendre. Parce que toi, et vous, ajouta-t-il en se tournant vers le père Stanislas, n'avez jamais eu ma couverture. Dans le cadre du système, j'utilisais une boîte postale pour mon courrier. Anonyme, tant que je pouvais m'assurer de ne pas être vu quand j'allais chercher mes revues, mes factures de cours et tout le reste. Mais j'avais une autre boîte postale dans la ville voisine. Et c'était là que je recevais ce qui importait... comme mon salaire.

Il laissa ses paroles faire leur effet. Arlene fut la première à réagir.

– Bien sûr. Scalpel dépendait du gouvernement.

– C'en était une branche souterraine. Le gouvernement lui-même n'a jamais su ce qui se passait réellement.

– Mais il fallait bien tenir des fichiers, dit Arlene. Et justifier les salaires. Aussi secret fût-il, le réseau avait un budget. Il fallait que les comptes soient équilibrés.

Le père Stanislas comprit à son tour.

– De la même façon que la CIA ou n'importe quel autre service de renseignements doit tenir des comptes. Mais indirectement. Le budget pouvait être canalisé par le ministère de l'Agriculture ou de l'Intérieur.

– De quelque façon qu'il soit acheminé, il faut que l'argent vienne de quelque part, dit Drew. Si les fonds appartiennent au système, il en reste une trace sur le papier. C'est inévitable.

– Mais si Scalpel n'existe plus... fit Arlene, intriguée, son regard allant de Drew au prêtre. Si le réseau a été dissous mais que quelqu'un l'ait réorganisé, quelqu'un qui n'appartient pas au gouvernement, alors l'argent vient du secteur privé.

– Raison de plus pour qu'il y ait des livres, des justifications de l'utilisation des fonds, précisa Drew. Le fisc est sans pitié, il exige des comptes.

– Alors?

– Il nous suffit de suivre la piste. Les chèques annulés. Tu m'as dit que vous en aviez trouvé. Quel est le nom de la banque locale?

Drew se tourna vers le père Stanislas.

– Quel est votre contact de l'Opus Dei le plus puissant, par ici? Quelqu'un qui soit dans la banque et les affaires?

– Ah, fit le prêtre, comprenant où Drew voulait en venir.

– Oui.

Le père Stanislas consulta sa montre.

– Il n'est que sept heures du matin. Il va falloir attendre que...

– Très bien, dit Drew. J'ai quelque chose de presque aussi important pour m'occuper.

16

Après avoir trouvé un ouvre-boîtes dans un tiroir, à côté de l'évier, il enleva le couvercle de toutes les boîtes de pâtée pour chats qu'il trouva dans le studio – dix, en tout. Certaines contenaient du poulet, d'autres du foie et du poisson; l'une des boîtes, appelée Délice du Gourmet, semblait être une combinaison de tout le reste.

Il découvrit également sous l'évier deux sacs d'aliments secs et porta le tout dans l'allée, où il étala les gourmandises dans l'air froid du matin contre le mur de parpaing.

Les chats se mirent voracement à l'œuvre.

– Profitez-en, leur dit-il. C'est tout ce qu'il y a. Il n'y en aura pas d'autre.

Il sentit une douleur lui tenailler la poitrine.

Parce que votre maître est mort. Je l'ai tué.

17

A neuf heures cinq, sous l'œil de Drew et d'Arlene, le père Stanislas décrocha le téléphone du studio pour joindre son contact. Il expliqua ce qu'il voulait, raccrocha, et reçut dix minutes plus tard un appel d'un autre correspondant.

Il écouta de nouveau, hochant la tête et remerciant son interlocuteur. Puis il appela aussitôt quelqu'un d'autre, reçut de nouvelles informations, et appela un nouveau numéro.

Cinquante minutes plus tard, quand il reposa le combiné pour la dernière fois, il se laissa aller, épuisé, contre le dossier du canapé.

– Alors? demanda Drew.

– Quand vous encaissez un chèque, la banque conserve sur microfilm une transcription de l'opération. L'héritage de Mike – parfois qualifié de bourse d'études, mais peu importe, disons son salaire – venait du Fairgate Institute. Qu'est donc le Fairgate Institute? J'ai fait des appels à longue distance pour le savoir; je ne pense pas que le locataire y trouvera à redire. D'après mes contacts à New York et Washington, le Fairgate Institute fait partie de la Golden Ring Foundation, une association à caractère non lucratif destinée à venir en aide aux nécessiteux, etc. Et la Golden Ring Foundation... n'oubliez pas que le fisc exige l'enregistrement de tous ces liens... Dieu bénisse la bureaucratie... la Golden Ring Foundation fait partie de... enfin, au bout du compte, quand on a épluché couche après couche, de la Risk Analysis Corporation, à Boston.

Drew secoua la tête.

– Suis-je censé établir une relation ?

– Non. Du moins pas à première vue. Mais ça ne va pas vous plaire. Mon contact de Boston a découvert le nom de l'homme qui dirige la Risk Analysis Corporation.

– Et je le connais ?

– Oh, oui. La coïncidence est trop frappante pour qu'on la néglige. Je pense qu'elle prouve que la Risk Analysis est Scalpel, et que cet homme dirigeait également le premier réseau.

– *Qui* ?

Quand le père Stanislas le lui eut dit, Drew oublia tout le reste – la main d'Arlene sur son épaule, le miaulement des chats au-dehors, le souvenir du sang de Mike dégouttant de ses lèvres.

Le nom.

Oh, oui, le nom.

C'était ce qui importait, et rien d'autre.

Tout prenait un sens.

Le nom était le secret de sa survie.

LIVRE HUIT

JUGEMENT

LA CONFRÉRIE DE LA PIERRE

1

La voix féminine était guindée, professionnelle, précise.

– Risk Analysis Corporation, bonjour.

Drew, qui appelait d'une cabine de Boylston Street, un peu plus bas que la bibliothèque publique de Boston, parvint à refréner sa colère et parler d'un ton tout aussi professionnel.

– M. Rutherford, je vous prie.

– Désolée, il est en réunion pour l'instant. Mais si vous voulez parler à son adjoint?

– Non. Il faut que ce soit M. Rutherford. Je ne peux traiter avec personne d'autre.

Drew laissa à son interlocutrice le temps de la réflexion. La cabine téléphonique étouffait le grondement de la circulation matinale. Il était dix heures.

– Bien sûr. Je comprends. Dans ce cas, voulez-vous me donner votre nom et votre numéro de téléphone? M. Rutherford vous...

– C'est impossible, je le crains. Mon emploi du temps est assez incertain pour le moment, et je ne sais pas exactement où je serai. Il est préférable que je l'appelle.

Comme il s'y attendait, la réceptionniste de la

Risk Analysis Corporation ne trouva rien d'anormal à sa dérobade. Sa voix se fit plus vive.

– Bien sûr. Si vous le pouvez, rappelez donc à onze heures et quart. Il devait être libre à ce moment-là.

– Je l'espère.

– Qui dois-je annoncer ?

Il rendit hommage à ce dernier effort.

– Dites-lui seulement que c'est une affaire urgente.

Il raccrocha. Sorti de la cabine, il contempla le ciel d'octobre, clair et froid, puis son regard s'abaissa vers la circulation de Boylston Street.

Ses yeux se plissèrent. Bientôt, maintenant, songea-t-il. Il glissa les mains dans les poches de son nouveau manteau et s'éloigna dans la rue. Oui, tout se rejoignait. Il le sentait dans son âme. Même son retour dans cette ville semblait s'y accorder. Boston, les tombes de ses parents, le commencement de tout. Et maintenant la fin. Bientôt. Très bientôt.

La veille, il était venu depuis la Pennsylvanie en compagnie d'Arlene et du père Stanislas, tous trois se relayant au volant pour que chacun pût dormir un moment. Ou, dans le cas de Drew, *essayer* de dormir. La douleur lancinante de son épaule et le tumulte de ses pensées l'avaient maintenu éveillé. Dès que les autres avaient ouvert les yeux, il leur avait expliqué ce qu'il voulait faire. Son plan les inquiéta.

Une minute plus tôt, il avait dit à la réceptionniste :

« Mon emploi du temps est incertain. Je ne sais pas où je serai. » Il avait menti. Son emploi du temps était tout à fait précis, de même que ceux d'Arlene et du père Stanislas. Selon ses instructions, Arlene devait en cet instant approcher d'un bâtiment administratif situé de l'autre côté de Charles River à Cambridge. Le père Stanislas devait franchir la banlieue nord de la ville pour aller reconnaître une propriété en bordure de la baie. Oui, bientôt. Animé d'une colère grandissante, Drew descendait à grands pas Boylston Street. Tout se résoudrait bientôt.

2

Les officiers du renseignement quittent rarement leur profession de leur plein gré. Il arrive bien sûr à quelques-uns d'être désabusés et de s'en aller, mais la plupart sont obligés de prendre leur retraite ou de démissionner. Hors de leur réseau, ils se sentent perdus. Accoutumés aux secrets et aux intrigues d'entreprises hautement risquées, ils cherchent des moyens de satisfaire leur insatiable besoin. En règle générale, leur choix se limite à trois possibilités :

Premièrement, accepter une offre d'une entreprise internationale désireuse de voir figurer dans son conseil d'administration un expert du renseignement. Un tel expert est considéré d'une utilité cruciale pour résoudre les crises d'affaires susceptibles de surgir dans des pays agités mais lucratifs. Cette tactique s'était révélée particulièrement utile au début des années 70 quand Salvador Allende, le président marxiste du Chili, avait tenté de nationaliser les entreprises de son pays dépendant d'intérêts américains. Des dissidents, dont on a dit qu'ils étaient financés par des entreprises américaines bénéficiant des conseils d'anciens officiers de la CIA, fomentèrent un coup d'Etat. Allende finit par « se suicider ».

La seconde solution est d'accepter une offre

d'un comité d'experts en jeu de guerre, où les connaissances d'un officier supérieur des renseignements concernant les intrigues en général permettent d'ajouter des données au programme de l'ordinateur chargé de calculer quelle puissance, en quelles circonstances, utilisera quelle tactique pour anéantir les autres.

La troisième solution est de refuser ces offres et de se lancer dans les affaires pour son propre compte, c'est-à-dire de créer son propre réseau sous le couvert d'une entreprise quelconque. Mais cette fois, le réseau n'est pas affilié au gouvernement. Il appartient au secteur privé, et son objectif – comme pour l'ancien officier des renseignements siégeant au conseil d'administration d'une compagnie internationale – est de conseiller les grandes compagnies, de les encourager ou de les mettre en garde selon la situation mondiale toujours changeante. Est-il avisé pour une compagnie de creuser un puits de sondage pour chercher du pétrole à X? Ou de construire une fonderie de cuivre à Y? Une usine à potasse à Z? Les factions anti-américaines risquent-elles de saboter ces opérations? Où en sont les cueilleurs de bananes ici, les dockers là? Envisagent-ils de se mettre en grève? Les rumeurs d'un coup d'État sont-elles fondées? Et l'état de santé de ce dictateur acheté? Combien de temps tiendra-t-il? Qui risque de prendre sa place?

La Risk Analysis Corporation était un exemple typique de réseau de renseignements privé, extrêmement lucratif, financé par des multinationales ou même par des nations étrangères.

Ici à Boston. Dirigé par M. Rutherford, que Drew avait eu coutume d'appeler par un autre nom.

Il pensa de nouveau à Janus.

3

– M. Rutherford, je vous prie.

A onze heures quinze, comme on le lui avait dit, Drew avait décroché le combiné d'une autre cabine téléphonique, cette fois dans Falmouth Street, en bas du centre administratif local. Il pensait à ce que faisaient Arlene et le père Stanislas – au bâtiment administratif de Cambridge et à la propriété de Massachusetts Bay. Oui, bientôt, songea-t-il tout en attendant.

– Etes-vous la même personne qui a appelé à dix heures ? demanda la réceptionniste.

– Exactement. Pour discuter d'une affaire urgente.

– Un instant, je vous prie. M. Rutherford attendait votre appel. Je vous le passe.

Drew entendit un déclic.

– Oui ? Allô ?

La voix sonore était si familière, si amicale, si évocatrice d'un ancien réconfort que Drew ressentit un vide au creux de l'estomac, au bord de la nausée.

– M. Rutherford à l'appareil.

Drew dut faire appel à toute son ancienne discipline, se forcer à prendre un ton aussi amical.

– Longtemps qu'on ne s'est vus. Comment allez-vous ?

– Hein ? Excusez-moi ? Je ne vois pas qui vous êtes.

– Allons. Vous n'allez pas me dire que vous ne reconnaissez pas ma voix ?

– Non. C'est-à-dire, pas exactement.

– Je suis vraiment déçu. Un parent disparu depuis longtemps, et...

– Disparu depuis longtemps... ?

– Comment allez-vous, mon oncle ? Je suis content de vous retrouver.

– Oncle ? fit la voix d'un ton de plus en plus intrigué. Je n'ai aucun neveu.

– C'est vrai, je ne suis pas exactement votre neveu. Je veux dire que nous ne sommes pas parents par le sang, mais je vous ai toujours considéré comme ma famille. Et c'est comme ça que je vous appelais, oncle Ray.

A l'autre bout de la ligne, l'homme inspira bruyamment.

– Mon Dieu, c'est... Non, ce n'est pas possible. Drew ? C'est *Drew ?*

– Oui, moi. Personne d'autre. Le seul et unique.

Ray éclata de rire.

– Je n'arrive pas à y croire ! Drew ! Pourquoi ne me l'as-tu pas dit tout de suite ?

– Je voulais vous faire une farce, dit Drew avec un gloussement. J'avais envie de vous faire marcher. Vous vous rappelez comment vous m'avez sauvé de mon vrai oncle et de sa famille ? Quand vous m'avez emmené à Hong Kong ?

– Si je me rappelle ? Bon sang, mon pote, comment pourrais-je jamais oublier ? dit Ray, riant de nouveau. Mais il y a des années que je n'ai pas entendu ta voix. Que t'est-il arrivé ? Où t'étais-tu fourré ?

– Eh bien, c'est le problème.

– Quoi ?

– C'est la raison de mon appel.

Drew déglutit avec difficulté.

– Allons, dis-moi, Drew. Qu'y a-t-il ? Quelque chose qui ne va pas ?

– Je regrette vraiment de vous mêler à ça, mais je ne sais pas à qui d'autre m'adresser. Oncle Ray, j'ai des ennuis. J'ai besoin de votre aide.

– Des ennuis?

– Les pires. Il y a des gens qui essaient de me tuer.

– Attends une seconde. Il est préférable que tu ne dises rien de plus. Je suis sur l'une de nos lignes ouvertes. Il nous arrive souvent d'être sur table d'écoute, et si c'est aussi sérieux que tu le crois, il vaut mieux ne pas prendre de risques. Je vais passer sur un poste sûr.

– Bonne idée. Je vous rappelle tout de suite. Attendez que je sorte mon carnet et mon crayon. Quel numéro?

– C'est le...

Ray commença à dicter le numéro, puis s'interrompit.

– Non, ça ne marchera pas. Il vaut mieux que je t'appelle. Je dois recevoir un client à onze heures et demie. Je ne veux pas le faire attendre, mais je m'en débarrasserai en vitesse. Une demi-heure, et je te rappelle.

– Midi?

– Même plus tôt si je le peux. Reste à côté de ton téléphone. Quel est le numéro?

Drew le lui dit.

– Parfait. Maintenant, détends-toi. J'appellerai dès que je serai libre. Mais il ne fallait pas te faire du souci pour me mettre dans le coup, mon pote. Crois-moi, je suis content de pouvoir t'aider.

Drew déglutit de nouveau.

– Je savais que je pourrais compter sur vous.

– Bah, je suis ton oncle, non?

– Eh, bien sûr.

– Ne t'inquiète pas.

– Merci de tout cœur, oncle Ray.

– Voyons, il y a longtemps qu'on se connaît. Tu n'as pas besoin de me remercier.

4

Depuis son poste d'observation, près du centre administratif, Drew surveillait une pizzeria située un peu plus bas dans la rue. Devant le magasin se trouvait la cabine téléphonique dont il avait donné le numéro à oncle Ray.

A midi moins dix, parmi le chaos de la circulation et la cohue des piétons, il repéra les équipes de surveillance. Comme il s'en était douté, ce fut facile. Juste avant midi, alors que tout le monde était pressé, ceux qui flânaient ne pouvaient manquer d'attirer l'attention. Ce n'était pas leur faute. Pour surveiller la cabine téléphonique, ils n'avaient d'autre choix que de rester immobiles. Après tout, on les avait prévenus au dernier moment, et ils n'avaient pas eu le temps de mettre en place un système d'une ingénieuse complexité. Une femme qui se tenait à l'angle de la rue regardait trop souvent du côté de la cabine. A l'angle opposé, un homme consultait fréquemment sa montre comme si un ami était en retard à leur rendez-vous, mais la cabine téléphonique l'intéressait manifestement plus que son ami ou que sa montre. Un taxi stationné en double file attendait un client qui n'arrivait pas. Une fourgonnette équipée de plusieurs antennes faisait le tour du pâté de maisons. Un livreur de pizzas ne semblait pas se soucier du fait que ses boîtes refroidissaient.

Il y en avait d'autres, sans doute. Drew leur rendit hommage pour s'être mobilisés aussi efficacement en si peu de temps. Mais ce n'était pas parfait.

Le message était évident. L'équipe attendait que Drew sortît de sa cachette à midi pour répondre à l'appel de son « oncle ». Et alors, songea-t-il, ils convergeraient sur moi pendant que je serais occupé par oncle Ray au téléphone. Je serais tué dans la rue.

Ou mieux encore, d'un point de vue professionnel, je serais traîné à l'intérieur de la fourgonnette et tué à l'abri des regards par le garçon aux pizzas. A la nuit, un bateau de pêche m'emporterait loin dans la baie.

Drew quitta son poste d'observation en serrant les poings et s'éloigna vers Belvedere Street, dans la direction opposée à la pizzeria.

5

– M. Rutherford, je vous prie.

En dépit du ton calme et discipliné de sa voix, Drew tremblait de la rage emprisonnée dans sa poitrine.

– Je suis terriblement désolée, dit la réceptionniste. M. Rutherford n'est pas...

– Non, écoutez-moi attentivement. J'ai appelé à dix heures, et de nouveau à onze heures et quart. Croyez-moi, M. Rutherford désire me parler de nouveau. Dites-lui simplement que j'ai demandé oncle Ray.

La réceptionniste marqua une pause.

– J'ai dû me tromper. M. Rutherford est effectivement disponible.

Presque aussitôt, la voix familière revint en ligne.

– Drew, où diable es-tu? J'ai appelé le numéro que tu m'avais donné, mais personne n'a répondu. J'étais inquiet! Il t'est arrivé quelque chose?

– Pour ainsi dire. Imaginez ma surprisc quand j'ai vu apparaître un commando d'exécution.

– Un commando d'*exécution*? Comment...?

– Parce que vous avez localisé le numéro que je vous ai donné. Écoutez, Ray, je vais nous faire gagner du temps. Quand tout a commencé à pointer dans votre direction, je me suis dit : « Ça ne peut pas être Ray. Il est mon ami. J'ai vécu avec lui depuis que j'avais dix ans jusqu'à l'âge de dix-sept ans. Il s'est occupé de moi quand personne d'autre ne voulait réellement s'en charger. » Vous m'avez eu, on peut le dire.

– Je ne sais pas trop de quoi tu parles. J'ai toujours eu beaucoup d'affection pour toi.

– Épargnez votre salive. Je ne suis pas impressionné. Je me suis dit que je ne devais pas me laisser aller à des conclusions hâtives. Mais je ne voulais pas non plus me montrer stupide, alors j'ai décidé de vous mettre à l'épreuve. Un coup de téléphone. Un appel à l'aide à quelqu'un sur qui j'avais pu compter dans le temps. Une occasion pour vous de me prouver votre loyauté. Et vous savez quoi, oncle Ray? Vous avez échoué.

– Voyons, écoute-moi.

– Non, c'est vous qui m'écoutez. Vous avez eu votre chance. Je veux une explication. Pour l'amour de Dieu, *pourquoi?* Je sais que vous vous êtes servi de ce qui est arrivé à mes parents pour m'enrôler dans Scalpel.

– Drew, arrête. N'en dis pas plus!

Mais Drew, furieux, poursuivit :

– A l'époque, c'était d'ailleurs ce que je voulais. L'occasion de venger ce qui était arrivé à mes parents. Je pourrais presque vous pardonner. Mais pourquoi avez-vous attaqué le monastère?

– Je t'ai dit d'arrêter! Nous sommes toujours sur une ligne qui n'est pas sûre! Je ne peux pas en parler sur...

– D'accord, je vous rappellerai, et vous feriez

bien d'avoir un téléphone qui soit sûr. Donnez-moi le numéro.

Ray le lui donna. Drew le lui fit répéter tout en le notant.

– Encore une chose, ajouta-t-il. Quand vous aurez raccroché, je voudrais que vous sortiez de votre bureau et que vous alliez jeter un coup d'œil dans le couloir, au-delà de la réception.

– Et qu'est-ce que ça prouvera ?

– Vous comprendrez. Une fois que vous aurez regardé dans le couloir, je pense que vous devriez téléphoner chez vous. La propriété qui est au nord de la ville, le domaine au bord de la baie ?

– Comment as-tu trouvé ça ?

– J'ai des contacts, moi aussi. Faites simplement ce que je vous dis. Je sais que vous essayez de localiser mon appel, alors je vais raccrocher. Je rappellerai dans un quart d'heure. Sur une autre ligne.

– Non, attends !

Drew raccrocha, puis il appela un autre numéro – celui d'une cabine téléphonique située à Cambridge, de l'autre côté de Charles River. La cabine se trouvait près d'un immeuble de bureaux, dont la Risk Analysis Corporation louait une partie du quatrième étage.

Tôt ce matin-là, le père Stanislas les avait conduits près du bâtiment. Ils avaient choisi la cabine téléphonique et noté son numéro. Depuis dix heures du matin, Arlene y attendait les appels de Drew. Il l'avait maintenue périodiquement au courant de la situation et, comme les autres fois, elle répondit aussitôt.

– Tout est prêt ?

– Aucun problème.

– Alors presse le bouton.

Drew sortit de la cabine et s'éloigna vers le nord

en direction de Commonwealth Avenue, souriant d'un air à la fois furieux et satisfait en imaginant ce qui allait se passer maintenant. Le bouton qu'il avait dit à Arlene de presser appartenait à un émetteur radio qui enverrait un signal à un détonateur caché dans le sac à provisions qu'elle avait déposé dans le couloir du quatrième étage de l'immeuble administratif, à l'extérieur de la suite louée par la Risk Analysis Corporation.

Oncle Ray, curieux de savoir pourquoi Drew lui avait demandé de regarder dans le couloir, devait avoir maintenant vu le sac. Avec un peu de chance, il le verrait même exploser.

Mais ce ne serait qu'une petite explosion. Drew ne voulait blesser personne, quoique tout le monde en serait certainement alarmé et incommodé. La minuscule explosion allait emplir le couloir de fumée, et la fumée aurait une odeur si horrible que tout l'étage, et sans doute l'immeuble, devrait être évacué.

Pour ajouter à la confusion, Arlene devait avoir déjà téléphoné aux pompiers, à la police, et au service de désamorçage. La rue, devant l'immeuble, serait bientôt en proie au chaos le plus complet; l'arrivée simultanée des voitures de police et des auto-pompes, avec leurs sirènes et leurs gyrophares, allait perturber la circulation en pleine heure de pointe. La satisfaction de Drew grandit. Ce serait vraiment un beau désordre, une pagaille magnifique.

Mais il y avait plus. Dès qu'Arlene aurait appelé les services officiels, elle donnerait un autre coup de téléphone – cette fois au père Stanislas, qui l'avait appelée un peu plus tôt, tout comme Drew, pour lui dire où elle pouvait le joindre. Dans le village avoisinant de la propriété de l'oncle Ray.

6

A la moitié de la première sonnerie, Ray décrocha son appareil.

– Espèce de petite ordure! Que diable crois-tu être en train de faire?

– Gardez votre calme.

– Mon calme? Je ne fais que commencer! Nom de Dieu, l'odeur de cette fumée, je jurerais qu'elle imprègne les murs, la moquette, les *meubles*! Jamais je ne m'en débarrasserai. Je risque d'être obligé de déménager tout ce putain de bureau!

– Quel langage! Vous avez appelé chez vous?

– C'est autre chose, espèce de saligaud! Quelqu'un a fait exploser une bombe dans la cour d'entrée! Je ne parle pas d'une bombe puante comme celle du couloir. Une vraie bombe!

– Ça doit être des vandales du coin, dit Drew, froid et impassible.

– Du coin, mon cul! Où exactement veux-tu...?

– Oncle Ray, ne me décevez pas. Je pensais que le message était parfaitement clair. Je suis en colère. Vous m'avez trahi. Pas seulement avec cette équipe de tueurs que vous m'avez envoyée. Je m'y attendais un peu. Mais vous vous êtes servi de moi depuis le début. Vous avez tiré parti de ce qui était arrivé à mes parents pour m'enrôler dans Scalpel. Au fait, je suppose que ça vous avait échappé sur le moment, hein? Vous aviez oublié de me dire que c'était vous qui aviez organisé Scalpel, que vous en étiez responsable.

– Je ne vais pas m'excuser. J'aimais tes parents. Ton père était l'ami le plus proche que j'aie jamais eu! Toi et moi, tous les deux, nous voulions les venger.

– Mais vous êtes allé trop loin. Vous ne vous êtes plus contenté de contrer les terroristes et les mercenaires.

– Le même genre de salauds qui ont tué tes parents. Ne l'oublie pas!

– Je ne l'ai jamais discuté. J'ai commis ma part de meurtres. Mais vous ne vous satisfaisiez plus d'exterminer les chiens enragés. Il fallait que vous vous mettiez à prédire l'avenir, à juger quels dirigeants répondaient à vos critères. En Iran, le chah avait ses commandos de répression et ses chambres de torture, mais ce n'est pas lui que vous avez frappé. Au lieu de ça, vous vouliez essayer d'assassiner l'homme qui l'a remplacé.

– L'ayatollah est fou à lier.

– Il l'a prouvé depuis, mais vous ne le saviez pas à ce moment-là. Vous jouiez à Dieu. L'ennui, c'est que j'ai bousillé votre coup. *Et vous aussi.* Parce que vous avez commis l'erreur de m'envoyer d'abord tuer cette famille américaine, ce pétrolier qui essayait de graisser les bielles avec l'ayatollah. Je dois reconnaître que l'alibi de Scalpel aurait été parfait. Une fois que l'ayatollah aurait été tué de la même façon que cette famille d'Américains et qu'une secte inexistante d'extrémistes iraniens aurait revendiqué les deux assassinats, personne n'aurait pu soupçonner que le véritable responsable était un réseau américain. A sa manière tortueuse, c'était un plan brillant. Mais vous l'avez bousillé. Vous auriez dû envoyer quelqu'un d'autre faire le boulot. Quand j'ai vu les parents que j'avais tués, et le garçon qui a survécu comme je l'avais fait, qui doit maintenant souffrir les cauchemars que j'ai...

– Ce que tu dis n'a aucun sens!

– C'est parfaitement sensé. J'étais devenu l'un de ces dingues que je traquais. Pire, j'étais devenu religieux. Je n'étais plus digne de confiance. J'aurais même pu parler de Scalpel. Il fallait donc m'éliminer, pour protéger votre glorieux plan.

– Drew, écoute, tu n'as pas compris. Tout cela est un malentendu.

– Mon œil. Et c'est vous qui ne comprenez pas! s'écria Drew, s'efforçant de se maîtriser.

– Crois-moi, Drew, tu ne te rends pas compte de l'importance...

– Vous avez raison. Je ne me rends pas compte. Quand vous m'avez cru mort, pourquoi avez-vous utilisé mon double pour faire croire que c'était moi? Pourquoi avez-vous créé Janus pour attaquer l'Église?

L'oncle Ray ne répondit pas.

– Je vous ai posé une question! hurla Drew.

– Non, fit Ray, avalant sa salive. Même sur une ligne sûre, je ne répondrai pas à cela.

– Oh, que si, assura Drew d'un ton rageur. Croyez-moi. Cette bombe puante à votre bureau... l'explosion à votre maison. Vous vous demandez pourquoi? *Pour attirer votre attention.* Parce que le sac à provisions déposé dans le couloir devant vos bureaux aurait pu être une *vraie* bombe. Il aurait pu vous envoyer en enfer, vous et tout votre personnel. Et l'explosion à votre maison? Elle aurait pu être plus forte. Elle aurait pu faire sauter tout votre fichu manoir – quand vous étiez dedans! La prochaine fois, c'est peut-être ce qui se passera. Estimez-vous heureux, et comptez les secondes. Je vais vous faire goûter la potion de vos ennemis, oncle Ray. Vous allez suivre un cours accéléré de terrorisme – du côté des victimes.

– Non, écoute!

– Je vous rappellerai.

7

Arlene était perplexe.

– Mais...

– Qu'est-ce qui ne va pas ? demanda Drew. Qu'y a-t-il ?

Le père Stanislas attendait, curieux.

Ils s'étaient retrouvés en face du parc municipal de Boston, à l'Église de Park Street ; de là, ils s'étaient rendus en voiture à Beacon Hill, où ils étaient présentement assis autour d'une table de verre et de métal étincelants dans la cuisine d'un hôtel particulier lambrissée de chêne. L'un des contacts du père Stanislas au sein de l'Opus Dei s'était arrangé pour qu'ils pussent disposer de la maison durant les prochains jours.

– Je ne comprends pas, dit Arlene. Si tu as prévenu Ray que tu avais l'intention de faire sauter sa maison et son bureau, il va les faire garder. Il se tiendra à l'écart.

Drew hocha la tête.

– C'est ce que je suppose.

– Mais ça ne va pas nous compliquer les choses ?

– Au contraire, peut-être, fit Drew en haussant les épaules. Du moins je l'espère. J'essaie de sauter quelques étapes. Nous savions depuis le début que nous ne pourrions pas l'attaquer directement. Depuis le monastère, il m'a pourchassé. Il serait stupide de ne pas avoir renforcé sa protection, pour le cas où je devinerais qui était après moi et déciderais de le traquer à son tour. Crois-moi, je le connais bien. Il n'est pas stupide.

Arlene leva les mains.

– D'accord, je comprends. Tu as raison. Dès que nous aurions essayé de nous emparer de lui, nous aurions été tués. Mais pourquoi l'as-tu prévenu qu'il y aurait d'autres bombes?

– Je veux affaiblir ses défenses, l'entourer de diversions. Les gardes qu'il détachera à la surveillance de sa maison et de son bureau seront autant de moins pour assurer sa protection personnelle. Tu as raison. Il va être si inquiet qu'il se tiendra à l'écart de ces endroits. Mais c'est un bon point. Nous avons restreint ses mouvements. Nous avons obtenu le même résultat que si nous les avions vraiment fait sauter. Ce que je veux faire maintenant, c'est intensifier nos attaques. Faire que chacune soit plus sérieuse que la précédente. Frapper où on nous attend le moins. Le faire plus souvent. Utiliser les principes fondamentaux du terrorisme.

– Mais *pourquoi?*

Arlene semblait affligée par la joie évidente qu'il manifestait à l'idée de terroriser Ray. Il évita son regard inquisiteur.

– Je ne vois pas ce que tu veux dire.

– Moi si, intervint le père Stanislas. Je pense qu'elle veut savoir où nous mène tout cela. Votre ultime objectif est-il de le tuer?

Drew, tendu, éluda la question.

– Il faut que nous mettions la main sur lui. Il nous faut d'autres réponses.

– Pour savoir ce qui est arrivé à Jake, dit vivement Arlene.

– Mais au bout du compte? demanda le père Stanislas.

Leurs regards étaient fixés sur Drew.

– En toute honnêteté? insista le prêtre.

Ils attendirent. Drew laissa échapper un soupir.

– J'aimerais le savoir, dit-il en fronçant les sourcils face au reflet sinistre que lui renvoyait la table de verre miroitante. Pendant des années, j'ai combattu les pareils des salauds qui avaient tué mes parents. Je leur ai appris ce qu'était la terreur quand on se trouve du côté de celui qui la subit. Et puis j'ai laissé tomber, dégoûté, et j'ai fait le vœu sacré d'en avoir terminé. Et voilà maintenant que je recommence. La vérité ? Je hais de devoir l'admettre. Aujourd'hui, j'en tire autant de satisfaction qu'avant.

Drew tourna son regard vers le père Stanislas. Ses yeux humides le brûlaient.

– Même Dieu s'irrite parfois, dit le prêtre. Si la cause est juste. Et ne vous y trompez pas, cette cause-là – protéger l'Église, faire cesser les attaques dirigées contre elle, découvrir ce qui est arrivé à Jake – cette cause est juste. Dieu pardonnera votre juste colère.

– Mais me pardonnerai-je ?

La sonnerie du téléphone les fit sursauter. Tandis que Drew et Arlene échangeaient un regard inquiet, le père Stanislas traversa la cuisine vers l'appareil fixé contre le mur lambrissé.

– Allô ?

Il écouta un moment.

– Et avec votre esprit. *Deo gratias*, fit-il en attirant à lui un bloc-notes et un crayon.

– Bien, ajouta-t-il quand il eut fini d'écrire. Votre Église vous est reconnaissante.

Il raccrocha et se tourna vers Drew et Arlene.

– Mes contacts ne sont apparemment pas aussi bien placés que ceux d'oncle Ray. Il lui avait suffi de vingt minutes pour situer le numéro que vous lui aviez donné, celui de la cabine de Falmouth Street. Il nous a fallu plusieurs heures pour situer le numéro protégé qu'il vous a donné.

– Vous avez trouvé l'endroit ?

Le père Stanislas hocha la tête.

– Comme vous le supposiez, ce n'est pas au

bureau de la Risk Analysis, mais à cent cinquante mètres dans la même rue. Une boutique de fleuriste. Mais ce n'est pas le numéro commercial. C'est un numéro privé qui ne figure pas dans l'annuaire.

– Il y est en ce moment ?

Le prêtre secoua la tête.

– Non, mais il l'a appelé pour contacter son équipe de surveillance. Ils continuent apparemment à surveiller le quartier pour le cas où vous seriez dans les parages. Nous avons pu remonter à la source de l'un des appels qu'il a faits à ce numéro.

Le père Stanislas posa la feuille de papier sur le plateau en verre de la table.

– Autant que nous puissions en juger, c'est là que se trouve l'oncle Ray.

Drew releva l'adresse.

8

Marchant dans la nuit, Drew fit encore une fois le tour du pâté de maisons. C'était dans un quartier résidentiel luxueux, proche de leur premier objectif mais suffisamment éloigné pour qu'il ne risquât pas d'être repéré par les gardes d'oncle Ray. Pour éviter d'attirer l'attention, il avait décidé de ne pas attendre immobile à un endroit particulier, mais de marcher comme s'il faisait une promenade tardive.

L'exercice l'aida à dissiper le froid. Quand il passait sous les réverbères, il distinguait les bouffées de vapeur que faisait son souffle dans l'air glacé. Avec un frisson, il tira sur sa tête la capuche de son manteau et enfonça ses mains gantées dans ses poches.

Il était plus de minuit. Les voitures et les piétons étaient rares, bien qu'il y eût parfois quelques signes d'activité derrière les fenêtres éclairées d'opulentes demeures. Les arbres étaient dépourvus de feuilles, leurs branches dénudées par le vent.

Il entendit une voiture et tourna la tête. Des phares débouchèrent à l'angle d'une rue, venant dans sa direction. A la lueur d'un lampadaire, il vit que c'était une Oldsmobile noire et reconnut le profil du père Stanislas derrière le volant. Il monta vivement dans la voiture quand elle s'arrêta à sa hauteur.

Le chauffage était branché. Il retira ses gants et se réchauffa les mains.

– La maison que nous cherchons est à l'angle d'une rue, dit le père Stanislas. Elle est entourée de murs, et elle appartient à un de ses amis.

– Le terrain est éclairé?

– Non, mais toutes les lumières de la maison sont allumées.

– Bien sûr. Une flamme pour le papillon, au cas où je découvrirais sa retraite. Il y a des gardes?

– Je n'en ai vu aucun. Remarquez que je n'en ai pas eu l'occasion. Je ne pouvais pas m'arrêter pour regarder. Mais il y a une grande grille métallique à l'entrée de l'allée. Elle est fermée, et j'ai vu plusieurs voitures de l'autre côté.

– Alors les gardes doivent attendre hors de vue, au cas où quelqu'un trouverait l'ombre propice et passerait par-dessus le mur. C'est à ce moment-là que l'éclairage du parc s'allumerait.

– C'est ce que je suppose.

Le père Stanislas tourna à l'angle d'une rue et s'arrêta dans la zone la plus obscure du pâté de maisons. Une voiture de sport, dont Drew ne put reconnaître le modèle, s'arrêta derrière eux. Une silhouette en sortit et s'approcha de l'Oldsmobile, dont elle ouvrit une portière.

Arlene monta à l'arrière.

– J'ai observé la maison comme vous l'avez fait, dit-elle au prêtre. Je n'ai vu aucun garde.

– Alors qu'en pensez-vous? demanda Drew. Nous prenons le risque!

Leurs regards étaient fermes.

– C'est l'heure.

Drew se tourna vers une caisse de bouteilles de soda posée sur le siège arrière. Mais les bouteilles contenaient quelque chose de plus fort que du soda.

9

Chaque bouteille était fermée par un tampon et remplie d'essence mélangée à du détergent liquide. Du napalm artisanal. L'essence enflammée adhérerait à toutes les surfaces qu'elle frapperait.

Ils se partagèrent les bouteilles, chacun huit, qu'ils glissèrent dans des sacs à dos, puis sortirent de l'Oldsmobile et gagnèrent le coin de la rue. Le père Stanislas traversa pour longer le pâté de maisons, tandis qu'Arlene et Drew tournaient à droite dans la rue adjacente. Quand ils atteignirent l'angle suivant, ils se regardèrent.

– Sois prudente, dit Drew.

Une vague de tristesse déferla en lui. Que l'obligeait-il à faire?

– Quand ce sera fini...

Il attendit, ne sachant trop s'il avait envie d'entendre ce qu'elle voulait lui dire.

– Il y a des tas de choses dont nous devons parler, dit-elle.

La lumière d'un lampadaire se réfléchissait dans

ses yeux qui scrutaient intensément le visage de Drew. Il savait ce qu'elle voulait dire mais, sa tristesse grandissant, il ne sut quoi lui répondre. Il ne s'était pas donné le temps de décider.

– Tu m'as toujours manqué, ajouta-t-elle.

Il ne savait toujours pas quoi dire. Mais il ne résista pas quand elle l'embrassa. Sans se laisser le temps de la réflexion, il lui rendit son baiser en la serrant contre lui.

– D'accord, dit-il avec un soupir douloureux. Quand tout ceci sera terminé, nous parlerons.

10

D'un pas circonspect, son sac à la main, Drew s'éloigna dans la rue obscure située à l'arrière de leur objectif. Il dépassa deux maisons non éclairées, puis quitta le trottoir pour se glisser entre elles sous le couvert des haies et des buissons. Au bout d'un moment, ses yeux s'adaptant rapidement à l'obscurité plus profonde, il distingua l'allée qui courait parallèlement à la rue qu'il venait de quitter. Et au-delà de l'allée, le mur de brique haut de trois mètres qui le séparait de l'arrière de la maison.

Depuis sa position, le mur lui cachait une partie de cette dernière. Il n'en voyait que les étages supérieurs mais, comme le lui avait indiqué le père Stanislas, l'éclairage intérieur était allumé. Prenant soin de ne pas regarder en direction des fenêtres afin de ne pas altérer sa vision, il scruta l'allée – gravillonnée, il le voyait maintenant – en quête de recoins susceptibles d'abriter d'éventuels guetteurs. Il y avait toujours le risque que Ray eût posté des sentinelles à l'extérieur des murs, bien que Drew en doutât. D'une part, un voisin risquait de les remarquer et d'appeler la police pour signaler des rôdeurs. D'autre part, Ray avait maintenant dispersé ses forces entre son bureau et son domaine de la baie. Il préférerait probablement concentrer le reste de ses hommes à l'intérieur de la propriété, en les espaçant de façon qu'ils puissent interdire efficacement toute intrusion par-dessus le mur.

Drew se dit néanmoins qu'un excès de prudence ne pourrait lui nuire. Arrondissant une main autour du cadran lumineux de sa montre, il constata qu'il lui restait une minute avant qu'Arlene et le père Stanislas fussent en position. Autant mettre cette minute à profit pour sonder plus attentivement l'ombre de l'allée.

Une lumière s'alluma dans la maison qui se dressait derrière lui.

Il se glissa sous les branches d'un sapin et plissa les yeux pour regarder en direction de la lumière, les narines emplies de l'odeur de résine. C'était au premier étage. Le rideau était tiré, mais il distingua une silhouette qui demeura immobile, de profil, pendant quelques secondes. Puis la silhouette se pencha, pressa quelque chose, et s'éloigna hors de vue. La lumière s'éteignit.

Un cabinet de toilette? se demanda Drew. Un homme venu se soulager? En tout cas, la silhouette n'avait pas regardé au-dehors. Il semblait n'y avoir aucune raison d'inquiétude.

Comme il reportait son attention vers son objectif, une éruption de flammes jaillit de l'autre côté du mur sur la façade de la maison, suivie d'un rugissement, puis d'un autre.

Pendant qu'il surveillait la fenêtre éclairée, craignant d'avoir été repéré, les autres avaient atteint leurs positions de chaque côté de la maison. La minute était passée. Ils avaient commencé à allumer et lancer leurs bouteilles de napalm, et le parc était en flammes sur toute la façade et les flancs de la propriété.

Ils avaient calculé qu'il leur faudrait chacun trente secondes pour allumer et lancer huit bouteilles. Peut-être moins : l'afflux d'adrénaline pouvait accélérer parfois les mouvements d'une personne de façon surprenante. Il leur faudrait ensuite s'éloigner le plus rapidement possible du secteur. Au bout de trente secondes, l'élément de surprise ne jouerait plus et les gardes de Ray chargeraient à leur poursuite hors de la propriété, l'arme haute.

Drew devait s'y mettre à son tour. Mais alors qu'il se préparait à sortir de sous les branches, il se pétrifia.

Il y avait quelqu'un d'autre devant le mur. Une ombre se détacha de la partie la plus obscure... un homme armé d'un pistolet dont l'extrémité était prolongée d'un silencieux. L'homme se retournait pour regarder vers le haut du mur, en direction de la lueur des flammes renvoyée par la maison.

Le grondement du feu devenait plus fort, plus violent. Seize bouteilles lancées à espaces réguliers autour de la façade et des flancs de la maison. Et les bouteilles n'avaient pas besoin de se briser en arrivant au sol. La chaleur du tampon en feu suffisait à enflammer l'essence, faisant exploser le verre et dispersant le mélange embrasé. La maison devait être encerclée par les flammes.

De moins était-elle *censée* l'être, si Drew accomplissait sa part de la mission. Il gardait les yeux fixés sur l'homme qui s'était détaché de l'ombre du mur.

Drew s'était approché de telle sorte que les buissons l'avaient dissimulé. Mais sans l'apparition soudaine de la lumière dans la maison qui se trouvait derrière lui, il aurait continué d'avancer, et aurait été abattu.

Inquiet, l'homme s'élança soudain dans l'allée et tourna l'angle vers la façade de la maison.

Son instinct disait à Drew de profiter de l'occasion pour s'enfuir, mais il ne put s'y résoudre. Le plan dépendait de l'effet global de toutes les explosions. Si l'oncle Ray était à l'intérieur, il fallait qu'il se sente totalement pris au piège, totalement vulnérable. Aspirant plusieurs fois à fond comme un athlète avant l'effort, Drew s'élança hors de l'abri du sapin. Sortant les bouteilles de son sac à dos, il les alluma d'un geste vif et les lança frénétiquement, d'abord une, puis deux, s'efforçant désespérément de les envoyer le plus loin possible à l'intérieur de la propriété.

Trois, quatre.

Tout en les projetant de toutes ses forces, il ne cessait de jeter des coups d'œil vers l'angle de l'allée.

Les bouteilles explosaient.

Cinq, six.

Les flammes rugissantes dépassaient le faîte du mur. De l'autre côté, des hommes criaient.

Sept.

Le cœur battant, Drew alluma la huitième bouteille. Des lumières s'allumèrent derrière lui dans plusieurs maisons. Leurs multiples lueurs, s'ajoutant à l'éclat des flammes, lui donnaient l'impression d'être aussi exposé qu'en plein jour.

Attiré par les explosions survenues à l'arrière de la maison, l'homme au pistolet reparut en courant à l'angle du mur. S'élançant dans l'allée, il s'immobilisa en dérapant à la vue de Drew et leva son pistolet.

Drew n'avait aucune chance d'atteindre le sien à temps. Il se rendit compte que la seule arme dont il disposait était la bouteille, dont la flamme du tampon se rapprochait du napalm.

L'homme visa. Drew lança la bouteille dans sa direction, plongeant du même mouvement sous le couvert du sapin. Distrait par la flamme de la bouteille qui venait sur lui, l'homme tira sur Drew mais le manqua.

La bouteille atterrit sur le gravier, devant lui. Drew l'avait projetée avec une telle force que le verre se brisa au contact du sol et qu'un mur de flammes jaillit d'un coup, bloquant l'allée.

L'homme recula en trébuchant, les mains levées pour se protéger le visage, mais il perdit l'équilibre et tomba tandis que le brasier rampait vers lui, roulant sur lui-même pour échapper aux éclaboussures de feu. Frappant les flammèches de détergent qui adhéraient à son manteau, il se mit à hurler.

Drew bondit sur ses pieds. Alors qu'il s'enfuyait entre les maisons, un homme en pyjama jaillit d'une porte latérale.

– Que diable se passe-t-il?

Drew le bouscula au passage, l'envoyant culbuter contre le mur, et poursuivit sa course vers la rue. Il entendait derrière lui le rugissement grandissant des feux allumés dans la propriété. Des cris. Des coups de feu, bien qu'il ne sût pas s'ils étaient dirigés contre lui. Il vit le reflet de l'incendie dans les nuages qui couvraient le ciel.

Les poumons mis au supplice par son effort démesuré, il traversa la rue, se glissa entre d'autres maisons, franchit une autre rue. Sous son manteau à doublure matelassée, sa chemise était trempée de sueur. Il bondit par-dessus une clôture, tourna à droite dans la rue suivante dont il suivit le trottoir au pas de course, puis vira dans une ruelle qui se présentait sur sa gauche tout en jetant un regard par-dessus son épaule. Ce faisant, il buta de la hanche contre un baril qu'il n'avait pas vu, mais reprit sa course sans se soucier de la douleur.

Au loin, des sirènes se mirent à hurler.

11

Boitant de fatigue, il atteignit enfin le point de rendez-vous. Il s'était trouvé obligé de faire un large détour, perdant un temps précieux à se cacher chaque fois qu'il voyait des phares ou qu'il croyait apercevoir quelqu'un patrouillant la rue. Mais il y était enfin : un parking proche du MIT. Leur position de repli. Après l'attaque, Arlene et le père Stanislas devaient regagner leurs voitures le plus vite possible, en s'assurant qu'ils n'étaient pas suivis. Drew, à pied, aurait dû les rejoindre dans ce parking une heure plus tôt.

Mais les deux seules voitures du parking n'étaient ni une Oldsmobile ni une voiture de sport.

Il s'arrêta, épuisé. Arlène et le père Stanislas s'étaient-ils fait prendre? Ou, comme lui, avaient-ils été obligés de fuir au hasard au point de ne pas pouvoir regagner leurs voitures ou de ne pouvoir se trouver à l'heure prévue au point de rendez-vous?

A moins qu'ils ne soient venus à l'heure, qu'ils n'aient attendu, et décidé finalement que la prudence leur dictait de s'éloigner avant que les autorités n'étendent leurs recherches.

Dans ce cas, il lui faudrait traverser l'un des deux ponts les plus proches pour regagner l'hôtel particulier de Beacon Hill, de l'autre côté du fleuve. Si leur refuge était toujours sûr. Qu'arriverait-il si Arlene et le père Stanislas avaient été pris? Si… ?

Non, songea-t-il, furieux contre lui-même. Ni Arlene ni le père Stanislas ne parleraient, à moins d'être soumis à des traitements chimiques.

Il frissonna, trempé de sueur. Sur le flanc d'un bâtiment, à sa gauche, des phares s'allumèrent et le prirent dans leur faisceau. Il se raidit, se demandant si c'était Arlene ou s'il devait prendre ses jambes à son cou.

Les phares avancèrent dans sa direction.

Au cas où ce serait une voiture de police, il décida que le mieux était de continuer à marcher droit devant lui, le dos aux phares. Il s'efforça de paraître naturel, comme si l'une des deux voitures du parking lui appartenait.

Les phares virèrent à sa suite. Ses réflexes s'accélérèrent, et il se retourna pour regarder.

Il soupira en reconnaissant Arlene dans la voiture de sport.

Elle s'arrêta à sa hauteur et il monta, heureux de se mettre au chaud et de pouvoir se détendre.

– Chapeau pour le rendez-vous, dit Arlene en mettant les vitesses au point mort. Je commençais à penser que tu m'avais posé un lapin.

Malgré la plaisanterie, sa voix trahissait son inquiétude et elle se pencha vers lui à le toucher.

– Désolé. Il fallait d'abord que je termine mon marathon.

– Des excuses, des excuses.

Incapable de résister, il lui rendit son étreinte.

– Mais je suis là. Tout va bien?

– Heureusement que j'ai les jambes longues, elles m'ont été utiles ce soir. Mais j'ai manqué l'heure du rendez-vous, je ne suis arrivée ici qu'il y a vingt minutes. Je pensais qu'il t'était peut-être arrivé quelque chose. Ou que tu étais déjà venu, que tu avais eu peur d'attendre et que tu étais reparti. Je m'attendais sans arrêt à ce qu'une voiture de police vienne inspecter le parking.

– C'est ce que j'ai cru quand j'ai vu les phares, dit-il en scrutant le visage d'Arlene. Merci d'avoir couru le risque, de m'avoir attendu.

– Tais-toi. Tu veux me remercier? Moine ou pas, ne bouge plus.

Elle l'embrassa sur les lèvres. Un baiser plein de douceur et de tendresse.

En cette nuit de surprises, le corps de Drew réagit. Il se recula aussitôt, gêné.

– Il y a si longtemps, dit-il en secouant la tête d'un air torturé. Il s'est passé trop de choses. J'ai fait vœu de chasteté.

– Tu peux être relevé de tes vœux. Je te laisserai tout le temps que tu voudras.

Il la contempla fixement.

– Je ne peux rien te promettre.

– Je le sais.

– Très bien, fit-il.

Arlene passa en première et sortit du parking.

– Où est le père Stanislas? Il a déjà rejoint l'hôtel particulier?

– Il a été touché, répondit Arlene d'une voix soudain professionnelle.

– Mon Dieu!

– Il est vivant. Il saignait beaucoup, mais il m'a semblé que la balle lui avait traversé l'épaule sans toucher de partie vitale. C'est une des raisons de mon retard. Il a fallu que je l'emmène se faire soigner.

– Dans un hôpital? La police va...

– Non, il a appelé l'un de ses contacts. On lui a donné l'adresse d'un médecin digne de confiance, et ils ont envoyé quelqu'un chercher l'Oldsmobile.

– Le père Stanislas et ses contacts ! fit Drew d'un ton plein d'admiration.
– Ils sont puissamment motivés.
– Ils veulent sauver leurs âmes.
Elle vira à l'angle d'une rue. Devant eux, Drew vit le pont qui menait vers Beacon Hill.
– Et s'il y a un barrage de police ?
– Eh bien, nous leur dirons la vérité, dit Arlene.
Drew ne comprenait pas.
– Nous avons passé un moment dans ce parking à nous embrasser, expliqua-t-elle en fronçant les yeux d'un air espiègle. Enfin, tout comme.

12

La voix féminine était la même – guindée, précise, professionnelle.
– Risk Analysis Corporation, bonjour.
– M. Rutherford, je vous prie.
Drew appelait d'une cabine téléphonique de Charleston, dans la rue qui aboutissait au monument de Bunker Hill.
– Désolée. M. Rutherford ne viendra pas à son bureau aujourd'hui.
– Je m'en doutais. Mais je me demande si vous pourriez lui transmettre un message.
– Je ne sais pas si...
– Pour oncle Ray ? Pourriez-vous lui dire que son neveu aimerait lui parler ?
La voix féminine se fit plus vive.
– Il m'a dit effectivement qu'il attendait votre appel. Il a laissé un numéro de téléphone où vous pourrez le joindre.
– Bien. Je suis impatient de lui parler.
Drew écrivit le numéro qu'on lui dictait.

– Si vous avez l'occasion de lui parler dans les prochaines minutes, dites-lui que j'appellerai ce numéro dès que...

– M. Rutherford m'a priée de vous dire que son emploi du temps était extrêmement chargé aujourd'hui, interrompit la réceptionniste. Il ne se trouvera à ce numéro qu'à quatre heures de l'après-midi. Il a dit que vous ne pourriez pas le joindre si vous appeliez plus tôt ou plus tard.

Drew avait la tête douloureuse quand il raccrocha.

Arlene se tenait à son côté. A l'arrière-plan, des touristes contemplaient le monument de Bunker Hill.

– Alors? demanda-t-elle.

Drew lui expliqua ce qu'on lui avait dit, puis lui montra le numéro qu'il avait inscrit.

– Quatre heures. Très bien, qu'est-ce qui ne va pas? Pourquoi fronces-tu les sourcils?

– Je ne sais pas trop. Il y a quelque chose, je ne sais pas... appelle ça une prémonition. J'ai l'impression d'être manipulé.

– Il faut s'attendre qu'il essaie de te faire payer.

– Précisément. Pourquoi me laisser toute la journée pour découvrir l'adresse de ce nouveau numéro? fit Drew avec un regard en direction des touristes de Bunker Hill. Je suis peut-être prudent à l'excès, mais nous ferions mieux de ne pas traîner près de cette cabine.

Ils s'engagèrent dans Monument Avenue.

– Si ça t'inquiète, ne l'appelle pas.

– Il le faut.

– Pourquoi?

– Pour lui dire que je veux le rencontrer.

Elle se retourna, surprise.

– Le *rencontrer*? Il va te tendre un piège.

– Bien sûr. Mais je n'irai pas. Je trouverai un prétexte et lui proposerai un autre rendez-vous. Mais je n'irai pas non plus à celui-là. Entre-temps, nous pourrons penser à d'autres moyens de le mettre sous pression. Je veux le harceler, le rendre inquiet. Ou, mieux encore, nous pourrions organiser une rencontre de façon à retourner le piège contre lui.

Drew ne parvenait pas à réprimer son malaise.

– Ce nouveau numéro qu'il m'a donné. L'appeler à quatre heures. Qu'est-ce qu'il manigance ?

– Tu as raison. Il prévoit certainement que tu sauras où se trouve le numéro.

Drew s'immobilisa brusquement et scruta le visage d'Arlene.

– C'est donc ça ? Il essaie de m'attirer à cet endroit ? Il veut que j'essaie de l'avoir pendant qu'il sera au téléphone ?

– Et ses hommes en profiteraient pour te tuer.

Drew secoua la tête.

– Non. Il nous a laissé trop de temps pour prévoir le piège. Quel que soit son plan, ce n'est pas ça. Mais sa tactique a réussi. Il nous a déconcertés. Il nous a mis sur la défensive. Je te l'ai dit, il n'est pas stupide.

13

A midi, une fourgonnette s'arrêta devant la maison de Beacon Hill et deux hommes aidèrent le père Stanislas à en descendre. Le visage pâle, un bras en écharpe, le prêtre soutenu par ses compagnons gravit en vacillant de douleur les marches du perron ; une fois à l'intérieur, cependant, il s'effondra dans leurs bras. Ils le déposèrent doucement sur un canapé.

Une femme d'âge mûr les suivait. Belle plutôt que jolie, coupe de cheveux traditionnelle et visage non maquillé, elle portait un manteau bleu-gris et un costume de laine grise. Quand les deux hommes furent repartis sans dire un mot en refermant la porte derrière eux, elle expliqua qu'elle était là pour s'occuper du prêtre. Sa blessure ne mettait pas ses jours en danger, mais il aurait bientôt besoin d'un autre sédatif, et il y avait toujours le danger d'infection. Elle portait une trousse médicale. Drew observa qu'elle ne leur avait pas dit son nom; ni lui ni Arlene ne le lui demandèrent.

Ils aidèrent le père Stanislas à monter l'escalier jusqu'à une chambre du premier étage, où ils l'installèrent aussi confortablement que possible avant de le laisser dormir.

– Il a une constitution remarquable, dit la femme quand ils revinrent dans la salle de séjour. Polonais, je crois, de solides origines slaves. C'est à peine s'il avait de la fièvre.

– Il va falloir que nous le réveillions bientôt.

– Je crains de ne pouvoir vous le permettre, répliqua la femme d'un ton sec.

– Nous ne le ferions pas si nous avions le choix.

– Laissez-moi juge de cette question.

La femme se tenait au pied de l'escalier comme pour empêcher Drew de remonter à l'étage.

– De quoi vouliez-vous lui parler?

Drew eut une soudaine intuition. Se rappelant comment le père Stanislas s'était adressé à l'homme d'affaires dans l'église de Pennsylvanie, il dit :

– Le Seigneur soit avec vous.

– Et avec votre esprit.

– *Deo gratias.*

La femme se détendit.

– Alors vous êtes des nôtres.

– Pas exactement, mais pas loin. J'ai été chartreux pendant six ans.

– Dans le New Hampshire ?

Drew devina qu'il était mis à l'épreuve.

– Non, dans le Vermont.

La femme sourit.

– Les chartreux sont des saints en ce monde.

– Pas celui que vous avez devant vous, je le crains. Je suis un pécheur.

– Ne le sommes-nous pas tous ? Mais Dieu comprend la faiblesse humaine.

– Je l'espère. Nous devons parler au père Stanislas pour joindre son contact à la compagnie du téléphone. Il nous faut l'adresse d'un numéro qu'on nous a donné.

La femme tendit la main.

– Donnez-moi le numéro.

– Mais...

– Si c'est le seul renseignement dont vous avez besoin, ce n'est pas la peine de réveiller le père Stanislas. Je m'en occuperai moi-même.

Drew battit des paupières.

– Vous ne pensez quand même pas qu'on m'aurait chargée de le soigner si je n'étais pas digne de confiance. S'il vous plaît, donnez-moi ce numéro.

Drew s'exécuta.

Elle s'approcha du téléphone, composa un numéro et donna des instructions d'une voix feutrée. Puis elle raccrocha, et ils attendirent.

A deux heures, le téléphone sonna. La femme répondit et écouta quelques instants.

– *Deo gratias*, dit-elle enfin.

Reposant le combiné, elle se tourna vers Drew.

– C'est une cabine téléphonique, près de la statue de Paul Revere et de l'église d'Old North.

– Une cabine ?

– Dans le North End.
– Mais...
Arlene, assise dans un fauteuil pliant de metteur en scène, se pencha en avant.
– Qu'est-ce qui ne va pas?
– Une cabine téléphonique près de la statue de Paul Revere, dans un quartier touristique? fit Drew, qui avait l'impression que son estomac était empli de glace. Et l'oncle Ray nous a donné toute une journée pour découvrir où c'était? Ça n'a aucun sens. Jamais il n'oserait utiliser ce téléphone. C'est trop exposé. Si nous surveillions les parages, nous saurions tout de suite si Ray a dressé une embuscade. Il n'ira jamais là-bas. Mais il postera des hommes pour le cas où nous irions.
– Ce qui veut dire que nous n'irons pas, dit Arlene.
– Exact. Mais Ray a aussi prévu ça. Il veut utiliser cette cabine pour une autre raison. Quelqu'un répondra au téléphone, mais pas Ray. Et il me donnera un autre numéro. La cabine n'est qu'un relais. Nous ferions bien de nous mettre en route.
– Non, protesta Arlene. Je ne bougerai pas d'ici tant que tu ne m'auras pas dit ce qui se passe.
– C'est un piège, pas de doute. Mais pas celui que nous pensions. C'est comme de passer de l'algèbre à la trigonométrie. Il a sauté une douzaine d'étapes. Mais je sais ce qu'il fait, j'ai appris la même règle du jeu. Je me suis servi du même truc en...
Drew frissonna à ce souvenir.
– Si tu ne m'expliques pas ce qui se passe...
– Quand nous serons dans la voiture. Dépêche-toi.
Il se tourna vers la femme à la trousse médicale.

– Il nous faudrait une salle avec une porte vitrée, un endroit où je pourrais regarder dans la salle depuis l'extérieur, dans un endroit isolé. Et il faut qu'il y ait un téléphone dans la salle.

La femme réfléchit.

– Je ne... Non, attendez une seconde. Il y a une salle paroissiale avec une cuisine au sous-sol. A l'entrée de la cuisine, il y a une porte battante munie d'une vitre, pour que les gens qui entrent ou qui sortent ne risquent pas de se bousculer. Et il y a un téléphone dans la cuisine.

– Où est-ce ?

La femme lui donna l'adresse, qu'il inscrivit.

– Appelez pour vous assurer qu'il n'y a personne, dit-il en consultant sa montre. Il ne nous reste pas beaucoup de temps avant quatre heures.

– Pourquoi ? demanda Arlene.

– Pour acheter un magnétophone. Et, Dieu me vienne en aide, une souris.

14

Elle était blanche, contrairement à Stuart Little, qui était grise. Drew l'acheta avec la cage et paya le vendeur du magasin d'animaux, un homme gagné par l'embonpoint qui perdait ses cheveux et portait un tablier constellé de fientes d'oiseaux.

– Avez-vous une gâterie particulière pour souris ?

– Une gâterie pour souris ? fit l'homme en haussant les sourcils.

Un perroquet poussa un cri rauque.

– Oui, quelque chose qu'une souris aime particulièrement. Quelque chose qui lui fasse vraiment plaisir. Un régal.

– Un régal? répéta l'homme, regardant Drew comme s'il le croyait dérangé. Hé, écoutez, je pourrais vous arnaquer, mais je veux que mes clients soient satisfaits. Il n'y a aucune raison de dépenser des fortunes pour nourrir une souris. Ce truc-là, c'est bon marché, ça bourre, et elles n'y voient pas la moindre différence. Une souris... je veux dire, qu'est-ce qu'une souris connaît des bonnes choses?

– Mais c'est elle qui mange, non?

– Ouais, je suppose.

– Alors je veux ce qu'il y a de mieux pour elle. Je veux qu'elle se gave en faisant le meilleur repas qu'elle ait jamais eu. Et je me moque du prix.

L'homme soupira.

– Comme vous voudrez. C'est votre portefeuille. Par ici. Ce que j'ai là sur cette étagère, c'est ce qu'on pourrait appeler la Rolls Royce des aliments pour souris.

Drew paya dix dollars de plus et sortit de la boutique, un sac de deux kilos de nourriture pour souris d'une main et la souris dans sa cage de l'autre.

Arlene attendait au bord du trottoir dans la voiture de sport, moteur grondant.

– Elle est mignonne, dit-elle. Personnellement, les souris ne m'ont jamais dérangée. Tu lui as donné un nom?

– Stuart Little II, répondit Drew d'une voix sombre.

Arlene comprit soudain.

– Oh, pardon, dit-elle avec un regard qui se voulait réconfortant. Désolée d'avoir voulu faire de l'esprit.

Drew claqua la portière, serrant la cage contre lui.

– Ça n'a pas d'importance. C'est Ray qui a des raisons d'être désolé.

15

Bien qu'il ne fût que trois heures et demie, le sous-sol de la salle paroissiale était obscur. Le soleil d'automne qui commençait à descendre était trop bas pour franchir le toit de l'église, et les fenêtres qui s'ouvraient haut dans le mur ouest étaient noyées d'ombre.

L'endroit était humide, et Drew sentit le froid l'envelopper quand il descendit les marches de ciment, puis s'arrêta tandis que l'écho de ses pas s'éteignait doucement.

Silence.

Il jeta un regard aux rangées de longues tables plastifiées, imprégnées d'une odeur qui évoquait des années de fêtes paroissiales, de haricots et de saucisses, de salades de pommes de terre et de chou cru.

Arlene descendit à sa suite d'un pas vif, tenant une boîte qui contenait le magnétophone.

– Il y a quelqu'un? héla Drew.

Sa voix résonna sans provoquer aucune réponse.

– Bon.

La souris se mit à courir autour de sa cage. Drew montra du doigt une porte vitrée qui s'ouvrait un peu plus loin sur leur droite.

– Ça doit être la cuisine. Pourvu que notre amie ait bonne mémoire et qu'il y ait effectivement un téléphone.

Il y en avait un. Quand Drew poussa la porte battante et pressa l'interrupteur, il vit l'appareil posé sur un comptoir entre une cuisinière et un réfrigérateur ronronnant.

– Voyons s'il marche.

Il prit le combiné, et poussa un soupir en entendant la tonalité. Puis il posa la cage que la souris escaladait en tous sens, et consulta de nouveau sa montre.

– Moins de vingt-cinq minutes. Le magnétophone a marché dans le magasin, il a intérêt à marcher maintenant.

Quand il eut ouvert la boîte que portait Arlene et branché le magnétophone, celui-ci fonctionna sans problème. Il dicta à l'aide du microphone et fit rejouer la bande.

– Ça ressemble à ma voix? demanda-t-il d'un ton inquiet.

Ce qu'il entendait ne lui semblait pas correspondre au ton enregistré à l'intérieur de sa tête.

– Augmente les basses, lui dit Arlene.

Il le fit, puis repassa la bande.

– C'est bien toi. Ce serait malheureux, cette machine coûte une fortune.

Drew rembobina la bande.

– Un quart d'heure. C'est le moment de nourrir notre amie.

Il ouvrit le sac de friandises à souris et saupoudra les miettes à travers les barreaux de la cage. La souris entra dans une extase frénétique.

– Bien. Profites-en. Quoi d'autre? ajouta-t-il en se frottant le front. Brancher la commande à distance.

Il sortit une rallonge électrique de la boîte en carton, en brancha l'extrémité dans le magnétophone et la déroula sur le sol de la cuisine, puis par la porte battante jusque dans la salle obscure. Il y avait assez d'espace sous la porte pour qu'il pût la refermer par-dessus le câble. Il ne lui resta plus qu'à connecter au bout des fils un boîtier de commandes à distance.

Dans la lumière qui lui parvenait de la cuisine par la vitre de la porte, il examina les boutons du boîtier de commandes.

– Marche, arrêt, pause, lecture, enregistrement... Il hocha la tête. Dix minutes. Avons-nous oublié quelque chose ?

Arlene réfléchit.

– Juste en cas, tu ferais mieux de vérifier le fonctionnement de ce boîtier.

Ce que fit Drew. Tout marchait parfaitement.

– Alors je suppose qu'il ne nous reste plus qu'une chose à faire.

Elle n'avait pas besoin de lui demander ce qu'il entendait par là.

– Prier.

16

A quatre heures, Drew décrocha le combiné de la cuisine avec l'impression qu'un étau lui serrait le cœur. Il saurait bientôt s'il avait fait une erreur de jugement. Tout dépendait des suppositions logiques qu'il avait échafaudées.

Mais si Ray avait prévu ces suppositions ?

Drew contemplait fixement le téléphone, un modèle noir ancien à cadran rotatif. Avec une appréhension grandissante, il composa le numéro que lui avait donné la secrétaire de la Risk Analysis. Les chiffres égrenèrent leur cliquetis sinistre. Il lança un regard à Arlene, et tendit la main pour prendre la sienne.

Des relais se connectèrent, puis il entendit à l'autre bout du fil – dans la cabine du North End proche de la statue de Paul Revere – le bourdonnement de la sonnerie.

Quelqu'un répondit presque aussitôt. Drew perçut à l'arrière-plan le grondement de la circulation.

– Allô ? fit une voix bourrue.

– M. Rutherford, je vous prie.

– Qui ?

– Oncle Ray, de la part de son neveu.

– Pourquoi ne le disiez-vous pas ? Il n'est pas ici.

– Mais... fit Drew en feignant la perplexité, on m'avait dit d'appeler à quatre heures.

– Il a eu un rendez-vous imprévu. Vous pouvez le joindre au... La voix rauque dicta un numéro. Vous l'avez ?

Drew répéta le numéro.

– Parfait, fit la voix. Dites donc, ce petit feu d'artifice dont vous nous avez gratifiés hier soir ? C'était chouette, vieux.

L'homme raccrocha. Drew s'affaissa contre le comptoir.

– Nous avions raison ? demanda Arlene.

Il hocha la tête.

– Ray n'a jamais eu l'intention d'aller dans cette cabine. Ce n'était qu'un relais pour me donner un autre numéro.

– Comme tu t'y attendais. Mais tu pourrais t'être trompé pour ce qui est du prochain appel. Ce n'est peut-être pas ce que tu penses. Suppose que Ray ait seulement joué de prudence. Suppose qu'il ait prévu que nous pourrions localiser le numéro qu'on t'a donné ce matin. De cette façon, en se servant de cette cabine comme relais, il ne ferait que se protéger. Il sait que tu ne peux pas découvrir où se trouve ce nouveau numéro avant que la communication soit terminée et qu'il soit reparti.

Drew avait les épaules douloureuses de nervosité et d'appréhension.

– C'est possible, mais je ne pense pas que ce soit ce qui se passe. En 1968, un type appelé Hank Dalton m'a appris un truc. Je l'ai utilisé une fois contre un tueur des Brigades rouges. Et comme oncle Ray était le patron de Hank Dalton, je suis obligé de supposer qu'il l'essaiera contre moi.

Drew marqua une pause.

– Disons que si je me suis trompé, nous n'aurons rien perdu.

– Mais si tu as raison...

Arlene hocha la tête d'un air grave.

– Pas le temps, dit Drew. Ray attend mon appel. Je ne veux pas le faire attendre.

Il installa le magnétophone près de l'appareil téléphonique puis, d'une main tremblante, disposa la cage à côté. Dans la cage, la souris blanche continuait à manger voracement, les flancs rebondis, la bouche pleine, mastiquant d'un air extatique.

– J'espère que tu es aussi heureuse que tu en as l'air.

Drew se tourna vers Arlene.

– Tu ferais bien de passer dans la salle.

Elle franchit la porte battante. Drew regarda son morceau de papier, posa l'index dans l'orifice du premier chiffre, puis composa le numéro.

Il attendit tandis que les sonneries se succédaient à l'autre bout de la ligne. Ray semblait prendre son temps. Mais après la quatrième sonnerie, Drew se demanda si quelqu'un allait répondre.

A la moitié de la cinquième sonnerie, on décrocha.

– Allô ? fit une voix.

Drew ne répondit pas.

– Allô, Drew ? Allons, mon pote, parle-moi. J'attendais ton appel.

Plus de doute maintenant. La voix était bien celle d'oncle Ray.

Aussi doucement que possible, Drew reposa le combiné sur le comptoir en prenant soin de ne faire aucun bruit. Il disposa le microphone contre le magnétophone, et l'autre extrémité près de la souris.

La voix de Ray filtrait faiblement de l'écouteur.

– Je suis impatient de te parler, Drew, d'arranger ce malentendu.

Drew sortit de la cuisine. Arrivé dans l'ombre de la salle où l'attendait Arlene, il prit le boîtier de commande du magnétophone et pressa le bouton de lecture.

La porte étouffait les sons au point qu'il entendait à peine sa voix enregistrée. Peu importait, elle serait assez forte près du combiné téléphonique.

– *Oncle Ray, je voudrais que nous convenions d'un rendez-vous,* dit le magnétophone. *Je pourrais faire sauter tout ce que vous possédez, mais ça ne me donnera pas les réponses que j'attends. J'ai besoin de...*

Drew regardait par la vitre de la porte battante, mais ses yeux n'étaient fixés ni sur le magnétophone ni sur le combiné téléphonique.

Toute son attention était concentrée sur la souris.

– *... de voir votre visage, espèce de salaud, de regarder vos yeux de foutu menteur quand vous essaierez de justifier....*

Avec une précipitation frénétique, il enfonça la touche d'arrêt, coupant l'émission de sa voix enregistrée. Un flot de sang avait jailli des oreilles de la souris. Celle-ci tomba sur le côté en tremblant, la fourrure de son cou teinté de pourpre.

Drew se baissa et tira sur le câble de commande à distance, insistant dès qu'il sentit une résistance.

– Allons, chuchota-t-il d'un ton pressant. Allons.

Il se détendit, soulagé, en entendant un bruit de chute dans la cuisine.

– Il est tombé? demanda-t-il à Arlene.

Arlene, qui regardait par la porte vitrée, hocha la tête.

Il se releva, les genoux flageolants, et vit par la vitre le magnétophone tombé du comptoir sur le sol de la cuisine.

– Ça y est, murmura-t-il. Nous avons réussi. Quand le magnéto est tombé, Ray a dû l'entendre.

– Et maintenant, il n'entend plus rien, répondit Arlene à voix basse.

– Il me croit mort. Le bruit de chute du magnéto... il a dû croire que c'était moi qui tombais en me cramponnant au combiné.

La tactique enseignée à Drew par Hank Dalton au Colorado en 1968 permettait de tuer un homme à distance au moyen du téléphone. Si l'attention de la victime était suffisamment détournée, si tout avait été convenablement préparé, l'homme ne pourrait jamais soupçonner ce qui l'attendait.

Dalton avait qualifié le système de balle supersonique. Un équipement électronique perfectionné permettait d'envoyer par téléphone un son suraigu capable de faire éclater le tympan de la victime et de lui transpercer le cerveau, la tuant sur le coup.

Comme avait été tuée la souris, dont la cage se trouvait tout contre l'écouteur de l'appareil.

En principe, l'assassin devait alors raccrocher. Mais Drew soupçonnait l'oncle Ray de vouloir apporter une variante à cette tactique. Il imaginait Ray ayant entendu l'interruption soudaine de sa voix, le bruit de chute quand il avait dû théoriquement s'effondrer, la main toujours crispée sur le combiné.

Mais qu'allait faire Ray ensuite?

Continuer d'écouter, se dit Drew. Si quelqu'un se trouvait près de moi, Ray devrait entendre des cris, des appels à l'aide.

Mais s'il n'entendait aucun cri? S'il ne régnait que silence à l'autre bout de la ligne?

Drew se concentra. Il ne pourra que présumer que j'étais seul quand j'ai appelé.

Et à sa place, je tiendrais à m'assurer que l'homme qui me traquait, mon ennemi, est bien mort.

Drew réfléchit à la dernière étape. Depuis deux heures, il avait analysé les conclusions auxquelles il avait abouti, y cherchant des failles. Mais tout se tenait. Un élan d'excitation le stimula.

Si mon appareil reste décroché, Ray peut situer mon appel. Il peut trouver l'endroit d'où je téléphonais. A condition de n'entendre aucun son de mon côté, il présumera qu'il n'y a pas de danger à envoyer une équipe vérifier que je suis mort.

Et, tout aussi important, récupérer mon corps.

Les autorités pensent que je suis Janus. S'il veut continuer à se servir de Janus pour couvrir d'autres assassinats, il ne doit pas laisser mon corps tomber entre leurs mains.

Avec un soin méticuleux, Drew ouvrit la porte en ayant soin de ne pas la faire grincer, puis s'avança doucement vers le téléphone.

– Ça fait cinq minutes. Vous n'avez toujours rien entendu?

Drew reconnut la voix de Ray.

– Rien.

– Très bien, continuez à écouter, juste en cas. Mais je pense que ça vaut la peine d'essayer. Commencez le repérage.

Drew ressortit silencieusement de la cuisine. Dans la salle obscure, il fit signe à Arlene de le suivre. Ils s'éloignèrent à distance prudente et s'arrêtèrent au pied de l'escalier.

– Voici le deuxième numéro que j'ai appelé, dit Drew en tendant à Arlene un morceau de papier. Va dans une cabine téléphonique et appelle l'hôtel particulier. Demande aux contacts du père Stanislas de trouver l'adresse qui correspond à ce numéro.

Arlene prit le papier.

– Et toi ?

– Je pense que je ferais mieux de rester ici. Au cas où les hommes de Ray arriveraient plus tôt que prévu.

– Et s'ils arrivent ?

– Je ne sais pas trop comment m'y prendre. Pour commencer, je vais examiner les lieux et chercher une bonne cachette. Dès que tu auras l'adresse, reviens. Mais sois prudente, et fais en sorte que les contacts du père Stanislas se rendent à cette adresse.

La frayeur se lisait dans les yeux d'Arlene.

– Drew.

– Je sais. A partir de maintenant, ça devient risqué.

Drew se contentait d'obéir à son impulsion sans la remettre en question. Il l'embrassa.

Dans l'ombre, ils s'étreignirent un moment.

– Je ferais bien d'y aller, dit-elle d'une voix pâteuse.

Drew se sentait vide.

– A tout à l'heure.

– Seigneur, je l'espère.

Elle s'arrêta au milieu de l'escalier pour se retourner vers lui, puis elle gravit les dernières marches et franchit la porte. Le silence retomba dans le couloir.

A son étonnement, Drew se sentit troublé par un sentiment qui lui était peu familier. La solitude. Il ne pouvait expliquer la sensation de chaleur qui lui brûlait les yeux. *Et s'il ne la revoyait jamais?*

17

Juste avant six heures, alors que le soleil d'automne avait presque complètement disparu et que l'ombre s'était épaissie dans la salle du sous-sol, Drew entendit grincer la porte en haut de l'escalier. Dans sa cachette, entre des rangées de chaises empilées contre le mur gauche en bas des marches, il crut d'abord qu'Arlene revenait et un élan de joie l'envahit. Mais quand la porte se fut refermée, celui qui était entré ne descendit pas les marches.

Drew attendit. Rien ne venait.

Il savait qu'Arlene aurait pris des précautions en revenant. Elle prendrait sans doute le temps de s'assurer que tout allait bien, ou attendrait que Drew l'appelât. Mais il ne pouvait se permettre de le faire.

Quand il se fut écoulé un temps suffisant pour que le souvenir du bruit de la porte parût n'avoir été qu'une illusion, Drew entendit un autre son. Doucement – si doucement que ça aurait pu n'être aussi que le bruit de son imagination – une chaussure toucha une marche de ciment.

Et s'arrêta.

Sa position entre les piles de chaises métalliques était confortable. Hank Dalton avait toujours répété à ses élèves que c'était une précaution indispensable.

– Vous ne savez pas combien de temps vous risquez d'attendre. Alors assurez-vous d'être à l'aise dans votre cachette. Sinon, quelqu'un pourrait vous entendre quand vous étirerez la jambe pour soulager une crampe.

Malgré le confort de sa position, pourtant, la tension lui avait raidi les muscles. Il s'efforça de demeurer silencieux, l'oreille tendue pour déceler un autre pas étouffé dans l'escalier qui se trouvait à sa droite. Il respira imperceptiblement.

Oui ! Un son. Mais pas de l'escalier, comme il s'y était attendu. Le bruit était venu de l'autre extrémité de la salle, de l'ombre qui s'étendait sur sa gauche. Ç'aurait pu être n'importe quoi, le bruissement du vent contre une fenêtre ou le tassement d'une solive dans le plafond.

Mais il l'entendit de nouveau et l'identifia : une semelle qu'on reposait doucement sur le sol cimenté.

Il n'y avait pas un seul, mais deux intrus. Un peu plus tôt, quand il avait exploré le sous-sol après le départ d'Arlene, il avait découvert un autre escalier de ce côté. Contrairement à celui qu'ils avaient emprunté pour entrer, celui-là n'avait pas de porte en haut de la volée de marches qu'il avait pu voir depuis la salle, de sorte qu'il ne s'en était pas inquiété. Le cœur battant, il se rendit compte qu'il aurait dû monter au-delà du tournant pour explorer le rez-de-chaussée surélevé. Il était clair que le second visiteur était entré par une porte qu'il n'avait pas vue, plus haut. Pendant qu'il avait été distrait par l'ouverture de la porte qui donnait en haut de l'escalier sur sa droite, le second intrus avait descendu les marches de l'autre côté de la salle.

Ils étaient donc deux. Très bien, songea Drew, tant que je sais où ils sont, je peux m'en charger. Il reporta son attention vers la droite, où il vit une silhouette arriver en bas des marches.

Il comprit. Le premier intrus était un leurre destiné à attirer son attention. Au cas où quelqu'un ferait un mouvement dans sa direction, son compagnon se trouvait à l'autre bout de la salle pour le protéger.

La silhouette ne pourrait manquer d'être attirée par la lumière que diffusait la porte vitrée de la cuisine. De l'autre côté de la salle, les frôlements subtils du deuxième intrus cessèrent. Depuis l'obscurité de sa cachette, Drew vit à travers les piles de chaises métalliques la silhouette s'approcher de la porte vitrée à pas de loup. C'était un homme. Il tenait à la main un pistolet équipé d'un silencieux et s'arrêta sur le côté de la porte battante.

Avant de choisir sa cachette, Drew était retourné dans la cuisine. En silence, terriblement conscient de la présence du combiné décroché sur le comptoir, il avait pris la cage avec la souris morte et l'avait emportée pour la cacher dans la grande salle, puis il avait fait de même pour le magnétophone. Enfin, ultime précaution, il avait posé sur le téléphone la boîte vide qui avait servi d'emballage au magnétophone.

Ainsi, le visiteur ne verrait rien d'insolite en entrant dans la cuisine. Il penserait que le téléphone – et le corps – devaient se trouver ailleurs dans le sous-sol. Lui et son compagnon poursuivraient leurs recherches.

Mais Drew, la main serrée sur son Mauser, se dit qu'il valait mieux ne rien faire tant qu'il ne les aurait pas tous les deux dans son champ de tir.

L'homme plaqué contre le mur près de la porte de la cuisine risqua un coup d'œil furtif par la vitre éclairée, puis se recula. Dix secondes plus tard, il en risqua un second.

A l'autre bout de la salle, la deuxième ombre se déplaça lentement jusqu'à rejoindre la première. Un homme, lui aussi armé d'un pistolet à silencieux. Ils se postèrent de chaque côté de la porte, puis l'un d'eux chargea dans la cuisine, tandis que son compagnon se ruait sur ses talons. Avant que la porte se refermât, Drew les vit debout dos à dos, leurs pistolets braqués dans des directions opposées.

Maintenant!

Il changea de position dans sa cachette. Mauser levé, accroupi dans l'obscurité, il banda ses muscles. Comme il s'y était attendu, il n'entendit aucune conversation. Tant que les deux hommes ne seraient pas certains de leur sécurité, ils demeureraient aussi silencieux qu'ils le pourraient.

Il faudra que je les descende tous les deux, songea Drew. Pendant que je les tiens ensemble.

Mais pas pour tuer. Il me les faut vivants. Il faut qu'ils me disent où est Ray. Quand j'en aurai fini avec eux, ils parleront. Ils me *supplieront* de leur poser d'autres questions.

La porte de la cuisine se rouvrit et les deux hommes se glissèrent dans la salle, silhouettés par la lueur que projetait la vitre. Le dos à la porte, l'un fit signe à l'autre de vérifier le côté gauche pendant qu'il s'occupait du droit.

– Ne bougez pas! cria Drew.

Prêt à tirer, il voulait leur enjoindre de lâcher leurs armes, mais il n'en eut pas le temps.

Un coup de feu déchira l'obscurité, sans qu'aucun des deux hommes eût tiré. Le bruit assourdissant était venu de l'autre côté de la salle. Comme Drew se jetait à terre, se meurtrissant la poitrine au contact du ciment, un second coup de tonnerre lui claqua aux oreilles. Il fit feu, mais pas en direction du tireur dissimulé dans l'ombre – vers les deux hommes qui se trouvaient devant la porte de la cuisine. Alors qu'ils s'élançaient pour se mettre à l'abri, encore éclairés par la lueur qui tombait de la vitre, il tira à plusieurs reprises. Tous deux s'abattirent en hurlant.

Drew roula sur lui-même de crainte que les éclairs du Mauser ne l'aient fait repérer par le tireur embusqué. A plat ventre il regarda tour à tour les ombres des deux hommes qu'il avait abattus et l'obscurité qui dissimulait le tueur invisible à l'autre bout de la salle.

Il cligna douloureusement des yeux quand les plafonniers s'allumèrent soudain. Aveuglé, il serra fortement les paupières comme il avait été entraîné à le faire, puis les rouvrit à peine, laissant à la cornée le temps de s'adapter à la brusque illumination.

Quand il les ouvrit un peu plus, essayant désespérément de pointer son arme vers un éventuel assaillant, il découvrit par-dessous les rangées de tables le corps d'un homme étendu au pied de l'escalier opposé. Il ne bougeait pas, et du sang coulait de sa poitrine. Un pistolet reposait près de sa main.

Mais comment diable... ?

La moelle épinière glacée, il regarda les deux hommes qui gisaient sur le sol devant la cuisine. L'un était immobile. L'autre se tenait l'estomac en gémissant.

Il reporta son attention sur l'homme abattu de l'autre côté de la salle. Deux coups de feu étaient venus de cette direction. Mais qui avait tué le tireur ?

Il entendit des pas sur les marches de ciment, de ce côté-là. Une démarche lente et irrégulière. Il braqua son arme en grimaçant, incapable de voir qui descendait l'escalier.

Une chaussure apparut, puis une autre. Il assura le Mauser. Des jambes de pantalon noir entrèrent dans son champ de vision, et il ferma un œil pour aligner la mire du pistolet. Les pas s'arrêtèrent.

Un homme parla d'une voix rauque, mais faible.

– Drew ? Ça va ?

L'accent slave ne laissait aucun doute. Le père Stanislas.

– Si ça va ? fit Drew avec un soupir de soulagement nerveux. Je suppose.

Le prêtre toussa. Avec une lenteur pénible, il descendit les dernières marches. Son bras gauche était toujours en écharpe et sa main droite étreignait un pistolet. Chancelant, il s'adossa au mur et inspira plusieurs fois profondément.

Drew se leva.

– Mais vous, vous n'avez pas l'air d'aller.

– Comment disent-ils à la télé ? Ce n'est qu'une blessure superficielle ? Laissez tomber le « ne que », plaisanta le père Stanislas avec une grimace de douleur. Même avec les calmants, ça fait mal.

Drew ne put s'empêcher de sourire.

– Je croyais que les Polonais étaient coriaces ?

Le père Stanislas fit un effort pour se redresser.

– Nous le sommes, croyez-moi. Si vous avez jamais mangé des *piroshkis* [1], vous voyez ce que j'entends par coriace.

Le sourire de Drew s'élargit.

Mais l'affection grandissante qu'il éprouvait pour le prêtre ne lui fit pas oublier les nécessités de

1. Petits chaussons de pâtisserie fourrés de viande, de fromage, de pommes de terre, etc.

l'instant, et il lança un regard aux deux hommes qu'il avait abattus. L'un était toujours immobile, l'autre continuait à se tenir l'estomac en gémissant. Il les fouilla et prit leurs armes avant de traverser la salle pour aller aider le père Stanislas.

Mais ce dernier rassembla ses forces pour venir de son côté, lui faisant signe de rester où il était.

– Je suis venu jusqu'ici tout seul. Je n'ai pas besoin d'aide.

– Comment êtes-vous arrivé ici?

– Arlene a appelé l'hôtel particulier pour transmettre un autre numéro de téléphone et demander qu'on cherche l'adresse correspondante.

– Je sais, c'est moi qui lui ai demandé de le faire.

– J'étais éveillé quand elle a appelé, et j'ai insisté pour lui parler. Elle m'a raconté ce qui s'était passé pendant que je dormais, alors j'ai exigé de revenir ici avec elle. Mon ami, vous avez essayé d'en faire trop à vous seul.

– Je n'avais pas le choix.

– Peut-être. Mais de récents événements prouvent que j'avais raison, dit le père Stanislas avec un geste en direction des hommes étendus sur le sol.

– Arlene, chuchota Drew. Où est-elle?

– Dehors. Elle surveille les abords pour le cas où ces trois-là ne seraient pas venus seuls. Quand nous sommes arrivés, nous nous sommes rendu compte que nous ne pouvions pas entrer sans vous donner l'alarme, alors nous avons décidé de vous servir d'équipe de surveillance. Nous avons vu trois hommes entrer, un par le côté, et deux en haut par des portes différentes. Il semblait évident que le premier devait servir de leurre, et les deux autres d'appui.

– Alors vous avez suivi les deux hommes qui sont entrés en haut.

– Mon instinct ne m'a pas pas trompé, dit le père Stanislas en s'agrippant à une table pour se soutenir. L'un des deux hommes que je suivais s'est posé en piège à son tour et a fini par rejoindre le premier dans la cuisine. Mais le troisième était resté en arrière pour protéger les deux autres s'ils étaient surpris. Ce qui s'est passé. Il vous a tiré dessus, mais je l'ai abattu.

Le prêtre ferma les yeux et déglutit avec difficulté.

– Vous êtes sûr que vous allez bien? demanda Drew.

– Tout au contraire, je ne vais pas bien du tout.

Le visage du père Stanislas avait un teint crayeux.

– Il me vient à l'esprit que c'est la troisième fois que je vous sauve la vie. A la maison de retraite quand je m'étais caché dans le confessionnal. A la Corne du Diable. Et maintenant, ici.

– Je suis votre débiteur, reconnut Drew.

– Trois fois, lui rappela le prêtre.

– Oui. Quel qu'en soit le prix, même ma vie, je promets de vous rendre la pareille.

– En nature.

– Je ne comprends pas.

– En nature, répéta le prêtre.

– Très bien. En nature, quelle qu'en soit la signification.

– Assurez-vous de ne pas oublier votre promesse. Parce que...

Le père Stanislas, livide, inspira de nouveau péniblement.

– Quand nous en aurons terminé avec ceci, j'ai

l'intention de vous demander... sur votre honneur... de tenir votre parole.

Il toussa.

– Pour l'instant, nous avons des choses à faire.

Drew comprit, et s'approcha à grands pas des hommes qu'il avait abattus. Empoignant celui qui était encore vivant, il le secoua violemment.

– Où est ton patron ?

L'homme gémit.

– Tu crois que tu as mal ? Tu ne sais pas ce que « mal » veut dire.

Il ramena la main en arrière, s'apprêtant à le frapper.

– Non ! cria le père Stanislas.

– *Où est ton chef, espèce de salaud ? Tu vas me le dire, ou...*

– *Non !*

Le prêtre saisit la main de Drew, qui lui lança un regard furieux.

– Je comprends maintenant. Peu vous importe de tuer, mais vous n'aimez pas voir vos victimes souffrir. Que se passe-t-il ? Vous n'êtes pas prêt à aller jusqu'à la limite de votre foi ? Vous devriez faire attention. Vous avez un point faible, mon père.

– Non, fit le prêtre, se redressant de toute sa hauteur malgré la douleur. Pour ma foi, j'ai atteint ce que vous appelez « la limite ». Souvent. Plus que vous ne pouvez l'imaginer.

Le rubis de sa bague, marqué de l'épée et de la croix superposées, lança un éclair.

– Mais jamais quand ce n'était pas nécessaire. La torture ? Certainement, à moins que je n'aie disposé des substances chimiques adéquates. Mais *seulement* quand il le fallait pour faire parler quelqu'un. Je sais où est Ray. A l'adresse du dernier numéro qu'on vous a donné. Maintenant, lâchez cet homme !

Drew contempla l'homme qu'il tenait, le cœur serré de dégoût à l'idée de ce qu'il avait failli être obligé de faire, rappelé une fois de plus au souvenir du chemin parcouru depuis le monastère. Doucement, presque avec révérence, il reposa l'homme à terre.

– Bien. Nous appellerons vos amis pour qu'un médecin s'occupe de lui. Ce n'est qu'un exécutant, il a droit à une chance de vivre. Mais je dois dire que c'est une chance que ce salaud ne me laisserait pas à moi.

– Bien sûr. Et c'est ce qui nous distingue d'eux. Nous ne sommes pas motivés par l'argent. Ni par le besoin de puissance ou les théories politiques, qui sont par définition éphémères et superficiels. Non, nos motivations sont suprêmes. Et notre miséricorde, quand elle est possible, est celle du Seigneur.

Drew ressentit un soudain élan de tristesse.

– C'est trop, depuis trop longtemps. Je suis las de fuir. Je voudrais que tout cela finisse.

– Ce sera bientôt fini. Ce soir, si Dieu le veut.

Avec une grimace, le père Stanislas glissa la main dans une poche de sa veste.

– J'ai l'adresse. Je peux vous mener jusqu'à l'oncle Ray.

18

Mais malgré son impatience, Drew avait autre chose à régler d'abord. Comme dans le sophisme de la Grèce antique selon lequel, pour franchir un kilomètre, il faut commencer par en franchir un demi, puis un quart, puis un huitième, et qu'en subdivisant ainsi le voyage on ne peut jamais arriver à son terme, Drew avait toujours l'impression qu'il y avait encore autre chose à faire, une autre interruption, toujours un autre danger. Peut-être son épreuve ne cesserait-elle jamais. Peut-être était-il mort, et ceci était l'Enfer.

Il se tourna vers l'homme blessé.

– Vous pouvez m'entendre?

L'homme répondit par un signe de tête affirmatif.

– Si vous voulez un médecin, faites ce que je vous dis.

L'homme leva les yeux d'un air impuissant.

– Mais je vous ai dit que nous avions l'adresse, intervint le père Stanislas. Il n'y a pas besoin de...

– Vraiment? fit Drew d'une voix pressante. Nous avons oublié quelque chose.

Il expliqua au prêtre ce qu'ils devaient faire.

– Vous avez raison, dit ce dernier d'un ton accablé. Et il faut le faire le plus tôt possible.

Drew s'agenouilla près du blessé pour lui donner des ordres.

– Vous avez compris?

L'homme hocha la tête. Il était en sueur, tenaillé par la douleur.

– Ensuite, nous ferons venir un médecin. Tout ce que vous avez à faire, c'est de nous montrer combien vous êtes coriace. Ce n'est pas bien difficile. Pour rester vivant, il vous suffit de parler sans gémir.

Drew le traîna jusqu'à la cuisine, où il l'assit sur le sol contre un placard avant d'enlever le carton qui dissimulait le téléphone décroché. S'accroupissant, il approcha le combiné du visage de l'homme et se pencha pour pouvoir entendre ce qui se dirait à l'autre bout de la ligne.

Le Mauser pointé sur sa tempe, il lui ordonna silencieusement de parler. Les yeux de l'homme se voilèrent, fixés dans le vide. Drew craignit un instant qu'il ne s'évanouît.

– Nous l'avons, fit l'homme d'une voix rauque.

– Un moment, répondit une voix bourrue.

Quinze secondes plus tard, la voix de l'oncle Ray se fit entendre.

– Il est mort ?

– Oui.

– Qu'est-ce qui vous a pris si longtemps ? Je commençais à m'inquiéter.

– Nous avons eu du mal à le trouver.

– Il est seul ?

– Oui.

– Ramenez le corps ici. Je veux être sûr de le faire disparaître.

– Nous y allons.

Le regard de l'homme vacilla, et il s'affaissa sur le sol.

Drew coupa la communication en reposant le combiné sur son support, puis il étendit l'homme à plat sur le sol.

– Tu t'es trompé de profession, mon vieux. Tu aurais dû être acteur.

– Vous m'avez promis, fit l'homme en gémissant.

– Et je tiendrai. Comment êtes-vous venus ici ? Quel type de voiture ?

– Une fourgonnette bleu foncé. Une Ford, fit l'homme entre ses lèvres desséchées. Elle est dans le parking, derrière la salle.

Drew se retourna. Le père Stanislas l'observait depuis la porte de la cuisine.

– Vous pouvez vous servir du téléphone pour

appeler un médecin. Et vous feriez bien de dire à vos hommes d'enlever les corps.

Il fouilla le blessé et trouva ce qu'il cherchait – les clefs de la fourgonnette.

– Au fait, je vais avoir besoin d'aide quand nous arriverons là-bas. Arlene vous a expliqué ?

– Je vais arranger ça.

– Pendant que vous le faites, je vais prévenir Arlene que tout va bien. Elle a certainement entendu les détonations et elle doit s'inquiéter.

– Elle est à côté de l'église, dit le prêtre en décrochant le téléphone. Je n'en ai pas pour longtemps.

– S'il vous plaît. Il y a beaucoup à faire.

Drew s'élança hors de la cuisine. Alors qu'il montait l'escalier quatre à quatre, il se rappela l'émotion puissante et insolite qu'il avait ressentie quand Arlene avait gravi ces mêmes marches deux heures plus tôt, le sentiment de solitude inattendu qui l'avait submergé quand elle avait refermé la porte. Il éprouva de nouveau une douloureuse nostalgie. Il lui semblait que c'était trahir ses années de monastère que de désirer si intensément la revoir, la tenir contre lui. Pourtant, si c'était une trahison, il ne s'en souciait plus. Il sortit, l'aperçut près de l'église et s'élança vers elle. Malgré l'obscurité, il vit ses yeux briller de soulagement et de tendresse. Un instant plus tard, elle fut dans ses bras.

19

Sachant qu'il serait stupide de se faire arrêter pour excès de vitesse, Drew réprima son envie d'enfoncer l'accélérateur et conduisit la fourgonnette à une allure régulière hors de Boston en direction du nord. Les lueurs de la ville emplissaient son rétroviseur, cependant que ses phares trouaient l'obscurité qui enveloppait les arbres et les champs.

Les doigts raidis de trop serrer le volant, il suivit les instructions du père Stanislas. Il n'avait pas tout d'abord reconnu l'adresse inscrite sur le morceau de papier que lui avait remis le prêtre. Puis, avec un intérêt grandissant, il avait compris pourquoi ce dernier savait comment s'y rendre – il y était allé deux jours plus tôt. C'était la propriété de l'oncle Ray sur le littoral de Boston Bay.

Drew ne put qu'admirer l'astuce de son adversaire. Ray, qui semblait avoir fui sa propriété à cause de la menace de Drew, avait maintenant inversé sa tactique – il y était retourné, présumant apparemment que ce serait le dernier endroit où Drew irait le chercher. Mais en gagnant l'avantage de l'imprévu, Ray avait choisi un endroit difficile à défendre. D'après la description qu'en avait faite le père Stanislas, le domaine était isolé et très étendu, trop grand et trop couvert de végétation pour pouvoir être efficacement protégé.

– Il sera facile d'entrer sur le terrain, lui avait dit le prêtre. Mais entrer dans la maison, c'est une autre histoire. C'est là qu'il aura concentré ses hommes. Pour aller le chercher, il vous faudrait une petite armée.

Ce ne sera pas nécessaire, songea Drew en poursuivant sa route vers la baie. Tout ce qu'il nous faut, ce sont les trois hommes que j'ai demandés.

Et trois voitures non identifiables.

Peu après sept heures, il atteignit la baie, dont il distinguait les vagues frangées d'écume dans l'obscurité. Une brise fraîche et salée lui frappa les narines quand il descendit sa vitre avant de s'arrêter au bord de la route, où ses phares révélèrent un monument commémoratif de la Guerre d'Indépendance.

Il attendit. Cinq minutes plus tard, des phares apparurent dans son rétroviseur et s'arrêtèrent derrière lui, puis s'éteignirent aussitôt.

Quand il descendit de la fourgonnette, il reconnut avec un élan de tendresse la silhouette d'Arlene derrière le volant de l'Oldsmobile. Le prêtre, affalé à côté d'elle, semblait dormir.

Il vit trois autres paires de phares approcher, puis ralentir et s'arrêter en simple file derrière l'Oldsmobile. Les phares s'éteignirent à leur tour, et trois hommes sortirent des voitures. Comme Arlene descendait de l'Oldsmobile, Drew les rejoignit sur la route gravillonnée.

– Le Seigneur soit avec vous, dit-il aux nouveaux venus.

– Et avec votre esprit, répondirent-ils à l'unisson.

– *Deo gratias.*

Drew les dévisagea. Ils avaient tous trois la trentaine. Leurs vêtements étaient sombres, leurs coupes de cheveux traditionnelles, presque militaires, leur regard direct d'une sérénité troublante.

– J'apprécie votre aide. Le père Stanislas m'a dit que vous étiez expérimentés.

Ils hochèrent la tête.

– Autant vous dire que si tout se passe comme prévu et sans accident, je ne pense pas que vos vies soient en danger.

– C'est sans importance, dit l'un d'eux. Nos vies importent peu. C'est l'Église qui importe.

La portière avant droite de l'Oldsmobile s'ouvrit, et le père Stanislas descendit de la voiture.

– L'équipement est dans le coffre.

Arlene avait la clef. Quand elle ouvrit le coffre,

l'éclairage de ce dernier s'alluma automatiquement et Drew cligna des yeux, surpris, à la vue des armes automatiques, des chargeurs garnis de munitions, des grenades, et même d'un lance-roquettes miniature.

– Vous avez trimbalé cet arsenal dans le coffre depuis tout ce temps? demanda-t-il, stupéfait. Vous avez de quoi déclarer une guerre.

– Nous *sommes* en guerre.

Le visage du père Stanislas était aussi pâle que l'écharpe qui lui soutenait le bras.

Les trois hommes se penchèrent sur le coffre pour y prendre des fusils d'assaut, qu'ils examinèrent avant de les charger. La lumière se réfléchit sur la grosse bague rouge que chacun d'eux portait au médium de la main gauche. Chaque bague portait le même insigne : une épée et une croix superposées.

La confrérie de la pierre.

Drew frissonna.

– Que voulez-vous que nous fassions? demanda le premier, qui tenait le canon de son arme pointé vers le ciel obscur.

Dissimulant son étonnement grandissant, Drew répondit d'un ton tout aussi professionnel :

– Régler le carburateur de chaque voiture.

Il se tourna vers le père Stanislas.

– A quelle distance se trouve la propriété?

– Un kilomètre et demi, en suivant la route.

– Très bien. Il ne devrait pas y avoir de problèmes pour le minutage.

Il poursuivit ses explications, et leur laissa un instant de réflexion.

– Ça pourrait marcher, dit l'un. Tant qu'il agit comme vous l'avez prévu.

– Je le connais. D'ailleurs, a-t-il le choix?

– Si vous vous trompez...

– Oui ?
– Non, rien. Notre rôle est facile. C'est vous qui prenez un risque.

20

La fourgonnette se dirigea vers la grille métallique fermée, derrière laquelle se tenaient deux sentinelles armées, une de chaque côté. Quand les phares furent assez près pour qu'ils pussent reconnaître la fourgonnette, les gardes se mirent aussitôt en mouvement et ouvrirent la grille. « *Ramenez le corps ici. Je veux être sûr de le faire disparaître* », avait dit l'oncle Ray au téléphone. Comme Drew l'avait prévu, les gardes avaient été prévenus du retour du commando et avaient reçu l'ordre de laisser entrer la fourgonnette dès son arrivée. Sans s'arrêter, le chauffeur les remercia d'un signe de la main et franchit rapidement le portail, suivant l'allée goudronnée à travers les arbres et les buissons obscurs vers la construction Tudor de trois étages qui se dressaient au loin.

Le ralenti de la fourgonnette avait été réglé pour faire tourner le moteur à une vitesse suffisante sans qu'il fût besoin de presser l'accélérateur. Comme le véhicule était équipé d'une transmission automatique, le chauffeur pouvait sauter à terre en laissant une vitesse en prise, sachant que la fourgonnette continuerait d'avancer dans la même direction : dans le cas présent, au long de l'allée qui aboutissait à l'imposante demeure.

Tandis que le conducteur se laissait tomber souplement sur la pelouse et disparaissait dans l'ombre, une arme à la main, la fourgonnette poursuivit sa course, escalada un trottoir et s'arrêta avec un soubresaut au milieu des marches du perron de la façade. Avant de sauter, le chauffeur avait allumé une mèche reliée au réservoir d'essence ouvert. Avec une déflagration étourdissante, le véhicule explosa brusquement. L'énorme boule de feu et les morceaux de métal projetés en tous sens éventrèrent l'entrée de la maison.

Les gardes n'avaient pas complètement refermé la grille. Se retournant, surpris, vers le rugissement assourdissant, ils levèrent leurs armes et s'élancèrent vers le brasier qui éclairait la façade. A cet instant, trois autres voitures, tous feux éteints, franchirent le portail à demi ouvert. Chacune d'elles était munie d'une transmission automatique, chaque carburateur avait été réglé de façon à donner au moteur un ralenti accéléré. Quand les conducteurs allumèrent leurs mèches et sautèrent de leurs véhicules, ceux-ci poursuivirent leur route, un vers la gauche et deux vers la droite de la fourgonnette qui flambait sur les marches du perron.

L'une après l'autre, les trois voitures frappèrent la façade de la maison et explosèrent avec fracas dans une gerbe de feu. Des fenêtres volèrent en éclats sous l'effet de la chaleur tandis que les flammes rugissantes léchaient le bâtiment.

Tout en s'enfonçant sous le couvert, les conducteurs des voitures faisaient feu de leurs armes automatiques. Ils mitraillèrent le brasier qui dissimulait la maison, criblèrent de balles les voitures en stationnement, crevant les pneus, pulvérisant les radiateurs d'une Rolls Royce et d'une Mercedes. Les balles traçantes firent exploser les réservoirs d'essence, et le carburant enflammé se répandit sur le dallage. Les assaillants lancèrent des grenades en direction des gardes qui arrivaient en courant depuis la grille d'entrée. Projetés en arrière, les gardes s'abattirent, immobiles, sur le sol de l'allée. D'autres grenades suivirent, lancées cette fois contre la maison.

Arlene, qui avait bondi de l'une des voitures, était armée d'un lance-roquettes portatif modèle RPG-7, l'une des armes préférées des terroristes car il ne dépassait pas un mètre de long. Et comme il ne pesait pas sept kilos, elle n'avait eu aucune difficulté à l'emporter avec elle en sautant de sa voiture en marche. Les projectiles, d'un diamètre de quatre-vingt-quatre millimètres, étaient capables de transpercer un blindage métallique de trente centimètres d'épaisseur. L'une après l'autre, leurs explosions impressionnantes secouèrent le bâtiment, dont tout un angle vola en éclats.

Des gardes sortaient maintenant en courant, certains frappant en hurlant d'horreur leurs vêtements enflammés. Il se révéla par la suite que le reflet du brasier sur les nuages était visible à vingt-cinq kilomètres à la ronde. Les puissantes déflagrations firent trembler les vitres de la ville voisine. Tandis que la façade de la maison commençait à s'affaisser, un staccato d'armes automatiques se fit entendre depuis les bâtiments adjacents où s'étaient réfugiés les gardes. Pendant ce temps, les attaquants changeaient constamment de position, tirant, rechargeant, lançant des grenades, donnant l'impression que les forces d'assaut étaient énormes tout en commençant à se replier graduellement.

Deux minutes seulement s'étaient écoulées.

21

Drew n'était pas avec eux. Dans l'obscurité, il avait suivi à grands pas la côte rocheuse de la baie en direction du domaine de Ray. Deux jours plus tôt, en étudiant la périphérie de la propriété, le père Stanislas avait remarqué le yacht amarré à un débarcadère. Dès que les boules de feu commencèrent à fleurir au-dessus de la maison, en haut de la pente, les trois gardes qui patrouillaient la plage pivotèrent vers la soudaine illumination et gravirent quatre à quatre les marches de bois en direction du crépitement des armes automatiques. Sa tenue sombre se fondant sur l'arrière-plan de l'eau noire, Drew courut le long des rochers jusqu'au quai, d'où il passa sur le yacht.

Trente secondes plus tard, dissimulé dans l'entrepont, il vit des silhouettes descendre précipitamment les marches de bois depuis la maison. Les vagues clapotaient contre la coque du bateau, qui se balançait légèrement d'un bord sur l'autre.

Bien qu'il n'eût pas vu l'oncle Ray depuis six ans, Drew reconnut l'élégante silhouette bien vêtue qui dévalait l'escalier. Il reconnut aussi la silhouette d'un deuxième homme, identifiable par son chapeau de cow-boy. Et *celui-là,* il ne l'avait pas vu depuis 1968. Par exemple! songea-t-il. Vous devez bien avoir dans les soixante ans, Hank Dalton. Je dois reconnaître une chose, c'est que vous devriez être à la retraite, à l'heure qu'il est. Mais je suppose que c'est dans le sang. Vous ne pouvez pas vous retirer du jeu.

Ray et Hank atteignirent la plage avant les autres, et s'arrêtèrent un instant sur le débarcadère.

– Bon, dit Ray d'une voix toujours aussi douce aux gardes qui l'avaient accompagné, vous savez où aller. Profitez de l'obscurité pour disparaître. N'essayez pas de les repousser, ils ont gagné. Mais notre tour viendra. N'oubliez pas que j'apprécie votre loyauté. Bonne chance à chacun de vous.

Les gardes se tournèrent vers les détonations qui

crépitaient encore autour de la maison en feu au sommet de la colline. Après un instant d'hésitation, ils se séparèrent et se perdirent dans les ténèbres tandis que Ray et Hank s'élançaient sur le ponton, qui résonna avec un bruit caverneux sous leurs pas. Ils larguèrent hâtivement les amarres et sautèrent à bord au moment où une nouvelle explosion déchirait la nuit en haut de la butte. Ray se rendit aussitôt à l'avant pour démarrer les moteurs. La poupe s'enfonça légèrement quand les hélices commencèrent à mordre, puis le yacht se stabilisa en prenant de la vitesse et fendit les vagues en rugissant vers l'obscurité de la baie.

Debout à l'arrière, les mains sur les hanches, Hank contemplait le champ de bataille. Son chapeau de cow-boy se profilait sur les flammes qui dansaient en haut de la colline.

– Putain de feu, marmonna-t-il. Qui aurait pu se douter? Je lui ai trop bien appris.

Depuis 1968, Drew avait toujours considéré Hank comme éternel. Cette soudaine prise de conscience de la façon dont un élève pouvait un jour surpasser son maître lui donna un choc. Était-ce cela, vieillir? Il arrive toujours quelqu'un de meilleur, parce que plus jeune?

Et ce fut si facile. Tout ce que Drew eut à faire fut de s'avancer depuis l'écoutille de l'entrepont et pousser Hank. Rien d'autre. Le pousser. Une petite tape sur l'épaule de Hank, et Drew découvrit que son ancien maître...

(En ce temps-là, je vous prenais pour Dieu. Je m'endormais avec la peur de vous. Je tremblais quand vous parliez.)

... n'était qu'humain. Hank bascula gracieusement dans la mer, où son chapeau de cow-boy flotta sans s'enfoncer. Barbotant, toussant, il revint à la surface.

– Je ne vous l'ai jamais demandé, Hank! Vous savez nager?

– Espèce de salaud! bredouilla Hank.

A la barre, Ray se retourna vivement, alarmé. Drew braqua le Mauser sur lui.

– Faites très attention, mon oncle. Gardez les mains sur la roue. Je ne voudrais pas être obligé de vous tuer, il faut que nous parlions.

Dans l'eau bouillonnante, Hank continuait à crachoter des obscénités.

– C'est ça, Hank. Ne perdez pas courage. Vous n'êtes pas loin de la côte, vous pouvez y arriver. Vous vous rappelez ce que vous nous avez enseigné? Allumez un feu, trouvez des vêtements secs. Il faut se préserver de l'hypothermie!

Tandis que Hank s'éloignait vers l'arrière, ballotté par les vagues, Drew gardait les yeux – et le Mauser – braqués sur Ray.

– C'est ça, mon oncle, laissez vos mains où elles sont. Sur cette roue. Parce que, croyez-moi, je suis à bout de patience. Pendant un moment, j'ai presque espéré que vous me donneriez une excuse pour tirer. Mais vous ne l'avez pas fait. Alors ce que je pense, c'est que *nous allons parler, maintenant.*

Sur la colline, une dernière explosion secoua la maison et ses flammes illuminèrent les nuages d'une lueur surnaturelle. Le crépitement des armes automatiques diminua tandis que le yacht continuait à s'enfoncer dans l'ombre de la baie. Quelques secondes plus tard, le grondement des moteurs finit par étouffer complètement le bruit des coups de feu. Mais ceux-ci cesseraient bientôt de toute façon. Arlene et les trois hommes allaient se retirer. Ils avaient forcé Ray hors de sa retraite, et il leur faudrait disparaître avant l'arrivée de la police.

Le regard de Ray alla de Drew à la maison en feu dont la lueur s'estompait dans le lointain. La nuit enveloppait totalement le yacht.

Glissant la main dans son blouson, Drew en sortit un paquet d'explosifs C-4 qui ressemblait à un morceau de pâte à modeler. Il le tint devant l'éclairage du tableau de bord pour que Ray pût le voir.

– Je présume que vous reconnaîtrez mon encouragement à la conversation.

Les pupilles de Ray se dilatèrent.

Drew posa le plastic sur le tableau de bord et sortit de son blouson un minuteur et un détonateur, qu'il fixa à l'explosif. Puis il fit tourner le remontoir du minuteur. Huit minutes. L'appareil commença à égrener son tic tac.

– Voilà qui devrait nous donner tout le temps de bavarder. Sinon...

Il haussa les épaules.

– Tu te ferais sauter aussi.

– En ce moment, fatigué comme je suis, aussi las de fuir, dit Drew avec un soupir, je m'en moque.

– Je ne te crois pas.

Drew observa Ray : grand et mince, avec son visage fin et séduisant et ses yeux bleu foncé qui renvoyaient la lueur du tableau de bord, il devait approcher de la soixantaine mais il avait l'air jeune et en pleine forme. Ses cheveux courts d'un blond roux étaient parsemés de fils d'argent qui ne faisaient qu'ajouter à sa distinction. Sous son manteau ouvert, il portait un costume gris d'une coupe impeccable, une chemise blanche immaculée et une cravate rayée aux couleurs d'un club. Ses chaussures italiennes étaient faites sur mesure. Drew prit conscience, avec colère, que son manteau était en poil de chameau, du même tissu que celui qu'il portait ce samedi matin d'octobre 1960 quand il était venu au terrain de jeux de Boston où Drew ressassait la mort de ses parents et sa vie gâchée.

C'était de nouveau octobre. De nouveau Boston.

Drew serra les mâchoires.

– Oh, je suis persuadé que tu me tuerais, dit Ray. Ce que tu as fait à ma maison, ou plutôt ce que tes *amis* ont fait à ma maison, est on ne peut plus convaincant. Tu m'abattrais, oui. Mais nous faire sauter tous les deux ? Perdre ta vie avec la mienne ?

– Vous ne comprenez toujours pas, dit Drew d'une voix voilée.

Le minuteur poursuivait son tic tac. Drew y jeta un coup d'œil. Moins de sept minutes.

– Vous devriez vous demander *pourquoi* je voudrais vivre. Donnez-moi une raison.

Ray fronça les sourcils, troublé.

– Mais c'est évident. Tout le monde veut vivre.

– Pourquoi ? Pourquoi pensez-vous que je suis entré dans ce monastère ? Depuis l'âge de dix ans, j'ai détesté ma vie. Le dernier moment de bonheur que j'aie connu était la seconde qui a précédé l'instant où j'ai vu mes parents déchiquetés par l'explosion. Après, il n'y a plus eu que du désespoir.

– Mais tu as fait payer ce qui leur était arrivé. Je t'ai aidé à les venger !

– Aussi sûr qu'il y a un enfer, ça ne m'a pas apporté la paix. Il y avait toujours un autre terroriste à tuer, un autre fanatique à punir. Mais d'autres apparaissaient pour prendre leur place. Il n'y aurait jamais eu de fin. Et qu'ai-je accompli ?

Ray parut déconcerté. Le minuteur tictaquait toujours. Il déglutit avec difficulté.

– Je pensais avoir raison de venger mes parents. Les terroristes pensent avoir raison d'attaquer les gouvernements qu'ils estiment corrompus. Combien de raisons justes peut-il y avoir, Ray ? Au nom de ce que je pensais être juste, j'ai fait la même chose que ce pour quoi je les condamnais. J'ai assassiné des innocents. Je suis devenu l'ennemi que je pourchassais.

– Le minuteur, dit Ray.

– Nous y viendrons. Détendez-vous. Pour l'instant, je veux vous expliquer pourquoi je suis entré au monastère. Je suis sûr que vous êtes curieux de le savoir. Dès que je me suis rendu compte de ce que j'étais devenu, j'ai voulu quitter le monde et ses horreurs, laisser la démence se poursuivre sans moi. Laisser le monde se détruire, je n'en avais cure. Le monastère m'avait donné un refuge, mais vous l'avez détruit. Vous m'avez forcé à retrouver l'horreur. Et ça, je ne peux pas vous le pardonner.

Six minutes.

– Je suis un pécheur, Ray. Mais vous l'êtes aussi. Vous avez fait de moi ce que je suis.

– Une seconde, je te prie. Personne ne t'a forcé. Tu *voulais* mon aide !

Vous m'avez manipulé pour me faire entrer à Scalpel. Vous savez ce que je pense ? Parfois, au plus noir de mon esprit, je pense que c'est *vous* qui avez ordonné la mort de mes parents.

– J'aimais tes parents.

– C'est ce que vous dites. Mais n'est-il pas intéressant de voir combien de raisons différentes il pouvait y avoir à leur mort ? Un Japonais fanatique aurait pu décider de les faire sauter à titre de vengeance pour les bombes atomiques que nous avons lâchées sur le Japon, pour nous montrer à quel point on ne voulait pas de nous. Les Soviétiques auraient pu le faire pour accroître la tension entre le Japon et l'Amérique, pour compromettre le nouveau traité de défense et maintenir les États-Unis à l'écart de l'Asie du Sud-Est. Ou encore quelqu'un comme vous pouvait avoir eu l'idée brillante de faire sauter mes parents et d'en rejeter la responsabilité sur les Japonais pour les embarrasser et les inciter à mettre fin à leurs manifestations.

– Ce n'est pas vrai ! Jamais je... !

– Quelqu'un, pour l'une de ces raisons tortueuses, l'a fait ! Peut-être n'était-ce pas vous. Mais ça ne vous dérangeait pas de me faire tuer cet enfant et ses parents en France. Pour moi, vous n'êtes pas différent du salaud sûr de son bon droit qui a tué mes parents. Si je suis un pécheur, *vous êtes* un pécheur. Et je pense qu'il est temps d'expier nos péchés, vous ne croyez pas ?

Ray lança un nouveau regard au minuteur. Moins de cinq minutes, maintenant.

– Drew, pour l'amour de Dieu...

– Oui, vous avez raison. Vous commencez à comprendre. Pour l'amour de Dieu.

Soudain épuisé, Drew se sentit trembler. Le yacht continuait à s'enfoncer en grondant dans l'obscurité de la baie. Derrière eux, le brasier de la maison s'était réduit à une lueur rougeoyante.

– Vous ne croyez pas que je me ferais sauter avec vous ? Dans mon état d'esprit présent, je ne vois pas une seule raison de ne pas le faire.

– Non, dit Ray, une lueur soudaine d'espoir dans les yeux. Tu ne peux pas le faire. Tu n'oserais pas. Ce serait un suicide. Tu condamnerais automatiquement ton âme à l'enfer.

– Bien sûr. Mais je mérite d'aller en enfer. Et vous aussi, sans aucun doute. A cause des meurtres du monastère. A cause de Janus et des attaques contre l'Eglise.

– Mais, une seconde, Drew. Il n'y a pas vraiment d'enfer. Qu'est-ce que tu racontes?

Drew se sentait de plus en plus épuisé. Il arrivait à peine à écouter.

– Il n'y a pas de Dieu, Drew. Tu as l'esprit embrumé par la superstition. Arrête ce minuteur, s'il te plaît. Et parlons.

– Nous sommes en train de parler. Pas de Dieu? Pas d'enfer? Vous êtes prêt à parier, Ray? Que pensez-vous que nous allons trouver?

– *Non!*

– Dommage, parce que je suis d'humeur à parier. Mais je dois être honnête. Vous avez raison, je n'ai pas l'intention de me suicider.

– Alors tu vas arrêter ce minuteur?

– Non. J'ai une autre idée. Une épreuve. Juste avant que le yacht explose, nous allons sauter par-dessus bord.

– Nous sommes à des kilomètres de la côte! Cette eau est glacée! Nous ne pourrions jamais nager jusqu'à...

– Peut-être. C'est ce que j'entends par parier. Il y avait une époque, au Moyen Age, où on mettait les gens dans l'eau glacée pour savoir s'ils étaient des pécheurs. On obligeait une personne à y rester des heures, et elle passait l'épreuve si Dieu lui permettait de survivre. Je pense que si nous mourons dans l'eau, c'est que Dieu n'était pas content de nous. Mais ce n'est pas un suicide, parce que c'est Dieu qui décide. S'Il nous permet de survivre, s'Il nous laisse regagner la côte, ce sera un signe qu'Il n'est pas en colère contre nous. C'est qu'Il nous donnera une chance de sauver notre âme.

Ray se mit à trembler.

– Tu es devenu fou.

Il regarda fixement l'eau noire et froide, puis le minuteur. Presque trois minutes.

– Que veux-tu savoir? Arrête le minuteur...!

Braquant le Mauser, Drew secoua la tête.

– Tout dépend de ce que vous avez à me dire. Je vais même me montrer généreux et vous aider à commencer. Scalpel, Ray. En 1980, parce que vous aviez excédé votre mandat, parce que le programme commençait à échapper dangereusement à tout contrôle, vous avez été obligé de démissionner de vos charges officielles. Scalpel a été dissous. Alors vous avez fondé la Risk Analysis Corporation.

– Comment as-tu appris...?

Ray jeta un nouveau regard au minuteur.

– Très bien, oui, un service de renseignements privé.

Drew explosa.

– Un service d'assassinat privé.

– Nous travaillons pour les grandes compagnies, quelquefois pour d'autres réseaux de renseignements. Nous avons aidé les rebelles à s'organiser au Nicaragua, par exemple. De cette façon, il y a moins de critique contre l'ingérence des États-Unis dans les gouvernements étrangers. Comme la CIA n'y est pas officiellement impliquée, le Congrès ne peut pas se plaindre, mais on peut quand même combattre les communistes dans...

– Peu m'importe le Nicaragua! Janus, venez-en à Janus!

Ray lâcha la barre d'une main pour esquisser un geste d'impatience.

– Donne-moi le temps! Je suis...!

Le doigt de Drew se serra sur la détente du Mauser.

– Reposez cette main sur la roue, ou vous ne serez pas vivant quand la bombe explosera.

Ray reprit la barre à deux mains. Ses yeux se tournèrent vers le minuteur tictaquant. Deux minutes quarante-cinq secondes.

– Janus, répéta Drew. *Pourquoi ?*

La poitrine de Ray se souleva.

– Nous avons un autre contrat en Iran. Éliminer l'ayatollah.

– Ouais, fit Drew avec un sourire amer. Notre vieil ami l'ayatollah. N'est-ce pas étonnant de voir comment les choses nous ramènent à lui ? Avec qui avez-vous passé ce contrat ?

– Je ne l'ai jamais su. Un négociateur indépendant est venu nous trouver avec une offre. Mais j'ai toujours présumé que c'était l'Irak.

Ray devenait de plus en plus nerveux à mesure que le minuteur égrenait son tic tac.

– Qu'importent ceux qui ont loué nos services ! J'ai accepté le contrat avec plaisir. L'ayatollah est un fou. Il faut faire quelque chose pour s'en débarrasser.

Deux minutes vingt secondes.

– Vous feriez bien de vous presser, Ray.

– Nous n'avons jamais pu l'approcher. Cinq tentatives. Quoi que nous fassions, il semblait toujours avoir été prévenu. Alors nous avons essayé une autre tactique. Oh, je t'en prie, arrête ce... Nous voulions obliger l'Occident à se dire qu'il était tellement fou qu'il fallait l'arrêter. Quelque chose de si monstrueux que les États-Unis et l'Europe appuieraient l'Irak contre lui.

– Janus. Et Janus ?

Le minuteur cliquetait toujours.

– Tu avais saboté l'exécution de l'ayatollah. Tu étais apparemment devenu un mercenaire, il semblait que tu t'étais laissé acheter par lui. Même si ce n'était pas le cas, tu étais devenu trop instable pour qu'on puisse te faire confiance avec tout ce que tu savais. Ce n'est pas de gaieté de cœur que...

– Mais vous avez essayé de me faire tuer.

– Essayé ? J'étais certain que tu étais mort. Plus tard, après la formation de la Risk Analysis, une fois que nous avons eu ce contrat pour éliminer l'ayatollah, j'ai trouvé un moyen de t'utiliser, même mort.

Une minute quarante secondes.

Ray frissonna.

– J'ai inventé Janus. L'homme aux deux visages. Toi. Le renégat qui travaillait pour l'ayatollah. Comme tu n'existais plus, les autorités pourchasseraient un fantôme. Pour les mettre sur la piste, je me suis servi de Mike en le faisant apparaître de temps à autre. Rien de dangereux. Une photographie floue prise près du lieu d'une exécution. Une conversation avec un réceptionniste d'hôtel qui se souviendrait de lui par la suite quand les autorités poseraient des questions à propos d'éventuels étrangers apparus dans le voisinage. Une fois que nous avons établi l'existence de Janus, Mike a disparu du circuit. Il a pris un peu de poids et changé de coupe de cheveux. Il a continué à fuir toute compagnie, mais il gardait un emploi du temps régulier. Il avait des alibis. Personne n'aurait pu établir un lien avec Janus. Et ce sont mes hommes qui se sont chargés des vraies opérations. Drew, le minuteur !

– Des opérations contre l'Église catholique ?

Drew brûlait d'une telle indignation qu'il avait envie d'écraser la crosse de son pistolet sur le visage de son oncle.

– *Vous avez tué des prêtres pour créer un écran de fumée ?*

– Une guerre sainte. Il fallait donner l'impression que l'ayatollah menait un *Djihâd* contre les païens, contre l'Église. Il est assez fanatique pour le faire. Une nouvelle croisade, mais à l'envers. Et pas au Moyen-Orient, cette fois, mais en Europe.

Cinquante-cinq secondes.

– Arrête-le !

Drew posa un doigt sur le bouton du cadran.

– Et vous auriez publié des preuves de ce que l'ayatollah était censé faire. L'Ouest indigné aurait réagi pour le mettre hors d'état de nuire. Quand la poussière serait tombée, l'Irak aurait gagné ce qu'il voulait.

– Le *monde* aurait gagné ! Je me moque de l'argent. Ce que j'ai fait était nécessaire !

Drew répéta le mot, qu'il cracha presque avec mépris.

– *Nécessaire ?*

– Oui ! Maintenant, arrête-le !

Mais Drew se contenta de hausser les épaules et de laisser le minuteur égrener ses dernières secondes. Il sourit.

– Au revoir, oncle Ray.

Ray haleta.

– Non ! Attends ! Tu vas vraiment le faire ?

– Vous feriez bien de commencer à croire en Dieu. Si j'étais vous, je ferais un acte de contrition. Vous vous rappelez les paroles ? Mon Dieu, j'ai un très grand regret...

Avec un hurlement, Ray s'élança vers la proue. Une vague souleva le yacht, ajoutant de la force à son élan. Il passa par-dessus bord et plongea dans l'obscurité.

Le minuteur s'arrêta. Un vent froid cingla Drew au visage. Les vagues qui se brisaient contre la coque l'enveloppaient d'une brume glacée. Il arrêta le moteur, et la nuit devint silencieuse – à part le sifflement du vent et le clapotis des vagues contre la coque. Il prit sur le tableau de bord une torche électrique gainée de caoutchouc et se dirigea vers la proue pour se pencher vers Ray, qui s'efforçait de surnager dans l'eau agitée.

Paniqué, Ray plissa les yeux sous l'éclat de la torche.

– Si j'étais vous, j'enlèverais mon manteau, dit Drew. Il va vous entraîner au fond.

– La bombe, fit Ray en barbotant.

– Une négligence. J'avais oublié de relier le minuteur au détonateur. Comme je vous l'ai dit, je n'avais pas l'intention de me suicider.

– Espèce de salaud !

– Là, prenez cette bouée.

Drew lança une brassière de sauvetage. Ray s'y accrocha, recrachant de l'eau.

– J'ai froid, dit-il d'une voix chevrotante. Si froid. Tu ne peux pas imaginer.

Drew l'observa.

– S'il te plaît. Tire-moi à bord.

– Désolé. Je vous ai lancé le gilet de sauvetage pour vous éviter de vous noyer. Ça ne veut pas dire que je ne vous laisserai pas mourir de froid. La noyade est trop rapide, et on dit même que c'est agréable. Mais de cette façon...

– Espèce d'ordure, j'ai fait ce que tu m'avais demandé ! Je t'ai dit ce que tu voulais savoir !

Le visage de Ray était d'une blancheur inquiétante, et ses dents claquaient.

– *Je t'en prie !*

– Mais vous ne m'avez pas tout dit. Ces prêtres que Janus a assassinés, comment avez-vous pu vous résoudre à ordonner leur exécution ? Comment avez-vous pu penser qu'un bien quelconque pourrait résulter du meurtre de prêtres innocents ?

– Si ces prêtres avaient une foi solide, ils sont allés au paradis, répondit Ray d'une voix chevrotante tout en battant des bras. C'étaient des martyrs. Ils ont donné leur vie pour arrêter l'ayatollah. *N'importe quoi* peut se justifier pour l'arrêter.

– Vous prétendez que ces prêtres sont allés au paradis ? Mais il y a un moment, vous affirmiez que vous ne croyez pas à une vie après la mort. Vous êtes prêt à dire n'importe quoi, à faire n'importe quoi, pour ce que vous pensez être juste.

Drew marqua une pause, et une certitude envahit son âme.

– C'est vous qui avez tué mes parents. Au nom d'un principe.

Une bile amère lui monta à la gorge. Il craignit d'être pris de nausée.

– Ce n'est pas vrai ! S'il te plaît... c'est si froid. Sors moi d'ici !

– Nous verrons. Tout dépend de vos réponses à mes autres questions. Je déciderai ensuite que faire de vous. Le monastère. Il faut que vous me parliez de l'opération contre le monastère. Comment avez-vous découvert que je n'étais pas mort ? Comment avez-vous appris où j'étais ?

Bien que Drew eût une idée de la réponse, et que celle-ci lui donnât envie de vomir, il lui fallait une certitude.

– Jake...

Une vague s'engouffra dans la bouche ouverte de Ray, qui se mit à tousser et cracher.

– Dites-moi ? Que lui est-il arrivé ?

Claquant des dents, le visage bleu de froid, Ray continuait à se débattre dans l'eau noire et glaciale.

– Je l'ai surpris en train d'enquêter à propos de Janus. Mes hommes l'ont ramassé. Il a confessé sous amytal qu'il ne t'avait pas tué. Il m'a parlé du monastère.

– Vous l'avez fait tuer ?

– Il en savait trop. On ne pouvait pas lui faire confiance. Il fallait le faire.

– Non! hurla Drew dans un cri de douleur, frissonnant d'écœurement.

Comment pourrait-il le dire à Arlene?

– Mes bras, fit Ray, qui s'enfonça puis remonta à la surface. Des crampes. Aide-moi. Le froid... Au nom du... s'il te plaît! Si froid!

Jake était mort? Depuis le début, Drew avait conscience de cette possibilité. Il croyait s'être préparé à l'accepter, mais il se sentait si abasourdi qu'il entendit à peine Ray l'implorer. Une vague qui se brisa contre le yacht lui fouetta le visage de ses embruns, le ramenant brusquement à la réalité.

Ray s'enfonça de nouveau sous l'eau.

Le désir de vengeance, insistant, disait à Drew que ce serait une satisfaction de laisser Ray mourir. Et pourtant, la mort de Ray ne ramènerait pas Jake.

Ray ne remontait pas à la surface. Soudain tendu, Drew comprit. Dieu le mettait à l'épreuve. Et la conséquence serait définitive. Je ne peux pas compter sur la miséricorde de Dieu si je ne me montre pas miséricordieux moi-même.

Il tira frénétiquement sur la corde du gilet de sauvetage. Mais quand il remonta Ray à la surface, son corps était inerte et sa mâchoire inférieure pendait, de l'eau s'écoulant de sa bouche ouverte.

Non!

Drew s'arc-bouta sur la corde. Dans un effort désespéré, il hissa Ray par-dessus bord et s'affala avec lui sur le pont.

Ray gémit. Vivant!

Il faut que je le réchauffe!

Drew s'élança vers l'écoutille de l'entrepont

pour y chercher des couvertures, du thé chaud, des vêtements secs. Non! se dit-il, affolé. *Il faut que je le descende avec moi. Il fait trop froid, ici. Les embruns vont imprégner les couvertures d'humidité!*

Il fit volte-face, revenant vers Ray.

Et plongea vers le pont, pris sous le feu de son oncle.

La main de Ray tremblait, glacée par son bain prolongé. La balle manqua Drew et alla frapper la cabine. Drew saisit son pistolet à deux mains, jurant tout en ajustant sa cible.

Il tira à trois reprises, au visage.

Et hurla. De rage, de frustration, presque de désespoir. Trop de morts. Partout. Mais cette fois, il avait essayé de l'éviter.

Insensée. Inutile.

Et le pire, c'était ce qui l'attendait. Il lui faudrait annoncer à Arlene que son frère était mort. Il savait ce que le père Stanislas allait exiger de lui, à présent. Ses épreuves n'étaient pas terminées.

Les vagues lui projetaient des embruns glacés au visage. L'obscurité se resserrait autour de lui.

22

Le Dieu des commencements.

Drew se tenait immobile dans le cimetière de Boston, une fois de plus en contemplation devant les tombes de ses parents, un rite qu'il n'avait pu observer depuis qu'il avait quitté le monastère. Robert et Susan MacLane. Leurs dates de naissance étaient différentes, la date de leur mort était la même. 25 juin 1960. Avec un tressaillement, il se rappela les lambeaux du corps de son père jonchant le jardin japonais. Et les tessons du verre brisé saillant des joues de sa mère.

En mon commencement est ma fin.

C'était le lendemain de la mort d'oncle Ray. Tout en récitant la prière des morts, Drew avait poussé le corps par-dessus bord. Puis il avait conduit le yacht vers le sud en longeant la côte et avait fini par accoster à un appontement privé où, après avoir essuyé ses empreintes, il avait laissé le yacht s'éloigner à la dérive. Dans la nuit, il avait regagné Boston.

Le soleil se couchait de nouveau. Tandis que le crépuscule l'enveloppait, son regard demeurait fixé sur les noms gravés dans la pierre que l'ombre noyait peu à peu. Une brise froide l'ébouriffait.

Une silhouette s'approcha, sans chercher à se dissimuler. Dans l'ombre grandissante, Drew ne put la reconnaître tout d'abord, mais le fait que l'inconnu prenait soin de se laisser voir apaisa ses craintes. Il distingua enfin une bande blanche qui se détachait sur un costume noir. Une écharpe soutenant un bras blessé. Le père Stanislas.

Le prêtre vint à son côté.

– Je ne vous dérange pas ? demanda-t-il d'un ton respectueux. Sinon, je peux vous attendre dans ma voiture.

– Non. Vous pouvez rester si vous le voulez. La compagnie ne me dérange pas. Mais comment avez-vous su que j'étais ici ?

– Je suppose que je pourrais prétendre vous comprendre assez bien pour prévoir votre comportement. En vérité, quand vous vous êtes réveillé à l'hôtel particulier cet après-midi, vous avez dit à Arlene où vous alliez. J'espère que vous ne penserez pas qu'elle a abusé de votre confiance en me le disant.

– Pas du tout. Je fais confiance à son jugement.

– C'est paisible, ici.

– Oui, paisible.

Drew attendit que le prêtre exprimât ses pensées.

– A notre première rencontre, dit le père Stanislas d'une voix résonnante, vous m'avez posé une question à propos de ma bague. Je vous avais dit qu'un jour, quand nous nous connaîtrions mieux, je vous expliquerais.

– La confrérie de la pierre? fit Drew, dont l'intérêt s'était éveillé.

– Oui.

Même dans l'ombre, le rubis était d'une couleur si riche qu'un feu subtil semblait luire à l'intérieur de la pierre. Le père Stanislas en frotta le motif, l'épée et la croix superposées.

– C'est une copie d'une bague qui remonte au temps des croisades. Elle a une valeur historique. Avez-vous étudié l'histoire?

– Vous avez toute mon attention, si c'est ce que vous voulez savoir.

Le père Stanislas gloussa.

– La Palestine, dit-il. 1192, la troisième croisade. Avec la bénédiction du pape, des armées françaises et anglaises avaient envahi la Terre Sainte pour la reprendre aux musulmans, aux païens. Mais après le siège victorieux d'Acre, il s'est produit une scission entre les forces françaises et anglaises. Les Anglais revendiquaient un territoire considérable en France, voyez-vous; le roi français, Philippe, avait décidé de saisir cette occasion de s'assurer un avantage en repartant pour la France avec son armée. Il avait l'intention de reprendre le contrôle de ces régions contestées pendant que le roi anglais, Richard, poursuivrait la croisade en Terre Sainte avec son armée.

– Politique, fit Drew avec mépris.

– Mais habile. Et un bienfait en a résulté. Avant que les Français repartent pour l'Europe, leurs officiers de renseignements ont eu une entrevue avec leurs homologues anglais. Malgré leurs différends politiques, les Français ont eu un geste de fraternité professionnelle en proposant une solution à un danger croissant que les Anglais allaient devoir désormais affronter seuls. Les assassins.

– Oui, les premiers du genre. Ce sont eux qui sont à l'origine du terrorisme.

– Les croisés étaient effectivement terrorisés. En tant que chevaliers, ils étaient accoutumés à un code d'honneur dans le combat, une lutte ouverte, face à face. Ils n'avaient aucune expérience d'ennemis qui jugeaient tout aussi noble d'attaquer sous le couvert de la nuit, de se glisser dans la tente d'un adversaire et de le tuer pendant son sommeil alors qu'il était désarmé et impuissant. Les assassins prenaient un plaisir particulier à décapiter le croisé ainsi tué et à poser sa tête sur l'autel où la messe devait être célébrée le lendemain matin. Une telle barbarie donnait aux croisés le sentiment que le monde se désaxait.

– L'objectif du terrorisme.

– Précisément. Tuer pour démoraliser. Mais les officiers de renseignements français, avant de quitter la Terre Sainte, ont proposé une solution. Combattre le feu par le feu. Utiliser des assassins pour lutter contre les assassins. Les démoraliser comme eux-mêmes avaient été démoralisés. Cette proposition a soulevé de sérieuses objections du côté anglais. « S'abaisser au niveau de nos ennemis ? Jamais. » Mais les Anglais ont fini par accepter. Parce que l'assassin chrétien ne serait pas l'un des leurs, mais un ancien musulman. Un Palestinien qui s'était converti à la seule vrai foi, le catholicisme. Un moine du monastère bénédictin de Monte Cassino, en Italie.

« Ce moine, de par son héritage, connaissait les traditions des assassins. Et parce qu'il était de leur race, il pouvait se fondre aisément parmi eux. Assassin attaquant les assassins, il allait combattre la terreur par la terreur. Mais cette terreur-là serait différente. Avec la bénédiction du pape, cet assassin en croisade tuerait au nom de Dieu. La terreur qu'il répandrait serait sainte.

Drew écoutait, de plus en plus accablé; il avait l'impression que l'obscurité l'étouffait.

– Le moine s'appelait dans l'Église père Jérôme. Son nom musulman n'a jamais été vérifié, mais la légende affirme qu'il s'appelait Hassan ibn al-Sabbah, par une divine coïncidence le même nom que le fondateur des premiers assassins musulmans. Je tiens cette légende pour apocryphe, mais il n'y a aucun doute quant à la mission qu'il a accomplie. Il a effectivement semé la terreur parmi les terroristes. Quand son action au service de Dieu a pris fin, au terme de la troisième croisade, il est retourné au monastère de Monte Cassino, où il a reçu les honneurs et la récompense qu'il méritait.

– Par « récompense », vous entendez la bague?

– Non, cela est venu plus tard. En fait, elle a d'abord été donnée à quelqu'un d'autre, bien qu'en temps utile elle fût aussi donnée au père Jérôme.

Drew sentait l'air froid de la nuit lui mordre le visage.

– Si vous comptez que je vais jouer à *Vingt Questions*...

– Excusez-moi de me montrer énigmatique.

L'histoire est compliquée. A la fin de la troisième croisade, le roi anglais Richard – surnommé Cœur de Lion – avait entrepris de regagner l'Angleterre. L'une des raisons qui l'avaient décidé à interrompre la croisade était qu'il avait conscience d'avoir commis une erreur en laissant les Français repartir avant lui. Le roi français, Philippe Auguste, avait négocié un marché perfide avec le remplaçant provisoire de Richard, son frère Jean sans Terre. Le marché visait à régler le différend concernant les territoires anglais en France. Jean acceptait de renoncer aux prétentions de l'Angleterre sur ces terres. Philippe, de son côté, soutiendrait les prétentions de Jean au trône d'Angleterre – contre le droit légitime de Richard.

– Alors Richard a décidé qu'il ferait mieux de rentrer chez lui, dit Drew.

– Mais il en a été empêché. Alors qu'il traversait l'Europe à son retour de la Terre Sainte, il a été capturé par les Autrichiens, qui exigeaient une rançon. Le problème était : comment la payer ? Le frère de Richard, Jean, ne voulait pas que son frère fût libéré et faisait tout ce qu'il pouvait pour empêcher la rançon d'être réunie. Il envoyait des agents qui prétendaient agir au nom de Richard pour recueillir les objets de valeur destinés à faire partie de la rançon. Mais ces objets de valeur allaient rejoindre le trésor personnel de Jean pendant que Richard continuait à moisir en captivité. Enfin, en désespoir de cause, Richard a trouvé un moyen de garantir à ses sujets l'authenticité de ses collecteurs pour qu'ils puissent les distinguer de ceux qu'envoyait Jean.

– La bague ? C'est cela ?

– Oui, la bague. Presque identique à celle que je porte, dit le père Stanislas en frottant de nouveau le motif gravé sur la pierre. Richard a remis sa bague à un homme de confiance. Ses sujets avaient appris à identifier la bague avec leur roi; en la montrant, l'homme pouvait prouver que les objets de valeur qu'il recueillait aideraient Richard à sortir de prison et n'iraient pas grossir le trésor de Jean.

Drew secoua la tête.

– Cette tactique vous semble présenter un problème? demanda le père Stanislas.

– Pour empêcher son frère de réussir, il suffisait à Jean de faire réaliser une copie de la bague par un joaillier.

– Jean était mentalement limité, il n'y a jamais pensé. Si l'idée lui en était venue, il se serait peut-être assuré le trône. Au lieu de quoi, grâce à la bague, l'homme de confiance a recueilli la rançon et Richard, libéré, est rentré en Angleterre pour écraser son frère. *Grâce à sa bague.* Avec une légère distinction, *cette* bague. Elle avait une importance. C'était un mot de passe. Elle possédait un pouvoir.

Le malaise de Drew grandissait; il percevait dans cette histoire un sous-entendu inquiétant.

– Richard a refusé de reconnaître l'accord passé par Jean avec les Français, et il est reparti avec son armée pour le continent afin de récupérer ses territoires. Là, l'un de ses nouveaux sujets, un paysan français, l'a vu un jour marcher hors des murs d'un château et l'a abattu d'une flèche à l'épaule. La blessure n'aurait pas dû être mortelle, mais les soins ont laissé à désirer. Richard mourant a insisté pour qu'on fasse venir devant lui son assaillant. « Pourquoi m'as-tu tué? » lui a-t-il demandé. « Parce que vous auriez violé ma femme et affamé mes enfants », a répondu le paysan. « Mes sujets m'aiment, a objecté Richard. Tout ce que je voulais c'était le territoire. Je vous aurais laissés vivre en paix. » Mais le paysan a rétorqué : « Non, votre frère nous aurait laissés vivre en paix. » Et Richard, comprenant comment cet homme simple avait été utilisé par ses ennemis, a dit : « Que Dieu te vienne en aide. Tu ne sais pas ce que tu as fait. Je te pardonne. Laissez cet homme en liberté. » On dit que le prêtre qui se trouvait près du lit de mort de Richard a exhorté ce dernier au repentir et à la réparation de ses péchés, mais que Richard l'a chassé et est mort sans le bénéfice des sacrements.

– Et le paysan ? demanda Drew. L'a-t-on laissé en liberté ?

Dans l'obscurité, le père Stanislas se rapprocha de Drew.

– C'est le fond de mon histoire. Après la mort de Richard, ses compagnons furieux ont débattu de la suite à donner au dernier souhait de leur roi. Ils voulaient soumettre le paysan à la question pour savoir si quelqu'un d'autre était impliqué dans l'assassinat. Mais avant qu'ils le fassent, un prêtre est allé confesser le paysan et ce dernier est mort peu après le départ de son confesseur. Il semble qu'il se soit suicidé en avalant du poison, bien qu'on n'ait jamais pu découvrir comment il se l'était procuré.

– Le prêtre ?

– Vous aiderais-je en vous disant que le prêtre qui a confessé le paysan était celui-là même dont les soins n'avaient pu sauver la vie de Richard ?

Drew ressentit un picotement dans la moelle épinière.

– C'était le père Jérôme ?

– Non. Ses traits levantins l'auraient trahi. Mais le prêtre avait été formé par le père Jérôme.

– Et pourquoi a-t-il tué...

– Pour empêcher le paysan de révéler que le roi

Philippe l'avait engagé. Seul un prêtre ne pouvait être soupçonné d'avoir réduit au silence le meurtrier de Richard. De cette manière, une guerre franco-anglaise a pu être évitée.

– Ce n'est pas ce que je voulais dire. Pourquoi un prêtre ? Pourquoi le père Jérôme s'est-il laissé entraîner dans cette affaire ?

– En échange de ses services – et de ceux de son assistant – le père Jérôme a reçu une portion des territoires anglais en France pour le bénéfice de l'Eglise à laquelle il s'était converti.

Drew se sentait écœuré.

– Et l'Église était d'accord ?

– Ni l'Eglise, ni le pape et ses proches n'étaient au courant. Ils ne l'ont jamais su. La confrérie de la pierre est un ordre qui a son siège sur la côte française de l'Atlantique, dans l'une des régions autrefois revendiquées par l'Angleterre. Son symbole est cette bague. L'épée et la croix superposées.

– Religion et violence ? fit Drew, atterré.

– Le symbole d'un guerrier de Dieu. La terreur sainte. Au fil des ans, obéissant à l'exemple du père Jérôme, la confrérie est intervenue pour défendre l'Eglise chaque fois qu'elle était menacée par le monde profane. Des soldats du Christ. L'Eglise militante. Nous combattons Satan par les tactiques de Satan. Au temps de Richard, et plus encore aujourd'hui.

Comme la nuit précédente, à la mort de Ray, Drew eut envie de vomir. La révélation le mit sur ses gardes. Le prêtre lui disait des choses qu'il n'aurait pas dû savoir.

– Les trois hommes qui vous ont aidé hier soir sont des membres de la confrérie, vous avez remarqué leurs bagues. Je dois souligner que notre ordre est distinct des membres de l'Opus Dei qui nous sont venus en aide. L'Opus Dei est le service de renseignements de l'Eglise. Nous sommes...

– Les assassins de l'Église, fit Drew, indigné. Sauf que l'Église ne le sait pas.

– Mais nous avons cependant l'approbation de l'Église.

– Ça n'a pas de sens. L'approbation? Comment, si l'Église n'est pas au courant?

– Par tradition. Tout comme chaque pape hérite le mandat donné par le Christ à Pierre, nous héritons l'absolution donnée au père Jérôme par le pape à l'époque de la troisième croisade. Un pape est infaillible. S'il était justifiable de tuer pour l'Église à cette époque, il doit être également justifiable de tuer pour l'Eglise en d'autres temps.

– Je ne veux pas en entendre plus.

– Mais je pensais que vous trouveriez cela intéressant, dit le père Stanislas en frottant sa bague. Après tout, c'est vous qui avez demandé une explication. Étant donné votre réaction, vous comprenez maintenant pourquoi j'ai attendu.

– Que nous nous connaissions mieux.

– Oui.

Dans l'obscurité grandissante, le cimetière était silencieux. Drew devina ce qui allait suivre.

– Joignez-vous à nous, dit le père Stanislas.

Malgré sa prémonition, Drew n'avait pu se préparer. Il réagit instinctivement, avec dégoût.

– Pour devenir un assassin au nom de Dieu?

– Dans une certaine mesure, vous l'êtes déjà. Depuis que vous avez quitté le monastère, vous avez tué plusieurs hommes. Pour protéger l'Église.

– J'avais d'autres raisons.

– Lesquelles? Rester en vie? Rendre la pareille à ceux qui vous attaquaient? Vous êtes un homme complexe. Ces raisons ne sont pas suffisantes. En tant que chartreux qui a été autrefois un assassin pour de mauvaises raisons, vous pourriez maintenant mettre vos talents au service de raisons *justes*. Pour protéger le Saint-Siège. Pour défendre la mission du Christ sur la terre.

– Pour défendre la mission du Christ? éclata Drew, incapable de contenir plus longtemps sa colère. Peut-être ai-je lu un évangile différent du vôtre. Le Christ n'a-t-il pas parlé de tendre l'autre joue, des pacifiques qui hériteront la terre?

– Mais c'était avant sa crucifixion. Le monde, mon ami, est un lieu d'abomination. Sans la confrérie, l'Église aurait succombé depuis longtemps. L'Histoire, qui est le recueil de la volonté de Dieu, a justifié notre cause.

– Je passe, dit Drew.

– Mais vous ne le pouvez pas.

– Tuer? Je ne veux plus en entendre parler. Ce que je veux, c'est la paix.

– Mais dans ce monde, la paix n'est pas possible. Ce n'est qu'une longue lutte acharnée, jusqu'au Jugement dernier.

– Vous vous trompez. Mais je prierai pour votre âme.

Le père Stanislas inspira profondément.

– Trois fois je vous ai sauvé la vie.

– Je le sais. J'ai promis de faire n'importe quoi pour vous sauver la vie en retour.

– Vous avez mauvais souvenir. Hier soir, vous m'avez promis de m'obliger en nature. Vous vous rappelez comment j'ai formulé ma demande? *En nature*! Et je vous demande à présent de remplir votre promesse. De tenir parole. Joignez-vous à nous. Pas pour sauver ma vie, pour sauver la vie de l'Église. Mettez vos talents au service du Seigneur.

– Je me demande de quel Seigneur il s'agit? repartit Drew d'un ton amer.

– Dieu. Je vous demande de servir Dieu!

– Mais combien de dieux peut-il y avoir? L'ayatollah pense que son Dieu est le seul et unique. Les hindous pensent que c'est le leur. Les bouddhistes, les juifs, les musulmans, les catholiques, les protestants, les aborigènes qui vénèrent la lune. On peut dire que Dieu a du succès. Et qu'il semble exiger des tas de meurtres. Combien de millions sont morts pour Lui? Vous avez dit que l'Histoire était le recueil de la volonté de Dieu? Pour moi, c'est une suite ininterrompue de guerres saintes. Et chaque adversaire était absolument certain d'avoir raison! Chacun était totalement persuadé de sauver son âme s'il mourait pour sa foi! Alors combien de causes justes peut-il avoir? Combien de paradis? La nuit dernière, oncle Ray m'a dit que pour faire obstacle à l'ayatollah, il trouvait justifié de faire croire que l'ayatollah s'attaquait à l'Église catholique. Les prêtres qui étaient morts, selon lui, seraient sauvés en raison de leur sacrifice inconscient. Ray ne croyait même pas en Dieu, mais il s'est pourtant servi de la religion pour justifier ses actes. C'est de la démence. La religion? Sauvez-nous des péchés que nous commettons au nom de la religion.

Le père Stanislas frissonna.

– Alors vous défendez l'ayatollah?

– Pas plus que je ne vous défends. Ni Ray. Tuer pour se défendre, je peux le comprendre. Je l'ai fait moi-même depuis deux semaines. Mais tuer au nom d'un principe? C'est inexcusable.

– Alors nous sommes d'accord.

Drew sentit son cœur battre à grands coups.

– Comment pouvez-vous dire cela?

– Parce que nous protégeons l'Église. C'est simplement de l'autodéfense.

– L'Église ne devrait pas avoir besoin d'être protégée. Si Dieu la soutient – ou n'importe quelle autre religion – Il fera en sorte qu'elle survive. Sans violence. Il vous a envoyé une épreuve, et vous avez échoué. Je vous l'ai dit, je prierai pour votre âme.

Drew s'éloigna.

– Je n'ai pas encore fini ! dit le père Stanislas.

Drew poursuivit son chemin. Le père Stanislas lui emboîta le pas.

– Vous ne pouvez pas refuser mon offre !

– Je l'ai fait.

Dans l'ombre, les tombes se succédaient. Le père Stanislas continuait à le suivre.

– Il y a quelque chose que je ne vous ai pas dit.

– Ça n'y changera rien.

– Vous vous rappelez que je vous ai dit que cette bague était *presque* identique à celle de Richard ? Le rubis est le même. L'anneau d'or et la monture. Le symbole, l'épée et la croix superposées.

Drew dépassa un mausolée.

– Mais il y a une différence capitale, poursuivit le père Stanislas, derrière lui. La pierre bascule. Et sous la pierre, un petit compartiment contient une capsule. Le poison est instantané. Car s'il arrive qu'un membre de l'ordre soit capturé, il doit faire en sorte que personne de l'extérieur ne puisse nous menacer. Notre secret doit être préservé. Je ne connais pas d'autre cas qui puisse justifier le suicide. Vous comprenez certainement ce que je vous dis. Si nous sommes prêts à nous tuer pour protéger le secret de l'ordre, nous sommes prêts à recourir à d'autres extrémités.

Drew continuait à s'enfoncer dans l'ombre.

– Mon ami, si vous ne vous arrêtez pas immédiatement pour accepter de vous joindre à nous, je serai obligé de vous tuer. Aucune personne étrangère à l'ordre ne doit jamais rien savoir de nous.

Drew ne se retourna pas.

– Vous voulez que je vous facilite les choses? Je suis censé essayer de lutter pour que vous vous sentiez justifié? Rien à faire. Dans le dos – c'est comme ça qu'il vous faudra me tuer. Et vous me rendrez service. Parce que si je meurs en refusant votre proposition, j'aurai une bonne chance de sauver mon âme.

– Ne me forcez pas à le faire, insista le père Stanislas. Je me suis pris d'affection pour vous. J'ai même de l'admiration pour vous.

Drew ne s'arrêta pas.

– Votre choix est définitif?

Drew continua d'avancer, le regard fixé sur les tombes obscures.

– Très bien, fit le père Stanislas avec un soupir.

– Vous savez que je ne suis pas une menace pour vous. Je ne dirai jamais rien.

– Oh, certainement. Je n'en doute pas. Vous ne direz jamais rien.

Drew sentit un fourmillement glacé entre les omoplates, là où frapperait le couteau ou la balle. Autodéfense, songea-t-il. Ce n'est pas un péché de me protéger.

La toux d'un pistolet équipé d'un silencieux se fit entendre terriblement près derrière lui. Il plongea sur la droite et se jeta derrière un ange de mort en marbre, sortant son Mauser.

Au lieu d'un autre crachotement, il entendit gémir. Il se retourna et contourna l'ange dans l'autre sens, prenant le risque de s'exposer au tir du père Stanislas.

Il n'y avait pas de risque.

Le père Stanislas s'affaissa vers un tumulus et son pistolet fit feu, labourant l'herbe de la tombe avec une détonation étouffée. Le prêtre tomba sur l'herbe, la tête vers la pierre tombale. Il fut agité d'un tremblement, puis demeura immobile.

Drew, tendu, scruta l'obscurité.

Une ombre bougea. Il retint son souffle, accroupi.

L'ombre émergea de l'obscurité, s'approcha.

Jake.

ÉPILOGUE

« ET POUR VOTRE PÉNITENCE... »

LES ERRANTS

1

Une heure plus tard, Drew entra dans l'hôtel particulier de Beacon Hill.

– Allons-nous-en, dit-il à Arlene.

Elle parut surprise.

– Tout de suite?

– Notre travail est terminé. Il est plus prudent de ne pas rester en ville.

La femme qui avait soigné le père Stanislas demanda si le prêtre allait revenir.

– Non. Il a été appelé ailleurs d'urgence. Il m'a demandé de vous remercier de vos bons soins. Il remercie aussi vos amis et la personne qui nous a prêté cette maison. J'ai mis la voiture de sport dans le garage. Dieu soit avec vous.

Drew lui tendit les clefs de la voiture et celles de la maison.

– Et avec votre esprit.

– *Deo gratias.*

2

– Que se passe-t-il? demanda Arlene. Pourquoi cette précipitation?

Ils dépassèrent l'angle de la rue. Arlene s'immobilisa, déconcertée, en reconnaissant l'Oldsmobile parquée dans l'obscurité.

– Mais tu as dit que le père Stanislas avait été appelé ailleurs.

– Dans un sens définitif, c'est exact. Il est mort.

– Il est quoi ?

– Quelqu'un l'a abattu, dit Drew avec un geste en direction de l'Oldsmobile. Le corps est là-dedans.

– Abattu ?

– M'a sauvé la vie.

– Mais *qui* ?

Drew ouvrit la portière avant droite, et Jake sourit de toutes ses dents.

– Un bisou, petite sœur ?

Arlene éclata en sanglots.

3

Jake avait peu changé. Sa moustache était toujours aussi éclatante, ses cheveux épais, crépus et roux, son front haut et séduisant. Il portait des vêtements de plein air et des bottes de marche. Un sac de nylon était posé à côté de lui.

– Ils voulaient que ma mort ait l'air d'un accident... pour t'empêcher de poser des questions, petite sœur. J'étais censé faire une chute au cours d'une escalade. Ils avaient oublié que j'étais plutôt bon.

Il sourit.

– Ce sont les idiots qui étaient avec moi qui ont fait la chute, et j'ai fichu le camp.

– Tu aurais pu me le dire. Tu aurais pu te débrouiller pour m'envoyer un message et me faire savoir où tu étais, que je ne m'inquiète pas.

– Mais suppose qu'ils t'aient interrogée? S'ils t'avaient administré de l'amytal, que tu sois ma sœur ou pas, tu aurais été obligée de leur dire où j'étais, tout comme j'ai dû leur dire que Drew était encore vivant et qu'il se trouvait au monastère. Je ne pouvais pas courir le risque de te contacter. J'ai guetté des nouvelles d'une opération contre le monastère. Rien dans les journaux ni à la télévision. J'ai commencé à me demander si l'opération avait échoué, si Drew avait survécu. Je ne pouvais pas aller te voir, Arlene, mais je savais qu'il y avait un endroit où Drew irait s'il était quelque part dans la nature. Peut-être pas tout de suite, mais à un moment ou un autre. Là où je l'avais trouvé en 1979.

– Les tombes de mes parents.

– Et maintenant nous nous sommes retrouvés, dit Arlene.

Mais pour combien de temps? se demanda Drew.

4

Quittant Boston, ils repartirent à bord de l'Oldsmobile vers la Pennsylvanie, jusqu'à Bethlehem où Arlene avait laissé sa Firebird dans un garage. Les quatre cent cinquante kilomètres du voyage leur prirent la plus grande partie de la nuit. Ils s'arrêtèrent en route à la tombe de Stuart Little pour y enterrer le père Stanislas dans le froid et l'obscurité, sur la haute pente boisée.

Avant de recouvrir le corps, ils lui ôtèrent ses vêtements ecclésiastiques, une médaille de saint Christophe qu'il portait au cou, et sa bague. Comme il l'avait fait en laissant glisser le corps d'oncle Ray dans les eaux de la baie, Drew récita silencieusement la prière des morts. Peut-être Dieu est-il réellement miséricordieux, songea-t-il. Peut-être prend-Il en considération ceux qui Le vénèrent avec une ferveur excessive. Comme une pluie légère commençait à tomber – peut-être en signe de bénédiction – il s'éloigna.

Au garage de Bethlehem, à quatre heures du matin, Arlene réveilla le gardien ensommeillé, reprit sa Firebird, et suivit l'Oldsmobile que Drew conduisit jusqu'à une berge isolée de la Lehigh River. Dans la pluie et l'obscurité, ils poussèrent la voiture du prêtre et sa cargaison d'armes dans une zone profonde de la rivière. Toutes vitres ouvertes, la voiture s'enfonça rapidement.

Drew sortit de sa poche la bague du père Stanislas, fit courir son doigt sur la croix et l'épée entrecroisées du rubis, puis la jeta loin dans l'eau noire. Il faisait trop sombre pour qu'il pût voir l'endroit où elle disparut.

L'aube fut obscurcie par la pluie, qui tombait maintenant plus serrée. Ils se dirigèrent vers l'est et traversèrent la Delaware River pour entrer dans le New Jersey, où l'épuisement finit par les obliger à s'arrêter sur une aire de repos. Drew dormit d'un sommeil intermittent agité de cauchemars, jusqu'à ce qu'ils fussent tous trois réveillés en sursaut par le klaxon strident d'un semi-remorque qui passait. Il était un peu plus de onze heures. Fatigués, inquiets, ils poursuivirent leur route vers l'est.

Tout l'après-midi, les bulletins d'informations répétèrent les détails de l'attaque menée contre la propriété de Ray, et de la mystérieuse disparition de ce dernier. Ancien officier des services de renseignements engagé dans la lutte contre le terrorisme, on supposait qu'il avait été kidnappé et tué par des terroristes à titre de représailles pour la vendetta qu'il avait menée toute sa vie.

Une autre information en provenance du State College de Pennsylvanie annonçait que le corps d'un homme découvert quatre jours plus tôt dans le sous-sol d'un ensemble de logements pour étudiants présentait une certaine ressemblance avec les photographies d'un assassin international connu sous le nom de Janus. Les premiers rapports révélaient que ce mercenaire avait utilisé plusieurs identités, dont celle d'Andrew MacLane, membre d'un ancien groupe antiterroriste patronné par le gouvernement, qui avait disparu en 1979. On présumait que MacLane avait été tué par Janus parce que leur ressemblance fortuite permettait à ce dernier d'endosser son identité. Axées sur MacLane, qui était mort, les recherches des autorités étaient ainsi détournées de leur véritable objectif.

Se relayant au volant, ils atteignirent New York et attendirent la nuit pour aller reconnaître la 12e Rue. L'immeuble brun n'était pas surveillé. Drew n'en fut pas surpris; oncle Ray disparu, la Risk Analysis anéantie, l'identité de Janus révélée, il n'y avait plus aucune raison pour quiconque de surveiller la maison. Ni Drew ni Arlene n'avaient donné leurs noms à l'Opus Dei. La confrérie ignorait que le père Stanislas était mort. Arlene ne pouvait pas être liée à la Risk Analysis, ni à Drew. Ni Drew à elle. Entrer dans la maison semblait sans danger.

Mais, prudents de nature, ils accédèrent à l'immeuble brun par une maison de la 11e Rue, à l'arrière de laquelle ils empruntèrent une allée bordée d'un étroit jardin où Arlene avait autrefois essayé sans succès de faire pousser des fleurs.

Une odeur de moisi régnait dans la cuisine. Arlene ouvrit les fenêtres, vérifia le réfrigérateur (elle avait jeté tout ce qui risquait de se gâter avant de partir pour la Corne du Diable à la recherche de

Jake), et ouvrit quelques boîtes de thon qu'elle conservait dans un placard.

– Tu ne manges toujours pas de viande, hein? demanda-t-elle à Drew en le taquinant.

Ce dernier ne sourit pas de la pique.

– C'est la dernière habitude que j'ai gardée du monastère.

– Pas tout à fait.

Jake parut comprendre.

– Je crois que je ferais mieux de vous laisser seuls tous les deux.

5

Drew lança un regard à Arlene, assise de l'autre côté de la table.

– Qu'est-ce qui ne va pas? demanda-t-elle.

Il ne répondit pas.

– Je t'intimide?

– Comment pourrais-tu m'intimider? dit-il avec un sourire en lui prenant la main.

– Parce que je t'ai fait promettre que nous parlerions quand tout cela serait fini.

Se rappelant sa promesse, Drew prit un air grave.

– Oui, nous parlerons.

– De l'avenir. De nous. Je ne veux pas que tu te sentes soumis à aucune pression. Je sais que tu dois te réadapter à un certain nombre de choses. Après avoir passé six ans dans un monastère, c'est évident. Mais il y a quelque chose que nous avions. Que nous partagions. C'était quelque chose de spécial. Peut-être pourrons-nous le retrouver un jour.

– Un jour, répéta-t-il en écho d'un ton lugubre.

– Tu veux retourner au monastère ? C'est ce que tu essaies de me dire ?

– Non. Je n'y retournerai pas. Je ne peux pas.

– Tu ne peux pas ?

Il ne pouvait se résoudre à lui expliquer. Il lui avait promis qu'ils parleraient quand tout serait fini, mais il ne pouvait se défaire de l'appréhension que tout n'était pas fini. Expliquer ? Gâcher ce qui était peut-être leurs derniers moments de tranquillité ensemble ? Renonçant, il s'approcha d'elle et la prit dans ses bras.

Sans un mot, ils montèrent à l'étage dans la chambre d'Arlene.

Et là, enfin, ils firent l'amour.

Drew ne ressentit aucune culpabilité. Étant donné l'attitude de l'Église envers la propriété communautaire, son vœu de chasteté pouvait être considéré plutôt comme un vœu de célibat, une restriction plus légale que morale, destinée à éviter qu'une épouse ne désirât partager ce pour quoi son mari travaillait : les biens de l'Église.

Sans quoi, la restriction ne visait qu'au sacrifice de soi. Et dans les circonstances présentes, fatigué, la mort dans l'âme, Drew se souciait peu de faire preuve d'abnégation. Il se disait que si deux êtres humains décidaient de se réconforter mutuellement, d'alléger leur chagrin réciproque, il n'était pas possible qu'ils fissent mal.

Nu, son corps contre celui d'Arlene, il sentait sa chaleur, la réponse des muscles souples et minces à ses étreintes que ses seins et ses hanches lui renvoyaient avec une forte empreinte de douceur, exigeante mais généreuse, et il se sentait envahi d'un sentiment de plénitude.

C'était une sensation voluptueuse, bien sûr. Érotique. Mais c'était plus. Au-delà du plaisir physique, ce partage mutuel dissipait sa solitude, son angoisse, son sentiment de désastre imminent. Durant ce long instant d'éternité, il ne se sentit plus damné.

Mais l'éternité vola en éclats. Le présent se manifesta cruellement par la sonnerie du téléphone.

Drew se détourna du corps d'Arlene, lorgnant d'un regard fixe l'appareil posé sur la table de chevet.

Non, pas déjà! Il y a des choses que je voulais dire! Je voulais...

Deuxième sonnerie. Il sentit le corps d'Arlene se raidir contre lui.

Mais je ne suis pas prêt! Ne pouvaient-ils nous laisser encore quelques heures ensemble?

Le téléphone sonna une troisième fois. Dans le silence qui les enveloppait, son grelottement n'en paraissait que plus discordant.

– Je ferais bien de répondre, dit Arlene. C'est peut-être un voisin qui a vu de la lumière et qui veut s'assurer que je suis rentrée. Il ne faudrait pas que la police vienne ici à la recherche d'un cambrioleur.

Drew hocha la tête, torturé. Elle décrocha le combiné.

– Allô Qui? fit-elle, les yeux soudain assombris. Désolée, je ne connais personne de ce nom... Oh, oui, je vois. Je comprends. Dans ce cas...

Elle pressa une main sur le microphone. Drew n'eut pas besoin de demander qui c'était.

– Un homme veut te parler. Je ne comprends pas comment il a su que tu étais ici. Il a dit qu'il t'offrait le choix. La manière simple, ou...

– Je comprends.

S'efforçant de réprimer son appréhension, Drew prit l'appareil.

– Allô?

– Frère MacLane ?

La voix était grave mais douce. Drew l'imagina entonnant la messe.

– Nous voudrions savoir ce qui est arrivé au père Stanislas. Il ne nous a pas contactés comme prévu. Nous savons qu'il avait l'intention de vous recruter. Nous aimerions que vous nous disiez ce que vous avez fait de lui. Et de sa bague.

Drew eut l'impression que la chambre basculait.

– Je ne peux pas en parler au téléphone.

– Bien sûr. Pourrions-nous nous retrouver dans un quart d'heure à l'arche de Washington Square ? Ce n'est qu'à quelques rues de chez vous.

– J'y serai.

– Nous savons que vous y serez. Nous sommes certains que vous êtes aussi désireux que nous d'éclaircir tout malentendu.

– C'est précisément ça. Un malentendu.

Drew raccrocha, la gorge serrée, et tendit la main vers ses vêtements.

– Qui était-ce ? demanda Arlene.

Il enfila sa chemise et son pantalon.

Qui ?

– La confrérie.

Arlene tressaillit.

– Ils veulent savoir ce qui est arrivé au père Stanislas. Ils m'ont fixé rendez-vous à Washington Square.

– Mais tu ne peux pas prendre ce risque !

– Je sais.

Il la serra dans ses bras, fort et longtemps, conscient de son corps nu contre le sien.

– Si je les laisse m'attraper, quelle que soit ma résistance, je serai forcé de leur dire qui a tué le père Stanislas. Jake, et non moi. Et quand ils en auront fini avec moi, ils s'occuperont de Jake, peut-être même de toi. Je ne peux pas le permettre. Seigneur, je t'aime.

Arlene l'étreignit si fort que la blessure de son épaule l'élança.

– Mais où vas-tu aller?

– Je ne peux pas te répondre, au cas où ils utiliseraient des drogues pour t'interroger.

– Je vais avec toi.

– Pour prouver que tu es impliquée? fit Drew en secouant la tête. Ils te tueraient.

– Je m'en moque!

– Pas moi!

– J'irais n'importe où pour toi.

– En enfer? Je te donne ta vie. Après ton âme, c'est le plus grand présent. S'il te plaît, prends-le.

Elle l'embrassa en sanglotant.

– Mais quand...?

Drew comprit.

– Quand nous reverrons-nous? Un jour pendant le carême.

– De quelle année?

Il n'en savait rien. Comme un homme qui se noie s'agrippe à son sauveur, il se tint accroché à elle.

Puis il relâcha son étreinte et s'en alla.

EXIL

L'Égypte. Au sud du Caire, à l'ouest du Nil.

Il s'aventura dans le désert de Nitrie où, en l'an 381, les premiers ermites chrétiens fuyant Rome avaient jeté les bases du monachisme. Il ne lui avait pas été facile d'atteindre cette région reculée. Sans argent ni passeport, traqué par la confrérie, il avait dû faire appel à toutes les ruses et tous les artifices, à sa moindre parcelle de force et de détermination. Son voyage tortueux avait duré six mois. Maintenant qu'il marchait dans le sable brûlé par le soleil, plissant les yeux pour scruter, au loin, la falaise rocheuse où il avait l'intention d'établir sa retraite, il se sentait soulagé d'un grand fardeau. En sûreté, loin des gens et des horreurs de la civilisation, il ne craignait plus pour la sécurité d'Arlene. Il ne lui restait plus à craindre que pour son âme.

Ayant trouvé une grotte dans les rochers, une petite mare non loin de là et un village à un jour de marche où il pouvait acheter des provisions, il reprit ses habitudes du monastère. Il récitait en silence les prières des vêpres, le service des matines, répondait à la messe célébrée par un officiant imaginaire. Il méditait.

Il lui arrivait parfois, rarement, de voir quelqu'un passer au loin. Il se cachait toujours. Mais toutes les six semaines – il attendait aussi longtemps que possible – il devait affronter le monde quand il allait au village renouveler ses provisions. En ces occasions traumatisantes, il prononçait le minimum de paroles nécessaires à ses transactions et les commerçants, normalement fervents de marchandage, n'essayaient pas d'engager la conversation. Cet homme grand et maigre tanné par le soleil, avec ses yeux hagards, ses cheveux qui lui tombaient sur les épaules, sa barbe qui descendait sur sa poitrine et sa robe en haillons, était manifestement un saint homme. Ils le traitaient avec distance et respect.

Ses jours étaient pleins de solitude, mais non de paix. Aussi acharnée que fût sa méditation, il lui arrivait souvent encore de penser malgré lui à Arlene. Un jour de carême, s'était-il juré, j'irai la retrouver.

Il pensait à Jake, à oncle Ray, au père Stanislas. A la confrérie. Cesserait-elle jamais de le pourchasser? Ou bien le fait d'être constamment traqué faisait-il partie de sa pénitence?

Il se rappelait parfois ses parents. Leur mort. Leurs tombes. Les commencements et les fins.

Il regarda vers l'ouest en direction de la Libye, où gouvernait un fou, où s'entraînaient les terroristes.

Il regarda vers l'est en direction de l'Irak et de l'Iran, d'Israël et de ses ennemis, de la Terre sainte et du berceau des assassins et du terrorisme.

Son cœur s'emplit d'amertume.

Il avait beaucoup à penser.

Table

Le Livre de Poche/Thrillers

Extrait du catalogue

Adler *Warren*
La Guerre des Rose

Attinelli *Lucio*
Ouverture sicilienne

Bar-Zohar *Michel*
Enigma

Benchley *Peter*
Les Dents de la mer

Breton *Thierry*
Vatican III

Breton *Thierry* et **Beneich** *Denis*
Softwar " La Guerre douce "

Browne *Gerald A.*
19 Purchase Street

Clancy *Tom*
Octobre rouge
Tempête rouge

Coatmeur *Jean-François*
La Nuit rouge
Yesterday
Narcose

Cook *Robin*
Vertiges
Fièvre
Manipulations
Virus
Danger mortel
Syncopes

Cooney *Caroline B.*
Une femme traquée

Coonts *Stephen*
Le Vol de l'Intruder

Crumley *James*
La Danse de l'ours

Cruz Smith *Martin*
Gorky Park

Cussler *Clive*
L'Incroyable Secret
Panique à la Maison Blanche
Cyclope
Trésor

Daley *Robert*
L'Année du dragon
La Nuit tombe sur Manhattan

Dickinson *William*
Des diamants pour Mrs. Clark
Mrs. Clark et les enfants du diable
De l'autre côté de la nuit
(Mrs. Clark à Las Vegas)

Erdmann *Paul*
La Panique de 89

Follett *Ken*
L'Arme à l'œil
Triangle
Le Code Rebecca
Les Lions du Panshir

Forbes *Colin*
Le Léopard

Forsyth *Frederick*
Le Quatrième Protocole

Giovanni *José* et **Schmitt** *Jean*
Les Loups entre eux

Goldman *William*
Marathon Man

Granger *Bill*
Un nommé Novembre

Hayes *Joseph*
La Nuit de la vengeance

Heywood *Joseph*
L'Aigle de Sibérie

Higgins *Jack*
L'Aigle s'est envolé
Solo
Exocet
Confessionnal
L'Irlandais
La Nuit des loups

Higgins Clark *Mary*
La Nuit du renard
La Clinique du docteur H
Un cri dans la nuit
La Maison du guet
Le Démon du passé
Ne pleure pas ma belle

Highsmith *Patricia*
Plein Soleil *(Monsieur Ripley)*
Ce Mal étrange
L'Homme qui racontait des histoires
Les deux visages de Janvier
La Rançon du chien
Le Meurtrier
Le Rat de Venise
L'Inconnu du Nord-Express
Ceux qui prennent le large
Ripley et les ombres
Ripley s'amuse
Sur les pas de Ripley
Le Jardin des disparus
Eaux profondes

Hunter *Stephen*
Target

Irish *William*
Du crépuscule à l'aube
La Toile de l'araignée

Katz *William*
Fête fatale

Kerlan *Richard*
Sukhoï

King *Stephen*
Dead Zone

Kœnig *Laird*
La Petite Fille au bout du chemin

Koontz *Dean R.*
La Nuit des cafards

Le Carré *John*
Comme un collégien
La Petite Fille au tambour

Lenteric *Bernard*
La Gagne
La Guerre des cerveaux
Substance B
Voyante

Le Roux *Gérard* - **Buchard** *Robert*
Fumée verte
Fumée rouge

Ludlum *Robert*
La Mémoire dans la peau
Le Cercle bleu des Matarèse, *t. 1 et 2*
Osterman week-end
L'Héritage Scarlatti
Le Pacte Holcroft
La Mosaïque Parsifal, *t. 1 et 2*
La Progression Aquitaine
La Mort dans la peau
Une invitation pour Matlock
Sur la route de Gandolfo

MacDonald *Patricia J.*
Un étranger dans la maison

Morrell *David*
La Fraternité de la Rose
Le Jeu des ombres
Les Conjurés de la pierre

Nathan *Robert Stuart*
Le Tigre blanc

Pronzini *Bill*
Tout ça n'est qu'un jeu

Randall *Bob*
Le Fan

Ryck *Francis*
Le Piège
Le Nuage et la Foudre
Autobiographie d'un tueur professionnel

Salinger *Pierre* et **Gross** *Leonard*
Le Scoop

Sanders *Lawrence*
Péchés mortels

Simmel *Johannès Mario*
Le Protocole de l'ombre
On n'a pas toujours du caviar

Topol *Edward*
La Substitution

Topol *Edward* et **Neznansky** *Fridrich*
Une place vraiment rouge

Vachss *Andrew*
La Sorcière de Brooklyn

Wallace *Irving*
Une femme de trop

Wiltse *David*
Le Baiser du serpent

IMPRIMÉ EN FRANCE PAR BRODARD ET TAUPIN
Usine de La Flèche (Sarthe).
LIBRAIRIE GÉNÉRALE FRANÇAISE - 6, rue Pierre-Sarrazin - 75006 Paris.
ISBN : 2 - 253 - 05706 - 1
30/7572/8